K

BASTEI LÜBBE

Taschenbücher von JON LAND
im BASTEI-LÜBBE-Programm:

13 135 Das Omega-Kommando
13 148 Der Rat der Zehn
13 164 Labyrinth des Todes
13 186 Die Lucifer-Direktive
13 199 Der Alabaster-Agent

JON LAND

DAS VORTEX FIASKO

Ins Deutsche übertragen von
Uwe Anton

Polit-Thriller

BASTEI
LÜBBE

BASTEI-LÜBBE-TASCHENBUCH
Allgemeine Reihe
Band 13 169

Erste Auflage: November 1988
Zweite Auflage: April 1989
Dritte Auflage: Juni 1991

Deutsche Lizenzausgabe 1988
Bastei-Verlag Gustav H. Lübbe GmbH & Co., Bergisch Gladbach
Originaltitel: VORTEX
Lektorat: Martin Compart
Titelillustration: Vicente Segrelles/Norma Agency, Barcelona
Umschlaggestaltung: Quadro Grafik, Bensberg
Satz: VID Verlags- und Industriedrucke GmbH & Co. KG,
Villingen-Schwenningen
Druck und Verarbeitung:
Brodard & Taupin, La Flèche, Frankreich
Printed in France
ISBN 3-404-13169-X

Für Ann, die meine Worte so gut klingen läßt,
wie sie nur klingen können,
und
für Toni, die dieses Buch ermöglichte.

Prolog

»CA-Zweiundzwanzig, wir haben Sie auf dem Bildschirm.«

Jake Del Gennio blickte von seiner Konsole zu der 727 auf, die zum Kennedy Airport hinabsank.

»Abstieg auf Fünfzehnhundert. CA-Zweiundzwanzig, Sie haben Erlaubnis zum Landeanflug.«

Roger, Kennedy Tower. Fünfzehnhundert. Wir sehen uns auf dem Boden.«

Del Gennio wandte sich zum Bildschirm zurück und beobachtete die Echozeichen, die regelmäßig in dem kreisrunden Gitter aufleuchteten, die Flugnummer und die Höhe, die das Absinken in den grünen Abgrund aufzeigte. CA-Zweiundzwanzig befand sich rechts auf dem Schirm, direkt neben der Mitte, und kam mit jeder Bewegung des Flugmarkierers auf dem Gitterwerk höher.

Das Echozeichen des Flugs 22 blitzte bei fünfzehnhundert Fuß auf.

Del Gennio schaute zum Fenster und sah, wie der Jet zum letzten Mal in die Schräglage und dann auf Parallelkurs Landebahn 29 ging. Alles war normale, absolute Routine. Del Gennio schloß einen Augenblick lang seine müden Augen und öffnete sie wieder, um auf den Bildschirm zu sehen.

Das Echozeichen des Flugs 22 war verschwunden.

Del Gennio blinzelte schnell und rieb sich die Lider. Der Flugmarkierer bewegte sich über die letzte Position des Jets auf dem Gitterwerk und zeigte lediglich Grün, als habe der Abgrund das Flugzeug verschlungen.

Mit einem Gefühl aufsteigender Panik sprang Del Gennio von seinem Stuhl auf und suchte den Himmel hinter dem Tower ab.

Nichts. CA-Zweiundzwanzig war nirgendwo zu sehen.

Del Gennio überlegte, ob die 727 schon gelandet war. Er mußte hinter der Konsole eingenickt sein, was im streßgeplagten Berufsleben eines Fluglotsen durchaus schon einmal vorkommen konnte, lange genug eingenickt, so daß Flug 22 auf der Rollbahn aufgesetzt hatte. Er schaute nach unten.

Die Rollbahn 29 war so leer wie der Himmel.

Del Gennio berührte seinen Kopfhörer, um sich zu versichern, daß er noch da war.

»CA-Zweiundzwanzig, hören Sie mich?«

Nichts.

»CA-Zweiundzwanzig, hier ist Kennedy-Tower, hören Sie mich?«

Einige Männer im Kontrollraum drehten die Köpfe zu Del Gennios Konsole hinüber. Niemand bewegte sich.

»CA-Zweiundzwanzig, hier ist Kennedy-Tower, bitte bestätigen.«

Immer noch nichts.

»O mein Gott . . .«

Del Gennio drückte heftig auf den roten Alarmknopf. Eine Sirene heulte ohrenbetäubend auf; sie schien aus den Eingeweiden des Flughafens selbst zu kommen.

Das verdammte Ding ist runtergekommen, dachte Del Gennio. *Ich habe es noch gesehen, und dann ist es runtergekommen . . .*

Del Gennio hielt mit der Hand das geschwungene Mikrofon unter seinem Kinn fest. »Kennedy-Notfall-Kontrolle, Flug 22 ist im westlichen Sektor, Abschnitt 17, runtergekommen. Ich wiederhole, westlicher Sektor, Abschnitt 17.«

Das Gebiet um den Kennedy Airport war in eine Reihe rechteckiger Sektoren eingeteilt worden, um bei einem Notfall eine einfache und eindeutige Demarkation zu ermöglichen. Del Gennio hatte den Sektor der letzten gemeldeten Position des Jets ruhig gemeldet, ohne auch nur einen Blick auf die Karte an der Wand zu werfen. Er war ein Profi. Profis mußten nicht erst Blicke auf die Karte werfen.

»Kennedy-Notfall-Kontrolle, bitte bestätigen.«

Die Bestätigung erfolgte durch die gellenden Sirenen und aufheulenden Motoren der Rettungsfahrzeuge, die zum Schauplatz des vermuteten . . . Absturzes rasten. Del Gennio benutzte nun bewußt das Wort, das er vermieden hatte, und zitterte innerlich bei dem schrecklichen Gedanken, daß er vielleicht irgendwie die Schuld daran tragen konnte. War es zu der Katastrophe gekommen, weil er hinter der Konsole eingeschlafen war? Die Schuld nagte an ihm.

Die Rettungsfahrzeuge verließen die Landebahn und rasten auf einem Feld im westlichen Sektor dem Abschnitt 17 und einem abgestürzten Flugzeug entgegen, dem Alptraum eines jeden Beschäftigten auf einem Flughafen. Del Gennio stellte sich die Schreie vor, den ekelerregenden, beißenden Geruch verschmorter Kabel, verbrannten Metalls und . . . Fleisches. Er erschauderte; Erinnerungen an Vietnam trafen ihn hart in einen Magen, der sowieso schon verkrampft war.

Die Rettungsfahrzeuge rasten kreischend außer Sicht.

Del Gennio reckte sich, um sie durch das Fenster zu beobachten. Er stand allein dort. Die übrigen Fluglotsen im Tower waren fieberhaft damit beschäftigt, andere Flugzeuge umzuleiten oder in der Luft zu halten. Auf dem Kennedy Airport stand alles still.

Del Gennio erwartete, Rauch zu sehen, Flammen, irgendwelche Anzeichen des Absturzes. Aber es war nichts zu sehen, gar nichts. War dem Pilot eine geglückte Notlandung gelungen? Nein. In diesem Fall hätte er sofort eine Funkverbindung hergestellt – wenn die Geräte nicht ausgefallen waren. Doch selbst in diesem Fall hätte er noch auf den MAYDAY-Knopf drücken können, und solch ein Signal war auf dem Bildschirm nicht erschienen.

Es ergab keinen Sinn.

»Kennedy Tower, hier Rettungstrupp, bitte wiederholen Sie die Koordinaten des Absturzes.«

»Westlicher Sektor, Abschnitt 17«, kam Del Gennio der Aufforderung verwirrt nach. War der Rettungstrupp noch nicht dort? Verdammt, da standen Menschenleben auf dem Spiel!

»Kennedy Tower, im westlichen Sektor, Abschnitt 17, ist alles ruhig. Wiederhole, alles ruhig.«

»Das ist . . . unmöglich.«

Der Chef des Rettungstrupps verzichtete auf die Formalitäten. »Hören Sie, Del Gennio, ich weiß nicht, was zum Teufel da oben los ist, aber hier kann ich außer Fingergras nichts finden.«

Del Gennios Blicke schossen zu dem Bildschirm zurück, als erwarte er, Flug 22 würde wieder auftauchen. Er tauchte aber nicht wieder auf.

»Das Flugzeug ist runtergekommen«, beharrte er, sich der scharfen Blicke seiner Kollegen bewußt.

»Na ja«, erklang die Stimme des Chefs des Rettungstrupps, »hier ist es jedenfalls nicht runtergekommen.«

»Was zum Teufel ist dann mit ihm passiert?«

Der erste Tag:

BANE

Well we all have a face
That we hide away forever
And we take them out and show ourselves
When everyone has gone.
Some ar satin, some are steel
Some ar silk and some are Leather;
They're the faces of a stranger
But we Love to try them on.

Billy Joel

1

Als Joshua Bane den Mann im Rollstuhl sah, war sein erster Gedanke, die Veranstaltung zu verlassen, denn es waren schon zu viele Erinnerungen wieder geweckt worden. Doch in erster Linie hatte ihn die Hoffnung, der Krüppel würde daran teilnehmen, hierher gelockt, und so schluckte er die Vergangenheit herunter, steckte die Hände in die Taschen seiner Windjacke und wanderte durch das Gras des Central Parks.

Es war außergewöhnlich kalt für einen Frühlingstag, feucht und neblig, und Bane beobachtete, wie sein Atem vor ihm im Rhythmus mit den Schritten kondensierte. Die perfekte Atmosphäre für eine verdrossene Zusammenkunft von Vietnam-Veteranen, die zu vergessen das Land sich bemüht hatte. Die meisten waren in den Uniformen gekommen, die sie im Dschungel getragen hatten, die Hosen ein paar Zentimeter ausgelassen, die untersten Knöpfe der Hemden nicht geschlossen. Niemand achtete darauf.

Der Central Park bot im Frühjahr einer jeden Gruppe mit welchem Anspruch auch immer, die der Winter in geschlossene Räume verbannt hatte, einen Versammlungsplatz. Manche Gruppen verschafften ihrem Anspruch besser Gehör als andere, doch die heutige hatte Schwierigkeiten, ihn überhaupt verständlich zu äußern. Die feuchte Luft spielte der behelfsmäßigen Lautsprecheranlage, die man auf einer niedrigen Bühne installiert hatte, übel mit, und die Lautsprecher selbst mußten gegen Rückkopplungen ankämpfen, um überhaupt Töne von sich zu geben. Einige waren ganz ausgefallen.

Bane schloß zu dem Mann im Rollstuhl auf und legte die Finger um die hinteren Handgriffe.

»Ist lange her, Josh«, sagte der Krüppel, ohne sich umzudrehen.

»Mindestens ein Jahr, Harry«, gestand Bane lahm ein.

Harry drehte sich gerade so weit um, daß er Banes Blick erwidern konnte. »Ich habe dich da draußen gesehen. Ich habe gehofft, du würdest hinüberkommen.« Er wandte den Blick wieder zu der niedrigen Bühne. »Auf wie viele Leute schätzt du die Menge?«

»Fünfhundert vielleicht.«

»Ich würde sagen, eher dreihundert. Schlechtes Wetter ist Gift für Freiluftveranstaltungen. Im Herbst haben wir fast zweitausend auf die Beine gebracht.«

»›Wir‹?«

»Ich gehöre zu diesen Burschen, Josh. Es spielt keine Rolle, daß ich die Antwort murmeln muß, wenn sie mich fragen, in welcher Einheit ich gedient habe.«

Bane ließ los und versteifte sich. »Du hast bei den Besten gedient, Harry.«

Der Krüppel schwang den Rollstuhl herum. »Wir waren ein tolles Team, Josh, der Wintermann und ›The Bat‹ – mein Gott, wie ich diesen verdammten Spitznamen noch immer hasse. Klingt wie ein Name aus einem verdammten Comic-Heft.« Er hielt inne. »Wir hätten diesen verdammten Krieg gewinnen können.«

»Wir sollten ihn nicht gewinnen. Politik.«

»Scheiß auf die Politik.«

»Wir . . . haben oft darauf geschissen.«

Die beiden Männer lösten den Blick voneinander und fielen in Schweigen. Sporadischer Applaus erklang um sie herum auf, als sich ein weiterer Sprecher, diesmal einer mit einem grünen Barett, erhob, um den Kampf mit dem Mikrofon aufzunehmen. Bane suchte nach schnellen und witzigen Worten, um Harry zu trösten, doch es kamen keine, vielleicht, weil sie sich nichts mehr zu sagen hatten und noch weniger, das sie zusammenhielt, nur Erinnerungen, die fünfzehn Jahre zurückreichten und mit der Zeit trocken und schal geworden waren.

Als Harry »The Bat« – »der Schläger« – Bannister noch gehen konnte, war er fast einsneunzig groß gewesen und hatte zweihundert Pfund gleichmäßig verteilte Muskeln mit sich herumgetragen. Die genaue Herkunft seines Spitznamens hatte sich schon lange in den Mythen verloren, obwohl er den besten Informationen zufolge 1969 in der Nähe des Mekong-Deltas zustande gekommen war. Sein Zug war von einem Vietcong-Trupp in einen Hinterhalt gelockt und abgeschlachtet worden.

Harry war dem ersten Feuerstoß entkommen und mit feuerspuckender Waffe aufgesprungen. Als er seinen Munitionsstreifen verschossen hatte, dachte er nur so lange an Flucht, um den Gedanken zurückzuweisen. Er galt seit langem als Experte im Messerwerfen und benutzte die Gelegenheit, um sechs rasiermesserscharfe Klingen in die Kehlen und Brustkörbe des nichtsahnenden Feindes zu werfen. Und als er auch keine Messer mehr hatte, forderte er den Feind heraus, sein Gewehr wie einen Baseballschläger schwingend. Vielleicht waren die Vietcong zu schockiert gewesen, um die Herausforderung anzunehmen. Vielleicht war Harrys Schläger zu schnell. Auf jeden Fall hielt er sie sich noch weitere dreißig Sekunden vom Leib, was sich für die herbeieilende Verstärkung als ausreichend erwies. Harry verbrachte zwei Monate in einem Armeekrankenhaus und erholte sich von den Verletzungen; er hatte noch nicht einmal gespürt, daß man sie ihm beigebracht hatte. Er kam mit einer Beförderung und einem Spitznamen wieder heraus: »The Bat«.

»The Bat« sah Joshua Bane zum ersten Mal, als Bane auf ihn hinabschaute, als er noch im Krankenhausbett lag. Irgend etwas beeindruckte Harry augenblicklich, etwas an seinen Augen.

»Mein Name ist Bane, Captain.«

Harry bemerkte, daß er keine Uniform trug. »Sie sind von der USO* oder so?«

»Oder so.«

Harry wollte lächeln, überlegte es sich jedoch anders. Er hatte Banes Blick abgeschätzt, das kalte, tiefliegende Starren und das Blinzeln, das mit erstaunlicher Bedachtsamkeit kam. Es waren die Augen eines Mannes, der ohne jeden Kratzer aus jeder Schlacht hervorging, eines Mannes, den man nur zögernd einen Freund nennt und beinahe so sehr wie den Feind fürchtet.

»Was kann ich für Sie tun, Mr. Bane?«

»Ich möchte, daß Sie in meine Einheit kommen.«

---

* United Service Organisation (zur Betreuung von Angehörigen der Streitkräfte); Anm. des Übersetzers

»Die Green Berets?«

»Nicht ganz.«

»Was dann?«

»Ich habe Sie für einen Mann gehalten, der die Fragen später stellt.«

»Zählen Sie auf mich«, sagte Harry.

Harry blieb die ganze Zeit über in Vietnam, und auch noch länger, als der Geheimdienst für sie beide Stellen fand. Und nun blickte Bane auf den verwelkten Körper des Mannes hinab und fühlte, wie die Schuld durch seinen Körper kroch. Es war seine Schuld, daß Harry in diesem Stuhl saß, und das hatte ihn auch davon abgehalten, Kontakt mit ihm aufzunehmen, nachdem sie aus dem Spiel ausgeschieden waren.

»Wie stehen die Dinge heutzutage mit dem Wintermann?« fragte »The Bat«. »Was treibst du so?«

»Ich reise viel. Weißt du, als Tourist ist es etwas anderes. Man kommt wirklich einmal dazu, daß Land *zu sehen*. Keine Treffen um Mitternacht, keine hektischen Grenzüberschreitungen, keine dunklen Gestalten mit Pistolen, die hinter der nächsten Ecke lauern.« Bane hielt inne; ihm war aufgefallen, daß seine Worte einstudiert klangen. Und das waren sie auch. »Es geht jetzt ruhiger zu, Harry«, sagte er, nun leiser. »Und ich habe mich daran gewöhnt.«

»Na komm schon, Josh, du sprichst mit ›The Bat‹«, schnappte Harry und fuhr sich mit der Hand durch das feuchte Haar, wie um das zum Vorschein kommende Grau zurückzuhalten. »Der Wintermann ist kein verdammter Tourist.«

»Der Wintermann ist vor langer Zeit gestorben.«

»The Bat« musterte Bane wissend. »Die anderen kannst du verarschen, Josh, aber nicht den alten Harry. Deine Augen haben sich nicht verändert, und auch nicht die Art, wie du dich bewegst. Der Beste bleibt immer oben.«

Bane schüttelte den Kopf. »Ich war der Beste, weil die Leute mich für den Besten hielten. Doch es war nur eine Frage der Zeit, bevor sie merkten, daß sie Schatten sahen. Ich bin noch gerade rechtzeitig ausgestiegen. Die Schatten waren überall.«

»Und was mit mit Trench und Scalia? Haben sie ihr Leben auch so eingerichtet?«

Bane zuckte zusammen. Trench und Scalia wurden im allgemeinen als die besten Killer angesehen, die im Osten oder Westen operierten, nun, da sich der Wintermann aus Dem Spiel zurückgezogen hatte. Ihre Ergebenheit wechselte von Jahr zu Jahr oder Monat zu Monat und hing davon ab, wer am meisten zahlte. Heutzutage waren das normalerweise die Araber.

»Trench und Scalia sind wahrscheinlich tot«, entgegnete Bane leise.

»Nicht, wenn der Wintermann sie nicht getötet hat.« »The Bat« blickte auf seine nutzlosen Beine hinab. »Trench hat mich in diesen verdammten Stuhl gebracht. Ich bin ihm dafür noch etwas schuldig.«

»Es hätte mir passieren sollen. Du bist für mich gegangen. Ich habe Mist gebaut, und du hast mich rausgehauen.«

»Es war Trench, der mir das Rückgrat zerrissen hat. Schuld ist Schuld. Ich werde ihn irgendwann kriegen.«

»Gib es auf, Harry. Es ist vorbei. Du hast deine Zeit gehabt, und es war eine verdammt gute. Im Spiel ist man nur besser als der Mann, den man in seinem Fadenkreuz hat. Alles ist relativ. Niemand bleibt lange oben.«

»Du bist lange oben geblieben, Josh.«

»Ich habe nicht abgewartet, bis es mich erwischt. Ich bin rechtzeitig ausgestiegen.«

»The Bat« musterte ihn grimmig. »Ach ja? Ist einer von uns ausgestiegen? Ich habe meine Beine verloren, und sie haben mich hinter eine Computertastatur gesetzt. Du hast deine Nerven und deine Familie verloren« – Bane zuckte dabei zusammen – »und du bist ausgestiegen, abgesehen von der Tatsache, daß sie dich immer noch durch diesen Scheck an der Kandare haben, den du dir alle vierzehn Tage im Center abholst. Wir sind Dem Spiel nicht entkommen, nicht auf lange Sicht. Wir spielen es noch immer, aber jetzt nach ihren Bedingungen anstatt nach unseren.«

Direkt vor dem Podium brach ein Handgemenge aus. Ein aus den sechziger Jahren übriggebliebener Radikaler war zu nahe gekommen und hatte zuviel gesagt. Er wurde unfeierlich entfernt. Einige seiner Freunde kamen ihm zu Hilfe. Das

Handgemenge wurde größer und schloß sich um Bane und »The Bat«. Josh beobachtete, wie Harrys Augen zum Leben erwachten, als er den Reißverschluß seiner grünen Drillich-Jacke herunterzog. Die Möglichkeit, daß es zu Gewalttätigkeiten kam, weckte seine Lebensgeister.

»Ich habe hier drinnen vier der verdammt schärfsten Wurfmesser auf der Welt«, flüsterte er Bane zu, ohne auch nur einmal die Augen von den sich nähernden Kampfhähnen zu nehmen. »Ich will 'ne Ente ficken, wenn's mir keinen Spaß machen würde, einen dieser Scheißkerle mit meiner Klinge bekanntzumachen. Bist du bewaffnet, Josh?«

»Nein.«

Bannisters Augen glitten zu Banes angespannten Fingern neben ihm, zusammengedrückten Federn, die nur darauf warteten, emporzuschießen.

»Andererseits«, sagte Harry, »bist du immer bewaffnet – mit deinen verdammten Händen. Ich habe gesehen, wozu sie imstande sind. Wenn meine Beine nicht tot wären, hätte ich die Messer schon vor langer Zeit aufgegeben und Unterricht bei deinem verdammten Freund Conglon genommen. Wie geht es dem King heutzutage?«

»Ging ihm nie besser«, sagte Bane, ohne hinzuzufügen, daß er durchschnittlich zwei Stunden täglich in der Sporthalle des Kings trainierte. Die Trainingseinheiten verliehen seinem Leben eine gewisse Disziplin; er hatte einen Ort, den er regelmäßig zu einer bestimmten Zeit aufsuchen konnte. Bane befürchtete oft, ohne das Training würde ein Tag unmerklich in den nächsten übergehen. Er näherte sich den Vierzig, war nur noch ein Jahr davon entfernt. Er mußte seine Muskeln immer stärker beanspruchen, nur um sie auf ihrem jetzigen Leistungslevel zu halten. Der Schweiß und Schmerz ließ die Welt, der er den Rücken gekehrt hatte, immerhin wirklich und nahe erscheinen, beinahe, als würde sie ihm auf die Schulter klopfen.

»Grüße den King das nächste Mal, wenn du ihn siehst, von mir. Der härteste Hurensohn, den ich je kennengelernt habe. Wenn wir ihn in 'Nam gehabt hätten, hätten sie uns den Krieg gewinnen lassen müssen.«

»Er spricht auch gut von dir, Harry. Hatte immer großen Respekt davor, was du mit einem Messer anstellen konntest.«

»Ja, aber Hände sind besser. Man hat sie immer bei sich, und sie lassen einen nie im Stich. Wenn ich noch mal von vorn anfangen müßte, würde ich mich auf Hände spezialisieren. Hol's der Teufel, mit den Beinen habe ich, verdammt noch mal, nicht so viel Glück gehabt.«

»Ich kam zur Versammlung heute, weil ich wußte, daß du hier sein würdest«, gestand Bane plötzlich ein.

Harrys Gesicht hellte sich auf.

»Und da war noch etwas. Jake Del Gennio hat mir heute morgen in meiner Dienststelle eine Nachricht hinterlassen.«

»Der Schwan!« Harry strahlte. »Kein Scherz? Du hast ihn zurückgerufen?«

»Noch nicht.«

»Aber du wirst ihn zurückrufen, oder? Ich meine, er will wahrscheinlich nur über alte Zeiten sprechen.«

»Klar«, sagte Bane, aber irgendwie wußte er, daß dem nicht so war. Del Gennio, der Schwan, war ein Hubschrauberpilot, der in Vietnam mehr Zeit in der Luft als alle anderen hinter den feindlichen Linien verbracht hatte und immer nur lange genug runtergegangen war, um Bane an Bord zu nehmen oder abzusetzen. Als persönlicher Chauffeur des Wintermannes hatte er aus mehr Klemmen und brenzligen Situationen herauskommen müssen als ein Dutzend seiner Kollegen. Sie hatten sich seit Jahren nicht mehr gesehen, und Del Gennio war kein Typ, der sich bei einem Sechserpack Bier zusammensetzen und die Vergangenheit aufleben lassen wollte. Er hatte angerufen, weil etwas passiert war.

»Ich bin froh, daß ich gekommen bin, Harry«, fügte Bane hinzu. »Wirklich.«

»Ich auch.« Eine Pause. »Ich wollte dich nicht zum Fußabtreter für mein Elend machen, aber es sind nicht viele Leute übriggeblieben, denen ich mich mal anvertrauen kann.«

»Wofür sind Freunde da?«

Ein Lächeln huschte über Bannisters Lippen. Sein Blick glitt über den Umkreis der Männer, die für den heutigen Tag wieder zu Soldaten geworden waren.

»Es war eigentlich gar nicht so schlimm dort drüben, oder, Josh?«

»Es war die Hölle, Harry, aber es war nicht so schlimm.«

»Laß uns demnächst mal einen heben . . . um der alten Zeiten willen.«

»Es gibt kein um der alten Zeiten willen, aber wir werden trotzdem einen heben.«

2

»Was hat dich so lange aufgehalten, Josh?« fragte Jake Del Gennio nervös. »Ich warte seit Stunden neben dem Telefon.«

Banes Finger spannten sich um den Hörer in der ersten Telefonzelle, die er nach dem Verlassen der Versammlung gesehen hatte.

»Ich hatte zu tun.«

»Na ja, ich habe Blut und Wasser geschwitzt. Du weißt nicht, was zum Teufel ich durchgemacht habe!«

»Immer mit der Ruhe Jake, immer mit der Ruhe. Du hast noch nicht mal guten Tag gesagt.«

»Das spare ich mir auf, bis wir persönlich miteinander sprechen. Ich muß dich sehen.«

»Was ist los?«

»Ich kann am Telefon nicht darüber sprechen. Die Welt dreht durch, und niemand will mir zuhören.«

»Okay, aber warum ich? Es ist schon lange her.«

»Weil ich verzweifelt bin, Josh. Ich brauche jemanden, der Antworten bekommen kann.«

»Jake . . .«

»Wann können wir uns treffen?«

Bane sah auf die Uhr; es war kurz vor halb fünf. Er hatte vorgehabt, auf ein paar Trainingseinheiten zum King zu gehen, aber das konnte noch bis zum Abend warten. Dann waren sowieso weniger Leute im Fitneßcenter.

»Um sechs Uhr«, sagte er. »Zum Abendessen im La Maison auf der Achtundfünfzigsten Ost.«

»Ich werde dort sein«, versprach Del Gennio.

Del Gennio wartete im La Maison an einem Ecktisch, von dem aus er den Eingang sehen konnte. Sie reichten sich die Hände; Bane stellte ein leichtes Zittern im Griff des Schwans fest. Dann bemerkte er die halbvolle Weinkaraffe.

»Ich wußte nicht, daß der Schwan ein Trinker ist«, sagte er, während er sich setzte.

»Das ist auch das erste Mal, daß der Schwan vor Angst nicht schlafen kann«, gab Del Gennio barsch zurück. »Und das schließt 'Nam ein, Josh. Wenigstens wußte man da, was los war.«

»Und jetzt?«

Del Gennio beugte sich vor. »Können wir uns hier auch unterhalten?«

»Das Lokal ist sauber«, versicherte Bane ihm. »Die New Yorker Filiale der CIA hat hier sogar ein Spesenkonto.«

Del Gennio versuchte ein Lächeln, doch es gelang ihm nicht. »Ich brauche dich, Josh. Die ganze Welt dreht durch, und du bist der einzige, der sie wieder in Ordnung bringen kann. Es ist ernst, Josh, wirklich ernst.«

»*Was* ist ernst?«

Del Gennio fuhr sich mit den Händen über das Gesicht. »Es fing vor zwei Tagen an. Ich . . . verlor ein Flugzeug.«

»Ein Absturz? O Gott . . . Aber ich habe in den Nachrichten nichts davon gehört.«

»Weil es nicht abgestürzt ist. Ich habe . . . es einfach verloren. Im einen Augenblick war es noch da, und dann . . .« Del Gennio fuhr damit fort, die Ereignisse von vorgestern zu berichten, als sich Flug 22 in Luft aufgelöst hatte.

»Und was sagen deine Vorgesetzten?« fragte Bane, als er geendet hatte.

»Das ist es ja. Sie sagen gar nichts. Ich gehe mit meiner Geschichte zu ihnen, und sie wimmeln mich einfach ab, halten mich hin.«

»Aber ihr nehmt doch alles auf Band auf. Die Aufzeichnungen müßten dir doch weiterhelfen.«

Del Gennios Lippen zitterten. »Ich habe gestern morgen sofort das Band abgehört. Meine Stimme ist die einzige darauf. Nichts aus dem Cockpit.«

»Könnte ein Materialfehler sein.«

»Nichts da. Ich habe mein Terminal genau überprüft.«

»Hast du das deinen Vorgesetzten gesagt?«

»Klar, und sie haben weiterhin darauf beharrt, daß ich mir die ganze Sache nur eingebildet habe. Flug 22 habe wegen eines technischen Defekts neunzig Minuten Verspätung gehabt und werde jetzt im Trockendock repariert.«

»Hast du den Hangar überprüft?«

Del Gennio nickte. »Die fragliche 727 war da und ordnungsgemäß eingetragen. Aber das hat nichts zu bedeuten, weil ich weiß, daß sie für eine Weile verschwand, aus der Sicht und auf den Geräten. Auf hochmodernen *Radar*-Geräten, Josh. Aber es ist nicht die Maschine, die mich keinen Schlaf finden läßt, es sind die da.« Del Gennio deutete auf seine Augen. »Die haben mich noch nie zuvor im Stich gelassen. Irgend etwas ist mit diesem Flugzeug geschehen, und irgendwer vertuscht es. Jemand will, daß nichts davon an die Öffentlichkeit dringt. Sie haben den Bordschreiber gelöscht, aber sie können nicht mich löschen.«

»Hast du die Fluggesellschaft angerufen?«

»Ein dutzendmal. Kein Anruf wurde erwidert. Dort will auch niemand darüber sprechen.«

»Es muß sich doch jemand finden lassen, Jake. Dieses Flugzeug muß hundertfünfzig Leute befördert haben . . .«

»Es war nicht voll belegt. Nur siebenundsechzig Passagiere.«

»Trotzdem, glaubst du nicht, daß sie sich beschwert hätten, wenn irgend etwas mit dem Jet passiert wäre? Es stünde doch schon längst in den Zeitungen.«

»Jetzt sind wir auf der gleichen Wellenlänge, Josh. Ich habe mir gedacht, ich überprüfe die Passagiere auf eigene Faust, doch niemand will mir eine Bordliste geben. Sie haben mich zum Schreibtischdienst verdonnert, und nächsten Monat steht eine Überprüfung an. Sie werden versuchen, mir etwas anzuhängen, Josh. Ich weiß es genau. Sie glauben, ich sei durchgedreht, verrückt geworden oder so.« Del Gennios Stimme war hektisch, voller Panik. Er schien kurzatmig zu sein. »Es ist passiert, Josh. Ich weiß es. Du bist der einzige, den ich kenne, der die wirklichen Antworten bekommen kann, sie ausgraben kann, bevor sie jemand völlig vergräbt.«

Bane sah die Furcht in den Augen seines Freundes und gab ihm einen Klaps auf den Arm. »Du bist öfter in die Schlammhölle geflogen, um meinen Arsch zu retten, als man es von dir hätte verlangen dürfen, und bei all den Bomben und Kugeln habe ich deine Hand nicht einmal am Steuerknüppel zittern sehen. Du bist kein Typ, der schnell die Nerven oder den Verstand verliert. Wenn du mir also erzählst, daß vor zwei Tagen auf dem Kennedy Airport etwas Seltsames passiert ist, glaube ich es dir. Es ist *etwas* passiert, aber sehen wir den Tatsachen ins Auge, Jake. Jets verschwinden nicht einfach.«

»Dieser hier doch.«

Es war halb neun, als Bane Del Gennio vor seiner Wohnung absetzte und zu Kings Fitneß-Studio in Harlem fuhr. Er wußte nicht genau, was er von der Geschichte des Schwans halten sollte, aber er tat sie auch nicht einfach ab. Männer wie Del Gennio brechen unter Druck nicht einfach zusammen. Er hatte zugestimmt, den Schwan am folgenden Morgen auf dem Flughafen zu treffen, um mehr Details zu bekommen, mit denen er seine Untersuchung beginnen konnte.

Der Himmel war jetzt völlig schwarz, und Bane fühlte, wie die Schatten schon lange vergangener Jahre wieder an ihn heranschlichen.

Bane war zur Armee gegangen, weil er eingezogen worden war. Er sah keinen Sinn im Krieg und noch weniger darin, dagegen zu protestieren. Er akzeptierte seine Einberufung und die nachfolgende Ausbildung in einem Rekrutenlager ohne Enthusiasmus oder Angst, stellte fest, daß ihm die Härte der Ausbildung gefiel und er die anderen Rekruten bei weitem übertraf. Er bemerkte, daß man ihn beobachtete – Männer mit ganzen Medaillenreihen an den Uniformen und andere in

Zivilkleidung. Zwei Wochen später wurde Bane mit einem Dutzend anderer Rekruten aus ähnlichen Lagern in eine geheime Basis versetzt.

Man sagte ihnen einfach, man hätte . . . etwas . . . festgestellt, das eine spezialisiertere Ausbildung rechtfertigte. Diese Ausbildung ging täglich mit achtzehn Stunden vonstatten, erstreckte sich sowohl auf geistige wie auch auf körperliche Bereiche – und war absolut mörderisch. Die Zahl der Rekruten sank schnell, bis allein Bane übrigblieb. Er erfuhr von allen Aspekten der Gewalt, lernte, sie sich zu eigen zu machen, ihr sogar zugetan zu sein. Er lernte, die körperlichen Tests zu lieben, denen seine Ausbilder ihn unterzogen. Überlebenstraining. Subversion. Infiltration. Guerilla-Kampf. Töten.

Schußwaffen waren gut, aber laut.

Messer ausreichend, aber nicht immer verfügbar.

Hände waren immer da, schnell und leise.

Bane zog die Hände vor.

Er lernte, auf hundert verschiedene Arten mit ihnen zu töten. Mit der geschlossenen Faust oder der geöffneten Hand – es spielte keine Rolle. Er konnte in einer Sekunde einen Nacken brechen, in nicht einmal zwei eine Kehle zertrümmern. Die Ausbildung und der Drill setzten sich endlos fort und boten ihm ständig neue Herausforderungen.

Ein Test bestand darin, in nicht einmal einer Minute drei in gegenseitiger Sichtweite befindliche Männer unter dem Schutz der Dunkelheit auszuschalten; dann ließ man ihn die gleiche Prüfung bei vollem Tageslicht ausführen.

Bei einem anderen Test wurde er waffenlos in einem Wald ausgesetzt, und ein halbes Dutzend schwer bewaffnete Männer verfolgten ihn. Seine Aufgabe bestand darin, sie innerhalb von einer Stunde auszuschalten. Es kam nur auf das Timing an. Der Erfolg hing davon ab.

Bei einer dritten Prüfung wurde er zwei Wochen lang in der Wildnis ausgesetzt, ohne Nahrung, Wasser oder Waffen; nicht einmal Kleidung bekam er.

Die Ausbildung währte sechs Monate. Joshua Bane lernte, eine Maschine zu werden, deren Auffassung von Recht oder Unrecht sich niemals über seine Befehle hinaus erstreckte. Es gab Aufträge, die nur eine Maschine bewältigen konnte. Das geringste Zögern würde das Scheitern bedeuten. Daher verschwanden alle Spuren von Gewissen und Moral, während die Teile der Maschine angezogen und abgeschliffen wurden. Die Wochen verstrichen . . . schleppten sich dahin. Die Spiele wurden langweilig. Bane sehnte sich nach der Wirklichkeit. Er kam sich vor wie eine immer größer werdende Benzinpfütze, die nach einem brennenden Streichholz dürstete.

Eines Abends spielten seine sechs Ausbilder Karten, als plötzlich die Lampen in ihrer Hütte erloschen. Es folgten kurze Kampfgeräusche, bevor die Lampen wieder aufflammten und einen grinsenden Bane enthüllten, der über den gefesselten, geknebelten und besiegten Körpern seiner Ausbilder kauerte.

Er hatte seinen letzten Test bestanden. Eine Maschine wurde niemals in den Einsatz geschickt, bis sie mehr als nur bereit war. Er mußte zuerst einen Punkt erreicht haben, wo er *lediglich* in diesem geistigen Zustand leben konnte, wo einzig und allein solch ein Leben zur Wahl stand. Und um zu beweisen daß er diese Ebene erreicht hatte, mußte er das Anleitungsbuch außer acht lassen und sich eigene Regeln schaffen. An dem Abend, da Bane die Hütte seiner Ausbilder überfallen hatte, hatte er bewiesen, daß er soweit, ja noch weiter war. Der Schüler war zum Meister geworden. Er war bereit für den Einsatz.

Bane verbrachte einen guten Teil der nächsten fünf Jahre hinter feindlichen Linien. Das Ziel seiner Missionen veränderte sich fast von Tag zu Tag, doch die Absicht blieb immer gleich: den Feind zu zerbrechen, seine Befehlsketten und Kommunikationskanäle durch Sabotage, Spionage oder Elimination zu zerreißen. Hauptsächlich durch Elimination.

Die Maschine, die einst Joshua Bane gewesen war, verlangte keine Informationen, nur Eingaben; keine Erklärungen, nur Befehle. Er tötete, wie man es ihn gelehrt hatte: sauber, präzise und kalt.

Kalt wie Eis.

Sie nannten ihn den Wintermann.

Doch tief in der Maschine vergraben lag etwas, das noch dachte, überlegte, sogar empfand. Auf dem Rückweg von einem wie üblich erfolgreich ausgeführten Auftrag zum vereinbarten Treffpunkt mit dem Hubschrauber des Schwans kam der Wintermann an einer brennenden Schule in einem vietnamesischen Dorf vorbei. Viermal wagte er sich in die Flammen, bis er mit dem letzten der dort eingeschlossenen Kinder auftauchte, ohne auch nur einmal zu zögern oder über die Risiken nachzudenken.

Der Fotograf einer Presseagentur schoß während der Rettungsaktion einen ganzen Film von Fotos, manche davon Nahaufnahmen, die den seltsam ruhigen Ausdruck von Banes Gesicht zeigten, wie er in das Gebäude hineinlief und wieder herauskam. Das, so bemerkte der Reporter in einer Fotounterschrift, war das Werk eines wahren Helden. Es wären vielleicht die dramatischsten Bilder des Krieges geworden, wenn man ihre Veröffentlichung genehmigt hätte. Der Geheimdienst der Armee und das Pentagon konnten nicht dulden, daß das Gesicht ihrer persönlichen Mordmaschine die Titelseiten einer jeden Tageszeitung der Vereinigten Staaten schmückte. Zufälligerweise erwies sich der Film als fehlerhaft; die Bilder wurden zu formlosen Flecken entwickelt. Der Fotograf konnte nur die Achseln zucken. Der Mann im Fotolabor lächelte und schickte sich noch einmal an, den Stapel Geldnoten zu zählen, den sein ungewöhnlicher Auftrag ihm eingebracht hatte.

Der Wintermann blieb in den Schatten.

Und nun fuhr Joshua Bane an einem verblichenen, sich allmählich auflösenden Schild vorbei, das über einer gleichermaßen abgeblätterten Gebäudefassade ruhte: King Congs Sporthalle. Er bot auf der Suche nach einem Parkplatz von der 140. Straße ab. Zu dieser Abendstunde waren Parkplätze in Harlem rar, doch Bane kannte eine Gegend, wo man immer ein paar finden konnte. Die Autos, die Kings Kunden gehörten, wurden niemals beschädigt, und Bane war schon oft und lange genug von verborgenen Blicken gemustert worden, um zu wissen, daß dies auch für das seine galt.

Er parkte seinen schmucklosen und praktischen Cressida vor einer getäfelten Ladenfront zwei Blocks von der Sporthalle entfernt. Der Gedanke, in völliger Dunkelheit durch einen nicht so freundlichen Teil Harlems gehen zu müssen, ließ ihn nicht im geringsten zögern oder nachdenken. Er war schon aus dem Wagen und ein paar Meter gegangen, bevor die offene Feindseligkeit der Gegend auf ihn einstürmte.

Fünfzehn Meter und ein ausgebranntes Gebäude weiter bemerkte er, daß er verfolgt wurde. Bane beschleunigte seine Schritte nicht, sondern verlangsamte sie, während er spürte, wie sich seine Nackenhaare aufrichteten. Immer das Unerwartete, das war der Schlüssel, alles, um das Timing der gegnerischen Seite durcheinanderzubringen. Daß er seine Schritte verlangsamte, erhöhte seine Möglichkeiten, während es die des Verfolgers minderte.

Immer langsamer schritt er über die schmutzigen Risse im Bürgersteig, doch sein Schatten blieb hinter ihm und hielt die Entfernung zwischen ihnen konstant auf zwölf, vielleicht fünfzehn Meter. Bane schwang sich schnell und gebückt herum, stellte fest, daß sich niemand hinter ihm befand und wandte sich wieder um. Sein Verfolger war gut, sehr gut. Nun waren die Vorteile auf seiner Seite. Bane hatte sich verraten, sein Überraschungselement aufgegeben und, was noch schlimmer war, die genaue Position seines Verfolgers verloren. Seine Ohren achteten auf jedes Geräusch in seiner Umgebung. Er vertraute seinen Augen nicht. Wenn man etwas sah, war es normalerweise schon zu spät, um noch etwas dagegen zu unternehmen.

Bane verlangsamte seine Schritte zu einem Schleichen.

Es war kein Amateur, der ihn verfolgte, kein Harlem-Schläger, keine Straßenratte. So einen hätte Bane in einem Augenblick ausfindig gemacht und ihn heulend zu Mama zurückgeschickt. Nein, das war ein echter Profi, jemand im Spiel und darüber hinaus ein verdammt guter Spieler. Zum ersten Mal bedauerte Bane, daß er keine Waffe trug. Sein Vertrauen in seine Hände war absolut, doch es gab Gelegenheiten, bei denen sich eins von Bannisters Wurfmessern oder eine kühle Browning sehr gut anfühlten.

Sein Verfolger hatte fast zu ihm aufgeschlossen. Bane spürte ihn hinter sich, hatte aber keine Ahnung, wo genau sich der Mann befand. Banes Finger schlossen sich zur Faust, bereit, sich sofort wieder zu öffnen. Er glitt in die Schatten neben dem Lichtkegel einer Straßenlampe, sah das mitgenommene Schild von King Congs Sporthalle unmittelbar vor sich und entspannte sich einen kurzen Augenblick lang.

Zu lang.

Die gewaltige Gestalt erhob sich vor ihm aus der Dunkelheit und Luft und verharrte gerade lange genug, daß Bane erkannte, daß sie wieder verschwunden war. Dann schnellte ein muskulöser Arm zu seiner Kehle und hielt erst inne, als Bane gerade rechtzeitig den Unterarm hochriß und den Schlag abblockte. Er trat zur Seite und duckte sich, doch sein Widersacher war ihm ebenbürtig, mehr als nur ebenbürtig, wich mit einer fließenden Bewegung aus und traf Banes Niere mit einer Faust, die sich wie Stahl anfühlte.

Plötzlich schlossen sich zwei gewaltige Arme über seinem Magen, und Bane spürte mit großer Überraschung, wie seine zweihundertzehn Pfund mühelos in die Luft gerissen wurden. Die Arme übten gerade soviel Druck aus, um ihm die Luft aus den Lungen zu pressen und zu verhindern, daß er wieder einatmen konnte, als seine Rippen nachgaben.

Bane setzte zu einer Abwehrbewegung an, von der er stark bezweifelte, daß sie großen Erfolg zeigen würde, als er eine rauhe Stimme an seinem Ohr vernahm und alles plötzlich Sinn ergab.

»Hab' ich dich«, sagte der King.

3

King Congs dreihundert Pfund waren vielleicht einmal fester gewesen, doch sein fast zwei Meter großer Körper hatte nie bedrohlicher gewirkt. Wenn überhaupt, ließen ihn die weißen Flecke, die seine dichte, schwarze Afro-Frisur schmückten, noch angsteinflößender und monströser wirken. Er versetzte Bane einen Klaps auf den Rücken und umarmte ihn einmal kurz, und sie gingen gemeinsam zur Sporthalle des Riesen weiter.

»Schon lange her, daß wir zum letzten Mal eine Runde des alten Spiels gespielt haben, Josh-Boy.«

»Mindestens ein Jahr. Du mußt geübt haben.«

King Cong schüttelte den Kopf und reckte die muskulösen Arme. »Nichts da. Ich bin zu alt für so einen Scheiß. Bin letzte Woche fünfzig geworden.«

»Aber du hast keine Party gegeben.«

»Ich will mein Glück doch nicht übermäßig strapazieren! All diese kleinen Scheißer auf den Straßen, die nichts lieber täten, als dem King eins auszuwischen, könnten auf den Geschmack kommen, wenn sie wüßten, daß ich ein halbes Jahrhundert alt geworden bin.«

»Machst du dir Sorgen darüber?«

»Ja, zum Teufel. Ich habe für einen Menschen schon genug getötet. Will nicht noch mehr umbringen, wenn ich die Wahl habe.«

Bane folgte dem King in die Sporthalle, wo die Luft schal und dick vor Schweiß war. Darin befanden sich zwei Boxringe, eine Reihe Punchingbälle und eine Unmenge Hanteln. Keine modischen Foltergeräte oder Übungsapparate; simpler, kalter Stahl beherrschte den Boden. Bane wußte, daß man nur mit freien Gewichten etwas ausrichten konnte. Das moderne Zeug kam dem nicht einmal nahe. Aufmerksame Augen folgten ihm, als er durch die Halle ging. Nur wenige nahmen ihn zur Kenntnis, doch niemand stellte seine Anwesenheit in Frage. Es gab eine Regel in der Sporthalle des Kings, die Vorrang über Rassenzugehörigkeiten hatte. Wenn jemand Hilfestellung brauchte, konnte man sich an Bane wenden, und dies galt auch umgekehrt. Ansonsten wurde kein anderer Weißer hier so höflich behandelt, ganz einfach, weil kein anderer Weißer hier trainierte.

Er folgte dem King in den überraschend sauberen Umkleideraum.

»Was hast du für heute abend vor, Josh-Boy?«

»Ein paar Runden an den Sandsäcken, vielleicht zwei Stunden für den Oberkörper.«

»Du tust genug für die Beine?«

»Das übliche Pensum.«

»Mußt mehr daran tun. Das bringt dir die Schnelligkeit. Wenn du die Schnelligkeit verlierst, kannst du dich direkt verabschieden.« Der King vergewisserte sich, daß der Umkleideraum verlassen war, bevor er fortfuhr. »Wie heute abend. Ich bin ein verdammt alter Mann, Josh-Boy. Mein Körper tut mir an mehr Stellen weh, als du Schüsse abgefeuert hast, und an manchen Tagen braucht man 'ne ganze Ladung Pferde, um mich aus dem Bett zu ziehen. Aber ich hab' dich auf der Straße da draußen gekriegt. Ich hatte dich.« Es lag kein Anflug von Triumph in der Stimme des Kings.

»Nur ein Spiel, King.«

»Denn sag mir verdammt noch mal doch, was kein Spiel ist; Das ist nicht der Punkt, und du weißt, daß es gequirlte Scheiße ist. Es kommt darauf an, daß du da draußen auf der Straße nur für jemanden bereit warst, der nicht so gut ist wie du. Einer, der gleich gut oder besser ist, hätte dich kreuzweise aufschlitzen können.«

Bane zuckte die Schultern und öffnete sein Schließfach.

»Jetzt komm mir nicht dumm, Josh-Boy. Ich war's, der dir beigebracht hat, wie man am Leben bleibt, und wenn ich eines morgens die Zeitung aufschlagen und lesen würde, daß du in einer dunklen Straße erschossen oder sonstwas wurdest, käme ich mir echt schlecht vor. Als wär's meine Schuld, weil ich dir nicht beigebracht habe, gut genug zu sein. Du hast es immer noch drauf, aber das heißt nicht, daß du dich auch jederzeit daran erinnerst, wie du es anstellen mußt.« King Cong setzte sich auf eine Bank und entblößte bei einem Lächeln die Zähne. »Vielleicht gebe ich dir am besten noch ein paar Unterrichtsstunden.«

Dreiundzwanzig Jahre zuvor hatte Joshua Bane als High-School-Absolvent im zweiten Jahr festgestellt, daß ihn die üblichen Sportarten überhaupt nicht interessierten. Basketball und Football und der Ruhm, der damit einherging, hatten ihm nichts bedeutet. In der Bronx aufzuwachsen, lehrte einen nicht nur, innerlich hart zu sein, sondern auch, daß es an der Zeit war zu lernen, auch äußerlich hart zu sein. So hatte Josh einen beträchtlichen Teil seiner Ersparnisse in Gewichte investiert und damit angefangen, jeden Morgen um fünf Uhr aufzustehen und den Tag mit einem harten einstündigen Training zu beginnen. Er strengte sich an, bis seine Muskeln pochten und klopften, und dann strengte er sich noch mehr an. Er zwang sich zu einem gnadenlosen Training in einem muffigen Keller, der von der Hitze des Sommers versengt wurde und ungeschützt der Kälte des Winters preisgegeben war, und sehnte sich noch immer nach mehr.

Josh kannte ein paar Jungs, die boxten, und einige wenige Jungs, die mit etwas angefangen hatten, das man Karate nannte. Er wußte nichts vom letzteren, bis auf die Tatsache, daß es zumeist von glatten, geschmeidigen Japanern gelehrt wurde, die sich wie der Wind bewegen konnten. Er bekam fast täglich Streitgespräche zwischen Boxern und Karateschülern mit, die sich darum drehten, welche Sportart einen zu einem besseren Kämpfer werden ließ. Ihre Argumente bildeten die Grundlage seines Entschlusses: anstatt eine der beiden Sportarten zu erlernen, würde er beide erlernen.

Direkt nach der Schule ging er jeden zweiten Tag zu einer Boxhalle, in der Gymnastik, Laufen, Sandsackarbeit, Punchingballarbeit, Schattenboxen, Übungskämpfe und immer Seilchenspringen angeboten wurden. Dann eilte er zum Abendessen nach Hause, das er, wenn er Glück hatte, gerade noch herunterschlingen konnte, um rechtzeitig zu dem neunzigminütigen Karatetraining in einem *Dojo* auf der Straße direkt gegenüber seiner Wohnung zu laufen. Sein strenger Trainingsplan ließ ihm keine Zeit für Jobs nach der Schule. Anstatt Gebühren zu entrichten, arbeitete er täglich abwechselnd eine Stunde in der Boxhalle und eine im *Dojo*, um für seine Zeit dort zu bezahlen.

Als sein letztes Jahr auf der High School begann, steuerte Josh seinen Schwarzen Gürtel an und war auch schon ein sehr solider Boxer. Überdies kehrte er nach seinem abendlichen Karatetraining pflichtgemäß nach Hause zurück, um noch drei Stunden zu lernen, bevor er zu Bett ging. Er hatte sich schon sehr früh im Leben dazu erzogen, mit wenig Schlaf auszukommen, eine Eigenschaft, die in späteren Jahren zu einem Gottesgeschenk werden würde. Seine Eltern waren beide aus der Alten Welt gekommen, und sein Vater hatte genug über

Amerika gelernt, um schnell zu begreifen, daß man, wenn man irgend etwas erreichen wollte – besonders, die Bronx zu verlassen –, aufs College gehen mußte. Er hatte Josh von Geburt an in diese Richtung geführt.

George Bane hatte spät geheiratet und war mit bescheidenen Träumen nach Amerika gekommen, die zu einem kleinen Geschäft für Süßwaren und Zeitschriften geführt hatten, einem von fünf im Umkreis von zwei Häuserblocks, aber dem einzigen, das auch Kindern Kredit gab. George Bane nahm selten seine gesamten monatlichen Schulden ein, doch der gute Wille, den seine Kreditbereitschaft erzeugte, reichte aus, um ihm ein einigermaßen bequemes Leben zu ermöglichen und ihn jeden Abend um sechs Uhr mit einem Lächeln nach Hause kommen zu lassen.

Eines Abends verschwand das Lächeln dann.

Josh konnte nicht genau festlegen, wann sich der Charakter seines Vaters geändert hatte, obwohl es am Ende seines ersten Jahres auf der High School angefangen zu haben schien. Monatelang hörte er, wie seine Eltern bis spät in die Nacht in ihrer angestammten Sprache miteinander flüsterten, einer Sprache, die Bane zu erlernen sich niemals die Mühe gemacht hatte. So lag er des Nachts wach und versuchte, einigermaßen vertraute Worte aufzuschnappen und sie zu etwas zusammenzufügen, das Sinn ergab, wobei er dem jedoch nicht einmal nahe kam.

Josh verbrachte die Samstagnachmittage in dem Laden und half seinem Vater. Es war die geschäftigste Zeit der Woche, ein paar Stunden, deren Umsätze darüber entschieden, ob man es wieder einmal geschafft hatte oder nicht. Regentage waren am schlimmsten, und während George Bane nach einem solchen Regentag aufräumte, erklärte er seinem Sohn schließlich, was vor sich ging.

»Da gibt es ein paar Männer, die zu mir kommen und Geld verlangen, Joshey.«

Banes Hände verkrampften sich zu Fäusten. Er hatte genug Geschichten darüber gehört, um zu wissen, daß sein Vater von Schutzgeldforderungen sprach.

»Hast du es gezahlt?«

»Zuerst nicht. Dann kamen andere Händler zu mir und sagten, daß man sie auch angesprochen, ja sogar bedroht hatte, und ich dachte, es sei vielleicht gar nicht so schlecht, sich mit ein wenig Geld Seelenfrieden zu kaufen. Also bezahlte ich . . . für eine Weile.«

»Aber du hast damit aufgehört«, sagte Josh stolz und empfand tiefe Liebe für diesen Mann mit den dünnen Armen und den ausgelaugten Gesichtszügen, der sich gegen die größten Schurken in der Bronx erhob.

»Ja, Joshey, ich habe damit aufgehört. Ich habe mich gefragt, wie ich damit leben konnte, diesen Schurken auch nur einen Dollar meines schwer verdienten Geldes zu geben. Ich habe mich mit den anderen Ladenbesitzern getroffen, und wir haben beschlossen, alle zusammenzuhalten und uns zu weigern, weitere Zahlungen zu leisten.«

»Und?«

Der alte Mann zuckte die Achseln.

Bane wußte es sofort. »Du bist der einzige, der durchgehalten hat.«

Sein Vater zuckte die Achseln und brachte ein leichtes Nicken zustande.

»Dad, du mußt zur Polizei gehen, du bist . . .«

»Ach, du weißt doch besser als ich, Joshey, daß die Polizei nichts ausrichten kann. Wenn ich sie herhole, mache ich die Sache nur noch schlimmer. Aber ich kann nichts mehr bezahlen. Ich bin in dieses Land gekommen, um von solchen Schurken wegzukommen. Ich habe den größten Teil meines Lebens in Furcht und Unterwerfung verbracht. Ich kann das nicht mehr ertragen.«

»Hast du das den Geldeintreibern gesagt?«

»Ich habe es ihnen gesagt.«

»Aber sie kommen trotzdem noch.«

»Manchmal ja, manchmal nein.« Der alte Mann hob seine müden Schultern. »Vielleicht werden sie eines Tages aufgeben.«

Zu Beginn eines Kälteeinbruchs, an einem verregneten Samstag, kamen zur Hauptgeschäftszeit zwei Männer in langen Mänteln und verlangten, draußen mit George Bane zu sprechen. Bevor Josh Einwände erheben konnte, hatte sein Vater ihn mit einem überraschend starken Griff am Arm gefaßt.

»Ich kann nicht davonlaufen, Joshey. Sie werden wie immer Geld von mir verlangen, ich werde mich weigern, und sie werden gehen.«

George Bane ging ohne Mantel in den Regen hinaus. Sekunden später erklangen zwei Schüsse. Josh lief auf die Straße, sah aber nur noch, wie ein Wagen mit kreischenden Rädern vom Bordstein davonfuhr und sein Vater tot in der Gosse lag; das Blut von zwei Schußwunden versickerte in einem Gully.

Josh schrie und hörte erst damit auf, als die Polizei kam.

Die Gangster wußten, daß sein Vater zu einem Beispiel für andere Ladenbesitzer wurde, und so hatten sie an ihm ein anderes Beispiel statuiert. Der Mord am hellichten Tag vor Dutzenden von Zeugen, praktisch alle davon Kinder, war ein kühner Schachzug, um die gesamte Nachbarschaft zu völliger Unterwerfung zu zwingen. Statt fünfzig Dollar im Monat betrug der Preis für Schutz nun einhundert. Und die Nachbarschaft machte mit.

Die Polizei hingegen war seltsam unfähig, trotz einer genauen Beschreibung eine Spur von George Banes Mördern zu finden, was Joshs Zorn und Frustration nur erhöhte. Da er nichts anderes zu tun hatte, drehten sich all seine Gedanken um Rache, und er war auf eine gewisse Art und Weise froh, daß die Polizei nicht versuchte, die Mörder zu fassen, weil er dies nun selbst tun konnte. Er dürstete nach einer Rache, die nur der Tod der Mörder selbst stillen konnte. Dieses Ziel nahm seine gesamte Zeit in Anspruch. Er schmiedete Pläne, bereitete sich darauf vor – der Knoten in seinem Magen wurde von Tag zu Tag härter. Er würde sie bekommen – nur mit dieser Gewißheit konnte er mit dem leben, was geschehen war.

Während sich Bane seiner körperlichen Fähigkeiten durchaus bewußt war, war er sich ebenfalls der Tatsache bewußt, daß selbst solche Fähigkeiten ihm nicht ermöglichen würden, so effektiv zu töten, wie er es mußte. Und kein knochenzermürbendes Training auf der Welt konnte das ändern. Das Töten war etwas Neues, Fremdes. Er wollte es tun, aber er wußte nicht wie. Es war an der Zeit, sich ein neues Training und einen neuen Lehrmeister zu suchen.

Jedes Kind auf der Straße konnte einem sagen, daß der härteste Bursche in New York ein schwarzer Riese namens Gus Conglon war, besser bekannt als King Cong. Bane erfuhr den Namen einer Bar in Harlem, die der King besuchte, und ging eines Nachmittags nach der Schule dorthin.

Als er die Tür öffnete, stieg ihm die Angst die Kehle hoch. Doch er unterdrückte sie, in dem er sich daran erinnerte, weshalb er hier war. Die Augen von einem Dutzend Schwarzer wandten sich von der Bar ab und folgten ihm durch den Raum; ihre Gesichter kündeten von ungläubigem Erstaunen. Bane zögerte nicht, sondern ging weiter zu einer Ecknische, wo der größte Mann saß, den er je gesehen hatte, und an einem Bier nippte.

»Suchst du nach mir, weißer Knabe?«

»Sind Sie der King?«

»So nennen mich meine Freunde.«

Bane hielt den Atem an. »Kann ich mich setzen?«

King Cong lachte erstaunt auf. »Klar, weißer Knabe. Tut mir leid, daß ich dir kein Bier anbieten kann, aber ich habe nur ein Glas.«

Bane setzte sich und blieb wie betäubt hocken.

»Nun, weißer Knabe, meine Zeit ist kostbar, und die Uhr läuft.«

Bane sah keine andere Wahl, als direkt zur Sache zu kommen. »Vor zehn Tagen haben zwei Männer meinen Vater getötet«, sagte er lahm.

Der King musterte ihn etwas genauer und nickte. »Den Ladenbesitzer in der Bronx?«

Bane nickte.

»Ich hab' davon gehört. Die Uhr läuft noch immer, weißer Knabe. Was willst du von mir?«

Bane zog eine Rolle Geldscheine, seine gesamten Ersparnisse, aus der Tasche und schob sie über den Tisch. »Es ist nicht viel, aber ich werde mehr auftreiben. Ich werde Ihnen bezahlen, was Sie verlangen, alles, was ich habe.«

Das brachte ein Lächeln auf das Gesicht des Kings. »Na ja,

weißer Knabe, mir haben schon alle möglichen Leute alles mögliche Zeugs angeboten, aber ich habe noch nie etwas angenommen. Was soll ich für dich tun, die beiden Typen umlegen?«

»Nein«, sagte Bane unerschütterlich. »Ich will, daß Sie mir beibringen, wie ich es selbst machen kann.«

Das Lächeln verschwand. »Manche Dinge kann man einem nicht beibringen«, sagte der King und goß sich noch ein Bier ein, wobei er versuchte, dem Blick des grimmigen, entschlossenen Jungen vor ihm auszuweichen.

Banes Miene schwankte nicht. Wortlos hielt er stand.

Der King nahm einen Schluck Bier und fuhr sich mit der Zunge über die Lippen. »Na ja, weißer Knabe, du weißt schon, wie man kämpft; das habe ich daran erkannt, wie du dich bewegst. Ich wette auch, daß du verdammt gut bist. Das Problem ist nur, daß du an Regeln und Vorschriften gewöhnt bist. Und die gibt es auf der Straße nicht.« Der King schwang eine riesige Hand über den Tisch und hielt sie vor Banes Augen, bevor dieser reagieren konnte. »Nimm' das Licht weg, und die meisten Typen sind fast völlig hilflos.« Er zog die Hand zurück. Bane zuckte unbehaglich zusammen.

»Aber die Straßen sind dunkel und rauh. Wenn du jemanden umlegen willst, mußt du lernen, wie es auf der Straße gemacht wird. Die meisten Menschen kommen nach Einbruch der Dunkelheit um. So wird es auch mit den beiden Typen sein, die deinen Vater umgelegt haben.«

»Dann werden Sie es mir beibringen?«

King Cong brachte ein weiteres Lächeln zustande und schob die Rolle Geldscheine über den Tisch zurück. »Was zum Teufel soll ich damit? Bereite dich nur darauf vor, härter zu arbeiten, als du je gearbeitet hast.«

»Wann fangen wir an?«

Der Unterricht begann schon am nächsten Nachmittag, und Bane erfuhr bei einer Lektion mit dem King mehr über das Kämpfen und Überleben, als er in zwei Jahren Boxen und Karate gelernt hatte. Conglon errichtete in seinem Keller einen Hindernisparcours und schob eine Binde über Banes Augen.

»Ich will nicht, daß du wie ein Ballett-Schwuli herumtanzt«, warnte er. »Es kommt nur auf Geschwindigkeit an, auf Geschwindigkeit und Balance. Wenn du ausrutscht,falle nicht. Wenn du gegen etwas läufst, werde nicht langsamer.«

Nach zwei Wochen im Hindernisparcours verlegte der King den Unterricht in eine nahe gelegene Gasse und dann, zumeist des Nachts, auf die Straßen selbst. Er lehrte Bane, wie man die Dunkelheit benutzte, anstatt sie zu meiden, zeigte ihm, wie man sich auf einen Umriß oder Schatten konzentrierte, statt auf eine vollständige Gestalt. Bewegung war der Schlüssel: man mußte in Bewegung bleiben, während man seinem Widersacher folgte. Man mußte Geräusche aufnehmen, filtern, augenblicklich analysieren. Angriffe kamen sehr oft von hinten, und immer gingen ihnen Geräusche voraus.

Nach drei Monaten war Bane beinahe imstande, sich gegen den King zu behaupten. Seine Sinne – und zwar alle – hatten sich um tausend Prozent verbessert. Er war zu einem erfahrenen Nachtkämpfer geworden, was ihn am Tage zu einem noch fürchterlicheren Widersacher machte.

»Darauf, weißer Knabe, kommt es an«, sagte King Cong. »Und ich glaube, es ist an der Zeit, uns mit den beiden Scheißern zu beschäftigen, wegen denen du ursprünglich zu mir gekommen bist.«

Bane nickte nur. Sie hatten während all dieser Monate kaum über die Motive gesprochen, die Bane zum King geführt hatten. Er war der Meinung, der Riese hätte eine bestimmte Methode, und wollte sich nicht dagegen auflehnen. Man mußte Geduld lernen. Wenn man zu viel Druck erzeugte, würde der King noch mehr Gegendruck erzeugen. Also wartete Bane ab, obwohl der Gedanke, seinen Vater zu rächen, niemals sehr fern war.

Am nächsten Tag beschäftigten sie sich mit Handfeuerwaffen, besonders mit einem dicken stubsnasigen Revolver mit einem besonderen Klebeband um den Abzug und Griff, das Fingerabdrücke schluckte. Sie übten nur auf geringe Entfernung, nicht mehr als zehn Meter und zumeist weniger.

»So wirst du dein Ziel treffen«, erklärte der King ihm. »Und ob du es mir glaubst oder nicht, das sind die schwersten Schüsse.«

Es dauerte eine Woche, bevor Bane mit seinen Fertigkeiten zufrieden war.

»Ich habe eine Spur der Killer, die deinen alten Herrn umgelegt haben«, sagte der King eines Abends plötzlich. Später würde Bane erfahren, daß er sie von Anfang an gekannt, die Information aber zurückgehalten hatte, bis er sich sicher war, daß sein Schüler bereit war. »Freiberufliche Schläger der örtlichen Banden. Nicht sehr beliebt. Man wird sie nicht vermissen. Das ist eine Chance. Auf jeden Fall hängen die beiden Abend für Abend in McGilrays Bar herum. Du wirst morgen draußen auf sie warten. Ich werde dich fahren. Sie werden betrunken sein, so daß du dir keine Sorgen machen mußt, sie zu erwischen, aber es sind noch immer Profis; also paß auf deinen Arsch auf.«

Josh knirschte mit den Zähnen. »Ich will, daß sie wissen, daß ich es bin. Ich will, daß sie wissen, wer sie umbringt.«

Der King runzelte die Stirn. »Das Problem dabei ist, weißer Knabe, wenn sie Zeit haben, dich zu sehen, könnte dich vielleicht auch ein anderer sehen.«

»Dieses Risiko nehme ich auf mich.«

Der King nickte einfach.

Am nächsten Abend regnete es. Das paßt, dachte Bane, während er sich auf einer Treppe zwei Türen von McGilrays Bar entfernt niederkauerte. Es war ein Uhr morgens, bevor die beiden Killer die Bar verließen. Sie trugen die gleichen Mäntel wie an jenem verregneten Samstag. Er erkannte sie augenblicklich und stellte fest, daß nur einer von ihnen betrunken war. Sein Herz hämmerte, doch er gestattete sich kein Zögern.

Er bewegte sich ganz normal von der Treppe und verschmolz mit der Nacht. Die Killer standen noch immer vor der Bar, musterten das Wetter und versuchten, sich im starken Wind Zigaretten anzuzünden.

Bane blieb zwei Meter vor ihnen stehen.

»Das ist für George Bane«, sagte er einfach und fing an zu schießen.

Der Betrunkene war kein Problem. Die Kugeln warfen ihn hart gegen das Gebäude, und als er zusammenbrach, war er schon tot.

Der Nüchterne war eine andere Sache. Er stürmte mit zwei Kugeln im Leib vor und lief auch weiter, als Banes dritte ihr Ziel traf. Der Mann hatte ihn erreicht, bevor er eine vierte auf den Weg schicken konnte, und sein Griff, der aus Tod und Verzweiflung geboren war, war der stärkste, den Bane je gespürt hatte. Bane verlor seinen Revolver, versuchte, zur Seite zu treten, schaffte es nicht und spürte, wie die Finger des Mannes an seine Kehle fuhren. Die Daumen berührten sie zuerst, doch erst, als er keine Luft mehr bekam, entsann er sich wieder der nächtlichen Lektionen beim King, und sein Instinkt übernahm die Steuerung. Er schob seinen Körper zur Seite und brach den Würgegriff mit einem Hieb seines Handgelenks. Als der Mann versuchte, den Griff erneut anzusetzen, schoß Bane vor und herum, ergriff den Kopf des Killers mit beiden Händen und zerrte heftig. Das Schnappen war so laut wie die Schüsse. Der Mann versteifte sich, brach zusammen.

Ein schwarzer Wagen kam kreischend zum Stehen. Die Beifahrertür schwang auf. Bane sprang hinein.

»Nicht schlecht, weißer Knabe«, lobte der King und raste davon. »Gar nicht schlecht. Du hast dich wirklich gut gemacht.«

Bane hätte den King beinahe gefragt, warum er nicht eingegriffen hatte, als die Dinge schlecht aussahen, doch er stellte die Frage nicht, weil er die Antwort kannte, weil er wußte, daß dies sein Kampf gewesen war, den er allein gewinnen oder verlieren mußte. So hatte er es gewollt, eine Vereinbarung, die der King verstanden hatte und nicht gebrochen hätte.

Bane lehnte sich im Wagen zurück und sagte überhaupt nichts. Er empfand weder Schuld noch Freude. Er verspürte lediglich ein leeres Gefühl der Erleichterung und eine seltsame Gewißheit, die tief aus seiner Seele kam, daß er erneut töten würde, sehr oft sogar. Irgendwann, irgendwo.

An diesem regnerischen Abend, so vermutete Bane, hatte die tatsächliche Geburt des Wintermannes stattgefunden.

Und als er sich jetzt, über zwanzig Jahre später, umzog und zu dem Riesen hinübersah, mit dem alles angefangen hatte, brachte diese Erinnerung ein dünnes Lächeln auf sein Gesicht.

»Worüber lächelst du, Josh-Boy?«

»Über die alten Tage, King.«

»Ja, ich erinnere mich gut daran. Als es mit Vietnam losging, haben sie mich abgewiesen. Sagten, ich sei zu verdammt alt. Wenn du mich fragst, waren ein paar Jährchen über die Dreißig nicht zu alt, besonders nicht, nachdem ich mich schon mit diesen Schlitzaugen in Korea auskannte. Aber alles, was ich vorzeigen konnte, war eine unehrenhafte Entlassung, weil ich einen Militärpolizisten niedergeschlagen hatte, der dort einfach nicht hineingehörte. Ich sage dir, Josh-Boy, ich hätte als GI aufhören können, mit einer schönen kleinen Pension, kostenloser ärztlicher Versorgung und all diesem Scheiß. Aber ein Schlag, der irgendeinem Scheißer den Kiefer brach, und ich hatte nichts mehr und konnte noch froh sein, nicht in den Bau zu kommen.« Der King ließ den Blick durch den Umkleideraum schweifen und deutete dann mit dem Kopf zur Tür. »Jetzt habe ich nur diese Sporthalle, und die auch nur wegen dir.« Der Blick des King fiel wieder auf Bane und enthielt plötzlich Wärme. »Ich schulde dir was, Josh-Boy.«

»Nicht so viel, wie ich dir schulde.«

»Scheißdreck! Ich habe dieses Ding mit deinen Scheinchen gekauft.«

»Die ich in Vietnam gemacht habe, wo ich nur überlebte, weil du es mir beigebracht hast.«

»Sie haben dich in diesem Höllenloch gut bezahlt.«

»Auf das Geld kam es nie an.«

»Weißt du, ich wäre vielleicht selbst ein ziemlich guter Wintermann geworden, wenn ich nur die richtige Hautfarbe dafür gehabt hätte.« Der King hielt inne und erwiderte Banes Blick. »Der Wintermann hätte sich auf der Straße da draußen nicht von mir schnappen lassen.«

»Den Wintermann gibt's nicht mehr.«

»Es gibt ihn noch«, sagte der King nachdrücklich. »Wenn du ihn brauchst, ist er noch da.« Seine Hände spannten sich um die Bank. Das Holz schien unter dem Druck zu ächzen. »Du und ich, Josh-Boy, wir haben 'ne Menge gemeinsam. Wir beide gehören in vieler Hinsicht nicht auf diese Welt, besonders ich nicht. Es ist noch nicht allzu lange her, da konnte man sich in dieser Gegend mit seinen Fäusten durchsetzen. Heutzutage tragen Zwölfjährige schon Knarren mit sich, und mit zehn Wochengehältern kannst du dir eine Maschinenpistole kaufen. Kannst du mir das mal erklären?«

»Ich wünschte, ich könnte es, King. Ich wünschte, ich könnte es.«

4

Colonel Walter Chilgers saß entspannt auf dem Rücksitz seiner Limousine, während sein Fahrer den Wagen durch den Spätnachmittagsverkehr von San Diego steuerte. Als Direktor der COBRA, der Control for Operational Ballistic Research and Activation, war es manchmal unumgänglich für ihn, die Rolle eines Politikers zu spielen, wenn er sich mit bedeutenden städtischen Beamten traf und gerade soviel katzbuckelte, um den Eindruck zu vermeiden, daß ihre Meinung ihn einen Scheiß interessierte. So war es auch heute der Fall gewesen, bis auf die Tatsache, daß es heute noch langweiliger als sonst gewesen war. Irgendein Gespräch über die Wünsche der Stadt, COBRA möchte seine Tore für einen Besuch von örtlichen Geschäftsleuten öffnen. Chilgers hatte dem keine große Aufmerksamkeit geschenkt.

COBRA war auf einem großräumigen, umzäunten Gelände direkt neben dem San Diego Freeway beheimatet, von dem aus man praktisch in den Pazifik spucken konnte. Der gewaltige Komplex miteinander verbundener Gebäude erhob sich an einigen Stellen fünf, an anderen vier Stockwerke hoch. Und in diesen Gebäuden würde die Besichtigung stattfinden. Darunter würde mittlerweile in fünf unterirdischen Stockwerken die wirkliche Arbeit von COBRA wie gewohnt weitergehen.

Chilgers sah auf die Uhr; es war zehn nach sechs. Um halb sieben war er mit seinen beiden obersten Abteilungsleitern verabredet, und er verabscheute es, zu spät zu kommen. Er war stolz darauf, pünktlich und zuverlässig zu sein, und verlangte das gleiche von jedem Mann und jeder Frau, die unter ihm dienten. Zu einem Gesprächstermin zu spät zu kommen, stellte eindeutig eine Rebellion gegen die Autorität dar, und für Chilgers war Rebellion in einer Firma, die Gehorsam verlangte, ein Grund zur Entlassung. Dementsprechend vergewisserten sich die Angestellten doppelt, jeden Morgen ihre Digitaluhren zu stellen, und zwar normalerweise um fünf Minuten vor.

Chilgers beugte sich vor und sah durch die Windschutzscheibe der Limousine hinaus. Ein Unfall hatte den Verkehr praktisch zum Erliegen gebracht. Seine Haut fing an zu jucken. Er hatte kein Verständnis für jemanden, der nicht nach rechts abbiegen konnte, ohne dabei einen anderen Kotflügel mitzunehmen. Die Leute schenkten den Dingen einfach keine Aufmerksamkeit mehr; das war das Problem. Aber er hatte COBRA von solchen Leuten gesäubert. Wenn der Zeitplan schon streng war, war die Kleiderordnung noch strenger. Den Männern war es ausdrücklich verboten, selbst in der Zurückgezogenheit ihres eigenen Büros in Hemdsärmeln zu arbeiten. Einer Frau, die im Büro in Hosen erwischt wurde, wurde mit einer Frist von fünfzehn Tagen gekündigt, wenn sie Glück hatte, und andernfalls auf der Stelle gefeuert. Vor langer Zeit war Chilgers Offizier in der Luftwaffe gewesen, und er war nachdrücklich der Meinung, daß wirksames Arbeiten mit Disziplin begann.

Chilgers selbst erschien jeden Tag mit einem anderen dreiteiligen Anzug zur Arbeit: montags einem grünen, dienstags einem blauen, mittwochs einem grauen, Donnerstags einem schwarzen, und Freitags einem braunen, wobei er sich einen weißen und einen beigen für eventuelle Verpflichtungen am Wochenende aufsparte. Diese Routine hielt er ohne Ausnahme bei. Chilgers trug seine Anzüge so steif, wie er vor Jahren seine Air-Force-Uniform getragen hatte, und wenn er ein Gebäude betrat, das Einrichtungen von COBRA beherbergte, mußte er oftmals gegen den Drang ankämpfen, die Hand zum militärischen Gruß zu heben. Sein silbergraues Haar wurde jeden Freitag um elf Uhr fünfundvierzig geschnitten, was ihm noch genug Zeit für ein schnelles Mittagessen ließ, bevor er zu seinen wöchentlichen Stabsversammlungen aufbrechen mußte.

Der Wagen saß in dem Verkehrsstau fest. Chilgers' Uhr verriet, daß es vierzehn nach sechs war. Keine Chance, daß er es bei dieser Geschwindigkeit schaffen konnte.

»Der Bürgersteig«, sagte er und tippte dem Fahrer auf die Schulter. »Fahren Sie auf den Bürgersteig. Bringen Sie mich verdammt noch mal hier heraus.«

Der Fahrer drehte das Lenkrad nach rechts. Die Limousine ruckte über den Bordstein auf den Bürgersteig. Hupen dröhnten protestierend auf. Erschrockene Fußgänger sprangen zur Seite. Wenn sich Chilgers daran störte, zeigte er es zumindest nicht. Er lehnte sich lediglich zurück und entspannte sich. Jetzt würde er es rechtzeitig zu seinem Termin schaffen.

Um 18 Uhr 26 fuhren sie durch den Vordereingang von COBRA und direkt weiter zu der für Chilgers reservierten Parkbucht in der Garage. Sobald sich die Tür hinter ihnen geschlossen hatte, sank die Bodenfläche der Parkbucht fünf Stockwerke unter die Erdoberfläche hinab. Um 18 Uhr 29 glitt eine andere Tür auf, und Chilgers eilte davon, seinen Chauffeur wie üblich zurücklassend. Um Punkt 18 Uhr 30 schwang er die Tür zu dem Konferenzraum neben seinem Büro auf.

»Schön, Sie pünktlich anzutreffen, meine Herren«, sagte er zu den beiden Männern, die in den Sesseln rechts neben dem Konferenztisch saßen. »Fangen wir an.«

Die beiden Männer erhoben sich und warteten, bis der Colonel in seinem schwarzen Ledersessel Platz genommen hatte, bevor sie sich wieder setzten; dabei entging ihnen, wie er die Gegensprechanlage auf dem Beistelltisch neben ihm einschaltete. Es handelte sich um zwei äußerst gegensätzliche Männer. Der größere der beiden, Dr. Benjamin Teke, war ein gesetzter, selbstsicherer Mann, dessen Gewißheit, alles, was ihn betraf, unter Kontrolle zu haben, an Prahlerei grenzte, diese Grenze jedoch niemals überschritt. Sein Kopf war glattrasiert und rund, womit er seinen besonders großen Schädel und – so behauptete er – damit auch das besonders große Gehirn darin zur Schau stellte. Obwohl es keine medizinischen Erkenntnisse gab, die diese Behauptung bestätigten, vertrat Teke sie unerschrocken. Er gehörte von Anfang an zu COBRA, ein verdammt guter Forscher, der mit der Zeit zum Leiter der Abteilung Geheime Projekte aufgestiegen war. Er hatte sich völlig seiner Aufgabe verschrieben, und Chilgers wußte, daß er sich immer auf Tekes Unterstützung verlassen konnte. Teke war nicht annähernd so intelligent, wie er die Leute glauben machen wollte, doch er war außergewöhnlich gut darin, sie zu täuschen. Wenn ihm dies einmal nicht gelang, konnte er sie immer noch einschüchtern; darin war er so erfahren wie Chilgers selbst.

Professor Lewis Metzencroy war ein völlig anderer Typ. Hager, mit einem Glatzenansatz und bebrillt, war Metzencroy ein Genie in jedem Sinne des Wortes, doch ein bescheidenes und unterwürfiges. Für ihn war nichts klar umrissen. Er war durch und durch Wissenschaftler und der Ansicht, es sei nicht seine Aufgabe, Urteile zu fällen oder Entscheidungen zu treffen, sondern einfach zu forschen und zu erkunden. Er war peinlich genau in seiner Arbeit und erläuterte niemals eine Theorie oder Entdeckung, ehe er sie aus jedem vorstellbaren Winkel erprobt hatte. Wie Teke war er der Firma treu ergeben, doch im Gegensatz zu ihm erstreckte sich seine Beziehung zu COBRA selten darüber hinaus, einen Auftrag zu bekommen und ihn auszuführen.

Metzencroy nahm seine Brille ab und säuberte sie mit dem Taschentuch, das er immerzu in der rechten Hand zu halten schien.

Colonel Chilgers zündete seine Pfeife an. »Der einzige zu erledigende Punkt der heutigen Tagesordnung ist wohl ein neuer Bericht über die Tangenten-Phase von Projekt Vortex.« Er begegnete Metzencroys Blick und wußte schon, daß es Ärger gab, hundert zu erwartende Seiten eines Problems, das nur eine haben konnte. Chilgers mochte es, wenn die Dinge einfach, sauber und sicher waren. Vage Vermutungen und übermäßig ausführliche Erklärungen kamen dem Wahnsinn gleich, dem Fluch der Schwachen. Er verabscheute Männer wie Metzencroy und hätte es gern gesehen, wenn es mehr wie Teke geben würde. Er hatte jedoch eingesehen, daß Metzencroy trotz all seiner Schwächen ein brillanter Wissenschaftler war, ja sogar der Wissenschaftler, der Projekt Vortex von Anfang an aufgebaut hatte. Und das Projekt Vortex war die größte Sache, die COBRA je in Angriff genommen hatte.

Chilgers ließ seinen Blick zu Teke gleiten. »Gibt es eine neue Nachricht über Flug 22?«

Teke lächelte leicht. Die helle, schillernde Beleuchtung des unterirdischen Zimmers wurde von dem glatten Dach reflektiert. »Alle Computerberichte und Analysen bestätigen, daß wir den Jet innerhalb aller verantwortbaren Fehlerquoten aufgelöst und wieder zusammengesetzt haben. Ich bin sogar geneigt, die Tangenten-Phase unter allen gegebenen, praktischen Erwägungen als überragenden Erfolg zu bezeichnen.«

»Dem möchte ich widersprechen«, warf Metzencroy ein und tupfte sich mit dem ständig gegenwärtigen Taschentuch nervös die Stirn ab. »Ich habe gestern abend die Aufzeichnungen genau überprüft und heute morgen einige Computerberechnungen vorgenommen. Irgend etwas stimmt nicht.«

Chilgers strich über seine Pfeife. »Was?« fragte er und bemühte sich, seiner Stimme einen aufrechten Klang zu geben. Projekt Vortex war das Hätschelkind des Professors. Er konnte das Risiko, ihn zu verärgern, nicht eingehen.

»Eine Blase«, sagte Metzencroy.

»Eine Blase?« fragte Teke.

»Im Raum-/Zeit-Kontinuum«, fuhr der Professor fort. »Stellen wir uns vor, daß diese Lücke zwischen den Dimensionen – die Diskontinuität –, über die wir sprechen, im Prinzip nichts anderes ist als ein Teppich, den man über einen Boden legt. Manchmal erscheint eine Blase, und normalerweise kann man sie glätten . . . außer natürlich, wenn der Teppich zu groß ist. In diesem Fall kann man die Blase bewegen, aber nicht ausmerzen.«

»Ich bin kein Wissenschaftler«, erinnerte Chilgers ihn. »Sie müssen mir das schon einfacher erklären.«

Metzencroy runzelte die Stirn. »Die Computeraufzeichnungen, die wir während der Tangenten-Phase gemacht haben, zeigen eine Diskontinuität, eine Lücke, wahrscheinlich nur von der Dauer einer Sekunde, während der wir das Flugzeug verloren haben.«

»Kommen Sie, Professor«, schalt der Colonel. »Sie wissen besser als ich, daß wir es ja genau darauf angelegt haben, daß das Flugzeug verschwindet.«

»Für das nackte Auge, ja. Für die modernsten Radargeräte, ja. Aber nicht für die Computerrelais an Bord. Die daraus entstehenden Implikationen sind katastrophal.«

»Aber wir sprechen doch nur von einer Sekunde, wenn überhaupt«, warf Teke hilflos ein.

»Im Raum-/Zeit-Kontinuum könnte eine Sekunde nach allem, was wir wissen, eine Ewigkeit sein. Außerdem haben Sie nicht begriffen, worauf ich hinauswill. Ich will damit sagen, daß das Flugzeug einen Augenblick lang nicht nur aus der Sicht, sondern völlig verschwunden war. Es hat nirgendwo mehr existiert.«

»Haben wir ähnliche Resultate nicht schon zuvor gehabt?« fragte Chilgers und paffte an seiner Pfeife.

»Die früheren Tests vor dem Tangenten-Stadium wurden bei Geschwindigkeiten vorgenommen, die zu hoch waren, als daß unsere Computer genaue Meßergebnisse erzielen können. Das bedeutete nicht, daß ähnliche Risse nicht schon vorher aufgetreten sind.«

»Ich sehe nicht die Bedeutung Ihrer Entdeckung«, schnappte Teke.

»Ganz einfach ausgedrückt, Doktor: Wo war das Flugzeug, wenn es für einen wie kurzen Augenblick auch immer nicht dort war, wo es sein sollte? Die Computer lügen nicht. Sie verraten uns, daß das Experiment lange genug außer Kontrolle war, so daß ich die Durchführbarkeit des Projekts in Frage stellen kann.«

Chilgers nahm die Pfeife aus dem Mund. »Das Projekt?«

»Zumindest seine Tangenten-Phase. Der neue Faktor könnte größer sein, als Projekt Vortex verkraften kann.«

»Menschen«, murmelte Teke.

»Genau«, echote Metzencroy. »Der ganze Sinn des Tangenten-Stadiums besteht darin, die Auswirkungen von Vortex auf menschliche Versuchsobjekte statt lediglich auf Maschinen zu testen. Ich stimme vom wissenschaftlichen Standpunkt im Prinzip mit dem Konzept überein. Aber aus dem gleichen Standpunkt muß ich dringend raten, alle Tangenten-Phasen für die nächste Zukunft aufzugeben.«

»Und der Rest des Projekts?« fragte sich Chilgers.

»Das kann ich nicht sagen, bis ich die Ergebnisse dieses letzten Experiments ausgewertet habe. Aber Vortex hat offensichtlich etwas an sich, das wir noch nicht in Betracht gezogen haben und das alles verändern könnte. Offen gestanden bereitet das Auftreten dieser Blase mir höllische Angst. Ich sehe keine logische Erklärung dafür.«

»Professor«, warf Chilgers ein, »Logik hatte von Anfang an nur wenig damit zu tun, Projekt Vortex in Angriff zu nehmen. Warum sollte sie jetzt eine Rolle spielen?«

Metzencroy rieb sich wütend die Stirn. »Weil wir hier ein neues Gebiet betreten haben, ein Gebiet, das so weit entfernt von Atomwaffen ist wie Atomwaffen von Wurfschleudern. Wir müssen langsam vorgehen, langsam und vorsichtig. Wir können keine weiteren Schritte einleiten, bevor wir uns über die, die wir bislang unternommen haben, absolut sicher sind. Ich befürchte, daß es diese Sicherheit nicht mehr gibt, falls es sie überhaupt jemals wirklich gegeben haben sollte.«

Chilgers sah ihn nur an.

»Ich glaube, Sie übertreiben«, beharrte Teke. »Ihre Blase, Professor, könnte lediglich das Ergebnis eines einfachen Ausrutschers bei der Magnetisierung sein, oder eine falsche Auswertung aufgrund des Jet-Stroms. Zum Teufel, die Antwort könnte sich in den Aufzeichnungen befinden, die ein einfacher Wetterballon auf der Strecke des Flugs 22 gemacht hat.«

Metzencroy drückte das Taschentuch trocken und schüttelte den Kopf. »Ich habe diese Möglichkeiten auch in Betracht gezogen.«

»Und sie von vornherein zurückgewiesen?«

»Nein, aber ich bin auch nicht bereit, sie unter den gleichen Bedingungen zu akzeptieren.«

»Sie ergeben genausoviel Sinn wie die Überlegungen, die Sie angestellt haben«, fuhr Teke fort.

»Wenn nicht sogar größeren«, stimmte Metzencroy zu. »Aber beim Projekt Vortex müssen wir unter allen Umständen sichergehen. Wir dürfen nicht erlauben, daß sich der geringste Zweifel einschleicht. Die Risiken sind zu groß.«

»Professor«, begann Chilgers, sorgfältig den Augenblick wählend, da er sich wieder am Gespräch beteiligte, »darf ich Sie daran erinnern, daß wir die Control for Operational Ballistic Research and Activation sind? COBRA hat einzig und allein die Aufgabe, neue Waffen zu entwickeln, die unserem Land die Vorherrschaft auf der Welt sichern, oder zumindest die Vermeidung eines alles vernichtenden Krieges. Und ich fürchte, diese Aufgabe bringt es mit sich, Risiken einzugehen, während wir uns natürlich bemühen, sie so klein wie möglich zu halten. Ich bin schon lange genug dabei, um alle Geschichten aus Los Alamos und über das Projekt Manhattan* gehört zu haben. Diese fünfhundert Wissenschaftler unterzeichneten eine Petition, mit der sie die Vereinigten Staaten baten, die erste Bombe nicht abzuwerfen, weil sie vielleicht, und nur vielleicht, eine Kettenreaktion auslösen könnte, die zum Ende der Welt führen würde. Einige überaus respektierte Wissenschaftler berechneten die Chancen dafür sogar nicht besser als fünfzig zu fünfzig. *Fünfzig zu fünfzig*, daß die Welt zu existieren aufhörte, Professor, und sie machten trotzdem mit der Bombe weiter. Vielleicht einhundert sind seitdem detoniert, und die Welt ist immer noch an einem Stück.«

»Vortex geht weit über die Atombombe hinaus«, wiederholte Metzencroy.

»Nur ein Grund mehr, um mit allen Experimenten wie geplant weiterzumachen. Glauben Sie etwa, die Russen sitzen um einen Tisch herum und stellen sich die gleichen Fragen über Gewissen und Moral? Glauben Sie etwa, *sie* legen Wert darauf, absolut sicherzugehen? Bei Gott, nein. Sie werden ihre eigenen Forschungen mit Hochdruck betreiben, und ich wage sogar zu behaupten, daß sie über Ihre Einwände lachen würden.«

»Wo hört es also auf?« fragte Metzencroy frustriert und starrte ins Leere. »Wir bauen eine Atombombe, sie bauen eine

---

* Die Entwicklung der ersten Atombombe; Anm. des Übersetzers

Atombombe. Wir haben unsere Version vom Projekt Vortex, sie arbeiten zweifellos an ihrer. Wo hört es nur auf?«

»In diesem Fall«, gab Teke zurück, »bei dem, der das Projekt als erster fertigstellt.«

»Was bedeutet«, nahm Colonel Chilgers den Faden auf, »daß wir es uns nicht erlauben können, als Zweiter durchs Ziel zu gehen. Ihre Einwände sind gut gewählt, Professor, aber nicht sehr überzeugend. Ich bin ein Mann, der Risiken ernst nimmt, doch im Augenblick verlangen die Risiken, die Sie uns präsentiert haben, keineswegs den Abbruch des Projekts.«

»Aber ich könnte weiter an dem Problem arbeiten.«

»Sicher«, stimmte Chilgers zu, froh, Metzencroy mit irgend etwas beschwichtigen zu können. »Aber das letzte Stadium von Vortex ist für die nächste Woche geplant. Ich möchte, daß bis dahin alles abgeschlossen ist.«

Metzencroy erhob sich, anscheinend dankbar für einen Grund, gehen zu können. »Dann mache ich mich lieber an die Arbeit. Doch ich warne Sie, Colonel. Vielleicht gefällt Ihnen nicht, was ich herausfinde.«

»Es ist Ihr Projekt, Professor. Ich habe völliges Vertrauen in Ihre Fähigkeiten und Ihr Urteil.«

Chilgers kniff die Lippen zusammen, als Metzencroy an ihm vorbeiging und den Raum verließ.

»Er könnte zu einem Problem werden«, sagte Teke.

»Das ist er schon. Leider wäre es ein noch größeres Problem, ihn durch einen anderen zu ersetzen.«

»Trotzdem lassen wir ihn lieber nicht aus den Augen. Wenn er die richtigen Leute in Washington informieren kann, sind wir erledigt.«

»Wenn er überhaupt jemanden in Washington informiert, sind wir erledigt, Teke. Doch sie werden uns danken, wenn es vorbei ist.«

»Wenn Sie uns nicht hängen, meinen Sie.«

»Das ist COBRA, Teke. Es ist unser Geschäft, Risiken einzugehen.«

Teke zog einen Stapel Papiere aus seiner Jacke. »Wir sind schon ein Risiko eingegangen, die Tangenten-Phase von Projekt Vortex einzuleiten. Es ist nichts Vernünftiges dabei herausgekommen. Ich wollte Ihnen meinen Bericht erst vorlegen, nachdem sich der gute Professor verabschiedet hat.«

Chilgers zündete seine Pfeife wieder an. »Ich warte.«

Teke drehte leicht den Kopf, und auf seinem kahlen Schädel fing sich etwas Licht und wurde zur Wand abgestrahlt. Die hineingepumpte, gefilterte Luft war seltsam kühl und frisch und roch nach Kiefern.

»Zuerst einmal«, sagte Teke und betrachtete seine Papiere, »haben wir die Passagiere von Flug 22 planmäßig abgefangen, um sie zu überwachen und beschatten, wie es im Plan für dieses Stadium von Vortex vorgesehen ist. Das Problem ist nur, daß wir einen verloren haben.«

»Nicht möglich!«

»Das habe ich auch gesagt. Doch von einem unserer Außenagenten auf dem Flughafen kam ein Bericht, der das Gegenteil behauptet.«

»Wen hat er verloren?«

»Einen fünfzehnjährigen Jungen namens Davey Phelps. Behauptet, er habe den Jungen beschattet, wie er vor einem Trinkwasserspender stand, und im nächsten Augenblick sei er verschwunden.«

»Muß sich unter die Menge gemischt und davongemacht haben. Ihr Mann muß langsam geworden sein, Teke«, warf Chilgers ihm vor. »Doch wir haben auch für solch ein Vorkommnis Schritte eingeleitet. Es sollte überhaupt kein Problem sein, ihn wieder aufzuspüren.«

»Nicht unbedingt. Wie Sie wissen, hat man allen Passagieren des Flugs 22 kleine Peilsender ins Essen gegeben . . .«

»Und ich nehme an, Sie werden mir jetzt sagen, daß dieser Junge nichts gegessen hat«, warf Chilger ein.

»Das Problem stellt sich etwas komplizierter dar. Wegen der Video-Spiele ist es praktisch unmöglich, die Signale der Peilsender aufzuspüren.«

»Video-Spiele, Teke?«

»Sie arbeiten auf der gleichen Wellenlänge wie unsere Peilsender. Unsere Geräte drehen durch, wenn es darum geht, den Jungen aufzuspüren. Wegen der Interferenzen mußten wir die Suche auf einige Stunden in der Nacht beschränken, und selbst das ist verwirrend genug. Wir haben die Dinge jedoch eingegrenzt. Müßten den Jungen irgendwann im Laufe des morgigen Tages aufgetrieben haben.«

»Gut. Dann lassen Sie mich den Rest Ihres Berichts hören.«

Teke seufzte. »Es kommt noch schlimmer. Die Verzögerung bei der Auflösung verursachte einige Probleme im Kennedy-Tower. Ein Fluglotse versucht unter allen Umständen herauszufinden, was dort passiert ist. Es hat den Anschein, daß er den Augenblick der Auflösung beobachtet hat.«

»Ich nehme an, wir haben unsere Spuren verwischt.«

Teke nickte. »Einschließlich aller Bandaufzeichnungen.«

»Dann hat es den Anschein, daß wir mit diesem Fluglotsen spielend fertig werden können.«

»Vielleicht auch nicht. Ich habe mir heute nachmittag seine Akte vorgenommen. Der Computer hat den Namen eines ehemaligen Bekannten von ihm ausgespuckt, der für uns von Interesse sein könnte: Joshua Bane.«

»Gott im Himmel . . .«

»Wir haben mittlerweile allen Grund zu der Annahme, daß der Fluglotse bereits mit ihm Kontakt aufgenommen hat.«

Chilgers zog an seiner Pfeife. »Wie sieht seine Verbindung zu Bane aus?«

»Vietnam.«

»Das ist nicht gut. Das impliziert weit mehr als nur eine weitläufige Bekanntschaft, und das wiederum bedeutet, daß Bane den Flutlotsen nicht als Verrückten abtun wird.«

»Vielleicht glaubt er ihm sogar«, fügte Teke hinzu.

»Was soll er ihm glauben? Daß eine 727 verschwunden ist? Selbst, wenn er ihm glaubt, könnte er damit nichts anfangen. Die Spur ist schon eiskalt. Doch wir sind gut beraten, hier Vorsicht walten zu lassen. Wir wollen nicht, daß Bane zu aktiv wird.«

Chilgers rührte sich in seinem Sessel, ein eindeutiges Zeichen für Teke, daß es für ihn an der Zeit war, sich zu verabschieden.

»Ich sehe lieber mal nach dem Professor«, sagte er und stand auf. »Ich halte Sie über unsere Anstrengungen, den verschwundenen Jungen zu finden, auf dem laufenden.«

Chilgers nickte. Teke stakste steifbeinig aus dem Zimmer.

Der Colonel lehnte sich zurück und atmete tief ein. »Sie können jetzt hereinkommen«, sagte er in die Gegensprechanlage, die er zu Anfang des Treffens eingeschaltet hatte und die das Gespräch in einen Raum auf der anderen Seite des Gangs übertrug.

Die Tür öffnete sich, und ein großer Mann trat ein, einen Mantel über die Schulter geworfen, so daß seine Arme frei blieben. Sein Haar war größtenteils grau und kurz geschnitten. Er bewegte sich langsam, jeder Schritt war wohlabgewogen und sicher und sein Blick war vorsichtig, fast schon mechanisch. Seine Augen, die von mittelgrauer Farbe waren, nahmen alles um sich herum auf wie ein Computer, der Daten zur Auswertung abtaxiert.

»Nun, Trench«, begann Chilgers, »was halten Sie von Tekes Bericht?«

Noch immer stehend, antwortete Trench. »Ich nehme an, Sie beziehen sich besonders auf die Teile, die Bane betreffen. Der Wintermann ist erledigt. Der Schaden, den er anrichten könnte, wenn man ihn läßt, ist minimal. Sollten wir ihn provozieren, steigt sein Potential beträchtlich.«

»Und was, wenn ich sagen würde, ich will, daß er aus dem Spiel genommen wird?«

Trench lächelte – oder beinahe jedenfalls. »In meinem Gewerbe muß ein Mann seine Grenzen kennen, bevor diese Grenzen ihn verzehren. Bane und ich sind gleichwertig. Mir gefällt die Aussicht auf eine direkte Konfrontation nicht.«

»Sie haben gesagt, er sei erledigt.«

»Nein, ich habe gesagt, der *Wintermann* sei erledigt. Und das heißt, nicht tot, sondern nur unter die Oberfläche gezwungen. Doch wenn man Bane zu sehr bedrängt, wird der Wintermann zurückkehren. Wir müssen das unter allen Umständen vermeiden.«

»Mit anderen Worten, Ihnen liegt nichts an der Aufgabe, ihn zu eliminieren.«

Trench trat einen Schritt vor. Seine Augen wurden noch kälter. »Versuchen Sie nicht, mich zu ködern, Colonel. Ich bin zu alt und zu klug, als daß diese List funktionieren würde. Bane hat sich selbst ausgebrannt, weil bei ihm alles zu einer persönlichen Sache wurde. Ich bin immer imstande gewesen, die Dinge losgelöst zu sehen. Erfolg und Versagen sind lediglich relative Stadien des Daseins, genau wie Leben und Tod. Man darf den Gefühlen nicht erlauben, sich hineinzudrängen, denn sie bringen einen in Wirklichkeit um. Auf meiner Ebene kann man sich nur selbst vernichten.«

»Oder, der Wintermann vernichtet einen . . .«

»Nicht, wenn ich ihm keinen Grund gebe . . . und Sie werden ihm keinen geben.«

»Einverstanden«, stimmte Chilgers zu. »Aber wegen dieses Fluglotsen muß irgend etwas unternommen werden.«

»Das könnte Bane ins Spiel bringen.«

»Erledigen Sie es so, daß es Bane nicht ins Spiel bringt. Auf *professionelle* Art und Weise, Trench. Ich bin sicher, Sie sind dazu imstande.«

Der zweite Tag:

COBRA

The problem's plain to see:
Too much technology;
Machines to save our lives,
Machines dehumanize.

Styx

5

Davey Phelps schlug die Arme übereinander, um die kalte Morgenbrise des Frühlingsanfangs in New York abzuwehren. Er hatte in einer Pension auf der Forty Second Street in einem Zimmer geschlafen, das er sich mit fünf anderen Jungs hatte teilen müssen. Er hatte dafür mit seinen letzten fünf Dollar bezahlt, doch das spielte keine große Rolle, denn solange er Das Schaudern hatte, war Geld nur eine Formalität.

Er hätte eigentlich bis zum Mittag in der verwanzten Kaschemme bleiben können, doch er wollte schon früh weg, weil die knöchernen, ärgerlichen Gedanken der fünf Männer in dem Zimmer entnervend, ja sogar beängstigend waren. Davey konnte ihre Gedanken so deutlich hören, als hätten sie sie ausgesprochen. Sie kamen so scharf wie Stimmen aus einem Radio, das man nicht ausschalten konnte, zu ihm hinüber. Er hatte gehofft, der Schlaf würde etwas Stille bringen, doch statt dessen wurde seine Ruhe ständig von den heftigen, frustrierten Träumen dieser Männer gestört, Träume, die ihn so laut und stark erreichten wie blutgefrierende Schreie in diesen Schlitzer-Horror-Filmen. Also blieb Davey in den Jeans, die Beine hochgezogen, auf einem Bett an der Wand und stahl sich soviel Schlaf zusammen, wie er bekommen konnte.

Als der Morgen kam, schlüpfte er leise in seine Turnschuhe und schlich auf Zehenspitzen aus dem Raum auf die Straße. Die Stadt fühlte sich zu dieser Tageszeit ruhig und leer an. Davey ging die Straße entlang und hielt nach einem Lokal Ausschau, wo er essen konnte; dabei beobachtete er, wie sein Atem vor ihm als Wolke tanzte. Für den Augenblick war er in Sicherheit. Doch die Männer kamen näher; er konnte sie fühlen, also mußte er in Bewegung bleiben.

Eine Imbißbude an einer Ecke, die Schinken und Eier mit Toast für nur einen Dollar neunundneunzig anbot, hatte gerade geöffnet. Davey ging hinein und wählte einen Platz an der Theke. Eine Kellnerin nahm seine Bestellung entgegen, und er sah zu, wie der Koch die Eier auf einen Grill direkt hinter der Theke aufschlug. Es war angenehm warm in der Imbißstube, und Davey stellte fest, daß ihm in seinem dünnen Pullover erbärmlich kalt gewesen war. Er mußte sich heute eine Jacke besorgen, eine wirklich gute, vielleicht eine Lederjacke. Das Schaudern würde alles andere erledigen.

Alles hatte auf dem Rückflug nach New York angefangen. Er erinnerte sich daran, wie der Pilot ankündigte, er würde zum Landeanflug auf den Kennedy Airport ansetzen, und dann war nichts mehr. Er hatte einfach ein Blackout gehabt. Er kam mit der schrecklichen Erkenntnis wieder zu sich, daß er sich bereits im Terminal-Gebäude befand und sich nicht daran erinnerte, wie er dorthin gekommen war. Er hatte neben einem Wasserspender gestanden und sich an einer Wand abgestützt, obwohl er sich nicht benommen oder schwach gefühlt hatte. Allerdings fühlte er sich wirklich seltsam, anders. Ein großer Mann in einem Anzug stand sechs Meter hinter ihm und betrachtete ihn, und Davey erwiderte den Blick.

Warum hängt der Junge hier noch herum? Er hätte sich schon längst auf den Weg machen sollen . . .

Davey drehte sich ein wenig um, um sich zu vergewissern, daß ihm niemand ins Ohr flüsterte, und stellte fest, daß er allein dort stand. Die Worte waren in seinem Verstand, kamen direkt aus dem Kopf des Mannes. Er wußte nicht wie, doch soviel wußte er. Er konnte die Gedanken des Mannes lesen und wünschte, er wüßte, warum die Gedanken des Mannes um ihn kreisten. Er sah wieder in die Richtung, in der der Mann stand.

Ich muß das Hauptquartier anrufen. Ich muß das melden, ich muß das sofort melden . . .

Was melden? fragte sich Davey. Warum folgte der Mann ihm? Was hatte er getan?

Davey hatte Angst. Irgend etwas stimmt hier nicht, und daß der Mann in der Nähe war, machte die Dinge nur noch schlimmer. Er mußte ihn loswerden, mußte aus dem Flughafen heraus. Er dachte daran, davonzulaufen und sein Heil in der Flucht zu suchen. Dann passierte etwas mit ihm. Er fühlte, wie sein gesamter Körper erzitterte, das Gefühl, mit dem eine weiche Feder sein Rückgrat hinaufgezogen wurde, ein Schaudern. Er hielt dem Blick des großen Mannes stand und entfernte sich von dem Wasserspender, ließ ein wenig von sich zurück, und die Augen des Mannes blieben daran haften.

Das war das erste Mal, daß er Das Schaudern empfand.

Davey verließ den Flughafen; dabei kam er sich seltsam, mächtig und ein wenig verängstigt vor. Er wußte nicht genau, was dort geschehen war; er wußte nur, daß beim letzten Mal, als er zurückgeschaut hatte, die Blicke des Mannes noch immer an dem Wasserspender klebten, wo Davey gestanden *hatte*. Doch er wußte, daß es noch mehr dieser Männer gab, wahrscheinlich sogar sehr viele, und er sich von ihnen fernhalten mußte. Er sprang in das erste Taxi, das er sah, und sagte dem Fahrer, er solle ihn in die Stadt bringen, in die Gegend am Times Square, wo ständig jede Menge Kids herumhingen. Sie würden eine perfekte Tarnung ergeben, sich Den Männern zu entziehen.

Als er sein Ziel erreicht hatte, stand das Taxameter auf 21 Dollar 95, und Davey erinnerte sich mit einem Schaudern daran, daß er nicht einmal halb soviel Geld in der Tasche hatte. Also gab er dem Fahrer zwei Ein-Dollar-Scheine und machte wieder Das Schaudern.

»Behalten Sie den Rest«, sagte er ein wenig zaghaft und wartete auf die Reaktion des Fahrers.

»Danke, mein Junge«, entgegnete der Fahrer und steckte die beiden Scheine in der vollen Überzeugung ein, es wären fünfundzwanzig Dollar.

Das Taxi fuhr davon. Davey ging weiter.

Stach das nicht alles aus?

Er wußte nicht, wie ihm geschah, doch es machte Spaß, und er beklagte sich nicht. Bei Gott, er hatte jede Menge andere Dinge, über die er sich beklagen konnte. Sein Vater war einen Monat, nachdem seine Mutter ihn in einem Überland-Bus nach Manhattan geboren hatte, davongelaufen. Und wie um den Kreislauf zu vollenden, war sie an einem trüben Abend kurz vor seinem fünften Geburtstag in der U-Bahn überfallen und ermordet worden. Er war bei Pflegeeltern ein- und ausgezogen, von denen einige nett, die meisten aber nicht so nett gewesen waren, und zweimal im Jahr war er nach San Diego geflogen, um seine Großeltern zu besuchen, die in einer Altensiedlung wohnten, in der es verboten war, daß Kinder ständig dort lebten. Nicht, daß diese Vorschrift Schuld daran gewesen wäre. Seine Großeltern liebten ihn nicht, zumindest nicht genug. Sie tolerierten seine Besuche als Unterbrechungen ihres lebenslangen Traums von einem bequemen Leben, den sie nun in einem zweigeschossigen gelben Haus inmitten einer Million anderer zweigeschossiger gelber Häuser drei gute Autostunden vom Ozean entfernt verwirklichten. Davey hatte es schon lange aufgegeben zu versuchen, das alte Paar zu überreden, irgendwo anders hinzuziehen und ihn aufzunehmen. Er nahm an, noch von Glück reden zu können, daß sie sich überhaupt erinnerten, wer er war, obwohl er oft bezweifelte, daß es sie überhaupt interessierte.

Also hatte er den Flug 22 bestiegen, um zu seinen neuesten Pflegeeltern zurückzukehren, einem durchaus netten Paar, das drei weitere wie ihn aufgenommen hatte, alle etwa fünfzehn Jahre alt. Die Gesellschaft tat ihr möglichstes, solche Kinder, die keiner adoptieren wollte, unter den Teppich zu kehren, damit das System über sie hinwegtrampeln konnte. Davey hatte es leichter als die meisten. Als er in die Pubertät gekommen war, hatte er sein knabenhaftes gutes Aussehen behalten, das ihn wahrscheinlich zum einzigen Fünfzehnjährigen in der Stadt gemacht hatte, der Schwierigkeiten hatte, sich Filme ansehen zu können, die erst ab achtzehn Jahren freigegeben waren. Sein Haar war lang und braun und auf modische Art und Weise ungekämmt. Leute, die sich mit Musik auskannten, sagten ihm, daß er wie der junge Jim Morrison aussah, der tote Lead-Sänger der Doors. Davey gefiel, wie er aussah, denn härter aussehende Jungen hatten viel größere Schwierigkeiten, Pflegeeltern zu finden und bei ihnen wohnen zu bleiben; sie endeten meistens, indem sie eine Reformschule und eine Besserungsanstalt nach der anderen durchliefen, in denen sie erst recht über alle Maßen hinaus abgehärtet wurden. Davey war kein harter Bursche; ganz im Gegenteil, die Sozialarbeiter hielten ihn für viel zu weich und befürchteten, sein gutes Aussehen könnte ihn zu einem Leben auf den Straßen als Strichjunge treiben. Davey schenkte ihnen keine große Bachtung, denn daß sie so etwas über ihn dachten, bewies ihm, daß sie ihn wirklich nicht kannten. Trotz der Umstände seines Heranwachsens war er eindeutig so normal, wie es ein Junge nur sein konnte. Er mochte Sport, schloß leicht Freundschaften, lebte in Jeans und hatte gelernt, gerade genug Hosenbein in seine Turnschuhe oder Winterstiefel zu stopfen.

Und jetzt hatte er Das Schaudern.

»Bitte sehr«, sagte die Kellnerin, und Davey machte sich über einen dampfenden Teller mit Spiegeleiern, Schinken und Toast her. Er hatte vergessen, ein Glas Milch zu bestellen, doch es stand trotzdem vor ihm, was bedeutete, daß Das Schaudern wieder funktioniert hatte. Die Kellnerin wußte überhaupt nicht, was ihr widerfahren war.

Mit Dem Schaudern kamen natürlich Die Schwingungen, und Die Schwingungen waren schlimm, beängstigend. Davey hatte sie zuerst vor zwei Tagen verspürt, als er zur Hauptverkehrszeit in der Gegend um den Times Square und die Forty Second Street herumspaziert war. Irgend etwas hatte ihn plötzlich innehalten lassen, und er hatte zur nächsten Straßenecke geschaut und einen Autounfall gesehen. Nun ja, er hatte ihn nicht unbedingt gesehen, weil er noch nicht passiert war. Die Schwingungen zeigten ihn ihm. Und als er dastand, die Turnschuhe wie festgefroren auf dem Bürgersteig, hatte ein brauner Ford eine rote Ampel nicht beachtet und war direkt in die Fahrerseite eines blauen Chevy gerast – genau so, wie er es vielleicht vor einer halben Minute gesehen hatte. Natürlich hätte es ein Zufall sein können, doch Davey wußte, daß es keiner war. Und auch, wenn er es nicht mit dieser Sicherheit gewußt hätte, hätte das, was gestern abend geschehen war, jeden Zweifel ausgelöscht.

Er kam aus einem Kino unten am Broadway, wo zwei alte James-Bond-Filme hintereinander gezeigt wurden – mit Sean Connery, seinem Lieblingsschauspieler – als Die Schwingungen erneut zuschlugen. Er sah etwas, das sich direkt vor ihm ereignete, doch er wußte, daß es nicht wirklich geschah, denn der Hintergrund stimmte nicht, die Straße, auf der er sich gerade befand. Also beobachtete er die Geschehnisse so, wie er vier Stunden lang die Zelluloid-Bilder auf der Leinwand betrachtet hatte.

Ein Schwarzer in einem langen purpurroten Mantel schlug einem Mädchen in schwarzen Lederhosen heftig ins Gesicht. Das platinblonde Haar des Mädchens fiel über ihre Augen, und es stolperte zurück. Davey erhaschte einen Blick auf ihre Gesichtszüge, die so weiß waren wie ihre leuchtende Bluse.

»Mich legt keine Nutte rein!« rief die purpurne Gestalt mit dem schwarzen Gesicht. Und sie trat mit einem funkelnden Gegenstand in der Hand auf das Mädchen zu.

Davey wußte, was jetzt kommen würde, doch er sah trotzdem zu, so wie bei einem Horrorfilm, wenn man sich auf seinen Sitz kauert und die Finger in die Armlehnen gräbt.

Der Schwarze stieß das Messer vor. Davey hörte, wie es mit einem dumpfen Geräusch in den Bauch des Mädchens drang. Es stöhnte schrecklich und glitt die Ziegelmauer hinab, die Hände auf die Wunde gepreßt, als wolle es ihre Eingeweide an Ort und Stelle halten. Ihre Augen waren schon trüb geworden, als ihre Lederhose den Boden berührte. Die Finger rutschten ab, so daß der letzte Rest ihres Lebens hinausfließen und eine Pfütze auf dem Zement bilden konnte.

Dann verblich das Bild, und Davey stand einfach da und betrachtete die Straße, wie sie wirklich war. Er wußte, daß sich diese Szene in Kürze noch einmal ereignen würde; nur würde sie dann Wirklichkeit sein. Er ging ziellos weiter und gelangte irgendwie zu einem dunklen Abschnitt der Forty Fourth Street, der ihm seltsam vertraut erschien, weil es sich um den gleichen Schauplatz handelte, den Die Schwingungen ihm gerade gezeigt hatten.

Eine Stimme rief: »Mich legt keine Nutte rein!« und zwang ihn, gegen die Glasfront eines geschlossenen Gemüsegeschäfts zurückzuweichen. Er konnte nicht viel von dem sehen, was zwanzig Meter die Straße entlang geschah, doch er hatte es schon einmal gesehen, und das reichte ihm. Da war das Geräusch des Messer, das das Fleisch des Mädchens durchdrang, gefolgt von dem ersterbenden Stöhnen. Davey wartete, bis er sicher war, daß der Schwarze im purpurnen Mantel verschwunden war; erst dann ging er hinüber, ganz einfach, weil er es wissen mußte, weil er sichergehen mußte.

Das Mädchen saß aufrecht da, an das Ziegelgebäude gelehnt,

den Kopf zu der klaffenden Wunde in ihrem Bauch geneigt; die Spitzen ihres blonden Haars berührten sie beinahe. Davey hielt den Atem an und sah zu der Blutpfütze hinab, die langsam zu den Spitzen seiner Turnschuhe kroch. Er prallte zurück, sah sich ein letztes Mal um und schaffte es irgendwie zu der Pension, wo er die Nacht verbracht und seine letzten fünf Dollar ausgegeben hatte.

Doch das spielte keine Rolle. Das Schaudern würde für ihn sorgen. Er konnte mit Dem Schaudern umgehen, doch Die Schwingungen wäre er lieber losgeworden. Es war alles andere als spaßig, zu wissen, daß gleich etwas Schreckliches geschehen würde. Doch Die Schwingungen würden ihn warnen, wenn Die Männer in seine Nähe kamen, und diese Warnung konnte er dringend gebrauchen.

Davey aß seinen Teller leer und ging zur Kasse. Die Kellnerin nahm seine Rechnung, die Kasse klingelte, und sie nannte ihm den angezeigten Betrag.

»Das macht zwei Dollar vierzig.«

Davey lächelte und machte Das Schaudern.

Das Mädchen gab ihm einen Fünf-Dollar-Schein. »Bitte besuchen Sie uns wieder einmal.«

Davey sagte, das würde er, und ging auf die Straße hinaus. Es war immer noch kalt, viel zu kalt für den Frühling, und Davey fiel auf, daß er der einzige auf der Straße war, der keine Jacke trug. Das ließ ihn auffallen, wodurch Die Männer ihn leichter finden konnten, und außerdem fror er wieder. Also mußte er sich eine Jacke besorgen, um die Kälte ab- und Die Männer fernzuhalten. Eine Lederjacke wäre schön. Er hatte schon immer eine Lederjacke haben wollen. Das würde einen Marsch zur Seventh Avenue bedeuten, doch das war kein Problem, auf keinen Fall, wenn er später, zur Stoßzeit um die Mittagszeit, dorthin ging. Unter einer Million Gesichter würden Die Männer ihn niemals ausfindig machen können. Dann konnte er zur Forty Second Street und dem Times Square zurückkehren und sich unter die Menge der zahllosen Kids mischen, die dort herumhingen und alle ziemlich gleich aussahen. Sie würden ihn niemals finden. Und sollten sie ihn doch finden, war da immer noch Das Schaudern.

Eigentlich wäre er liebend gern nach Hause gegangen, besonders jetzt, nach zwei Tagen auf der Straße. Doch Die Schwingungen drehten durch, wenn er nur daran dachte, als wollten sie ihm sagen, daß dies zu dieser Zeit genau das Falsche war. Davey hörte darauf.

Er setzte sich in Bewegung. Vielleicht würde er ein Kino finden, das rund um die Uhr geöffnet hatte, um etwas Zeit totzuschlagen. Vielleicht würde er auch nur einfach weitergehen . . .

Etwas ließ ihn plötzlich innehalten. Es war wie Die Schwingungen, die er gestern abend gespürt hatte, nur hundertmal schlimmer, ein heißer Wind, der die Kälte aus seinem Körper beutelte und auf sein Gesicht einschlug. Seine Haut verwandelte sich in Glas, schien zu bröckeln, zu zerspringen. Dann riß die Hitze ihn beinahe von den Füßen. Benommen taumelte er zu einem Bus, der gerade an einer Haltestelle hielt, und lehnte sich dagegen. Das unheimliche Gefühl in seinem Gesicht war verschwunden. Auch wenn sich seine Haut einen Augenblick lang in Glas verwandelt hatte, war nichts zerbrochen; es war alles in Ordnung.

Doch irgend etwas *kam*. Davey hatte gefühlt, wie es die kalte Luft durchschnitt, genau, wie am Abend zuvor die Klinge den Bauch des Mädchens durchschnitten hatte. Die stärksten Schwingungen, die er bislang verspürt hatte, nur, daß er diesmal nicht wußte, was sie ihm sagen wollten. Es war verschwcmmen, trüb, fern. Doch es kam, und es würde schrecklich werden. Er hatte keine Ahnung, wieso er das wußte, er wußte es einfach; und, Mann, er wollte nicht dabeisein, wenn es eintraf.

Erschaudernd trat Davey von dem Bus zurück und mischte sich wieder unter die Menschenmenge.

6

Bane traf schon früh zu seiner Verabredung mit Jake Del Gennio auf dem Kennedy Airport ein. Vielleicht war das der Grund, weshalb das Sicherheitspersonal keine Anweisung erhalten hatte, ihm den Zutritt zum Tower zu gestatten. Es spielte keine Rolle. Bane hatte eine Art an sich, andere Menschen von seiner Rechtschaffenheit zu überzeugen. Der Widerstand des Wachmannes schmolz schnell, und er informierte Bane, daß der Konferenzraum, in dem er sich mit Jake treffen wollte, auf der dritten Etage lag. Bane dankte ihm.

Es war Viertel nach acht; Del Gennio würde also sicher schon dort sein. Bane fand den Konferenzraum ohne Schwierigkeiten und sah in der Ecke einen Mann, der über einer Tasse Kaffee niedergebeugt saß. Der Schwan.

»Morgen, Jake.«

Der Mann drehte sich um. Es war nicht Del Gennio.

»Tut mir leid«, entschuldigte sich Bane. »Ich habe Sie für Jake Del Gennio gehalten.«

»Ich wünschte nur, ich wäre es«, sagte der Mann müde. »Dann wäre ich schon zu Hause im Bett, anstatt zwei Schichten hintereinander zu arbeiten.«

»Hat sich Del Gennio krank gemeldet?«

»Deshalb bin ich hier.«

Der Mann stand auf und ging an Bane vorbei, ohne ihn eines Blickes zu würdigen.

Bane verspürte das vertraute Prickeln der Furcht auf seinem Nacken. Irgend etwas stimmte nicht. Es war natürlich durchaus möglich, daß Del Gennio krank geworden war, doch daß er nicht angerufen hatte, um ihre Verabredung abzusagen, war schier undenkbar, entsprach gar nicht dem Stil des Schwans. Er nahm die Dinge sehr genau, und der verschwundene Jet war zu wichtig für ihn, als daß er sich nicht gemeldet hätte.

Bane schritt durch den schmalen Korridor zu einem Münzfernsprecher, an dem er auf dem Hinweg vorbeigekommen war. Er ließ es ein-, zwei-, dreimal bei Del Gennio klingeln, und danach war sich Bane sicher, daß niemand zu Hause war.

Dennoch ließ er es noch fünfmal klingeln und hätte dann in der Eile, den Tower zu verlassen, fast seine Münze vergessen.

Er konnte es in höchstens dreißig Minuten zu Jakes Wohnung schaffen, doch sein Gefühl sagte ihm, daß es bereits zu spät war.

Jake Del Gennio wohnte im zwölften Stockwerk eines Hochhauses, wie sie für Manhattan typisch waren, eines, das sich einer höchstmöglichen Sicherheit und einbruchssicherer Türen rühmte. In diesem Fall entsprach zumindest das letztere nicht der Wahrheit. Die Tür war schon in Ordnung, doch mit ein wenig Geduld war es ein Kinderspiel, sie zu öffnen.

Bane hatte in nicht einmal zwei Minuten alle drei Schlösser geknackt, und die Tatsache, daß ihn keine Vorlegekette begrüßte, als er die Tür schließlich öffnete, überzeugte ihn über jeden Zweifel hinaus, daß Jake Del Gennio nicht zu Hause war. Der Schwan ergriff stets alle Vorsichtsmaßnahmen.

Er fühlte etwas, als er eintrat, etwas Kaltes. Das Gefühl seinen Nerven zuschreibend, durchsuchte er schnell die Wohnung und stellte fest, daß alle drei Zimmer völlig in Ordnung waren, als hätte man sie gerade erst verlassen. Eine etwas eingehendere Durchsuchung des Schranks enthüllte, daß man ihn nicht durchwühlt hatte, um schnell einen Koffer zu packen, und das gleiche galt für die Kommodenschubladen. Falls Del Gennio überstürzt aufgebrochen war, hatte er kein Gepäck mitgenommen.

Bei dem nächsten Schritt handelte es sich um den, den Bane am meisten verabscheute. Del Gennio hatte im Lauf der Jahre vielleicht ein paar Kilo zugelegt und war etwas kurzatmig geworden, doch er war noch immer vorsichtig und schnell. Man hätte ihn kampflos weder töten noch entführen können. Ein Kampf bedeutete Blut, und Blut bedeutete Säuberungen und/oder Spurenbeseitigungen. Bane ging ins Badezimmer und holte eine Feile aus der Jackentasche. Zuerst kratzte er sorgfältig im Abfluß des Waschbeckens herum, fand aber nichts. Dann kratzte er über die Unterseite der Toilettenschüssel und des Waschbeckens. Wieder nichts. Schließlich ging er in die Küche und untersuchte das Becken und den Müllschlucker dort mit dem gleichen Ergebnis.

Bane war verwirrt. Del Gennio hatte sich krank gemeldet, war aber nicht zu Hause. Wenn man ihn gewaltsam entführt hatte, mußten die Leute, die dahintersteckten, verdammt gut sein, denn sie hatten nicht die geringsten Spuren hinterlassen.

Natürlich überlegte Bane, ob er nicht voreilige Schlüsse gezogen hatte. Es deutete nichts auf ein schmutziges Spiel hin, und Jake hatte sich gestern abend tatsächlich seltsam verhalten. Vielleicht war er betrunken gewesen.

Bane wollte die Tür hinter sich zuziehen und öffnete sie plötzlich wieder. Er hatte etwas bemerkt, etwas, das Eisschollen in seine Magengrube gleiten ließ. Er durchsuchte noch einmal das Schlafzimmer, und dann das Wohnzimmer. Der Beweis, den er suchte, war die ganze Zeit über gegenwärtig gewesen, doch nicht in dem, was dort war, sondern in dem, was *nicht* dort war.

Auf dem Weg aus dem Gebäude blieb Bane in der Eingangshalle stehen, um den Portier zu befragen. Dem Sicherheitssystem zufolge, einer Schalttafel mit grünen und roten Lämpchen, befand sich Del Gennio in seiner Wohnung, und zwar seit halb neun am gestrigen Abend. Für Bane roch es nun nur noch stärker nach dem Werk eines Profis.

Der Schwan war verschwunden und würde nicht mehr zurückkehren.

Bane war zwanzig Minuten später wieder auf dem Flughafen.

»Muß ich davon ausgehen, daß dies eine amtliche Nachfrage ist, Mr. Bane?« erkundigte sich Burt Cashman, ein kleiner, schwergewichtiger Mann mit halb geschlossenen Augen und einem Schildchen auf der Brust, demzufolge er Verwaltungsleiter der Luftfahrtkontrolle des Kennedy Airports war.

»Nein, nur eine persönliche.« Bane hätte auch mit einem höheren Flughafenangestellten sprechen können, doch bei einem so kurzfristigen Termin wären seine Absichten zu offensichtlich gewesen. Der Mantel der persönlichen Betroffenheit würde ihm die Informationen verschaffen, die er benötigte.

»Ehrlich gesagt, bereitet mir Jakes Verfassung Sorgen. Er wirkte in letzter Zeit sehr nervös, unter großem Streß.«

»Sie haben zusammen in Vietnam gedient«, stellte Cashman fest.

»Woher wissen Sie das?«

»Ich wußte, daß Jake gedient hat, und seit ich in Korea war, erkenne ich normalerweise die Besorgnis eines Soldaten um einen anderen. Kein Problem, die richtigen Schlüsse zu ziehen.«

»Ich verstehe«, sagte Bane und bemühte sich, beeindruckt zu wirken.

»Auf jeden Fall bin ich froh, daß Sie gekommen sind, denn ehrlich gesagt mache ich mir seit einiger Zeit die gleichen Sorgen um Jake.«

»Wirklich?«

»Sie wissen, wie alt er ist.«

»Vierzig. Vielleicht einundvierzig.«

»Eher schon fast zweiundvierzig. Die meisten Fluglotsen sind einfach schon mit fünfunddreißig fix und fertig. Wir haben Jake weitermachen lassen, wegen seines Status als Kriegsveteran und seiner makellosen Akte, doch wir haben die Anzahl der Flüge gesenkt, für die er verantwortlich ist. Ihn praktisch schon aufs Altenteil gesetzt. Ich persönlich bin der Meinung, daß das nicht genug war.«

»Haben Sie mit Jake darüber gesprochen?«

Cashman zögerte. »Um ehrlich zu sein, nicht so ausführlich. Das Thema ist ausgesprochen heikel und wird nicht routinemäßig zur Sprache gebracht. Ich glaube aber, er hat damit gerechnet. Ich konnte es an seinen Augen erkennen. Tief in seinem Inneren wußte er, daß es an der Zeit war, allmählich zurückzutreten. Er kann sich auf eine verdammt gute Pension freuen.«

»Jake ist nicht der Mann, der sich auf seine Pension freut.«

Cashman lächelte unbehaglich. »Sie kennen ihn besser, als ich dachte.«

»Er hat sich heute krank gemeldet.«

»Das weiß ich.«

»Er ist nicht in seiner Wohnung.«

»Das überrascht mich nicht. Wie ich schon sagte, Jake wußte, daß das Ende seiner Laufbahn bevorsteht. Es war nur eine Frage der Zeit, bis er irgendwo hinfährt und über alles nachdenkt. Ich muß Ihnen nicht sagen, was das für ein Job ist. Es ist schwer, überhaupt hereinzukommen, aber noch schwerer, wieder herauszukommen. Die Belastungen und der Streß der Arbeit treiben einen in den Wahnsinn, doch länger als eine Woche kommt man ohne ihn nicht mehr aus. Sehen Sie sich doch mal an, wieviel Urlaub den meisten Fluglotsen noch zusteht. Sehen Sie sich mal an, wie selten sie sich krank melden.«

»Del Gennio hat sich heute krank gemeldet.« Das erregte Cashmans Aufmerksamkeit. Es war an der Zeit, zur Sache zu kommen. »Ich bin nicht aus einer bloßen Laune hierhergekommen, Mr. Cashman. Jake hat mich gestern abend zum ersten Mal seit geraumer Zeit angerufen. Er sah aus wie ein Mann, der auf einem Drahtseil balanciert, wie ein Mann unter großer Anspannung. Er war der Meinung, jemand würde ihm folgen.« Bane zögerte, sparte sich das Beste für den Schluß auf. Um die Fassade seiner Absichten aufrechtzuerhalten, mußte er alles auf den Tisch legen. Wenn er etwas zurückhielt, würde der, der Jake aus Dem Spiel genommen hatte, über kurz oder lang auch auf ihn aufmerksam werden. »Er sprach ständig von einem Jet, der vor drei Tagen verschwunden sei.«

Cashman seufzte. »Er hat an diesem Morgen den ganzen Flughafen auf den Kopf gestellt, schrie ständig, ein Flugzeug sei runtergekommen, und niemand könne es finden. Dann behauptete er, es sei direkt vor seinen Augen verschwunden. Ich gab ihm den Rest des Tages frei. Er verbrachte ihn damit, an die Türen der hohen Tiere zu klopfen, sowohl der des Flughafens wie auch der Fluggesellschaft. Stellen Sie sich das mal vor! Er machte eine Menge Leute ziemlich wütend. Mein Telefon hörte bis sechs Uhr gar nicht mehr auf zu klingeln. Was konnte ich ihnen sagen? Wissen Sie, auch Fluglotsen haben einen Ehrenkodex, und ich habe zwanzig Jahre in dem Job gearbeitet, bevor ich diesen Schreibtisch hier bekam. Wir vertuschen unsere Fehler nicht, aber wir lassen unsere Leute auch nicht im Regen stehen. Wenn man nicht zusammenhält, bringt dieser Job einen um. Man hat nur einander; draußen in der wirklichen Welt kann sich niemand eine Vorstellung machen, was hinter einem Radarmonitor vor sich geht.« Cashman hielt plötzlich inne. »Ich wollte nicht laut werden.«

»Auch wenn man hinter einem Schreibtisch sitzt, ist man einem gewissen Druck ausgesetzt.«

»Na ja, wenn ich meinen Job halb so gut erledigen könnte, wie Jake Del Gennio den seinen erledigt, wäre ich schon glücklich.«

»Haben Sie die Cockpit-Aufzeichnungen überprüft?«

»Natürlich. Als sich die Dinge etwas beruhigt hatten, nahm ich sie mir sofort vor.« Cashman schüttelte den Kopf. »Nichts. Nur Jakes Stimme, als spreche er mit sich selbst.«

Bane fühlte, daß Cashman die Wahrheit sagte, was bedeutete, daß weit höhere Stellen etwas vertuscht hatten, wenn der Schwan wirklich gesehen hatte, wie ein Jet verschwunden war.

»Wie erklären Sie sich dann, was mit ihm passiert ist?« fragte er.

»Nun ja, Mr. Bane, ein Fluglotse verbringt seine gesamte Arbeitszeit damit, Abstürze zu verhindern, und den gesamten Rest seiner Zeit, sie zu fürchten. In schlimmen Nächten sieht man immer und immer wieder die gleiche Szene in seinen Träumen. Ein Unfall in der Luft, beim Start oder der Landung, den man nicht verhindern kann, und so sitzt man im Traum einfach hinter seinem Radarschirm und sieht zu, wie er sich ereignet. Manchmal schläft ein Fluglotse hinter seiner Konsole ein, und der Traum übernimmt. Seine größte Angst wird direkt vor ihm lebendig, und weil er direkt hinter der Konsole sitzt, wenn er daraus erwacht, ist er überzeugt, daß es sich wirklich ereignet hat. In Jakes Fall ist es nicht wirklich passiert, denn Flug 22 ist vierzig Minuten später gelandet, mit fast neunzig Minuten Verspätung.«

»Warum?«

»Zuerst einmal hatte der Flug beim Start in San Diego schon dreißig Minuten Verspätung, weil zusätzliche Fracht eingeladen werden mußte, und dann meldete der Pilot eine Stunde vor dem Kennedy Airport Probleme mit einem Triebwerk, was nach Meinung des Piloten zu weiteren zwanzig Minuten Verspätung führen würde.«

Bane rechnete nach. »Bleiben immer noch vierzig Minuten, für die es keine Erklärung gibt.«

»Der Pilot hat sich geirrt.«

»Wann haben Sie wieder von ihm gehört?«

»Als er zwei Stunden später zum Landeanflug ansetzte. Es ist auf Band.»

»Dazwischen nicht mehr?«

»Nein, aber das ist so üblich. Bis auf die üblichen Meldungen kommt es nur zu Funkverkehr, wenn irgend etwas nicht in Ordnung ist.«

Das brachte Bane auf einen anderen Gedanken. »Sie sagten, Flug 22 sei in San Diego aufgehalten worden, weil zusätzliche Fracht eingeladen wurde?«

»Das Flugzeug traf schon mit Verspätung auf dem Flughafen ein. Irgendeine Regierungssache, wenn ich mich recht entsinne.«

»Eine Regierungssache?«

»Nichts Außergewöhnliches. Kommt immer wieder vor.«

Cashman hielt nichts zurück; soviel war ersichtlich. Es gab durchaus einige Widersprüche in seiner Geschichte, doch nichts deutete darauf hin, daß er etwas vertuschen wollte; und Bane wurde sich immer sicherer, daß irgend etwas vertuscht werden sollte. Warum sonst hätte jemand dafür gesorgt, daß Jake Del Gennio verschwindet? Und jetzt hatte auf einmal die Regierung die Hand im Spiel.

Sie können die Bänder beseitigen, Josh, aber nicht mich.

Falsch, Jake, dachte Bane.

»Ich danke Ihnen, daß Sie mir soviel Zeit gewidmet haben, Mr. Cashman«, sagte er und erhob sich.

Es war an der Zeit, dem Center einen Besuch abzustatten.

Das Center war einmal genau das gewesen: ein Dreh- und Angelpunkt, in dem wichtige Regierungsentscheidungen getroffen und Politik gemacht wurde. Es hatte seit den Tagen Kennedys praktisch im geheimen existiert, als der junge

Präsident, herauszufinden bemüht, was all die von der Regierung finanzierten Organisationen mit ihren Etats anstellten, eine Aufpasser-Truppe schuf, die auf die diversen Milliarden, die Jahr für Jahr ausgegeben wurden, ein Auge haben sollte.

In den frühen Tagen hatte das Center unter einer unschuldigen Tarnung, die sich gerade als dicht genug erwies, um nicht zu platzen, drei Stockwerke eines großen Bürogebäudes in Washington für sich beansprucht. Als der Boden in der Hauptstadt während der Watergate-Affäre wirklich zu heiß wurde und die hohen Tiere zur Ansicht gelangten, außerhalb von Washington könne man mehr bewerkstelligen als in der Stadt selbst, war es nach New York verlegt worden. Das waren die Jahre gewesen, in denen die Organisation ihre beste Zeit gehabt hatte: Sie hatte ihre manchmal etwas unklaren Vorschriften frei interpretiert, um darauf zu achten, daß eine Regierungsstelle, die sich von Punkt A nach Punkt B bewegen sollte, unterwegs keine Umwege machte. Die Mitarbeiter des Centers forschten nach, infiltrierten, bauten eine Informantenkette auf, überprüften, überprüften zweimal und hielten ganz allgemein ein Auge auf die zahlreichen Organisationen, die regelmäßig ziemlich große Schecks vom Schatzamt einsackten.

Doch die Reagan-Jahre brachten eine neue Richtung und einen neuen Auftrag mit sich. Die Watergate-Furcht war vorbei, und irgendwie schienen weniger Schecks einen besseren Haushalt zu bedeuten. Dem Center wurde allmählich seine Macht genommen, und es wurde neu organisiert, so daß seine Aufgaben auf eine Reihe traditionellerer Organisationen in Washington verteilt wurden, die man unter der Bezeichnung »Regierungsämter« in einem jeden Telefonbuch finden konnte. Amerikas Wachhund verlor zuerst sein Bellen, dann seinen Biß und wurde schließlich hinter den Ofen geschickt – in ein altes Backsteingebäude auf der Eighty Sixth Street. Aktivitäten, die vorher in vier vollen Büroetagen stattgefunden hatten, wurden nun auf zwölf viktorianische Zimmer reduziert. Ein Stab von fünfzig Mitarbeitern im Amt und einhundert im Außendienst wurde auf jeweils sechs und zwanzig reduziert. Statt einer Untersuchungs- wurde das Center nun zu einer Verrechnungsstelle, in der alle Regierungssubventionen gespeichert und gelegentlich stichprobenhalber überprüft wurden. Ein weiteres gesichtsloses Element in der großen Bürokratie.

So seltsam es anmutete – im rein technischen Sinne war Joshua Bane Teil dieses Elements. Er mochte sich zwar offiziell aus Dem Spiel zurückgezogen haben, doch die Regierung konnte ihn offiziell nicht entlassen. Wenn jemand das wußte, was er wußte, und das getan hatte, was er getan hatte, konnten sie es sich nicht leisten, ihn von der Leine zu lassen. So etwas wie einen Ruhestand gab es nicht, und so arbeitete Bane auf dem Papier für das Center und sah alle vierzehn Tage dort vorbei, um einen ansehnlichen Scheck in Empfang zu nehmen, der einer vorzeitigen Ruhestandszahlung gleichkam. Die Regierung konnte es sich leisten, ihn großzügig zu bezahlen, denn er war der einzige seiner Art auf der Gehaltsliste. Die Lebenserwartung eines Mannes in der Position wie der des Wintermannes war im allgemeinen ziemlich gering. Natürlich hatte Trench drei Jahrzehnte der Verfolgung überlebt, und niemand hatte eine genaue Vorstellung, wie alt Scalia war. Letztendlich lief alles auf eine Frage des Glücks hinaus: wenn man keins mehr hatte, war es vorbei. Bis auf die Tatsache, daß sein Glück eigentlich immer angehalten hatte. Das gleiche galt für Trench und Scalia, obwohl sie noch immer auf dem Feld standen, wohingegen Bane sich letztendlich doch auf die Seitenauslinie zurückgezogen hatte.

Doch Jake Del Gennio behauptete, er habe gesehen, wie ein Jet verschwunden sei, und war in der Folge ebenfalls verschwunden. Und alles war zu passend, zu sauber, zu . . . professionell. Und das alles ließ Bane nach dem Leben dürsten, von dem er geglaubt hatte, es sei für immer vorbei, nach dem Einsatz und dem erhöhten Gebrauch der Sinne, den er nun benötigte, um herauszufinden, was zum Teufel hier gespielt wurde.

Bane stieg die sieben Stufen zum Vordereingang des Centers hoch; er wußte, daß seine Bewegungen von einer Kamera verfolgt wurden, die ihr Bild auf eine Reihe von Monitoren hinter dem Schreibtisch des einzigen, kurzsichtigen Wachmannes des Gebäudes übertrugen. Die ausgeklügelten Sicherheitsmaßnahmen waren eher schöner Schein denn wirkliche Notwendigkeit. Es gab nur wenig in dem Gebäude, was des Diebstahls oder gar der Spionage würdig gewesen wäre. Bane drückte auf den Türsummer. Eine Klingel schlug an, gefolgt von einem ohrenbetäubenden Summen. Die Tür schwang auf.

»Guten Morgen, Mr. Bane«, begrüßte ihn Charlie, der kurzsichtige Wachmann, der seine Waffe niemals lud.

Bane schritt durch den Alkoven in das, was vor Jahren vielleicht einmal ein Wohnzimmer gewesen war, wo eine Frau, die die Fünfzig schon längst hinter sich gelassen hatte, auf einer Schreibmaschine herumhämmerte.

»Morgen, Millie.«

»Morgen, Mr. Bane. Ich habe Ihren Scheck schon fertig.« Die Angestellten des Centers stellten die Schecks, die sie erhielten, niemals in Frage, auch wenn sie dafür nichts geleistet hatten. Sie waren schließlich in erster Linie Beamte.

»Ich nehme ihn mit, wenn ich gehe. Sagen Sie Janie, daß ich hier bin.«

»Janie weiß es schon.« Die Stimme kam aus dem Foyer.

Bane wandte sich der Haupttreppe zu und sah sich Janie Finlaw gegenüber, der Leiterin des Centers. Sie hatten sich kennengelernt, als er einmal seinen Scheck abholte, und eine beiläufige Affäre angefangen, die gewachsen war und sich vertieft hatte, bis kaum einmal eine Nacht verging, da sie sich nicht Gesellschaft leisteten und das Bett miteinander teilten. Bane wußte, daß er sie nicht liebte, auf jeden Fall nicht im traditionellen Sinne, doch manchmal stellte er fest, daß er sich zu ihr hingezogen fühlte. Ihre Beziehung war noch stärker geworden, seit sie ihn aus den emotionalen Tiefen herausgeholt hatte, in die er nach dem tragischen Tod seiner Frau und seines Stiefsohns gestürzt war. Sie hatte zu einer Zeit Wärme in sein Leben zurückgebracht, da er jede Hoffnung aufgegeben hatte, jemals wieder welche zu empfinden.

Bane betrachtete sie, wie sie die Treppe hinabging, und schätzte sich glücklich. Sie war überaus, wenn nicht sogar verblüffend attraktiv. Ihr dunkles, eigentlich kastanienrotes Haar umspielte ihre Schultern und ruhte auf dem oberen Teil ihres festen, muskulösen Rückens. Ihre Augen waren vom hellsten Braun, das Bane jemals gesehen hatte, und ihr Lächeln war bezaubernd, leicht genug, um sowohl Verletzlichkeit wie auch Stärke zum Ausdruck zu bringen. Janie war allein geblieben, weil sie es so wollte, und hatte einen rapiden Aufstieg durch die Regierungshierarchie genommen, bis sie nun die Leitung aller Aktivitäten des Centers innehatte, wie beschnitten sie auch sein mochten. Ihr stand eine glänzende Zukunft bevor; sie hatte das Angebot für einen Posten auf Kabinettsebene bekommen, wenngleich sie auch eher eine Stellung in den Geheimdiensten bevorzugt hätte. Insgeheim träumte sie davon, der erste weibliche Direktor der CIA zu werden.

»Hast du ein paar Minuten Zeit für mich?« fragte Bane sie.

Janie mimte Enttäuschung. »Und ich dachte, du wärst gekommen, um mich zum Mittagessen einzuladen.«

»Um elf Uhr morgens?«

»Ich habe sehr früh gefrühstückt, erinnerst du dich? Na ja, dann komm mal mit herauf.«

Die Treppe war mit Teppichboden ausgelegt, und Bane folgte ihr hinauf in ein bescheidenes Büro, das eher funktionell denn sonstwas war. Ein Computerterminal beherrschte einen Schreibtisch, auf dem sich Akten und Berichte häuften, als gehöre es einer bestimmten Person dahinter. In der Tat versuchte Janie ständig, vorwärtszukommen, daher auch die Unordnung.

»Habe ich dir jemals von dem Hubschrauberpiloten erzählt, der mir in Vietnam geholfen hat? Von einem Burschen namens Jake Del Gennio?«

»Nicht, daß ich wüßte.«

»Nun ja, bis heute morgen war er Fluglotse auf dem Kennedy Airport.«

»Was ist mit ihm?«

»Er ist verschwunden.«

»Verschwunden?«

»Jemand hat ihn entführt.«

Und Bane schickte sich an, die Ereignisse der letzten sechzehn Stunden zu berichten, seit er den Schwan im La

Maison getroffen und zum ersten Mal von seiner 727 gehört hatte, die verschwunden war.

»Das ist ja eine tolle Geschichte«, sagte Janie schließlich, nicht mehr lächelnd. »Aber woher willst du wissen, daß er entführt wurde? Er könnte in Panik geraten, davongelaufen sein.«

Bane schüttelte den Kopf. »Ich war in seiner Wohnung. Jemand hat sich große Mühe gegeben, sie ganz normal aussehen zu lassen, ein echter Profi . . . Es waren keine Abdrücke im Teppich.«

»Abdrücke?«

»In der Art von Teppichboden, die Jake hatte, hinterläßt ein jeder Schritt einen Abdruck. Keinen tiefen, aber er ist da, wenn man weiß, wonach man suchen muß. Man kann sie entfernen, indem man staubsaugt. Die einzigen Abdrücke in Jakes Wohnung sind jetzt meine, denn jemand wollte unbedingt verbergen, wie viele Leute vor mir dort gewesen waren.«

Janies Brauen zuckten. »Ich verstehe. Aber wie kann ich dir helfen?«

»Etwas, das Jakes Boß heute morgen sagte, ist bei mir hängengeblieben.«

»Die Verbindung des verschwundenen Jets mit der Regierung?«

»Genau, aber mit welcher Abteilung der Regierung? Was meinst du, könntest du das mit diesen wunderbaren Computern, die du zur Verfügung hast, für mich herausfinden?«

»Sollte kein großes Problem sein.« Janie zögerte. »Bist du der Meinung, diese Abteilung könnte etwas mit dem Verschwinden deines Freundes zu tun haben?«

»Da bin ich auf Vermutungen angewiesen. Was mich zu der nächsten Bitte führt: die Passagierliste von Flug 22. Ob du sie auftreiben kannst?«

Janie runzelte die Stirn und schüttelte dann den Kopf. »Tut mir leid, Josh, da kann ich dir nicht helfen. Meine Computer haben keinen Zugang zu zivilen Datenbanken. Weitere Beschränkungen der Aktivitäten des Centers. Ich könnte mich vielleicht in die Netze des I-Com-Tech einschalten, aber . . .«

»I-Com-Tech?« unterbrach Bane.

»Genau. Wir arbeiten manchmal zusammen. Weshalb fragst du?«

»Weil dir gerade eine Einladung zum Mittagessen entgangen ist, Schatz. ›The Bat‹ legt heutzutage seinen Hut im I-Com-Tech ab.«

»Harry Bannister?«

»Kein anderer.«

»Klingt ganz nach einem Treffen alter Kameraden für dich, Josh.«

Banes Gesicht trübte sich. »Nur, daß Jake Del Gennio nicht zu den Festlichkeiten kommen kann.«

7

Es wird oft behauptet, das kostspielige Rockefeller Center sei ein wesentlicher Eckpfeiler von Manhattan, sowohl in funktioneller wie auch in ästhetischer Hinsicht, und Bane stimmte damit überein. Bei fast 200 Geschäften und Büros in dem Gebäudekomplex, ganz zu schweigen von den Hauptquartieren von anderthalb Dutzend bedeutender Konzerne, war es schwierig, dem zu widersprechen.

Das Gebäude der International Communications Technology war in Wirklichkeit eine Ausweitung des Exxon-Komplexes; es teilte mit ihm einen Springbrunnen, der in enger Verwandtschaft zu den Time & Life-Wasserspielen drüben auf der West Fiftieth Street stand. Bane nahm ein Taxi vom Center und ließ den Fahrer an der Avenue of the Americas anhalten, ein paar Blocks entfernt vom I-Com-Tech, so daß er den Rest der Strecke zu Fuß gehen und sich überzeugen konnte, nicht verfolgt zu werden. Nicht, daß er mit einem Verfolger rechnete. Doch er konnte jetzt nicht vorsichtig genug sein.

Der Eingang zum I-Com-Tech lag an der West Fiftieth, und Bane näherte sich ihm, indem er den Springbrunnen vor dem Exxon-Gebäude passierte. Er spielte kurz mit dem Gedanken, einen Cent hineinzuwerfen und sich etwas zu wünschen, und hätte dies vielleicht auch getan, hätte er nicht darauf vertraut, daß statt dessen Harry »The Bat« seinen Wunsch erfüllen würde.

I-Com-Tech beherbergte die größten Computeranlagen an der Ostküste, einschließlich vieler der wichtigsten Programme und großer Datenbanken Washingtons. Edle Geister hatten schon vor langem den Entschluß gefaßt, daß New York und nicht die Hauptstadt das technologische Zentrum und Warenhaus des Landes sein sollte. Und so geschah nur wenig, das wichtigen Leuten unter die Augen kam, ohne zuvor durch New York im allgemeinen und das I-Com-Tech im besonderen gegangen zu sein.

Nachdem ein zerschmettertes Rückgrat Harry Bannister für den Außendienst unbrauchbar gemacht hatte, hatte die Regierung ihn in einem winzigen Büro auf der neunten Etage des verspiegelten Gebäudes untergebracht. Obwohl Bane den persönlichen Kontakt mit »The Bat« verloren hatte, hatte er Harrys Fortschritte in seiner neuen Karriere im Auge behalten, wenngleich ihm immer etwas von dem Anruf oder dem Besuch, den abzustatten er sich geschworen hatte, abgehalten hatte.

Doch heute war es etwas anderes. Heute hatte er einen Grund, und außerdem hatte er den schwierigen Teil des Wiedersehens schon gestern bei der Versammlung im Central Park hinter sich gebracht.

»Mann, da ficke der liebe Gott 'ne Ente, wenn das nicht Joshua Bane ist«, rief Harry, als Bane vor dem Zwei-Meter-Büro erschien, in dem er arbeitete. »Zweimal in zwei Tagen. Kneif mich, ich muß träumen. Oder ich bin gerade gestorben und in den Himmel gefahren.«

»Wenn du stirbst, Harry, kommst du nicht in den Himmel.«

»The Bat« lachte und fuhr zu Bane, der sich bückte und die ausgestreckte Hand schüttelte. Dann bemerkte Harry den grimmigen Ausdruck auf seinen Zügen.

»Was ist los, Josh?« fragte er sich.

»Jake del Gennio ist tot.«

»The Bat« erbleichte. »Tot? Scheiße, wie?«

»Keine Ahnung. Das ist das Problem. Ein gewiefter Profi hat ihn entführt. Er wird nicht zurückkommen.«

»Weißt du schon, wer die Schweinehunde sind?«

»Noch nicht, aber ich habe ein paar Spuren.«

Bannisters Gesichtszüge spannten sich. »Mir stehen noch ein paar Wochen Urlaub zu. Wie wäre es, wenn ich sie nehme und wir die Scheißkerle gemeinsam aufspüren?«

Bane schüttelte den Kopf. »Nein, Harry, dazu ist es noch zu früh. Jemand hat Jake wegen etwas beseitigt, daß er vor drei Tagen gesehen hat. Und wer auch immer es war, er ist verdammt umsichtig vorgegangen.«

»Was hat Jake vor drei Tagen gesehen?«

»Er hat behauptet, eine 727 habe sich in Luft aufgelöst. Er hat mich gestern gebeten, der Sache nachzugehen.«

»Und ist sie verschwunden?«

»Vielleicht. Niemand packt aus.«

»Bis auf Jake . . .«

»Und der auch nicht mehr«, korrigierte Bane.

»Großer Gott, Josh, ich komme mir fast so vor wie in den alten Tagen.« »The Bat« ließ die Knöchel knacken. »Was brauchst du also? Was kann meine magische Tastatur dir beschaffen?« Harry lächelte. Bane hatte seine Bitte noch nicht geäußert, doch es gab ein paar Dinge, die man nicht aussprechen mußte.

Er zögerte nicht. »Die Passagierliste des Fluges 22 der Central Airlines von vor drei Tagen.«

»Es wäre viel einfacher, sie direkt von der Fluggesellschaft zu bekommen.«

»Ich will nicht, daß etwas nach außen dringt, Harry. Wenn ich mir die Passagierliste von der Fluggesellschaft besorge, weiß der, der Jake beseitigt hat, daß ich mich dafür interessiere.«

»Dann könnte es gefährlich werden?«

»Das ist es schon.«

»The Bat« schlug sich auf die leblosen Schenkel. »Mann, da ficke der liebe Gott 'ne Ente, ich habe gehofft, daß du das sagst.« Sein Gesicht strahlte, war plötzlich lebensprühend, lebendig. Die Verbitterung, die Bane am Tag zuvor gespürt hatte, war verschwunden. »Angesichts der Gefahr fühle ich mich natürlich berechtigt, dich ebenfalls um einen Gefallen zu bitten.«

»Heraus mit der Sprache.«

Doch Harry war dazu noch nicht ganz bereit. »Es ist schon komisch mit meinem Computer. Ich kann dir Informationen über fast alles beschaffen. Ich habe Zugang zu jedem Flugschreiberband aller kommerziellen und aller Regierungsflüge . . . Nur an eines komme ich nicht heran: an Informationen des Geheimdienstes, die, die ich am dringendsten brauche.«

»Und?«

»Und das Center hat Zugang zu allen Bändern – oder kann sich zumindest einschleichen –, an die ich nicht herankomme.« Jetzt war er bereit. »Ich möchte, daß du mir die neueste Informationen über Trench besorgst.«

»Harry . . .«

»Jetzt labere mir keine Scheiße vor, Josh, sonst trete ich dir mit meinen gelähmten Beinen die Eier ein. Ich will Trench, und du willst die Passagierliste des Fluges 22. Ein faires Geschäft, würde ich sagen.«

»Laß die Sache auf sich beruhen, Harry.«

»Das kann ich nicht, Josh. Siehst du denn nicht ein, daß ich das nicht kann? Ich denke jeden Tag an das Arschloch, wenn ich mir schon den Schweiß abwischen muß, nur, um es aus dem Bett zu schaffen. Gott im Himmel, Josh, hast du schon mal versucht, dich aufs Scheißhaus zu setzen, ohne deine Beine benutzen zu können? Dieser Mistkerl hat mir ein normales Leben gestohlen.«

Bane wollte weitere Einwände erheben, bis er sich daran erinnerte, daß ihn an dem, was mit Bannister geschehen war, eine genauso große Schuld traf wie Trench.

»Ich werde sehen, was sich machen läßt«, sagte er leise.

Bannisters Augen waren kalt. »Morgen abend, Josh. Ich gebe dir die Passagierliste, und du gibst mir die neuesten Informationen über Trench. Abgemacht?«

»Abgemacht«, entgegnete Bane zögernd.

»Willst du mir sagen, wofür du die Passagierliste brauchst?« fragte »The Bat« nach einer Pause, die länger schien, als sie war.

»Wenn mit diesem Flugzeug wirklich etwas passiert ist, können mir die Passagiere wohl sagen, was. Wer auch immer dahintersteckt, er kann wohl kaum etwas vertuschen, in das siebenundsechzig Leute verwickelt sind.«

»Jake ist vielleicht ausgerastet. So etwas kommt vor.«

»Wenn er ausgerastet wäre, säße er jetzt zu Hause.«

»The Bat« lächelte wissend. »Na ja, wenn das nicht nach den alten Tagen klingt, weiß ich nicht, was danach klingen könnte.«

Bane wandte den Blick ab; etwas zerrte an ihm. »Ich habe gestern abend alles falsch gemacht«, gestand er ein. »Ich wußte, daß Jake die Wahrheit sagt, aber ich habe ihn nicht geschützt, nicht die richtigen Vorsichtsmaßnahmen ergriffen.«

»Du weißt, was man über eine zu späte Einsicht sagt.«

»Spielt keine Rolle. Ich habe nicht vor, den gleichen Fehler zweimal zu begehen. Trägst du eine Waffe, Harry?«

»The Bat« blinzelte und schlug auf einen Beutel, den er unter dem Pullover verborgen trug. Metall klirrte leicht auf Metall. »Ich fahre keinen Meter ohne meine Messer«, versicherte er ihm.

»Gut so«, sagte Bane.

Davey betrachtete gerade den Springbrunnen vor dem Exxon-Gebäude, als Die Schwingungen stärker denn je auf ihn einschlugen.

Er war direkt von einem Bekleidungsgeschäft in der Seventh Avenue, das Lederjacken im Schaufenster ausstellte, hierher gegangen. Davey hatte sich die ausgesucht, die ihm am besten gefiel, eine, die im Pilotenstil geschnitten war, Das Schauern eingesetzt, und war mit der Jacke am Leib hinausgegangen. Er mochte den Geruch von frischem Leder und entschloß sich, die ungewöhnliche Kälte herauszufordern, indem er zu Fuß durch die Stadt ging. Dieser Stadtteil war bei all den geheimen Gedanken, in die er sich einschalten konnte, ganz interessant. Davey fragte sich, wie all die Probleme, die er erhaschte, gelöst werden würden. Würde der leitende Angestellte im blauen

Anzug zu einer anderen Firma wechseln? Würde der Mann mit der gestreiften Krawatte und der Sonnenbrille seine Verabredung mit einer hochklassigen Nutte einhalten oder statt dessen doch seine Frau zum Essen ausführen? Würde die nervöse Frau in Weiß ihren Wagen heute aus der Werkstatt zurückbekommen, oder würde sie sich noch einen Tag mit öffentlichen Verkehrsmitteln begnügen müssen? Die Fragen setzten sich endlos fort. Nach einiger Zeit langweilte sich Davey, ihnen zu lauschen, und hörte damit auf, in den Köpfen anderer Leute herumzuschnüffeln.

Er schaute gedankenverloren zu dem Springbrunnen hinüber, als Die Schwingungen kamen und ihn von der Bank auf die Füße trieben. Er sah nichts, noch nicht, doch er wußte, daß es kommen würde. Dann kratzte etwas über sein Rückgrat hinab, wie Fingernägel über eine Schiefertafel, und er erschauerte, drückte die Hände auf die Ohren. Seine Knie zitterten, und nach ein paar Sekunden erging es seinem restlichen Körper ebenso, und seine Augen stülpten sich bei dem Anblick vor, den Die Schwingungen ihm zeigten.

Der Teich um den Springbrunnen explodierte in einer Dampfsäule; seine Zementeinfassung riß auf, zerplatzte, zersprang. Er sah, wie Leute schreiend und um Atem ringend durcheinanderliefen. Ihre Finger scharrten durch die Luft, gaben auf und legten sich dann auf ihre Leiber, als wollten sie sie zusammenhalten, doch es war sinnlos, denn plötzlich wurde ihr Fleisch wie eine Orangenschale abgeschüttelt. Davey sah einen Augenblick lang knöcherne Skelette, bevor die Knochen sich mit einem schnellen, dumpfen Geräusch auflösten . . . und dann war nichts mehr, nur noch Dunkelheit. Davey konnte ihn hören. Alles andere war verschwunden, vorbei. Er versuchte zu atmen, doch es gab keine Luft mehr, die er in die Lungen ziehen konnte.

Dann verblichen Die Schwingungen. Die Finger kratzten wieder sein Rückgrat hinauf und ließen ihn frierend zurück. Das Schaudern ließ nach, doch er war wie gelähmt; seine Füße wurden wie von einem kosmischen Klebstoff auf dem Zement festgehalten. Er betrachtete den Springbrunnen, sah durch ihn hindurch und war froh, daß er wieder zurück war.

Und dann nicht mehr so froh.

Denn ein Mann stand auf der anderen Seite und beobachtete ihn, ein großer Mann mit dichtem, braunem Haar, das auf der Stirn allmählich etwas zurückwich. Davey nahm seine Gedanken auf und erschauderte wieder, denn sie waren durcheinandergeworfen wie zerbrochenes Porzellan, und Davey konnte sie nicht zusammensetzen. Das war keiner Der Männer, doch wer immer er auch war, er machte Davey genausoviel Angst. Plötzlich setzte sich der Mann in Bewegung und beschleunigte seine Schritte zu einem leichten Laufen, und Davey konnte lediglich versuchen, seine Füße aus dem Zement zu graben, bevor der große Mann ihn erreichte.

Als Bane das I-Com-Tech verließ, war er hungrig, und ihm fiel ein, daß er das Frühstück hatte ausfallen lassen. Jetzt zur Mittagszeit waren die meisten Restaurants unerträglich überfüllt. Man konnte sich nur unzureichend schützen, wenn sich die Leute aneinanderdrängten, Bestellungen riefen und dann wie auf ein Kommando wieder in die Büros stürmten. Einer aus der Menge konnte einem zu leicht eine Pistole gegen die Rippen drücken oder eine Messerklinge in sie hineintreiben.

Bane konnte solche Menschenmengen nicht ertragen. Dieser Teil des Wintermannes war nie gestorben. Und wenn er beschattet wurde, war ein überfülltes Speiselokal wohl kaum der geeignete Ort, einen Verfolger auszumachen.

Also entschied sich Bane gegen Lindy's oder ein ähnliches Restaurant und statt dessen für den verhältnismäßig ruhigen Charley O's Irish Pub auf der West Forty Eighth. Er hatte dort schon einige Male gegessen und war immer zufrieden gewesen.

Der Umkreis des Springbrunnens vor dem Exxon-Gebäude war nun mit Menschen überfüllt, die ihr Essen in braunen Papiertüten mit sich führten und Limonade aus Dosen tranken. Bane drängte sich zwischen ihnen näher zum Rand des Springbrunnens durch und erstarrte plötzlich. Fünfzig Meter vor ihm, am äußeren rechten Rand des Teiches, stand ein Junge in Lederjacke und Jeans; das lange, zottige Haar fiel ihm bis auf die Stirn.

Das ist doch nicht möglich . . .

Bane machte einen Schritt vorwärts, dann noch einen. Weder veränderte sich der Geist aus seiner Vergangenheit, noch verschwand er. Seine Augen spielten ihm keinen Streich, wenngleich er sich dies beinahe gewünscht hätte.

Er starrte eine ältere Version seines Stiefsohns an, eine Vision, wie der Junge nun aussehen würde, hätte er überlebt!

Banes Gedanken rasten. Die Vergangenheit vermischte sich mit der Gegenwart, und er vergaß, wo er war. Doch der Junge war immer noch da, blieb bewegungslos stehen. Schließlich begneten sich ihre Blicke, und Bane fühlte, wie etwas in seinen Kopf griff. Ein dumpfes Pochen erhob sich hinter seinen Augen, gefolgt von einem kurzen Blitz aus allen Farben des Spektrums. Dann stellte Bane fest, daß er wieder in Bewegung war, unglaublich schnell und sicher. Der Junge bewegte sich jetzt jedoch ebenfalls, warf einen Blick zurück auf die Menge und machte Bane sofort wieder aus.

Bane kam dem Springbrunnen nahe genug, um die Kälte der Gischt zu spüren. Nichts spielte mehr eine Rolle: weder sein Hunger noch der verschwundene Jet, Jake Del Gennio oder die Passagierliste. Es gab nur noch den Jungen, und er mußte ihn einholen, mußte sich vergewissern, ob . . .

Ob was?

Bane beschleunigte seine Schritte, stieß die Leute, an denen er nicht vorbeikam, zur Seite. Er sah, wie sich die Lücke schloß, und das war der letzte Ansporn für die Bewegung, die sie vollends schließen würde.

Davey wußte, daß der große Mann hinter ihm her war, und verlangsamte seine Schritte zweimal, um Das Schaudern einzusetzen. Doch es konnte den Mann nicht fassen, oder aber er benötigte volle Konzentration, um es funktionieren zu lassen. Davey fühlte, wie die Gedanken im Kopf seines Verfolgers explodierten, doch er drängte sie beiseite, weil sie ihn auf eine Art und Weise erschreckten, die sich von allen anderen, die er bislang aufgenommen hatte, unterschied. Er versuchte, den großen Mann zu ergründen, und hatte ihn schon tief genug ergründet, um zu wissen, daß er wie kein anderer Mann in der Stadt war, ja, daß kein anderer ihm auch nur nahekam.

Davey sprang auf den Bürgersteig und prallte gegen zwei Männer in teuren Mänteln. Sie stießen ihn beiseite, und er taumelte in einer Diagonalen über die Avenue of the Americas, ließ eine Symphonie kreischender Räder und wütender Hupen zurück. Er erreichte die West Fiftieth Street, eilte um eine Menschenschlange herum, die vor dem Eintrittskartenschalter der Radio City Music Hall wartete, und lief auf laut hämmernde Geräusche zu. Aus einer frisch ausgehobenen Baustelle erhob sich Dampf und zischte in der Luft. Davey spurtete an zwei Männern mit Preßlufthämmern vorbei, fühlte, wie Zementsplitter auf ihn einschlugen, und schlitterte unter einem Gerüst hindurch, wobei er seine Schritte nur ein wenig verlangsamte.

Er lief quer über die Rockefeller Plaza, bis sie zur West Forty Nineth Street wurde, und wagte es, über einen Fußgängerweg zu stürmen, dessen Ampel ihm Rot zeigte, wobei er einigen kreischenden Kotflügeln nahe genug kam, um erhitztes Metall zu riechen. Mit einem letzten Sprung schaffte er es auf den gegenüberliegenden Bürgersteig und ignorierte dabei geflissentlich die Gedanken der Menschen in der Nähe, die sich zu ihm umgedreht hatten.

Davey schaute lange genug zurück, um zu sehen, daß der große Mann ihm auf dem gleichen Weg folgte und im Zickzackkurs zwischen Autos einherlief, ohne dabei langsamer zu werden. Ein Auto kam schlitternd vor ihm zum Stehen, und Davey hatte den Eindruck, als würde der große Mann mit einem einzigen Satz über die Motorhaube springen, wirklich *springen*, und auf dem gleichen Bürgersteig auf der West Forty Nineth Street landen, den Davey gerade erreicht hatte; er war ihm näher denn je.

Davey blieb stehen. Er hatte keine Puste mehr, und seine Beine fühlten sich an, als hätte jemand ein Seil um sie geschlungen. Seine neue Jacke klebte schweißnaß auf seinem

Hemd, und er bemerkte kleine graue Flecken, die die Stellen markierten, wo die Zementsplitter ihr Ziel gefunden hatten.

Der große Mann kam unaufhaltsam näher, war jetzt noch höchstens dreißig Meter entfernt. Davey drehte sich um, sah ihn an und versuchte Das Schaudern.

Bane kam sich vor, als sei er durch eine Glastür mitten auf seinem Weg gestürzt, doch er ließ nicht nach.

Dann sah Davey den Beinamputierten, der sich auf einem Brett mit vier Rädern über den Bürgersteig schob. Er kam wieder zur Besinnung, machte Das Schaudern und fühlte, wie das nun schon vertraute Zittern sein Rückgrat emporkroch.

Der Beinamputierte veränderte plötzlich den Kurs seines Bretts und gewann in unglaublich kurzer Zeit an Geschwindigkeit.

Bane stürzte vor.

Der Beinamputierte fuhr ihm auf seinem Brett zu spät über den Weg, als daß er noch ausweichen konnte. Die Beine wurden ihm weggezogen, und er stolperte, machte einen Satz und schlug schwer zu Boden.

Mit Hilfe von ein paar Passanten, die überraschenderweise nicht schnell weitergingen, kam Bane wieder auf die Füße. Er klopfte sich Staub ab, schlug weitere Hilfe aus und stellte fest, daß seine Haut an einigen Stellen aufgescharrt und zerkratzt war und blutete. Er blickte die Straße entlang, wo er den Jungen zuletzt gesehen hatte, als der heiße Schlag ihn erfaßt und einen Augenblick später der Beinamputierte zu Boden geschickt hatte.

Der Junge war verschwunden.

8

»Wir haben den Jungen heute morgen aufgespürt und ihn bis in diese Gegend verfolgt«, sagte der Einsatzleiter von COBRA, als Trench hinter ihm die Wagentür schloß. »Es hat ein paar Stunden gedauert, aber wir haben ihn schließlich in diesem

Bekleidungsgeschäft auf der gegenüberliegenden Straßenseite ausfindig gemacht.«

Der Einsatzleiter führte Trench über die Seventh Avenue zu einer Reihe von Läden in einem einzigen Gebäude, dessen Fassade von einem Gerüst bedeckt wurde, das den gesamten Bürgersteig für sich beanspruchte.

»Ich dachte, Sie würden gern selbst mit dem Verkäufer sprechen«, fuhr der Mann von COBRA fort. »Es hat sich etwas Seltsames ereignet.« Die Aufmerksamkeit des Mannes wandte sich von Trench zu zwei massigen Riesen von Männern, die direkt in seinem Schatten blieben, und wieder zurück.

Die Passanten glaubten zuerst, doppelt zu sehen, und zuckten dann bei dem Anblick zusammen. Trench hatte schon öfter mit den Twin Bears gearbeitet. Große, unglaublich starke, loyale Männer, bei denen es sich um eineiige Zwillinge handelte, ein jeder mit einem flammend roten Haarschopf auf einem Kopf, der sich über zwei Meter vom Erdboden entfernt befand. Der eine Zwilling hatte jedoch braune Augen, während die des anderen unglaublicherweise blau waren. Ihre Namen lauteten Pugh und Soam, und nicht einmal Trench konnte sie trotz der Augen immer auseinanderhalten. Nicht, daß es darauf angekommen wäre. Der eine wie der andere bestand nur aus Pflichtgefühl. Sie sprachen selten und gehorchten ihm aufs Wort. Trench hatte darauf bestanden, daß sie ihn in den Osten begleiteten, nachdem Colonel Chilgers ihm den Auftrag erteilt hatte. Wenn die Twin Bears in der Nähe waren, kam er sich viel sicherer vor. Es gefiel ihm, zwischen zwei Männern einherzuschreiten, die genauso leicht eine Tür aus den Angeln reißen wie einfach hindurchgehen konnten.

Das Bekleidungsgeschäft, das Lederjacken feilbot, trug den Namen Looking Good. Trench ließ die Twin Bears an der Eingangstür zurück und folgte dem Einsatzleiter von COBRA hinein.

Ein Verkäufer kam zu ihnen. »Das ist der Bursche, von dem Sie mir sagten, er könnte ein paar Dinge klären?« fragte er.

»Das ist Mr. Trench«, sagte der Mann von COBRA.

Der Verkäufer beäugte Trench nur kurz, bevor er eine weitere Tirade losließ. »Wissen Sie, ich könnte wegen dieser

Sache meinen Job verlieren. Ich hoffe, Sie stecken den kleinen Scheißkerl dahin, wo er hingehört. Das Arschloch hat mich irgendwie hereingelegt.«

»Sie hereingelegt?«

»Mich beschissen. Mit irgendeinem Trick mit den Rechnungen gespielt.«

»Sagen Sie ihm alles, was Sie mir gesagt haben«, trug ihm der Mann von COBRA auf.

»Na ja«, begann der Verkäufer, »die Lederjacke, die der Junge gekauft hat, kostet 99 Dollar 99. Also gibt er mir einen Hunderter, um sie zu bezahlen, klar? Und ich kassiere, wie ich immer kassiere, und lege ihn zu den anderen großen Scheinen unter die Kassenschublade. Es war der einzige Hunderter, den ich heute eingenommen habe; ich könnte ihn also gar nicht übersehen. Doch als ich die Schublade hochhob, um das Geld für die Bankeinzahlung zu zählen, war der Hunderter verschwunden, und statt dessen lag da ein Fünfer. Dieser Junge muß ein Zauberer oder so was sein. He, ich wette, genau deshalb suchen Sie ihn auch. Er hat diesen Trick schon einmal abgezogen.«

»So etwas in der Art«, sagte Trench.

»Na ja, tun Sie mir nur einen Gefallen. Nageln Sie seinen Arsch an ein Kreuz, wenn Sie den kleinen Scheißkerl finden. Ich habe die Nase von Kindern wie ihn voll.«

Trench zwang sich zu einem Achselzucken. »Übrigens, haben Sie den Schein noch?«

»Den Fünfer, den der Junge mir gab? Klar. Ich habe ihn ganz oben auf das Bündel gelegt. Ich wollte gerade zur Bank, um die Nachmittagseinzahlung zu machen, als Ihre Freunde kamen.«

Der Verkäufer drückte ein paar Knöpfe auf der elektronischen Kasse, und die Schublade glitt auf. Er reichte Trench einen abgenutzten Fünf-Dollar-Schein.

»Der kleine Scheißkerl hat mich um fünfundneunzig Dollar beschissen«, lamentierte er.

Doch Trench hörte ihn gar nicht. Seine Augen glitten über den Geldschein und konzentrierten sich auf Franklins Gesicht anstatt auf Lincolns. Er zwinkerte schnell und konzentrierte sich wieder auf den Schein. Präsident Lincoln war wieder darauf, wie es auch die ganze Zeit über der Fall gewesen sein mußte. Bis auf die Tatsache, daß Trench sich absolut sicher war, Franklin gesehen zu haben; es kam ihm beinahe vor, als hätte ihm jemand diesen Eindruck aufgezwungen. Nur einen Augenblick lang. Der Schein zitterte in seiner Hand. Er schüttelte den Bann ab und gab dem Verkäufer dafür einen Fünfziger.

»Jetzt fehlen Ihnen nur noch fünfzig«, brachte er zustande und steckte den geheimnisvollen Fünfer ein.

»He, danke. Sie sind ein echter Gentleman. Zu schade, daß es nicht mehr anständige Typen wie Sie gibt. Die Welt wäre viel besser dran.«

Normalerweise hätte Trench über solch eine Bemerkung gelächelt, doch heute wollte er einfach nur hinaus. Er verließ den Laden und trat mit noch immer agilen Bewegungen zwischen die Twin Bears, so daß sie ihn abschirmten wie zwei Regenschirme, die einen heftigen Regenschauer abwehrten. Er war schon vor längerer Zeit fünfzig geworden, als er irgend jemandem eingestand, und überließ nun die körperlichen Anforderungen seines Gewerbes Menschen wie den Twins, Menschen, die sich gar nicht so sehr von dem unterschieden, was er vor einer Generation oder so gewesen war, und die sich glücklich schätzen konnten, wenn sie ihren dreißigsten Geburtstag noch erlebten. Trench war noch immer Im Spiel, weil sich seine Nervenbahnen gleichmäßig abgenutzt hatten, anstatt nur im Mittelpunkt, wie es beim Wintermann der Fall war. Er war überzeugt, der Schlüssel dafür, seine Leistungsfähigkeit zu erhalten, lag darin, nicht damit zu rechnen, sie zu erhalten. In der Tat hatte er nach diesem Glaubensbekenntnis gelebt. Daher auch die Twin Bears. Sie hatten oft und gut für ihn getötet. Diese Brüder mit ihren einfachen Gemütern, verschlossenen Lippen und stählernen Rückgraten waren sein Schutz gegen alle und jede Bedrohungen. Ihre Fähigkeiten wurden nur selten verschwendet. Erst kürzlich hatte er sie dazu benutzt, das Problem mit Del Gennio aus der Welt zu schaffen, und nun hatte Trench den entschiedenen Eindruck, daß er sie noch öfter einsetzen würde, bevor diese Sache vorbei war.

Trench selbst war noch immer ein erstklassiger Mann und konnte mit seinen Händen noch fast so gut umgehen wie je zuvor. Es war die geistige Schärfe, die er verloren hatte; so fehlte ihm ein Schritt an seiner Schnelligkeit und ein Zoll an seiner Zielgenauigkeit. Das Vergnügen, das das Töten ihm bereitete – die Erfüllung –, war verschwunden. Er hatte es jedoch nicht einmal erwogen, sich in den Ruhestand zurückzuziehen. Trench hatte nichts, wohin er sich zurückziehen konnte. Also machte er weiter, nicht mehr ganz zufrieden mit seinem Beruf, aber noch unzufriedener mit allen anderen Alternativen.

Er nahm auf dem Rücksitz seines Wagens Platz, die Twin Bears vorn. Der Einsatzleiter von COBRA wandte sich wieder seinen Pflichten zu. Einer der Bears, der blauäugige, hatte das Lenkrad übernommen. Trench hob den Telefonhörer ab, der ihn direkt mit COBRA in San Diego verband.

»Ja.« Chilgers' Stimme.

»Hier spricht Trench.«

»Sie haben einen Bericht für mich?«

»Um Del Gennio habe ich mich gekümmert. Von dieser Seite aus sind keine weiteren Probleme zu erwarten.«

»Ausgezeichnet. Und der Junge?«

»Noch nicht aufgegriffen.«

Chilgers' Zögern signalisierte Enttäuschung. »Ich bekam die Meldung, man hätte ihn aufgespürt.«

»Wir sind ihm jetzt auf der Spur, doch der Peilsender spielte wieder verrückt, bevor wir ihn ausfindig machen konnten.«

»Verdammt . . .«

»Das Gerät müßte heute abend wieder funktionieren. Bis morgen früh haben wir ihn.«

»Das will ich auch hoffen, Trench. Der Peilsender wird nur noch etwa sechzehn Stunden arbeiten. Danach sind wir auf uns selbst angewiesen. Morgen früh, sagen Sie?«

»Ja«, bestätigte Trench, und beinahe hätte er Chilgers berichtet, wie sich Lincolns Gesicht in das von Franklin verwandelt hatte; dann jedoch überlegte er es sich anders.

»Da ist noch etwas«, sagte der Colonel.

»Ich höre.«

»Bane war heute morgen am Flughafen und hat Fragen gestellt.«

»Welcher Art?«

»Über Flug 22. Es war offensichtlich, daß Del Gennio ihm alles erzählt hat, und genauso offensichtlich ist, daß Banes Argwohn von einer rein persönlichen Besorgnis herrührt.«

»Erklären Sie mir das.«

»Er hat nichts zurückgehalten. Er hat alles zur Sprache gebracht, was er wußte.«

Trench konnte sich ein Lachen nicht verkneifen. »Er ist ein Profi, Colonel. Ein Profi verrät oft viel zuviel, um seine wahren Absichten zu verbergen. Wenn er sowieso schon alles weiß und frei darüber spricht, wird man annehmen, daß er nicht noch mehr sucht.«

»Nun ja . . .«

»Lassen Sie sich nicht von ihm täuschen, Colonel. Er ist auf etwas gestoßen und wird keine Ruhe geben, bis er auch den Rest ausgegraben hat.«

»Dann beseitigen Sie ihn, beseitigen Sie ihn, wie ich es schon vorgeschlagen habe, als ich erfuhr, daß er in die Sache verwickelt ist.«

Trench ließ den Blick über die vor ihm sitzenden Twin Bears gleiten. »Das könnte sich als überflüssig erweisen, vielleicht sogar als nachteilig. Nachdem Del Gennio aus dem Weg geräumt wurde, kann er nirgendwo mehr anfangen zu graben. Lassen Sie ihn in Ruhe.«

»Sie sprechen, als sei er noch der Wintermann.«

»Setzen Sie ihn zu großem Druck aus, und er wird zum Wintermann werden. Im Augenblick stellt er nur eine kleine Bedrohung für uns dar. Belassen Sie es dabei, Colonel.«

»Ich bin mir noch nicht schlüssig«, sagte Chilgers, offenbar erbost darüber, daß man ihm vorschrieb, was er zu tun hatte.

»Colonel, er weiß, daß Del Gennio beseitigt wurde, und er argwöhnt, daß es etwas mit dem Flug 22 zu tun hat. Dort verläuft die Spur im Sand . . . wenn wir nicht mehr auf seinem Weg zurücklassen.«

Chilgers seufzte. »Dann machen wir es so, wie Sie es vorschlagen, Trench«, sagte er, nachdem er die Alternativen noch einmal überdacht hatte. »Für den Augenblick möchte ich, daß Sie Ihre Bemühungen darauf konzentrieren, den Jungen aufzutreiben.«

»Bis morgen früh, Colonel.«

Chilgers hielt den stummen Hörer noch eine Sekunde lang am Ohr, dann legte er ihn auf. Trenchs Bericht hatte ihn nicht überzeugt; Bane *war* eine zu große Bedrohung. Er mußte beseitigt werden, oder die gesamte Operation war gefährdet. Der Wintermann war eine Sorge, die Chilgers so dringend brauchte wie einen Kropf, und wenn Trench der Aufgabe, ihn aus dem Spiel zu nehmen, nicht gewachsen war . . .

Der Colonel nahm den Hörer wieder auf und wählte eine Übersee-Nummer. Nach zweimaligem Läuten erklang ein Piepston, und Chilgers wartete, bis er sicher war, daß das Band lief, bevor er seine Nachricht hinterließ:

»Sagen Sie Scalia, daß ich seiner Dienste bedarf.«

9

Wie konnten sie sich nur so ähnlich sehen?

Verliere ich den Verstand?

»Hast du etwas gesagt, Josh?« fragte Janie ihn.

»Huh? Nein, ich habe wohl nur laut gedacht.«

Hinter dem Schlafzimmerfenster hatte sich die Nacht über der Skyline von New York festgesetzt; in einigen Gebäuden brannten noch einzelne Bürolampen, aber nicht die Etagenbeleuchtungen, und diese spärliche Helligkeit warf einen unheimlichen Schimmer auf die darunterliegenden Straßen. Janies Vierzimmerwohnung war modern eingerichtet und verfügte über eine Kochnische, die sich an der Wand gegenüber der Eingangstür befand.

»Wie wäre es mit einem Happen zu essen?« fragte sie.

»Ich habe keinen Hunger«, entgegnete Bane. »Später vielleicht.«

Sie trat hinter ihn und massierte seine Schultern. Ihre

überraschend starken Finger gruben sich tief in das Fleisch und fanden fast augenblicklich die Wurzel seiner Erschöpfung. Bane war direkt vom Rockefeller Center auf eine Trainingseinheit zum King gegangen. Die Begegnung mit diesem Jungen hatte seine Gefühle durcheinandergebracht. Dabei störte ihn in erster Linie nicht so sehr, daß es ihm nicht gelungen war, den Jungen zu ergreifen, sondern vielmehr, daß er überhaupt den Versuch unternommen hatte. Er ging zum King, um sich in zwei Stunden harten Trainings mit dem kalten Stahl die Unruhe aus dem Leib zu treiben. Doch das Gewichtheben hatte die Dinge nur noch schlimmer gemacht; nun nagte die Erkenntnis an ihm, daß er den Jungen wahrscheinlich niemals wiedersehen würde.

»Mein Gott, bist du verspannt«, sagte Janie.

»Ich glaube, ich werde verrückt«, sagte Bane geistesabwesend. »Wie konnte dieser Junge Peter nur so ähnlich sehen?«

»Du hast gesagt, er war älter als Peter.«

»Fünf Jahre oder so. Und es ist fünf Jahre her, daß . . .« Bane ließ den Rest des Satzes verhallen. »Als ich ihn verfolgte, kam ich mir unbesiegbar vor, als könne mich nichts aufhalten. Doch etwas versuchte mich aufzuhalten – ich konnte es fühlen.«

»Und dann bedurfte es eines Mannes ohne Beine, um dich schließlich zu Fall zu bringen.« Jane grub die Finger tiefer in sein Fleisch. »Du jagst Schatten nach, Josh.«

»Oder Geistern.«

»Ein reiner Zufall, Schatz, sonst nichts.«

»Glaube ich auch.«

Bane seufzte unbehaglich. Seine Erinnerungen trieben zuerst fünf Jahre und dann noch weiter zurück, zu seiner Rückkehr von den Reisfeldern und Dschungeln von Vietnam. Der Krieg war vorbei, doch es gab noch genug zu tun für den Wintermann, in Form von hundert anderen Vietnams in verschiedenen Entwicklungsstadien, von denen ein jedes für die Belange der Vereinigten Staaten gleichermaßen wichtig war. Gute Geheimdienste spüren Bedrohungen auf, bevor sie sich voll entwickeln können. Und die größten Bedrohungen für die Sicherheit Amerikas waren clevere Generäle, sozialistische Agitatoren und Männer, die zuviel wußten und ihre Dienste für zuwenig verkauften. Diese Leute wurden die neuen Ziele des Wintermannes. Er zog durch fast zwanzig Länder und hatte, kaum, daß er das nächste betreten hatte, schon den Namen des letzten vergessen. In einigen war es kalt, in den meisten kochend heiß.

Offiziell arbeitete Bane in diesen Jahren unter dem mächtigen Arthur Jorgenson, dem Direktor der höchst geheimen Clandestine Operations des Pentagons, der gleichen Abteilung, die seine Einsätze in Vietnam geleitet hatte. Bane hatte schon lange aufgehört, die Zahl der Menschen zu zählen, die er unter Jorgensons Befehl getötet hatte, und es störte ihn auch nicht mehr, was er getan hatte. Das Töten war eine Begabung, die man einsetzte wie jede andere auch. Er betrachtete seine auserwählten Opfer nicht anders als ein Pathologe einen Leichnam, kalt und unbeteiligt.

Gegen Ende der siebziger Jahre reiste Bane nach El Salvador; dies sollte sein letzter Einsatz unter Tarnung für die Clandestine Operations werden. Seine Aufgabe war es, zwei Rebellenführer zu töten, die eine Revolutionsbewegung angezettelt hatte; unterstützt werden sollte er dabei von einem dritten Rebellenführer, der die Dinge offensichtlich schon aus dem amerikanischen Blickwinkel sah.

Bane machte sich methodisch wie immer an die Arbeit, lebte im Dschungel und spürte die Männer auf, die für sein Fadenkreuz bestimmt waren. Er wählte für beide Ort und Zeit aus; zwischen den beiden Anschlägen sollten nur vierzig Minuten verstreichen, um eine größtmögliche Verwirrung zu erzeugen. Er erfuhr zu spät, daß der ganze Einsatz ein ausgeklügelter Hinterhalt war, den alle drei Rebellenführer gemeinsam ausgeheckt hatten, und zwar mit der Hilfe ihrer russischen Freunde, die diesen Wintermann, der ihnen im Laufe der Jahre so viel Ungemach beschert hatte, unbedingt aus dem Weg räumen wollten. Bane ging einem vollen Dutzend Männern in die Falle.

Sie sprangen aus dem Nichts, waren gerade noch eins mit den Bäumen gewesen. Gewehrmündungen blitzten auf. Bane spürte die Hitze der Kugeln, die ihm die Seite und den Rücken aufrissen, behielt jedoch die Ruhe. Die aus dem Hinterhalt angreifenden Männer hatten damit gerechnet, ihn mit dem ersten Feuerstoß zu töten. Daß ein zweiter nötig wurde, verlieh Bane einen Vorteil, den er nicht aufgeben würde. Er machte vier an Ort und Stelle nieder, und drei weitere, während sie ihre Waffen luden. Zwei andere griffen ihn mit Bajonetten an. Es war jedoch in erster Linie King Cong zu verdanken, daß man den Wintermann auf diese Art nicht ausschalten konnte, selbst, wenn man ihn gleichzeitig von vorn und von hinten angriff. Sobald sie erst in Bewegung waren, machte Bane ihre Attacke mit einer schnellen Drehung zur Seite zunichte. Er schnitt ihnen mit einem einzigen Stoß seines Messers die Kehlen durch, wobei er auch nicht für einen Moment die Augen von der Lichtung nahm, für den Fall, daß die drei Soldaten, die geflohen waren, zurückkommen sollten.

Bane erinnerte sich nicht mehr daran, wie er sich dann trotz eines halben Dutzends Schußverletzungen fünf Meilen durch den dichten Dschungel geschleppt hatte. Nur Bruchstücke und einzelne Augenblicke waren ihm im Gedächtnis geblieben. An die meisten Wunden kam er nicht heran, um sie zu nähen, wie man es ihn gelehrt hatte, und so achtete er nicht auf die Blutungen und schleppte sich weiter. Als er bleich und benommen aus dem Dschungel auf eine Dorfstraße trat, hielten die Kinder ihn für einen Geist. Sie waren nicht weit von der Wahrheit entfernt. Es gab keinen medizinischen Grund, weshalb er noch leben sollte.

Drei Wochen später wurde Bane in ein Militärkrankenhaus in Washington überführt, wo er apathisch dalag und künstlich ernährt wurde. Seine Krankenschwester war eine brünette Schönheit namens Nadine, und nun folgte eine Romanze aus einem schlechten Schundheft. Bane verliebte sich tief und hoffnungslos in sie. Er hatte sich nie zuvor für imstande gehalten, solch ein starkes Gefühl zu empfinden. Doch die Notwendigkeiten hatten ihn gezwungen, sich Nadine sowohl körperlich wie auch gefühlsmäßig anzuvertrauen. Sie führte bei ihm auch die physikalische Therapie durch, und sie teilten die langen, schmerzhaften Stunden miteinander, in denen er darum kämpfte, seine Stärke und Beweglichkeit zurückzugewinnen. Eine jede Sitzung endete damit, daß sie ihm seine erschöpften Muskeln massierte und dabei auch unvermeidlich die Linien seiner vielen, sowohl alten wie auch neuen, Narben berührte. Ihr Lächeln war warm und lebendig, und sie lachte auf eine ganz eigenartige Art und Weise, worauf Bane sich stets in den Augenblicken vor dem Einschlafen konzentrierte, in der Hoffnung, von ihr zu träumen.

Er erfuhr, daß ihr Nachname Fisk lautete und ihr Mann ein Fallschirmspringer gewesen war, der in Vietnam umgekommen war. Sie hatte einen fast zehnjährigen Sohn namens Peter, der Bane augenblicklich mochte, als Nadine ihn eines Nachmittags nach der Schule mit ins Krankenhaus brachte. Der Junge war überaus schüchtern, ließ aber oft genug das Lächeln seiner Mutter aufblitzen, um Bane sofort für sich einzunehmen. Schon bald ging Bane mit dem Stock, und dann ohne, und erholte sich selbst für die optimistischsten Einschätzungen wundersam schnell. Dennoch vergingen die Monate langsam und gleichförmig, und während dieser Zeit entstand zwischen ihm und Nadine eine Innigkeit, von der Bane sich niemals vorstellen könnte, daß sie einmal zerreißen würde. Sie stand ihm näher als irgendein anderer Mensch, den er jemals gekannt hatte, und er wollte diese Empfindung, der er früher ausgewichen war und die er sich nun mühsam erarbeitet hatte, nicht verlieren. Zwei Wochen, nachdem er aus dem Krankenhaus entlassen worden war, zog er mit Nadine und Peter in ein Backsteinhaus in Washington. Er heiratete sie, noch bevor der Monat verstrichen war, mit einer schlichten Zeremonie, bei der Arthur Jorgenson sein Trauzeuge war.

Bane legte den Wintermann zur Ruhe.

Doch dies währte nicht lange. Er zog nach ein paar Monaten mit seiner neuen Familie nach New York, um der Nähe der Regierung zu entkommen. Er hoffte, der Drang, wieder am Spiel teilzunehmen, würde schwinden, sobald er sich nur weit genug von Washington entfernt hatte. Er schwand jedoch nicht, trotz der langen Trainingsstunden in der Sporthalle, die der King mit Banes Geld eröffnet hatte, oder der Liebe der Familie, die er gefunden hatte. Nachdem er schließlich drei Nächte hintereinander in kaltem Schweiß wachgelegen hatte, flog er zu einem Gespräch mit Arthur Jorgenson nach

Washington. Er wollte wieder der Wintermann sein, aber mit veränderten Bedingungen und nicht die ganze Zeit über.

Jorgenson war skeptisch, gab jedoch nach, und am Ende bewahrheiteten sich seine größten Befürchtungen. Bane hatte nun etwas zu verlieren, verpatzte nun Aufträge und verpfuschte Routinearbeiten. Darüber hinaus hatte sich in den Monaten, in denen er aus Dem Spiel gewesen war, mehr verändert als nur seine Einstellung. Es gab mehr Codes, die sich teilweise von den alten unterschieden, und man mußte – was noch schlimmer war – über alle unsanktionierten Handlungen Rechenschaft ablegen. Bane war verwirrt, mißmutig. Er vergaß einmal seinen Kontaktcode, und Harry »The Bat« flog an seiner Statt nach Berlin, um Trench aufzuspüren, und endete dort mit zerschmettertem Rückgrat. Bane flog ihm nach, um die Scherben aufzusammeln.

Nach seiner Rückkehr befand er sich noch im Kennedy Airport, als ein New Yorker Staatsbeamter ihm die tragische Nachricht überbrachte, daß seine Frau und sein Stiefsohn bei einem Unfall auf der Autobahn ums Leben gekommen waren. Der Fahrer des anderen beteiligten Wagens war betrunken gewesen. Bane nahm die Nachricht mit Schweigen statt mit Tränen auf, während sie ihn innerlich zu zerreißen schien. Seine Eingeweide zitterten vor Furcht. Der Tod war ihm viel zu nahe gekommen, und plötzlich wurde ihm seine eigene Sterblichkeit bewußt. Er hatte – für kurze Zeit – etwas zu verlieren gehabt und hatte es verloren, und damit auch jegliche Motivation. Er war nicht unbesiegbar; niemand war unbesiegbar. Der Tod war keine schöne Sache. Er hatte genug Tod verursacht, genug Tod gesehen.

Bane betrauerte Nadine, Peter und am meisten sich selbst. Er war müde und kam sich einsam vor, und zum ersten Mal in seinem Leben störte es ihn, einsam zu sein. Er verbrachte die langen Nächte damit, allein ins Kino zu gehen und sich ein und den gleichen Film drei-, vielleicht sogar viermal anzusehen. Ähnliches hatte er nur nach dem Mord an seinem Vater empfunden. Doch damals hatte er noch den Drang nach Rache gehabt. Nun gab es nichts zu rächen, nichts, auf das er sich stürzen konnte. Er hatte alles ausgeschöpft. Er zog sich tief in sich selbst zurück, bat Arthur Jorgenson darum, aus Dem Spiel entlassen zu werden, und mußte sich mit der ausweichenden Antwort begnügen, dies sei in ihrer Branche nicht möglich. Sie mußten ihn behalten. Das war der Preis, den man bezahlte. Bane war es gleichgültig; er stürzte sich einfach auf sein Training beim King und schaute einmal die Woche im Center vorbei, um sich seinen Scheck abzuholen.

Dann trat Janie in sein Leben. Ihre Beziehung entwickelte sich nur langsam, wobei Janie die Augenblicke erkennen und ausnutzen mußte, in denen sie Zugang zu Banes Empfindungen und Verletzungen fand. Sie war mitfühlend, verständnisvoll und vor allem geduldig. Und Bane akzeptierte sie, weil sie wußte, wann sie ihn alleinlassen mußte. Er liebte sie nicht und fragte sich ernsthaft, ob er jemals wieder imstande sein würde, einen anderen Menschen zu lieben. Janie verstand und akzeptierte dies und hoffte, die gefühlsmäßigen Wunden heilen zu können, die noch lange, nachdem sich die körperlichen geschlossen hatten, offen schwelten.

Natürlich sahen höhere Geister in Washington Banes Zustand ganz anders. Seine Akte bezeichnete ihn als »von einem Trauma betroffen und nervenzerrüttet. Ernsthafte gefühlsmäßige Schäden, hervorgerufen durch ein Übermaß an Gewalt und deren Akzeptanz. Ungeeignet für Außeneinsätze.« Die Akte betonte darüber hinaus auch, der Tod seiner Frau und seines Stiefsohnes habe lediglich einen unausweichlichen Prozeß beschleunigt.

Die Maschine war nicht mehr in Gebrauch.

Bis zu diesem Morgen.

Jemand hatte Jake Del Gennio getötet, und plötzlich war Harry »The Bat« wieder ein Teil seines Lebens. Und dann dieser Junge am Rockefeller Center . . . Peter mit fünfzehn Jahren . . .

Die Vergangenheit mochte ihn vielleicht nicht einholen, doch sie stürmte zumindest heftig auf ihn ein. Bane fühlte sich anders, verändert, und er brauchte eine Weile, um zu erkennen, daß er sich vorwärts bewegte, indem er umkehrte, wuchs, indem er zurückging.

Als Janie seine Schultern massierte, fühlte er, wie die alte

Kraft, die alten Sinne, zurückkehrten, und wußte auf einmal, daß sie niemals tot gewesen waren, nur geschlafen hatten, ruhen mußten, um sich zu erneuern. Nun rührten sie sich langsam wieder, und Bane fühlte, wie er wieder zum Leben erwachte.

»Hast du feststellen können, welche Regierungsabteilung für die Verspätung beim Flug 22 verantwortlich zeichnet?«

Janie zögerte. »Ich habe gehofft, du würdest diese Frage nicht stellen.«

»Ich habe sie aber gestellt.«

»Was weißt du über COBRA, Josh?«

Bane fühlte, wie Janie seine Schultern freigab. Er wandte sich zu ihr um. »Nicht viel, bis auf die Tatsache, daß ihr Stempel auf der Hälfte der ausgeklügelten Hardware prangt, aus der unser Verteidigungssystem besteht.«

»Die Hälfte ist untertrieben«, berichtete Janie ihn. »Zuerst einmal steht der Name COBRA für Control for Operational Ballistic Research and Activation. Und eins kann ich dir verraten, jeder Fetzen ballistischer Forschung, der auch nur den geringsten Nutzen für dieses Land hat, kommt aus ihrem Hauptquartier in San Diego.«

»Wo auch Flug 22 herkam . . .«

»Auf jeden Fall ist COBRA im Prinzip eine von der Regierung finanzierte Einrichtung, doch diese Finanzierung besteht lediglich aus einem Blankoscheck. Die Organisation ist mächtiger geworden, als es selbst die NASA auf dem Gipfel des Weltraumprogramms jemals war. Die Verantwortlichen schlukken alles, was Colonel Walter Chilgers anordnet.«

»Chilgers?«

»Ein Held des Korea-Kriegs, der COBRA vom Fundament an aufgebaut hat. Na ja, eigentlich fing er wohl ganz oben an, und zwar mit den größten Wissenschaftlern, die diese Welt je gesehen hat. Ich habe gehört, daß sogar Einstein am Anfang dabei war.«

»Hast du eine Ahnung, woran COBRA jetzt arbeitet?«

»Wahrscheinlich an hundert verschiedenen Projekten, und es würde ihnen nicht schwerfallen, einige davon selbst vor dem Weißen Haus geheimzuhalten.«

»Ein Blankoscheck«, murmelte Bane. »Was kannst du mir sonst noch über sie berichten?«

»Nicht gerade viel. COBRA steht außerhalb der Gerichtsbarkeit des Centers und noch weiter außerhalb der der Justiz.«

Er sah ihr kurz in die Augen. »Ich brauche noch etwas – den neuesten Geheimdienstbericht über einen freiberuflichen Agenten namens Trench.«

»Ich habe keine Befugnis . . .«

»Verschaffe sie dir.«

Janie überdachte das Problem und nickte dann. »Da muß ich mich in ein paar Datenspeicher der Regierung einschleichen, aber zum Teufel, was soll's. Wofür brauchst du die Informationen?«

»Ich habe sie Harry versprochen. Als Gegenleistung für die Passagierliste des Flugs 22.«

»Trench war der Mann in Berlin«, erinnerte sie sich.

Bane sah sie nur an.

»Was geschieht, wenn du die Passagierliste hast?«

»Ich fange an. Die Passagiere müssen etwas gesehen oder gespürt haben . . .«

»Wenn es überhaupt etwas zu sehen oder spüren gab, heißt das.«

»Du glaubst Jakes Geschichte nicht.«

»Das wäre auch ein bißchen viel verlangt.«

Sie hatte natürlich recht, und Bane verzichtete darauf, über dieses Thema zu sprechen. Er spürte einen Schnitt, einen Abgrund zwischen ihnen, den er mehr als sie verschuldet hatte. Er wußte, daß sie niemals jenen Teil von ihm verstehen konnte, der der Wintermann war, jenen Teil, der wieder aktiv geworden war. Es war ein anderer Mann gewesen, den sie vor zwei Jahren aus den emotionalen Tiefen gezogen hatte. Ihre Beziehung hatte auf Faktoren beruht, die plötzlich nicht mehr zu existieren schienen. Er liebte sie noch immer auf seine Art, würde ihr ewig dankbar sein für alles, was sie für ihn getan hatte, spürte gleichzeitig jedoch, daß er sie nicht mehr brauchte. Und konnte es Liebe geben, wenn man einen Menschen nicht brauchte? Und was noch schlimmer war, er benutzte Janie, benutzte sie, um sich Informationen zu verschaffen. Er kam sich deshalb schmutzig vor, und doch fiel es ihm leicht, seine Entscheidung vernunftsmäßig zu vertreten.

Sie schliefen an diesem Abend miteinander, und Bane spielte seinen Part mechanisch, teils als Bezahlung für geleistete Dienste, teils, um die in ihm emporsteigenden Gedanken zu verhüllen. Doch Janie war nicht dumm. Bane konnte ihre Loslösung fühlen, den Verlust, den sie empfand, die Gewißheit dieses Verlustes, und er wich ihrem Blick aus, um nicht die Leere zu sehen, die ihn ausfüllte.

Er zog sie an sich, versuchte, sich in ihrer Schönheit zu verlieren. Seine Bewegungen waren wohlabgewogen und ausgeglichen, seine Hände zärtlich und erkundend. Sie drückte sich eng an ihn, grub die Finger in seinen Rücken, als sie zum Höhepunkt kam. Bane spürte, wie er auch den seinen erreichte, doch als es vorüber war, empfand er nichts Beruhigendes oder sogar Tröstendes an ihrem Geschlechtsakt. Es war einfach eine weitere Aufgabe gewesen, die er erfüllt hatte und die sich zwischen den vielen verlor, die es noch zu erfüllen galt.

Schließlich übergaben sie sich dem Schlaf, dankbar für den Frieden, den er vielleicht bringen würde, während nur ein paar Meilen entfernt Davey Phelps in einem kalten Hotelzimmer erschauderte, die Decke über das Gesicht gezogen, um die Gegenwart Der Männer zu verdrängen, die immer näher kamen.

Der dritte Tag:

DAVEY

Slow down, you crazy child
You're so ambitious for a juvenile
But then if you're so smart
Tell me why are you still so afraid?
Where's the fire, what's the hurry about?
You better cool it off before you burn it out
You got so much to do
And only so many hours in a day.

Billy Joel

10

»Wir haben ihn, Sir«, sagte der Einsatzleiter von COBRA und hielt Trench die Tür auf.

Trench stieg aus, flankiert von den Twin Bears. Er stand vor einem heruntergekommenen Hotel namens Shangri-La auf der West Forty Third Street in der Nähe der Avenue of the Americas. Er hätte wissen müssen, daß der Junge in diese Gegend geflohen war, um die Tarnung anderer Jugendlicher zu suchen.

»Der Peilsender hat vor drei Stunden den Geist aufgegeben, aber nicht, bevor er uns in diese Gegend führte«, fuhr der Mann von COBRA fort. »Der Portier erinnert sich daran, gestern abend ein Zimmer an einen Jungen vermietet zu haben, auf den die Beschreibung paßt. Zimmer 626.«

Trench sah sich um und schaute dann auf die Uhr: zwanzig nach neun. Der Arbeitstag hatte gerade angefangen.

»Wie viele Männer haben Sie?«

»Ein Dutzend. Ich habe vier weitere angefordert, nur, um ganz sicherzugehen.«

»Gut«, sagte Trench ohne Enthusiasmus; irgendwie sah er der Aufgabe, die sie erledigen mußten, mit Mißtrauen entgegen. Irgend etwas stimmte einfach nicht. Er mußte immer wieder an den seltsamen Fünf-Dollar-Schein von gestern nachmittag denken. Sich noch einmal umsehend, zog er den Mantel aus und warf ihn auf den Rücksitz des Wagens. »Wir gehen auf mein Zeichen hinein«, sagte er zu dem Einsatzleiter von COBRA. »Verteilen Sie Ihre Männer auf alle Ausgänge. Ich werde die Festnahme persönlich vornehmen.«

»Jawohl, Sir.«

Der Einsatzleiter von COBRA machte sich auf den Weg, Befehle in ein Walkie-talkie sprechend. Trench nickte den Twin Bears zu und ging zum Shangri-La hinüber.

Davey Phelps beobachtete aus einem Schlitz in den hinabgelassenen Jalousien vor seinem Fenster, wie sich der große, gut gekleidete Mann dem Eingang näherte. Auf den ersten Blick wirkte der Mann alt, doch eine nähere Betrachtung enthüllte, daß dieser Eindruck falsch war und nur auf seinem schütter werdenden grauen Haar beruhte. Der große Mann bewegte sich leichtfüßig mit der Spannkraft eines Athleten, glitt mit einem wohlerwogenen Schritt über den Bürgersteig. Davey hatte nicht den geringsten Zweifel, daß er wegen ihm kam. Genausowenig bezweifelte er, daß sich die anderen zehn oder zwölf gut gekleideten Männer aus dem gleichen Grund in dieser Gegend zusammengefunden hatten.

Er hatte eine ruhelose Nacht hinter sich, die vor etwa einer Stunde, als Die Schwingungen ihn aus dem Bett getrieben hatten, ihr Ende gefunden hatte. Davey nahm Die Männer stärker denn je wahr, und so zog er sich an und schlich zur Treppe, nur um herauszufinden, daß einer von ihnen in der Lobby wartete und zwei weitere vor der dicken Glasscheibe der Vordertür des Hotels. Vorsichtig kehrte er in sein Zimmer zurück. Er zog die Feuertreppe nur so lange in Betracht, bis Die Schwingungen ihm verrieten, daß Die Männer sie ebenfalls bewachten.

Sie hatten ihn gefunden.

Und dieser große Mann unterschied sich von den anderen. Davey kam einfach nicht in seinen Verstand herein, genausowenig, wie er in den Verstand des Mannes hatte eindringen können, der ihn am Tag zuvor vor dem Rockefeller Center verfolgt hatte. Der Mann im blauen Anzug strahlte eine dunkle Kälte aus, und die beiden rothaarigen Riesen, die neben ihm gingen, strahlten überhaupt nichts aus.

Davey fühlte, wie die Verzweiflung an ihm zerrte. Es hatte eine Weile lang Spaß gemacht, war ein tolles Abenteuer gewesen. Doch nun vermißte er seine Pflegeeltern und das Heim, das sie ihm boten. Er wollte zu ihnen zurückkehren, wollte duschen, ohne die Augen auf die Türklinke des Badezimmers richten zu müssen. Seine Kleidung fühlte sich nun schmutzig und feucht an, und der Angstschweiß ließ sie an seiner Haut kleben.

Davey trat von dem Fenster zurück und zog die Lederjacke an.

Draußen formierten sich Die Männer, betraten das Hotel. Der große kalte Mann stand auf dem Bürgersteig unter ihm und schaute hinauf.

Daveys Augen wurden feucht. Seine Knie und Finger zitterten. Er versuchte, sich von Den Schwingungen zeigen zu lassen, was sie für ihn vorgesehen hatten, sobald sie ihn erst einmal gefangengenommen hatten. Sie zeigten ihm jedoch überhaupt nichts, wenn er sich zu sehr anstrengte. Sie kommen, kamen, wann sie wollten, und im Augenblick ließen sie sich nirgendwo auftreiben.

Die Männer hatten ihn gefunden, und es gab kein Entkommen.

Aus der Hoffnungslosigkeit kam sein Fluchtweg. Er fühlte, wie Das Schaudern sein Rückgrat hinaufkroch, das stärkste, das er jemals empfunden hatte; es ließ ihn stöhnen und die Augen schließen. Er sah, was er zu tun hatte, und irgendwie wußte er, daß er die Macht dazu hatte.

Das Schaudern schwoll in ihm an, eine schnell steigende Flut, die ein Entkommen von den Dämmen suchte, die sie fesselten.

Davey preßte die Augen fest zusammen und konzentrierte seine Gedanken auf den gesamten Häuserblock. Die Adern an seinen Schläfen begannen zu pochen.

Draußen schien sich die Luft zusammenzuziehen.

Davey preßte die Augen noch fester zusammen und griff mit Dem Schaudern so weit hinaus, wie sein Verstand es zuließ. Als er sich Dem Schaudern überantwortete, schien in seinem Kopf ein Preßlufthammer loszugehen. Es ergoß sich aus ihm mit genug Gewalt, um ihn gegen die Wand zurückzuwerfen, und Davey glaubte, wenn er in seinen Spiegel schauen würde, würde er sehen, wie sich sein Kopf auf vielleicht die dreifache Größe ausdehnte. Dann erklang ein schreckliches Klingeln in seinem Kopf, und Davey brauchte einen Augenblick, um zu begreifen, daß es von draußen und nicht von drinnen kam.

Er hatte jeden Feueralarm in dem Block ausgelöst, auf jedem Stockwerk, in jedem Zimmer. Dann fielen Einbruchsalarme in den wahnsinnigen Chor ein und schrillten trotz der verzweifelten Versuche ihrer verwirrten Besitzer, sie auszuschalten, ungehindert weiter.

Menschen strömten auf die Straßen, ganze Horden, mischten sich unter den sowieso schon dichten Fußgängerverkehr, um eine so dichte Menschenmenge zu bilden, daß ein jeder darin Schwierigkeiten zu atmen hatte.

Trench, der gerade das Hotel betreten hatte, als der Alarm erklang, wurde nun von einer fliehenden Menge zurückgedrängt und von den Twin Bears getrennt. Die COBRA-Mitarbeiter schrien vergeblich in ihre Walkie-talkies; sie konnten nichts bis auf den jaulenden Alarm hören und wußten, daß auch ihre Worte niemanden erreichten. Von einer zentralen Befehlsstelle abgeschnitten, wußten sie nicht, wie sie vorgehen sollten, und so blieben sie einfach in der geistlosen Hoffnung an Ort und Stelle, daß der Junge, dessen Foto sie bei sich trugen, vielleicht einfach an ihnen vorbeikommen würde.

Davey Phelps mischte sich unter den Strom der Menschen, die das Hotel verließen, und kam nahe genug an dem kalten Mann vorbei, um sein After-Shave zu riechen. Die Menge strömte auf die Straßen, auf denen der Verkehr zum Erliegen gekommen war, und dann über sie hinweg, um die hellroten Feuerwehrfahrzeuge besser sehen zu können, die mit einem jeden Aufjaulen ihrer Sirenen näher kamen.

Mittlerweile hatte Davey seine Jacke ausgezogen, weil die meisten Menschen, die der Alarm aus den umliegenden Gebäuden getrieben hatte, keine Zeit mehr gehabt hatten, nach den ihren zu greifen. Sich unter die Menge mischend, glitt er schließlich hinter ein Feuerwehrfahrzeug, das gerade mit kreischenden Bremsen zum Stehen gekommen war, und gesellte sich zu einer Gruppe High-School-Jungs, die sich einen Spaß aus der ganzen Sache machten. Die Flucht war ihm gelungen.

Direkt gegenüber hielt ein Bus an. Davey lief hinüber, schlängelte sich zwischen den ganz langsam fahrenden Autos hindurch. Er wußte, sobald er erst in dem Bus war, war er so gut wie in Sicherheit. Er hatte schon drei Stufen des Eingangs erklommen und grub in seinen Jeans nach Münzen, als er plötzlich das Gleichgewicht verlor. Er hielt sich am Geländer fest.

»He, Junge«, platzte der Fahrer heraus, »rein oder raus, okay?«

Doch Davey hörte ihn nicht. Die Schwingungen hatten zugeschlagen.

Der Bus kam ihm plötzlich heiß vor, heiß vor Panik und Verzweiflung. Er hörte Schreie, sah verbogenes Metall, roch, wie etwas brannte, sah . . . Blut.

»Junge?«

Davey stieß sich zurück, kam auf dem Zement der Straße zu stehen, spürte ihn jedoch nicht.

»Gott im Himmel«, sagte der Busfahrer, und die Tür schloß sich zischend.

Daveys Beine fühlten sich wie Pudding an. Er lehnte sich gegen ein Parkverbotsschild, um sich zu stützen, und sah dem Bus nach.

Der Fahrer beschleunigte, um noch die gelbe Ampel vor der Avenue of the Americas zu schaffen. Es gellten noch immer so viele Sirenen, daß er die, die ihn warnen sollte, gar nicht hörte.

Der Leiterwagen traf den Bus mit über sechzig Stundenkilometern in die Seite und schob ihn mit einem wahnsinnigen Kreischen über die Straße. Der Bus bäumte sich auf, wirbelte herum, stürzte auf die Seite, schlitterte über den Bürgersteig und zerquetschte zwei unglückliche Passanten, die vor einem Gebäude standen.

Daveys Ohren füllten sich nun mit Schreien statt mit Sirenen. Die Erleichterung, die die Menge verspürte, weil es gar nicht brannte, wurde nun von echter Panik verdrängt. Gerade, als die hunderte Alarmsirenen schließlich ausgeschaltet wurden, nahm ein Crescendo von Schreien ihren Platz ein.

Davey taumelte davon. In seinem Schädel schien es zu knirschen, als spanne jemand einen Schraubstock um sein Gehirn an. Doch er schluckte den Schmerz herunter und ging weiter, immer weiter.

Irgendwann, viel später, fand er sich auf der Seventh Avenue, ohne zu wissen, wie er dorthin gekommen war. Unter seiner Lederjacke rann kalter Schweiß seine Haut hinab, und er fühlte noch immer, wie seine Hände zitterten und seine Zähne aufeinanderschlugen.

Davey ging an einem Wahrsager vorbei, der auf der Straße versuchte, ein paar Dollars zu verdienen; eine kleine Menge hatte sich um den Mann geschart.

»Die Zukunft liegt in den Karten«, verkündete der Mann und zog einen Stoß Karten aus seiner ausgebeulten Jackentasche. »Wer ist tapfer genug, um zu erfahren, was die Karten für ihn bereithalten, was die *Zukunft* für ihn bereithält?« Er mischte die Karten gründlich durch.

Davey gesellte sich zu den Zuschauern.

»Wer meldet sich freiwillig, wer meldet sich freiwillig?« Er sah Davey an und breitete die Karten fächerförmig aus. »Wie wäre es mit Ihnen, junger . . .«

Das Gesicht des Wahrsagers wurde fahlweiß. Der Kartenfächer brach zusammen, und die Karten verstreuten sich in alle Himmelsrichtungen. Die Leute buhten, lachten, applaudierten. Der Wahrsager taumelte gegen das Gebäude zurück.

Davey wandte sich ab und warf dann einen Blick zurück. Was war geschehen? Was hatte der Wahrsager in seinen Augen gesehen? Er ging weiter.

»Die Zeit ist gekommen, daß alle Kinder Gottes gerettet werden! Hört ihr mich, Brüder, die Zeit eurer Erlösung ist nahe!«

Die bellende Stimme ließ Davey erstarren. Einen Augenblick lang glaubte er, sie gelte nur ihm. Dann sah er den Schwarzen mit weißem Haar, der ein billiges drahtloses Mikrofon in der Hand hielt und hinter einem einen Meter hohen Verstärker stand.

»Gebt euch Gott hin, Brüder!« dröhnte er weiter. »Werdet neu geboren! Ich gebe euch die Gelegenheit, euch der Macht des Herrn hinzugeben!«

Davey trat näher an den Mann heran, blieb dann stehen.

»Ihr braucht euch keine Sorgen mehr über euren Boß oder eure Frau oder euern Mann zu machen. All eure Probleme werden vor dem Herrn verschwinden, denn nur der Herr ist von Bedeutung, und Er wird sich um euch kümmern. Erfahrt ein neues und besseres Leben. Gebt euch Ihm hin, erfahrt die

Auferstehung, tretet in seinen Hof und erkennt die einzige Wahrheit, die einzige Liebe!«

Davey ging ein wenig näher heran.

»Brüder, ich . . .«

Der Verstärker kreischte verrückt auf – eine Rückkopplung. Der schwarze Prediger drückte die Hände an die Ohren.

»Brüder . . .«

Noch eine Rückkopplung, diesmal schlimmer. Die Menge trat zurück. Der schwarze Priester warf das billige Mikrofon mit einer dramatischen Bewegung fort.

»Das ist das Werk des Teufels, Brüder. Er ist selbst hier unter uns.« Die Augen des Schwarzen suchten die Menge ab. »Er schreitet in Kleidern über die Straßen und verbirgt seine Schuppen unter der Verkleidung eines Mannes« – der Blick hielt bei Davey inne – ». . . oder eines Jungen.« Der Mund des Predigers klaffte auf. Seine Lippen zitterten. »Der Herr sei uns gnädig, der Teufel ist hier unter uns! Du bist es, Junge, du bist der Teufel!« Er zeigte mit einem wurstförmigen Finger auf Davey, machte ein paar Schritte und blieb plötzlich stehen, als habe eine Ziegelmauer ihn aufgehalten. *»Der Teufel! Dieser Junge ist der Satan selbst!* Gott helfe uns, helfe uns allen!«

Der schwarze Prediger fiel auf die Knie. Eine Reihe Augen wandten sich neugierig dem Jungen zu.

Davey war schon weitergegangen, über die Straße.

Zuerst der Wahrsager, dann der Prediger.

Was hatten sie gesehen? Was wußten sie? Was hatten sie gefühlt . . .?

Davey beschleunigte seine Schritte, obwohl er nirgendwo hingehen konnte. Er fragte sich, ob er noch etwas Schlimmeres als selbst Die Männer zu fürchten hatte.

»Haben Sie den Jungen, Trench?« Colonel Chilgers' Stimme erfüllte den Wagen.

»Leider nicht.«

»Was?«

Chilgers lauschte in verdrossenem Schweigen Trenchs

Bericht; innerlich war er jedoch überaus erregt. »Das kann ich kaum glauben«, sagte er schließlich.

»Ich auch nicht. Aber jetzt sind es schon drei voneinander unabhängige Zwischenfälle. Zuerst hat Ihr Mann auf dem Flughafen behauptet, der Junge sei einfach verschwunden; dann gestern die Sache mit dem Fünf-Dollar-Schein; und jetzt das. Ich hätte schon früher etwas ahnen müssen.«

»Sie hätten mir gestern abend den Zwischenfall mit der Geldnote melden müssen.«

»Vielleicht.«

»Auf jeden Fall scheint, wenn Ihre Vermutung zutrifft, dieser Junge einige ziemlich interessante Fähigkeiten gewonnen zu haben, die er noch nicht besaß, als der Flug 22 in New York landete. Überaus interessante Fähigkeiten . . .«

»Jetzt ist es nicht mehr so einfach, ihn zu ergreifen«, sagte Trench.

»Aber jetzt ist es um so wichtiger, daß wir ihn ergreifen. Der Peilsender arbeitet nicht mehr, sagten Sie?«

»Ja.«

»Dann werden Sie sich etwas anderes einfallen lassen müssen, um ihn aufzuspüren.«

»Ich habe schon ein paar Ideen. Ich brauche jedoch die volle Unterstützung durch Ihre Computer.«

»Die haben Sie.«

»Und ich werde mehr Leute brauchen.«

»Wie viele?«

»Dreißig.«

»Sie können so viele haben, wie Sie wollen, wenn es Ihnen hilft, den Jungen zu ergreifen. Ich will ihn haben, Trench. Ich will ihn haben.«

In der Leitung klickte es.

Trench lehnte sich zurück, das Gesicht leer und ausdruckslos. Er würde den Befehlen des Colonels nur bis zu einem gewissen Punkt gehorchen: er würde den Jungen aufspüren, aber nicht das Risiko eingehen, ihn gefangenzunehmen. Selbst, wenn ihm dies gelingen sollte – wie lange konnte er Davey Phelps festhalten, bevor der Junge seine noch unverständlichen Kräfte einsetzte? Überdies wußte er, daß er nicht mehr lange für Chilgers arbeiten würde, und er wollte dem Colonel nicht eine Waffe vom Potential dieses Jungen in die Hände geben. So oder so, sein eigenes Überleben stand auf dem Spiel.

Also würde er den Jungen finden.

Und dann würde er ihn töten.

Chilgers blickte von seinem Schreibtisch auf und erwiderte die neugierigen Blicke von Dr. Teke und Professor Metzencroy. Der Colonel hatte vermutet, daß Trenchs Bericht etwas beinhalten würde, das die beiden Männer am besten aus erster Hand erfuhren, und seine Intuition hatte sich als richtig erwiesen. Von den beiden schien Metzencroy stärker von dem Gespräch beeindruckt zu sein, das gerade über einen Verstärker hereingekommen war. Seine Hände mit dem Taschentuch darin waren so zittrig, daß sie zumindest zweimal seine Stirn beinahe verfehlt hätten. Teke nahm das Gespräch eher nachdenklich zur Kenntnis; nur der Schimmer eines Schweißfilms erschien auf seiner kahlen Stirn.

»Also gut, meine Herren«, eröffnete Chilgers das Gespräch. »Ich möchte wissen, was Sie davon halten.«

»Nun«, erwiderte Teke, »frühere Experimente im zweiten Stadium von Vortex haben auf die Möglichkeit hingedeutet, daß wir es mit den Auswirkungen eines Energiefelds zu tun haben, der Hochfrequenz-Elektromagnetisierung des menschlichen Organismus. Wir haben in der Tat eine Reihe von möglichen – ich betone, möglichen – Veränderungen bei den Gehirnfunktionen und der Körperchemie festgestellt, bis hin zu und einschließlich schweren neurologischen Unausgeglichenheiten. Doch die Behauptung, die Teilnahme dieses Jungen am Tangenten-Stadium von Vortex habe in irgendeiner Hinsicht etwas mit der . . . Macht zu tun, die er vielleicht besitzt, ist einfach unbegründet.«

Metzencroy räusperte sich.

»Stimmen Sie damit überein, Professor?« fragte Chilgers in der Hoffnung, dem möchte so sein.

Metzencroy beugte sich vor und versuchte, sein Taschentuch einzustecken. Das Zittern seiner Finger hätte seine Bemühung fast scheitern lassen. »Der menschliche Geist, Colonel, besteht größtenteils aus noch unerforschten Regionen. Einige Wissenschaftler haben sogar behauptet, daß wir mehr über das gewaltige Weltall wissen als über die grauen Zellen in unseren Köpfen. Dies mag vielleicht übertrieben klingen, doch es spricht einiges für diese Auffassung. Wenn wir – zurückhaltend geschätzt – etwa fünf Prozent der Gehirnfunktionen verstehen, bleibt die Frage, was mit den anderen fünfundneunzig Prozent ist. Ebenso sind viele Wissenschaftler der Ansicht, daß wir uns nur diese fünf Prozent unserer Gehirnkapazität zunutze machen. Erneut stellt sich die Frage, was mit den übrigen fünfundneunzig Prozent ist.« Metzencroy zog das Taschentuch wieder hervor und schloß die Hand darum. »Es ist durchaus vorstellbar, Colonel, daß die Vortex-Felder, denen der Junge ausgesetzt war, bisher schlafende Teile seines Gehirns erweckt haben, wodurch man vielleicht diese seltsame Macht, die er entwickelt hat, erklären könnte.«

Tekes rundes Gesicht verzog sich zu einem Stirnrunzeln. »Ich habe den Eindruck, Professor, daß Sie die Logik und wissenschaftliche Prinzipien zugunsten von Gespenstern und Poltergeistern aufgeben.«

Chilgers beugte sich vor. »Wenn Gespenster und Poltergeister uns helfen könnten, die Russen zu vernichten, dann herzlich gerne, Teke.«

»Wir müssen noch etwas anderes in Betracht ziehen«, sagte Metzencroy zögernd. »Sobald ein bislang unerforschtes Gebiet erhellt wird, im Gehirn oder überall sonst, neigt es dazu, zu expandieren – das heißt, zu wachsen –, sobald wir nach mehr suchen.«

»Und das bedeutet?« fragte Chilgers.

»Das bedeutet, daß die Macht, die dieser Junge besitzt, mit fast absoluter Sicherheit stärker werden wird, sobald sich erst weitere Teile seines Gehirns öffnen. Er erforscht sie nur zögernd, unsicher. Sobald er genug Selbstvertrauen entwickelt, kann man nicht mehr vorhersagen, bis zu welchem Ausmaß er sie entwickeln könnte.«

Fasziniert von dem Thema, mußte Chilgers ein Lächeln unterdrücken. »Spekulieren Sie weiter.«

»Ich fürchte, das kann ich nicht . . . jedenfalls nicht aus dem Stegreif.« Metzencroys Taschentuch fand wieder den Weg zu seiner Stirn, dann entglitt es seinen Fingern. Seine Hände zitterten so sehr, daß er kaum imstande war, es wieder aufzuheben.

»Was sonst beunruhigt Sie noch, Professor?« fragte Chilgers.

Metzencroy beruhigte sich etwas. »Um meinen Vergleich des menschlichen Verstandes mit dem Universum fortzusetzen – es erheben sich zahlreiche Probleme. Irgend etwas ist mit Davey Phelps geschehen, womit wir in keiner Weise rechnen und das wir auch nicht vorhersehen konnten. Der Verstand eines Jungen ist eine Sache, das gesamte Universum eine ganz andere. Doch in diesem Fall tun sich gewisse Parallelen auf, und wir müssen die möglichen Auswirkungen einer jeden zukünftigen Handlung bedenken, die wir unternehmen.«

»Mit Handlung«, schloß Chilgers, »meinen Sie Vortex.«

»Ich meine damit, daß wir uns mit Gebieten befassen, die wir nicht völlig verstehen, mit Gebieten, deren Geheimnisse sich uns nicht einmal annähernd enthüllt haben. Der Mensch der Vorzeit entdeckte das Feuer nur, um damit viele der Bäume zu vernichten, die ihm seine Nahrung lieferten, bis er lernte, es sich nutzbar zu machen.«

»Sie würden es also vorziehen, daß wir den Jungen einfach in Ruhe lassen und weiter im Regen stehen«, stichelte Teke.

Metzencroy hielt seinem Blick stand. »Bei Vortex steht weit mehr auf dem Spiel als nur ein paar Bäume.«

»Am Anfang haben die Notwendigkeiten den Menschen von den Bäumen getrieben«, warf Chilgers ein.

»Und die Furcht hat sie bei mehr als nur einer Gelegenheit wieder auf die Bäume zurückgetrieben«, fügte Metzencroy hinzu.

»Ich hoffe, das alles führt Sie zu irgendeiner Schlußfolgerung«, schnappte Teke.

Metzencroy zögerte. »Ich will wissen, was Davey Phelps seine neue Kräfte gegeben hat . . . und ich will wissen, was vor fünf Tagen die Blase beim Flug 22 verursacht hat.«

»Nicht das schon wieder«, murmelte Teke. »Es war ein Computerfehler, sonst nichts.«

»Dann erklären Sie mir mal, wieso die Computer sich nicht daran erinnern. Erklären Sie mir, wie das gesamte Energie-Materie-Feld, das den Jet umgab, einen kurzen Augenblick lang ohne Grund oder Erklärung zu schimmern schien. Haben Sie eine Erklärung dafür, Doktor Teke?«

Teke hatte keine.

»Die Struktur unseres Universums unterscheidet sich in ihrer Funktion nicht ganz so sehr von der Struktur von Davey Phelps' Gehirn. Irgend etwas hat das Gehirn des Jungen nun verändert, und wenn wir Vortex endgültig aktivieren, könnte sich die Struktur des Universums auf ähnliche Art und Weise verändern.«

»Dann laufen wir alle herum und verwandeln Fünf-Dollar-Scheine in Hunderter«, kicherte Teke. »Zum Teufel mit der Inflation!«

Metzencroy zeigte sich gar nicht erheitert. Seine Faust ballte sich um das feuchte Taschentuch. »Man macht keine Scherze über das Raum-Zeit-Kontinuum, Doktor Teke. Wir befassen uns hier mit Kräften, die . . .«

». . . uns für die nächsten paar hundert Jahre die Weltherrschaft sichern werden«, warf Chilgers ein. »Wollen Sie angesichts dieser Möglichkeit etwa vorschlagen, daß wir das Projekt Vortex aufgeben, Professor.«

»Es vielleicht zurückstellen.«

»Angesichts unseres Zeitdrucks käme das etwa auf das gleiche hinaus, nicht wahr?« Chilgers lehnte sich in seinem Ledersessel zurück und sah Metzencroy an und durch ihn hindurch. »Ich habe bereits zugesehen, wie sie uns bei der Atombombe einen Vorteil abgerungen haben, und ich werde nicht dulden, daß wir den gleichen Fehler noch einmal begehen. Seit dem Kalten Krieg hängen wir in einer Schleife fest, Professor. Wir entwerfen und entwerfen, konstruieren und konstruieren, bauen um und entwerfen neu. Doch all das spielt nicht die geringste Rolle, denn bis jetzt ist alles auf eine Pattsituation hinausgelaufen. Den Begriff *Erstschlag* gibt es in Wirklichkeit nicht mehr, denn beide Seiten können bestenfalls nur auf einen gleichzeitigen Schlag hoffen. Doch Vortex hat all das verändert. Wir haben jetzt eine Möglichkeit, diese Schleife zu verlassen und das Patt zu brechen, Professor. Wir haben jetzt eine zweite Chance, das zu tun, was wir schon vor fünfundzwanzig Jahren hätten tun sollen, als wir nicht entschlußfreudig genug dafür waren. Wir werden Vortex in fünf Tagen aktivieren, um ein ähnliches Debakel zu vermeiden. Es gibt nur Platz für eine Supermacht in dieser nuklearen Welt, die wir geschaffen haben, in der High-School-Bengel mit Chemiebausätzen Bomben bauen können.«

Metzencroy fühlte, wie hinter seinen Wangen die Hitze emporstieg, und wurde sich bewußt, daß sein Gesicht errötete.

»Und ich will Ihnen noch etwas sagen, Professor«, fuhr Chilgers fort. »Wir werden herausfinden, woher dieser Phelps-Junge seine Kräfte hat, wir werden es herausfinden, und wenn wir sein Gehirn Stück für Stück auseinandernehmen müssen. Denn die Russen haben ihn nicht, die Chinesen haben ihn nicht, nur wir haben ihn. Der Junge gehört uns.«

11

Bane traf um Punkt zehn Uhr im Center ein und ging direkt zu Janies Büro.

»Schließ die Tür hinter dir«, sagte sie, nachdem er eingetreten war.

»Das klingt ja ernst.« Er trat zu einem der Kunststoffstühle vor ihrem Schreibtisch.

»Es ist immer eine ernste Sache, Informationen aus einem Regierungscomputer zu stehlen.«

»Nur ausborgen, Janie, und das für eine guten Zweck.« Er zwang sich zu einem Lächeln, in der Hoffnung, sie würde es erwidern.

Sie erwiderte es nicht.

»Es wird dir nicht gefallen, Josh.«

Bane setzte sich. »Wie sehen die neuesten Informationen über Trench aus?«

»Es gibt keine.«

»Was?«

»Die Akte, die der amerikanische Geheimdienst über ihn hat, wurde entfernt. Vielleicht ist er tot.«

»Dann wäre seine Akte lediglich umgelagert und nicht entfernt worden.«

»Vielleicht hat er sich in den Ruhestand zurückgezogen«, sagte Janie nachdenklich.

Bane schüttelte den Kopf. »Nicht Trench.«

»Dann bleiben nicht mehr viele Alternativen übrig.«

»Nach meiner Einschätzung nur noch eine«, sagte Bane. »Er arbeitet jetzt für uns, für irgendeine Abteilung unserer Regierung.«

»Wäre das möglich?«

»Onkel Sam hegt keinen Zorn, Janie. Trench ist ein Profi. Wenn irgendeine Regierungsstelle seine Dienste benötigt, verschafft sie sie sich.«

»Und warum wurde seine Akte dann ausgelöscht?«

»Wenn er jetzt für uns arbeitet, werden sie sie wohl unter strengem Verschluß halten wollen. Diese Akten zeichnen alle Bewegungen von Agenten feindlicher Mächte auf. Das ist überflüssig geworden, wenn Trench nun für uns arbeitet. Sie werden wahrscheinlich auch nicht wollen, daß sich irgendein freier Agent an seine Spur hängt, oder jemand, *der* Groll gegen ihn hegt.«

»Wie Harry?«

»Wie Harry.«

»Was wirst du ihm sagen?«

»Die Wahrheit.«

»Glaubst du, daß das klug ist?«

»Wahrscheinlich nicht, aber wenn man schon anfängt, seine Freunde zu belügen, ist man ziemlich weit heruntergekommen.« Bane zögerte, bemüht, das Thema zu wechseln. »Kannst du irgendwie herausbekommen, für welche Abteilung Trench jetzt arbeitet?«

»Wahrscheinlich, aber ich werde einige Zeit brauchen.«

»Dann spare dir die Mühe. Es gibt eine Menge Leute im Network, die Harry noch einen Gefallen schulden. Es ist an der Zeit für Harry, jetzt ein paar davon zurückzufordern.«

»Du sprichst nicht gerade wie sein Freund, Josh.« Janie runzelte die Stirn; ihre Augen blickten zornig. »Dieser arme Bursche wird wahrscheinlich losgehen – Entschuldigung, *losrollen* – um sich umzubringen, und du stehst einfach da und siehst zu.«

»Wenn ich irgendwo stehe, dann an seiner Seite. Soviel schulde ich Harry.«

»Dann willst du also, daß er auf Trench losgeht, damit du auch auf ihn losgehen kannst und etwas von der Schuld loswirst, die du mit dir herumschleppst?«

»Vielleicht«, gab Bane zu, weil es keinen Sinn hatte, ihr die Sache zu erklären. Er konnte einfach nicht erwarten, daß Janie Männer wie ihn und »The Bat« verstand, die Art und Weise, wie sie lebten und starben. Die Regeln waren anders, und damit auch alle Werte. Es gab einen Kodex, den man beachten mußte.

»Weißt du was, Josh? Harry mag sich zwar ohne Beine bewegen, aber du bewegst dich manchmal ohne Herz. Das muß man wohl als Kriegsverletzungen abtun. Spielt auch keine Rolle, solange die Schecks von der Regierung regelmäßig kommen. Aber weißt du, was euch beide von den anderen unterscheidet? Eure Verletzungen scheinen euch gleichgültig zu sein. Selbst wenn sie nicht verheilen, macht ihr weiter. Narbengewebe blutet wohl nicht.«

Janie hätte weitersprechen können, verzichtete aber darauf. Ein anderer Mensch stand vor ihr, eher ein Fremder als ein Geliebter. Sie konnte darum kämpfen, ihn zu erreichen, ihn zurückzuholen, aber die Vergeblichkeit des Versuchs machte ihn schon zunichte, bevor sie ihn überhaupt unternommen hatte. Sie hatte immer gewußt, daß es diesen Teil von Joshua Bane gab, daß er unter der Oberfläche lauerte, jenseits ihrer Kontrolle und ihrer Liebe. Nichtsdestotrotz machte es sie betroffen, es nun zu erleben; die Klarheit seiner Absichten und Entscheidungen war so verängstigend, so . . . fremd. Der Teil Joshua Banes, den sie liebte, würde eines Tages vielleicht zurückkehren, doch sie zählte nicht darauf.

Bane rief Harry Bannister im I-Com-Tech von einem leeren Büro auf dem gleichen Gang aus an.

»Ich habe die Liste, um die du gebeten hast, Josh«, erklärte »The Bat«.

»Ich möchte dich um noch etwas bitten. Kurzbiographien – Alter, Beruf, Wohnort, das ganze übliche Material.«

»Du suchst nach etwas, das sie in Verbindung miteinander bringt, nicht wahr?«

»Liest du etwa meine Gedanken?«

»Da ficke der liebe Gott eine Ente, du warst schon immer ein offenes Buch für mich, Josh.« »The Bat« zögerte. »Und was ist mit deinem Teil des Handels?«

»Bist du sicher, daß du darauf bestehst, Harry?«

»Allerdings.«

»Trench ist in Amerika.«

»Du erzählst mir keine Scheiße? Dieser Bastard ist jetzt auf unserer Seite?«

»Anscheinend.«

»Dann kann ich ihn viel leichter festnageln. Weißt du, ich reise jetzt nicht mehr so gern.«

»Vielleicht hat er Schutz.«

»Scheißdreck! Der Mann, der Trench vor einem meiner Messer schützen kann, ist noch nicht geboren, Josh. Dieser Mistkerl hat meine Beine gestohlen, und jetzt begleiche ich die Rechnung.«

»Du mußt immer noch herausfinden, für welche Abteilung er arbeitet.«

»Kein Problem. Ich muß mich nur hinter das Telefon klemmen. Damit fange ich sofort an, sobald ich die siebenundsechzig Namen auf deiner Passagierliste überprüft habe. Gib mir eine Stunde oder so.«

Bane sah auf die Uhr. »Ich werde um elf bei dir sein.«

Harry »The Bat«, spähte aus seinem I-Com-Tech-Büro, als Bane über den Teppich zu ihm glitt.

»Guten Morgen, Josh. Wenn es je einen guten Morgen gegeben hat, dann diesen.«

Vom Hals aufwärts war dies der gleiche Mann, der in Vietnam mit ihm zusammen zehnmal beinahe gestorben war, der gleiche Mann, der vor fünf Jahren in Berlin zwei Salven abbekommen hatte, die für ihn bestimmt gewesen waren.

»Siehst heute viel munterer aus, Harry.«

»Da ficke der Herr doch eine Ente, Josh, kannst du mir das etwa verdenken? Ich habe endlich die Chance, Trench festzunageln.«

»Haben deine Kontakte etwas ergeben?«

»Noch nicht. Aber ich bin ganz zuversichtlich.«

»Halte mich auf dem laufenden.«

»Wie in den alten Tagen, Wintermann, genau wie in den alten Tagen. Ich lege mir heute ein paar Ersatzmesser zu.«

»Ich werde daran denken, dir nicht zu nahe zu kommen.«

»The Bat« öffnete die oberste Schublade seines Schreibtisches und entnahm ihr zwei Stapel grünes und weißes Computerpapier.

»Der dickere Stapel enthält auch die biographischen Daten«, erklärte er.

Bane ergriff den Stapel und setzte sich auf den Stuhl, den man in die Ecke des weißen Büros gequetscht hatte. Die anderen Büroräume verfügten nicht über solch einen Luxus, doch Harry hatte keine Verwendung für den Stuhl, der normalerweise hinter dem Schreibtisch stand, und so hatte er ihn in die Ecke gestellt. Bane überflog die Passagierliste nach möglichen bekannten Namen, fand keine und wandte seine Aufmerksamkeit dann den biographischen Informationen zu.

»Die Aufstellung war nicht leicht zu bekommen, Josh. Diese verdammten kleinen Scheißer.«

Bane schaute auf. »Was meinst du damit?«

»Die Fluggesellschaft hat die Passagierliste unter Verschluß gehalten. Ich mußte meinen Schlüssel benutzen.«

»Probleme?«

»Nicht direkt. Bis auf die Tatsache, daß der, der die Liste abgesichert hat, feststellen kann, daß ich sie mir besorgt habe.«

»Das gefällt mir nicht, Harry. Du hättest vorher Rücksprache mit mir halten sollen.«

»Keine Angst, ›The Bat‹ ist zurück.«

»Geh die Sache vorsichtig an. Wir wissen nicht, womit wir es hier zu tun haben.«

»Ich habe es mit Trench zu tun, und bevor ich mit diesem verdammten Scheißkerl fertig bin, wird er den Tag bereuen, an dem er mich in die Falle gelockt hat.«

Bane war bemüht, das Thema zu wechseln. »Hast du irgend etwas über den Piloten ausgegraben?«

»Ja. Die ganze Cockpit-Crew ist auf Europa-Routen eingeteilt worden. Wenigstens in den nächsten vier Wochen kannst du es vergessen, dich mal mit ihnen zu unterhalten. Habe aber noch etwas Interessantes herausgefunden.«

»Was?«

»Einer der Leute auf der Passagierliste ist als vermißt gemeldet. Vor drei Tagen wurde bei der Polizei eine Anzeige erstattet.«

»Wer?«

»Ein Junge namens David Phelps, auch Davey genannt.«

Bane fand das kurze Dossier über ihn. *David Phelps. Alter 15 Jahre, Adresse . . .*

Eine betäubende Kälte kroch Banes Rückgrat hinauf, und ein dumpfes Pochen meldete sich in seinen Schläfen. Die Sinne, die sich am äußersten Rand seines Gehirns befanden, die Sinne, die ihn in hundert hitzedampfenden Dschungeln und weiteren hundert unmöglichen Situationen am Leben gehalten hatten, schlugen zu, machten ihn auf etwas aufmerksam.

Machten ihn worauf aufmerksam?

»In der Vermißtenanzeige steht, daß der Junge nach der Landung des Flugzeuges nicht mehr nach Hause gekommen ist«, sagte Harry. »Das ist ungewöhnlich. Ich dachte, du wolltest es wissen.«

»Danke«, sagte Bane geistesabwesend. »Dort kann ich mit meiner Untersuchung genausogut ansetzen wie überall sonst.«

»Ich dachte mir, es könnte eine Verbindung geben«, sagte Harry und musterte Bane aufmerksam.

Eine Verbindung . . . Das Wort löste in Banes Kopf etwas aus. Alles stand hier miteinander in Verbindung, war straffer gespannt als ein Trommelfell. »The Bat« hatte ihm eine Liste von Personen an Bord eines Flugzeuges gegeben, von dem Jake

Del Gennio behauptet hatte, daß es verschwunden sei. Dann war auch Jake verschwunden, und nun hatte »The Bat« Computerdaten gestohlen, die von den Leuten, die hinter all dem steckten, unter Verschluß gehalten wurden. Bane konnte die Gefahr so eindeutig wie Barbeque-Rauch riechen, und plötzlich bereute er es, »The Bat« in die Sache hineingezogen zu haben.

»Paß auf dich auf, Harry«, sagte er lahm und erhob sich, die Computerausdrucke unter dem Arm.

»Und du auf dich, Wintermann«, riet ihm »The Bat«.

12

Sobald die Konferenz mit Teke und Metzencroy beendet war, brach Colonel Chilgers in einem Privatjet nach Washington auf. Er hatte eine Verabredung mit dem Präsidenten und zwei seiner Berater, bei der er – wovon diese allerdings noch nichts wußten – die letzte Phase des Projekts Vortex besprechen wollte. Chilgers ging davon aus, daß es sich bei dieser Diskussion lediglich um eine Formalität handelte. Er wußte, was sie dachten. Sie würden seinen Vorschlag akzeptieren, ihn vielleicht sogar begeistert unterstützen.

Alles schien wunschgemäß zu verlaufen. Trench würde bis morgen Davey Phelps abgeliefert haben, und Scalia würde sich mit Joshua Bane befassen. Zwar mußte er sich noch um Metzencroy Gedanken machen, doch Chilgers war zuversichtlich, daß er mit dem Professor fertig werden würde.

Die Limousine hielt vor einem Seiteneingang des Weißen Hauses, so daß er der Presse entging – Chilgers verabscheute Publicity –, und er wurde augenblicklich durch die langen, breiten Gänge zum Empfangsraum geführt, wo er kurz warten mußte, während der Präsident über seine Ankunft unterrichtet wurde. Als der persönliche Adjutant des Präsidenten ihn schließlich ins Oval Office führte, stellte Chilgers fest, daß die beiden anderen Männer, mit denen er gerechnet hatte, schon anwesend waren: der Verteidigungsminister George Brandenberg und vom Pentagon der Direktor des Department for Clandestine Operations (DCO), Arthur Jorgenson.

»Tut mir leid, daß Sie warten mußten, Colonel«, sagte der Präsident und erhob sich hinter seinem Schreibtisch. Chilgers fiel auf, daß man einen samtbezogenen Stuhl zwischen die von Brandenberg und Jorgenson gestellt hatte. »Ich weiß Ihre Pünktlichkeit zu schätzen.«

Chilgers ergriff die ausgestreckte Hand des Präsidenten. »Pünktlichkeit liegt mir im Blut, Mr. President.« Und er nahm graziös Platz und maß mit seinen Blicken abwechselnd Brandenberg und Jorgenson. Brandenberg war durch und durch ein Militär – da sah er kein Problem. Bei Jorgenson sah die Sache jedoch anders aus. Die DCO war eine nicht von der Politik abhängige Abteilung, und so konnte ihr Direktor dem Präsidenten unverhohlen seine echte Meinung mitteilen. Chilgers wußte, daß der Präsident sich aus genau diesem Grund sogar oft an Jorgenson wandte. Es würde nicht leicht werden, ihn von der Notwendigkeit des Projekts, das er Placebo nannte, zu überzeugen.

»Ich habe Ihren Bericht gelesen«, begann der Präsident. »Wir alle haben ihn gelesen.«

»Nur eine Zusammenfassung, Mr. President«, warf Chilgers ein, »der Diskussionen, die seit einiger Zeit stattfinden.«

»Ich muß sagen, die Resultate sind eher beunruhigend.«

»Leider.«

»Das spricht kaum für unser Multi-Milliarden-Dollar-Verteidigungs- und Rückschlag-System.«

»Das System ist in Ordnung, Sir. Das Problem liegt jedoch möglicherweise bei den Menschen, die es bedienen.«

»So habe ich es auch verstanden«, sagte der Präsident grimmig.

Chilgers zuckte die Achseln und unterdrückte innerlich ein Lächeln. Brandenberg und Jorgenson nickten beipflichtend, während sie dem Gespräch lauschten. Chilgers erkannte, daß sie hier waren, um sich später beratend zu äußern und nicht, um direkt daran teilzunehmen; also würden sie ihm auch keine Steine in den Weg legen. Er mußte lediglich den Präsidenten überzeugen. Dennoch bereitete Jorgenson ihm Sorgen. Der kleine, stämmige Mann mit dem silbergrauen Haar leitete die DCO so effektiv wie Chilgers COBRA. Jorgenson war ein Mann, der ins Detail ging und ein Problem aus allen Blickwinkeln begutachtete, bevor er sich dazu äußerte. Ein überzeugter Skeptiker, und was noch schlimmer war, ein nicht korrumpierbarer, keiner Partei angehörender Mann.

Chilgers suchte Jorgensons Blick. Keine Reaktion. Der Mann war ein Profi.

»Wir können mit den Leuten umgehen«, sagte Chilgers zum Präsidenten, die Initiative ergreifend. »Es gibt Möglichkeiten, genau festzustellen, wie tief sich das Problem erstreckt.«

»Das habe ich auch gelesen«, erwiderte der Präsident. Dann spannte sich sein Gesicht. »Aber ich bin nicht überzeugt, daß das Projekt Placebo die richtige Vorgehensweise ist. Diese Maßnahmen sind ziemlich drastisch.«

»Genau wie das Problem selbst.«

»In diesem Punkt stimmen wir alle überein, Colonel.«

»Aber auf unterschiedlichen Ebenen, fürchte ich. Ich bin ein strenger Systematiker, Mr. President. Ich weiß, wie ich es bewerkstelligen kann, daß Waffen funktionieren oder zu funktionieren aufhören.« Hier hätte Chilgers seine Aufmerksamkeit beinahe Jorgenson und Brandenberg zugewandt, doch es gab keinen Grund, sie in das Gespräch zu verwickeln oder gegen sich aufzubringen. »COBRA hat vor einem Dutzend Jahren und vor drei Regierungen damit begonnen, das derzeitige Red-Flag-Warnsystem zu entwickeln. Wir haben alle möglichen damit zusammenhängenden Probleme untersucht und Ihnen unsere Befürchtungen mitgeteilt.«

»Ihre Besorgnis zum Ausdruck gebracht, meinen Sie wohl«, warf Brandenberg ein.

Chilgers hielt ein weiteres Lächeln zurück. »Nein, ich meine Befürchtungen, und darauf wollte ich auch mit den verschiedenen Ebenen der Übereinstimmung hinaus. Wir alle sind uns bei dem Problem einig. Die Frage ist, wie weit wir gehen wollen, um es aus der Welt zu schaffen.«

»Und ich behaupte, Projekt Placebo könnte zu weit gehen«, beharrte Jorgenson und ergriff die Partei des Präsidenten.

»Vielleicht.« Chilgers rutschte auf seinem Stuhl hin und her. Jorgenson bedrängte ihn. Doch der Colonel arbeitete unter Druck am besten. »Betrachten wir einmal die Tatsachen, daß sich von all unseren landgestützten Rückschlag- und Verteidigungssystemen nur *ein Prozent* im klaren und eindeutigen Sinne des Wortes als wirksam erwiesen hat. Bleibt also ein Unsicherheitsfaktor von neunundneunzig Prozent.«

»Es gibt Untersuchungen . . .«

Chilgers unterbrach Brandenberg. »Die nichts beweisen, genausowenig wie Übungen. Das sind doch nur Kinderspiele, meine Herren«, sagte er, an sie alle gewandt. »Nichts als Spielereien. Es bleibt die simple Tatsache bestehen, daß unsere Vorrichtungen noch nie unter hoher Beanspruchung erprobt worden sind. Wir können einfach nicht wissen, ob unsere Leute ihren Befehlen völlig und uneingeschränkt nachkommen und die Vorschriften genau und präzise befolgen werden.« Nun wandte er sich wieder an den Präsidenten. »Projekt Placebo wird uns die ersten genauen Antworten auf diese Fragen geben.«

Der Präsident nickte langsam und zog mit den Fingern die Linien seines Kiefers nach. »Colonel Chilgers, bitte fassen Sie kurz und bündig die Hauptbestandteile des Projekts Placebo zusammen.«

Chilgers zögerte nur einen Augenblick lang. »Im Prinzip ›erzeugen‹ wir für einen unserer Raketenstützpunkte den Eindruck, der Kriegsfall sei eingetreten, und zeichnen sorgfältig alle Handlungsweisen und Reaktionen der Männer auf, einschließlich jenes Zeitpunkts, da sie den Befehl zum Abschuß bekommen. Der menschliche Faktor, Mr. President, ist die derzeit einzige Unbekannte in einem System, das ansonsten keine Schwächen aufweist. Und bis wir diese Unbekannte genau getestet haben, können wir unter keinen Umständen völliges Vertrauen in unsere Fähigkeiten haben.«

»Aber es wird alles von Computern gesteuert«, warf der Präsident ein.

»Nur bis zu einem gewissen Punkt, Sir. Man muß immer noch die Knöpfe drücken, und zwar eine ganze Menge davon, und die geringste Verzögerung unterbricht den gesamten

Prozeß, und wir müssen ganz von vorn anfangen. Wir sprechen hier von Sekunden, Sir, doch im Fall eines sowjetischen Angriffs könnten Sekunden alles sein, was uns noch bleibt.«

»Ich sehe immer noch nicht ein, was Sie sich von einer Übung in nur einem unserer Silos erwarten.«

Chilgers beugte sich vor. »Man kann ein jedes Silo, besonders ein jedes primäres, als einen Mikrokosmos sehen, der dem gesamten System entspricht. Die Streßfaktoren und -probleme, die wir darin vorfinden, werden mit fast absoluter Sicherheit mehr als nur eine adäquate Analyse der Problemkreise ermöglichen, über die wir hier sprechen.«

»Ich nehme an, Sie haben mittlerweile alle Details Ihres Projekts Placebo ausgearbeitet.«

Chilgers nickte. »Die Berichte und Vorgehensweisen befinden sich, bis auf die Sekunde genau, in meiner Aktentasche. Aus Sicherheitsgründen liegt die einzige Kopie in meinem Safe.«

»Nun, wenn wir uns entschließen, damit weiterzumachen, wollen wir sicher nicht, daß davon etwas an die Öffentlichkeit dringt.« Der Präsident pochte mit den Knöcheln auf die Schreibtischoberfläche. »Ich setzte voraus, Colonel, daß Sie auch schon ein geeignetes Silo für die Übung ausgewählt haben.«

»Bunker 17.«

Der Präsident wandte sich an den Verteidigungsminister Brandenberg. »George?«

»Eine kluge Wahl«, bestätigte Brandenberg. »Bunker 17 ist eine unserer wichtigsten Einrichtungen, gemeinsam mit fünf Schwester-Silos als Art Kompromiß für ein Ballungszentrum entstanden. Es ist imstande, innerhalb von einundzwanzig Minuten sechsunddreißig MX-Flugkörper auf Rußland abzuschießen, ein jeder davon mit zehn hochmodernen Wasserstoff-Geschützköpfen ausgerüstet.«

»Die Ziele?«

»Aus Sicherheitsgründen werden sie in regelmäßigen Zeitabständen gewechselt. Man kann jedoch davon ausgehen, daß sie die wichtigsten Angriffszentren der Sowjets sowie die bedeutendsten Bevölkerungs- und Regierungszentren abdecken.«

»Ich wußte gar nicht, daß wir so viele Eier in einen Korb gelegt haben«, sagte der Präsident unbehaglich.

»Es gibt einen Grund dafür, Sir«, erklärte Brandenberg. »Unsere neuesten Geheimdienstinformationen deuten darauf hin, daß die Russen hinsichtlich der Existenz des Bunkers 17 und seiner fünf Geschwistersilos noch im dunkeln tappen.« Nun wandte sich Brandenberg an Chilgers. »Wie Sie wissen, Colonel, haben wir diese sechs Einheiten über die isoliertesten Teile des Westens und Mittelwestens verteilt: Wyoming, Montana, Utah, die beiden Dakotas, Nevada. Hauptsächlich Wüstengebiet. Die Silozentralen wurden fast vollständig unterirdisch angelegt, während das Landwirtschaftsministerium zur Tarnung Gebäude darüber errichtet hat. Die Geschützsilos selbst liegen ringförmig um sie herum und sind so wirksam getarnt, daß selbst die modernsten russischen Spionagesatelliten sie nicht ausfindig machen können.«

»Von entscheidender Wichtigkeit ist dabei«, warf Chilgers ein, »daß Bunker 17 und seine Geschwistersilos das stärkste Standbein des Systems darstellen, das Ihre Regierung neu errichtet hat, Mr. President. Doch bei allen Übungen und Computersimulationen wissen wir immer noch nicht, ob die Dinge bei einer Krise so funktionieren werden, wie sie es müssen. Wir haben eine Million Stunden dafür verwandt, die Maschinen zu erproben. Projekt Placebo wird die Menschen testen.«

»Sie haben einige interessante Punkte aufgeworfen«, sagte der Präsident, »die sicher einer ernsthaften Erörterung wert sind.«

»Ich fürchte, Sir, daß diese Erörterung ziemlich schnell erfolgen muß. Wie meine Berichte belegen, wäre der ideale Zeitpunkt, Projekt Placebo zu aktivieren, in drei Tagen.«

»Warum?«

»Weil COBRA in vier Tagen sechsunddreißig der neuen MX-Track-One-Raketen mit neuen Modellen der jeweils zehn Geschützköpfe an Bunker 17 liefern wird.«

»Ich verstehe nicht ganz, worauf Sie hinauswollen.«

»Ganz einfach, Sir. Dieser Zeitpunkt würde uns erlauben, in die neuen Track-Ones Attrappen-Geschützköpfe einzubauen.«

»Was überflüssig wäre, wenn Sie nicht . . .« Der Präsident kniff die Augen zusammen. Seine Wangen röteten sich. »Mein Gott, Colonel, Sie wollen doch nicht vorschlagen, daß wir Projekt Placebo so weit treiben sollten, die Raketen wirklich *abzuschießen*?«

»Doch, das schlage ich vor«, sagte Chilgers ohne jedes Zögern. »Ich habe diesen Faktor in meinem ursprünglichen Bericht lediglich nicht erwähnt, weil ich der Meinung war, ihn persönlich besser erklären zu können. Soll Placebo irgendeine greifbare Wirkung haben, muß das Projekt vollständig durchgeführt werden – bis zu und einschließlich einem Abschuß. Nur dann können wir die Nachwirkungen der dabei auftretenden Streßfaktoren untersuchen. Sollte der Kriegsfall tatsächlich einmal eintreten, Mr. President, bekommen wir hoffentlich die Chance, unsere Waffensysteme nachzuladen.«

»Aber wir gehen ein gewaltiges Risiko ein, die Russen auf die Existenz des Bunkers 17 aufmerksam zu machen.«

»Stellen wir uns doch nicht naiv, Sir. Sie wissen bereits von der Existenz des Bunkers 17 und der Geschwisterstationen, genau, wie wir von all ihren *geheimen* Einrichtungen wissen. Wir wissen jedoch nicht, wie unsere Hundert-Milliarden-Dollar-Investition funktionieren wird, wenn es ernsthaft darauf ankommt.« Chilgers hielt kurz inne. »Und der gesamte Sinn des Projekts Placebo besteht darin, eine detaillierte Studie über die wichtigste Komponente unseres gesamten Verteidigungssystems zu erstellen: über die Menschen, die es bemannen.«

»Dann handelt es sich bei den Geschützen, die bei dem Projekt benutzt werden, lediglich um ferngesteuerte Attrappen«, schloß der Präsident.

»Die vernichtet werden, sobald sie in die Atmosphäre gelangen«, fügte Chilgers hinzu.

»Dann wird Bunker 17 für die Dauer dieser Übung in allen sechsunddreißig Zylindern also Attrappen enthalten.«

»Mein Bericht umreißt das genaue Szenario von Placebo«, erklärte Chilgers. »Um das bestmögliche Ergebnis zu erzielen, müßte die Basis mindestens zweiundsiebzig Stunden, bevor wir den Red-Flag-Alarm auslösen, unter dem Yellow-Flag-Status stehen. Ich habe vorgeschlagen, in drei Tagen die gelbe Alarmstufe einzuführen, einen Tag, bevor die neuen Raketen dort eintreffen. So werden die Attrappen erst achtundvierzig Stunden vor der endgültigen Aktivierung in dem Silo eintreffen müssen. Damit ist auch gewährleistet, daß dieses bedeutende Standbein unseres Verteidigungssystems nur so kurz wie möglich geschwächt wird.«

»Aber dann bleibt uns kaum Zeit für angemessene Voruntersuchungen.«

»Wenn die Russen den Erstschlag tun, bleibt uns auch keine Zeit für angemessene Untersuchungen, Sir.«

Der Präsident runzelte die Stirn. »Mein Amt gewährt mir nur selten den Luxus, eine augenblickliche Entscheidung zu treffen. Heute bietet sich eine dieser Gelegenheiten. Ihr Vorschlag wird hiermit endgültig akzeptiert, Colonel, vorausgesetzt, der detaillierte Zeitplan der Übung trifft heute noch hier ein.«

Diesmal erlaubte sich Chilgers ein Lächeln.

Nachdem Chilgers gegangen war, ließ der Präsident seinen Blick aus dem Fenster schweifen. »Ich bin mir nicht sicher, ob diese Sache mir gefällt, meine Herren. Ich bin mir ganz und gar nicht sicher.«

»Oberflächlich betrachtet«, sagte George Brandenberg, »ergeben die Ausführungen dieses alten Hundesohns eine Menge Sinn.«

»Aber man weiß bei Chilgers nie genau, was sich *unter* der Oberfläche abspielt.«

»Aber er erzielt Ergebnisse«, erinnerte ihn Brandenberg. »Er hat schon immer Ergebnisse erzielt. Zum Teufel, COBRA hat fast allein dafür gesorgt, daß wir mit dem russischen Militär Schritt halten können.«

»Mag schon sein.«

»Dann ist es Ihnen Ernst damit, Projekt Placebo durchzuführen?« fragte Arthur Jorgenson.

»George versucht schon seit über einem Jahr, mir eine

ähnliche Übung nahezulegen, doch bislang sind noch nie die richtigen Umstände dafür eingetroffen. Dies scheint sich jetzt geändert zu haben.«

»Außerdem«, fügte Brandenberg hinzu, »kann eigentlich doch nichts schiefgehen. Nehmen wir doch einmal die schlimmstmögliche Situation: Chilgers hat vor, scharfe Sprengköpfe einzusetzen, um einen Krieg mit den Russen anzufangen, damit wir all die wunderbaren Geräte einsetzen müssen, die COBRA in den letzten fünf Jahren entwickelt hat.«

»Dann würden unsere Sicherheitssysteme verhindern«, fuhr der Präsident fort, »daß die Raketen unseren Luftraum verlassen. Es gibt ein Dutzend Möglichkeiten, wie wir die Mission verhindern oder abbrechen könnten.«

Jorgenson blickte skeptisch drein. »Und was hält Chilgers davon ab, die Sicherheitsvorkehrungen außer Kraft zu setzen? Schließlich enthält fast jedes Ausrüstungsstück im Bunker 17 Bestandteile, die von COBRA konstruiert wurden.«

»Das spielt keine Rolle«, sagte Brandenberg. »Gerade wegen dieses Tatbestandes werden alle Fernlenkraketen täglich überprüft – um genau zu sein, sogar viermal täglich –, um sich zu vergewissern, daß alle Sicherheitssysteme funktionieren. Selbst wenn die Hälfte der Systeme ausfallen sollten, stehen uns noch immer sechs Stück zur Verfügung.«

Jorgenson schüttelte den Kopf. »Sobald die Raketen einmal gestartet sind, bleiben uns nur noch vier Sicherheitssysteme zur Verfügung.«

»Und selbst, wenn alle davon ausfallen sollten – ein Risiko von einer Milliarde zu eins –, könnten wir die Raketen noch immer verhältnismäßig problemlos abschießen. Geben wir Chilgers Attrappen eine Höhe von einer Meile, bevor sie sich selbst vernichten, wie es der Einsatzplan vorsieht; danach benutzen wir unsere einen Sicherheitssysteme oder schießen die Raketen einfach ab. Das kann nicht einmal COBRA verhindern.«

»Ihr Einwand ist berechtigt«, gestand Jorgenson ein. »Ich mag Chilgers nicht besonders. Vielleicht liegt da das Problem.«

Der Präsident nickte schwach zur Zustimmung. »Niemand von uns mag ihn, Arthur. Aber er erledigt seinen Job äußerst gut, ohne daß es zu Lecks kommt. Er war unter fünf Regierungen vor der meinen tätig und hat sie alle überlebt. Diese Amtsdauer ist einzigartig. Wahrscheinlich sind ihm auch all meine Vorgänger mit Argwohn begegnet. Doch wenn auch nur bei einem der Argwohn begründet gewesen wäre, hätte er sein Amt wohl kaum so lange behalten können.«

»Es schadet nie, vorsichtig zu sein«, riet Jorgenson.

»Seltsam, Arthur«, sagte der Präsident ironisch, »das könnte das stärkste Argument zugunsten von Projekt Placebo sein.«

Jorgensons Brauen zuckten. »Dann kann ich nur hoffen, daß ein guter Mann das Kommando über Bunker 17 innehat.«

»In der Tat sogar ein sehr guter«, nickte Brandenberg. »Major Christian Teare.«

»*Christian* Teare? hoffentlich wird er seinem Namen gerecht.«

»Nicht nur das, Arthur. Teare ist einsfünfundneunzig groß und so breit, daß wir seine Uniformen von einem Schneider anfertigen lassen müssen; von der Stange paßt ihm nichts. Und wenn er sich den häßlichsten Stoppelbart abrasieren soll, den ich je gesehen habe, macht er uns jedes Mal ein Höllentheater.«

»Dann kennen Sie Teare also?«

»Ich habe ihn auf diesen Posten gesetzt, und zwar mit gutem Grund. Er kommt aus den Südstaaten, aus Georgia. Aber lassen Sie sich davon nicht täuschen; bevor er bei uns anfing, hat er an einem Abend einmal fünfzehn Schwarze vor einem Überfall des Ku-Klux-Klan gerettet. Teare stand allein zwanzig Klansleuten gegenüber. Er hat gewonnen.« Brandenberg legte eine Pause ein, um seinen Worten Nachdruck zu verleihen. »So einen wie ihn will man nicht zum Feind haben. Er hat in seinem Offizierslehrgang nicht nur die höchste Punktzahl erzielt, sondern auch noch einen konstanten *negativen* Streß-Faktor.«

»Eine seltene Kombination«, gestand Jorgenson ein.

»Und genau aus diesem Grund habe ich ihm das Kommando über eine der empfindlichsten Einrichtungen dieses Landes übertragen.«

»Klingt so, als stünde genau der richtige Mann zwischen uns und dem Projekt Placebo«, stellte der Präsident fest.

»Lassen Sie es mich so ausdrücken, Sir. Wenn Sie nach einem Mann suchen, der verhindert, daß Sie von einem Felsbrocken überrollt werden, brauchen Sie nicht mehr länger Ausschau zu halten.«

»Dann werde ich diese Nacht etwas besser schlafen können«, sagte Jorgenson.

13

Bane fuhr vom I-Come-Tech direkt nach Brooklyn Heights und dem Haus von Mr. und Mrs. Joseph Martini, den Pflegeeltern von Davey Phelps. Die Tatsache, daß der Junge nach der Landung von Flug 22 verschwunden war, elektrisierte Bane. Hatte er, wie Jake Del Gennio, etwas gesehen oder gewußt, das sein Verschwinden notwendig gemacht hatte? Wenn er dies herausfinden wollte, mußte er bei den Martinis anfangen, und er hatte sich schon eine Tarnung für sie zugelegt: er würde sich als Außenmitarbeiter von Child-Find ausgeben, dem nationalen Zentrum für das Aufspüren vermißter Kinder.

Die Martinis wohnten am Westrand von Brooklyn Heights, in einer Gegend, die weit genug vom East River entfernt lag, so daß ihr die Renovierungs- und Sanierungsmaßnahmen erspart geblieben waren, die den größten Teil der Heights in eine erstklassige – und von den Preisen her exklusive – Vorortsiedlung verwandelt hatten. Sie wohnten in der größeren Hälfte eines Zweifamilienhauses, das Bane ein wenig an das Haus in der Bronx erinnerte, in dem er aufgewachsen war. Von außen wirkte es mit seiner glatten, gut erhaltenen Ziegelfassade und dem sauberen Bürgersteig durchaus gemütlich, und die Geräusche der Stadt waren so weit entfent, daß man sie kaum wahrnahm.

Bane stieg ein paar alte, aber gut erhaltene Betonstufen hoch und drückte einmal auf die Klingel. Füße schlurften zur Tür, und er fühlte, wie er durch ein Guckloch beobachtet wurde. Schlösser krächzten, und die Tür öffnete sich gerade so weit, daß ein Augenpaar über einer vorgelegten Kette hinausspähen konnte.

»Mrs. Martini?«

»Sie müssen Mr. Bane sein.« Bane nickte, und sie schloß die Tür wieder, um die Kette zu entfernen. »Ihr Anruf war der erste hoffnungsvolle Hinweis, den wir seit Tagen erhalten haben«, sagte sie und hielt ihm die Tür auf. »Schön zu sehen, daß wichtige Leute wie Sie Interesse an den Problemen von Menschen wie uns nehmen. Mein Mann ist auf der Arbeit. Er kommt immer um vier nach Hause, damit er noch etwas Zeit mit den Kindern verbringen kann.«

Während Clair Martini die Tür hinter ihm schloß, musterte er sie eingehend. Ihr bleiches Gesicht wurde von tiefen Linien durchzogen und von einem müden Augenpaar beherrscht. Ihr Haar fiel unregelmäßig über das Gesicht und den Hals. Ihr Kleid lag an Stellen auf, an denen sie zugenommen hatte. Sie erweckte den Eindruck einer Frau, die den Versuch, jung zu wirken, aufgegeben hatte, doch Bane spürte Wärme und ehrliche Besorgnis in ihr.

Sie versuchte zu lächeln, doch es gelang ihr nicht. »Wir können uns im Wohnzimmer unterhalten«, sagte sie.

Sie nahmen auf einem einfachen Sofa Platz. Die restliche Einrichtung war ebenfalls bescheiden: ein abgetretener Läufer, zwei Stühle, ein Fernsehgerät, an dem ein oder zwei Knöpfe fehlten. Die Jalousien waren zur Hälfte heruntergelassen und hüllten den Raum in dunkle und ernste Stille. Banes Unbehagen wuchs.

»Wissen Sie«, begann Mrs. Martini, »wir haben im Augenblick vier Kinder bei uns, einschließlich Davey, und wir hätten nichts dagegen, sie für immer bei uns zu behalten. Davey ist der älteste, eins der nettesten Kinder, das je bei uns war. Er ist jetzt bald ein halbes Jahr hier.« Mrs. Martini seufzte und kämpfte gegen Tränen an. »Ich erinnere mich noch genau daran, wie der städtische Angestellte ihn zu uns brachte. Er hat uns von Anfang an für sich eingenommen. Wissen Sie, seine großen Augen und das zerzauste Haar lassen ihn so unschuldig und einsam wirken, daß man einfach weinen möchte.«

Banes Nackenhaare richteten sich auf. Sie hätte genausogut seinen toten Stiefsohn beschreiben können. »Haben Sie zufällig ein Bild von Davey?« fragte er, während sich seine Eingeweide zu verkrampfen schienen, ohne daß er einen Grund dafür wußte.

»Wieso?«

»Um es landesweit zu verbreiten. Wenn Davey davongelaufen ist, können wir ihn so schneller finden.«

»In der Schule hat man ein paar Fotos von ihm gemacht. Ich hole Ihnen eins.«

Mrs. Martini kehrte mit einem eselsohrigen Schnappschuß in der Hand ins Wohnzimmer zurück. »Das ist das beste, das ich habe«, sagte sie und gab ihm das Foto.

Bane betrachtete das Bild und erstarrte. Der Schnappschuß zitterte in seinen Händen.

Davey Phelps war der Junge von dem Rockefeller Center!

Die Aufnahme war nicht gerade gut, doch die Ähnlichkeit war unverkennbar, besonders das lange, ungekämmte Haar und die tiefliegenden, beeindruckenden Augen. Jeder Zweifel war ausgeschlossen. Unglaublich . . .

»Wann haben Sie ihn zum letzten Mal gesehen?« fragte Bane.

»Als er zum Flughafen fuhr, um seine Großeltern in San Diego zu besuchen. Das war vor zehn Tagen. Er hätte am Samstag vormittag zurückkommen müssen. Ich hätte ihn wohl am Flughafen abholen sollen, aber ich mußte ja auf die drei anderen Kinder aufpassen. Als er um zwei noch nicht hier war, rief ich seine Großeltern an, und sie sagten, sie hätten gesehen, wie er an Bord des Flugzeugs gegangen sei. Wenn ihm also etwas zugestoßen ist, dann erst, nachdem er wieder in New York war.« Ihr Blick wurde hart und kalt. »Er ist nicht ausgerissen, Mr. Bane. Er ist nicht der Typ dafür. Ich wünschte fast, er wäre ausgerissen, dann müßte ich mir nicht so schreckliche Sorgen machen. Irgend etwas ist ihm zugestoßen, das weiß ich genau!« Mrs. Martini standen jetzt Tränen in den Augen.

»Und Sie haben in den letzten fünf Tagen nichts von ihm gehört? Nicht einmal einen Anruf?« fragte Bane, während seine Gedanken schon in eine andere Richtung gingen.

»Keinen Ton, Mr. Bane. Mein Mann Joe hat sich am Abend ein paar Stunden auf den Straßen umgehört und Daveys Freunde ausgefragt. Wir mußten einfach etwas unternehmen, oder wir wären verrückt geworden. Aber Davey ist irgend etwas zugestoßen. Das habe ich auch schon dem anderen Mann erzählt. Aber er hat nicht so zugehört wie Sie. Ihm war es egal.«

»Welchem anderen Mann?«

»Ich habe seinen Namen vergessen. Er sagte, er käme von irgendeiner Jugendbehörde. Groß und gutgekleidet, mit wirklich seltsamen Augen.«

Bane fühlte, wie sich eine kalte Faust um seine Gedärme zu legen schien. »Was für Augen?«

»Sie waren ganz hell, irgendein Grau. Ich habe noch nie solche Augen gesehen.«

Banes Herz setzte für einen Schlag aus. Mrs. Martini beschrieb Trench! *Hier, in New York!* Die ganze Sache fügte sich irgendwie zusammen, ergab noch keinen Sinn.

»Wann war er hier?«

»Gestern, am späten Nachmittag.«

»Was wollte er?«

»Er hat genau wie Sie gebeten, ein Foto von Davey sehen zu können, aber ich wollte nicht, daß er es behielt. Dann steckte er es einfach ein und sah mich seltsam an, und ich hatte Angst, es zurückzuverlangen. Es bereitete mir Unbehagen, seinen Blick zu erwidern. Aber er war höflich und hat sich ausgewiesen. Er stellte die gleichen Fragen wie Sie. Kennen Sie ihn, Mr. Bane?«

»Vielleicht.«

»Na ja, es ist gut zu wissen, daß wichtige Leute nach Davey suchen.« Mrs. Martini zögerte und atmete dann tief ein. »Sie werden Davey für mich finden, nicht wahr, Mr. Bane?«

Bane nickte langsam, und Mrs. Martini schien sich zum ersten Mal, wenn auch nur kurz zu entspannen.

»Wissen Sie, Mr. Bane«, sagte sie leise – »die Stadt schreibt einem vor, sie zu mögen – aber nicht zu sehr. Und sich um sie zu kümmern – aber auch nicht zu sehr. Nun, ich und mein Mann, Joe, können uns nicht damit begnügen, besonders nicht bei einem Jungen wie Davey. Er ist etwas Besonderes. Seine Großeltern sollten mal zum Psychiater, weil sie ihn nicht bei sich aufnehmen wollen, wenn Sie verstehen, was ich meine.«

»Kann ich dieses Bild behalten?« fragte Bane, das Foto noch immer betrachtend.

»Wenn es Ihnen hilft, ihn zurückzubringen.« Mrs. Martinis Lippen zitterten. Ihre Augen wurden wieder feucht. »Bringen Sie ihn mir bitte zurück, Mr. Bane, bringen Sie ihn mir nur zurück«, bat sie.

Doch Bane hörte sie kaum, weil er mit den Gedanken schon ganz woanders war und versuchte, alle Einzelteile zusammenzufügen. Davey Phelps, der Junge vom Rockefeller Center, der ihn so sehr an seinen Stiefsohn erinnerte, war ein Passagier der verschwundenen 727 gewesen und lief nun vor irgend etwas davon. Warum sollte er sonst nicht nach Hause kommen? Trench war in New York, arbeitete für irgendeine Abteilung der Regierung und suchte nach ihm. Und nur ein Profi wie Trench hätte Jake Del Gennio so sauber aus dem Weg räumen können. Aber warum suchte er nun nach einem fünfzehnjährigen Jungen? Und für wen arbeitete er?

COBRA, dachte Bane, es mußte COBRA sein. Alles lief darauf hinaus. Sie hatten den Flug 22 in San Diego aufgehalten und als Regierungsabteilung sicherlich genug Einfluß, um Trenchs Namen aus den Akten zu löschen, wenn er nun für sie arbeitete. Und wenn dem so war, steckte COBRA hinter Jakes Tod und war nun hinter Davey Phelps her.

Bane kam zum Schluß, daß Trench noch immer nach dem Jungen suchte; ansonsten hätte er den Martnis keinen Besuch abgestattet, eine Maßnahme, die gar nicht zu seiner üblichen Vorgehensweise paßte. Das Problem war nun, Davey Phelps als erster zu finden, und Bane hoffte, eine Spur zu haben. Davey hatte seit fünf Tagen nicht zu Hause angerufen. Ein fünfzehnjähriger Junge, der verängstigt und allein war, würde früher oder später ein Telefon benutzen, und genau das tat Bane nun auch, in einer Telefonzelle schräg gegenüber vom Haus der Martinis.

»Manhattan South«, sagte die Stimme einer Telefonistin.

»Lieutenant Dirkin, bitte.«

»Einen Augenblick.«

»Dirkin«, sagte zwanzig Sekunden später eine gereizte Stimme.

»Lou – Joshua Bane.«

»Hallo, Bane«, sagte Dirkin schon freundlicher, »lange nichts von dir gehört. Was machen die Schlachten?«

»Man überlebt.«

»Na ja, das ist mehr, als man bei den meisten sagen kann. Was kann ich für dich tun?«

»Ich brauche deine Hilfe. Wann können wir uns sehen?«

»In einer Stunde, im Bagel Nosh hier im Revier. Du bezahlst.«

»Abgemacht.«

Lou Dirkin hatte einen gewaltigen Brustkorb, war aber nur einssiebzig groß. Er hatte zwei Dienstzeiten in Vietnam hinter sich gebracht und humpelte an Regentagen noch immer ein wenig. Bane hatte einen Dschungeleinsatz mit ihm durchgeführt, und danach waren sie irgendwie immer in Kontakt geblieben.

Als Bane in dem Restaurant eintraf, saß Dirkin schon an einem Tisch in der Mitte, vor sich einen Teller mit einem Bagel* und Quark darauf.

»Ich bin ganz versessen auf diese Dinger«, sagte er und stand auf, um Bane die Hand zu schütteln. »Was kann ich für dich tun, Josh?« Dirkin setzte sich wieder. »Verdammt, die haben Butter draufgetan.« Und er machte sich mit einer Serviette daran, den Bagel abzutupfen.

»Ich muß einen Telefonanschluß abhören. Kannst du das deichseln?«

Dirkin musterte ihn interessiert. »Kommt drauf an. Wo befindet sich der Anschluß?«

»In Brooklyn Heights.«

»Kein Problem. Müßte sich machen lassen.«

»Die Zeit ist ein Faktor.«

»Das ist ein Problem. Wann?«

»Sofort.«

---

* Jüdisches Gericht: Krapfen aus Hefeteig, in Wasser gekocht und dann erst gebacken; Anm. des Übersetzers

Dirkin runzelte die Stirn und bestrich seinen Bagel mit Quark. »Unmögliches dauert auch bei mir etwas länger, Kumpel.«

»Ich habe Vertrauen zu dir.«

»Du wärst wohl nicht hier, wenn es nicht wichtig wäre. Du mußt wieder aktiv sein, was bedeutet, daß die Straßen jetzt noch unsicherer sind. Arbeitest du für Onkel Sam?«

»Im Augenblick arbeite ich nur für mich. Eine persönliche Sache, kein Auftrag.«

»Na gut, aber das hier ist nicht Vietnam, Josh. Wenn du die Straßen mit Leichen pflastern willst, dann bitte in einem anderen Bezirk.« Dirkin hielt inne. »Was genau brauchst du?«

»Alle eingehenden Anrufe und darüber hinaus die Nummern und Adressen, von denen aus sie getätigt wurden.«

»Du verlangst eine Menge von dem alten Computer, Josh.«

»Bekommst du es hin?«

Dirkin biß von seinem Bagel ab. »Zum Teufel, mit den neuen Geräten, die wir haben, können wir einen Anschluß in fünf Sekunden überwachen. Ich muß nur verhindern, daß der Captain davon erfährt, oder er wird mir den Arsch aufreißen.«

»Wenn du noch immer das Revier leitest, wird er nichts merken.«

Dirkin kniff die Augen zusammen und nahm einen Bissen. »Was er nicht weiß, macht ihn nicht heiß. Welchen Anschluß soll ich überwachen, Josh?«

Bane gab ihm die Nummer.

Auf dem Rückweg nach San Diego tätigte Chilgers aus seinem Privatjet einen Anruf.

»Ich werde morgen abend in New York eintreffen«, bestätigte Scalia ihm.

»Sie werden sofort anfangen müssen. Ein paar Aufräumungsarbeiten.«

»Wie viele Zielobjekte?«

»In erster Linie eins.«

»Mein Preis beträgt eine halbe Million. Die übliche Abwicklung. Wer ist das primäre Zielobjekt?«

»Joshua Bane.«

Scalia schwieg einen Augenblick. »Der Preis dafür beträgt anderthalb Millionen.«

Chilgers wußte, daß Handeln keinen Sinn hatte. »Einverstanden«, sagte er. »Vielleicht benötigen wir Ihre Dienste auch noch anderweitig.«

»Wir werden darüber verhandeln, wenn die Zeit reif ist. Sie wissen, wo Sie mich erreichen können.«

»Es wird vielleicht etwas kompliziert werden.«

»Sie haben sich an den richtigen Mann gewandt.«

Harry Bannister wohnte in einem durchaus ansehnlichen Gebäude an der East Sixty Nineth Street, das ein leidenschaftlicher Architekt speziell für Behinderte geplant hatte. Die Gänge waren breit und die Fahrstühle tief. Und beim Haupteingang hatte er auf eine Drehtür verzichtet.

»Willkommen in meinem bescheidenen Heim, Wintermann«, begrüßte Harry ihn und rollte zu ihm heran.

Josh schloß die Tür hinter sich. Alles in der Wohnung schien aus Holz zu bestehen. Harry war stolz auf seine traditionelle Einrichtung; er verabscheute modernes Plastik, Metalle und Glas, Stoffe, die ganz und gar nicht seinen ästhetischen Ansprüchen entsprachen.

»Schenk dir etwas zu trinken ein, Josh. Wir haben einen Grund zum Feiern. Ich habe den Mistkerl endlich erwischt. Nach all diesen Jahren habe ich ihn endlich.«

Bane blieb auf halbem Weg zur holzverkleideten Hausbar stehen. »Du hast herausgefunden, für wen Trench arbeitet?«

»Ich mußte ein paar Leuten Daumenschrauben anlegen, aber ich habe es herausgefunden.«

»Läßt du mich mal raten?«

»Aber bitte sehr.«

»COBRA.«

Bannisters Mund klaffte ein wenig auf. »Scheiße, Josh, du weißt wirklich, wie man einem armen Krüppel eine Überraschung verderben kann. Wie hast du es herausgefunden?«

»Berichte du zuerst.«

»Eine Menge Leute schulden mir noch etwas, Josh, aber

längst nicht mehr so viele wie früher. Sie wollten nicht darüber sprechen, aber es hat seine Vorteile, wenn man in einem Rollstuhl sitzt. Die Leute schlagen einem nicht so viel ab, wenn man weiß, wie man sie um das bitten muß, was man haben will.«

»Du hättest auch schon früher fragen können. Jederzeit.«

»Nur, daß ich vorher die nötigen Daten nicht hatte. Die hast du mir heute morgen gegeben. Außerdem hat mir unsere Begegnung im Park neulich verraten, daß ich mich vielleicht gar nicht so sehr verändert habe.«

»Trench auch nicht.«

»Du bist dran«, sagte Harry einfach.

Bane erklärte ihm, wie COBRA in alles zu passen schien, was hier vor sich ging, und schon immer gepaßt hatte, da Flug 22 in San Diego aufgehalten worden war.

»Also bist du der Meinung, daß COBRA den großen Mistkerl geschickt hat, um Jake auf Eis zu legen«, sagte »The Bat« verbittert.

Bane nickte. »Und jetzt ist er hinter einem fünfzehnjährigen Jungen her.«

»Da ist er ja tief gesunken.«

»Der Junge war an Bord des Flugzeugs.«

»Genau wie sechsundsechzig andere Leute.«

»Mit dem Jungen muß es etwas Besonderes auf sich haben«, sagte Bane. »COBRA scheint ihn dringend haben zu wollen.«

»Klingt ganz so, als wolltest du ihn auch dringend haben.«

»Sobald wir ihn haben, wird uns alles andere klar werden. Ich habe das Gefühl, daß er der Schlüssel zu der ganzen Sache ist.«

»The Bat« betrachtete ihn mit einem wissenden Grinsen. »Da ist noch mehr, Josh. Ich weiß, daß da noch mehr ist. Was ist mit dem Jungen und dir?« Als Bane schwieg, fuhr Harry fort: »Weißt du schon, wie du ihn finden kannst?«

Bane berichtete ihm von der Fangschaltung, die er über Lou Dirkin arrangiert hatte.

»Klingt vielversprechend. Aber wenn du darauf gekommen bist, ist Trench auch darauf gekommen.«

»Den Gedanken habe ich auch schon gehabt.«

»The Bat« rollte sich an Bane vorbei zu der Hausbar, die von spiegelbelegten Regalen beherrscht wurde. »Klingt ganz so, als würdest du heute abend auf die Jagd gehen, Josh. Kannst du etwas Artillerie gebrauchen? Hände sind schon in Ordnung, aber nicht, wenn es gegen Trench und seine Armee geht.«

»Hast du einen Vorschlag?«

»Mal sehen . . .« Harry drückte einen Knopf, der unter der Theke verborgen war. Die Spiegelwand drehte sich, die Regale verschwanden, und Bane sah sich einer Sammlung aller möglichen Faustfeuerwaffen gegenüber. »Die Gewehre bewahre ich in meinem Schlafzimmerschrank auf. Man kann heute gar nicht vorsichtig genug sein.«

»Das sehe ich.«

Harry nahm eine schlanke Automatik aus der untersten Reihe heraus. »Wie wäre es mit einer Walther PPK? Du hast schon James Bonds Initialien, da könntest du dich genausogut mit seinem Revolver ausrüsten.«

»Ich würde etwas mit mehr Durchschlagskraft bevorzugen.«

»The Bat« blinzelte ihm zu. »Ich habe genau das, was du suchst.« Er zog eine etwas größere, aber genauso schlanke Pistole aus der Reihe über der Walther heraus und mußte sich schon recken, um sie überhaupt zu erreichen. »Die neueste Browning. Eine FH Highpower, selbstladend, Halbautomatik mit einem Ladestreifen für dreizehn Schuß. Und als Extraservice ein paar Ladestreifen mit Silbermunition, wie sie der Lone Ranger zu benutzen pflegte. Wette, du hast nie gehört, wie Tonto sagte, daß er lieber eine Handgranate schlucken würde, als davon einen Treffer abzubekommen. Reißt dir auf sechzig Meter den Kopf ab.«

»Hohlgeschosse?«

»Sind Standardausrüstung.«

Bane streckte die Hand aus, und Harry gab ihm die Browning. »Ich nehme sie mal zur Probe mit.«

»Erfolgreiche Jagd, *Kemosabe.*«

14

Davey Phelps kauerte sich in einer Ecke der Couch zusammen, die Arme um die Knie geschlungen. Er wußte nicht, wie spät es war, schätzte nur, daß die zehn schon längst verstrichen waren. Er hatte das Licht nicht eingeschaltet, weil er wußte, daß Die Männer in der Nähe waren, und hoffte, sie würden eine dunkle Wohnung vielleicht nicht beachten.

Er wäre beinahe nach Hause gegangen; in der Tat war er schon auf dem Weg dorthin, als Die Schwingungen ihn davor warnten. Vielleicht würde er seine Pflegeeltern in Gefahr bringen, wenn er nach Hause ging. Auf jeden Fall war er schließlich in Queens gelandet, auf halber Strecke zwischen der Schnellstraße zwischen Brooklyn und Queens und dem East River, genau gegenüber der Nassau Avenue und in der Nähe eines gerade renovierten Wohnhauses namens *The Ferdinand.* Er hatte bei dem Portier Das Schaudern angewandt und war schließlich in einer Wohnung im siebenten Stock gelandet, deren Mieter sich auf einer einmonatigen Urlaubsreise befanden.

In Daveys Kopf hämmerte es die ganze Zeit über, während der der Pförtner ihn auf die siebente Etage führte und die Tür aufschloß. Er fühlte, wie Das Schaudern ihm ein paarmal entglitt, und mußte sich bemühen, es zurückzuholen. Es schien sowieso nicht mehr richtig zu funktionieren. Seit er diesen Morgen aus dem Hotel entkommen war, war sein Kopf mit einem schrecklichen Pochen erfüllt, das ihn zu zerreißen drohte. Kaum hatte er die Wohnung betreten, drückte er zwanzig Minuten lang die Hände auf beide Schläfen, um den Schmerz zu unterdrücken, doch er kehrte jedes Mal zurück, wenn er die Hände herunternahm.

Er war einsam und hatte Angst. Er konnte nicht nach Hause gehen, doch zumindest konnte er anrufen, sich eine Weile unterhalten, seinen Pflegeeltern sagen, daß es ihm gutging – selbst, wenn er ihnen soviel gar nicht schuldig war.

Eine Stunde zuvor hatte er die Nummer gewählt.

»Hallo«, sagte seine Pflegemutter am anderen Ende der Leitung. »Hallo?«

Davey konnte nicht sprechen. Was sollte er ihr sagen? Wenn er mit ihr sprach, würde er alles nur noch schlimmer machen. Er legte auf, nur, um in den nächsten zwanzig Minuten noch zweimal anzurufen, immer mit dem gleichen Ergebnis.

Sein Kopf schmerzte schlimmer denn je.

Plötzlich war seine Nase zu, und er begriff, daß er schluchzte. Er wischte sich die Tränen mit dem Jackenärmel ab.

Die Männer kamen näher; das wußte er nun. Irgendwie hatten sie herausgefunden, wo er war, und nun kamen sie. Er konnte nicht mehr fliehen. Sein Kopf schmerzte zu sehr, und er hatte nicht mehr die Kraft dazu.

Er entspannte sich ein wenig, wäre beinahe sogar eingeschlafen, bis ihm einige zuschlagende Wagentüren unten auf der Straße verrieten, daß es vorbei war.

»He, Josh«, sagte Lou Dirkin, »ich bin froh, daß du anrufst.«

»Hast du etwas für mich?«

»Ja, den Haufen Scheiße, den der Captain mir um die Ohren geschlagen hat, weil ich ohne Erlaubnis einen Telefonanschluß abgehört habe. Er hat meine Anordnung aufgehoben.«

»Mist . . .«

»Keine Panik, Kumpel, der Bagel, den du mir spendiert hast, war trotzdem eine gute Investition. Ich habe alle Anrufe überprüft, die seit heute nachmittag dort eingingen. Einige davon sind auffällig: drei Anrufe in etwa zwanzig Minuten, der letzte davon vor einer Viertelstunde, alle vom gleichen Anschluß aus, alle von einer Dauer von dreißig Sekunden, ohne, und jetzt kommt's, daß dabei gesprochen wurde. Seltsam, was? War es das, wonach du gesucht hast?«

»Gib mir die Adresse«, sagte Bane.

Trench wandte sich an die fünf COBRA-Einsatzleiter, von denen jeder sieben Mann befehligte. »Ich möchte, daß dieses Gebäude umstellt wird. Vorn und hinten. Mindestens drei

Mann vor jedem Ausgang. Und diesmal keine Schnitzer.« Er fühlte, wie sich trotz der Kälte Schweiß in seinen Handschuhen bildete. Die Temperatur war unter den Nullpunkt gesunken, und der Atem kondensierte in Wolken in der Luft. »Meine Männer und ich werden das Objekt persönlich herausholen. Niemand von Ihnen rührt sich, wenn ich es nicht angeordnet habe. Verstanden?«

Die fünf Männer nickten und entfernten sich, um die Anweisungen an ihre jeweiligen Gruppen weiterzugeben. Trench ging zu den Twin Bears zurück. Chilgers hatte sich direkt in das örtliche Telefonsystem eingeschaltet, um alle Anrufe abzufangen, die im Haus der Martinis eingingen. Trench kümmerte sich nur um die, die ihren Ursprung innerhalb eines Umkreises von dreißig Kilometern hatten. Der Junge war noch in der Nähe; er wußte es. Es kam nur darauf an, eine Chance zu erhalten, und die kam mit den drei seltsamen Anrufen, von denen der letzte vor weniger als einer Stunde gekommen war und die ihren Ursprung alle in einer Wohnung im siebenten Stockwerk des *Ferdinand* fanden.

Zweifellos Davey Phelps.

Diesmal würde es für den Jungen kein Entkommen geben. Trench hatte an alles gedacht, sogar daran, einen seiner Leute eine Stromleitung durchtrennen zu lassen, für den Fall, daß der Junge eine Wiederholung seines Tricks vom heutigen Morgen versuchen würde. Es würde für ihn hier und jetzt enden.

Er hatte absolutes Vertrauen in die rothaarigen Zwillingsbären, Pugh und Soam. Er würde einen als Absicherung gegen eine Einmischung eines COBRA-Mannes oder einen Fluchtversuch des Jungen auf der ersten Etage zurücklassen. Trench würde mit dem zweiten Zwillingsbären nach oben gehen und nach Soam die Wohnung des Jungen betreten, und auch dann erst, wenn er überzeugt war, daß keine Gefahr mehr bestand. Wenn der Junge seine ungewöhnlichen Kräfte gegen Soam einsetzen würde, konnte Trench ungehindert hineinstürmen und ein ganzes Magazin in den Jungen leeren, obwohl er der festen Meinung war, daß der Riese ihn kampflos gefangennehmen würde, woraufhin Trench ihnen in den Keller folgen,

Davey Phelps hinrichten und melden würde, er sei erneut entkommen.

Trench nickte den Zwillingsbären zu, und die drei gingen über die Straße zu dem Haus hinüber.

Als sich Bane in seinem Wagen dem Wohnhaus näherte, sah er den großen Mann in dem beigen Mantel. Der Mann drehte sich gerade soweit um, so daß Bane ihn als Trench erkennen konnte; er war flankiert von zwei der größten Schläger, die er je gesehen hatte. Der Killer schien mit ihnen zu sprechen, ihnen Anweisungen zu erteilen. Das war alles, was Bane mitbekam, bevor sein Wagen außer Reichweite glitt; jedoch genug für ihn, um zu erkennen, daß er sich von außen keinen Zutritt zu dem Gebäude verschaffen konnte – Trench würde alle Eingänge bewachen lassen. Daß sich der Killer hier befand, überraschte Bane ganz und gar nicht. Wichtig war nur, daß es den Anschein hatte, Trench wolle das Gebäude gerade erst betreten, was bedeutete, das es noch eine Chance gab, den Jungen zu retten. Aber wie kam er hinein?

Es mußte eine Möglichkeit geben. Er konnte vielleicht durch eine Tür stürzen und das Beste hoffen; vielleicht galt es nur, zwei oder drei Mann gegenüberzutreten und auszuschalten. Nein, das war zu riskant, er war dieser kleinen Armee gegenüber eindeutig im Nachteil. Dann fiel ihm etwas ein. Diese Häuser waren alle vor langer Zeit erbaut worden, zwischen den beiden Weltkriegen. Aus Sicherheitsgründen teilten sie einen gemeinsamen Keller miteinander. Das war die Antwort!

Wenn er sich Zugang in ein benachbartes Gebäude verschaffte, würde er auch Zutritt zu dem gewünschten bekommen. Bane ließ seinen Wagen um die Ecke im absoluten Halteverbot stehen und eilte zu Davey Phelps zurück.

Im Vertrauen, daß die Männer von COBRA die Ausgänge ausreichend abgeschirmt hatten, betrat Trench die Halle des Gebäudes mit jeweils einem Twin Bear neben sich. Wenn jene

Mieter, die gerade kommen oder gehen wollten, Fragen stellen sollten, bekamen sie die Antwort, sie wären in einen gemeinsamen Einsatz von Polizei und FBI geraten und wurden nicht mehr so höflich angewiesen, sich aus der Sache herauszuhalten.

Trench nickte dem blauäugigen Bären, Pugh, zu, und bedeutete ihm, in der Halle zu warten, während sein Bruder die Treppe hinaufging. Pugh kreuzte die Arme vor der Brust und blieb direkt zwischen der Tür und der Treppe stehen. Niemand würde an ihm vorbeikommen. Sein braunäugiger Bruder, Soam, folgte Trench auf den Fersen die Treppe hinauf. Der Killer vertraute dem Fahrstuhl nicht, nicht bei einem Jungen sieben Stockwerke über ihm, der Feueralarmsysteme aktivieren konnte.

Auf der fünften Etage hatten die beiden Männer ihre Schritte zu einem Schleichen gemäßigt; sie glitten über die Stufen, ohne auch nur ein Geräusch zu machen, das ihre Anwesenheit verraten konnte. Auf halber Höhe zur sechsten Etage zog Soam ein breites, rasierklingenscharfes Jagdmesser aus einer Scheide an seinem Gürtel. Trench zog seine Pistole aus dem Halfter.

Sie schlichen zu der genannten Wohnung auf dem siebten Stockwerk; Trench vergewisserte sich, daß es sich um die richtige Wohnung handelte, und sie bauten sich auf beiden Seiten der Tür auf.

In der Wohnung verrieten die Schwingungen Davey Phelps, daß sie eingetroffen waren, und er sprang auf und suchte in der fernsten Ecke des Zimmers Zuflucht. Wenn das Schaudern ihn doch nur unsichtbar, zu einem Teil der Wand machen könnte! Doch sein Kopf dröhnte noch immer vor Schmerz, und Das Schauern entzog sich ihm. Also würde er sich einfach ergeben, die Hände über den Kopf heben wie die Verbrecher, wenn sie im Fernsehen gestellt wurden.

Dann kreischten die Schwingungen durch Daveys Kopf, und er wußte augenblicklich, daß diese Männer gekommen waren, um ihn zu töten, und nicht, um ihn lediglich mitzunehmen. Er wollte sich gerade von der Wand abstoßen, als die Tür aus den Angeln gerissen wurde und einen Mann enthüllte, der so groß und breit wie der Türrahmen war.

Soams zeigte sein Messer.

Die dunkle Kellertreppe endete in der Halle des *Ferdinand.* Bane öffnete die Tür nur einen Spaltbreit, gerade weit genug, um den Riesen sehen zu können, der in der Halle wartete. Er hatte Bane den Rücken zugewandt, ein sicheres Ziel für die Browning, und Bane verfluchte sich, daß er keinen Schalldämpfer mitgenommen hatte.

Er mußte den Riesen mit bloßen Händen ausschalten, was sicher keine leichte Aufgabe sein würde, zumindest jedenfalls eine zeitraubende. Er hatte jedoch die Überraschung auf seiner Seite und könnte das Ungetüm erreicht haben, bevor es überhaupt wußte, wie ihm geschah.

Bane hätte beinahe recht behalten.

Pugh drehte sich im letzten Augenblick, bevor sich Banes Arm um seine Kehle schloß. Der Bär schlug mit einem Unterarm zu, der sein Ziel mit der Aufschlagskraft eines Eichenbalkens traf und Bane aus dem Gleichgewicht riß. Der Riese setzte augenblicklich mit einem zweiten Schlag nach, doch Bane war schon wieder in Bewegung, duckte sich unter den ausgestreckten Armen des Riesen und rammte den Ellbogen hart in dessen Nieren.

Pugh fühlte den Schlag, wimmerte auf und fuhr taumelnd herum. Bane setzte nach, doch der Bär streifte ihn mit einem Schlag am Kopf. Er wankte benommen zurück, und seine Sinne klärten sich gerade noch rechtzeitig, daß der Riese auf ihn zukam, ein funkelndes Messer in der Hand, bereit zum tödlichen Stich.

Bane wich ihm rückwärts aus und ließ ihn nicht näherkommen. Der Riese wechselte das Messer flink von der rechten Hand in die linke und lächelte dabei; sein rotes Haar schimmerte im Licht. Eine plötzliche Richtungsänderung, und er trieb Bane in eine Ecke, glaubte sich im Vorteil.

Bane fühlte, wie seine Schultern Holz berührten.

Der Bär nahm den Köder an.

Das Messer schoß im gleichen Augenblick vor wie Bane auch, doch der Riese war auf einen Frontalangriff nicht vorbereitet. Bane wehrte die Hand mit dem Messer ohne Schwierigkeiten ab und stieß gleichzeitig zwei starke, starre Finger zu den

Augen hoch. Sie trafen ihr Ziel; der Riese heulte vor Schmerz auf und hob eine Hand, um die zerrissenen Augenhöhlen zu bedecken.

Das Messer prallte zu Boden.

Der Bär taumelte zurück, versuchte, Bane auszumachen, der jedoch schon bei ihm war, bevor er auch nur blinzeln konnte. Zuerst in die Leiste und dann in die Kehle. Er zertrümmerte mit harten, zusammengekrallten Fingern die Luftröhre des Riesen und spürte, wie die Knorpel zerbrachen und nachgaben. Der Bär stürzte wie ein gefällter Baum um und verkrallte sich wie wahnsinnig in den Teppichboden, während der letzte Rest Leben in seiner zerschmetterten Kehle rasselte.

Bane stürzte zur Treppe.

Das rothaarige Ungetüm zögerte einen Augenblick, bevor es Daveys Wohnung betrat, als sei es unsicher, als erwarte es, daß etwas passierte. Als jedoch nichts geschah, drang es in die Dunkelheit vor und durchschnitt dabei mit der leuchtenden Klinge die Luft, die seinen Weg markierte.

Der Riese bewegte sich wie eine Katze auf ihn zu, und Davey wollte sagen: »In Ordnung, ich gebe auf.« Doch es kamen keine Worte über seine Lippen; er wußte, daß sie sowieso nichts bewirken konnten. Davey konnte zu gut in den Augen des Bären lesen; seine Absichten waren so klar wie seine Pupillen. Ein Schatten flackerte im Gang; also mußte ein weiterer von ihnen hinter der Tür warten, und Davey wußte plötzlich, daß es der große Mann war, den er am Morgen auf dem Bürgersteig gesehen hatte, dieser wirklich kalte Mann, dessen Gedanken tiefer verborgen lagen als die der anderen.

Der Riese kam näher, hatte ihn beinahe erreicht; das Messer war dicht vor ihm. Davey beobachtete, wie seine Augen eifrig aufleuchteten, sah, wie er das Messer gegen seinen Magen trieb, verspürte einen schrecklichen Augenblick des Schmerzes und das üble Gefühl, mit dem das warme Blut hinausschoß. Er fühlte, wie er, schon tot, die Wand hinabglitt, doch seine Augen nahmen seltsamerweise immer noch etwas wahr, bis der Riese das Messer tiefer trieb und dann hoch, seinen gesamten Bauch aufriß und dessen Inhalt über den Boden verstreute.

Daveys Hände fuhren zu seinem Unterleib und fanden ihn unverletzt. Er blickte auf und sah, daß der Riese sich ihm noch näherte; er war nur noch einen letzten Schritt entfernt. Davey begriff, daß es Die Schwingungen gewesen waren. Die Schwingungen hatten ihm gezeigt, was geschehen würde, und die Realität seines Todes sandte ein Zittern sein Rückgrat hinauf, und Davey wußte, daß er Das Schaudern zurückgewonnen hatte.

Das rothaarige Monstrum zog das Messer zurück.

Davey rang um Das Schaudern, unterdrückte das Schmettern in seinem Kopf, rang mit allem, was er hatte, um Das Schaudern.

Das rothaarige Ungetüm blieb wie erstarrt stehen, als hätte sich plötzlich eine unsichtbare Tür vor ihm geschlossen. Sein Gesicht zeigte Verwirrung, Unsicherheit. Dann wölbten sich Soams Augen in quälendem Schmerz vor, als er erkannte, daß seine Messerhand auf seinen eigenen Unterleib zielte. Er konnte sie nicht beherrschen. Verzweifelt schlug er seine andere mächtige Pranke gegen das zitternde Gelenk, verlangsamte das Vordringen der Klinge, hielt es jedoch nicht auf.

Davey verstärkte Das Schaudern.

Soams Messerhand zitterte nun schrecklich, kroch jedoch immer noch vor. Er verstärkte den Griff der anderen Finger, versuchte, den Blutkreislauf zu unterbrechen. Die rasiermesserscharfe Klinge näherte sich seinem Magen.

Trench begriff, daß es zu lange dauerte, und entschloß sich, den Raum zu betreten. Sein Blick fiel zuerst auf den Zwillingsbären und das Messer, das, von eigener Hand getrieben, gerade in dessen Unterleib eindringen wollte. Die Aufmerksamkeit des Jungen ruhte ausschließlich auf Soam.

Trench glaubte, seinen Augen nicht mehr trauen zu können. Er war sich nur teilweise bewußt, daß sich seine Strategie ausgezahlt hatte. Er hob langsam die Pistole, darauf bedacht, die Aufmerksamkeit des Jungen nicht auf sich zu lenken, und setzte zu einem Kopfschuß an. Ein leichter Druck auf den Abzug, und das Gehirn des Jungen würde auf die Tapete spritzen, und mit ihm auch seine Macht.

Soam fühlte, wie die Messerspitze seine Haut ritzte und dann unaufhaltsam tiefer drang.

Trench visierte.

Soam würgte, als die Klinge bis zum Heft in seinen Körper drang und nach oben fuhr.

Trench drückte sacht auf den Abzug.

Bane stürzte sich von hinten auf ihn, zwang den Killer aus dem Gleichgewicht und seinen Schuß in die Wand. Trench versuchte, die Waffe auf ihn zu richten, doch Bane trieb den Arm des Killers gegen die Wand, und die Pistole flog in die Dunkelheit davon.

Während Davey Das Schaudern ein letztes Mal einsetzte, beobachtete er tief in seinem Unterbewußtsein, wie sich all dies ereignete. Soam spuckte Blut, als die Klinge den Knochen und die Knorpel seines Thorax durchdrang und seine warmen Innereien in einer Flut herausstürzten.

Trench riß ein Knie hoch. Bane wehrte es problemlos ab. Der Killer atmete schwer – er war zu alt für einen Kampf Mann gegen Mann –, und Bane mußte nur ausharren, um den Sieg davonzutragen. Diese Unterschätzung kostete ihm beinahe das Leben, denn plötzlich war ein Messer in Trenchs linker Hand, das er wortwörtlich aus dem Ärmel gezogen hatte. Die Klinge bewegte sich zu schnell auf Banes Kehle zu, als daß dieser sich hätte ducken können, und so riß er den rechten Arm hoch, um den Schlag abzuwehren, und die Klinge schnitt durch Stoff und stach in Fleisch.

Bane schrie vor Schmerz auf und stieß Trenchs Körper hart gegen den Putz der Wand, versetzte ihm einen, zwei, drei Schläge, während er das Messer gegen die Wand zwang. Der Killer erschlaffte. Bane gab ihn frei und ließ seine bewußtlose Gestalt langsam die Wand hinabrutschen, wobei sein Kopf eine dünne Blutspur hinterließ. Trench schlug gewichtslos zu Boden, eine Vogelscheuche ohne Gestell.

Bane griff nach seiner Pistole, um Trench ein Ende zu machen, verharrte jedoch. Etwas hielt ihn zurück. Es hätte die

Tatsache sein können, daß er es noch nie gemocht hatte, eine völlig hilflose Person zu töten. Oder vielleicht die Tatsache, daß er über einem Mann stand, der einer der wenigen war, die Das Spiel lange genug überlebt hatten, um als Legende betrachtet zu werden. Man bringt eine Legende nicht um, die leblos gegen eine Wand lehnt. Bane wandte sich dem Jungen zu.

Davey nahm Das Schaudern von Soam, und der Zwillingsbär fiel über seinem eigenen Blut und den Gedärmen auf die Knie.

Bane sah, wie er stürzte. Dann begegnete sein Blick dem Daveys. Er hatte sich gerade in Bewegung gesetzt, als ein siedendheißer Windstoß gegen seinen Kopf schlug und die Haut mit glühenden Nadeln durchdrang. Er glaubte fast zu schmelzen und war völlig machtlos dagegen, als Davey langsam zur gegenüberliegenden Wand glitt und, am ganzen Körper schrecklich zitternd, die Arme um die Knie schlang.

Befreit von dem, was auch immer ihn ergriffen hatte, trat Bane zögernd vor. Er war sich bewußt, daß er nur noch wenig Zeit hatte, wollte den Jungen aber nicht noch mehr erschrekken. Er schob das, was er gerade gesehen und gefühlt hatte, für den Augenblick beiseite und kniete neben dem Jungen nieder.

»Davey . . .«

Nichts.

»Davey?«

Immer noch nichts. Der Junge starrte leer an Bane vorbei, an allem vorbei; seine Zähne schlugen aufeinander, und die Haarspitzen rollten sich vor Schweiß zusammen.

»Wir müssen hier heraus«, sagte Bane zu ihm. Er half dem Jungen auf die Füße und beruhigte ihn, stützte ihn, indem er einen Arm unter seine Schulter schob. »Wir müssen hier heraus«, wiederholte er. »Ich werde dir helfen, aber du mußt schon mitmachen. Komm schon, versuche zu gehen.«

Bane stützte den Jungen noch immer, als sie auf den Korridor traten; in der freien Hand hielt er die Pistole. Die Leute draußen hatten vielleicht Trenchs Schuß gehört, und selbst, wenn sie ihn nicht gehört haben sollten, gab es bestimmt eine Zeitvorgabe, die mittlerweile überschritten sein mochte. Trenchs Leute – oder ein Teil davon – würden ihm bald in das Haus folgen.

Bane entschied sich diesmal für den Fahrstuhl und drückte

den Knopf für die Halle. Er schob Davey behutsam zurück, um die Browning zu überprüfen. Die Augen des Jungen schienen allmählich wieder zum Leben zu erwachen. Sie hielten Banes Blick stand und erwiderten ihn vertrauensvoll.

Der Fahrstuhl kam knirschend zum Halt. Bane schob den Jungen hinter sich.

Die Türen öffneten sich auf die Halle und gaben den Blick auf die Vordertür frei. Drei Gestalten kamen zögernd, vielleicht sogar auch ängstlich herein und nahmen Bane zu spät wahr, um noch zu reagieren. Ihre Hände erreichten weder ihre Pistolen noch die Sprechfunkgeräte; Bane schaltete sie mit jeweils einer Kugel aus. Die leeren Hüllen tanzten heiß in der Luft, als sich die Kammer leerte, und der Lauf spuckte Rauch.

»Komm schon!« schrie er Davey an und riß ihn am Arm zu der Tür, die zum Keller führte. Die Schüsse würden Verstärkung herbeilocken, und zwar eine ganze Menge davon. Sie hatten keine Zeit zu verschwenden. Bane nahm die Kellertreppe im Laufschritt, dabei niemals Davey loslassend, den er wie ein totes Gewicht hinter sich herschleppte.

Dann erklangen Schritte auf dem Fußboden über ihnen, unsicher und ziellos, bis sie den einzig möglichen Fluchtweg erkannt hatten. Davey mußte sie auch gehört haben, denn plötzlich kam Leben in ihn, und er bewegte sich von allein in Banes Schatten. Beide hörten sie, wie die Kellertür aufgerissen wurde und Schritte die Stufen hinabpolterten.

Der Keller war naßkalt und nur schwach erhellt, vollgestopft mit ausrangierten Möbeln und alten Rohren, was Bane jedoch nicht davon abhielt, ihn schnell und sicher zu durchqueren, während Davey ihm folgte. Die Männer kamen näher, wenngleich das Durcheinander hier unten nun Bane zugute kam, indem es ihn und den Jungen vor anderen Blicken und damit auch Kugeln schützte.

Ihre Verfolger waren gefährlich nah gekommen, als Bane die Treppe erspähte, über die er in den Keller eingedrungen war, und darauf zustürzte, Davey so hart mit sich ziehend, daß er ihn beinahe trug. Der Junge bemühte sich, nicht das Gleichgewicht zu verlieren oder zu stolpern.

Sie nahmen die Stufen schnell und tauchten in der Halle des

zweiten Gebäudes neben dem *Ferdinand* auf. Den Jungen mit sich zerrend, schlitterte Bane durch die Halle und stürzte durch einen Nebeneingang hinaus, gerade als eine Horde Männer durch die Vordertür stürmte und diese Hälfte des Gebäudes sicherte.

Sie waren dem Fangnetz um Sekunden entkommen, doch noch immer erklangen nicht weit hinter ihnen auf dem Bürgersteig Schritte. Bane verschwendete keinen Gedanken daran, seine Pistole zu benutzen; selbst Silberkugeln konnten jeweils nur einen Verfolger ausschalten. Er zerrte einfach den sich windenden Davey auf seinen im Halteverbot geparkten Wagen zu, und gnade ihnen Gott, wenn Trenchs Männer ihn gefunden haben sollten!

Der Wagen befand sich direkt vor ihnen, kam immer näher. Sie erreichten ihn, und Bane stieß Davey auf den Beifahrersitz. Noch bevor er die Tür zugeworfen hatte, rammte er den Schlüssel ins Zündschloß.

Der Wagen sprang an. Bane warf den Gang ein, riß das Steuerrad herum, drückte auf das Gaspedal. Der Wagen raste mit kreischenden Reifen davon.

Bane warf einen Blick auf den zitternden Jungen neben ihm und fädelte sich in den Verkehr ein.

15

Bane trug Davey zu Janies Wohnung hinauf.

»Mein Gott!« brachte sie hervor, nachdem sie die Tür geöffnet hatte. »Was ist passiert? Wer ist das?«

»Eine lange Geschichte«, sagte Bane und trat die Tür zu. »Er leidet wahrscheinlich unter einem Schock. Ich lege ihn aufs Sofa. Hole eine Decke.«

Janie kehrte mit einer zurück, als Bane gerade Daveys Beine hochlegte. »Wer ist das?« wiederholte sie.

Wortlos zog Bane die Decke bis zu seinem Hals hoch und strich ihm über das Haar. Die Lider des Jungen flatterten.

»Das ist der Junge, den du am Rockefeller Center verfolgt hast, nicht wahr?« fragte Janie.

»Er ist verdammt mehr als nur das.«

Sie zögerte. »Warum hast du ihn hierher gebracht?«

»Weil sie meine Wohnung schon überwachen werden. Wir werden ihn nicht lange hier verstecken können. Sie werden die Verbindung bald feststellen.«

»Wer?« Janie faßte ihn an die Schultern. Bane zuckte zusammen, und sie sah das Blut, das seinen rechten Arm hinabrann. »Josh, du bist verletzt!«

»Nur ein Kratzer.«

Sie betrachtete ihn ängstlich. »Was geht hier vor?«

»Das, was ich vermutet habe; nur ist es noch viel schlimmer. COBRA steckt hinter alledem, und sie haben Trench engagiert. Ich habe sie heute abend aufgehalten, aber nicht für lange.«

»Dann war es Trench, der deinen Freund Jake getötet hat.«

»Und er wollte gerade den Jungen töten.«

»Als du wie die Kavallerie heranstürmtest und sie fertiggemacht hast?«

»Das nicht gerade. Ich hatte nur mit Trench zu tun. Der Junge ist ganz allein mit einem von Trenchs riesigen Schlägern fertig geworden.«

»Aber das ist doch nicht möglich!«

»Doch. Ich habe es gesehen. Ich weiß nicht, wie er es machte, doch es sah ganz so aus, als hätte der Junge den Riesen gezwungen, sich selbst den Bauch aufzuschlitzen.«

Janie prallte zurück, das Gesicht vor Ekel verzogen. »Aber du bist dir nicht sicher. Du bist dir nicht sicher, was du gesehen hast.«

Bane zog sie zu sich herum. »Aber ich bin mir sicher, was ich gefühlt habe«, sagte er und erinnerte sich an die betäubende Hitze, die in der todeserfüllten Wohnung in ihn hineingeströmt war. »Dieser Junge hat irgendeine verrückte Kraft. Vielleicht hat COBRA sie ihm gegeben und will sie nun zurückhaben. Ich weiß es einfach nicht.« Doch plötzlich wußte er es. »Oder das alles hat mit dem verschwundenen Flugzeug zu tun, das Jake Del Gennio schon das Leben gekostet hat. Vielleicht ist es das . . .«

»Das ergibt doch keinen Sinn«, warf Janie wütend ein.

»Genau das ist ja der Punkt. Nichts davon ergibt Sinn. Vierzig Mann suchen in New York nach einem Jungen. Ein Profi-Killer bekam einen Kontrakt für ihn. Nein, nichts davon ergibt Sinn, und alles fing damit an, daß Davey Phelps nach der Landung des Fluges 22 nicht nach Hause gegangen ist.«

»Nicht nach Hause gegangen ist? Wovon sprichst du?«

Bane erklärte ihr diesen Teil der Geschichte.

»Dorthin wirst du ihn also bringen?« fragte sich Janie. »Zurück zu den Martinis?«

»Dort wird er auch nicht in Sicherheit sein. COBRA wird den Fall nicht so schnell aufgeben.«

»Was sollen wir also tun?«

»Zuerst einmal verschwinden wir von hier.«

Janie schüttelte den Kopf, langsam, aber energisch. »Nein. Ich werde nicht davonlaufen. Das hier ist mein Heim, und so wird es auch bleiben.«

»Genau das gleiche hat wahrscheinlich auch Jake Del Gennio gedacht. Aber wenn sie ihn verschwinden lassen konnten, werden sie das gleiche mit dir können.« Bane seufzte. »Laß mich zumindest Harry anrufen und ihn bitten, hierherzukommen und auf dich aufzupassen, während ich den Jungen in einen sicheren Unterschlupf bringe.«

»Es spielt wohl keine Rolle, ob ich damit einverstanden bin oder nicht?« fragte sie.

»Du brauchst Schutz.«

Janie trat von ihm zurück; ihre Augen waren ganz kalt. »Und du mußt dir die Schulter verbinden lassen. Mal sehen, was ich in der Hausapotheke finde.«

Bane holte eine Dose Coke aus dem Kühlschrank, bevor er um drei Uhr morgens den Jungen aufweckte. Janie war in ihrem Schlafzimmer vor dem Fernseher eingenickt, so daß die beiden das Wohnzimmer für sich allein hatten.

Als Bane vorsichtig seine Schuler berührte, richtete sich Davey auf. Seine Augen blitzten wahnwitzig, und er versuchte, seine neue Umgebung auszumachen.

»W-W-Wo bin ich?« stammelte er. »Wer sind Sie?«

Bane gab ihm die Dose. »Trink einen Schluck und entspann dich. Du hast heute abend schrecklich viel durchgemacht. Versuche, dich langsam an alles zu erinnern.«

Davey akzeptierte die Dose zögernd und trank ein Drittel des Inhalts. Die Decke war ihm bis zur Hüfte hinabgerutscht; er zitterte zumindest nicht mehr. Dann sah Bane, daß er unter seiner Lederjacke erschauderte.

»Die Wohnung! Es ist in der Wohnung passiert!« Daveys tiefliegende Augen suchten Banes Blick. »Sie waren dort. Jetzt erinnere ich mich. Diese Männer wollten mich töten, und Sie haben einen aufgehalten. He, Ihr Hemd ist ja ganz blutig.«

»Ich war etwas unvorsichtig.« Bane setzte sich neben ihn auf das Sofa. »Nun, Davey, wir überlegen uns jetzt besser, was wir mit dir anstellen können.«

»Woher wissen Sie, wie ich heiße? Ich habe Ihnen meinen Namen nicht genannt«, schnappte der Junge mißtrauisch und rutschte auf dem Sofa zurück.

»Mein Name ist Josh. Es tut mir leid, daß wir uns nicht miteinander bekannt machen konnten. Ich habe deinen Namen von den Martinis.«

»Sie wußten, wo Sie nach mir suchen mußten?«

»Wie auch die Männer, die dich in der Wohnung ausfindig gemacht haben.«

Davey zuckte die Achseln und kräuselte die Lippen. »Sie sind von Anfang an hinter mir her gewesen.« Er betrachtete Bane, und plötzlich blitzte die Erkenntnis in seinen Augen auf. »He, warten Sie mal, ich kenne Sie doch. Sie waren der Mann, den ich gestern am Rockefeller Center gesehen habe. Sie haben mich ein paar Häuserblocks weit verfolgt. Warum haben Sie das getan?«

»Du siehst wie jemand aus, den ich einmal kannte«, sagte Bane geistesabwesend.

»Hoffentlich habe ich Sie nicht verletzt.«

»Mich verletzt?«

»Der Sturz. Es sah ganz so aus, als hätten Sie sich etwas brechen können.«

»Wegen eines Krüppels auf einem Rollbrett, nicht wegen dir.«

»Ich ließ es ihn tun«, sagte Davey einfach. »Ich setzte ihm den Gedanken in den Kopf.«

Bane war sprachlos. Die Einzelteile des Puzzles fügten sich allmählich zusammen.

»Zuerst habe ich versucht, Das Schaudern bei Ihnen einzusetzen«, fuhr der Junge fort, »aber ich konnte es nicht. Etwas hat es blockiert.«

»Das . . . *Schaudern*?« fragte Bane und erinnerte sich an das Gefühl, etwas habe ihn plötzlich in vollem Lauf zurückgestoßen.

Davey nickte. »Ich nenne es so, weil es sich so anfühlt, wenn ich es mache. Nur, daß es heute abend eine Zeitlang nicht geklappt hat und mir jetzt der Kopf weh tut.«

»So hast du also den Riesen in der Wohnung getötet . .. «

»Aber er wollte *mich* töten!« schrie Davey. »Ich weiß es! Ich habe es *gesehen*! Ich habe nur das mit ihm gemacht, was er mit mir machen wollte. Wie in einem Spiegel. Ich habe ihm das Spiegelbild zurückgegeben. Die Schwingungen haben es mir gezeigt. Sie haben mir in den letzten paar Tagen eine Menge gezeigt.«

»Die Schwingungen?«

»So nenne ich sie zumindest. Sie haben mir auch verraten, daß Sie am Brunnen nach mir suchten, und mich immer gewarnt, wenn Die Männer in der Nähe waren. Bei anderen Gelegenheiten haben sie mir Dinge gezeigt, die ich gar nicht sehen wollte, aber es half mir nichts, die Augen zu schließen, weil Die Schwingungen wohl von innen kommen, wie von einem Filmprojektor in meinem Kopf.«

»Und du kannst das Schaudern einsetzen, so oft du willst?«

Davey blickte zu Boden. »Eine Weile konnte ich das. Dann fingen die Schmerzen in meinem Kopf an, und die letzten paar Male konnte ich es nur einsetzen, wenn ich es wirklich mußte. Wie heute abend.«

»Du bist direkt nach der Landung deines Flugzeuges vom Flughafen verschwunden.«

»Weil sie mich beobachtet haben.«

»Aber du bist nicht nach Hause gegangen.«

»Weil ich wußte, daß sie dort auch sind.«

»Aber du hast heute abend angerufen.«

»Ich war . . . einsam.« Davey beäugte Bane neugierig. »Sie sagten, ich würde Sie an jemanden erinnern. An wen?«

»An einen Jungen, der jetzt etwa in deinem Alter sein würde. Er kam vor fünf Jahren bei einem Verkehrsunfall um. Er war mein Stiefsohn.«

Davey wandte den Blick ab. »Meine Eltern sind auch beide tot.«

Bane drückte ihm behutsam die Schultern. »Ich weiß.«

»Wieso wissen Sie eigentlich so viel über mich?«

Bane zog die Hand zurück. »Irgend etwas ist auf dem Rückflug nach New York geschehen. Erinnerst du dich daran?«

»Nee. Ich habe den größten Teil des Flugs über geschlafen. Hatte diesen komischen Alptraum, bei dem ich dachte, ich sei aufgewacht, aber alles hatte so komische Farben. Das Licht war verschwunden, aber es war auch nicht dunkel. Und wo all die anderen Leute gesessen hatte, sah ich jetzt nur noch Umrisse von ihnen, als wären sie in Wirklichkeit gar nicht mehr da. Ich konnte durch sie hindurchsehen.«

»Das ist alles, woran du dich im Zusammenhang mit dem Alptraum erinnerst?«

»Das Seltsame daran ist, daß ich mich nicht erinnere, aufgewacht zu sein. Ich weiß auch nicht mehr, wie das Flugzeug gelandet ist oder wie ich ausgestiegen bin. Plötzlich stand ich im Flughafengebäude. Ich muß wohl in Trance gewesen sein oder so.« Davey musterte Bane hoffnungsvoll. »Bringen Sie mich jetzt nach Hause?«

Bane schüttelte langsam den Kopf. »Dort wärest du noch nicht in Sicherheit.«

»Scheiße«, stieß Davey hervor; dann schlug er schnell die Hand vor den Mund. »Entschuldigung. Das ist mir nur so herausgerutscht.«

Bane lächelte. »Schon gut. Du verdienst es.«

Davey erwiderte das Lächeln, und das Band zwischen ihnen wurde stärker. Dann verschwand Daveys Lächeln wieder. »Da ist noch etwas, was ich Ihnen sagen muß.«

»Ich höre.«

»Ich weiß nicht genau, wie ich es sagen soll. Es sind . . . Die Schwingungen. Manchmal kommen sie mir wirklich stark vor, anders als bei den anderen Gelegenheiten, stärker, aber weiter entfernt.«

»Als ob das, was du siehst, weiter in der Zukunft liegt?«

»Ich glaube schon . . . Aber diese Schwingungen sind die schlimmsten von allen. Ich sehe keine Einzelheiten, nur eine Menge Gegenstände, die schmelzen und zerbrechen, und Menschen . . .« Er richtete den Blick auf Bane. »Etwas Schreckliches wird passieren. Eine Menge Leute werden sterben.«

»Im Augenblick mache ich mir nur um dich Sorgen.«

Davey spielte mit den Nähten seiner Jeans. »Ich habe Angst, Josh, wirklich Angst. Ich weiß nicht, was ich getan habe, ich weiß nicht, warum diese Leute hinter mir her sind. Warum wollen sie mich töten? Was habe ich getan?« Er hielt inne und rieb sich die feuchten Augen. »Kann ich . . . jetzt nach Hause?«

Banes Hand fand wieder Daveys Schulter und verharrte dort. »Sie werden euer Haus noch beobachten. Du bist dort nicht in Sicherheit«, wiederholte er.

»Wann kann ich nach Hause?«

Bevor Bane antworten konnte, schlug die Türklingel an. Bane zog die Browning und ging hinüber.

»Wer ist da?« fragte er, gegen die Wand neben der Tür gelehnt, außer Reichweite von einer Kugelsalve von draußen.

»Der Weihnachtsmann«, schnappte die Stimme von Harry »The Bat«, »aber ich konnte in diesem verdammten Ding nicht durch den Kamin.«

Bane zog die Kette ab und öffnete die Tür. »The Bat« rollte herein.

»Du brauchst mir nicht zu danken, daß ich um drei Uhr morgens hierher gekommen bin. Wofür sind Freunde schließlich da?«

»Du hast mir die Worte aus dem Mund genommen.«

»Ich frage dich erst gar nicht, ob es wichtig ist, denn wenn es das nicht wäre . . .«

»Wichtig ist gar kein Ausdruck.«

»Da ficke der liebe Gott doch eine Ente, Wintermann, ich

habe nie gemerkt, wie mir deine Gesellschaft fehlt«, sagte Harry mit von Sarkasmus durchdrungener Stimme. Aus dem Wohnzimmer erklang ein scharrendes Geräusch, und Harry schwang den Rollstuhl herum. »Da ficke der Herr doch . . . äh . . . tut mir leid . . .«

»Davey«, erklärte Bane, »ich möchte dir Harry Bannister vorstellen, für seine Freunde ›The Bat‹.«

»Und auch für einige meiner Feinde. Freut mich, dich kennenzulernen, Junge. Entschuldige bitte meine Ausdrucksweise.« Und dann, an Bane gewandt: »Ist das der Junge, den du . . .«

»Das ist der Junge, und ich glaube nicht, daß du nach dem, was er durchgemacht hat, noch besonders auf deine Ausdrucksweise achten mußt.«

»Da fi . . . äh . . . friere der Herr doch eine Ente ein, Josh, er ähnelt Peter ein wenig. Jetzt wird mir klar, was du gemeint hast. Na ja, daß er hier ist, bedeutet, daß deine Jagd heute abend erfolgreich verlaufen ist.«

»Ich weihe dich später in alles andere ein. Zuerst muß ich den Jungen irgendwo unterbringen, wo er in Sicherheit ist.«

»Beim King?«

»Beim King.« Banes Blick huschte zum Schlafzimmer, wo der Fernseher noch immer vor sich hin flüsterte. »Janie wird nicht allzu erfreut sein, wenn sie aufwacht und dich hier findet . . .«

»Schrecklich . . .«

»Also immer mit der Ruhe, Harry. Lasse einfach deinen Charme wirken.«

»Den habe ich zu Hause im Bett vergessen, Josh.«

Bane lächelte, obwohl ihm nicht danach zumute war. »Ich nehme an, du bist bewaffnet.«

»Mit einem verdamm . . .« Dann, mit einem Blick auf Davey: »Mit einem ganzen Arsenal. Ich hatte schon Angst, der Fahrstuhl würde es nicht schaffen, weil ich so schwer bepackt bin.«

»Paß auf die Tür auf, Harry«, sagte Bane und winkte Davey zu sich.

»Alles, was durch diese Tür kommt, Wintermann, muß den Rest seines Lebens in tausend Einzelteilen verbringen.«

»Ist das Ihr Wagen?« fragte Davey, als sie sich in einem Cutlass befanden, der in der Garage unter dem Gebäude abgestellt war.

»Nein, Janies. Nach meinem werden sie suchen.«

Davey blickte zu Boden, anscheinend eine Angewohnheit. »Oh.« Er hob den Blick wieder. »Ist sie Ihre Freundin?«

»Sie war es einmal. Im Augenblick bin ich mir da nicht mehr so sicher.«

»Etwa, weil Sie mich in ihre Wohnung gebracht haben?«

»Wegen einer ganzen Menge Dinge.«

Bane lenkte den Cutlass auf die Straße und hielt aufmerksam nach plötzlichen Bewegungen in der Nachbarschaft Ausschau.

»Wohin fahren wir?« fragte Davey.

»Wir besorgen dir einen Babysitter.«

»Was?«

Banes Blicke wechselten zwischen der Straße und dem Rückspiegel. »Keine nette alte Dame, die immer nur strickt«, versicherte er Davey im Scherz. »Dein Babysitter ist zwei Meter und zehn groß und verbiegt vor lauter Übermut Eisenstangen.«

»Wie heißt er?«

»Sein Name ist King Cong.«

»Jetzt hören Sie aber auf . . .«

»Du wirst es ja sehen.«

»He, wir sind in Harlem«, erkannte Davey, als sie sich dem Fitneßzentrum näherten.

»Das Revier des Kings«, erklärte Bane. »Er verläßt es nicht oft, und die meisten Leute mit etwas Grips im Schädel halten sich von ihm fern.«

»Ich dachte, Sie hätten Grips im Schädel, Josh.«

»Bei mir ist es etwas anderes.« Bane sah wieder in den Rückspiegel. »Wie viele von den Männern, die hinter dir her waren, waren Schwarze?«

»Keiner, soweit ich weiß.«

»Verstehst du jetzt? Der King hat mit den meisten Weißen nichts am Hut, und hier in dieser Gegend fallen sie schon lange auf, bevor sie ihre Pistolen benutzen können.«

»Kapiert, Bruder«, flachste Davey und ließ sein Lächeln aufblitzen.

Der King wartete schon an der Tür seines Centers auf sie.

»Du hast ja komische Besuchszeiten, Josh-Boy«, begrüßte er sie und schaute in die Richtung, aus der sie gekommen waren. Er wirkte größer und bedrohlicher denn je. Bane bemerkte, daß eine Pistole von der Größe einer Kanone in seinem Gürtel steckte.

»Tut mir leid, wenn ich dich geweckt habe, King.«

»Quatsch nicht, der King schläft des Nachts nie. Er hat Besseres zu tun.« Der King hielt inne und musterte Bane, ließ seinen Blick einen Moment auf seinen Augen verharren und nickte dann, anscheinend zufrieden mit dem, was er gesehen hatte. »Das ist ein anderer Mann als der, Josh-Boy, der du bei unserer letzten Begegnung warst.«

»Zwei Tage können einen großen Unterschied ausmachen, King. Einen gewaltigen Unterschied.«

»Ja.« Conglon nickte. »Der Winter hält sich lange dieses Jahr.« Seine großen Augen konzentrierten sich auf Davey, dem schon allein wegen dieses Blicks die Knie zitterten. »Hab ja keine Angst vor mir, Junge. Ich bin viel zahmer, als ich aussehe.«

Davey musterte ihn nur.

»Er gehört dir, King«, sagte Bane.

»Ich war noch nie ein guter Babysitter.«

»Du wirst vollauf damit beschäftigt sein, für seine Sicherheit zu garantieren, King.«

King Cong trat drohend einen Schritt vor. »Sei in den nächsten zehn Jahren oder so nett zu mir, Josh-Boy, und ich werde vielleicht vergessen, was du gerade gesagt hast. Wenn der King sagt, daß er dir einen Gefallen tun wird, kannst du deinen weißen Schwanz darauf verwetten, daß er sein Wort halten wird. Zehn Jungs sind schon abrufbereit. Dein Knabe hier wird keinen Schritt tun, ohne daß zwei davon ihn pausenlos begleiten.«

»Du vertraust ihnen?«

»Ich habe sie ausgebildet, du Wichser.«

»Mehr wollte ich nicht wissen.«

Bane ging zur Tür zurück, drehte sich um und legte Davey kurz die Hand auf die Schulter. »Ich werde dich abholen, wenn es sicher für dich ist.« Dann, den Blick dem King zugewandt: »Du bist in guten Händen. Den besten.« Er drückte Daveys Schultern ein letztes Mal und ging zur Tür weiter.

King Cong spürte die Angst und Unruhe des Jungen, und so dachte er kurz nach und zog die gewaltige Pistole aus dem Gürtel.

»Hast du schon mal geschossen, Junge?«

Davey betrachtete ihn erstaunt. »Nein. Ich meine, nicht wirklich.«

»Na ja, wir haben ein paar Tage Zeit, und da kann ich es dir ja beibringen. Hier, halt die mal.« Der King reichte ihm die Magnum, und ihr Gewicht zog Daveys Hände bis zu den Hüften hinab. Der Junge betrachtete die Waffe fasziniert. »Wir können vielleicht auch etwas boxen, und ich bringe dir ein oder zwei Dinge über das Gewichtheben bei«, fuhr der King fort, doch Daveys Aufmerksamkeit galt ganz der Waffe.

»Danke, King«, sagte Bane erleichtert von der Tür.

»Ist mir ein Vergnügen, Josh-Boy. Ich kann dir gar nicht zurückzahlen, was ich dir verdanke.«

»Nach dieser Sache sind wir quitt.«

Bane war schon bald hinaus, als die Stimme des Kings ihn noch einmal verharren ließ.

»Weißt du was, Josh-Boy? Ich hab' die komische Ahnung, du hättest heute gewinnen können, wenn ich da draußen das Spiel mit dir gespielt hätte.«

Der vierte Tag:

PROJEKT PLACEBO

Tell us Commander, what do you think?
'Cause we know that you love all that power
Is it on then, are we an the brink?
We wish you'd all throw in the towel
We'll not fade out too soon
Not in this finest hour
Whistle your fav'rite tune
We'll send a card and flower saying,
It's a mistake

Men at Work

16

»Treiben Sie die üblichen Verdächtigen zusammen.«

Claude Rains hielt inne, den Blick noch auf Humphrey Bogart beim Höhepunkt von *Casablanca*, als der Rotalarm von Bunker 17 zu schrillen begann.

»Gottverdammt«, stöhnte ein Soldat, der in der Mitte des abgedunkelten Raumes saß. »Man sollte doch meinen, das große Arschloch könnte zumindest warten, bis der Film vorbei ist.«

»Ich erzählte dir später, wie der Film ausgeht, Junge«, knurrte eine dunkle Stimme direkt hinter ihm. »Und jetzt auf deinen Platz, bevor ich deinen Arsch in den Boden einpflanze und dich dort verhungern lasse.«

Der Soldat schluckte und salutierte mit einer zitternden Hand vor Maj. Christian Teare, bevor er hinausstürmte.

Teare erhob sich, und seine riesige Gestalt verdeckte die letzten Szenen von *Casablanca*; statt dessen war nun seine Silhouette auf der Leinwand. Bis auf den Filmvorführer war der Raum schon leer.

»Soldat«, wandte Teare sich an ihn, »ich möchte morgen früh eine Mitteilung auf einem Schreibtisch liegen haben, die den Einsatz von mehr Erstaufführungen verlangt. Diese alten Schwarz-Weiß-Schinken gehen mir allmählich auf die Nerven.«

Der Soldat ließ den Film zurückspulen. »*Casablanca* ist ein Klassiker, Sir.«

»Aber ich bin nie dort gewesen, und mir gefällt dieser Bursche nicht, der aus dem Mundwinkel spricht, als hätte er Kieselsteine im Mund.«

Der Soldat zuckte die Achseln.

Capt. Jared Heath, Einsatzleiter von Bunker 17, erschien auf der Schwelle des kleinen Kinosaals und salutierte schnell.

»Habe gleich für Sie Zeit, Cap«, sagte Teare zu ihm. »Wie wäre es, wenn wir noch einmal *Der Clou* vorführen?« fragte er den Filmvorführer.

»Sir, den haben wir in den letzten neun Monaten achtmal gezeigt.«

»Hab' ich mir doch gedacht. Wir sind einen Monat im Hintertreffen.«

»Jawohl, Sir«, stimmte der Filmvorführer zögernd zu.

Teare wandte sich an Captain Heath. »An die Arbeit, Cap.«

Die beiden Männer traten in den hell erleuchteten, aber antiseptischen Gang zwanzig Meter unter dem Erdboden in den Vorgebirgen von Montana. Die aufblitzenden roten Lampen hätten jeden Normalsterblichen bald in den Wahnsinn getrieben. Doch die Männer – und drei Frauen – von Bunker 17 hatten sich an sie gewöhnt.

»Zeigen Sie mir den Einsatzbericht«, forderte Teare.

Heath warf einen Blick auf seinen Aktendeckel. Er war ein athletisch gebauter Schwarzer mittlerer Größe mit einer kurz geschnittenen Afro-Frisur, wirkte neben Teare jedoch wie ein Zwerg. Als Einsatzleiter des Bunkers war er der Stellvertreter des Majors; in seine Verantwortung fiel es, alle Vorkehrungen bezüglich eines Red-Flag-Alarms zu treffen. Einige hohe Tiere hatten die Stirnen gerunzelt, als Heath in gehobener Stellung hierher versetzt worden war – ein ehemaliger Bürgerrechtler und Südstaatler –, sich jedoch bald wieder beruhigt. Heath und Teare hatten sich schnell miteinander angefreundet, was sich auch durch die ständige Einsatzbereitschaft von Bunker 17 bewies.

»Alle Systeme zeigen Grün, Major«, informierte Heath ihn, während sie die breiten, gewundenen Gänge entlangschritten, die direkt dem Raumschiff Enterprise hätten entstammen können. »Ortung, Waffen, Kommunikationsverbindungen, Sicherheitssystem – alles ist in Ordnung.«

»Abschußvorkehrungen beginnen in einer Minute«, dröhnte eine dumpfe, programmierte Stimme über Lautsprecher.

Captain Heath sah auf die Uhr. »Genau im Zeitplan«, informierte er Teare.

Zwanzig Meter über ihnen war überall auf dem Gebiet des Landwirtschaftsgeländes, das als ihre Tarnung diente und Unbefugten den Eintritt in die Basis verwehrte, sechzig Zentimeter dicke Stahltüren zurückgeglitten. Sobald erst einmal Red-Flag-Alarm gegeben war, war der Bunker praktisch hermetisch von der Außenwelt abgeschottet. Selbst alle Luftschleusen waren geschlossen worden, um einer möglichen chemischen Vergiftung durch feindliche Kräfte vorzubeugen. Das Bunkerpersonal bekam nun die Atemluft aus riesigen Tanks, die im Kern des Komplexes untergebracht waren. Dieser Vorrat würde sieben Tage reichen. Als zusätzliche Sicherheitsmaßnahme waren an allen möglichen Fluchtwegen und Ausgängen bewaffnete Wachen postiert worden. Teare hatte sie selbst ausgesucht; es handelte sich ausschließlich um Männer, denen er in die Augen sehen konnte.

»Abschußvorkehrungen beginnen in fünfundfünfzig Sekunden . . .«

Captain Heath und Maj. Christian Teare schritten an drei Wachen vorbei, die auf ihren Posten salutierten, und betraten dann das erste Silo, um eine Stichprobe zu machen.

»Sprengköpfe geschärft und bereit, Major«, meldete der Sergeant in dem Silo-Raum. »Alle Systeme bereit. Alle Kontrolllampen grün.«

»Abschußvorkehrungen beginnen in fünfzig Sekunden . . .«

Bunker 17 enthielt insgesamt sechsunddreißig Silos, verteilt auf einen Umkreis von fast einem Kilometer. Sobald die letzten Raketen gestartet waren, würden auch diese mit dreifach geschichtetem Blei und Stahl versiegelt werden, aber weniger aus Sicherheits-, denn aus Schutzgründen. Die Hitze, die bei den Raketenzündungen und -starts freiwurde, erreichte über eine Million Grad Fahrenheit. Ohne diese Schutzschilde konnte an der eigentlichen Basis ein irreparabler Schaden entstehen, wodurch weitere Raketenabschüsse unmöglich würden. Es kam dabei auf Millimeter und Millisekunden an. Die Männer – und drei Frauen – des Bunkers 17 waren auf absolute Genauigkeit angewiesen. Daher auch die Übungen, die in verschiedenen Variationen und auf verschiedenen Ebenen durchgeführt wurden, gelegentlich bis zu viermal täglich. Abgesehen von ihrem Eigenwert dienten sie dazu, die oftmals einschläfernde Routine im Bunker zu durchbrechen. Das Leben in einem Atomraketensilo war – bestenfalls – ein Wartespiel. Das Personal wurde ebenso häufig gewechselt wie die Mannschaften von U-Booten, auf denen lange Dienstzeiten ähnliche Auswirkungen hatten.

Auf gesamter Breite der Station stürmten uniformierte Männer an Teare und Heath vorbei.

»Abschußvorkehrungen beginnen in fünfundvierzig Sekunden . . .«

»Also, Cap«, sagte Teare, »machen wir uns auf den Weg in die Disco.«

Die Disco war Maj. Christian Teares Bezeichnung für die Abschußzentrale, das eigentliche Herz von Bunker 17, von wo aus eine jede oder auch alle Raketen aus ihren Silos geschickt wurden. Teare nannte sie so, weil die zahlreichen aufblitzenden Lampen und verschiedenfarbigen Knöpfe und Konsolen an eine jener Discos erinnerte, von denen fernzuhalten er sich immer bemüht hatte.

Sie blieben am Eingang der Abschußzentrale stehen, und ein trübblauer Lichtstrahl tastete sie ab. Die Lampe über den stählernen Türen blitzte grün auf, doch der Zugang blieb ihnen verwehrt, bis Teare seinen Kommandoausweis in den richtigen Schlitz geschoben hatte. Im Falle eines tatsächlichen Red-Flag-Alarms würde die Disco innen und außen völlig abgeschirmt sein. Alle Sprechfunkverbindungen würden unterbrochen sein, um elektronische Störversuche, unterschwellige Beeinflussung oder Kontakt mit möglichen Saboteuren oder Spionen zu verhindern; auch sollte die Einsatzleitung sich nicht durch eventuelle Panik der Stations-Besatzung beeinflusen lassen. Selbst Teare würde sich trotz seines Kommandoausweises und aller Vollmachten keinen Zugang oder Funkkontakt verschaffen können. Während einer Übung kam es jedoch hauptsächlich auf die Beobachtung der Besatzung an, so daß eine kleine Abweichung von der Regel geduldet wurde. Im Ernstfall wurden bereits beim Yellow-Flag-Alarm sämtliche Kommunikationsverbindungen mit der Außenwelt unterbrochen und vollautomatisch auf den SAFE (Systems Attack Fail-safe Evaluator)-Interzeptor umgeschaltet, ein Computersystem, das dann den gesamten Ablauf bestimmte.

Dieser Interzeptor stellte eine direkte Kommunikationsverbindung mit NORAD in Colorado und dem Präsidenten in Washington dar. Er hatte den Zweck, zu verhindern, daß jemand, der außerhalb des Systems stand, einen nuklearen Angriff befahl. Dies bewerkstelligte das System, indem es die

Code-Sequenzen hundertfach überprüfte, um sich zu vergewissern, daß sie auch echt waren. Es arbeitete im Binär-System mit Codes, die – so unglaublich sich dies anhörte – alle zehn Minuten geändert wurden.

Über den Schutz gegen einen zufälligen Atomschlag hinaus nahm das SAFE-System alle Unsicherheiten aus den Kommunikationskanälen, indem es den höchstmöglichen Teil des menschlichen Elementes eliminierte. Natürlich würden noch immer Menschen die Raketen abschießen, doch der Befehl, den Red-Flag-Alarm auszulösen, konnte nur über den Interzeptor vom Computer kommen, und sobald er einmal ausgelöst worden war, verlief alles auf der Station vollautomatisch; die Gefahr menschlichen Versagens wurde grundlegend reduziert, da es keine Entscheidungen mehr zu treffen gab. Männer wie Teare waren von Anfang an gegen diese Einrichtung gewesen, doch niemand hatte sie gefragt. Andere Köpfe, die das System für vernünftiger hielten, hatten die Oberhand behalten und die Entscheidung getroffen, daß Amerika sich am besten verteidigen konnte, indem Computer einen größtmöglichen Einfluß erhielten und damit den Faktor »menschliches Versagen« weitgehend ausschalteten. Teare wußte also, daß er zu einer Zeit, da es mehr denn je auf seine Fähigkeit ankam, Entscheidungen zu treffen, machtlos sein würde. Seltsam, welche Gedanken den hohen Befehlsstellen durch den Kopf gingen.

Der Schlitz schluckte Teares Kommando-Ausweis und spuckte ihn wieder aus. Das schwere Sicherheitsschott glitt auf. Major Teare führte Captain Heath hinein.

Die Disco war in einem dumpfen Rot erhellt, dem Farbkode für einen bevorstehenden Raketenabschuß. Der Raum war nicht besonders groß. Er war länger als breit, und seine fensterlose Tristheit trug das ihre zu der vermeintlichen Größe bei. Die gegenüberliegende Wand enthielt eine Gitterdarstellung der Umrisse des Bunkers, auf der Computer den jeweiligen Status aller sechsunddreißig Silos anzeigten. Solange eine Lampe über einem Silos grün zeigte, war die Rakete noch mit der zentralen Abschußstelle in der Disco verbunden. Wenn die Lampe gelb oder rot zeigte, wurde die Verbindung unterbrochen und das Sicherheitssystem aktiviert; dann ließ sich diese Rakete nicht mehr von außen beeinflussen.

»Abschußvorkehrungen beginnen in fünfunddreißig Sekunden . . .«

Sobald eine Rakete gestartet war – und bei Red-Flag-Alarm konnten von Bunker 17 aus etwa vierhundert Abschüsse erfolgen –, ließ sich ihr Weg auf der Weltkarte auf der rechten Wand verfolgen. Da alle Ziele des Bunkers 17 in Rußland lagen, fehlten auf der Karte jene entlegenen Ecken der Welt, die für den Angriff keine Rolle spielten. Nach dem Abschuß würde die kodierte Kennummer der Rakete auf ihrem Weg durch den Himmel aufblitzen, dem bestimmten Ziel entgegen.

Inmitten all dieser technischen Einrichtungen war die neunköpfige Besatzung der Disco damit beschäftigt, Computerschaltungen zu überprüfen und letzte Testläufe vor dem Start durchzuführen. Als letzte der vielen Sicherheitsschaltungen in dem fehlersicheren System gab es zusätzlich zu diesem einen Knopf, der alle Raketen gleichzeitig auf den Weg schickte, sechsunddreißig einzelne Knöpfe, einen für jedes Silos. Wenn es erst einmal soweit wäre, hatte Teare oftmals gescherzt, gäbe es niemanden mehr im Raum, der sich nicht die Hosen vollgeschissen hatte.

»Abschußvorkehrungen beginnen in zwanzig Sekunden . . .«

Teare und Heath traten tiefer in die Disco. Sechs Mann arbeiteten hinter den modernsten Computer-Terminals auf Erden und überprüften alle zweiunddreißig Sicherheitssysteme für den Abschuß und die Raketen selbst. Wenn einer davon nicht synchron geschaltet war und die Computer dies irgendwie übersehen sollten, würden diese Männer den Fehler auf ihren Überwachungssystemen feststellen und manuell gelben oder roten Alarm auf der großen Kontrolltafel der Disco geben. Die drei anderen Besatzungsmitglieder der Zentrale saßen hinter der größten Konsole überhaupt zusammengekauert. Sie enthielt das Abschußsystem des Bunkers 17 und die primären Abbruch- und Vernichtungsschaltungen. Sobald Red-Flag-Alarm gegeben wurde, mußten diese drei sich den Vorschriften entsprechend mit Handschellen an die stählerne Konsole und aneinander ketten. Diese drei Mann trugen stets die Feuerkodes und die Schlüssel, die in das Gerät geschoben werden mußten, um den Abschußbefehl zu geben, an Ketten um den Hals. Jeder würde seinen Schlüssel in das dafür vorgesehene Schloß schieben, seinen Kode eingeben, und wenn das Licht auf dem Terminal dann grün zeigte, würde der Disco-King des Tages den letzten Knopf drücken, der seltsamerweise der kleinste und am unauffälligsten gefärbte war. Das hatte etwas mit psychologischem Streß zu tun, hatte Christian Teare einmal in einem Bericht gelesen.

Der heutige Tag zeichnete sich durch die Eigentümlichkeit aus, daß der Disco-King eine Queen war. Kate Tullman trug eine olivfarbene, einteilige Drillichuniform, die ihr so gut stand wie die besten Designer-Jeans, und wahrscheinlich wichen die Blicke der Männer im Bunker lediglich bei einem Red-Flag-Alarm einmal von ihr ab. Ihr Haar war blond und modisch kurz geschnitten, ihre Augen so grün wie die Kode-Lampen, die auf der großen Schalttafel blitzten. Ihr Gesäß füllte die Umrisse ihres schmalen Drehstuhls so knapp aus, daß er wie für sie geschnitten zu sein schien. Als sie sich jedoch zu dem Terminal vorbeugte, hob ein Teil ihres Gesäßes sich vom Stuhl ab.

Maj. Christian Teare blinzelte Captain Heath zu.

»Abschußvorkehrungen beginnen in zehn Sekunden, in neun, acht, sieben . . .«

»Letzte Systemüberprüfung«, bellte Kate Tullman, die Disco-Queen.

». . . sechs, fünf, vier. . . «

»Alle Systeme einwandfrei, alle Lichter grün«, kündete der Mann zu ihrer Rechten an.

». . . drei, zwei, ein . . .«

»Im Terminal alle Systeme einwandfrei, alle Lichter grün«, sagte der Mann zu ihrer Linken.

»Abschußvorkehrungen haben begonnen . . .«

Hinter Kate Tullman fielen sechs Stimmen ein.

»Silos eins bis sechs, alle Systeme überprüft.«

»Silos sieben bis zwölf, alle Systeme überprüft.«

»Silos dreizehn bis achtzehn, alle Systeme überprüft.«

»Silos neunzehn bis vierundzwanzig, alle Systeme überprüft.«

»Silos fünfundzwanzig bis dreißig, alle Systeme überprüft.«

»Silos einunddreißig bis sechsunddreißig, alle Systeme überprüft.«

Kate Tullman ergriff wieder das Wort, dabei die Blicke niemals von der Konsole wendend. »Computer sieht Angriffsplan R wie Roger, W wie Williams, D wie David vor.«

»Bestätigt«, sagte der Mann zu ihrer Rechten.

»Bestätigt«, sagte der Mann zu ihrer Linken.

»Letzte Abschußvorkehrungen einleiten«, ordnete sie an und stieß ihren Schlüssel in die Konsole. Noch während sie ihn umdrehte, gab sie ihren persönlichen Tageskode ein. Die Kodes veränderten sich mit jeder Schicht und manchmal sogar während der Schicht. Wenn ein falscher Kode eingegeben und nicht innerhalb von fünf Sekunden korrigiert wurde, würde das Sicherheitssystem einen augenblicklichen Abbruch aller eingeleiteten Maßnahmen vornehmen und über eine Alarmschaltung Sicherheitstruppen zur Disco rufen. Obwohl sie sich in diesem Stadium keinen Zutritt verschaffen konnten, würden sie sich mit der oder den Personen in der Disco befassen können, sobald sich die Türen öffneten.

Doch heute blitzte das mittlere Licht auf Kate Tullmans Konsole grün auf.

Sie bewegte ihre Hand langsam zu dem Knopf, der den Abschuß einleiten würde, und drückte ihn ohne Zögern.

In diesem Augenblick endete der Red-Flag-Alarm. Alle Lampen zeigten wieder stabiles Weiß, und Bunker 17 befand sich offiziell nicht mehr im Alarmzustand. Wenn es keine Übung gewesen wäre, wäre das jedoch nicht der Fall, und sechsunddreißig MX-Flugkörper mit jeweils zehn Spengköpfen wären auf dem Weg in die Sowjetunion. Auf dem Zielschirm würde man jetzt schon die Anfänge von roten Bögen sehen können, die über die Weltkarte zogen.

Doch der Schirm zeigte nichts. Keine Bögen, weil in Wirklichkeit gar keine Raketen abgeschossen worden waren.

Kate Tullman, die Disco-Queen, seufzte.

Captain Heath, der in dem Augenblick, da sie auf den letzten Knopf gedrückt hatte, seine Stoppuhr angehalten hatte, wandte sich an Major Teare.

»Eine Minute, neunundzwanzig Sekunden.«

»Wieviel Zeit hat das Pentagon angesetzt, Cap?«

»Eins fünfundvierzig.«

»Gut. Dann möchte ich, daß wir es im nächsten Monat in einer Minute und zwanzig Sekunden schaffen.«

»Neun Sekunden sind in diesem Stadium kaum einzusparen, Major.«

»Das waren sie auch nicht, als wir gegen die Einsfünfundvierzig-Marke ankämpften. Ich möchte auf einszwanzig, Cap. Wenn es irgendwelche Schwachpunkte in der Übung gibt, müssen sie gefunden und eliminiert werden.«

»Neun Sekunden sind trotzdem noch eine Menge, Major.«

»Das haben sie auch über den Rekord im Sackhüpfen gesagt, als ich zwölf war. Und den habe ich auch gewonnen«, sagte Christian Teare blinzelnd. Dann trat er zur Hauptkonsole der Disco und zu Kate Tullman. »Gute Arbeit, Sergeant«, lobte er.

Sie nahm schnell Haltung an und salutierte. »Danke sehr, Sir.«

»Kate T. Wofür steht das T, Sergeant?«

»Trouble, Sir. Kate T wie Trouble.« Die Disco-Queen machte sich nicht die Mühe, ihr Lächeln zurückzuhalten.

»T wie Titten«, flüsterte Teare Heath zu und machte sich ebenfalls nicht die Mühe, das seine zu unterdrücken. »Rühren Sie sich, Sergeant«, fuhr er fort, an Kate Tullman gewandt. »Wenn Sie zu lange strammstehen, kriegen Sie noch einen Rücken wie ein Ackergaul in einem Schlammfeld.«

Es folgte eine kurze Pause, nach der die ganze Disco in Gelächter ausbrach. Teare fiel ein.

»Nur ein Scherz, um die Spannung zu lösen, Leute. Laßt es ruhig angehen.«

Und dann war er verschwunden, Captain Heath im Schlepptau.

Teare schloß hinter Heath die Tür seines Privatquartiers. Die kahlen Metallwände waren mit Postern und Bildern von Teares Lieblingsstars geschmückt, darunter Burt Lancaster, John Wayne, Clint Eastwood und Obi-Wan Kenobi.

»Wollen Sie ein paar Fingerbreit Glückstrank, Cap?« fragte er und griff in den Wandschrank hinter seinen Spülstein.

Der Captain schüttelte lächelnd den Kopf. »Für einen Mann, der entschlossen ist, die Red-Flag-Barriere von einer Minute und zwanzig Sekunden zu brechen, schenken Sie den Regeln kaum große Beachtung.«

»Das beantwortet meine Frage nicht, Cap. Einen Finger oder zwei?«

»Einen«, gab Heath nach und sah zu, wie Teare sich die dreifache Menge in ein Glas schüttete.

»Aber ich nehme kein Eis«, sagte der Major. »Ein Glückstrank ohne Eis ist nur die Hälfte wert.«

Heath nahm einen Schluck und fühlte, wie sich der Whisky den Weg in den Magen zu brennen schien. »Das Pentagon sieht es aber anders, Sir.«

»Zum Teufel mit dem Pentagon. Verdammt, Cap, reicht es denen denn nicht, daß wir während unserer Sechs-Wochen-Schicht auf Sex verzichten müssen? Ein Mann braucht seinen Schluck Alkohol. Und das ist ein hundertprozentiger Bourbon, den Sie da trinken, Cap. Heiß genug, um die Innereien einer Leiche zu versengen und sie aus dem Himmel fallen zu lassen. Den hat mein Daddy früher mal selbst gemacht.«

»Hat er Ihnen das Rezept vererbt?«

Teare blinzelte. »Ich könnte einen Bourbon zusammenbrauen, bei dem Ihnen die Augen aus dem Kopf fallen würden.« Der Major setzte sich auf sein frisch gemachtes Bett und trank sein Glas leer. »Wissen Sie, Cap, es ist schon komisch. Unser ganzes Leben hier im Bunker wird von Regeln und Vorschriften beherrscht. Scheiße, es müssen allein drei Seiten über die üblen Auswirkungen von Alkohol darin enthalten sein. Aber es steht kein Wort über Sex darin. Wieso nicht?«

Heath schüttelte den Kopf.

»Weil es, als die verdammten Regelbücher geschrieben wurden, keine Frauen in der NORAD gab, mein Bester, und die edlen Geister in Washington wahrscheinlich gar nicht wußten, daß es auch so was wie Arschficken gibt. Aber jetzt haben wir ein paar Frauen hier, und das Regelbuch ist das gleiche geblieben. Aber sehen Sie sich mal die Titelseite an, Cap, und Sie werden feststellen, daß das verdammte Ding praktisch jeden Monat auf den neuesten Stand gebracht wird.«

»Worauf wollen Sie hinaus, Cap?«

Christian Teare trank den Rest seines Whiskys aus und lehnte sich zurück. »Worauf ich hinaus will? Ich sage Ihnen, worauf ich hinaus will. Wenn diese Jungs, die uns unsere Anweisungen schicken, schon mit dem Regelbuch zurückliegen – womit sind sie dann noch zurück? Verdammt, Cap, was glauben Sie, würden die Russen den gleichen Fehler machen?«

»Ich habe noch nie darüber nachgedacht, Major.«

»Hm. Und ich habe das Gefühl, die Jungs in Washington auch nicht.«

17

Als Janie um sieben Uhr morgens in die Küche ging, überraschte sie Bane dabei, wie er eine Pfanne dampfendes Rührei auf den Tisch stellte. Ein Glas frisch gepreßter Orangensaft wartete neben ihrem Teller, und Bane schickte sich an, ein halbes Toastbrot mit Butter zu bestreichen.

»Ich weiß nicht, wie es mit dir ist«, sagte er, »aber ich bin ganz verhungert.« Er hatte Harry um kurz vor fünf abgelöst.

»Hast du etwas Schlaf bekommen?«

»Hier und da ein Nickerchen. Und du?«

»Ich habe eine Weile wie ein Brett geschlafen. Bin um vier Uhr aufgestanden; Harry aß gerade im Wohnzimmer Kartoffelchips.«

»Er mag diesen Mistfraß«, sagte Bane, trug den Korb mit dem Toast hinüber und schaufelte sich eine große Portion Rührei auf den Teller.

»Er hat darüber hinaus überall in meiner Wohnung Pistolen versteckt.«

»Harry ist gern sehr vorsichtig. Man weiß nie, wo man sich gerade befindet, wenn man eine braucht.«

»Eine im Gürtel müßte genügen.«

»Nicht für Harry.«

Janie machte sich über ihre Eier her, in der Hoffnung, die Spannungen zwischen ihr und Josh mit ihnen hinabzuschlukken. Doch auch nicht das beste Frühstück auf der Welt konnte verändern, was in letzter Zeit zwischen ihnen vorgefallen war. In Wahrheit hatte sie den Großteil der Nacht wachgelegen und nach einer Möglichkeit gesucht, ihre Beziehung wieder in Ordnung zu bringen; sie war jedoch zu dem Schluß gekommen, daß Bane gelernt hatte, ohne Liebe zu leben, und solch ein Leben vielleicht vorzog. Ihre Beziehung war lediglich ein Zwischenspiel zwischen heftigen Episoden dessen gewesen, was er gern Das Spiel nannte. Dies wußte sie nun, hatte es wahrscheinlich die ganze Zeit über gewußt, doch sie hatte sich immer an der Hoffnung festgeklammert, daß das Zwischenspiel diesmal andauern könnte.

Bane spürte mittlerweile, daß er sie verlor, und verabscheute die Leere, die dies mit sich brachte. Er wollte sie, brauchte sie, liebte sie sogar. Es war jedoch kein Platz in seinem Leben – dem Leben des Wintermannes – für Liebe und Abhängigkeiten. Es war eine Entweder-/Oder-Situation, und Bane hatte seine Wahl getroffen, wobei die Entscheidung sein Wunsch getroffen hatte, zu überleben. Er sagte sich, wenn dies vorüber sei, würde er es bei ihr wiedergutmachen, hätte ihr dies auch versprochen, wenn er wirklich daran geglaubt hätte. Es gab jedoch keine Worte, die seine Gefühle ausdrücken konnten, weil er sie selbst nicht kannte. Da war nur die Gewißheit einer Aufgabe, ein einziger Sinn – die eisigen Eckpfeiler des Wintermannes.

»Ist es nicht an der Zeit, daß du jemanden von der Regierung darauf aufmerksam machst?« fragte Janie ihn.

»Vielleicht, nur, daß ich nicht wissen kann, wie tief die Sache geht. Wahrscheinlich stehen alle Handlungen von COBRA im Übereinklang mit der Regierung.«

»Was ist mit deinem ehemaligen Boß?«

»Arthur Jorgenson? Er ist ein guter Mann und ganz bestimmt derjenige, an den ich mich wenden werde, wenn die Zeit dafür gekommen ist. Er hat Leute wie Chilgers niemals gebilligt. Ich kann nicht glauben, daß er darin verwickelt ist. Das Problem ist, ich kann ihm noch nicht genug auf den Tisch knallen. Ich will einen starken Fall, Janie, sichere Beweise.«

»Der Junge, auf den der King jetzt aufpaßt, scheint mir so ein sicherer Beweis zu sein.«

»Es reicht nicht aus, um COBRA festzunageln, und genau das habe ich vor.« Bane schaufelte sich noch einen Haufen Rührei auf den Teller und nahm einen Schluck Kaffee. »Was mich daran erinnert, daß ich noch einmal deinen Computer brauche.«

Janie schob ihren Teller herum. »Ich habe gedacht, es stecke etwas anderes hinter diesem Frühstück . . .«

»Wir müssen herausfinden, über was für ein Projekt von COBRA wir hier gestolpert sind. Was immer wir hier haben, worüber auch immer Jake Del Gennio gestolpert ist und worin Davey Phelps verwickelt wurde, es muß etwas mit einem Projekt zu tun haben, an dem sie arbeiten, oder mit einer Waffe, die sie entwickeln. Vielleicht mit beidem.«

»Wenn das der Fall ist, kannst du dir verdammt sicher sein, daß diese Information nicht in meinem oder Harrys Computer steckt.«

»Aber die Namen von COBRAs bedeutendsten Forschern werden in deinem Computer sein, und das könnte uns schon einen Hinweis geben. Was für Wissenschaftler haben sie in letzter Zeit engagiert? Wer steht auf ihrer Gehaltsliste, und woher kommen diese Leute? Was ist ihre Spezialität?«

Janie runzelte die Stirn. »Bei so ungenauen Fragen kann ich dir genug Lektüre für ein ganzes Wochenende besorgen. Allerdings bin ich mir nicht ganz sicher, daß diese Lektüre deine Zeit auch lohnt.«

»Es wird darunter sein«, versicherte er ihr. »Wir müssen es nur finden.«

Dank einer stündlich verabreichten Dosis Percodan hatte sich das Hämmern in Trenchs Schädel auf ein dumpfes Pochen reduziert. Es ging ihm nicht sehr gut, und das Medikament hatte ihm – wie auch die Abwesenheit der Twin Bears – schwer zugesetzt. Er mußte Chilgers in ein paar Minuten einen weiteren Bericht abstatten, und er wollte verdammt sein, wenn er schon wußte, was er ihm sagen würde.

Sie hatten ihn auf dem Fußboden liegend in Davey Phelps Wohnung gefunden; er kam gerade wieder zu sich. Sie halfen ihm auf die Beine und warteten ab, während er das Ausmaß des Schadens begutachtete.

Beide Bären waren tot, der in der Lobby, weil Bane ihm die Luftröhre zerschmettert hatte, und der andere in der Wohnung, weil ihm sein eigenes Messer den Leib aufgeschlitzt hatte. Trench hatte gesehen, was der Junge mit dem Bären gemacht hatte, hatte es gesehen, konnte es aber immer noch nicht glauben.

Gestern abend hatte man ihm unten auf der Straße nur sagen können, daß Bane und der Junge aus dieser Gegend geflohen waren. Von da an war die Spur kalt. Der Wintermann versteckte den Jungen offensichtlich irgendwo, wo Trench niemals suchen würde. Ein Hinweis, vielleicht sogar die genaue Antwort, würde sich vielleicht in den Eintragungen in Banes Akte finden. Doch Trench hatte weder Zeit noch die Geduld, solch eine umfangreiche Akte zu studieren. Er würde dies den Verwaltungsangestellten von COBRA überlassen, und sie würden den Hinweis natürlich übersehen, weil nur ein anderer Profi wissen konnte, welch kleiner Informationsbrokken den Schlüssel darstellte.

Nicht, daß es darauf ankam. Trench war sich sowieso nicht sicher, ob er den Wintermann überhaupt finden wollte, weil er sich dann nämlich entscheiden mußte, was er mit ihm machte. Bane hätte ihn gestern töten können und hatte es nicht getan, ein Schnitzer, der nicht zu einem Profi seines Kalibers paßte. Und doch mußte Trench sich eingestehen, daß er sich wahrscheinlich genauso verhalten hätte, wären die Rollen anders herum verteilt gewesen. Dies störte ihn, denn es enthüllte etwas, das er immer für eine Schwäche gehalten hatte. Nun war er sich nicht mehr so sicher. Er verspürte gewisse Zweifel. Trench drängte diese Gedanken zurück, faßte sie als ein gewisses Zögern auf und somit auch als Gefahr. Er war zu alt, um sich zu ändern, und gleichermaßen zu alt, um Veränderungen aufzuhalten.

Der Bericht von COBRAs Außenagenten verriet ihm, daß Bane an diesem Morgen in der Wohnung seiner Freundin aufgetaucht war; von dem Jungen war dort jedoch keine Spur auszumachen. Obwohl die Leute von COBRA Bane nun auf Schritt und Tritt folgen würden, hegte Trench nur die leiseste Hoffnung, daß diese Beschattung sie zu dem Jungen führen würde. Bane konnte leicht alle Männer abschütteln, die Trench auf ihn ansetzte. Sie mochten ruhig Katz und Maus spielen; dabei ließ sich jedoch nicht sagen, wer wer war.

Trench schreckte davor zurück, Chilgers anzurufen, wußte jedoch, daß kein Weg daran vorbeiführte. Er saß auf dem Rücksitz seines Wagens und fühlte, wie er wieder einschlief; schnell griff er zum Telefon. Er mußte so schnell wie möglich Ersatz für die Zwillingsbären finden. Das würde nicht leicht sein. Gute Leute waren selten.

»Glück gehabt, Trench?« fragte Chilgers mit typisch kalter Stimme.

»Nein. Nicht die geringste Spur.«

»Ich will diesen Jungen, Trench. Hätten Sie die Operation nicht verpatzt, hätte ich ihn jetzt.«

»Die Operation war gut geplant. Niemand konnte mit Banes Eingreifen rechnen.«

»Ich habe damit gerechnet. Deshalb habe ich auch vorgeschlagen, ihn zu eliminieren.«

»Ich verstehe einfach nicht, warum er sich für den Jungen interessiert. Er kann doch nichts von dessen Kräften gewußt haben.«

»Anscheinend weiß er mehr, als wir glauben. Noch schlimmer ist, daß er den Jungen hat und nicht wir. Die ganze Angelegenheit ist überaus kompliziert geworden. Wir müssen Löcher stopfen, Mitwisser eliminieren. Deshalb habe ich Scalia angefordert.«

Trench biß sich auf die Lippen und fühlte, wie ihm plötzlich Schmerz in den Kopf strömte. »Sie werden ihn nicht brauchen.«

»Ich brauche einen Killer. Scalia spielt nach seinen eigenen

Regeln, und bei Gott, so einen Mann brauchen wir, bevor uns die Sache noch weiter aus den Händen gerät. Ich werde Sie zu gegebener Zeit in die Einzelheiten einweihen. Morgen früh werden wir die ganze Sache unter den Teppich gekehrt haben«, sagte Chilgers zuversichtlich.

Es klickte in der Leitung. Trench holte eine weitere Percodan aus seiner Tasche.

Colonel Chilgers war seltsam ruhig. Die Ereignisse des Vorabends hätten ihn beunruhigen, ja sogar erzürnen müssen. Doch das hatten sie nicht. Er hatte den Bericht mit kühler Gefaßtheit aufgenommen. Es war ein Sieg für ihn, keine Niederlage.

Denn jeder neue Vorfall bestätigte, daß David Phelps wirklich über seltsame Kräfte verfügte. Und daß diese Kräfte immer stärker wurden.

Der Junge war nicht mit diesen starken telekinetischen Fähigkeiten geboren worden; Chilgers hatte sie ihm während der Tangenten-Phase von Vortex gegeben. Der Colonel wollte herausfinden, was das gewesen war.

Er lehnte sich in seinem Sessel zurück und ließ die Gedanken treiben . . .

Er stellte sich vor, die Kräfte des Jungen zu verstehen und fördern . . .

Er stellte sich vor, Männer auszubilden, die exakt mit ihnen umgehen konnten . . .

Er stellte sich eine Armee von David Phelpses vor . . .

Die Macht war da; man mußte sie nur noch ausbeuten.

Chilgers war gleichermaßen überzeugt, daß der Junge noch unsicher war und sich vor seinen neu gewonnenen Fähigkeiten fürchtete, was ihn nur zurückhielt. Nichts würde die Armee zurückhalten, die Chilgers sich vorstellte.

Die Russen würden diese Waffe nicht haben, und die Chinesen auch nicht. Niemand würde sie haben, bis auf . . .

Chilgers beugte sich wieder vor und wandte seine Gedanken wieder der Gegenwart zu. Im Augenblick mußte er sich mit mehreren gleichermaßen dringlichen Angelegenheiten befassen. Es gab ein Hindernis, das aus dem Weg geräumt werden mußte, bevor er einen Fortschritt machen konnte. Der Colonel berührte den Knopf seiner Sprechanlage.

»Bitte, sagen Sie Professor Metzencroy, daß ich ihn jetzt empfangen kann.«

»Sie haben meinen Bericht gelesen?« fragte Metzencroy, noch bevor er sich setzte, sich nervös die Stirn abtupfend.

Chilgers bedachte ihn mit einem strengen Blick. »Bitte setzen Sie sich, Professor, damit wir in Ruhe darüber reden können.«

Metzencroy blieb stehen. »Diesmal gibt es nichts zu bereden, Colonel. Meine Befürchtungen haben sich als richtig erwiesen.«

»Da es Ihre Befürchtungen sind, sind Sie kaum der geeignete Mann, um die nötigen Schlußfolgerungen zu ziehen.«

»Dann holen Sie sich doch ein zweites Gutachten ein.«

»Das habe ich schon.«

Metzencroy tupfte wieder. »Wann?«

»Das geht Sie nichts an.«

Metzencroy legte zwei zitternde Hände auf Chilgers' Schreibtischoberfläche. Schweißtropfen leuchteten auf seiner Stirn. »Ach nein? Ich habe Vortex von Anfang an entwickelt. Ich hatte dabei immer Befürchtungen, Zweifel, aber keine konkreten Daten. Das hat sich jetzt geändert. Die Blase über Flug 22 hat die Tür zu einem neuen und problematischen Gebiet aufgestoßen. Ich habe Tests und Experimente durchgeführt, und die Ergebnisse bestätigen, daß wir die Welt zugrunde richten werden, wenn Vortex in sein letztes Stadium tritt. Daran gibt es einfach keinen Zweifel.«

»Es gibt immer einen Zweifel.«

»Nicht in diesem Fall, Colonel.«

Chilgers erhob sich und sah Metzencroy direkt in die Augen. Der Professor schreckte von dem Schreibtisch zurück und hob das Taschentuch an die Stirn.

»Ich habe Ihren Bericht gelesen, Professor. Sie befassen sich mit theoretischen Vorstellungen, die niemals praktisch überprüft wurden. Dennoch sind Sie sich Ihrer Ergebnisse überraschend sicher.«

»Nennen Sie es ein Gefühl, wenn Sie wollen.«

»Das will ich, das will ich in der Tat. Und wenn Sie von mir erwarten, daß ich Vortex wegen des *Gefühls* eines einzelnen Mannes abbreche, dann . . . Ich empfinde den größten Respekt für Sie, Professor. Wäre dies nicht der Fall, hätte ich Sie nie ans Steuerruder des kostspieligsten Projekts gestellt, das COBRA jemals unternommen hat. Doch bitte fordern Sie mich nun nicht auf, alles wegzuwerfen. Wir stehen auf der Schwelle einer großen, einer phantastischen Entwicklung.«

Metzencroy nickte unbehaglich. »Genau darum geht es ja, Colonel, wir stehen auf der *Schwelle.* Wir müssen noch einen Schritt tun, bevor wir akzeptable, gesicherte Daten haben. Ich habe zwanzig Jahre meines Lebens damit verbracht, Vortex zu entwickeln. Ich stehe dem Projekt näher als jeder andere, und ich möchte keinesfalls, daß es aufgegeben wird. Ich empfehle lediglich weitere Berechnungen und Tests.«

»Wie lange soll das dauern? Einen Monat? Ein Jahr? Vielleicht noch länger?« Chilgers schüttelte entschieden den Kopf. »Projekt Placebo wird in zwei Tagen stattfinden, Professor, und Sie werden die Raketen bis dahin bereit haben.«

»Bitte, Colonel, ich bitte ja nur um einen Monat, um die neuen Formeln auszuarbeiten. Geben Sie mir wenigstens eine Chance.«

»Sie hatten zwanzig Jahre.«

»Ich konnte unmöglich voraussehen, wie Vortex im gekrümmten Raum bei der Beschleunigung eines Jets reagieren würde. Keins unserer Experimente hat je die Spur eines Flatterns gezeigt, wie es bei dem Flugzeug letzte Woche auftrat.«

»Dann basiert Ihre gesamte Studie auf einem einzigen Zwischenfall im Verlauf von zwanzig Jahren?«

Metzencroy nickte. »In der Wissenschaft, Colonel, ist ungeachtet des Zeitraums ein einziger Zwischenfall oftmals der Katalysator . . . zum Besseren oder Schlechteren.«

»Sie wissen, daß Dr. Teke eine ganz andere Interpretation Ihrer Daten vorgelegt hat.«

»Teke ist wohl kaum ein Experte für Quantenmechanik und Gravitationsfelder.«

Chilgers beugte sich vor. »Aber wir haben fünf Wissenschaftler in unserem Stab, die dafür Experten sind, und auch sie haben andere Interpretationen Ihrer Daten geliefert. Unabhängig voneinander, wie ich hinzufügen möchte.«

Metzencroys Lippen zitterten. »Das ist unmöglich. Wenn ich mit ihnen sprechen könnte . . .«

»Ich habe bereits mit ihnen gesprochen, Professor, und in diesem Fall sehe ich mich gezwungen, ihre Schlußfolgerungen zu akzeptieren.«

»Dann haben Sie also vor, Vortex wie geplant fortzusetzen.«

»Ganz genau.«

Metzencroy schritt wie von Sinnen vor Chilgers' Schreibtisch auf und ab. Sein Gesicht lief rot an, und er schien am ganzen Leib gleichzeitig zu zittern. Er betrachtete den Colonel wie ein Mann, der am Rand eines Nervenzusammenbruchs stand. Schließlich sprach er, wenngleich seine Lippen auch entschlossen schienen, ihm den Gehorsam zu verweigern.

»Colonel, wir sprechen hier nicht von einfachen Blasen, Falten oder einem Glanz. Wir sprechen von dem Potential einer unvorstellbaren Energie innerhalb des Raum-Zeit-Kontinuums. Wir sprechen von einer Blase, die die hundertbilliardenfache Dichte von jener hat, die an Bord des Flugs 22 festgestellt wurde. Und eine Blase dieser Größe könnte ein Loch in die Struktur unseres Universums reißen, das jedes Naturgesetz, das wir kennen, verändern könnte. Wir sprechen hier von einer potentiellen *völligen* Vernichtung. Es bleibt nichts mehr, Colonel. Unsere Welt schwebt in einem überraschend empfindlichen gravitionellen und magnetischen Gleichgewicht, als würde sie sich in einem Ballon befinden. Wir sprechen davon, eine Nadel in diesen Ballon zu stechen, Colonel.«

Chilgers sah ihn einfach nur an. »Sie sind müde, Professor. Nehmen Sie sich ein paar Tage frei. Ich habe Ihren Wagen vorfahren lassen.«

»Colonel, ich bitte Sie . . .«

»Es ist vorbei, Professor, endgültig.«

Metzencroys Blick war geistesabwesend. »Das könnte durchaus der Fall sein.«

Chilgers wußte, daß Metzencroy am Ende seiner Kraft angelangt war. Die Schritte, die der Professor nun ergreifen würde, waren genauso unvermeidlich wie unangenehm. Er war Wissenschaftler und kein Soldat und hatte kein Empfinden für Loyalität oder Disziplin. Er würde seine Befürchtungen Washington enthüllen, vielleicht sogar damit an die Öffentlichkeit treten.

Es war ihm gleichgültig, ob er damit Chilgers oder Vortex vernichtete. Seine starrköpfigen wissenschaftlichen Prinzipien überwogen. Man konnte Wissenschaftlern nicht begreiflich machen, daß sie sich irrten; das war das Problem mit ihnen. Man benutzte sie, so lange es ging, und schaffte sie sich dann schnell vom Hals, manchmal auf Dauer.

So würde er auch mit Metzencroy verfahren müssen.

Chilgers war stolz auf seine ausgezeichnete Menschenkenntnis; er konnte es jedesmal sagen, wenn sich ein Untergebener von einem Aktivposten in eine Gefahr verwandelte. Es kam lediglich darauf an, diese Menschen auszusortieren, sobald ihre Verwandlung begann. COBRA verzichtete darauf, unbrauchbaren Mitarbeitern bequeme Schreibtischposten zuzuschustern. Ein Mitarbeiter gab sein Bestes, so lange er konnte, und wurde dann entlassen.

Chilgers hatte in einer Welt, in der alles so einfach war, Karriere gemacht.

Natürlich hatten bislang nur wenige von denen, die an ihren Grenzen angelangt waren – eigentlich gar keiner –, die Möglichkeit gehabt, soviel Schaden anzurichten wie Metzencroy. Eine drastische Situation verlangte drastische Maßnahmen. Der Professor war wertvoll für ihn; seine Kenntnisse auf dem Gebiet der militärisch nutzbaren Physik waren unübertroffen. Es würde ein großer Verlust für COBRA und das gesamte Land sein. Aber es bestand die Möglichkeit – ja sogar Wahrscheinlichkeit – zu einem noch größeren Verlust, wenn er nicht zum Schweigen gebracht wurde. Das Risiko war zu groß, und Risiken mußten unter allen Umständen vermieden werden.

Zu schade. Chilgers hätte besondes gern Metzencroy dabeigehabt, wenn Davey Phelps nach seiner Ergreifung untersucht wurde. Teke war ein guter Mann, aber er war kein Metzencroy, und um die Kräfte des Jungen wirklich zu verstehen, bedurfte es schon eines Metzencroy.

Doch der Professor hatte seine Entscheidung getroffen.

Und nun würde Chilgers die seine treffen.

18

»Josh-Boy, hängen diese Trottel immer noch an dir dran?«

Bane schaute aus der Telefonzelle und sah der blauen Limousine nach, die gerade an ihm vorbeigefahren war. »Dichter denn je, King. Wie geht es dem Jungen?«

»Er macht sich gut. Ich bringe ihm noch bei, mit einer Kugel ein Haar zu spalten. Warte nur ab, bis du ihn siehst.«

»Ich freue mich schon darauf. Keine Gesellschaft?«

»Kein Weißer im Umkreis von fünf Blocks.«

»Sie müssen nicht unbedingt weiß sein.«

»Ich werde sie erkennen, ganz gleich, wie sie sich angemalt haben.«

»Das erwarte ich auch von dir«, sagte Bane zu King Cong und hing den Hörer auf.

Es ging auf elf Uhr zu, und Bane hatte vor, den Rest des Tages damit zu verbringen, andere Passagiere des Flugs 22 aufzuspüren. Er wußte, daß Davey nicht der einzige sein konnte, den das, was immer an Bord des Flugzeuges geschehen war, beeinträchtigt hatte. Wenn ein paar andere ihm mehr sagen konnten – besonders über jene geheimnisvollen Augenblicke vor der Landung des Jets –, war er imstande, damit nach Washington zu gehen. Er mußte unwiderlegbare Beweise haben, daß wirklich etwas mit dem Flug 22 geschehen war; ansonsten war das Risiko zu groß.

Bane fädelte seinen Cressida in den Verkehr ein und stellte fest, daß die blaue Limousine ihm folgte. Nach ein paar Häuserblocks würde ein anderer Wagen ihre Stelle einnehmen, und dann wieder ein anderer . . . und wieder ein anderer.

Bane konnte sie jederzeit abschütteln, entschied sich aber dagegen. Es war ihm lieber, wenn er wußte, was sie taten. Außerdem würde es ihnen nicht schwerfallen, auf seine Strategie für diesen Nachmittag zu kommen. Es war der nächste logische Schritt, den er unternehmen mußte, und Trench war Profi genug, um ihn vorauszuberechnen. Für den Augenblick hatten sie also ein unbehagliches Patt erreicht, eine Art Waffenstillstand. Die Männer in den Wagen konnten jederzeit den Befehl bekommen, einzugreifen und ihn festzunehmen. Doch Trench würde kein blutiges Feuergefecht riskieren, bei dem er damit rechnen mußte, wieder leer auszugehen. Das war nicht sein Stil. Er würde den richtigen Augenblick zum Zuschlagen abwarten – zum Zuschlagen unter seinen Bedingungen. Überdies würde er sich an die Hoffnung klammern, daß Bane einen Fehler begehen und ihn zu Davey führen würde. Wenn wir Bane jetzt aus dem Spiel nehmen, würde Trench denken, wird das Versteck des Jungen für immer ein Geheimnis bleiben. COBRA konnte das nicht dulden.

Bane hielt vor einem modernen Hochhaus auf der Central Park South, um einen Mann namens William Renshaw aufzusuchen. Er konnte nicht wissen, wer von den Menschen auf seiner Passagierliste zu Hause sein würde und wer nicht, und so ging er eher zufällig vor und fing mit denen an, die in relativer Nähe in der Stadt wohnten. Er stellte seinen Wagen im Halteverbot ab und erfuhr von dem Pförtner, daß Renshaw im achtzehnten Stockwerk wohnte. Der Mann bestand darauf, zuerst anzurufen, und Bane war überrascht, als eine rauhe Männerstimme über die Gegensprechanlage anwies, ihn sofort hinaufzuschicken.

Eine Minute später drückte Bane auf den Klingelknopf von Renshaws Wohnung. Die Tür öffnete sich nur einen Spalt breit. Zwei vorgewölbte Augen musterten ihn von oben bis unten.

»Wird auch Zeit, daß Sie kommen!« bellte der Mund darunter.

»Mr. Renshaw?«

»Verdammt richtig. Sie sind überall, und ich habe keine Munition mehr.«

»Was?«

Renshaws Antwort bestand darin, die Kette auszuhaken und die Tür so weit zu öffnen, daß er Bane hineinzerren konnte. Das luxuriöse, prächtig eingerichtete Apartment lag in Dunkelheit da; jedes Sonnenlicht wurde von hinabgelassenen Jalousien zurückgehalten. Nur eine Lampe brannte und warf unheimliche Schatten auf die Wände, als Bane Renshaw in das Wohnzimmer folgte.

»Sie verstecken sich, weil sie wußten, daß Sie kamen«, sagte Renshaw blinzelnd. Er trug einen blauen Bademantel über einem weißen T-Shirt und Pantoffeln. Sein dünnes graues Haar hing wirr um seinen Kopf herum, und er roch nach abgestandenem Schweiß. »Wenn wir lange genug warten, werden sie zurückkommen. Kommt schon heraus, ihr Mistviecher!« schrie er die kahlen Wände an. »Wir wissen, daß ihr dort seid! Es hat keinen Zweck sich zu verstecken.«

Bane begriff, daß Renshaw verrückt war. Er hatte genug Männer während der Schlacht ausrasten sehen, um die Symptome zu erkennen. Renshaw war eindeutig nicht bei Sinnen.

»Wie war Ihr Name noch einmal?« fuhr Renshaw ihn an.

»Bane.«

»Also gut, Bane. Ich hoffe, Sie haben Erfahrung mit diesen Viechern. Sie sind zu groß, als daß ein Grünschnabel mit ihnen fertig würde. Manche sind sogar so groß wie Ratten. Wie Ratten, sage ich Ihnen!«

»*Was* ist so groß wie Ratten?«

»Stellen Sie sich doch nicht dumm, Bane. Ich habe die Kammerjäger jetzt schon ein dutzendmal bestellt. Sie haben sich seit dem ersten Mal nicht verändert. Küchenschaben. Große Küchenschaben, so groß wie Ratten.«

»Ich verstehe.«

»Sie verstehen noch nicht, aber Sie werden verstehen.« Renshaw sah zur Tür zurück. »Wo ist sie also?«

»Wo ist was?«

»Ihre Ausrüstung, verdammt! Das, womit Sie diese Mistviecher umbringen wollen! Ihr saugt sie doch mit einem Spezialstaubsauger auf, oder?«

»Kommt drauf an.«

»Na ja, ich habe seit fünf Tagen kein Auge mehr zugemacht. Schaffen Sie mir die Mistviecher nur schnell vom Hals. Groß wie Ratten, sage ich Ihnen.«

Vor fünf Tagen ist der Flug 22 gelandet, dachte Bane.

»Da!« rief Renshaw plötzlich. »Da ist eine!«

Und er zog aus seinem Bademantel eine Pistole, bei der es sich um ein Zwillingsmodell von King Congs Kanone zu handeln schien.

»Auf der Wand! Auf der Wand! Sehen Sie doch! Da kommt sie! O Gott, o Gott . . . sehen Sie sie?«

Bane schaute zur Wand und stellte sich vor, wie eine riesige Küchenschabe herunterkletterte. Kein Wunder, daß Renshaw nicht mehr geschlafen hatte.

»Päng!« rief Renshaw, als er den Abzug drückte und ein leises Klicken ertönte. »Das Mistvieh habe ich erwischt! Sehen Sie, ich habe es erwischt.«

»Ein guter Schuß.«

»Aber ich habe keine Munition mehr, und ganz gleich, wie viele ich töte, es kommen immer mehr. Man sollte doch glauben, daß sie es nach einer Weile kapieren würden. Was meinen Sie, wieso sind sie so groß geworden?«

»Ich werde eine ins Labor mitnehmen und sie untersuchen lassen.«

»Gute Idee. Hab' noch gar nicht daran gedacht. Sie könnten die Stadt erobern, wenn sie nur wollten.«

»Zuerst brauche ich ein paar Informationen, Mr. Renshaw«, sagte Bane. »Werden Sie mir ein paar Fragen beantworten?«

»Fragen? Klar. Natürlich. Nur heraus damit.« Sein Blick wanderte zu der Stelle, wo seine imaginäre Kugel die imaginäre Riesenküchenschabe erwischt hatte. »Meinen Sie, daß sie für Ihre Ausrüstung zu groß sind? Sie sind groß wie Ratten. Sie haben es ja gesehen.«

»Ich werde einen Spezialadapter benutzen«, versicherte Bane ihm. »Können wir uns setzen?«

»Auf das Sofa, meinen Sie? Na ja, ich glaube schon, aber wir müssen vorsichtig sein. Habe gestern abend einen ganzen

Schwarm von ihnen unter dem Sofa erwischt; sie wollten meine Beine hochklettern. Ich passe auf Ihre auf, und Sie auf meine.«

»Beine? Natürlich.«

»Und auf den Rücken. Sie springen einen gern von hinten an. Wenn man sichergehen will, muß man sich schon gegen eine Wand lehnen. Sie sind groß wie Ratten.«

Schließlich nahm Renshaw unbehaglich auf dem Sofa Platz. Bane setzte sich auf einen Stuhl direkt vor ihm und beäugte die Magnum, die er umklammert hielt. Wie konnte er sich vergewissern, daß auch die anderen Kammern leer waren?

»Mr. Renshaw, wann haben Sie die Küchenschaben zum ersten Mal gesehen?«

»Gesehen? Auf dem Flugzeug natürlich. Sie kamen durch die Fenster herein. Damals waren sie noch kleiner. Sie sind gewachsen.«

»Hat sie sonst noch jemand an Bord des Flugzeugs gesehen?«

»Natürlich haben die anderen sie gesehen. Sie hatten nur so große Angst, daß sie es nicht eingestanden haben. Ich habe es der Stewardeß gesagt, als die Lampen wieder aufleuchteten, und sie sagte, sie würde sich darum kümmern. Hah! Nennen Sie das sich darum kümmern? Vielleicht verklage ich sie, weil sie die Mistviecher in meine Wohnung geschaffen hat. Muß sie irgendwie in mein Gepäck getan haben. Sie sind groß wie Ratten.«

»Was war mit den Lampen?« fragte Bane.

»Mit welchen Lampen?«

»Mit denen an Bord des Flugzeugs.«

»Sie gingen für ein paar Sekunden aus.«

»Und da haben Sie die Küchenschaben zum ersten Mal gesehen?«

»Ja.« Auf Renshaws Gesicht zeigte sich Verwirrung. »Wie konnte ich sie sehen, wenn es doch dunkel war?«

Bane erkannte, daß der Mann mit seinen Selbsttäuschungen konfrontiert wurde, ein Vorgang, der für jemanden in seinem Zustand gefährlich werden konnte. »Weil die Notbeleuchtung angesprungen ist«, sagte er schnell.

»Natürlich«, stimmte Renshaw zu und entspannte sich etwas. »Das ist es.«

»Sie sagten, die Lampen wären nur ein paar Augenblicke erloschen?«

»Lange genug, daß die Küchenschaben kommen konnten.«

Bane wollte Renshaw fragen, ob ihm aufgefallen sei, daß sich einige andere Passagiere seltsam benommen hätten, überlegte es sich aber anders. Er konnte auf diese Frage keine zusammenhängende Antwort erwarten.

»O Gott, o Gott«, stöhnte Renshaw. »Bewegen Sie sich nicht! Haben Sie mich verstanden? Bewegen Sie sich nicht . . .«

Mit diesen Worten hob der Verrückte den Lauf der Magnum und richtete ihn direkt auf Banes Magen. Er zog den Hahn zurück und schloß ein Auge, um besser Ziel nehmen zu können.

»Halten Sie still«, flüsterte Renshaw. »Rühren Sie sich nicht, wenn Sie Ihre Eier behalten wollen.«

Bane kniff die Augen zusammen, um auszumachen, ob in den anderen Kammern Patronen steckten. Er konnte es nicht erkennen. Er schätzte die Entfernung zwischen sich und Renshaw ab und kam zu dem Schluß, daß der Versuch, einen Verrückten mit einer vielleicht geladenen Pistole anzuspringen, gefährlicher war, als den Verrückten schießen zu lassen.

»Ganz ruhig«, flüsterte Renshaw, und Bane hielt den Atem an. »Ganz ruhig . . .«

Er drückte ab.

Bane zuckte zusammen.

Klick.

»Päng! Habe ich das Mistvieh erwischt! Ich habe Ihnen die Eier gerettet, die Eier gerettet. Es war so groß wie eine Ratte, so groß wie eine Ratte.«

Bane erhob sich. »Ich gehe besser nach unten und hole meine Ausrüstung.«

Renshaw stand auf, und ein Lächeln erstreckte sich von seinem einen Ohr zum anderen. »Ich würde ja mitkommen und Ihnen helfen, aber die Mistviecher würden meine Wohnung besetzen, während ich fort bin. Wissen Sie, darauf warten sie ja nur. Daß ich gehe oder einschlafe.«

»Ich bin sofort wieder zurück.«

Auf dem Weg zur Tür musterte Renshaw ihn nachdenklich.

»Vielleicht sollten Sie Verstärkung rufen. Sie sind so groß wie Ratten, so groß wie Ratten.«

Bane schloß die Tür hinter ihm.

Er hatte einen Freund in Bellevue, den er wegen Renshaw anrufen konnte. Obwohl es sich vom Sicherheitsstandpunkt aus als Fehler erweisen mochte, konnte er den armen Mann nicht einfach in seiner Wohnung lassen, einen Gefangenen seiner verrückten Wahnvorstellungen. Er kannte nun zwei der Passagiere, die an Bord des Fluges 22 gwesen waren. Der eine hatte übersinnliche Kräfte entwickelt, und der andere war verrückt geworden. Ein interessanter Gegensatz.

Bane war gespannt darauf, was alles noch vor ihm liegen mochte. Wie es sich jedoch herausstellte, erwartete ihn in den nächsten anderthalb Stunden nicht viel. Von den nächsten fünf Namen auf der Liste waren drei nicht zu Hause, ein vierter behauptete, er habe den gesamten Flug über geschlafen, und die Frau des fünften versicherte Bane, ihr Mann habe nach dem Flug 22 keinerlei ungewöhnliche oder gar Krankheits-Symptome gezeigt, von Wahnsinn oder übersinnlichen Kräften ganz zu schweigen.

Bane entschloß sich, die ihn verfolgenden COBRA-Wagen ein wenig zu verwirren, indem er sie nach Winchester County führte. Es standen die Namen von sieben Leuten auf der Passagierliste, die hier wohnten, und Bane entschied sich, bei einer Frau namens Gladys Baker anzufangen, einer Witwe aus Scarsdale. Mrs. Baker war vierundsechzig und wohnte auf der Carthage Road, einer Wohnstraße mit vielen Höfen, die später am Nachmittag von Kindern beherrscht werden würden, die mit ihrem Spiel die Frühjahrskälte herausforderten. Ihr Haus war das einfachste des Blocks, ein zweigeschossiges Gebäude im Kolonialstil mit einer Steinfliesenauffahrt. Bane ertappte sich dabei, wie er über die Fliesen ging und den Rasen unter keinen Umständen betreten wollte. Erneut verspürte er, wie ein Gefühl des Unbehagens, des Eingezwängtseins, seine Gedärme umschloß. Er erreichte seinen Höhepunkt, nachdem er den Klingelknopf betätigt und Gladys Baker die Tür geöffnet hatte und ihn von der anderen Seite eines Fliegengitters aus betrachtete.

»Ja?« Sie war eine grauhaarige Frau, die älter aussah, als sie war. Die Brille, die auf ihrer Nase saß, war an einer Kette befestigt, so daß sie sie vor der Brust baumeln lassen konnte.

Bane ließ einen Ausweis aufblitzen, der ihn zu einem Angestellten der Bundesluftfahrtbehörde machte. »Ob ich mich wohl kurz mit Ihnen unterhalten könnte, Mrs. Baker?« fragte er.

»Worüber?« entgegnete sie nervös.

»Es wäre einfacher, wenn wir uns im Haus unterhalten.«

Gladys Baker überprüfte den Ausweis genauer. »Joshua Bane . . . Das klingt wie ein biblischer Name.«

»Meine Mutter war religiös.«

Sie öffnete ihm mit dankbaren Augen die Tür. »Ich bin so froh, daß Sie gekommen sind. Sie wissen nicht, welche Erleichterung es für mich bedeutet, daß noch jemand erkannt hat, daß mit diesem Flug etwas nicht in Ordnung war.«

Bane fühlte, wie sein Magen vor Erwartung unruhig wurde.

»Deshalb sind Sie doch gekommen, Mr. Bane, oder?«

Bane folgte ihr hinein und nahm das vertraute Dröhnen der Titelmusik einer Seifenoper wahr. »Allerdings.«

»Ich habe mich gerade ein wenig ausgeruht«, sagte Mrs. Baker.

»Es wird nicht lange dauern.«

»Es kann so lange dauern, wie es dauern muß. Was für eine Erleichterung, endlich darüber sprechen zu können. Möchten Sie vielleicht eine Tasse Kaffee oder Tee?«

»Nun ja . . .«

»Bitte. Es wäre mir ein Vergnügen. Ich wollte mir gerade selbst eine Tasse aufschütten.«

»In diesem Fall sehr gern.«

Er ging mit ihr in die Küche, fühlte sich schon wesentlich ruhiger und konnte es kaum erwarten, die Geschichte der alten Dame zu hören. Sie setzte Wasser auf. Bane wartete, bis sie sich gesetzt hatte, dann nahm er ihr gegenüber auf der anderen Seite des Küchentischs auf einem Stuhl Platz.

»Ich gehe einigen Beschwerden nach, die wir über den Flug

von San Diego nach New York vor sechs Tagen erhalten haben, den Sie auch genommen haben«, sagte er.

Gladys Bakers Gesicht erbleichte. Sie steckte die Finger unter den Tisch, weil Bane nicht bemerken sollte, wie sehr sie zitterten.

»Gott sei Dank«, seufzte sie, »bin nicht nur ich der Meinung,, daß mit diesem Flug etwas nicht in Ordnung war. Aber ich habe nichts gesagt. Seit mein Mann starb, hatte ich einige . . . Probleme. Die Umstellung und so weiter, Sie verstehen. Ich habe mich einer befristeten Therapie unterzogen. Ich habe Verwandte, die nichts lieber sehen würden, als daß ich endgültig ins Irrenhaus käme . . . von der Seite meines Mannes natürlich. Verstehen Sie, er hat mir alles hinterlassen. So konnte ich mit niemandem über den Flug sprechen; ich konnte es einfach nicht.«

»Jetzt können Sie es.«

»Und alles, was ich sage, behandeln Sie vertraulich?«

»So gut ich kann.«

Gladys Baker seufzte erneut. Hinter ihr fing der Teekessel zu summen an. »Es gibt eigentlich nicht viel zu erzählen. Ich fliege nicht gern, und ohne Dramamine wäre ich ein Nervenbündel. Ich dachte, ich hätte noch eine, aber erst, als wir in der Luft waren, stellte ich fest, daß die Packung leer war. Wirklich dumm von mir. Ich dachte, ich müßte die ganze Zeit mit vor Angst hämmerndem Herzen fliegen, doch es ging mir eigentlich ganz gut, bis ein paar Minuten vor der Landung, als . . .« Gladys Baker schlug die zitternden Hände vors Gesicht.

»Bitte fahren Sie fort, Mrs. Baker. Ich bin hier, um Ihnen zuzuhören.«

»Nun, kurz vor der Landung hatte ich das Gefühl, alles doppelt zu sehen, zweifach. Dann wurde mir auf einmal komisch, alles drehte sich, und ich dachte: ›Na ja, nachdem sechs Stunden lang alles glatt gegangen ist, mußt du dich jetzt doch noch übergeben.‹ Also atmete ich tief ein, aber es half nichts. Ich sah immer noch doppelt, und mir wurde immer übler. Alles im Flugzeug spielte verrückt, drehte sich und trieb dahin, sogar die Menschen. Ich konnte keine Stewardeß finden, und so wandte ich mich an ein nettes junges Paar neben mir – wissen Sie, ich saß auf dem Platz neben dem Gang.« Mrs. Baker atmete tief ein. »Sie waren nicht mehr da.«

»Sie meinen damit, sie haben die Plätze gewechselt?«

»Ich meine damit, daß sie verschwunden sind.«

Ein Schaudern kroch Banes Rückgrat empor.

»Ein paar Sekunden, bevor es anfing«, fuhr Mrs. Baker fort, »hatte ich sie noch gesehen. Sie sind nicht an mir vorbeigegangen. Sie waren einfach nicht mehr da.«

»Sind Sie vielleicht ohnmächtig geworden?«

Mrs. Baker schüttelte den Kopf. »Mir war zu schlecht. Ich konnte nicht einmal die Augen schließen, ohne das Gefühl zu haben, ich würde aus einer Achterbahn fallen. Außerdem waren sie ein paar Sekunden später wieder da.«

»Das junge Paar?«

Die alte Frau nickte, den Kessel ignorierend, der mittlerweile mit einem schrillen Pfeifen verkündete, daß das Wasser kochte. »Mr. Bane, kommt Ihnen das nicht alles ein wenig überkandidelt vor?«

»Überhaupt nicht«, sagte er, ohne zu zögern, froh, daß er der Frau ein wenig Trost bieten konnte.

»Da ist noch mehr.«

»Ich würde es gern hören.«

»Sie kamen nicht sofort zurück – das Paar, meine ich. Sie kamen Stück für Stück zurück, als würde man eine Kamera richtig einstellen und das Bild langsam Gestalt annehmen. Zuerst war da nur der Umriß. Dann füllte er sich aus, aber man konnte noch immer nicht alles erkennen. Und dann waren sie wieder da. Etwa zu dieser Zeit bemerkte ich, daß meine Übelkeit nachgelassen hatte, und so fragte ich sie, ob sie in Ordnung wären. Sie musterten mich seltsam und sagten: ›Natürlich‹, als wäre alles in Ordnung, als wäre nichts geschehen. Aber es ist passiert, Mr. Bane. Ich weiß es ganz genau.«

Der Kessel kreischte nun. Gladys Baker erhob sich, drückte sich hoch, indem sie ihre Handflächen auf die glatte Tischkante legte. Sie nahm den Kessel vom Herd und goß unbeholfen zwei Tassen kochenden Wassers ein, rührte dabei den Kaffee nicht einmal um. Die Tassen zitterten in ihren Händen und wären zu

Boden gefallen, hätte Bane ihr die Last nicht auf halbem Weg zum Tisch abgenommen.

»Normalerweise bin ich nicht so nervös«, entschuldigte sie sich. »Ich war nicht mehr so nervös, seit mein Mann vor drei Jahren gestorben ist. Aber jetzt habe ich Angst, Mr. Bane, und es hat alles mit diesem Flug angefangen.« Sie setzte sich wieder und versuchte, die Kaffeetasse an ihre Lippen zu heben. Ihre Finger versagten ihr den Dienst, und die kochende Flüssigkeit schwappte in kleinen Wellen über den Tassenrand. Sie gab den Versuch auf und stellte die Tasse wieder auf die Untertasse ab. Sie sah Bane verzweifelt an. »Ich brauche Hilfe, aber ich habe Angst, mir welche zu suchen. Wenn diese Verwandten erfahren, in welch einem Zustand ich mich befinde, werden sie wieder gegen mich vorgehen, und ich werde alles verlieren, was ich habe, sogar mein Haus. Ich habe nicht gut geschlafen, Mr. Bane. Tagtäglich durchlebe ich lange Phasen der Depression, die noch schlimmer sind als die nach dem Tod meines Mannes. Dann verschwinden sie plötzlich, und mir wird grundlos schwindelig. Diese Zustände wechseln immer wieder ab, und ich weiß nicht, welcher schlimmer ist. So war ich früher nicht, Mr. Bane, das müssen Sie mir glauben. Mir ist es noch nie so schlecht gegangen wie nach diesem Flug. Ich habe versucht, alles damit zu erklären, daß ich meine Dramamine vergessen hatte, aber irgendwie weiß ich, daß es an etwas anderem liegt.« Erneut versuchte sie einen Schluck zu trinken, schaffte es diesmal aber nicht einmal, die Tasse vom Unterteller zu heben. »Werde ich verrückt, Mr. Bane? Drehe ich durch?«

Bane konnte sie nur mitfühlend betrachten; der Geruch des Kaffees, den er noch nicht angerührt hatte, stieg ihm in die Nase. Sie hatte gerade wie aus dem Lehrbuch Symptome einer manischen Depression beschrieben, Symptome, die sie sich während des Flugs 22 zugezogen haben wollte. Davey Phelps, Renshaw, und nun das.

»Da ist etwas, das ich Ihnen noch sagen wollte, Mr. Bane«, fuhr Gladys Baker leise fort, »etwas anderes, das mir während des Fluges seltsam vorkam. Wegen all der anderen Vorfälle habe ich ihm aber keine große Beachtung geschenkt. Es war meine Uhr.«

»Ihre Uhr?«

»Nach der Landung habe ich sie mit einer Uhr im Flughafengebäude verglichen, und sie ging vierzig Minuten nach.«

Ein Schaudern ergriff Banes Rückgrat. »Dieses seltsame Erlebnis, das Sie gerade beschrieben haben, Mrs. Baker . . . Sie sagten, es ereignete sich kurz vor der Landung?«

Gladys Baker nickte.

»Und es schien nur ein paar Sekunden zu dauern, nach denen das Flugzeug dann aufsetzte?«

»Genau.«

Bane schaute zu seiner Kaffeetasse hinab und rührte nachdenklich darin herum. Flug 22 war vierzig Minuten, nachdem Jake Del Gennio ihn als vermißt gemeldet hatte, gelandet. Gladys Bakers Erlebnis traf mit dem Augenblick zusammen, da Jake gesehen hatte, wie der Jet verschwand, und ihre Uhr hatte irgendwo in der Luft vierzig Minuten verloren, die an Bord des Flugzeuges anscheinend nicht verstrichen waren. Was war mit ihnen geschehen?

»Und ich will Ihnen noch etwas sagen«, fuhr Mrs. Baker fort, »ich bin es nicht nur allein. Wenigstens glaube ich das nicht. Wissen Sie, ich kannte ein Mädchen, daß an Bord des Flugzeugs war. Nun, eigentlich kenne ich seine Mutter, aber ich erkannte es und begrüßte es an Bord. Sie kommen aus New Jersey. Hillsdale, da bin ich mir ziemlich sicher, eine wunderbare Gegend. Ich habe diese Woche ein paarmal versucht, sie anzurufen, aber jedes Mal, wenn ich ihrer Mutter gegenüber den Flug erwähne, legt sie auf, und ich konnte noch nicht mit dem Mädchen sprechen. Ich weiß genau, daß ihr auch etwas zugestoßen ist. Ich fühle es einfach.« Tränen stiegen in Gladys Bakers Augen empor. »Sie glauben mir doch, Mr. Bane, nicht wahr?«

»Ja«, sagte Bane, und das half Gladys Baker, sich zumindest so weit zu entspannen, daß sie die Kaffeetasse an die Lippen heben konnte.

Der Name des Mädchens, so erfuhr Bane, bevor er aufbrach, lautete Ginny Peretz, und sie wohnte in einem Haus, das mindestens doppelt so groß war wie das von Gladys Baker, an der Mountain View Terrace im eleganten Vorort Hillsdale in New Jersey. Das Hausmädchen, das die Tür öffnete, schien jedoch entschlossen, Bane den Zutritt zu verwehren. Er blieb beharrlich, und sie verschwand schließlich, um die Dame des Hauses zu suchen.

»Mein Rechtsanwalt ist schon unterwegs«, sagte Mrs. Peretz, eine guterhaltene Dame Ende Vierig mit nur ein paar grauen Haaren, die ihr seit dem letzten Besuch beim Friseursalon gesprossen waren, anstelle einer Begrüßung.

»Das wird nicht nötig sein«, entgegnete Bane.

»Wir wollen keinen Ärger.«

»Ich bin nicht hier, um welchen zu machen. Ich habe Ihrem Hausmädchen meinen Ausweis gegeben.«

Mrs. Peretz runzelte spöttisch die Stirn. »Der interessiert mich nicht. Mein Gatte hat einen beträchtlichen Einfluß. Zwei, drei Telefonate von ihm, und Sie werden diesen Tag bedauern.«

Eindeutig ein Bluff. Denn wenn dem wirklich so wäre, überlegte Bane, bestünde kein Grund, den Anwalt herbeizuzitieren. Im Bewußtsein, daß die Frau log, ergriff er seinen Vorteil.

»Ich möchte Ihre Tochter sprechen, Mrs. Peretz«, verlangte er.

Sie blickte an ihm vorbei. »Bitte dämpfen Sie Ihre Stimme. Denken Sie doch an die Nachbarn.« Sie ließ ihn weit genug eintreten, um die Tür über den Marmorboden in der Halle wieder zu schließen. »Verdammte Klatschtanten. Sie zerreißen sich doch nur den Mund. Ich mußte die Ärzte bitten, den Hintereingang zu benutzen. Sie sagen, es würde vorübergehen, sei nur von kurzer Dauer. Sie sind sich jedoch nicht sicher, was es verursacht hat, wissen es jedenfalls nicht genau.«

Bane wollte nicht zu eifrig erscheinen. »Was was verursacht hat?« Er fühlte wieder das vertraute Prickeln seiner Nackenhaare.

»Meine Tochter kann Sie nicht empfangen«, wich Mrs. Peretz der Frage aus.

»Es wird nicht lange dauern. Nur ein paar Fragen.«

Mrs. Peretz schüttelte den Kopf. Ihre Augen waren feucht geworden. »Sie verdammter Narr, verstehen Sie denn nicht?«

Banes Schweigen bestätigte, daß er sie nicht verstanden hatte.

»Sie kann Ihre verdammten Fragen über dieses verdammte Flugzeug nicht beantworten, weil sie von dem Augenblick an, da sie es verlassen hat, kein einziges Wort mehr gesprochen hat!« schrie Mrs. Peretz. »*Kein einziges verdammtes Wort!* Sie sitzt einfach in ihrem Zimmer und starrt aus dem Fenster. Sie bewegt sich nicht, wenn wir sie nicht bewegen. Sie ißt nicht, wenn wir sie nicht füttern.« Mrs. Peretz sah plötzlich alt aus. Sie rieb sich mit dem schwarzen Ärmel ihres Kleides über das Gesicht und senkte die Stimme wie auch den Blick. »Die Ärzte sagen, daß sie ein ernsthaftes Trauma oder einen Schock durchlebt. Sie sagen, als Ergebnis davon habe sie sich völlig in sich zurückgezogen. Aber sie irren sich, sie alle irren sich!« Sie schrie beinahe wieder. »Ein plötzliches ernstes Trauma oder ein Schock, sagen sie. Aber sie war in Ordnung, als sie an Bord dieses Flugzeugs ging – ich habe mit ihren Freunden gesprochen, die sie am Flughafen abgesetzt haben. Sechs Stunden später taumelte sie so bleich wie ein Geist hinaus und hat seitdem kein einziges Wort mehr gesprochen. Und die Ärzte wollen mir wohl weismachen, daß sie diesen Schock im Jet erfuhr. Hah! Können Sie mir sagen, was für ein traumatisches Erlebnis man mitten in der Luft haben kann?«

19

Bane schüttelte seine Verfolger auf dem Rückweg zu Janie Finlaws Wohnung ab, doch dies erwies sich als vergebene Mühe, denn als er in die Tiefgarage fuhr, machte er am Straßenrand gegenüber eine Limousine offensichtlich mit einem COBRA-Team darin aus. Er wollte mit Janie hier zu Abend essen und war nun froh, daß er auch Harry »The Bat« eingeladen hatte. Harrys Gegenwart würde die Männer zurückhalten, wenn sie vorgehabt haben sollten, vor Banes Ankunft mehr zu unternehmen, als lediglich die Wohnung zu überwachen.

Er fuhr mit dem Fahrstuhl in die zwölfte Etage und drückte auf Janies Klingelknopf.

»Wie lautet die Parole?« erklang Harrys Stimme aus dem Inneren der Wohnung.

»Mach die Tür auf, du Hurensohn.«

Eine Kette rasselte. »Schon beim ersten Versuch die richtige erwischt.« Harry zog die Tür auf.

»Woher wußtest du, daß ich es war?« fragte Bane und schloß die Tür hinter sich.

»Habe gesehen, wie du in die Tiefgarage gefahren bist.«

»Dann hast du zweifellos unsere Freunde bemerkt.«

»Die Arschlöcher parken seit einer Stunde gegenüber. Wäre viel einfacher, wenn wir sie zum Kaffee einladen würden.«

Janie erschien in der Küchentür. »Wollt ihr euch etwa den ganzen Abend unterhalten?«

»Nicht, wenn du mir verrätst, was du über den Computer herausgefunden hast.«

»Ich habe mich darauf konzentriert, worum du mich gebeten hast, Josh«, erklärte sie, nachdem sie im Wohnzimmer Platz genommen hatten, »und ich glaube, ich habe etwas herausgefunden.« Sie schlug in ihren Notizen nach. »Zuerst einmal arbeitet Colonel Chilgers in erster Linie mit zwei COBRA-Wissenschaftlern zusammen: Dr. Benjamin Teke und Professor Lewis Metzencroy. Ich habe Bilder von beiden, zusätzlich eins von Chilgers, die du dir später ansehen kannst. Auf jeden Fall ist über Teke mehr bekannt als über Metzencroy, doch er hat eigentlich kein wissenschaftliches Spezialgebiet. Er ist mehr oder weniger der Verwaltungschef von COBRA wie auch Chilgers' Vertrauter. Metzencroy ist ein ganz anderer Fall; er ist ein absolutes Genie auf dem Gebiet der Physik und Astrophysik. Seine Arbeit für COBRA beschränkt sich auf Laborversuche und ihre Abteilung für Vertrauliche Projekte, und er mischt sich fast nie in die Politik der Abteilung ein. Sein Titel besagt, daß er der Chef für neue Waffenforschung und -entwicklung ist – was immer man sich unter so einer vagen Positionsbezeichnung auch vorstellen kann. Aber ich bezweifle, daß er mit irgend etwas anderes als den wichtigen, höchst geheimen Projekten zu tun hat – mit denen, über die man nichts in der Zeitung liest.«

Harry »The Bat« seufzte. »Verrät dir dieser Computer, wieviel er im Jahr verdient?«

»Nein, aber er konnte mir etwas über sieben Wissenschaftler sagen, die Metzencroy und COBRA im Lauf der letzten drei Jahre eingestellt haben und die alle eins gemeinsam haben: Einstein.«

»Einstein?« sagte Bane verwundert und erntete ein Nicken von Janie.

»Alle ergebene Schüler des Meisters, die während ihrer Karrieren seinen Lehren wortwörtlich gefolgt sind.«

»Ich nehme an, das gleiche trifft auf Metzencroy zu!«

»Auf ihn noch mehr. Metzencroy ist Mitte Sechzig; das heißt, daß er Mitte Dreißig war, als Einstein 1955 starb. Seine gesamte Karriere besteht aus dem ständigen Versuch, einige Theorien seines Mentors auszuweiten und andere zu vervollständigen.«

»Was meinst du mit vervollständigen?« fragte Bane.

»Ich bin kein Experte«, sagte Janie, »doch es gehört zum Allgemeinwissen, daß Einstein bei seinem Tod eine Reihe Theorien unvollständig und nicht überprüft hinterlassen hat. Einige behaupten daß *E = mc2* ein Kinderspiel im Vergleich zu dem war, was er später ausgearbeitet hat. Also hat er sich vielleicht mit Kräften in der Welt befaßt, die größer als die der Kernspaltung sind. Und vorausgesetzt, daß Metzencroy sein Werk aufgegriffen hat . . .«

». . . könnte COBRA in diesem Augenblick Einsteins Werk vollenden«, schloß Bane. »Mit der Hilfe von sieben weiteren Experten, die Metzencroy für diese Aufgabe ausgesucht hat. Ich glaube, damit können wir etwas anfangen.«

»Bis auf die Tatsache, daß wir ohne zusätzliche Informationen keine weiteren Schlüsse ziehen können«, erklärte Janie. »Die Computerverbindungen zu COBRA werden in San Diego streng abgeschirmt; weder Harry noch ich können uns einschleichen. Wir müssen uns wohl oder übel mit der Vermutung begnügen, daß Metzencroy vielleicht eine von Einsteins unvollendeten Theorien entwickelt.«

»Meines Erachtens ist das mehr als nur eine Möglichkeit«, stellte Bane fest. »Nicht nur Davey Phelps wurde vom Flug 22 verändert; das gesamte verdammte Flugzeug litt darunter.« Und er lieferte eine Zusammenfassung seiner Gespräche an diesem Tag: mit einem Verrückten, der Mutter einer Katatonikerin und einer Manisch-Depressiven, die schwor, gesehen zu haben, wie zwei Passagiere an Bord des Flugzeuges verschwanden und wieder auftauchten.

»Klingt fast so, als hätte COBRA mit diesem Flugzeug herumgepfuscht«, schloß Harry »The Bat«.

»Und womit sie auch immer herumgepfuscht haben«, fügte Bane hinzu, »es hat etwas mit dem Verstand der Passagiere angestellt. Ein jeder von ihnen wurde auf andere Art und Weise beeinträchtigt, und ein paar – etwa die Hälfte, würde ich schätzen – auf so niedrigem Niveau, daß sie gar nichts bemerkt haben . . . noch nicht.«

»Noch nicht?«

Bane nickte. »Die Auswirkungen scheinen einen kumulativen Charakter zu haben. Sie verstärken sich, werden schlimmer, anstatt sich aufzulösen. Davey Phelps' Kräfte sind eindeutig stärker geworden. Gladys Baker behauptet, ihre manische Depression sei schlimmer geworden, und Mrs. Peretz beharrt darauf, daß sich ihre Tochter von Tag zu Tag mehr in sich zurückzieht. Es ist also möglich, daß die, die an sich noch keine Auswirkungen festgestellt haben, sie früher oder später feststellen werden.«

»Ich schätze, die nächste Frage lautet wohl«, sagte Janie, »was mit ihnen passiert ist. Was hat COBRA getan?«

»Da ficke der liebe Gott eine Ente«, murmelte Harry, »sie müssen irgendein Gift oder so unter das Essen gemischt haben, das sie später auf Rußland loslassen wollen.«

»Oder vielleicht eine neue Waffe«, fügte Janie hinzu, »die die Nervenzentren des Gehirns angreift und die Symptome verursacht, die Josh zusammengefaßt hat. Eine verrückte Abart von psychologischer Kriegsführung.«

»Einstein hatte nie etwas mit psychologischer Kriegsführung zu tun«, hielt Bane entgegen.

»Nicht direkt«, gestand Janie ein. »Aber er hat vielleicht irgendwo eine Tür zu einer neuen Waffe offenstehen lassen. Und die Waffe, von der wir sprechen, ist einfach schrecklich. Wenn sie erst ausgereift ist, könnte sie eine gesamte Nation von innen heraus vernichten, vorausgesetzt, man entwickelt eine Methode, sie breit genug einzusetzen.«

»Und genau das«, griff Harry Bannister den Faden augenblicklich auf und schnippte mit den Fingern, »könnte Flug 22 widerfahren sein.«

»Könnte«, stellte Bane fest, »ist es aber nicht.«

»Und ich kam gerade so gut in Fahrt . . .«

»Versteht ihr«, fuhr Bane fort, »wir vergessen hier etwas, vielleicht sogar den wichtigsten Teil des Puzzles: Jake Del Gennio. Diese ganze Sache nahm für uns den Anfang, indem er behauptete, das *gesamte Flugzeug* sei verschwunden.«

»Worauf willst du also hinaus?«

»Auf das, was sie mit dem Flugzeug selbst gemacht haben, und nicht mit den Menschen an Bord. Alle Passagiere, mit denen ich gesprochen habe und die gewisse Symptome aufweisen, erinnern sich an einen kurzen Zeitraum an Bord, da sie sich benommen oder ganz leicht im Kopf fühlten oder sogar ohnmächtig waren. Dieser Zeitraum scheint mit dem Augenblick übereinzustimmen, in dem Jake Del Gennio sah, wie der Jet verschwand. Bis auf die Tatsache, daß die Passagiere behaupten, ihre Beeinträchtigung habe nur ein paar Sekunden gewährt, höchstens ein, zwei Minuten, und der Flug 22 erst *vierzig Minuten* später gelandet ist.«

»Du willst also sagen, daß ihre Beeinträchtigung in Wirklichkeit vierzig Minuten gewährt hat«, schloß Harry.

»Und nun kommen wir zum wirklichen Problem, denn laut Gladys Bakers Uhr gab es diese vierzig Minuten gar nicht.«

»Jetzt verstehe ich dich nicht mehr, Wintermann.«

Bane zögerte. »Das Flugzeug ist nicht einfach verschwunden, es hörte auf zu existieren, stürzte in irgendeine Zeitfalle oder so etwas. Vierzig Minuten verstrichen, doch für die Passagiere vergingen nur Sekunden.«

»Mann«, sagte Harry.

»Erinnere dich, während das Flugzeug vermißt wurde, gab es nicht den geringsten Funkkontakt mit dem Cockpit. Die Leute tauchten wieder auf, und das Flugzeug ebenso. Aber was zwischenzeitlich passiert ist, hat Jake Del Gennio das Leben und vielleicht sechzig Menschen den Verstand gekostet.«

»Und du sagst, was auch immer COBRA tat, hatte in direktem Sinne nichts mit den Leuten zu tun«, führte Janie aus.

»Da kann ich mir nicht sicher sein«, entgegnete Bane. »Ich bin lediglich der Meinung, daß die extremen Auswirkungen, die die Passagiere erlitten, weder geplant noch erwartet waren. Die Dinge sind außer Kontrolle geraten.«

»Ob die Triebwerksprobleme, die Flug 22 unterwegs hatte, etwas damit zu tun haben?« fragte Harry.

»Vielleicht. Aber in diesem Stadium können wir noch nicht sagen, ob diese Triebwerksprobleme eine Ursache oder eine Auswirkung waren.«

»Da ficke der liebe Gott doch eine Ente, dann sind wir wieder da, wo wir angefangen haben«, stöhnte »The Bat«.

»Keineswegs«, sagte Bane. »Wir haben jetzt die Einstein-Verbindung, und wenn wir die mit dem zusammenfügen, was wir bereits wissen, können wir vielleicht herausfinden, was COBRA mit alledem vorhat oder uns zumindest einen allgemeinen Eindruck von ihren Absichten verschaffen.«

»Nicht unbedingt«, wandte Janie ein. »Wenn sich dieses Unternehmen noch im Forschungsstadium befindet, wird niemand außerhalb von San Diego von seiner Existenz wissen, und das schließt das Weiße Haus und das Pentagon ein. Du kannst also vergessen, dort etwas zu erfahren.«

»Scheiße . . .«

»Immer mit der Ruhe, Harry«, sagte Bane besänftigend. »Die Einzelteile dieses Puzzles fallen allmählich an Ort und Stelle.«

»Solange wir nicht mit ihnen fallen«, entgegnete Bannister.

Colonel Chilgers schlug die umfangreiche Akte über Joshua Bane zu. Er hatte sie seit sechs Stunden studiert, bis er endlich fand, wonach er suchte. Er rief Scalia an.

»Ein interessanter Auftrag«, entgegnete Scalia kurz und knapp über das Telefon.

»Die Logistik könnte sich als schwierig erweisen.«

»Ich sehe sie als Herausforderung an . . . und als beträchtlichen Kostenfaktor.«

»Ich werde Ihre Preisvorstellungen erfüllen.« Chilgers zögerte. »Sie werden mit Trench zusammenarbeiten.«

»Ich arbeite allein.«

»Ich habe das Gefühl, Sie beide gemeinsam könnten die Logistik besser bewältigen.«

Chilgers konnte die Eiseskälte spüren, die über die Leitung kam.

»Es ist Ihr Geld«, sagte Scalia schließlich. »Aber ich vertraue Trench nicht. Er denkt zuviel. Er hat Das Spiel auf zu vielen Seiten gespielt.«

»Und Sie?«

»Geld hat keine Seite, Colonel.«

»Das Timing morgen wird sehr kompliziert werden. Sie beide gemeinsam sollten garantieren können, daß nichts schiefgehen wird.«

»Ein schneller Anschlag gegen Bane erschiene mir logischer.«

»Die Dinge haben sich darüber hinaus entwickelt.«

»Wie Sie wollen.« Dann: »Sie sind sich völlig sicher, was die Information in Banes Akte betrifft?«

Chilgers spielte mit den Rändern des Aktenordners. »Völlig sicher.«

»Wir sprechen uns morgen, Colonel.«

Scalia hing auf. Als erster.

Chilgers haßte ihn und schätzte sich glücklich, daß sie sich niemals begegnen mußten. Der Colonel schätzte das Gefühl nicht, beherrscht zu werden, sich eingestehen zu müssen, daß dieser Killer die Oberhand hatte. Scalia war lediglich ein Ausbesserer, der gerufen wurde, wenn etwas schiefgegangen war. Er beseitigte das Problem, kassierte sein Honorar und ging seines Weges. So banal. So unbedeutend. Und doch hatte er fordernd und unverschämt mit Chilgers gesprochen. Chilgers kochte vor Wut und lächelte kurz über den Gedanken, Trench auf Scalia anzusetzen, wenn diese Sache vorüber war; dann überlegte er es sich jedoch schnell anders. Mit Scalia die Klingen zu kreuzen, würde ihn viel kosten und ihm wenig einbringen.

An der Tür seines geräumigen, holzgetäfelten Büros erklang ein Klopfen.

Chilgers zündete seine Pfeife an und paffte daran. »Kommen Sie herein, Teke.«

Der Doktor trat ein und nahm auf einem Stuhl direkt vor Chilgers' Schreibtisch Platz.

»Ich habe Sie hergebeten, Doktor, um Ihnen ein paar Fragen zu stellen. Ich möchte, daß Sie mir ehrlich und präzise antworten, und zwar rückhaltlos.«

Teke nickte; sein kahler Schädel zeigte an beiden Seiten Eintagesstoppeln.

Chilgers nahm die Pfeife aus dem Mund. »Hat Projekt Placebo einen Punkt erreicht, an dem Professor Metzencroys Zuwendungen nicht mehr erforderlich sind?«

Teke zögerte nicht. »Absolut.«

»Dann kann ich davon ausgehen, Doktor, daß der Professor für den Abschluß von Vortex nicht mehr erforderlich ist und daß die Operation auch ohne ihn abgeschlossen werden kann?«

»Auf jeden Fall.« Erneut nicht das geringste Zögern.

»Bei Ihren Antworten haben Sie persönliche Gefühle außer acht gelassen,Teke?«

»Meine Antworten waren strikt berufsmäßig, Colonel.«

Chilgers lächelte und vergaß Scalia völlig. Wortlos griff er zum Telefon.

Der Colonel entschloß sich, den Abend über in der Basis zu bleiben. Das war nicht ungewöhnlich für ihn, so daß er damit keine ungeziemende Aufmerksamkeit erregen würde. Das Risiko würde es auf jeden Fall wert sein; er wollte hier sein, wenn die Nachricht von Metzencroys Tod eintraf. Die Sache mußte so taktvoll gehandhabt werden, daß sie nicht die geringsten Auswirkungen haben würde. Chilgers konnte sich in diesem Stadium kein Aufsehen leisten.

Es würden natürlich Fragen gestellt werden, aber darauf würden sich Antworten finden lassen. Er hatte arrangiert, daß die medizinischen Unterlagen des Professors eine Reihe von Herzanfällen enthielten. So würde der letzte Herzanfall, der bald sein Leben fordern würde, ein Minimum an Argwohn erregen, vielleicht sogar überhaupt keins. Die Droge, die Verwendung finden würde, war sehr subtil; es war nur eine kleine Menge nötig, um den Tod herbeizuführen, und sie ließ sich zwei Stunden später selbst bei der strengsten Autopsie nicht mehr feststellen. Chilgers wußte dies genau.

Die Droge war von COBRA entwickelt worden.

Der Colonel schlief den ganzen Abend über keine Minute. Er mußte Pläne ausarbeiten, Details verändern. Metzencroy war ein brillanter Mann, und man würde ihn in gewissen Abteilungen zweifellos vermissen. Verdammt, überlegte Chilgers, hätte es den Professor nicht gegeben, gäbe es auch kein Vortex oder Projekt Placebo. Zwanzig Jahre geduldiger Forschungen und Versuche hatten die Vereinigten Staaten auf die Schwelle der unumstrittenen Weltherrschaft geführt, dank eines Mannes, der seinen Triumph nicht mehr erleben würde.

Chilgers verspürte eine gewisse Reue über die Notwendigkeit des Dahinscheidens des Professors, wenngleich er sie auch nicht zeigte. Metzencroy hatte sich einwandfrei als zu große Bedrohung erwiesen. Es würde nicht leicht werden, ihn zu ersetzen, doch es würde noch schwerer werden, jeden einzelnen seiner Schritte zu überwachen. Wenn man Metzencroy gestattete, weiterhin für COBRA zu arbeiten, würde er vielleicht zu Sabotage greifen oder, was noch schlimmer wäre, das Projekt der Öffentlichkeit enthüllen, Vortex damit vernichten und seine gesamte brillante Arbeit auslöschen.

Die ganze Nacht über ließ sich Chilgers diese Gedanken durch den Kopf gehen und wurde von der Notwendigkeit seiner Entscheidung immer überzeugter. Mord war nichts Neues für ihn. Ein Mann, der einen Mordauftrag nicht verkraften konnte, gehörte mit Sicherheit nicht auf einen

Posten wie den seinen, dürfte überhaupt keine mächtige Position innehaben.

Seltsamerweise kam ihm während all dieser Stunden, bis die Dunkelheit schließlich dem Licht wich, niemals die Möglichkeit in den Sinn, daß Metzencroys Argwohn, seine Befürchtungen, richtig sein könnten. Chilgers' Vision war klar, aber begrenzt. Er konnte die letzten Berichte des Professors nur als absurd betrachten, weil die Konsequenzen, die ihnen innewohnten, zu schrecklich waren, um in Betracht gezogen zu werden.

Metzencroy hatte Vortex bedroht.

Alle Bedrohungen für Vortex mußten unter allen Umständen, koste es, was es wolle, aus dem Weg geräumt werden.

Fünf Etagen über ihm war gerade die Sonne aufgegangen, als Chilgers' Telefon klingelte, fast auf die Minute genau zu dem Zeitpunkt, den er erwartet hatte. Die Stimme gehörte einem Sicherheitsbeauftragten von COBRA, der Professor Metzencroy in seinem Haus zu einer Dringlichkeitssitzung abholen sollte.

»Ich fürchte, ich habe schlechte Nachrichten für Sie, Sir . . .«

Der fünfte Tag:

VERFOLGUNGEN

Doctor Heckyll works late at the laborat'ry
Where things are not as they seem
Doctor Heckyll wishes nothing more desp'rately
Than to fulfill his dreams
Letting loose with a scream in the dead of night
As he's breaking new ground
Try'n' his best to unlock all the secrets
But he's not sure what he found . . .
Whoa, it's off to work he goes
In the name of science and all it's wonders.

Men at Work

20

»Professor Metzencroys Tod war für uns alle ein Schock. Bitte nehmen Sie unser Beileid zur Kenntnis, Colonel«, kondolierte der Präsident von Washington aus über eine Sicherheitsleitung.

Chilgers war froh, daß das Gespräch auf diese Art und Weise stattfand. Es ersparte ihm die Notwendigkeit, seine Gesichtszüge so gefaßt wie seine Stimme zu halten. »Wir wissen Ihr Mitgefühl sehr zu schätzen, Mr. President«, sagte er unterwürfig.

»Dann sehen Sie bitte unsere Besorgnis im gleichen Licht. Mr. Brandenburg, Mr. Jorgenson und ich würden gern wissen, welche Auswirkungen das unglückliche Dahinscheiden des Professors auf das Projekt Placebo hat.«

»Nicht die geringsten, Sir«, erklärte der Colonel zuversichtlich. »Sie müssen wissen, daß der Professor seit einiger Zeit krank gewesen ist. Er hatte sich vor sechs Wochen mehr oder weniger endgültig aus dem Projekt zurückgezogen. Von diesem Zeitpunkt an war er lediglich beratend oder unterweisend tätig. Also werden wir ihn bei diesem Projekt kaum spürbar vermissen, obwohl mit ihm natürlich ein bedeutender Wissenschaftler auf seinem Gebiet gestorben ist, der nicht leicht zu ersetzen sein wird.«

»Ich verstehe«, sagte der Präsident.

Die tiefe Stimme des Verteidigungsministers George Brandenberg erfüllte den Raum. »Es stellt sich nun die Frage, ob Projekt Placebo wie geplant durchgeführt werden kann.«

»Dies kann ich in jeder Hinsicht bejahen.«

»Ausgezeichnet«, sagte der Präsident, »denn nachdem wir Ihren Bericht studiert haben, sind wir zu dem Schluß gekommen, Ihre mündliche Anfrage bezüglich der Aktivierung der letzten Phase von Projekt Placebo einschließlich eines vollen Red-Flag-Alarms und der Lieferung von Raketenattrappen durch COBRA zu akzeptieren.«

»Vielen Dank, Mr. President.«

»Danken Sie mir noch nicht, Colonel. Wenn hier irgend etwas schiefgehen sollte, wird die Hölle los sein. Der Senatsausschuß für Armeeangelegenheiten wird irgendeinen Verantwortlichen auf den Zeugenstuhl zitieren, und – entschuldigen Sie meine Offenheit – ich werde das nicht sein.«

»Ich habe verstanden.«

»Das ist auch gut so, Colonel. Wann sollen die manipulierten Geschützköpfe im Bunker 17 eintreffen?«

»Am Sonntag nachmittag, Sir.«

»Ihrem Zeitplan zufolge müßten wir ein paar Stunden vorher Yellow-Flag-Alarm in der Station auslösen. Sie werden natürlich verstehen, Colonel, daß die Alarmversetzung von unseren Dienststellen aus erfolgen wird. Wir bestimmen die Geschwindigkeit, und wenn wir wollen, können wir die Übung jederzeit abbrechen.«

»Natürlich, Mr. President. Genauso habe ich es vorgesehen. Ich wüßte auch gar nicht, wie es technisch anders gehandhabt werden kann.«

Es war vollbracht, dachte Chilgers, als er kurz darauf den Hörer auflegte; er hatte es geschafft. Projekt Placebo würde irgendwann am morgigen Tag in Kraft treten und von da an nicht mehr aufzuhalten sein. Und auch Vortex würde man nicht mehr aufhalten können. Alles hatte besser funktioniert, als er es jemals zu hoffen gewagt hatte.

Metzencroy war aus dem Weg geräumt, und innerhalb der nächsten paar Stunden würden alle noch verbliebenen Löcher gestopft werden.

Chilgers schlug triumphierend die Hände zusammen und lächelte.

Bane hatte vier weitere Passagiere des Fluges 22 besucht, ohne daß sich neue Kenntnisse ergeben hätten, als er es spürte. Eine schreckliche Furcht kroch sein Rückgrat hinauf, und er wußte augenblicklich, daß etwas schiefgelaufen war. Er war seiner COBRA-Beschatter früh am Morgen überdrüssig geworden und hatte sie abgeschüttelt. Und nun mußte er feststellen, daß er ihre Gegenwart vermißte – und damit auch ihre Unternehmungen, die sich jederzeit als Barometer für die Absichten seiner Gegenspieler lesen ließen.

Er mußte eine Telefonzelle suchen.

»The Bat«, hob ab, noch bevor das erste Klingeln verhallt war. »Josh, Gott sei Dank, daß du anrufst!«

»Harry, was ist los?«

»Der King hat vor ein paar Minuten hier angerufen, wirres Zeug geredet und wie verrückt geflucht.«

Die Furcht legte sich enger um Banes Rückgrat. »Worum geht es?«

»Er wollte es mir nicht sagen, aber er will, daß du ihn so schnell wie möglich anrufst.«

»Danke, Harry.«

Bane warf eine weitere Münze in den Schlitz und wählte die Nummer des Fitneßzentrums.

»Josh-Boy?« sagte der King zögernd. Er machte sich nicht die Mühe, eine Begrüßungsfloskel zu murmeln.

»Ich bin es, King.«

»Ich habe ihn verloren, Josh-Boy. Ich habe den Jungen verloren.«

Zwanzig Minuten später öffnete King Cong die Tür seines Fitneßzentrums gerade weit genug, so daß Bane hineinschlüpfen konnte.

»Eine verrückte Sache, Josh-Boy«, erklärte der King und folgte Bane in den Hinterraum, in dem er Davey untergebracht hatte. »Plötzlich gingen alle Lampen aus. Ich ging gerade zum Sicherungskasten, als ich fühlte, daß jemand direkt neben mir war. Scheiße, er muß in der gleichen Liga wie du und ich gespielt haben – vielleicht sogar in einer noch besseren. Auf jeden Fall machte ich seinen Umriß aus und ging auf ihn zu, als etwas, das wie weißer Rauch aussah, in mein Gesicht schoß. Dann weiß ich nur noch, wie ich aufgewacht bin und mein Kopf doppelt so groß wie sonst war.«

Bane nahm einen schwachen Geruch in der Luft wahr. »Panodine«, erklärte er. »Ein hochtoxisches Gift, besonders in Gasform. Selbst in einer kleinen Dosis tödlich.«

»Ich atme noch.«

»Du würdest aber nicht mehr atmen, wenn du zwanzig Zentimeter kleiner und hundert Pfund leichter wärest.«

Sie hatten den Eingang zum Hinterraum erreicht. Der King suchte nach dem richtigen Schlüssel.

»Als ich wieder zu mir kam«, fuhr er fort, endlich den Schlüssel findend, »sah ich sofort nach meinen zwei Jungs, die hier das Babysitting übernommen hatten.« Der King schwang die Tür auf. »Jemand hat ihnen die Köpfe zerschossen.«

Bane trat ein und überzeugte sich selbst. Die beiden breitschultrigen Schwarzen lagen mit den Gesichtern nach unten in zwei Pfützen aus Blut und Gehirnmasse; ihre Hinterköpfe waren nicht mehr vorhanden. Unwillkürlich erschauderte er.

»Wer kann das getan haben, Josh-Boy? Wer hat sie auf diese Art umgebracht?«

Bane stellte sich die gleiche Frage. Eine einzige tödliche Kugel in den Hinterkopf war Scalias Markzenzeichen als Killer. Konnte dies Scalias Werk sein?

Bane erschauderte erneut und wußte plötzlich, daß Scalia der Mörder war.

Scalia war in New York, und nun hatte er Davey!

Aber der Junge war nicht tot. Ansonsten würde seine Leiche hier neben den anderen liegen. Er würde mittlerweile auf dem Weg zu COBRA sein. Und noch schlimmer war, daß sowohl Trench wie auch Scalia in der Stadt waren und beide für die Gegenseite arbeiteten.

»Wann, King? Wann ist das passiert?«

»Ich weiß es nicht genau, Josh-Boy. Ich war vielleicht eine halbe Stunde bewußtlos; also ungefähr vor einer Stunde, oder etwas mehr.« King Cong atmete tief ein. »Ich habe dich im Stich gelassen, Josh-Boy, ich habe dich wirklich im Stich gelassen.«

»Meine Schuld, King. Ich hätte wissen müssen, daß sie dich mit mir in Verbindung bringen werden.«

Der King betrachtete ihn mit leiderfüllten Augen. »Der Bursche, den sie geschickt haben, hat zwei meiner Männer umgepustet, als wären sie gar nicht dagewesen, Josh-Boy. Und als er mit mir kämpfte, habe ich gemerkt, daß er schnell war, schnell wie eine Katze.«

Bane trat rückwärts aus dem Hinterraum. Plötzlich war ihm COBRAs Strategie klar geworden. Mit harter, kalter Furcht begriff er, wie die nächste Phase ihres Plans aussehen würde: der Junge gehörte ihnen, und nun war es an der Zeit, ihre restlichen Spuren zu beseitigen.

Bane stürmte in das Büro der Sporthalle und griff nach dem Telefon. Er wählte die Nummer des Centers. Es klingelte.

Kommt schon, kommt schon, hebt ab! Jemand muß abheben!

Es hob niemand ab. Der Hörer entglitt Banes Fingern, und er stürmte am King vorbei zum Ausgang.

Trench beobachtete, wie sich die Beifahrertür öffnete und der große Mann hineinschlüpfte. Er war Scalia bis zu diesem Tag nur einmal begegnet, und bei dieser Gelegenheit hatten sie auf verschiedenen Seiten gestanden und ein jeder nachdrücklich versucht, den anderen zu töten. Nun arbeiteten sie zusammen, und ihre Augen enthüllten das Wissen, daß dieses Mal jeder Ausrutscher den Tod bedeuten würde.

»Ich habe mich um die Telefone gekümmert. Die Leute gehören Ihnen.«

»Wie viele?« fragte Scalia, die Augen auf das Backsteingebäude des Centers gerichtet.

»Jetzt, zur Mittagszeit, drei, genau, wie der Colonel es uns gesagt hat.«

»Das Mädchen?«

Trench nickte zögernd.

Scalia zog den Ärmel seines Mantels zurück. »Viertel nach. Ich mache mich lieber an die Arbeit, bevor die anderen vom Mittagessen zurückkommen. Wir wollen ja nicht die Rechnung für den Colonel in die Höhe treiben, nicht wahr?«

Er zog eine Maschinenpistole vom Modell Ingram, eine nahe Verwandte der Uzi, wenn auch durchschlagskräftiger, vom Hintersitz und verbarg sie unter seinem Mantel. Scalia war schmal, fast schon hager. Sein zurückgekämmtes Haar war wie seine Augen schwarz. Sein Körper war angespannt wie eine Spiralfeder, bereit, von einem Augenblick zum anderen mit kaum vorstellbarer Heftigkeit zu reagieren. Er trug enge

Lederhandschuhe, die für die ungewöhnliche Kälte genau richtig waren, doch Trench wußte, daß er sie auch am heißesten Sommertag tragen würde.

Scalia wandte sich ihm zu und verzog den Mund zu einem häßlichen Lächeln. »Ihnen gefällt diese Arbeit nicht, nicht wahr?«

»Ich weiß nicht, worauf Sie hinauswollen.«

»Sie werden nicht bezahlt, um zuzusehen.«

Trench zögerte. »Das Mädchen, Scalia.«

»Ja?«

»Sie werden es natürlich schnell zu Ende bringen.«

Scalia lächelte ein letztes Mal, stieg aus dem Wagen und ging auf das Center zu.

Charlie, der Wachposten, hörte, wie die Klingel anschlug und blickte von seiner Zeitschrift zu dem Monitor auf, der einen schlanken, gut gekleideten Mann an der Vordertür zeigte. Er drückte den Knopf der Gegensprechanlage.

»Ja, was kann ich für Sie tun?«

Keine Antwort. Der Mann stand einfach in der Kälte da, die Hände in die Taschen gesteckt.

»Ich sagte, was kann ich für Sie tun?«

Immer noch keine Antwort.

Das verdammte Ding muß wieder im Eimer sein, dachte Charlie, betätigte den Türöffner und watschelte in den Vorraum, um den Besucher dort in Empfang zu nehmen.

»Nun, was kann ich für Sie tun?« fragte Charlie und zog die Innentür auf, ohne die schwere Kette abzuhängen.

Er sah, wie sich der schwarze Zylinder mit dem Loch vorn in der Mitte hob, konnte aber nichts tun außer ihn anstarren. Er wurde durch die schmale Öffnung gestoßen, und eine Salve brannte sich in seinen Bauch und tötete ihn, noch während er zu Boden stürzte.

Scalia legte seine gesamte Kraft in einen Stoß gegen die durch die Kette gesicherte Tür; mit einem Knall öffnete sie sich nach innen. Millie, die Empfangsdame, griff gerade nach dem

Telefon, als Scalia ihr eine Kugel durch den Kopf schoß; sie wurde zurückgerissen.

Sein eigentliches Ziel befand sich auf der dritten Etage. Scalia erklomm schnell und geräuschlos die mit Teppichboden überzogene Treppe.

Janie hatte unten ein Geräusch gehört. Augenblicklich war sie beunruhigt, verdrängte die Furcht jedoch, die sich in ihrem Magen zusammenballte. Sie nahm den Telefonhörer ab und wählte Millies Nummer. Keine Antwort. Sie ließ es noch zweimal klingeln und entschloß sich dann, die Polizei zu rufen.

»Legen Sie den Hörer auf.«

Die Stimme kam von der Tür. Janie blickte auf und sah, wie ein großer Mann in einem dunklen Mantel vor ihr stand, in der Hand eine kleine automatische Pistole. Eine dicke, röhrenförmige Ausweitung erhob sich von ihrem Lauf. Ein Schalldämpfer, begriff sie. O Gott . . .

»Was wollen Sie?« brachte sie hervor, obwohl sie es wußte.

»Treten Sie von dem Schreibtisch zurück«, sagte Scalia zu ihr.

Sie tat wie geheißen, klammerte sich an den letzten Rest von Hoffnung, den sie noch aufbringen konnte.

Scalia schaltete die Ingram von Automatik auf Halbautomatik um.

Janie verfolgte seine Bewegungen, beobachtete seine schmalen Augen und öffnete den Mund, um einen Schrei auszustoßen, der nicht mehr erklang.

Die zwei Kugeln schlugen in ihren Magen ein. Zwei Tritte in ihren Bauch, dann ein heißer Schmerz, der sich in ihr ausbreitete. Sie brach zusammen, spürte den Aufschlag auf dem Boden aber nicht mehr. Der Schmerz war überall, war alles.

Scalia beobachtete, wie sie zuckte und sich wand, die Finger in den Teppichboden krallte, wie sich unter ihr Blut zu einer Pfütze ausbreitete. Ein weiterer, schallgedämpfter Schuß, und ihr Kopf schlug aufgerissen zur Seite. Ihre Augen blickten starr und tot.

»Ich habe Ihnen doch gesagt, Sie sollen ihr ein schnelles Ende bereiten«, sagte Trench mit mühsam unterdrücktem Zorn, die Pistole noch immer auf Janie gerichtet.

Scalia warf einen Blick auf die rauchende Pistole in Trenchs Hand und hob die Ingram so weit, daß Trench sie sehen konnte.

»Sie sind ein Schlächter«, sagte Trench. »Ich sollte Sie jetzt töten.«

Scalia hob die Ingram. »Nur zu.«

Trench spielte kurz mit dem Gedanken, einfach abzudrükken. Es war nur ein Schuß nötig, aber er durfte den hochempfindlichen Abzug der Ingram nicht unterschätzen. Scalia konnte den gesamten Munitionsstreifen mit einer einfachen Berührung abfeuern, die selbst ein Kopfschuß nicht verhindern würde. Es war also eine Pattsituation, und das wußten sie beide.

Trench trat langsam und wortlos zurück; seine Augen sprachen jedoch Bände. Er erreichte die Treppe und ging hinab, dabei niemals den Blick von Scalia nehmend, die Pistole noch gehoben. Scalia war außer Sicht, als er das zweite Stockwerk erreichte, doch Trench hoffte noch immer inbrünstig auf einen Angriff und war enttäuscht, daß keiner erfolgte, als er das Gebäude verließ und sich vom Center entfernte.

Trotz allem behielt Bane die Ruhe.

Sein Handeln war programmiert, eine Reflexreaktion. Er ließ den Wagen in der zweiten Reihe stehen und stürmte über die Straße, ohne auf den Verkehr zu achten. Hupen dröhnten auf. Bremsen quietschten. Gummi rieb über Zement, Stoßstangen knallten gegeneinander.

Er wußte, daß er zu spät kam, noch bevor er feststellte, daß die Tür offen war.

Bane sah zuerst Charlie, einen blutenden Fleischhaufen, Kopf und Schultern von der Wand aufrecht gehalten, die Augen leer auf die ungeladene Pistole starrend, die er sowieso nicht mehr hätte ziehen können.

Bane wandte sich dem Empfangszimmer zu, betrat es aber nicht. Die blutverschmierten Wände zeugten von Millies Schicksal. Sein Blick glitt zur Treppe; er wußte, was ihn dort oben erwartete. Es war Mittagszeit. Scalia hatte die Arbeitsvorschriften des Centers gekannt und gewußt, daß der größte Teil des Personals essen gegangen war. Bane stieg die Treppe hinauf, und sein Mageninhalt stieg ihm bis in die Kehle hoch.

Janies Blut hatte die Türschwelle ihres Büros erreicht. Sie lag auf der Seite, das Gesicht nach oben gewandt, die Augen noch immer geöffnet, ihn vorwurfsvoll anstarrend.

Es ist deine Schuld, daß ich tot bin . . .

Bane bückte sich und drückte ihr die Augen zu, wenn auch nicht, um deren Vorwürfe zu verbergen, denn er wußte, daß sie brerechtigt waren. Dies alles *war* seine Schuld. Sie war tot, weil er sie in die Sache verwickelt und dann ohne Schutz zurückgelassen hatte.

Instinktiv begutachtete er ihre Verletzungen und fühlte, wie ihm Tränen in die Augen stiegen. Zwei Schüsse in den Magen erklärten lediglich den Blutverlust, doch der in den Kopf – vielleicht ein anderes Kaliber – hatte sie getötet. Nach den ersten beiden hätten sie sich lediglich in Schmerzen gewunden, den Tod vor Augen – doch er wäre nur langsam gekommen. Was für ein Arschloch würde . . .

Bane verfolgte den Gedanken noch weiter, weil er die Antwort bereits kannte: Scalia.

Er wollte Janies Kopf auf seinen Schoß nehmen und liebkosen, schreckte jedoch davor zurück. Er haßte sich, weil er sie nicht genug geliebt hatte, ein leeres, bitteres Gefühl, das sich in seiner Magengrube ausbreitete. Aber mehr Zorn denn Trauer stieg mit ihm empor, ein Zorn, den er von dem Mord an seinem Vater vor zwanzig Jahren her kannte. Erneut verspürte er diesen Rachedurst. Die Verantwortlichen würden bezahlen, genau, wie sie damals bezahlt hatten. Er würde dafür sorgen.

Im Augenblick konnte er jedoch nur den Vorschriften folgen. Er war allein, und doch war er nicht allein. Er hatte die gesamte Regierung der Vereinigten Staaten gegen eine einzige Abteilung dieser Regierung auf seiner Seite. Das Problem war lediglich gewesen, sie davon zu überzeugen, daß COBRA in die Sache verwickelt war. Nun bestand dieses Problem nicht mehr; drei Leichen im Center stellten den Beweis dar, den er benötigte.

Bane zog sich zurück, verließ das Gebäude erst einmal, die

Browning gezogen und bereit für den Fall, daß Scalia jemanden im Hinterhalt zurückgelassen hatte. Er brauchte nun ein Telefon, irgendeine Zelle oder ein öffentliches Gerät. Während er rückwärts die Treppe vor dem Haupteingang des Centers hinabging, sah er sich unablässig um. Er hielt die Browning auf Hüfthöhe, direkt unter dem Aufschlag seines Sportsakkos, um sie vor neugierigen Blicken zu verbergen; ein alter, immer noch nützlicher Trick.

Er fand eine Telefonzelle, die nah genug neben einem Gebäude stand, daß er sich von dieser Seite her sicher fühlte. Es war eine Einzelzelle, was Bane nur recht war, denn er beabsichtigte, sich in nächster Zeit von engen, unübersichtlichen Orten fernzuhalten.

Die Münze fiel durch, und er wählte eine Nummer, die er sich in der Vergangenheit unauslöschlich eingeprägt hatte.

»Zentrallager«, dröhnte eine Stimme.

»Bane. Die Ausgabe.«

»Bitte bleiben Sie am Apparat.«

Dann erklang eine andere Stimme. »Ausgabe.«

»Hier spricht Bane. Die . . .«

»Wie lautet Ihre Bezeichnung?«

»Wintermann, verdammt!«

Eine kurze Pause. »Es tut mir leid. Ich habe hier keine solche Bezeichnung. Wenn Sie . . .«

»Suchen Sie unter inaktiv«, unterbrach Bane.

Eine längere Pause. »Ich habe Sie, Wintermann.«

»Dann vergessen Sie Ihre Vorschriften kurz und hören mir zu. Es hat einen Anschlag auf das Center gegeben.«

»Verletzte?«

»Drei Tote.«

»Überlebende?«

Bane dachte kurz nach, und die Galle kam ihm hoch. »Fünf. Weitere werden kurzfristig ins Center zurückkehren. Sie müssen schnell handeln, und ich will augenblicklich eine Verbindung mit Arthur Jorgenson, dem Direktor der Clandestine Operations, Kodename – Herkules.« Er konnte Jorgenson, seinem ehemaligen Boß beim DCO, vertrauen. Jorgenson würde verstehen, was hier vor sich ging.

»Negativ, Wintermann. Die Zeitbegrenzung für diese Telefonverbindung ist überschritten. Melden Sie sich in dreißig Minuten wieder bei der Vermittlung. Jorgenson wird dann warten. Klar?«

»Klar.«

»Ende.«

Bane hing auf und sah sich noch einmal um. Wenn Scalia jemanden zurückgelasen hätte, um ihn auszuschalten, wäre der Angriff während des Telefongesprächs gekommen, während er abgelenkt gewesen war. Sich etwas sicherer fühlend, drehte er sich um, um die Telefonzelle zu verlassen, hielt dann jedoch inne. Harry »The Bat«! COBRA stopfte die Löcher: Davey, das Center. Sie würden auch über Harry informiert sein. Er war der nächste auf der Liste! Bane wählte Bannisters Nummer und fühlte, wie sein Herz mit jedem Klingeln lauter pochte. Es läutete fünfmal, und immer noch kein Harry.

Komm schon! Komm schon!

»Sie haben ›The Bat‹ am Apparat. Ich bin ganz Ohr.«

»Gott sei Dank . . .«

»Josh? Bist du das? Was zum Teufel ist los? Was hat der King gewollt?«

»Der Junge ist verschwunden, Harry.«

»Scheiße! Sie haben ihn doch nicht . . . umgebracht?«

»Nein, ihn nur entführt.«

»Na ja, zumindest . . .«

»Harry, sie haben das Center überfallen.«

»Sie haben *was*? Janie?«

Banes Schweigen war Antwort genug.

»Da ficke der liebe Gott eine Ente, Josh«, stöhnte Harry, »da haben wir ja einige Rechnungen zu begleichen.«

»Ich habe versucht, Jorgenson zu erreichen. Er wird uns unterstützen. Wir können nicht . . .«

»Moment mal, Josh«, flüsterte Harry. »Da ist jemand an der Tür.«

»Halte dich von ihr fern, Harry. Es könnte Scalia sein.«

»Scalia? Scheißdreck! Warte, sie machen sich jetzt an der Klinke zu schaffen. Bleib dran, Wintermann.«

Bane hörte, wie der Hörer auf das Holz von Bannisters Beistelltisch gelegt wurde.

»Harry? Harry! *Harry!*«

Der Schuß erklang nur gedämpft durch die Telefonleitung, war jedoch deutlich genug, daß Bane heraushören konnte, daß es sich um ein großkalibriges Gewehr mit nichtgezogenem Lauf handeln mußte. Dann Stille.

»Harry! Harry!«

Keine Antwort. Frustration und Hilflosigkeit nagten an Banes Rückgrat. Sie hatten Harry erschossen. Der arme Teufel lag tot oder beinahe tot in seiner Wohnung, und Bane konnte nur zuhören. Er ließ den Hörer fallen und stürzte auf die Straße. Nach einer halben Minute hielt ein Taxi auf seinen Pfiff hin an, und er nannte dem Fahrer Bannisters Adresse und gab ihm einen Zwanziger, mit der Anweisung, schnell zu machen.

Der Fahrer schaffte es in acht Minuten, und nach einer weiteren Minute hatte Bane Harrys Etage erreicht. Er riß die Browning aus dem Halfter, drückte seinen Rücken gegen die Wand und ging mit schnellen, seitlichen Schritten zu Harrys Wohnung.

Dann sah er die Tür, oder was von ihr übriggeblieben war. Das Gewehr hatte ein unregelmäßiges Loch in das Holz gerissen, das groß genug war, um einen Basketball hindurchzuquetschen. Der strenge Geruch von Schwefel und Kordit brannte in seiner Nase. Da war einer ganz auf Nummer Sicher gegangen. Trench vielleicht. Oder Scalia.

Er steckte den Kopf durch das Loch und sah Harrys Rollstuhl, der auf der Seite lag; das obere Rad drehte sich noch. Irgendwo daneben, überlegte er, mußte auch »The Bat« liegen, in Stücke gerissen. Nur, daß kein Blut zu sehen war, eine Tatsache, die ihm komisch vorkam, gerade, als ihn das kalte Klicken eines Pistolenbolzens erstarren ließ.

»Eine Bewegung und ich . . . Gott im Himmel! Du bist es, Josh! Da ficke der liebe Gott doch eine Ente . . .«

Bane schaute nach rechts und sah Harry, der gegen die Wand gelehnt saß, eine Magnum in der Hand; er blutete ziemlich schlimm an der Stirn.

»Tut mir leid, daß ich dir die Tür nicht öffnen kann«, sagte Harry.

Bane stieß sie auf. »Wie schlimm ist es, Harry?«

»The Bat« tupfte sich Kopf und Stirn mit einem Taschentuch ab. »Das hier? Ist nichts. Die verdammten Splitter haben mich mehr erwischt als alles andere, bis auf den Sturz vielleicht.«

»Splitter?«

»Ich hatte Glück, Josh. Der Killer muß geschossen haben, als er meinen Schatten unter der Tür sah. Nur, daß er dorthin geschossen hat, wo mein Kopf sein sollte, und nicht dorthin, wo er wirklich war. Da ficke der liebe Gott doch eine Ente, es gibt Zeiten, da gerät es einem zum Vorteil, wenn man in einem Rollstuhl sitzt.«

»Anscheinend.«

»Er muß nur einen Blick hineingeworfen haben. Er hat gesehen, wie ich vor der Wand lag und gedacht, es hätte mich erwischt. Unter diesen Umständen wollte er sich auch nicht zu lange hier aufhalten.«

»Hast du ihn gesehen?«

»Nee. Ich war weggetreten. Muß hundert Holzsplitter im Kopf stecken haben. Als ich wieder zu mir kam, kroch ich hierher. Ich dachte, wenn doch jemand nachsehen käme, würde ich ihm eine Überraschung bereiten.«

»Das ist dir auch gelungen«, sagte Bane und half Bannister wieder auf seinen Rollstuhl. Er fuhr ihn ins Wohnzimmer und tupfte ihm die Kopfhaut und die Stirn mit Alkohol ab, den er im Medizinschrank gefunden hatte.

»Autsch! Soll ich dieses Zeug nicht lieber trinken?«

»Besorge mir eine Pinzette, und ich hole dir die Splitter heraus.«

»Nichts da, Josh. Ich würde es lieber noch mal mit dem Heckenschützen aufnehmen.« »The Bat« biß sich auf die Lippe. »Tut mir leid wegen Janie. Ich habe noch vor ein paar Stunden mit ihr gesprochen. Sie hat angerufen, um mir zu sagen, daß Professor Metzencroy von COBRA gestern abend an einem Herzanfall gestorben ist. Warum sie, Josh, warum sie?«

»Sie wußte . . . zuviel. Ich habe sie da hineingezogen.«

Bannisters Finger ballten sich zu Fäusten. »Glaubst du

wirklich, daß es Scalia war, der das Center und Kings Sporthalle überfallen hat?«

»Gemeinsam mit Trench vielleicht«, nickte Bane.

»Da ficke der liebe Gott eine Ente, wenn die beiden zusammenarbeiten, steht uns das Schlimmste noch bevor.«

»Das Schlimmste hat vor fünfzehn Minuten an deiner Tür ein Ende gefunden, Harry. Es ist an der Zeit, die Feuerwehr zu rufen.«

»Jorgenson«, murmelte Bannister. »Vertraust du ihm?«

»Ich habe keine Wahl. Aber er war immer fair zu mir, und diese ganze Sache fällt sowieso in die Zuständigkeit der DCO.«

»Ja. Aber du hast den Mann seit fünf Jahren nicht mehr gesehen«, wandte »The Bat« ein.

»Immer mit der Ruhe, Harry. Sobald ich Jorgenson erreicht habe, werde ich ihm sagen, er soll schon mal ein paar Medaillen für uns besorgen.«

»Soll er sie uns an die Brust heften, Wintermann, oder an unsere Särge?«

21

Fünf Minuten später rief Bane von Bannisters Wohnung aus das »Zentrallager« an und wurde augenblicklich mit Arthur Jorgenson verbunden.

»Josh«, erklang die Stimme des Chefs der DCO, nach all den Jahren immer noch seltsam vertraut, »ich bin gerade auf dem Weg zum Weißen Haus. Ich kann mir ein ziemlich klares Bild von dem machen, was geschah, aber nicht, warum es geschah.«

»Hast du ein Team zum Center geschickt?«

»Ich bekam gerade ihren ersten Bericht. Drei Tote, genau wie du es der Zentrale gesagt hast. Wir haben das restliche Personal abgefangen, als es vom Mittagessen zurückkam. Wer auch immer dahintersteckt, sie haben die Sache genau geplant. Sie kannten das Center von innen und außen.«

Das klingt ganz nach Chilgers, dachte Bane. »Sonst noch etwas?« fragte er.

»Leider nicht. Eine saubere Arbeit, Josh, das Werk eines Profis. Ich kann mir nur nicht vorstellen, warum jemand ein bürokratisches Regierungsamt überfallen sollte.«

»Bring mich herein, und wir unterhalten uns beim Abendessen darüber.«

»Du hast gerade meine Gedanken gelesen, Josh, aber es könnte ein spätes Abendessen werden. Es wird eine Weile dauern, alle Vorbereitungen zu treffen, und ich will kein Risiko eingehen. Wir müssen mit allem rechnen. Suche dir einen Ort aus.«

»Penn Station. Ich mag Menschenmengen.«

»Ich auch.« Bane hörte, wie am anderen Ende der Leitung Papier raschelte. »Jetzt höre genau zu, Josh. Der Metroliner nach Washington fährt auf Gleis 10 um sechzehn Uhr fünfundvierzig von New York ab. Wir holen dich dort ab.«

»Wieviel Mann?«

»Vier ist immer noch üblich. Belassen wir es dabei, um jede Verwirrung zu vermeiden. Von da an müßte es eine Routinesache sein.«

»Wie werde ich sie erkennen?«

»Sind dir Zeitungen unter dem Arm zu profan?«

»Zu leicht auszumachen. Außerdem laufen um fünf Uhr nachmittags jede Menge Leute mit Zeitungen unter dem Arm herum, Arthur. Deine Männer sollen Straßenanzüge tragen und die Kragenspitzen draußen lassen. Weiße Hemden.«

»Das gefällt mir. So kannst du sie aus der Ferne besser erkennen.«

»Ganz meine Meinung.«

Jorgenson seufzte. »Ich bin jetzt fast im Weißen Haus, Josh. Wenn du dich anstrengst, kannst du hören, wie der Wind in den Uniformen der Marines rauscht. Ich muß dem Präsidenten mehr sagen, als ich schon habe. Warum erfolgte der Anschlag auf das Center, Josh?«

»Die Leute, die dahinterstecken, haben großen Einfluß, Arthur. Diese Verbindung ist vielleicht abhörsicher, aber das bedeutet noch längst nicht, daß niemand mithört.«

Jorgenson zögerte. »Ich verstehe. Ich sorge dafür, daß das Weiße Haus keine Schwierigkeiten macht, bis wir dich geholt haben.«

»Der Präsident ist informiert?«

»Die Ära Watergate ist schon lange vorbei. Er ist jetzt der erste, der so etwas erfährt. Du hast die richtigen Leute angerufen.«

»Das hoffe ich.«

»Es ist gleich halb zwei. Wir sprechen uns wieder, wenn meine Männer dich auf der Penn Station abgeholt haben.«

»Mit sichtbaren Hemdkragen.«

»Genau. Paß auf dich auf, Josh.«

»Darauf kannst du wetten, Arthur.«

Es gab keinen Grund für Bane, zu früh in der Penn Station einzutreffen. Ganz im Gegenteil, dies könnte sich als schlechteste Sicherheitsmaßnahme überhaupt erweisen, weil es den Leuten von COBRA mehr Zeit gab, ihn ausfindig zu machen. An einem Schußwechsel zwischen Jorgenson und Chilgers' Leuten war ihm nicht gelegen. Also wartete er bis Viertel nach vier, bevor er Harrys Wohnung verließ; wegen des Stoßverkehrs hatte er fünfzehn Minuten zusätzlich eingerechnet. Um Harry brauchte er sich keine Sorgen zu machen, denn der hatte die bestmögliche Tarnung: die Gegenseite hielt ihn für tot.

Wie es sich herausstellte, war Banes Timing perfekt. Erleichtert über die Gegenwart von Tausenden Pendlern, wählte er den direkten Weg zur Penn Station. Es würde unmöglich sein, in dieser Menschenmenge ein bestimmtes Gesicht auszumachen, sogar das seine. Er erreichte den Eingang zu Gleis 10 genau in dem Augenblick, da der Zug hielt und eine kleinere Menschenmenge eine Treppe hinabstieg in die Eingeweide des Bahnhofs und zu den Gleisen, die ihn wie Blutbahnen durchzogen.

Er beschleunigte seine Schritte, um sich der Mitte dieser Menge anzuschließen, ging an dem Mann vorbei, der die Fahrkarten für den Metroliner kontrollierte, und hielt schon nach Männern mit freiliegenden Hemdaufschlägen Ausschau.

Zwei von ihnen hatten sich unter die Passagiere am Fuß der Treppe gemischt. Sie erweckten den Eindruck von Geschäftsleuten, die es nach einem äußerst hektischen Arbeitstag, der ihnen wieder nur Ärger eingebracht hatte, nicht besonders eilig hatten, den Zug zu besteigen, und auch nicht versessen darauf schienen, mit einer Geschwindigkeit, die einhundert Meilen überstieg, eine dreistündige Fahrt nach Washington anzutreten. Die Männer waren gut und wirkten so lässig, daß sich Bane die Frage stellte, ob er vielleicht ein falsches Erkennungszeichen ausgesucht hatte. Wie viele andere Männer, die den Metroliner bestiegen, hatten vielleicht ihre Hemdkragen vorstehen, nun, da sich der Tag seinem Ende näherte? Bane zog es vor, diesen Gedanken nicht länger zu verfolgen.

Er bemerkte einen dritten Mann mit freiliegenden Hemdkragen, der sich mit dem Schaffner unterhielt. Blieb also noch einer übrig, der ihn jetzt wahrscheinlich von hinten deckte. Jorgenson würde nichts dem Zufall überlassen haben.

Bane ging an den beiden DCO-Männern am Fuß der Treppe vorbei, ohne auch nur einen Blick mit ihnen zu wechseln. Es lag an ihnen, den Kontakt zu machen; so wurde es im allgemeinen gehandhabt. Er war jetzt noch ein Außenstehender. Washington hatte vielleicht nicht genau herausfinden können, woran Metzencroy gearbeitet hatte, doch sie würden seiner Arbeit bestimmt ein Ende machen können. Chilgers' Projekt, worin es auch immer bestand, würde morgen erledigt sein.

Bane näherte sich dem Zug. Noch immer traf die DCO-Eskorte keinerlei Anstalten, den Kontakt mit ihm herzustellen. Sollte er das Risiko eingehen, den Zug zu besteigen? Nein. Das wäre eine Abweichung vom beschlossenen Plan, zumindest eine Ausweitung, und die DCO-Agenten arbeiteten genau ihren strengen Vorschriften entsprechend. Bane verlangsamte seine Schritte.

Sein Blick traf auf den eines Mannes, der am Eingang einer der Zugwaggons stand, und sah einen professionellen Funken darin, den er sofort erkannte. Das war der vierte Agent; nur trug er nicht seine Hemdkragen offen, was keinen Sinn ergab, außer, er wollte nicht, daß Bane ihn erkannte. Der Mann wandte den Blick ab und richtete seine Augen wieder auf die beiden Männer, die am Fuß der Haupttreppe standen.

Bane verstand die Botschaft in diesem Blick und drehte sich in dem Augenblick um, da die beiden Agenten an der Treppe ihre Pistolen zogen. Bis sie sie schußbereit hatten, hatte Bane schon längst geschossen. Zweimal. Die Männer wurden zurückgeworfen; die Kugeln hatten ihnen den halben Brustkorb zerrissen.

Kaum waren die Schüsse erklungen, als die Reisenden in Panik auseinanderstoben. Eine Frau lief dem vierten Mann über den Weg, dessen Augen ihn verraten hatten. Sie bekam eine Kugel in die Kehle, die ansonsten Bane erwischt hätte. Verwirrt verlor der Mann sein Ziel aus den Augen; im gleichen Augenblick zerrte der vierte Agent eine Uzi-Maschinenpistole unter seinem Mantel hervor und beschoß die Stelle, an der Bane gestanden hatte.

In der Tat befand sich Bane noch immer dort, doch er kauerte nun auf dem Zement, roch heiße Gleise und den schrecklichen Gestank der Furcht, als die Uzi Kugeln spuckte und die Menschen neben ihm zuckend zusammenbrachen.

Banes nächste Kugel schnitzte ein sauberes Loch in die Stirn des Schlächters und trat im Hinterkopf wieder aus, Gehirnfetzen mit sich reißend.

Der vierte Agent hatte mittlerweile die Flucht angetreten. Banes Kugel war nicht gut gezielt, traf ihn etwas tief, in ein Bein, und riß den Mann seitwärts auf die Gleise, wo der Blutverlust und ein einfahrender Zug Banes Arbeit erledigten.

Als er sich auf die Füße kämpfte, hatte sich das Geschrei verstärkt. Menschen trampelten auf ihrem Weg zu den Treppen übereinander hinweg, klammerten sich an alles, was ihre Finger finden konnten. Andere verharrten gelähmt vor Furcht auf dem Zement des Bahnsteigs und spürten nicht einmal die Füße, die über sie hinwegstolperten.

Bane mischte sich unter das Chaos, zwang sich, zu stöhnen, zu zittern, zu schwanken. Er drückte sich gegen eine zögernde Gruppe, um seine Browning besser verbergen zu können, und lief dann mit dem verrückten Ansturm die Treppen hinauf, hin zum Ausgang, vorbei an der Polizei. Er schrie mit der Menge und stieß zurück, wenn er gestoßen wurde. Seine Ruhe hatte ihn nicht verlassen, doch er wußte, daß in einer panikerfüllten Menge nichts auffälliger war als ein ruhiges Gesicht. Bane zwang Furcht und Unsicherheit auf seine Züge.

Und zumindest ein Teil davon war echt. Entweder hatte Jorgenson ihn verraten, oder die Männer, die er geschickt hatte, hatten von einer anderen Seite den Befehl bekommen, ihn zu töten. Bane gefiel keine der beiden Alternativen besonders gut. Auf jeden Fall würde eine Flucht aus der Stadt nun nicht mehr so leicht zu bewerkstelligen sein, vor allem, weil er sich nicht sicher war, ob er überhaupt irgendwo einen sicheren Unterschlupf finden würde.

Der Bahnhof kam ihm heiß und feucht vor, den ungezieferverseuchten Dschungeln nicht unähnlich, in denen er zehn Jahre seines Lebens verbracht hatte, und plötzlich fühlte er sich heimisch. Sie waren nun auf seiner Spur, und er hieß jeden Versuch willkommen, ihn auszuschalten. Sollten sie es doch nur versuchen! Bane tastete nach den beiden Ersatzmunitionsstreifen in seiner Jacke. Es war alles zu ihm zurückgekommen, nicht nur der Zorn, sondern auch die scharfen Sinne und das eiskalte Denken, das ihn antrieb. Die Nachricht über den Schußwechsel war ihm schon vorausgeeilt, und eine sowieso schon hektische Penn Station steuerte nun dem absoluten Chaos entgegen. Nur die Stimme des Zugansagers, der in einer Kabine saß, die von der Gewalt und dem Schrecken weit entfernt war, blieb so ruhig und gelassen wie immer. Ansonsten ging es zu wie in einem Tollhaus.

Bane löste sich von der Menge, lief einen weniger überfüllten Gang entlang und an einer Imbißbude vorbei. Allmählich entspannte er sich etwas.

Ein großer Mann sprang ihm mit gezogener Pistole in den Weg.

Bane wußte, daß es Scalia war, und hatte kaum seine Pistole berührt, als der Schuß erklang. Nur ein ohrenbetäubendes Krachen, und es war einfach so vorbei. Ich bin tot, dachte er, und blickte ein letztes Mal zu seinem Mörder hoch.

Blut, das aus einem Loch in der Stirn strömte, färbte Scalias Gesicht rot. Der Killer schwankte, taumelte wie ein Betrunkener und fiel dann mit dem Gesicht nach unten auf den Boden des Bahnhofs.

Eine Hand legte sich auf Banes Schulter. Er fuhr herum und starrte in die klaren, grauen Augen von Trench, der die rauchende Pistole mit dem Schalldämpfer noch in der Hand hielt.

»Verschwinden wir von hier«, flüsterte Trench.

22

»Mein Wagen steht direkt um die Ecke, Wintermann«, sagte Trench zu ihm, als sie den Bahnhof verlassen hatten.

»Sie haben mir das Leben gerettet«, brachte Bane lahm zustande; er konnte nicht glauben, daß dies der gleiche Mann war, der Jake Del Gennio getötet hatte und Davey töten wollte.

»Wir sind quitt. Sie haben mich vorgestern abend in dem Hotelzimmer verschont.«

Sie gelangten zu Trenchs Wagen, einem kastanienbraunen Cutlass. Sekunden später hatten sie sich in den Verkehr eingefädelt und atmeten beide auf.

»Für wen haben die Männer im Bahnhof gearbeitet?« fragte Bane.

»Für Chilgers.«

»Für COBRA . . .«

»Chilgers ist COBRA, Wintermann. Das eine gibt es nicht ohne den anderen.«

»Dann hat auch Scalia für ihn gearbeitet.«

»Wie auch ich. Bis heute, heißt das.«

»Sie haben die Seiten gewechselt.«

»Ich habe überhaupt keine Seiten, Wintermann. Ich arbeite für den, der mich bezahlt, bis mein Auftraggeber seine Grenzen erreicht oder ich die meinen.«

»Und was trifft in diesem Fall zu?«

»Beides, Chilgers ist zu weit gegangen. Man muß ihn aufhalten.«

»Und wer bezahlt Sie dafür?«

Trench verspannte sich, als auf beiden Seiten seines Wagens zwei Taxen aufschlossen. Als die Verkehrsampel auf Grün umsprang, fuhren sie weiter. »Ich arbeite an dieser Sache für mich selbst, Wintermann. Wenn ich nicht an Chilgers herankomme, wird er mich beseitigen lassen, nun, da ich seine Pläne durchkreuzt habe. Es ist eine Frage des Überlebens.«

Banes Blick wurde kalt. »Und was für eine Frage war das, als Sie Jake Del Gennio einen Besuch abstatteten?«

Trench schaute kurz zu ihm hinüber. »Ich hatte keine Wahl. Das müßten Sie besser als jeder andere verstehen.«

Bane schüttelte den Kopf. »Ich bin schon seit langem mit dieser Art von Leben fertig«, sagte er und versuchte, es glaubhaft klingen zu lassen. Hatte seine Rückkehr ins Spiel Janie nicht das Leben gekostet? Waren Nadine und Peter nicht tot, weil er sich vor fünf Jahren zu einer ähnlichen Rückkehr entschlossen hatte?

»Ja«, erwiderte Trench, »weil die verdammten Amerikaner zum Schluß kamen, daß Sie es sowieso nicht mehr durchstehen konnten.«

Bane runzelte die Stirn. Trenchs Formulierung hatte Amerika als mögliches Heimatland soeben ausgeschlossen. Bane hatte sich schon immer für die Herkunft des Killers interessiert. Das war aber kaum der Augenblick, diese Frage weiter zu verfolgen.

»Ich habe diese Entscheidung allein getroffen«, sagte er statt dessen.

»Und nun haben die Umstände Sie ins Spiel zurückgezwungen, die gleichen Umstände, die mich gezwungen haben, unabhängig zu agieren.«

»COBRA und Chilgers . . .«

»Wichtig ist einzig und allein, daß wir sie aufhalten. Es wird nicht leicht werden. Von allen Leuten, für die ich im Lauf der Jahre gearbeitet habe, halte ich Chilgers für den gefährlichsten, den skrupellosesten. Er wird nicht dulden, daß sich ihm jemand in den Weg stellt.«

»Sie scheinen ja eine Menge über ihn zu wissen, Trench. Zweifellos auch etwas über das Projekt, an dem er arbeitet.«

»Nicht unbedingt. Ich war als Soldat für ihn tätig und wurde nur hinzugezogen, wenn meine Dienste als Soldat verlangt wurden. Ich habe mich niemals mit den wissenschaftlichen Aspekten der Dinge befaßt, die um mich herum vor sich gingen. Aber ich habe mehr oder weniger zufällig ein paar Brocken über Vortex aufgeschnappt.«

»Vortex?«

Trench bog um eine Ecke. »Die Operation, die Ihrem Freund Del Gennio das Leben gekostet hat, Wintermann. Sie befaßt sich damit, Dinge verschwinden und dann wiederauftauchen zu lassen. Mehr darüber weiß ich jedoch nicht, fürchte ich.«

»Aber Sie haben mir damit endgültig bestätigt, daß Flug 22 wirklich verschwunden ist. Jake hatte recht.«

»Es gab jedoch Probleme, angefangen mit dem Maschinenschaden, die den Zeitplan des Experiments durcheinanderbrachten. Und dann ist dieser Junge entkommen und hat allmählich die neugewonnenen Fähigkeiten entwickelt, die er während des Flugs erworben hat. Damit wurde ein Soldat nötig. Nachdem ich Del Gennio getötet hatte, bekam ich den Auftrag, den Jungen herbeizuschaffen.«

»Aber Sie haben sich entschlossen, ihn statt dessen zu töten.«

»Ein unabhängiges Vorgehen meinerseits«, erklärte Trench. »Es war bereits unvermeidlich, daß ich mich von Chilgers trennen mußte, und ich konnte nicht dulden, daß er die Macht beherrschte, die der Junge besaß. Außerdem hatte ich nicht die Absicht, dem Jungen zu ermöglichen, seine Fähigkeiten an mir anzuwenden. Ich kenne meine Grenzen, Wintermann, und was auch immer dieser Junge anrichten kann, es übersteigt sie bei weitem. Die einzige Alternative war, ihn zu töten.«

»Aber jetzt hat Chilgers ihn, dank Scalia.«

»Noch ein Grund für uns, schnell vorzugehen. Chilgers wird hinter uns beiden her sein, wenn er vom Scheitern der Exekution im Bahnhof erfährt. Gemeinsam könnten wir vielleicht etwas gegen seine Armee ausrichten, wenn es auch keine schlechte Idee wäre, wieder mit Ihren alten Freunden Kontakt aufzunehmen.«

Bane runzelte die Stirn. »Ich habe nur keine Ahnung, wem ich noch vertrauen kann, Arthur Jorgenson eingeschlossen.«

»Jorgenson hatte nichts mit dem zu tun, was heute nachmittag passiert ist.«

»Wie dem auch sei, es waren seine Leute, die versucht haben, mich zu beseitigen. Und Sie haben selbst eingestanden, Trench, daß Sie über nichts informiert waren, was bei COBRA vor sich geht. Jorgenson, ja selbst die gesamte Regierung, könnte von Anfang an dabei gewesen sein.«

Der Wagen blieb im Verkehr stecken. Trench verkrampfte sich wieder. Um sie herum ertönten wütende Hupen.

»Nein«, beharrte er. »Chilgers beabsichtigt, Vortex ohne Wissen der Regierung zu aktivieren. Er hat diese Operation allein gelenkt. Seit zwanzig Jahren überwacht er persönlich Profesor Metzencroys Arbeit.«

»Metzencroy ist tot.«

Trench runzelte die Stirn. »Das überrascht mich nicht. In letzter Zeit war Chilgers' Unzufriedenheit mit Metzencroys Einstellung mehr als nur deutlich. Und bei Chilgers führt Unzufriedenheit schnell zur Eliminierung.«

»Wollen Sie damit sagen, daß er Metzencroy töten ließ?«

»Das ist fast sicher.« Trench zögerte, verstärkte seinen Griff um das Lenkrad. »Da ist noch etwas, das Sie wissen sollten, Wintermann.«

»Ich höre.«

»Vor fünf Jahren, in Berlin . . . da sollten Sie mein Ziel sein.«

»Ich weiß. Ein anderer ist an meiner Stelle dorthin geflogen.«

»Sie verstehen nicht. Ich wurde von . . . gewissen Stellen Ihrer Regierung beauftragt, den Auftrag auszuführen.«

»Was?«

»Ich dachte, Sie hätten es nach all den Jahren geahnt.«

Der Schock traf Bane wie einen Schlag in den Magen. »Wer?« fragte er verbittert. »Wer hat Ihnen den Auftrag erteilt, Trench?«

»Diese Männer haben keine Gesichter, Wintermann. Jemand ganz oben wollte Sie töten oder kaltstellen lassen, Sie aus dem Spiel nehmen. Sie beharrten darauf, in den aktiven Dienst zurückzukehren. Das Risiko dafür war zu groß. Wären Sie gefangengenommen worden, hätten Sie zuviel gewußt.«

»Jorgenson«, murmelte Bane.

»Nein. Es war jemand, der in der Regierungshierarchie weit über Jorgenson stand. Vielleicht läßt sich nach all diesen Jahren nie mehr herausfinden, wer es war. Aber es gibt noch eine Chance. Vielleicht kann Jorgenson Ihnen helfen. Ihm können Sie immer noch mehr vertrauen als den anderen. Noch ein Grund, ihn aufzusuchen«, sagte Trench mit fast väterlichem Ton, und der Altersunterschied zwischen ihnen ließ die Worte durchaus angemessen klingen.

»Wie haben Sie es eigentlich geschafft?« fragte Bane ihn. »Wie konnten Sie so lange im Spiel bleiben?«

Trench setzte zu einem Kichern an, seufzte dann jedoch. »Ich habe mich niemals mit Ländern oder Ideologien identifiziert. Die Politik ist nur dazu gut, ein Gewissen zu entwickeln, und in unserem Geschäft ist ein Gewissen eine unerträgliche Last. Sie waren der Beste, Wintermann, doch Sie haben sich mit etwas identifiziert. Sie spielten nur für eine Seite, weil Ihnen an dieser Seite wirklich etwas lag, und das hat Sie schließlich vernichtet. Der Osten, der Westen; der Kommunismus, die Demokratie – das ist doch alles gleich. Das eine ist wie das andere. So oder so, für mich war die Moral nie ein Problem. Sobald die Moral mitmischt, übernehmen die Gefühle. Man zögert, zweifelt, denkt zuviel. Die Zeiten ändern sich nicht, nur die Politik. Eliminiert man die Politik, wird man zeitlos. Es ist immer eine Nachfrage nach unserer Art Arbeit vorhanden, wenn man sich seine Auftraggeber nicht mit dem Gewissen aussucht.«

»Haben Sie mir in der Penn Station das Leben etwa aus Gewissensgründen gerettet?«

»Vielleicht. Oder vielleicht auch aus den gleichen Gründen, die Sie in dem Hotelzimmer davon abgehalten haben, mich zu töten. Wir messen uns mit der gleichen Waagschale. Ein jeder von uns ist eine Berechtigung für die Existenz des anderen. Wir sind anders, aber trotzdem gleich, zwei Anachronismen, die beide über ihre zugestandene Zeit hinaus gelebt haben. Wir sind die Besten, doch die Besten sehnen sich nach Wettstreit, Konkurrenz.«

»Wir sind keine Rivalen mehr.«

»Sie haben natürlich einen Unterschlupf.«

Bane nickte. »Den bestmöglichen. Ein Toter wohnt dort.«

»Da ist ein Problem«, sagte Bane, als sie das Haus erreicht hatten, in dem »The Bat« wohnte. »Der Mann, der uns Deckung gibt, ist der, den Sie in Berlin zum Krüppel gemacht haben.«

»Harry Bannister?«

»Genau der. Jemand hat heute versucht, ihn auszuschalten, den Hit jedoch vermasselt. Der Schütze wußte nicht, daß Harry im Rollstuhl sitzt.«

»Er ist nicht mehr aktiv, oder?«

»Nein, er arbeitet jetzt an einem Computer, was bedeutet, daß er uns helfen könnte, mehr darüber zu erfahren, worum es bei Vortex geht.«

Als Trench Bane in die Wohnung folgte, betrachtete Harry »The Bat« ihn mit verschwommenem Wiedererkennen. Dann wölbten sich seine Augen vor, und sein Kopf schnappte zurück gegen die Lehne des Rollstuhls. Seine Hand griff nach der Magnum.

»Gott im Himmel . . .«

Bane hatte ihn erreicht, bevor er die Waffe vom Schoß heben konnte, und hielt seine Hand fest. »Hör mir zu, Harry, er ist jetzt auf unserer Seite.«

»Auf deiner vielleicht, aber nicht auf meiner!« Und die linke Hand Bannisters griff nach einer anderen seiner Pistolen.

Bane hielt auch diese fest. »Er hat mir heute das Leben gerettet, Harry.«

»Und mir meins vor fünf Jahren versaut. Erwartest du, daß ich das einfach vergesse?«

»Genausowenig, wie ich erwarte, daß du vergißt, daß Janie heute getötet und Davey gekidnappt wurde. Und Trench kann uns helfen, an die Leute heranzukommen, die dahinterstecken.«

Bannisters Augen füllten sich mit Tränen. »Dieser verdammte Hurensohn hat mir meine Beine geraubt, Josh. Ich muß ihn festnageln! Du mußt verstehen, daß ich das Arschloch festnagle!«

Bane hielt Bannisters Arme weiterhin fest. »Hör mir zu, Harry, und hör mir gut zu. Sie haben versucht, mich in der Penn Station umzubringen, und sie hätten es beinahe geschafft. Ich lebe nur noch, weil dieser Mann Scalia eine Kugel zwischen die Augen geschossen hat. Hast du mich verstanden, Harry? Er hat mir das Leben gerettet! Darum geht es jetzt, um Leben und Tod. Um echte Kugeln und echte Leichen. Wir haben jetzt andere Spielregeln, und ich habe nicht vor, das Spiel zu verlieren. Die einzigen Leute, die mich zur Zeit interessieren, sind die, die mir helfen können, am Leben zu bleiben, und das bist du . . . und er. Nur ihr beide. Zwinge mich nicht, eine Wahl zu treffen.«

Bane fühlte eine Hand auf seiner Schulter und dann ein leichtes Zerren, als Trench ihn zur Seite zog. »Lassen Sie ihm seine Pistolen, Wintermann. Lassen Sie ihn tun, was er tun muß.«

Mit einer zitternden, schweißnassen Hand hob Harry die Magnum und zielte auf Trenchs Kopf.

Der Killer rührte sich nicht und sah ausdruckslos zu ihm hinab.

»The Bat« spannte die Magnum.

Trench sah ihn an.

»The Bat« ließ die Pistole auf seinen Schoß fallen und schlug die Hände vors Gesicht.

»Dieser Mistkerl hat mir meine Beine genommen«, stöhnte er. *Meine Beine!*« Und er schlug auf seine Schenkel, als hätten sie die Schuld an alledem.

Dann gab Trench ihm seine Würde zurück. »Ich habe mich im Wagen geirrt, Wintermann«, sagte er, den Blick weiterhin auf Harry gerichtet. »Es gibt doch noch drei von uns, und nicht nur zwei.«

Harry blickte auf; seine Augen waren nun wieder schärfer.

»Ich habe getan, was ich tun mußte«, sagte Trench zu ihm. »Ich werde Ihnen keine Entschuldigung anbieten. Statt dessen werde ich Sie nur daran erinnern, daß die Urteile, die Männer wie wir treffen müssen, immer vom Zwang des Augenblicks bestimmt werden. Unter dem Zwang dieses Augenblicks brauchen wir einander.«

»Und wenn diese Sache vorbei ist, werde ich Ihnen eine Kugel durch den Kopf schießen«, sagte Harry mit grimmiger Entschlossenheit.

Trench lächelte; er war anscheinend zufrieden mit dem Kompromiß. »Beim nächsten Mal wird es nicht so leicht werden. Sie haben Ihre Chance gehabt. Beim nächsten Mal treffen wir uns unter anderen Umständen.«

»Einverstanden, Sie Arschloch«, schnappte »The Bat«.

»Ich glaube, wir haben einen Waffenstillstand erreicht«, sagte Trench zu Bane. »Für den Augenblick zumindest.«

»Gut«, erwiderte Bane, »denn jetzt werden wir Harrys Computer brauchen.«

»Hast du vergessen, daß ich tot bin?«

»I-Com-Tech hat einen Dienstboteneingang, und du hast Vollmacht, das Gebäude an Wochenenden und nach Dienstschluß betreten zu dürfen.«

»Was brauchst du?« fragte Bannister, froh über die ihm zuteil werdende Aufmerksamkeit. Dabei ließ er Trench nie länger als eine Sekunde aus den Augen.

»Es muß irgendeine Verbindung geben, die wir noch nicht kennen. Irgendein gemeinsamer Nenner zwischen Einstein und Metzencroy, der uns genau verraten wird, was COBRA mit Vortex vorhat.«

»Vortex?« echote Harry.

»Der Kodename des Projekts, zu dem Jake Del Gennio uns geführt hat. Inzwischen werde ich Arthur Jorgenson anrufen. Ich glaube, es ist an der Zeit, nach Hause zu gehen.«

Zwei Minuten später war Jorgenson am anderen Ende der Leitung. »Josh, wo bist du?«

»Du erwartest doch nicht wirklich, daß ich dir das sage?«

»Nicht, wenn du es nicht willst.«

»Es ist lange her, Art.«

»Wir hätten uns eher treffen sollen, Josh. Mir tut leid, was auf dem Bahnhof passiert ist.«

»Fast hättest du dich bei meiner Leiche entschuldigen müssen.«

»Es wird nicht noch einmal geschehen, du hast mein Wort. Beim nächsten Mal werde ich mich persönlich darum kümmern.«

»Woher weißt du, daß es ein nächstes Mal geben wird?«

»Weil wir uns zu lange kennen, als daß es kein nächstes Mal geben würde.«

»Wir haben uns nie wirklich gekannt.«

»Jetzt spiele nicht den Philosophen, Josh. Wir haben keine Zeit mehr. Ich muß wissen, was du herausgefunden hast.«

»Eine verteufelte Schweinerei.«

»Ich weiß. Nenne nur deine Bedingungen für ein Treffen, und ich werde sie erfüllen.«

»Du, Art. Ich will dich persönlich sprechen.«

»Das habe ich bereits angeboten. Nenne den Ort und die Zeit, und ich komme.«

»Die Washington Bullets haben morgen abend ein Spiel im Capital Center in Landover. Ich hinterlege an der Kasse eine Eintrittskarte für dich, und ein paar für deine Leibwächter in einem benachbarten Block. Wenn sie irgend etwas versuchen, werden sie tot sein, bevor sie es zu Ende gebracht haben. Das weißt du, Art.«

»Ja, das weiß ich.«

»Es wird dich auch interessieren, daß ich jetzt mit Trench zusammenarbeite und wir beide eine Lebensversicherung auf Gegenseitigkeit abgeschlossen haben. Wenn ich das Capital Center morgen abend nicht lebendig verlasse, wird mein neuer Freund dich beseitigen.«

»Können wir uns nicht eher treffen?«

»Es war ein langer Tag, Art, und eine Menge Leute sind um mich herum tot zusammengebrochen. Ich muß mich eine Weile aufs Ohr legen und habe nicht vor, morgen den direkten Weg zur Hauptstadt zu nehmen.«

»Niemand will mehr als ich, daß du sicher hier eintrifft, Josh.«

»Das wollen wir hoffen.«

23

»Bane hat gerade angerufen«, meldete Jorgenson, schloß die Tür des Oval Office hinter sich und trat zu seinem Stuhl.

»Haben Sie den Anruf zurückverfolgt?« fragte der Präsident.

Jorgenson schüttelte den Kopf. »Konnte ich nicht. Er hat sich wieder über eine abhörsichere Leitung für Notfälle gemeldet.«

»Verdammt! Was zum Teufel ist da oben passiert, Art?«

»Genau das, womit ich gerechnet habe, als die ersten Berichte eintrafen. Bane hat die vier Männer getötet, die ich ihm als Eskorte geschickt habe, weil sie versuchten, ihn zu töten.«

»*Ihre* Männer?«

»Genaugenommen nicht meine. DCO, CIA, NSA, DIA – keine dieser Organisationen hat die Erlaubnis, im eigenen Land zu arbeiten, doch manchmal zwingen uns die Notwendigkeiten, diese Vorschrift zu umgehen. Wie heute nachmittag. Bei diesen seltenen Gelegenheiten wählen wir Agenten von einem Stamm freiberuflicher Mitarbeiter aus. Ein DCO-Team zusammenzustellen, zu unterweisen und auf den Weg zu schicken, hätte uns zusätzliche fünf Stunden gekostet, und diese Zeit hatten wir nicht, womit wir auf die Freien angewiesen waren. Ich kenne die Leute gar nicht, die den Auftrag hatten, Bane hierher zu bringen.«

»Soll das eine Entschuldigung sein, Art?«

»Nur eine Erklärung; für Banes Vorgehen, nicht für meins.«

»Was will er jetzt?«

»Etwas mehr Absicherung, daß wir nicht diejenigen waren, die ihn töten wollten. Genau gesagt – er will mich.«

»Sie?«

Jorgenson nickte. »Er hat für morgen abend ein Treffen nach seinen Bedingungen arrangiert. Er hat nach Vietnam sieben Jahre lang für mich gearbeitet, und so gehe ich davon aus, daß er der Meinung ist, ich sei noch immer seine beste Rückversicherung.«

»Ich nehme an, er hat Ihnen keine Andeutung gemacht, welcher Sache er auf der Spur ist.«

»Nicht die geringste. Bane vertraut keinen Telefonleitungen, ganz egal, wie abhörsicher sie eigentlich sein sollen. Wir können lediglich mit Sicherheit schließen, daß die Kräfte hinter dem Anschlag auf das Center Zugang zu dem gleichen Stamm freiberuflicher Agenten haben wie wir auch und die Dinge heute nachmittag ein wenig nach ihrem Geschmack manipuliert haben.«

»Nur eine Regierungsabteilung oder ein Ministerium hätte solch einen Zugang«, warf der Präsident ein.

Jorgenson musterte ihn grimmig.

»Sie wollen damit sagen, daß jemand in Washington Bane tot sehen will.«

»Zumindest jemand, der in Washington erstklassige Beziehungen hat. Die Frage ist – wer? Und warum?«

»Es gibt noch eine andere Möglichkeit.« George Brandenberg rutschte auf seinem Stuhl vor. »Bane könnte selbst hinter alledem stecken.«

»Das ist doch lächerlich!« entgegnete Jorgenson.

»Ach ja?« sagte der Verteidigungsminister herausfordernd. »Zuerst einmal haben wir nicht den geringsten Beweis, daß das Center tatsächlich irgendeiner Sache auf der Spur war, keinen einzigen Beweis bis auf Banes unbegründetes Wort unmittelbar nach dem Massaker.«

»Das reicht mir.«

»Ich verstehe nicht, wieso es Ihnen reichen kann. Ich habe mir in den beiden letzten Stunden Banes Personalakte angesehen. Seine Persönlichkeit wurde vor fünf Jahren als unstabil eingestuft, und sein psychologisches Profil führt die Möglichkeit ›neurotischen oder manischen Verhaltens‹ sowie eine ›unterdrückte Neigung zu Gewalttätigkeit‹ auf.«

»Seine Neigung zur Gewalttätigkeit war niemals ›unterdrückt‹«, stellte Jorgenson fest.

»Vielleicht nicht, bis er sich aus dem aktiven Dienst zurückzog. Was ist mit der Zeit danach?«

»Worauf wollen Sie hinaus?«

»Daß Bane seine Eskorte vielleicht ohne die geringste Provokation umgebracht hat. Daß wir es hier mit einem verrückten Killer zu tun haben.«

»Ich nehme an, dann möchten Sie auch andeuten, daß er ebenso hinter dem Anschlag auf das Center steckt.«

Brandenberg runzelte die Stirn. »Das haben Sie gesagt, Art, nicht ich.«

»So ein Blödsinn!«

»Da wäre ich mir nicht so sicher.«

»Sie brauchen mehr, um solch eine Schlußfolgerung zu vertreten, wie Sie sie gerade von sich gegeben haben, George«, warf der Präsident ein.

»Und ich glaube, ich habe auch mehr. Ich habe im Lauf der Jahre Hunderte solcher Persönlichkeitsprofile studiert, und aus Banes Akte läßt sich unschwer schließen, daß wir es hier mit dem Drang zu tun haben, irgend etwas in Gang zu setzen, irgendeine Zündschnur anzuzünden. *Ganz egal, worum es dabei geht.* Wir haben gesehen, was der plötzliche und völlige Verlust von Kampfhandlungen bei einem Mann wie Bane auf lange Sicht bewirken kann. Die Auswirkungen bauen sich nur langsam auf, werden mit der Zeit immer stärker. Eines Tages kommt es dann zum Zusammenbruch.«

»Er ist nicht zusammengebrochen«, wandte Jorgenson ein.

»Das können wir doch gar nicht wissen, oder? Wir sprechen hier über einen Mann, der im Prinzip eine zweite Persönlichkeit entwickelt hat, die er zum Töten benutzt, eine Persönlichkeit, die sich zum Teil von seiner eigenen unterscheidet. Ich frage Sie nun, mit wem wir es in New York zu tun haben, mit Joshua Bane oder dem Wintermann?«

»Das ist ein und die gleiche Person, George.«

»Stellen Sie sich doch nicht so naiv, Arthur. Über zehn Jahre lang bestand Banes einzige Aufgabe im Töten. Punkt. Er hat sie besser erfüllt als jeder andere, den wir hatten, und auch länger. Die meisten Männer wie Bane läßt das Glück im Stich, bevor sie eine andere Betätigung finden. Man erwartet von ihnen nicht, daß sie ihren dreißigsten Geburtstag erleben, nicht bei den Regeln dieses Spiels. Bane hätte in Vietnam sterben sollen. Unser Fehler war es, ihn überhaupt nach Hause zu holen.«

»Mein Gott«, zischte Jorgenson, »hören Sie doch nur, was Sie da sagen.«

»Bedenken Sie doch nur, welche Vorzüge er entwickeln

mußte, um das Spiel so lange und erfolgreich spielen zu können, wie er es getan hat. Fragen Sie doch mal Ihren gesunden Menschenverstand, zu was für einer Art Mensch Bane werden mußte, um so lange zu bestehen. Und was passiert mit solch einem Menschen nun, wenn er aufhört? Zieht er sich einfach zurück und verschwindet? Oder lauert er unter der Oberfläche und wartet nur auf seine Chance, wieder aktiv werden zu können?«

»Solange Sie über Banes Vergangenheit sprechen«, hielt Jorgenson dagegen, »sollten Sie lieber nicht vergessen, daß er vielleicht der größte Soldat ist, den Amerika je gehabt hat. Oh, es hat im Laufe der Jahre viele gegeben, die ihm körperlich gleichkamen oder ihn sogar übertrafen. Banes Vorzug lag jedoch in seinem Verstand, war ein rein psychologischer. Er verstand, was er tun mußte, und hat es vielleicht sogar noch genossen, weil das die einzige Möglichkeit war, wie er weitermachen konnte. Aber wenn er zusammengebrochen wäre, wäre dieser Zusammenbruch schon vor langer Zeit erfolgt. Bane hat das Spiel wegen seiner geistigen und nicht wegen seiner körperlichen Kraft so lange überlebt. Bei den Clondestine Operations habe ich mit Hunderten von *Männern* wie Bane zu tun gehabt – und nicht nur Akten –, und psychologisch gesehen ist er der härteste von allen, die mir jemals untergekommen sind.«

»Dieser Streit wird uns nicht weiterbringen«, warf der Präsident fest ein. »Sie beide scheinen einen Punkt zu übersehen: heute wurde eine Einrichtung *dieser Regierung* überfallen, und vielleicht steckt eine andere Einrichtung dahinter. Drei Menschen, die auf der Gehaltsliste des Schatzamtes standen, sind tot, und bloßer Wahnsinn ist mir als Motivation zuwenig. Und die Implikationen des Zwischenfalls in der Penn Station machen mir auch zu schaffen. Wer auch immer dahintersteckt, ihm scheint sehr daran gelegen zu sein, Bane zu beseitigen, was es unumgänglich macht, die Beweggründe dafür herauszufinden, wollen wir dieser Sache jemals auf den Grund gehen.«

»Und da kommt Bane wieder ins Spiel«, faßte Jorgenson zusammen.

»Es ist ein Risiko damit verbunden, das ich nicht akzeptieren kann«, führte Brandenberg aus. »Wir sprechen hier über Arthurs Sicherheit.«

Jorgenson war ungerührt. »Dieses Risiko will ich gern eingehen.«

Als Davey Phelps aufwachte, fror er und war doch in Schweiß gebadet. Alles um ihn herum war dunkel, und er war sich einer Bewegung bewußt. Dcoh als er versuchte, seine Arme zu bewegen, stellte er fest, daß ihnen in alle Richtungen der Weg versperrt war. Als Davey die Füße ausstreckte und gegen ähnliche Hindernisse stieß, hatte er das Gefühl, in einem Sarg auf dem Weg zum Begräbnis gefangen zu sein.

Allmählich konnte er wieder klarer denken, und er vermutete auch, daß seine Augen wieder sehen konnten, wenngleich er dies in der Dunkelheit nicht genau sagen konnte. Dunkelheit . . . so hatte es angefangen. Er erinnerte sich, wie er mit zwei Wachen im Hinterzimmer von King Congs Sporthalle gewesen war. Er stellte gerade auf dem Radio in der Ecke einen Sender ein, als plötzlich alle Lampen erloschen. Eine der Wachen sagte ihm, er solle sich nicht von der Stelle rühren, doch dann drehten die Schwingungen durch und verrieten ihm, daß eine kalte, böse Person den Raum betreten hatte. Er stieß mit dem Schaudern zu, doch ohne die Hilfe seiner Augen konnte er nicht zielen. Davey hörte zwei leise Schüsse, und dann blitzte ein blendend helles Licht in seinen Augen auf und lenkte ihn für eine Sekunde von Dem Schaudern ab. Diese Sekunde mußte der großen Gestalt, die er ausgemacht hatte, genügt haben, um einen Pfeil in seinen Arm zu schießen, und er verlor das Bewußtsein.

Und nun war er hier. Es spielte keine Rolle, was dies für ein Ort war, denn die Bewegung, die er spürte, verriet ihm, daß er sich auf dem Weg an einen anderen Ort befand. Er konnte in einem Flugzeug liegen, in einem Zug, einem Auto – es spielte keine Rolle. Es kam nur darauf an, ob er fliehen konnte.

Davey versuchte, sich zu beruhigen, zu entspannen. Er konzentrierte sich in der Dunkelheit und atmete ein paarmal tief ein, lenkte seine Aufmerksamkeit auf die modrig riechende Kiste, in die man ihn gelegt hatte. Er sah, daß sie mit Scharnieren versehen, verschlossen und mit einer Kette gesichert war. Er sah, wie er sich aus der Kiste befreite.

Davey griff nach Dem Schaudern.

Die Kiste ächzte.

Davey versuchte es noch einmal.

Draußen dehnte sich Metall, scharrte auf Holz.

Davey fühlte, wie der Preßlufthammer in seinem Kopf eingeschaltet wurde.

Die Ketten gaben allmählich nach. Davey mobilisierte seine letzten Kraftreserven, versuchte, die Schlösser zu sprengen.

Die Kiste erzitterte, und er spürte, daß sie kurz davor stand, an den Fugen zu zerbrechen. Er kniff die Augen zusammen, kämpfte gegen den fürchterlichen Schmerz an, der in seinem Kopf wütete, und griff nach allem, was Das Schaudern ihm geben konnte.

Die Kiste erzitterte jetzt wirklich, scharrte über den Boden und ließ die Ketten rasseln. Dann blitzte es vor seinen Augen hell auf, und alles war vorbei. Davey war übel. Der Schmerz in seinem Kopf kam und ging wie das Ticken einer Uhr.

Er atmete erneut ein paarmal tief ein und versuchte, seinen Magen zu beruhigen, damit er sich in der schrecklichen Enge seines winzigen Gefängnisses nicht übergeben mußte. Er versuchte, nicht daran zu denken. Ihm wurde jetzt kälter, und er schlang die Arme um den Leib, rieb sich warm und fragte sich, wo seine Lederjacke war. Im Inneren der Kiste war es feucht, und er nahm den schwachen Geruch des Schweißes wahr, den Das Schaudern auf seine Haut gebracht hatte. Schließlich entspannte er sich.

Er versuchte es mit Den Schwingungen, in der Hoffnung, sie könnten ihm verraten, wo er war, wohin er fuhr. Doch er konnte sie nicht finden, und so rollte er sich enger zusammen und richtete seine Gedanken auf Josh. Josh hatte ihn schon einmal gerettet. Er würde ihn jetzt nicht im Stich lassen.

Davey fragte sich, ob er vielleicht Joshs Gedanken erreichen, ihm sagen konnte, wo er war, wenn er es nur hart genug mit Dem Schaudern versuchte, sich anstrengte wie noch nie zuvor.

Doch selbst, wenn es ihm möglich wäre, wüßte er immer noch nicht, was er ihm sagen sollte. Er war in einer Kiste und wurde . . . irgendwohin gebracht. Das war alles. Und er brauchte nur an Das Schaudern zu denken, um wieder den Schmerz in seinem Kopf zu spüren.

Er versuchte es erneut mit Den Schwingungen, doch es kamen nur Blitze daher, die er schon einmal gesehen hatte – die fürchterlichen Bilder, nach denen er Josh gesagt hatte, daß etwas Schreckliches geschehen würde. Wieder sah er Vernichtung, Tod, Dunkelheit. Alles war zerstört. Da waren Krater anstelle von Häusern, und verbranne Fleischklumpen, wo Menschen gestanden hatten. Die ganze Welt kam ihm heiß, rauchend, zusammengebacken vor.

Davey wollte schlafen, konnte es aber nicht. Er ertappte sich immer wieder dabei, wie er die wunde Stelle an seinem rechten Arm rieb, wo ihn wohl der Pfeil getroffen hatte. Die Wirkung der Droge hatte nachgelassen, und nun war er verdammt, den Rest der Reise wach zurückzulegen.

Josh . . . komm und rette mich, Josh!

Davey wußte, daß Bane die Worte nicht hören konnte, aber sie zu denken, ließ ihn sich besser fühlen und lenkte ihn von der schwarzen Kiste ab, in der er lag.

Ich weiß, daß du kommen wirst, Josh. Ich weiß, du wirst kommen . . .

Der sechste Tag:

ISOLATION

He's gotten so lost
He's been double-crossed
By a change in the wind.
He's gone solo again
And he can't slow down now
To pick up a friend.

Dan Fogelberg

24

Innerhalb von zwölf Stunden war im Kino von Bunker 17 gerade zum zweiten Mal *Mad Max* gelaufen. Da die beiden Schichten des Stützpunkts nur selten mit der traditionellen »Tageszeit« zusammenfielen, hatte die erste Vorführung um Mitternacht und die zweite am Samstag um zwölf Uhr mittags angefangen.

Maj. Christian Teare hatte sie sich beide angesehen.

»Das, Cap«, sagte er zu Heath, der neben ihm saß, während der Nachspann abrollte, »war mal ein richtig guter Film gewesen. Ich wünschte nur, wir könnten mehr davon bekommen. Genug Blut und Eingeweide für Sie?«

»Reichlich.«

»He, Cap, haben Sie sich schon mal vorgestellt, wie es wäre, wenn sich solch ein Film mal als wahr erweisen sollte? Sie wissen schon, das Ende der Welt ist da, und es gibt nur noch ein paar Enklaven mit Menschen, die als Düngemittel für einen Garten besser dran wären.«

»Ich versuche, mir so etwas nicht vorzustellen, Major.«

»Ich auch, aber manchmal kann man einfach nicht umhin.« Teare zog an seinem buschigen Bart. »Und wissen Sie, was mir dabei am meisten an die Eier geht? Eigentlich mehrere Dinge. Zum einen, daß wir diejenigen sind, die bei solch einem Krieg so richtig mitmischen, und zweitens, daß . . . na ja . . .« Teare suchte nach Worten – »daß wir sehr wahrscheinlich zwanzig Meter unter all der Scheiße, die herunterkommen wird, zusehen müssen, wie die Welt untergeht. Geben Sie mir ein Maschinengewehr mit einer Million Schuß, und ich wäre wesentlich glücklicher.« Teare hielt inne, und Heath hoffte, er sei fertig. Er war es nicht. »He, Cap, haben Sie jemals darüber nachgedacht, wie der letzte große Knall anfangen wird?«

Heath wollte gerade antworten, als alle Lampen in dem Vorführraum plötzlich gelb aufblinkten und einen Wechsel in den zweithöchsten Alarmzustand signalisierten.

»Was zum Teufel . . .?«

»Eine Übung, Major?« fragte Heath voller Hoffnung.

»Ich habe sie jedenfalls nicht angeordnet. Wer ist der diensthabende Offizier?«

Heath sah in seinem immer gegenwärtigen Aktendeckel nach. »Parkinson.«

Sie waren jetzt im Gang und schritten schnell aus.

»Der alte Willie B.?« rief Teare. »Scheiße, diese dumme Ente hat wahrscheinlich den Kode falsch gelesen. Ich werde ihm dafür den Arsch aufreißen, Cap. Man spielt nicht mit dem Dynamit herum, das wir hier gelagert haben.«

Teare und Heath eilten durch die kreisrunden Gänge, die in den nächsten zwei Minuten noch in Gelb getaucht sein würden; danach würden nur noch die Statustafeln, von denen sich jeweils eine in jedem Raum von Bunker 17 befand, diese Farbe beibehalten. Um sie herum eilte das Bunkerpersonal zu den Posten, die es während eines Yellow-Flag-Alarms einnehmen mußte; alle schienen sich irgendwie bewußt, daß dies keine normale Übung war. Es war sehr unwahrscheinlich, daß ein Red-Flag-Alarm ausgelöst wurde, wenn nicht zuerst ein gelber Alarm kam, und nun hatte diese undenkbare Abfolge begonnen und die immerwährende Routine der Basis durchbrochen.

»Es gibt besser einen guten Grund für den Alarm«, sagte Teare zu Heath.

»Solange es nur kein Ernstfall ist«, murmelte der Captain zur Erwiderung.

Die Kommandozentrale befand sich aus Sicherheitsgründen am anderen Bunkerende von der Disco. Sobald der Abschußvorgang eingeleitet war, konnten für den Fall, daß die Disco getroffen worden war und die Computer rechtzeitig umgeschaltet hatten, die Raketen auch von hier aus gestartet oder aufgehalten werden. Teare steckte seinen Kommandoausweis in den Computerschlitz der Zentrale, wartete auf das grüne Licht und zog den Ausweis wieder heraus. Die Tür glitt auf.

Die Kommandozentrale wirkte viel bescheidener, als ihre Bezeichnung es hätte vermuten lassen. Außer einer Reihe von Computerterminals und -bildschirmen, die jede Funktion der Station überwachten, bestand das einzige auffällige Gerät aus einer einzigen gewöhnlichen Computerkonsole an der rechten

Wand der Zentrale. Diese Konsole war über eine direkte Leitung mit dem NORAD-Hauptquartier verbunden, und im Ernstfall würden die einzigen Befehle, die man beachten mußte, von dort kommen. Eine Abfolge von Nummern und Buchstaben blitzte alle fünfzehn Minuten über den Bildschirm und ließ sich normalerweise als Bestätigung entziffern, daß keine besonderen Vorkommnisse vorlagen.

Willie B. Parkionson saß hinter der Konsole und gab gerade den dritten Bestätigungskode ein. Parkinsons Dienst in der Zentrale hatte ihn gezwungen, auf beide Vorführungen von *Mad Max* zu verzichten, doch er hatte seine Enttäuschung schnell vergessen, als er die letzte Nachricht entschlüsselt hatte.

»Es ist tatsächlich ein Yellow-Flag-Alarm, Major«, sagte er zu Teare, als der Major hinter ihn trat, um einen Blick auf den Bildschirm zu werfen. »Ich kann's nicht glauben, doch es ist ein Alarm.«

»Was Sie glauben, Willie B., ist hier einen Scheiß wert. Lassen Sie mich den Kode überprüfen.«

Parkinson zuckte die Ascheln und überließ seinen Platz Heath, dessen schnelle Überprüfung Parkinsons ursprüngliche Deutung bestätigte.

»Du großer Gott . . . Es ist wirklich ein Yellow Flag, Cap. Jemand muß sich da was ausgekocht haben.«

Der SAFE-Interzeptor, ein Gerät, das nicht größer als ein Schuhkarton und in die Computersole eingebaut war, beherrschte nun die Station.

»Es könnte eine Übung sein«, klammerte sich Heath an einen Strohhalm.

»Nicht, ohne nicht vorher den Kommandanten zu informieren. So was passiert einfach nicht. Das ist keine Übung.«

»Womit haben wir es dann zu tun?«

»Na ja, Cap, in der *ge-sam-ten* Geschichte von NORAD und seinen Vorgängern hat es erst dreimal einen echten Yellow-Flag-Alarm gegeben. Das erste Mal bei der Kuba-Krise, das zweite Mal 1972, als im Mittleren Osten jemand furzte und Nixon Scheiße roch, und das dritte Mal 1979, als jemand in

Washington das falsche Nachrichtenband einlegte und damit beinahe den dritten Weltkrieg ausgelöst hätte.«

»Und jetzt zum vierten Mal«, klagte Heath.

Christian Teare runzelte die Stirn und sah dadurch einem haarigen Bären noch ähnlicher als sonst. »Irgend etwas stinkt hier.« Und dann: »Gehen wir zur Disco und sehen nach, wie es dort läuft.«

»Noch haben wir doch keinen Abschußbefehl, oder, Major?« fragte Heath, während sie ihre Schritte zu einem leichten Trott beschleunigten.

»Dafür brauchen wir einen Red-Flag-Alarm, Cap, und den kann nur das SAFE-System auslösen. Wir können tausendmal um Bestätigung bitten, doch wenn diese roten Lichter aufblitzen, gibt es keine Möglichkeit mehr, sie auszuschalten. Das heißt, daß wir unseren Abschußbefehl haben. Direkt durch den Interzeptor an die Kommandozentrale. Ich hänge dann draußen, wie eine Fliege vor einem Fliegengitter. Ich könnte noch nicht einmal einen übergeordneten Befehl geben.«

Heath nickte wissend. »Das ist ein Scheißgefühl.«

»Na ja, wenn eine Fliege nicht zum Mittagessen eingeladen wird, frißt sie eben Scheiße.«

Captain Heath nickte, als würde er verstehen, was Teare meinte.

Sie hatten die Disco erreicht, und Heath wiederholte die Prozedur, die ihm erst vor achtundvierzig Stunden noch Zugang verschafft hatte. In der Disco ging alles ruhig vonstatten. Ein gelber Alarm hatte in erster Hinsicht eine psychologische Bedeutung. Das gesamte Konzept eines Raketenbunkers bestand darin, daß er ständig einsatzbereit war. Der Yellow-Flag-Alarm trieb diese Einsatzbereitschaft nur auf die Spitze, indem er sicherstellte, daß sämtliche Systeme ständig überprüft und überwacht wurden und das gesamte Personal einsatzbereit war.

Nichtsdestotrotz lag eine deutliche Spannung auf der Disco, die Teare genauso fühlen konnte wie den Bart auf seinem Gesicht. Die Männer und die eine Frau, die in der Disco Dienst taten, wußten, daß dies keine Übung war, und würden ihren Pflichten mit zusätzlicher Genauigkeit und Schweiß auf der

Stirn statt einem leichten Lächeln nachkommen, im Hinterkopf immer das Bewußtsein, daß jede Sekunde den Red-Flag-Alarm bringen konnte und dann die Raketen unterwegs sein würden. Noch schlimmer war, daß die Basis unter den Yellow-Flag-Vorschriften nun abgeschaltet war. Man kam nicht mehr hinein oder hinaus, und es wäre eine gesamte bewaffnete Division erforderlich, um die Sicherheitsmaßnahmen auf der ebenerdigen Etage zu durchbrechen. Die Menschen im Bunker 17 waren mit anderen Worten vollständig von der Außenwelt abgeschnitten. Am meisten schmerzte sie das Wissen, daß oben etwas passiert sein mußte und sie vielleicht hier unten sterben würden, ohne jemals zu erfahren, wobei es sich darum gehandelt hatte. Auf dieses Gefühl der Hilflosigkeit konnte sie keine noch so praxisnahe Übung vorbereiten.

Teare suchte mit den Blicken die Disco ab und stellte fest, daß ihr derzeitiger King ein Mann war, dem er nur gemäßigtes Vertrauen entgegenbrachte. Der Major sah auf die Uhr. Noch zwanzig Minuten bis zum Ende dieser Schicht; dann würde der Mann abgelöst werden. Vielleicht sogar von Kate Tullman, hoffte Teare. Frau oder nicht, sie war die Beste im Bunker 17. Teare fand sie vor einem der sechs querstehenden Monitorschirme.

»Kate T.«, sagte er und trat hinter sie. »Wofür steht das T?«

»Trouble«, erwiderte Kate Tullman und zwang sich ein schwaches Lächeln ab.

»Wie würde es Ihnen gefallen, bis auf weiteres Disco-Queen zu sein? Könnten Sie zwei betriebsame Neun-Stunden-Schichten durchstehen?«

»Sorgen Sie nur für genug Kaffee, Major, und ich komme zurecht.«

»Genau das wollte ich hören«, sagte Teare und trat wieder zu Heath.

»Ich kapiere das immer noch nicht, Cap. Irgendwas stimmt hier nicht.«

»Soweit ich es sehe, läuft alles routinemäßig ab.«

»Ich meine den Yellow-Flag-Alarm aus dem Nichts.«

»Müssen Sie nicht damit rechnen, daß er genau von dort kommt?«

»Vielleicht. Wahrscheinlich habe ich niemals erwartet, daß der Ernstfall jemals eintreten würde.«

»Wer sagt denn, daß wir einen Ernstfall haben? Es ist vorerst nur ein Yellow Flag. Vielleicht hat im Mittleren Osten wieder jemand gefurzt.«

»Nicht bei diesem Präsidenten. Er pfuscht nicht herum.«

»Trotzdem, Major, meinen Sie nicht, daß es genau mit diesem Szenario anfangen würde, sollte es jemals zu einem heißen Krieg kommen?«

Teare fuhr sich, nicht von den Argumenten seines Gegenübers überzeugt, durch den Bart. »Warum haben sie dann nicht direkt einen Red Flag ausgelöst?«

Heath dachte einen Augenblick lang nach. »Psychologische und andere Vorbereitungen, genau, wie es im Lehrbuch steht.«

»Ich gebe einen Scheißdreck auf das Lehrbuch. Im Ernstfall wäre gar keine Zeit mehr für solch einen Mist. Außer . . .«

Heath fühlte sich plötzlich ganz elend. »Major, Sie wollen doch nicht andeuten . . .«

»Ein Erstschlag, Cap. Vielleicht bereiten sie uns darauf vor. Etwas, wovon unsere ganzen Übungen nicht gerade große Notiz nehmen.«

»Aber Bunker 17 hat defensive Aufgaben wahrzunehmen.«

»Was ist an etwa sechsunddreißig MX-Raketen mit jeweils zehn Sprengköpfen devensiv?«

Heath zuckte die Achseln.

»Alle Systeme haben Schwächen, Cap. Wenn man nur clever genug ist, kann man sogar herausbekommen, wie man sich selbst in einer Zwangsjacke am Arsch kratzen kann. Wissen Sie, was der beliebteste Film bei der gesamten NORAD ist, Cap? *Dr. Strangelove Oder wie ich lernte, die Bombe zu lieben,* in dem ein einziger Mann verrückt wird und die ganze Erde vernichtet.«

»Das System wurde dazu errichtet, dies zu verhindern, Major.«

»Schwächen, Cap, Schwächen.« Teare nickte sich selbst zu. »Ich werde meine Befehle nicht mißachten, Cap, und wenn wir Red-Flag-Alarm bekommen, werde ich mit meinem Arsch auf den Knopf springen, wenn das nötig sein sollte, um die

Raketen auf den Weg zu bringen. Ich will nur sichergehen, daß wir hier nicht hereingelegt werden.«

»Wie denn?«

»Für den Auftrag möchte ich, daß Sie an ein paar Radios tricksen. Ich will mir mal einige Privatsender anhören, um herauszubekommen, ob da oben etwas vor sich geht, von dem wir wissen müßten.«

»Das ist gegen die Vorschriften, Major.«

»Die Vorschriften sind einen Scheißdreck wert, Cap, wenn Ackerland in Pawtawnee County in Georgia Feuer fängt.«

Heath zuckte die Achseln. »Dann wollen wir hoffen, daß die zivilen Sender nichts Ungewöhnliches zu berichten haben.«

»In diesem Fall, Cap, hätte ich nur gern, daß mir jemand verrät, was zum Teufel wir hier mit einem Yellow-Flag-Alarm sollen.«

25

Arthur Jorgenson saß ungeduldig hoch oben auf der Tribüne des Landover-Stadions von Maryland. Unten auf dem Spielfeld prügelten die New York Knicks wütend auf die Washington Bullets ein, doch das Spiel interessierte den Direktor der Clandestine Operations nicht im geringsten. Er hatte die Eintrittskarte abgeholt, die Bane für ihn hinterlegt hatte, und schon lange vor Spielbeginn seinen Platz eingenommen. Er hätte mit einem Platz weiter unten am Spielfeld gerechnet, wo sich mehr Zuschauer zusammendrängten. Wie es jedoch aussah, hatten Bane und er praktisch den ganzen Tribünenabschnitt für sich allein, was auch, nun, wo er darüber nachdachte, genau das war, was der Wintermann wollte.

Jorgenson war der Chef einer keiner Partei angehörenden Abteilung, die sich mit Projekten befaßte, die über die Bandbreite traditioneller Geheimdienste hinausgingen. Diese Abteilung setzte sich hauptsächlich aus Soldaten zusammen, Außenagenten, deren Aufträge darauf abzielten, die den USA gegenüberstehenden Machtverhältnisse zu deren Gunsten zu verschieben oder zumindest dafür zu sorgen, daß sie blieben, wie sie waren. Sabotage, Spionage, Anschläge, Terroraktionen – das alles war den Männern vom DCO geläufig, während die Existenz der DCO selbst nur einer Handvoll Eingeweihter bekannt war. Die DCO war die letzte Organisation, die unter einem Schleier der Geheimhaltung operierte, wenngleich ihre Tage unter diesem Schleier auch gezählt zu sein schienen, was Jorgenson schon lange, bevor es zu diesem Zwischenfall gekommen war, zunehmend nervös gemacht hatte.

Er war vor fünf Jahren dazu bereit gewesen, von seinem Posten zurückzutreten, hatte es aber nicht getan, weil sich kein anderer finden ließ, der die DCO auf dem Standard, den er geschaffen hatte, führen konnte. Die Macht, die diese Stellung mit sich brachte, war eine Herausforderung an das Gewissen, und Jorgenson wußte, daß mißbrauchte Macht eine verschwendete Macht war. Er predigte in der DCO Mäßigung, während er wußte, daß andere Männer die gewaltigen Möglichkeiten und Freiheiten der Organisation benutzen würden, um sich in Angelegenheiten einzumischen, in die einzumischen sie kein Recht hatten, und internationale Spannungen schaffen würden, wo es sonst keine gegeben hätte. Also war er bei der DCO geblieben und würde wahrscheinlich auch bis zu seinem Tod dort bleiben, in der Hoffnung, daß zu diesem Zeitpunkt die Organisation ihre Aufgabe erfüllt haben würde und aufgelöst werden könne.

»Gefällt dir das Spiel, Art?«

Jorgenson drehte sich um und sah, wie sich Bane auf den Platz neben ihm setzte. Er hielt ihm eine geöffnete Tüte hin.

»Erdnüsse, Art?«

Unten auf dem Spielfeld ließ die Halbzeitpause nicht mehr lange auf sich warten.

»Du kommst spät.«

Bane knackte eine Erdnußschale und schnippte sich den Inhalt in den Mund. »Wohl kaum. Ich war schon lange vor dir hier. Ich gehe nur auf Nummer Sicher. Außerdem wollte ich dich ein wenig schmoren lassen. Es läßt sich aushalten, wenn man sich erst daran gewöhnt hat.« Banes Stimme wurde gepreßt. »Wie gestern in New York.«

»Dieser Zwischenfall wird dir wohl gezeigt haben, wie wichtig es ist, daß wir zusammenarbeiten.«

»Was weißt du über COBRA, Art?«

Jorgenson fühlte, wie ihn ein leichtes Zittern durchlief. »Was haben die damit zu tun?«

»Alles. Es war Colonel Chilgers, der gestern versucht hat, mich aus dem Spiel zu nehmen.«

»Chilgers? Warum?«

»Weil ich über seine kostbare Organisation gestolpert bin. Weil ein Freund von mir gesehen hat, wie dank seiner technologischen Zauberkunststückchen eine 727 verschwunden ist. Mein Freund war ein paar Tage später tot.«

»Jetzt mal langsam, Josh«, sagte Jorgenson nervös. »Das ergibt doch keinen Sinn.« Er drängte die Furcht zurück, die wieder in ihm emporstieg. Irgendwie hatte Projekt Placebo damit zu tun; er wußte es einfach.

»Natürlich ergibt das keinen Sinn. Eine riesige Behörde mit genug Macht, um ohne Billigung oder sogar Wissen der Regierung Operationen durchzuführen. Nein, das ergibt keinen Sinn.«

»Josh, wovon sprichst du?«

»Vortex.«

»Vortex?«

Die Sirene verkündete das Ende der ersten Halbzeit. Bane und Jorgenson blieben schweigend sitzen, während die wenigen Zuschauer in ihrem Tribünenabschnitt zu den Erfrischungsständen gingen.

»Du hast diesen Ausdruck nie zuvor gehört?« fragte Bane.

»Nicht, daß ich wüßte. Worum geht es dabei?«

»Darum, Gegenstände verschwinden und dann wieder auftauchen zu lassen. Ich kam ins Spiel, als vor acht Tagen der Flug 22 kurz vor der Landung auf dem Kennedy Airport verschwand . . .« Und Bane berichtete ihm von Jake Del Gennios verschwundener 727 und den Ereignissen der darauffolgenden Tage. Nachdem er alle Fakten zusammengefügt hatte, kam ihm die Geschichte lächerlich vor. Er hätte sie kaum geglaubt, hätte er sie nicht selbst erzählt.

Als er zum Ende kam, wölbten sich Jorgensons Augen vor. »Das ist unglaublich.«

»Da ist noch mehr«, fuhr Bane fort. »Es geht um einen fünfzehnjährigen Jungen, der nach dem Flug 22 anscheinend übersinnliche Fähigkeiten gewonnen hat.« Und dann erzählte er Jorgenson von Davey Phelps, alles, was er wußte, bis zu dem Punkt, da Scalia ihn aus King Congs Sporthalle entführt hatte.

»O mein Gott«, murmelte Jorgenson. »Die Sache ist außer Kontrolle geraten. Hat COBRA den Jungen jetzt?«

»Ja. Sonst hätte seine Leiche bei den anderen gelegen. Und wenn er entkommen wäre, hätte er mich schon längst gefunden. Er ist mittlerweile in San Diego.«

Jorgenson nickte. »Chilgers wird die Kräfte, die er entwickelt hat, als potentielle Waffe ansehen, die man freilegen und ausbeuten kann. Aber du sagst, nicht alle Passagiere wären betroffen?«

»Die ohne äußerliche Symptome sind vielleicht nur leicht betroffen, oder es haben sich bei ihnen noch keine Auswirkungen gezeigt. Ich bin mir da nicht sicher. Bei den fortgeschrittenen Fällen wie Davey ist der Verstand der gemeinsame Nenner. Während der Zeitspanne, die der Jet verschwunden war, während der vierzig fehlenden Minuten also, wurden verschiedene Teile des Gehirns durcheinandergebracht. Die Opfer leiden unter Depressionen, Katatonie und Irrsinn, und bei dem Jungen ist es zu der ausgeprägtesten Form von Telekinese gekommen, von der ich je gehört habe.«

Jorgenson schüttelte den Kopf und fuhr sich mit den Händen übers Gesicht. »Du mußt mir glauben, Josh, ich höre jetzt zum ersten Mal davon. Chilgers ist ausgerastet, wahnsinnig geworden. Aber wir wissen immer noch nicht, was zum Teufel er entdeckt hat.«

»Wir glauben, daß es etwas mit Einstein zu tun hat.«

»Mit Einstein?«

Bane nickte. »Metzencroys Hintergrund deutet darauf hin, wie auch die Ausbildung der meisten Wissenschaftler, die COBRA in letzter Zeit eingestellt hat.«

»Metzencroy ist gestern abend gestorben.«

»Chilgers hat ihn umbringen lassen.«

»Großer Gott . . . warum?«

»Zuerst einmal hat Trench mir gesagt, daß Chilgers mit seinem Verhalten in den letzten Tagen nicht einverstanden war. Trench scheint der Meinung zu sein, Metzencroy habe versucht, Chilgers zu überreden, Vortex aufzugeben oder zu verschieben. Der Professor muß etwas herausgefunden haben, das auf den Flug 22 zurückgeht. Vortex – worum auch immer es sich dabei handelt – hat nicht so funktioniert, wie es funktionieren sollte. Ich wette, Metzencroy hat den Grund dafür herausgefunden, und deshalb hat Chilgers ihn *und* das, was er herausgefunden hat, beseitigt. Der Colonel will unter allen Umständen verhindern, daß seine Pläne gestört werden. Er wird weder Verzögerungen dulden noch Mitarbeiter, die Verzögerungen vorschlagen.«

»Du scheinst dich ja eingehend mit ihm beschäftigt zu haben.«

»Er ist der Feind, Arthur. Es ist nicht anders wie damals in Vietnam. Das intuitive und faktische Wissen über den Feind entscheidet über Leben und Tod.«

»Vietnam liegt schon lange hinter uns, Josh.«

»Vielleicht auch nicht.«

Jorgenson war nicht imstande, Banes Blick standzuhalten. »Kehren wir zum gestrigen Tag zurück. Du hast gesagt, Chilgers habe den Anschlag auf das Center befohlen?«

Bane nickte gequält. »Für ihn lief alles nach Plan. Er hatte den Jungen erwischt und Metzencroy aus dem Weg geräumt, was bedeutet, daß die Arbeit an Vortex abgeschlossen sein muß. Janie, Harry Bannister und ich waren die letzten, die ihm noch gefährlich werden konnten, doch er hat nur einen von uns erwischt. Ich wette darauf, nachdem ich Kontakt mit dir aufgenommen hatte, mußte er mich schnellstens beseitigen lassen, und Scalia sollte den Hit sicherstellen. Mich stört an der Sache lediglich das Timing. Alles ging zu schnell. Chilgers scheint unter Zeitdruck zu stehen. Da muß es einen Faktor geben, von dem wir noch nichts wissen.«

Jorgensons Mund klaffte auf. Er spürte, wie er eine Gänsehaut bekam.

»Art?«

Der Chef der DCO starrte geistesabwesend ins Leere. »Du hast recht. Es gibt einen solchen Faktor, aber du kennst ihn nicht. O mein Gott, ich hätte es wissen müssen, ich hätte nie meine Zustimmung geben dürfen.« Furcht legte sich auf seine Stimme und seine Augen. »Ich erkläre es dir kurz, Josh, und du sagst mir, was dir sofort dazu einfällt. Nehmen wir einmal an, Chilgers hat dem Präsidenten etwas untergejubelt, das er Projekt Placebo nennt, ein Experiment, das die Streßfaktoren der Besatzung eines Raketenbunkers vor, während und nach einem Raketenabschuß untersuchen soll.«

»*Nach* einem Abschuß?«

Jorgenson nickte langsam. »Alle ähnlichen früheren Tests wurden in dem Augenblick gestopppt, in dem der berühmte Knopf gedrückt werden sollte, wahrscheinlich im wichtigsten Augenblick überhaupt. Aber Chilgers hat dies nun umgangen. Er hat einen Bunker mit einer Lieferung von MX-Raketen ausgestattet, deren Sprengköpfe Attrappen sind, die sich entschärfen, sobald sie die Höhe von eintausend Metern erreicht haben.«

Banes Handflächen waren kalt vor Schweiß.

»Was kommt dir da als erstes in den Sinn?« fragte Jorgenson.

»Flug 22. Wie ich schon sagte, alles läuft darauf zurück. Jake Del Gennio hat auf seiner Beobachtung bestanden, daß der Jet nicht nur einfach so, sondern auch von den Radarschirmen verschwunden ist.«

»Genau . . .«

»Wenn Chilgers also eine 727 verschwinden lassen kann, kann er das gleiche mit diesen Raketen bewerkstelligen. Er wird imstande sein, alle sechsunddreißig an unseren narrensicheren Abbruch-Systemen vorbeizuschleusen. Sie werden auf dem Weg nach Rußland sein, und das Resultat ist ein Erstschlag unsererseits, der direkt zum dritten Weltkrieg führen wird.«

Bane hielt verzweifelt inne.

»Der einzige, der nicht in dieses Szenario paßt, ist Metzencroy. Alles scheint beschlossene Sache zu sein, als er plötzlich etwas entdeckt und kalte Füße bekommt.«

»Und dann glücklicherweise stirbt, bevor er diese Information weitergeben kann . . .«

»Wir . . .« Bane hielt inne, als sich zwei Männer auf dem Weg zu ihren Sitzplätzen an ihm vorbeidrückten. »Einige Dinge können wir uns jedenfalls zusammenreimen. Zunächst einmal hat Metzencroy wahrscheinlich an Vortex gearbeitet, seit er auf der Gehaltsliste von COBRA steht. Unter seiner Führung wurde die ganze Operation entwickelt und eingeleitet. Was immer ihn also verunsichert hat, es muß eine schrecklich große Sache gewesen sein.«

»Flug 22«, schloß Jorgenson.

»Wie ich schon sagte, alles läuft darauf hinaus.«

Jorgenson dachte kurz nach. »Vielleicht, was mit den Passagieren geschehen ist. Die Auswirkungen, die Vortex auf ihren Verstand gehabt hat.«

»Das bezweifle ich. Menschen spielen keine Rolle, wenn es darum geht, bei dem Projekt Placebo MX-Raketen auf den Weg zu schicken. Nein, die Passagiere sind nebensächlich. Es war etwas anderes.«

»Hast du eine Idee?«

»Nein. Aber Metzencroy war die Sache so wichtig, daß er zwanzig Jahre Arbeit dafür aufgegeben hat – und sein Leben.«

»Es spielt sowieso keine Rolle mehr, Josh, weil ich genug habe, um zum Präsidenten zu gehen und ihn zu informieren.«

»Wird er dir auch zuhören?«

»Er wird Projekt Placebo verschieben, was uns die Zeit gibt, die wir brauchen, um herauszufinden, worum es sich bei Vortex handelt und uns mit Chilgers zu befassen.« Jorgenson schien zu erschaudern. »Projekt Placebo ist heute nachmittag in die erste Phase getreten, Josh. Morgen nachmittag könnten wir dem dritten Weltkrieg ins Auge sehen.«

»Warum morgen?« fragte Bane.

»Weil dann die MX-Raketen, in deren Sprengköpfen alles mögliche stecken kann, im Bunker 17 eintreffen werden.« Jorgenson sah, wie Bane die Stirn runzelte. »Ist das von Interesse für dich?«

»Erzähle mir mehr über Bunker 17.«

Jorgenson weihte ihn in die Einzelheiten ein.

Unten kehrten die Bullets auf das Spielfeld zurück und wurden von dem Publikum auf den spärlich besetzten Rängen ausgebuht.

»Ein verteufeltes Arsenal«, sagte Bane, als der DCO-Chef geendet hatte.

»Und dieses Arsenal könnte den dritten Weltkrieg auslösen.«

Irgend etwas nagte an Bane. »Aber der Bunker muß von Anfang an ein Teil des Plans gewesen sein«, stellte er fest. »Was immer Metzencroy herausgefunden hat, es muß noch schlimmer sein.«

»Schlimmer als ein Atomkrieg?«

»Sonst würde er noch leben.«

Jorgenson saß sprachlos da. »Wir müssen sofort mit dem Präsidenten sprechen, Josh«, sagte er nach einer Weile. »Ich will, daß er das alles aus deinem Mund hört.«

»Einverstanden. Ich habe auch noch ein paar Fragen an ihn.«

»Du würdest das nicht erwähnen, wenn du nicht darüber reden wolltest, Josh.«

Banes Blick wurde kalt. »Wer hat vor fünf Jahren den Auftrag erteilt, mich zu töten, Art?«

Jorgenson schnappte nach Luft. »Was?«

»Mache mir doch nichts vor!«

»Ich schwöre dir, Josh, ich höre gerade zum ersten Mal davon.«

»Dann streitest du es ab?«

»Ich kann es genauso wenig abstreiten, wie ich es bestätigen kann. Fünf Jahre ist eine lange Zeit in einer Regierung, Josh, eine ganze Ära. Damals saßen andere Leute an den Schaltstellen.«

»Die anders waren als du, nehme ich an.«

»Nicht besser, nicht schlechter. Man tut, was man tun muß.«

Banes Augen verengten sich zu schmalen Schlitzen des Zorns. »Ich will wissen, wer den Auftrag gegeben hat, mich zu töten, Art.«

»Diese Information könnte tief vergraben sein.«

»Dann grabe sie wieder aus.«

»Wenn es noch Unterlagen darüber gibt, werde ich sie finden. Du hast mein Wort darauf.«

Bane sah sich kurz um. »Du hast deine Leibwächter in der Lobby zurückgelassen, Art. Du bist ein ziemliches Risiko eingegangen.«

Jorgenson schluckte schwer. »Sie wären uns nur lästig gewesen. Ich vertraue dir, Josh. Und außerdem . . . wenn du mich hättest töten wollen, hätten hundert Mann dich nicht davon abhalten können.«

»Allerdings.«

Der Direktor der DCO wollte sich erheben. »Dann gehen wir jetzt zum Präsidenten, Josh. Es ist an der Zeit . . .«

Jorgensons Kopf fiel ihm auf die Brust; seine Augen waren geöffnet und blicklos. Ein sauberes Loch von der Größes eines 10-Cent-Stücks klaffte in seiner Stirn. Es war kaum Blut geflossen, doch Jorgenson war tot, getroffen von der Kugel eines Scharfschützen.

Bane ließ ihn los und stellte fest, daß seine Hände zitterten. Der Scharfschütze könnte ihn jetzt im Visier haben. Den Körper gesenkt haltend, trat Bane auf den Gang, glitt hinter zwei Männer, die zu einem Erfrischungsstand gingen. Er hatte jetzt Deckung. Wenn der Scharfschütze nicht sofort nach dem Attentat auf Jorgenson geflohen war, konnte er ihn nun nicht mehr sehen. Bane duckte sich, als er den breiten Hauptgang erreichte, lief an den beiden Männern vorbei, stürmte den Gang zur nächsttieferen Ebene hinab; dabei überlegte er seine nächsten Schritte. Er konnte zur Lobby gehen, Jorgensons Männer suchen und ihnen berichten, was geschehen war. Doch das würde bedeuten, daß er sich unnötig in Gefahr brachte. Der Heckenschütze gehörte vielleicht einem größeren Team an, und wenn er, Bane, versuchte, Jorgensons Leute zu finden, würde er dadurch vielleicht selbst gefunden werden. Das Risiko war zu groß. Jorgenson war tot, und die Leibwächter konnten nichts daran ändern. Bane mußte versuchen, von einem anderen Ort aus Kontakt mit ihnen zu bekommen. Plötzlich von Verzweiflung erfaßt, lief er zu der Treppe hinüber, die zum Ausgang führte.

Der einzige Mann in Washington, dem er vertrauen konnte,

war tot. Ein Mann, der immer für ihn dagewesen war, wenn er ihn gebraucht hatte, würde in zwei Tagen begraben werden, weil Bane darauf bestanden hatte, Vorsichtsmaßnahmen zu ergreifen, die sich als unnötig erwiesen hatte. Er kam sich völlig allein vor, und dieses Gefühl störte ihn mehr denn je. Jorgenson hatte ihn mit einigen der fehlenden Stücke des Vortex-Puzzles versorgt, doch es fehlten noch immer zu viele, um das Puzzle endgültig zusammenzusetzen.

Sechsunddreißig Raketen mit jeweils zehn Sprengköpfen . . .

Irgend etwas Schreckliches wird geschehen, hatte Davey gesagt, und was immer es sein würde, der dritte Weltkrieg war nur ein fahles Abziehbild dagegen.

Als Bane aus dem Stadion in die Nacht hinaustrat, ertappte er sich dabei, wie er zitterte.

26

»Können wir anfangen, Doktor?«

»Ich habe nur auf Sie gewartet, Colonel«, sagte Teke und erhob sich von seinem Stuhl. »Bitte kommen Sie herein.«

Chilgers betrat Tekes Büro. Der Colonel hatte zwei Tage hinter sich, die in vielerlei Hinsicht schwer gewesen waren. Die Dinge waren nicht wie geplant verlaufen; Faktoren waren aufgetreten, mit denen er nicht hatte rechnen können. Wie hätte er wissen können, daß Trench ihn hintergehen würde? Der Mistkerl hatte ihn jedoch verraten, und deshalb war Bane noch am Leben. Eine neue Strategie war erforderlich geworden, und Chilgers hatte eine gewählt, mit der er zwei Fliegen mit einer Klappe schlagen konnte. Nun war Jorgenson tot und Bane verschwunden. Chilgers fühlte sich schon besser; er konnte sich zumindest wieder mit klarem Kopf auf das Experiment des heutigen Abends konzentrieren. Alle anderen Dinge kamen ihm nebensächlich vor, wenn er sie an dem

Potential maß, das Davey Phelps innewohnte. Es war an der Zeit für einen Test, wie weit sich dieses Potential erstreckte.

»Danke, Doktor«, sagte Chilgers und setzte sich. Ihm war innerhalb der stählernen Wände und gefliesten Böden von Tekes sterilem Domizil augenblicklich unbehaglich; er vermißte die Holztäfelung und den dicken Teppich seines Büros.

»Ich erkläre Ihnen am besten zuerst ein paar Dinge«, begann Teke; sein kahler Kopf schimmerte unter dem weißen, grellen Licht. »Die ersten Untersuchungen des Gehirns des Jungen haben keine ungewöhnlichen Vorkommnisse ergeben, abgesehen vielleicht von ein paar elektrischen Strömen im bewußtlosen Zustand, die höher sind, als sie sein sollten. Dieser Mangel an Ergebnissen braucht uns jedoch nicht zu stören, denn der Junge ist gerade erst wieder zu Bewußtsein gekommen. Seit seiner Ankunft hier haben wir ihn unter Beruhigungsmitteln gehalten, um während unserer ersten Tests jede gefährliche Reaktion zu vermeiden. Sie verstehen, Sir; Vorsichtsmaßnahmen gegen die Fähigkeiten, die wir bei dem Jungen vermuten.«

»Ich verstehe.«

»Auf jeden Fall haben wir die Beruhigungsmittel langsam abgesetzt, um seine . . . Fähigkeiten im Wachzustand untersuchen zu können.«

»Sie haben die Möglichkeit, ihn in solch einer Situation zu kontrollieren?«

Teke zuckte die Achseln; seine massigen Schultern verspannten sich um seinen dicken Hals. »Nicht unbedingt. Ich habe ein paar Ideen, mit denen ich aber nicht besonders glücklich bin. Die Situation ist kompliziert. Wir müssen dem Jungen ermöglichen, das Bewußtsein zurückzuerlangen, bevor wir seine Fähigkeiten testen. Doch wenn diese Fähigkeiten dergestalt aussehen, wie wir es annehmen, könnten wir uns in eine ziemlich gefährliche Lage bringen. Die Kräfte des Jungen scheinen am größten zu sein, wenn er sich bedroht fühlt; davon legen die Zwischenfälle in New York ein mehr als nur deutliches Zeugnis ab. Ich wage die Behauptung, daß wir vielleicht eine gründlichere Demonstration bekommen, als wir erwarten, sobald er erst wieder bei Bewußtsein ist und begriffen hat, was geschehen ist.«

»Es gibt sicher Möglichkeiten, dies zu verhindern.«

»Ja«, gestand Teke ein, »doch alle diese Möglichkeiten erfordern den direkten Einsatz eines Sedativums. Doch gleichgültig, ob dieses Beruhigungsmittel nun stark oder schwach ist, es beeinträchtigt seine Fähigkeiten und macht es uns unmöglich, ihre genauen Ausmaße festzustellen. Überdies steht er nun – die Transportzeit mitgerechnet – seit fast vierzig Stunden unter Beruhigungsmitteln. Allmählich müssen wir die Möglichkeit eines permanenten Nerven- *und* Gehirnschadens in Berücksichtigung ziehen.«

»Das können wir uns nicht erlauben«, sagte Chilgers kurz und bündig.

»Nein, das können wir nicht. Das Problem ist nur, wie wir den Jungen kontrollieren können, sobald wir das Sedativum absetzen und mit Phase eins beginnen.«

»Ah, Sie haben also schon einen Vorgehensplan entwickelt«, sagte Chilgers zufrieden und glättete die Aufschläge seiner Jacke.

»Hätten Sie etwas anderes von mir erwartet, Colonel?« Teke zeigte ein leises Lächeln und ließ es schnell wieder verschwinden. »Ich habe dieses Experiment in drei Phasen unterteilt: die Feststellung des allgemeinen Ausmaßes der Kräfte des Jungen, die Isolierung der betreffenden Gehirnteile – des Ursprungsorts also – und schließlich die Feststellung, was diese Fähigkeiten erzeugt hat; unser Ziel ist es ja letztendlich, den Prozeß bei unseren eigenen Leuten schließlich zu wiederholen.«

»Ausgezeichnet«, strahlte Chilgers ehrlich erfreut. »Gehen wir die Punkte der Reihe nach durch.«

Teke warf einen Blick auf seine Notizen. »Phase eins ist in vielerlei Hinsicht die einfachste, aber gleichzeitig auch die kritischste. Unsere ersten Untersuchungen haben bereits bestätigt, daß die psychischen Kräfte, die der Junge nun besitzt, in direktem Zusammenhang mit seiner Fähigkeit stehen, eine äußerst starke Energiekonzentration an Alphawellen zu erzeugen. Diese Wellen werden auf eine Art und Weise von seinem Gehirn nach außen gestrahlt, die man durchaus damit vergleichen kann, wie ein Fernsehsignal von einem Satelliten in ein

Wohnzimmer gestrahlt wird, oder, noch einfach ausgedrückt, wie Elektrizität aus der Steckdose durch eine Leitung fließt und Strom erzeugt. In diesem Fall entsteht der ›Strom‹ im Kopf des Jungen und wird mittels eines erstaunlich hohen Energieausbruchs nach außen geleitet. Diesen Energieaustausch können wir übrigens auf unseren Meßgeräten festhalten, die wir ein wenig modifiziert haben.«

»Sie haben sicher alle Vorkehrungen getroffen?«

Teke nickte. »Genau, wie Elektrizität Grenzen hat und Überladungen und so weiter hervorruft, muß auch die unstabile Energie, die den Kern der Fähigkeiten des Jungen bildet, ihre Grenzen haben. Im Labor gegenüber habe ich sechs zwei Meter große, sechs Zoll dicke, bleiverstärkte Metallplatten zwischen ebenso viele extrastarke Fensterscheiben einsetzen lassen. Einfach ausgedrückt, Colonel, werden wir die Fähigkeiten des Jungen messen, indem wir herausfinden, wieviel bleiverstärkter Stahl nötig ist, um seine Energiewellen zu neutralisieren. Ich vermute, daß er nur die Fähigkeiten einsetzt, die er unbedingt einsetzen muß, und auf gewaltige Reserven zurückgreifen kann, wenn er größeren Aufgaben gegenübersteht; genau dies haben Ihre Männer in New York ja auch beobachtet. Mit der Phase eins werden wir feststellen, wie tief diese Reserven gehen und welche Energiemengen der Junge freisetzt, wenn er auf sie zurückgreift.«

»Gut«, nickte Chilgers. »Und Phase zwei?«

»Die ist ein wenig komplizierter, fürchte ich. Wir können den genauen Punkt, in dem die Kräfte des Jungen sitzen, nicht feststellen, bevor wir wissen, wie stark sie sind. Und um sie dann mit völliger Genauigkeit isolieren und den Ursprungspunkt im Gehirn feststellen zu können, muß der Junge seine Kräfte über einen längeren Zeitraum ausüben. Unseren ersten Tests zufolge ist dazu ein menschliches Zielobjekt erforderlich.«

»Ein menschliches Zielobjekt?«

Teke nickte erneut. »Dabei konzentrieren sich die Kräfte des Jungen, seine Energiewellen, am meisten und können so am leichtesten zu ihrem Ursprungsort im Gehirn zurückverfolgt werden. Wir werden dabei ebenso wie in Phase eins vorgehen, mit ein paar Abweichungen natürlich. Wir müssen den Jungen dazu bewegen, seine Kräfte nicht mehr auf unbelebte Materie zu richten, sondern auf ein Lebewesen, das sich seinen Fähigkeiten widersetzen kann.«

»Gegen einen Menschen«, echote Chilgers.

»Bei der zweiten Phase werden wir Davey Phelps auffordern, genau jene Macht auszuüben, die er gegen Trenchs Mann in New York ausgeübt hat. Damit müßten wir den genauen Ursprung seiner Alphawellen feststellen können. Natürlich muß das Zielobjekt Davey Phelps bedrohen. Ansonsten würde er seine Reserven niemals vollkommen ausschöpfen.«

Chilgers schien sich nicht an den Implikationen dessen zu stören, was Teke hier andeutete. »Und dann?«

»Phase drei. Wir stellen fest, wie diese Alphawellen erzeugt werden, wie wir andere Menschen chirurgisch mit solch einem Energiefeld versehen konnten. Es könnte schon genügen, einen mikroskopisch kleinen Teil des Gehirns zu magnetisieren; vielleicht haben wir es aber auch mit einem komplizierten Puzzle zu tun, von dem wir nur die Hälfte aller Stücke kennen.«

»Was allerdings beträchtlich einfacher wäre, wenn man weiß, wie das fertige Bild schließlich aussehen soll.«

»Aber einem nicht unbedingt verrät, wo man es findet«, erklärte Teke. »Davey Phelps könnte ein absoluter Ausnahmefall sein, wie es ihn bei einer Milliarde Menschen nur einmal gibt. Vergessen Sie nicht, was wir mit diesem Jet getan haben, hat lediglich bei ihm zu diesen Auswirkungen geführt. Wir werden vielleicht Jahre brauchen, um herauszufinden, was diese Alphawellen ausgelöst hat und wie das Energiefeld des Jungen entsteht.«

»Er unterscheidet sich von anderen Menschen«, überlegte Chilgers. »Finden Sie heraus, in welcher Hinsicht er sich unterscheidet, und Sie haben Ihre Antwort.«

Teke zögerte. »Das könnte die Phase vier bedeuten.«

»Sie haben gesagt, es gäbe nur drei Phasen.«

»Ich habe die letzte nicht erwähnt, weil sie wirklich unsere letzte Möglichkeit ist, eine allerletzte Chance, auf die wir nur zurückgreifen werden, wenn uns keine andere Wahl mehr bleibt.« Teke hielt dem Blick des Colonels stand. »Phase vier besteht in der Entfernung und nachfolgenden mikroskopischen Untersuchung des Gehirns des Jungen, um zellulare Unregelmäßigkeiten und mögliche Abweichungen festzustellen.«

»Sorgen Sie dafür, daß es dazu nicht kommt, Teke.«

»Ich sagte doch, dies ist lediglich unsere letzte Möglichkeit, sobald wir alle anderen erschöpft haben.«

»Wir haben viel Zeit, Teke. Vortex wird uns soviel Zeit geben, wie wir brauchen.«

Teke sah auf seine Uhr. »In diesem Fall möchte ich Sie informieren, daß der Junge in fünfzehn Minuten ein weiteres Sedativum gespritzt bekommt, was eine vierstündige Verzögerung des Beginns von Phase eins bedeuten würde . . . außer, wir finden eine Möglichkeit, ihn ohne Injektionsnadeln zu kontrollieren.«

»Vielleicht habe ich eine Idee«, sagte Chilgers lächelnd.

Davey Phelps erwachte langsam, stellte zuerst einmal fest, daß er nicht in dem Bett lag, in dem er den letzten Tag zugebracht hatte, und dann, daß er sich nicht einmal in dem gleichen Raum befand. Sein Blick klärte sich, und in seiner Nase brannte der Geruch von Alkohol. Er befand sich in einem großen weißen Raum, der mit Instrumenten, Meßgeräten und anderen Maschinen gefüllt war; in der kühlen Luft lag das summende Geräusch von Computerbändern. Er wollte sich gerade zu der Quelle dieser Geräusche umdrehen, als etwas an seinem Kopf zog.

»Es wird dir viel leichterfallen, einfach ruhig liegen zu bleiben«, sagte eine Stimme, die er nicht unter die einordnen konnte, die er hier schon einmal gehört hatte, wo immer er hier auch sein mochte.

Davey drehte sich langsam nach rechts und sah den Besitzer dieser Stimme, einen mittelgroßen, grauhaarigen Mann, der einen dreiteiligen Anzug trug. Erst dann erkannte er, daß sich noch andere Menschen in dem Raum aufhielten, ein Dutzend vielleicht, doch sie trugen alle weiße Laborkittel. Und Davey spürte, daß sich hinter den geistlosen Maschinen hinter ihm noch mehr Menschen aufhielten.

Sein Bewußtsein kehrte urplötzlich zurück, und er stellte fest, daß seine Arme und der Kopf mit Sonden bedeckt waren, an die Drähte angebracht waren, die zu den verschiedenen Maschinen führten; dies galt besonders für seinen Schädel. Es mußten fünfzig Drähte sein, die eine Krone um seine Stirn bildeten, über die Schläfen bis zu dem Kinn hinabliefen und dann wieder zurück und hoch, wobei sie schließlich in den Maschinen hinter ihm endeten.

Er drehte sich behutsam um und sah den stämmigen, kahlköpfigen Mann, der so viel Zeit damit verbracht hatte, sich in dem Raum, in den sie ihn gelegt hatten, über ihn zu beugen. Der namenlose Kahlköpfige steckte die Hände in die Taschen seines weißen Laborkittels.

»Wir sind soweit, Colonel«, sagte er zu dem Mann in dem dreiteiligen Anzug, der, wie Davey nun sah, einen kleinen schwarzen Kasten von der Größe eines Transistorradios in der Hand hielt.

Sein Verstand klärte sich zusehends, und ein Bild von Joshua Bane füllte es aus.

Hilfe, Josh, Hilfe!

»Energiezunahme registriert!« sagte eine Stimme hinter ihm.

»Es fließt Strom«, sagte eine zweite.

Davey beobachtete, wie der, den sie Colonel genannt hatten, leise lächelte und den Daumen ein wenig bewegte. Der Junge verspürte einen Stoß in den Unterleib, der ihn fast aus dem Stuhl gehoben hätte; es war, als hätte ihm jemand in die Hoden getreten. Seine Zähne schlugen aufeinander, und er atmete rasselnd aus. Er fühlte, wie seine Beine zitterten und konnte nichts dagegen tun; dann schmeckte er Blut und begriff, daß er sich mit den Schneidezähnen in die Zunge gebissen haben mußte. Der schreckliche, ätzende Geruch von verbranntem Plastik stieg ihm in die Nase, und er bemerkte zum ersten Mal, daß zwei dicke Drähte unter sein weißes Krankenhausnachthemd führten. Er bewegte unbehaglich die Beine, fühlte ein unangenehmes Ziehen in seinen Hoden und wußte, wo die Drähte befestigt waren.

»Mit Schmerz kann man viel bewirken, Junge«, sagte der

Mann, der den Kasten in der Hand hielt. »Damit kontrollieren wir dich.«

Davey kniff die Augen zusammen und blickte den an, den sie Colonel genannt hatten; er fühlte, wie der Haß ihn durchströmte und fortzureißen drohte. Das Gesicht des Mannes war zu einem leisen Lächeln gefroren, seine Hand lag auf dem Kasten. Aber Davey würde es ihm zeigen.

Er griff nach Dem Schaudern.

»Alle Instrumente schlagen aus«, erklang eine Stimme.

»Ein extremer Energieanstieg registriert«, sagte eine andere sofort darauf.

Chilgers' Kopf fühlte sich einen kurzen Augenblick an, als hätte jemand einen Schraubstock darum gelegt. Er drückte den roten Knopf gerade noch rechtzeitig.

Davey Phelps' Körper zuckte vor Krämpfen; sein Gesicht lief rot an. Ein Urinrinnsal lief sein Bein hinab.

Chilgers fühlte, wie der Druck nachließ, und beruhigte sich etwas. Er wartete, bis der Junge sich vollends von dem Schock erholt hatte, bevor er etwas sagte.

»Wir wissen von deinen Fähigkeiten«, erklärte der Colonel. »Wegen ihnen haben wir dich auch hierhergebracht, mein Junge.« Er machte mit der rechten Hand eine rasche Bewegung. »Keine Angst, mein Junge, ich werde den roten Knopf nicht drücken, wenn du mir keinen Anlaß mehr dazu gibst. Aber ich habe das Gerät auf die dreifache Stromstärke dessen gestellt, was du gerade gefühlt hast. Wie du sicherlich festgestellt hast, haben wir die Elektroden an einem äußerst empfindlichen Teil deines Körpers befestigt. Aber du brauchst keinen Schmerz mehr zu erfahren. Arbeite mit uns zusammen, tu, was wir sagen, und wir werden dir weitere Qualen ersparen. Hast du das verstanden? Sage nichts, nicke nur.«

Davey nickte und sah zu der weißgekleideten Gestalt hinab, die den warmen Urin abwischte, der sein Bein benetzt hatte.

»Was wir von dir verlangen werden, ist wirklich ganz einfach«, fuhr Chilgers fort, »und du hast keinen Grund, den Anweisungen, die wir dir geben, nicht zu folgen.« Chilgers hielt ihm den schwarzen Kasten entgegen. »Dieses Gerät hier birgt unbeschreibliche Schmerzen in sich, die dich in die Hölle schicken und im gleichen Augenblick noch zurückholen können. Ich halte es jetzt nur noch in der Hand, um dich daran zu erinnern. Neben dir steht Dr. Teke, ein viel angenehmerer Zeitgenosse als ich, der dir die Anweisungen geben wird. Wenn du nicht genau das tust, was er sagt, werde ich mich gezwungen sehen, dieses Gerät wieder zu benutzen, und dabei werde ich die Stromstärke jeweils verdreifachen. Hast du das verstanden, mein Junge?«

Davey nickte erneut.

»Gut. Wenn Sie wollen, können Sie jetzt anfangen, Dr. Teke.«

Davey fühlte, wie sich eine Hand auf seine Schulter legte. Obwohl sie sich warm anfühlte, war sie in Wirklichkeit ganz kalt. Die Hand drückte behutsam seine Haut, und ihm wurde übel, und er biß sich auf die Lippe, um Das Schaudern zu unterdrücken, denn er fürchtete den schrecklichen Schmerz, den man ihm angedroht hatte. Die Kabel schienen sich enger um seine Hoden zu schmiegen, und der abkühlende Urin benetzte noch immer sein Bein. Er würde tun, was sie von ihm verlangten.

»Davey«, sagte der Kahlkopf, noch immer seine Schulter betätschelnd. »Ich möchte, daß du mir genau zuhörst.« Er nickte jemandem rechts neben ihm zu. »Ich werde dich bitten, etwas für mich zu tun. Es ist wirklich ganz einfach und wird nicht weh tun. Hast du verstanden?«

Davey nickte und sah zu, wie zwei Männer zwei Meter vor ihm eine große, funkelnde Metallplatte aufbauten. Dann wurde etwas dahintergestellt, doch Davey konnte nicht sehen, was es war.

»Ich werde dich gleich bitten, deine Kraft einzusetzen, Davey«, sagte Teke und nahm endlich die schreckliche Hand fort. »Doch bevor es dazu kommt, muß ich dir nahelegen, sie nur auf das zu konzentrieren, was ich verlange. Ansonsten wird sich der Colonel gezwungen sehen, den schwarzen Kasten wieder einzusetzen, und das wollen wir doch sicher nicht, oder? Du wirst deine Kraft auf die Grenzen beschränken, die ich dir nenne. Verstanden?«

Davey nickte erneut.

»Gut. Dann können wir anfangen.« Teke trat etwas zurück, bis er aus Daveys Gesichtskreis verschwunden war. »Hinter der Stahlplatte steht eine Fensterscheibe mit sehr dickem Glas. Ich möchte, daß du sie vernichtest. Ich will, daß du deine Kraft direkt durch den Stahl richtest und das Glas zerschmettert.«

Davey warf ihm einen raschen Blick zu.

»Verzögerungen, Junge, werden dich teuer zu stehen kommen«, sagte der Colonel und ließ den Zeigefinger über den roten Knopf gleiten.

»Deine Kraft, Davey, setze deine Kraft ein«, sagte Teke.

Davey sah zur Stahlplatte und durch sie hindurch. Sein Bewußtsein nahm die Fensterscheibe wahr.

Er versuchte, Das Schaudern zu machen.

Nichts geschah.

Sein Gesicht spannte sich, die Augen traten hervor. Er versuchte es erneut.

Immer noch nichts.

»Ich werde langsam ungeduldig, mein Junge«, schnappte der Colonel, und sein Zeigefinger bewegte sich.

Endlich gelang es Davey, Das Schaudern zu machen. Sein Rückgrat erschauderte vor der eisigen Berührung.

Hinter der Stahlplatte zersprang die Fensterscheibe plötzlich. Männer in weißen Kitteln sprangen zurück, versuchten, herumfliegenden Splittern auszuweichen. Davey stellte fest, daß ein paar andere mit fieberhafter Eile Notizen machten.

»Was haben wir gemessen?« fragte Teke.

»Sieben Komma zwo«, kam die Antwort.

»Mein Gott«, murmelte Teke, »das ist doch kaum das Minimum.« Dann trat er zu Chilgers und fing zu flüstern an. »Wie ich vermutet habe, ist die Kraft des Jungen am wirkungsvollsten, wenn er sich bedroht fühlt. Sie wollten ihm wieder einen Stromstoß versetzen, nicht wahr?«

»Mein Finger war schon unterwegs«, gestand Chilgers ein.

»Der Junge hat Ihre Absicht gespürt. Deshalb hat er seine Kraft freigesetzt.«

»Ihre Schlußfolgerung?«

»Die Kräfte des Jungen entspringen der unterbewußten

Ebene. Auf dieser Ebene hat er Ihre Absicht wahrgenommen und seine Alphawellen aktiviert.«

Davey spürte ein dumpfes Pochen im Kopf. Er hoffte, daß die Männer mit ihm fertig waren, wußte es aber besser.

»Wir versuchen es ein zweites Mal, Davey«, sagte der Kahlkopf sanft, »diesmal mit zwei Stahlplatten. Ich gebe dir zehn Sekunden, deine Kraft einzusetzen. Wenn du dies nach dieser Zeit noch nicht getan hast . . .« Teke richtete seinen Blick auf Chilgers und den schwarzen Kasten.

Davey beobachtete, wie Laborassistenten eine zweite Stahlplatte hinter die erste schoben; dann wurde eine neue Fensterscheibe an Ort und Stelle gerollt.

»Okay, Davey, zertrümmere das Glas.«

Davey konzentrierte sich. Er konnte Das Schaudern nicht fassen.

»Nur noch fünf Sekunden, mein Junge«, warnte der Colonel.

Das war alles, was er hören mußte. Davey machte Das Schaudern.

Das Glas zersprang, brach an den gleichen Stellen auseinander wie die erste Scheibe.

»Unglaublich«, murmelte Teke, während Männer in weißen Kitteln in fieberhafter Eile Daten auf ihren Notizblöcken festhielten. »Stärke?«

»Sieben Komma fünf«, erklang hinter Davey eine Stimme.

»Großer Gott! Kaum eine Veränderung.«

»Was hat das zu bedeuten?« fragte Chilgers.

»Daß wir kaum damit angefangen haben, das Ausmaß seiner Fähigkeiten zu ermitteln. Das ist absolut phntastisch. Die Konzentration der Energiewellen, die dieser Junge herbeiführen kann, ist einfach unglaublich. Ich habe so etwas noch nie gesehen.«

Das dumpfe Pochen in Daveys Kopf hatte sich verstärkt. Eine Schlange schien sich um seine Halsmuskeln zu winden und den Kopf einzuzwängen. Der schlimmste Schmerz wechselte von einer Schläfe in die andere. Er wollte, daß sie aufhörten, ihnen sagen, daß er nicht mehr konnte. Doch als er den Mund öffnete, kamen keine Worte über die Lippen.

»Bist du in Ordnung, Davey?« fragte der kahle Doktor ihn leise.

Davey schluckte nach Luft. »Mein Kopf. Er tut weh.«

»Nur noch ein paar Versuche. Ich verspreche dir, wir sind in ein paar Minuten fertig.«

»Bitte . . .«

»Diesmal zwei Stahlplatten zusätzlich«, wies Teke seine Assistenten an, und kurz darauf starrte Davey auf dreißig Zentimeter Stahl.

»Glaubst du, du kannst es schaffen, Davey?«

»Später. Bitte, später.«

»Jetzt«, erklang die hallende Stimme des Colonels. »Jetzt, oder du fühlst die Macht dieses Kastens, mein Junge.« Und sein Finger kroch auf den roten Knopf.

»Nein!«

Die beiden Laborassistenten schoben gerade den Rahmen mit der Fensterscheibe an Ort und Stelle, als Davey Das Schaudern machte. Das Glas brach über ihnen zusammen, grub sich in das unbedeckte Fleisch ihrer Arme und Gesichter; die größeren Splitter drangen durch ihre Kleidung. Sie stürzten zu Boden, sich vor Schmerz windend.

»Das wollte ich nicht!« rief Davey. »Das wollte ich nicht!«

»Ich weiß, Davey, ich weiß«, tröstete ihn der kahlköpfige Doktor und tätschelte wieder seine Schulter. »Schafft diese Leute sofort in die Krankenstation. Ihr beide, kommt her und übernehmt ihre Aufgabe.« Dann, an seine Mitarbeiter hinter Davey gewandt: »Welche Stärke wurde diesmal gemessen?«

»Acht Komma null.«

»Ohne jede Mühe«, murmelte Teke. »Wie sieht es mit dem Verhältnis der Energiekonzentration aus?«

Ein anderer Techniker sah auf seinen Notizblock. »Zweiundneunzig Komma fünf. Gestiegen von sechsundachtzig Komma null.«

Teke schüttelte den Kopf. »Da muß ein Fehler vorliegen. Das ist unmöglich.«

»Aber das sind die Daten der Meßinstrumente, Herr Doktor.«

»Warum ist es unmöglich, Teke?« fragte Chilgers.

»Weil auf einer Energiemaßstabstabelle die Kraft, die man benötigt, diese Scheiben zu zerschmettern, mit der vergleichbar ist, die ein Flugzeug bei einem Start verbraucht. Aber der Wert der Energie, die der Junge aufgebracht hat, blieb unter zehn Komma null – der Wert, den man verbraucht, wenn man sich die Schuhe zubindet.«

Chilgers lächelte schwach. »Dann versuchen wir es mit allen sechs Metallplatten, oder?«

»Nein«, stöhnte Davey.

»Willst du lieber den schwarzen Kasten fühlen, mein Junge?«

Davey versuchte, den Kopf zu schütteln.

Teke trat wieder zu dem Jungen. »Geben Sie mir die medizinischen Daten.«

»Blutdruck um vierzig Prozent gestiegen, immer noch steigend.«

»Pulsschlag um den gleichen Prozentsatz gestiegen.«

»Blutdruck stabilisiert sich, sinkt wieder.«

»Das ergibt keinen Sinn«, sagte Teke zu sich selbst. »Geringer Energieverbrauch und beträchtlicher Anstieg der Lebensfunktionen. Streßfaktor?« rief er einem Mann hinter sich zu.

»Fällt wieder. Die Anzeige liegt noch nicht im Rotbereich.«

»Ich muß es sofort wissen, wenn sie den Rotbereich erreicht.«

»Machen wir weiter«, befahl Chilgers.

»Nein, zwingen Sie mich nicht!« bat Davey. »Ich kann es nicht . . .!«

Teke dachte kurz nach. »Colonel, vielleicht wäre es wirklich am besten, bis morgen zu warten.«

»Sind Sie um den Jungen besorgt, Teke?«

»Nein, um das Experiment. Wir haben hier einen völlig neuen Bereich betreten. Die Zahlen sind nicht so, wie ich es erwartet habe. Zu viele Nichtübereinstimmungen. Ich brauche Zeit, um die Daten auszuwerten.«

»Jetzt reden Sie wie Metzencroy«, warf Chilgers ihm vor.

Teke fiel auf, daß der Junge zitterte. »Colonel, ich muß darauf bestehen, daß wir weitere Tests auf morgen verschieben.«

»Wir beenden das Experiment, Doktor, mit oder *ohne* Sie.«

Teke beugte sich zu Davey hinab. »Nur noch einmal, und du hast es geschafft.«

»Mein Kopf«, murmelte der Junge. »Er fühlt sich an, als würde er platzen. Zwingen Sie mich nicht. Ich kann es nicht.«

Doch die beiden neuen Laborassistenten rollten bereits die beiden letzten Metallplatten an Ort und Stelle. Dann schoben sie die Fensterscheibe dahinter.

»Nur noch einmal«, versicherte ihm Teke.

»Nein«, stöhnte Davey. »Ich *kann* es nicht . . .«

»Die Uhr läuft«, schnappte Chilgers, und Davey sah, wie seine Finger über den roten Knopf krochen. »Zehn Sekunden.«

Davey suchte nach Dem Schaudern, und sein Kopf schien zu platzen.

»Ich kann es nicht!«

»Fünf Sekunden.«

»Die Werte steigen, Sir!« rief ein Labortechniker Teke zu. »Acht Komma vier, acht Komma fünf, acht Komma sechs . . .«

»Vier«, sagte Chilgers, »drei . . .«

»Streßnadeln im Rotbereich!«

»STOP!«

»Zwei . . .« Chilgers legte den Finger auf den Knopf.

»Energiekonzentrationsverhältnis einhundert, einhundertundeins . . .«

»Energiewerte auf acht Komma acht, acht Komma neun, neun Komma null. Steigen immer noch.«

»NEEEIIINNN!«

»Die Zeit ist abgelaufen«, sagte Chilgers und drückte auf den roten Knopf.

»AHHHHHHHHHHH . . .«

Daveys Schrei gellte durch den Raum. Die Fensterscheibe zersplitterte nicht, sie schmolz, löste sich in Nichts auf, war einfach nicht mehr da.

Die Meßinstrumente knallten, zersprangen, Glas zersplitterte über Nadeln, die für immer im Rotbereich bleiben würden. Rauch erhob sich von den Maschinen. Grüne und rote Lampen explodierten.

»Spritzt ihm das Beruhigungsmittel! Spritzt ihm das Beruhigungsmittel!« rief Teke, und zwei Labortechniker stürmten vor, nur um zurückgeworfen zu werden, als hätte sie ein Sturm von hundert Knoten erfaßt. Die Injektionsspritze fiel neben Daveys Füßen zu Boden. Teke kroch darauf zu.

Chilgers versuchte, den roten Knopf zu drücken, doch auch er war zurückgeworfen worden und gegen eine Reihe von Schaltern und Geräten gestürzt, und der Aufprall hatte die Luft aus seinen Lungen gepreßt. Er glitt langsam hinab, das Gesicht zu einer schmerzgequälten Grimasse verzogen.

Teke griff nach der Spritze.

Mit einem Geräusch, das an eine Salve aus einem Maschinengewehr erinnerte, explodierte die Deckenbeleuchtung. Heißes, scharfes Glas hagelte auf die Techniker hinab, die noch keine Deckung gefunden hatten oder an Ort und Stelle gestürzt waren.

Mit einer zitternden Hand griff Teke nach der Spritze. Ihm war schlecht, und er konnte sich kaum bewegen. Glas und zerbrochene Instrumente hatten den Luftschacht verstopft und das Labor in ein Dampfbad verwandelt, in dem es praktisch keinen Sauerstoff mehr gab. Teke hob die Nadel zum Arm des Jungen.

Davey saß einfach da; noch immer verliefen Drähte von seinem Kopf, führten nun jedoch zu keinen Instrumenten mehr. Seine Augen wölbten sich vor, und er starrte ins Leere, ohne zu blinzeln. Er sah ins Nichts und nahm das Chaos um ihn herum nicht einmal wahr.

Teke drückte die Spritze auf seinen Arm.

Davey fuhr zu ihm herum. Ihre Blicke trafen sich, und Teke fühlte, wie seine Haut versengt wurde, zu schmelzen anfing. Wegen des schrecklichen Hämmerns seines Herzens schrie er auf und drückte die Nadel hinab.

Die Augen des Jungen wurden trüb, und sein Kopf sackte auf seine Brust hinab. Teke ergriff sein Handgelenk, suchte den Puls und stellte fest, daß er unglaublicherweise fast normal war. Dann kämpfte sich der Doktor auf die Füße und taumelte zu Chilgers hinüber, der während der ganzen Zeit über niemals das Bewußtsein verloren hatte.

»Wir haben ihn zu weit getrieben«, sagte Teke, half dem Colonel auf die Füße und stützte ihn.

»Nein«, erwiderte Chilgers zwischen zwei gequälten Atemzügen. »Wir haben ihn gerade weit genug getrieben.«

27

»Gibt es etwas Neues, George?«

Als der Verteidigungsminister Brandenberg das Oval Office betrat, hatte der Präsident das Gesicht in den Händen vergraben. Die Dunkelheit des frühen Morgens wurde lediglich von einer Lampe auf dem Schreibtisch durchbrochen. Ihr Licht warf schmale Schatten in den Raum und ließ ihn kleiner erscheinen.

»Wir haben die Bestätigung erhalten, daß Arthur von einem Heckenschützen getötet wurde, der von der anderen Seite des Stadions aus geschossen hat, von einem Teil der Tribüne aus, das wegen Reparaturarbeiten gesperrt war«, meldete Brandenberg.

»Es ist ganz sicher?«

»Eindeutig.«

»Art und ich kennen uns schon seit langer Zeit, George.«

»Ich weiß.«

Mit leerem Blick sah der Präsident auf. »Was zum Teufel ist da passiert?«

Brandenberg setzte sich. »Es gibt nur einen Menschen, der uns das sagen kann.«

»Bane . . .«

»Und er ist schon wieder verschwunden, aus gutem Grund, wie ich fürchte.«

»Was wollen Sie damit andeuten?«

»Nichts. Ich verfolge lediglich die Theorie, die ich gestern nachmittag schon ausgeführt habe. Sagen wir einmal, Bane hat Arthur die Schuld für das Fiasko im Bahnhof gegeben. Dann könnte das heutige Treffen eine ausgeklügelte Falle gewesen sein, um sich an ihm zu rächen.«

»Er saß direkt neben Arthur, als der Schuß fiel.«

»Ich glaube, Bane hat den Heckenschützen angeheuert. Warum sonst hat er ihn nicht ebenfalls beseitigt? Außerdem unterstützt die Idee, daß Bane einen anderen angeheuert hat, um Arthur zu töten, meine Theorie, daß in Bane zwei verschiedene Persönlichkeiten leben. Eine glaubt ehrlich und verzweifelt, daß sie einer Katastrophe auf der Spur ist. Die andere hat die Illusion dieser kommenden Katastrophe geschaffen und steckt hinter allem, von dem Anschlag auf das Center bis zum Mord an Arthur, um die Indizien zu untermauern und dem Wintermann Grund zu geben, wieder aufzutauchen.«

»In diesem Fall hätten wir es mit einem äußerst gefährlichen Mann zu tun, George.«

»In mehr als nur einer Hinsicht. Bane hat genug Informationen in seinem Kopf verstaut, um Watergate wie eine Nachricht auf der letzten Seite erscheinen zu lassen. Wenn er redet, könnte er die gesamte Regierung stürzen, sie einfach aus den Angeln heben.«

»Das käme den Russen sehr gelegen«, überlegte der Präsident.

»Ganz meine Meinung.«

»Dann sind Sie nicht der Ansicht, wir sollten auch nur versuchen, Bane herzuholen.«

Brandenberg schüttelte den Kopf. »Das Risiko wäre zu groß. Wenn er weiterlebt, wird er früher oder später mit jemandem sprechen. Mit diesem Damoklesschwert über unseren Köpfen können wir nicht leben. Bane ist untragbar geworden.«

»Wie ich diesen Ausdruck hasse . . .«

»Ich fürchte nur, daß er in diesem Fall zutreffend ist. Bane ist zu gefährlich, um ihn herzuschaffen, Sir. Wir könnten ihn nicht kontrollieren. Er glaubt ehrlich, daß die Schatten, gegen die er boxt, wirklich sind. Wenn wir diese Illusion zerstören, wird er nur noch um so gefährlicher.«

»Statt dessen vernichten wir ihn also.«

Brandenberg benetzte seine Lippen. »Wir erklären ihn als untragbar, Sir. Der Rest wird sich von selbst erledigen.«

»Verstecken Sie sich nicht hinter Worten, George«, schnappte der Präsident; sein Gesicht erwachte plötzlich zum

Leben. »Sie wollen, daß ich den Tod eines Mannes billige, was auf das gleiche hinausläuft, als würde ich eine Pistole gegen seinen Kopf halten und den Abzug drücken. Die schönen Umschreibungen sind mir scheißegal. Das waren sie schon, als ich mich um dieses Amt bewarb, und sind es jetzt erst recht. Ich habe ein Gewissen, an das ich denken muß.«

»Und ein Land.«

»Ich möchte nicht darüber nachdenken, was aus diesem Land geworden ist, wenn Menschen ohne einen fairen Prozeß sterben müssen, nur um es zu erhalten.«

»Bane ist zu einer Gefahr für dieses Land geworden.«

Der Präsident erhob sich und beugte sich über seinen Schreibtisch. »Und was, wenn wir uns einfach irren? Was, wenn Bane mit einer so großen Sache zu Arthur ging, daß jemand den Direktor der Clandestine Operations töten mußte, um den Deckel darauf zu halten? Wenn wir nur einen Augenblick lang davon ausgehen, daß es nicht Bane war, der Jorgenson getötet hat – wer war es dann? Was hat Art erfahren, das seine Eliminierung notwendig machte?«

Brandenberg sagte nichts.

»Vielleicht denken wir jetzt genau das, was unser *wirklicher* Gegenspieler uns denken lassen will«, fuhr der Präsident fort. »Sie haben Bane isoliert, ihn als Vogelscheuche auf ein Kornfeld gestellt, und wir kaufen ihnen den Köder auch noch ab. Das könnte erklären, warum seine Leiche heute abend nicht neben der von Art lag. Wenn sie Bane auch getötet hätten, hätten sie damit bestätigt, daß er einer großen Sache auf der Spur war. Statt dessen haben sie uns eine falsche Fährte vorgesetzt. Wenn wir Bane töten, sind unsere Probleme vorbei, nicht wahr? Aber vielleicht fangen sie dann auch erst an.«

»Wir können ihn nicht dort draußen lassen, Sir. Wenn er redet, könnte er diese gesamte Regierung zu Fall bringen.«

Der Präsident hielt die Augen lange geschlossen. »Dann machen wir es, wie Sie es vorschlagen, George. Aber Gott helfe uns, wenn Sie sich irren . . . Dann helfe Gott uns allen.«

»Sie haben ›The Bat‹ am Apparat«, sagte Harrys Stimme statt einer Begrüßung.

»Harry, hier ist . . .«

»Josh, wo zum Teufel bist du? Was zum Teufel ist heute abend passiert?«

In seinem Zimmer im Hotel Washington spürte Bane Bannisters Panik. Er wollte etwas sagen, doch Harry schnitt ihm das Wort ab.

»Du bist als untragbar erklärt worden.«

»Was?«

»Ich habe noch ein paar Informationen über diese Einstein-Verbindung ausgegraben, als die Nachricht über den Geheimdienst-Kanal des Computers kam. Ich habe mich eingeschaltet. Habe mir fast in die Hosen geschissen, als ich den Kode geknackt hatte.« Harry hielt einen Augenblick lang inne. »Die Jagdzeit auf dich wurde eröffnet, Josh. Jeder Killer kann dich abschießen, und du kannst davon ausgehen, daß sie sich das nicht entgehen lassen werden. Du wendest dich besser an Jorgenson, damit er dich vom Haken holt.«

»Jorgenson ist tot.«

»O Scheiße . . .«

»Ein Heckenschütze hat ihn im Stadion erwischt. Jemand hat mir den Hit in die Schuhe geschoben«, erkannte Bane.

»Schrecklich.«

Der Schweiß, der sich auf Banes Hand gebildet hatte, verklebte den Hörer mit seiner Haut. »Es kommt noch schlimmer. Jorgenson hat heute abend alles für mich zusammengesetzt. COBRA hat vor, den dritten Weltkrieg vom Zaum zu brechen, und das ist nur der Anfang. Jetzt kann ich noch nicht einmal das Weiße Haus informieren; bei Sonnenaufgang wird jeder Scherzkeks mit einer .38er auf der Straße sein.«

»Klingt ganz danach, als würdest du besser in die Stadt zurückkehren, die niemals schläft, Kumpel. Vielleicht habe ich sogar noch etwas, das dir die Reise versüßt. Ich habe deinen Rat bezüglich einer Verbindung zwischen Einstein und Metzencroy befolgt«, erklärte »The Bat«, »und ich habe auch eine gefunden: sie haben beide Anfang der vierziger Jahre für die Abteilung Wissenschaftliche Forschung der Navy gearbeitet.

Metzencroys Karriere fing gerade an, Einsteins neigte sich ihrem Ende zu. Dann habe ich noch ein bißchen gegraben und einen dritten Namen gefunden, der zu dieser Gruppe gehörte: Dr. Otto von Goss. Einstein, Metzencroy und von Goss müssen ziemlich gute Kumpel gewesen sein, doch ihre direkte Zusammenarbeit endete in allen Unterlagen Mitte 1943 mit etwas, das Philadelphia-Experiment genannt wurde.«

»Was zum Teufel ist das?«

»Laut den Navy-Unterlagen, in die ich mich einschleichen konnte, existiert es nicht einmal. Es wurde 1943 jedoch in den Dossiers aller drei Männer erwähnt. Das ist die einzige Verbindung zwischen unseren drei Wissenschaftlern.«

Bane dachte kurz nach. »Eins ist offensichtlich: Als Einstein im Zweiten Weltkrieg für die Navy arbeitete, wird er sich nicht mit Kinkerlitzchen befaßt haben. Sie müssen ihn in der Waffenforschung eingesetzt haben.«

»Ich rieche eine Verbindung mit dem, was COBRA entwikkelt hat – mit dem, was Jets einfach verschwinden läßt.«

»Du hast eine gute Nase, Harry. Aber wir können es nicht genau sagen, bis wir herausgefunden haben, wobei es sich bei dem Philadelphia-Experiment handelte.«

»Mit meinem Computer komme ich da nicht weiter. Aber ich habe herausgefunden, daß Dr. Otto von Goss noch sehr lebendig ist. Er ist Professor drüben im Princeton. Ist nach einem Laborunfall aus der aktiven Forschung ausgeschieden; es hat etwas mit seiner Hand zu tun.«

»Vielleicht sollte ich in Princeton einen Zwischenstop einlegen.«

»Überstürze nichts. Von Goss ist gestern verschwunden.«

»COBRA?«

»Nein, es war schon in Ordnung. Zeugen haben beobachtet, wie er seinen Wagen vollgepackt hat. Sah so aus, als wolle er eine Weile verreisen.«

»Klingt ganz danach, als würde er sich verstecken, Harry. Er hat Angst, daß das, was Metzencroy zugestoßen ist, auch ihm passieren wird, was bedeutet, daß er über die jüngste Arbeit des Professors informiert sein muß, wahrscheinlich sogar sehr eingehend. Du mußt ihn ausfindig machen, Harry.«

»Ich bin dir einen Schritt voraus, Josh. Ich habe Trench schon darauf angesetzt.« »The Bat« kicherte, doch es lag keine Erheiterung in dem Geräusch. »Weißt du, Josh, ich hasse dieses Arschloch noch immer wegen dem, was er mir angetan hat, doch ich vertraue ihm. Ich vertraue einem gottverdammten Killer, der mir meine Beine weggeputzt hat, aber nicht mehr meiner eigenen Regierung. Da ficke der liebe Gott doch eine Ente, Josh – was hat das zu bedeuten?«

Darauf hatte Bane keine Antwort.

Der siebente Tag:

DAS PHILADELPHIA-EXPERIMENT

Why do we never get an answer
When we're knocking at the door?
There's a thousand million questions
About hate and death and war.
'Cause when we stop and look around us.
There ist nothing that we need
In a world of persecution that is burning in its greed.

The Moody Blues

28

»Sind wir bereit für Phase zwei, Doktor?« fragte Chilgers. Er saß hinter seinem Mahagoni-Tisch; sein Rücken schmerzte noch immer von dem gstrigen Zusammenprall mit der Konsole, doch Medikamente kamen nicht in Frage – er brauchte einen klaren Kopf.

»Im Prinzip schon«, erwiderte Teke. »Ich habe die Daten der ersten Phase analysiert und zusätzlich zu den unerwarteten Unvereinbarkeiten ein paar neue Überraschungen gefunden. Wie ich vermutet habe, funktionieren die Kräfte des Jungen am besten, wenn er bedroht wird. Ich habe nun die Bestätigung; der Grund dafür ist darin zu suchen, daß sein Unterbewußtsein diese Kräfte aktiviert. Das erklärt, wieso der Pulsschlag und der Blutdruck steigen, während die Energie, die er bewußt verbraucht, unglaublich gering bleibt.«

»Wollen Sie damit sagen, daß er seine Fähigkeiten nicht beherrschen kann?«

»Nicht ganz. Die Linie zwischen dem bewußten Verstand und dem Unterbewußtsein ist schmal, Colonel, und nur schwer zu definieren. Ohne es bewußt zu wollen, greifen wir auf gewisse Verteidigungsmechanismen zurück. Es gibt bewußte Mechanismen, die unterbewußte Reaktionen wie Weinen oder Lachen auslösen. Die Kraft des Jungen unterscheidet sich nicht allzusehr von solchen Reaktionen oder von einem normalen Verteidigungsmechanismus. Er aktiviert sie, wenn er sie braucht, wenn es keine wirkliche Alternative gibt oder diese Alternative aus Schmerz besteht.«

»In New York hat er seine Kraft benutzt, um eine Jacke zu erwerben«, erinnerte ihn Chilgers. »Sehr bewußt.«

»Und die dazu erforderliche Anstrengung war so unendlich gering für ihn, daß er sie leicht auf der bewußten Ebene unternehmen konnte.«

»Im Gegensatz zu gestern.«

»Gestern sind wir bei ihm zu weit gegangen«, erklärte Teke. »Der Schmerz kam aus ihm selbst, und als wir ihm keine Linderung verschaffen wollten, verloren wir die Kontrolle.

Wenn man das zersplitternde Glas und die giftigen Gase bedenkt, die aus diesen Leuchtkörpern entwichen sind, können wir von Glück reden, noch am Leben zu sein. Der Junge hätte uns beinahe getötet.«

»Bewußt?«

»Das spielt keine Rolle. Wichtig ist nur, daß auch er die Kontrolle verloren hat. Der Schmerz war zuviel für ihn.«

»Der Schmerz der Elektroschocks?«

»Eher der in seinem Kopf. Es hat den Anschein, daß eine übertriebene Anwendung seiner Kraft Druckgefühle in den Teilen des Gehirns erzeugt, in denen sie ihren Ursprung findet. Das Ergebnis läßt sich mit migräneartigen Kopfschmerzen vergleichen, die stärker werden, je tiefer er nach seiner Kraft greift.«

Chilgers erhob sich zögernd. Er versuchte, seine Rückenmuskeln zu strecken, doch die Bewegung erwies sich als zu schmerzhaft. »Irgendwelche bleibenden Folgen?«

»Das ist schwierig zu sagen. Nach der heutigen zweiten Phase werde ich mehr wissen. Ich beabsichtige, während des nächsten Experiments eine Gehirnuntersuchung bei ihm vorzunehmen, um den Ursprung seiner Kraft ausfindig zu machen und festzustellen, ob durch den bisherigen Einsatz ein Schaden entstanden ist.«

»Wir müssen uns auch eine sicherere Methode einfallen lassen, um ihn zu kontrollieren. Wir können uns keine Wiederholung des gestrigen Chaos leisten.«

»Ihre Elktroschock-Methode ist ausgezeichnet für eine negative Konditionierung geeignet, besonders angesichts der Art und Weise, wie der Junge auf Schmerzen reagiert. Heute werden wir eine Kanüle in eine seiner Armvenen einsetzen, über die einer meiner Assistenten ein Sedativum direkt in die Blutbahn lenken kann. Wenn der Druck für den Jungen zu groß wird und mein Assistent die Hand zurückzieht, wird das Beruhigungsmittel automatisch in die Blutbahn fließen und den Jungen benommen machen.«

»Das müßte funktionieren«, lobte Chilgers. »Haben Sie schon ein Versuchsobjekt auftreiben können?«

Teke beugte sich vor. »Ich habe eins unserer menschlichen

Versuchskaninchen für das Doppelte der üblichen Summe angeworben; dabei habe ich natürlich die üblichen Sicherheitsvorkehrungen beachtet. Selbstverständlich weiß der Mann nicht, daß seine Teilnahme an diesem Experiment sehr wahrscheinlich zu seinem Tod führen wird.« Teke zögerte. »Was der Junge gestern bewerkstelligt hat, war wahrlich erstaunlich; doch er hat sich dabei praktisch auf unbelebte Materie konzentriert. Um seine Fähigkeiten vollständig messen, isolieren und lernen zu können, wie man sie beherrscht, müssen wir sie bis zum äußersten treiben. Wie gut der Junge sich in solch einer Situation hält, wird uns verraten, wie weit dieser Begriff dehnbar ist. Die Versuchsanordnung ähnelt der gestrigen; hinzu kommt noch die Gehirnuntersuchung mittels eines Computers, die uns eine Aufzeichnung seiner Gehirntätigkeit während eines schwierigeren Experiments liefert. Damit bekommen wir die Informationen, die wir brauchen, um die dritte Phase einzuleiten: die Kontrolle über den Jungen.«

Chilgers lächelte. »Gute Arbeit, Teke. Ich vermisse den verstorbenen Professor Metzencroy nicht im geringsten.«

»Dann nehme ich an, daß Projekt Placebo planmäßig verläuft?«

»Die Raketen werden wie geplant heute nachmittag im Bunker 17 eintreffen.«

»Und doch hat sich Ihr Enthusiasmus jetzt auf den Jungen gerichtet.«

»Vortex verkörpert nur die Gegenwart, Teke. Davey Phelps ist die Zukunft.«

Davey wachte desorientiert und in völliger Dunkelheit auf. Er wand sich auf seinem Bett und stellte sehr zu seiner Überraschung fest, daß er über Bewegungsfreiheit verfügte. Als er jedoch versuchte, die Beine aus dem Bett zu schwingen, widersetzten sich seine Muskeln und befolgten den einfachen Befehl nicht, und Davey begriff, daß die Wirkung des Medikaments, das man ihm verabreicht hatte, noch nicht ganz abgeklungen war.

Er schloß die Augen und griff nach Dem Schaudern, um aus

dem Bett zu kommen, doch er konnte sich nicht konzentrieren; die Medikamente machten ihn immer noch benommen. Er versuchte sich an alles zu erinnern, was am Vortag geschehen war, und stellte fest, daß die meisten Einzelheiten wie hinter einem Nebel lagen. Das Schaudern war stark gewesen, zu stark. Es hatte ihm beinahe den Kopf zerrissen. Aber noch immer zwangen sie ihn, es einzusetzen. Begriffen sie denn nicht? Sie wollten, daß er es für sie beherrschte, wo er es noch nicht einmal für sich selbst beherrschen konnte. Und dann diese schrecklichen Stromstöße an seinen Hoden, die ihm die Gedärme zerrissen und ihn sich bepinkeln ließen. Die Sache war ihm peinlich gewesen, und er hatte sich schwach gefühlt. Er haßte sie alle, und jetzt war er nicht mehr schwach.

Davey hörte, wie von außen Schlüssel in den Schlössern der Tür umgedreht wurde; sie öffnete sich langsam, und zwei große Männer in weißen Kitteln traten ein. Sie hoben ihn auf einen Rollstuhl, der von einem dritten Mann geschoben wurde, während ein vierter mit einer Injektionsspritze in der Hand auf dem Gang wartete. Davey leistete keinen Widerstand, bewegte sich nicht einmal. Wenn er sich bewußtlos stellte, würden sie vielleicht die Medikamente vergessen, und er würde Das Schaudern zurückbekommen und gegen sie einsetzen können.

Er ließ den Kopf auf die Brust sinken, hob jedoch den Blick, um dem Weg folgen zu können, den der Rollstuhl nahm. Mit Schrecken stellte er fest, daß sie wieder die Richtung zu den Laboratorien eingeschlagen hatten. Sie gingen an dem vorbei, an das er sich von gestern erinnerte, und blieben vor einem anderen auf dem gleichen Gang stehen. Einer der Männer öffnete die Tür.

»Das Beruhigungsmittel müßte jeden Augenblick nachlassen«, erklang die vertraute Stimme des Kahlköpfigen, als Davey hineingerollt wurde.

Dann hoben sie ihn auf einen Stuhl, diesmal auf einen mit Lehnen. Zwei der Männer hielten seine Handgelenke fest und warfen Lederbänder über seine Arme, banden ihn auf dem Stuhl fest.

»Das geschieht nur, um dich ruhig zu halten, Davey«, sagte der Kahlköpfige zu ihm. »Wir brauchen diesmal genauere

Daten und werden während des Experiments deine Gehirnfunktionen überwachen.«

»Keine Schmerzen«, murmelte Davey.

»Nicht, wenn du mit uns zusammenarbeitest«, sagte Teke, doch sein Blick wich dem Daveys aus.

Der Doktor überwachte, wie Drähte an Daveys Armen, Gesicht und Kopf angebracht wurden. Der letzte Satz enthielt mindestens hundert Stück, die alle an einem runden Gebilde von der Größe einer kleinen Mütze befestigt waren. Teke schob es persönlich auf Daveys Kopf, bis es ganz fest saß und dabei sein dichtes, braunes Haar hinabdrückte.

»Dieser Apparat wird uns ermöglichen, deine Gehirnfunktionen visuell zu überwachen. Er wird dir keine Schmerzen bereiten«, versprach der Doktor. »Doch es ist unumgänglich, dir eine schwach radioaktive Flüssigkeit einzuspritzen, deren Bewegungen wir verfolgen werden.« Ein Laborassistent hielt Teke ein Tablett hin, und er entnahm davon eine Injektionsspritze. »Bitte bewege dich nicht.« Mit einem alkoholgetränkten Schwamm tupfte er eine Ader an Daveys Nacken ab und injizierte die Lösung dann. Es tat nur kurz weh. »Das war schon das Schlimmste für heute.«

Doch Davey wußte, daß er log. Er fühlte, wie sein Hals an die Stuhllehne gefesselt wurde, um den Kopf an Ort und Stelle zu halten; danach wurden auch seine Knöchel an den schweren Stuhlbeinen befestigt. Er konnte kaum einen Muskel bewegen. Selbst ein tiefer Atemzug war unmöglich. Aus den Augenwinkeln sah er, wie ein Labortechniker eine Plastikröhre mit einer Nadel daran oben an seinem Arm befestigte. Dann schob er die Nadel in eine dort befindliche Ader und trat zurück, um seine Arbeit zu begutachten. Schließlich trat er noch einen Schritt zurück, ohne die Nadel wieder herauszunehmen, und zog einen kleinen Wagen näher an Davey heran. Dann machte er etwas mit der Röhre, das Davey nicht sehen konnte.

»Fertig, Doktor?«

Die Stimme des Mannes, den sie den Colonel nannten, schickte ein Schaudern der Furcht Daveys Rückgrat empor. Der Mann mit dem schrecklichen schwarzen Kasten war da . . .

»Noch nicht ganz. Es dauert noch einen Moment.«

Davey versuchte, die Augen zu bewegen, um den Colonel ausfindig zu machen, konnte ihn aber erst sehen, als der Mann grinsend vor ihn trat.

»Wie fühlen wir uns heute, mein Junge?«

Davey sagte nichts.

»Elektroden überprüft«, meldete der kahlköpfige Doktor, und Davey begriff mit Schrecken, daß die heißen Drähte von gestern wieder unter seinem Nachthemd hochgeführt und an seinen Hoden befestigt wurden. Es zog ein wenig, und Davey fühlte, wie sie an Ort und Stelle saßen.

»Mit diesen hier müßte es funktionieren«, sagte der Doktor, zog die Hände wieder hervor und sah den Colonel an.

»Sie sind besser.« Eine kurze Pause. »Probieren wir die Lichter aus.«

Davey hörte, wie irgendwo ein Knopf gedrückt wurde, und plötzlich wurde ein kleines Abteil sechs Meter entfernt in der Mitte des Labors erhellt. Er sah die Drähte, die von seinen Lenden fortführten, und verfolgte sie weiter bis zur Vorderwand des Abteils, die von einem großen Fenster beherrscht wurde, das einen Meter über dem Boden begann und sich bis auf zwanzig Zentimeter unter das Dach der Kabine erstreckte.

»Systeme überprüfen«, befahl Teke.

»Alle Monitore in Ordnung«, kam eine Antwort.

»Alle Meßinstrumente in Ordnung«, sagte ein weiterer Techniker.

»Alle Schaltungen in Ordnung«, sagte ein dritter.

»Haben wir schon ein Gehirnbild?« fragte Teke einen Techniker, der direkt außerhalb von Daveys Sichtfeld vorn im Raum stand.

»Wir kriegen gerade eins. Ist noch unscharf . . . wird schärfer . . . ich stelle die Schärfe ein. Jetzt haben wir es klar und deutlich.«

»Beginnen Sie jetzt mit der Aufzeichnung«, wies Teke ihn an. »Verbinden Sie den Computer diesmal mit allen Meßinstrumenten.« Der Doktor wandte sich an den Colonel. »Wir sind bereit, Sir.«

Davey hörte, wie ein anderer Schalter umgelegt wurde, lauter diesmal, und plötzlich wurde das Innere der hermetisch abgeriegelten Kabine sichtbar. Davey sah, daß ein Mann dort auf einem Stuhl saß, ein großer Mann, fast so groß wie Josh. Er konnte seine Gesichtszüge nicht deutlich ausmachen, erkannte aber einen Gegenstand, den der Mann in der Hand hielt.

Der schwarze Kasten mit dem schrecklichen roten Knopf!

Davey erschauderte, als er ihn sah, und seine Eingeweide zogen sich in Erwartung von Schmerzen zusammen. Dann fiel ihm auf, daß die Drähte, die von dem Kasten ausgingen, die gleichen waren, die von der Kabine zu seiner Leiste verliefen. Seine Hoden zogen sich wieder zusammen.

Wer war dieser Mann? Warum hielt er den schwarzen Kasten in der Hand?

»Davey«, begann der kahle Doktor, »der Mann in der Kabine kann dich weder hören noch sehen. Die Kabine ist schallisoliert, und das Fenster besteht aus Einwegglas. Er hält es für einen ganz normalen Spiegel. Er bekommt nichts von dem mit, was in diesem Raum vor sich geht. Hast du verstanden?«

Davey nickte. Der Colonel trat wieder in sein Blickfeld und ging zu der Kabine. Er drückte einen Knopf und sprach in etwas an der Wand, das wie eine Gegensprechanlage aussah.

»Können Sie mich hören?«

»Ja.« Dem Mann in der Kabine hatte man nur gesagt, er würde an einem Experiment teilnehmen, das aufzeigen sollte, wieviel ein Mensch ertragen konnte, sowohl das Opfer als auch der, der ihm Schmerz zufügte. Man hatte ihm gesagt, er würde einem anderen Menschen Schmerz zufügen, und der schwarze Kasten in seiner Hand schien dies zu bestätigen. Er hatte nicht großartig darüber nachgedacht; er hatte schon ein paar sehr seltsame Aufgaben für COBRA ausgeführt, und immer zu einem fairen Preis.

»Drehen Sie die Skala ganz oben auf Stufe drei und halten Sie den Daumen über den roten Knopf.« Chilgers' Augen suchten Daveys. »Bereiten Sie sich darauf vor, den Knopf auf meine Anweisung zu drücken.«

»Nein!« schrie Davey, doch das Wort kam nur gedämpft über seine Lippen.

»Töte den Mann in der Kabine, Davey«, sagte der Kahlköpfige zu ihm. »Töte ihn mit deiner Kraft, bevor er Gelegenheit hat, dir weh zu tun.«

»Ich . . . kann ihn nicht töten! Sie zwingen ihn! Sie wollen mir weh tun!«

»Drücken Sie auf den Knopf«, sagte Chilgers in die Gegensprechanlage.

Daveys Kopf ruckte zurück, so weit es nur ging; seine Muskeln spannten sich, und seine Gesäßbacken versuchten, sich vom Stuhl zu heben, und dehnten die Fesseln. Er fühlte einen Krampf in seiner Blase, und die schreckliche Wärme von Urin tropfte wieder sein Bein hinab.

»Drehen Sie die Skala auf die vierte Stufe«, sagte Chilgers zu dem Mann in der Kabine.

»Nein!« wollte Davey erneut schreien, doch diesmal kam gar kein Ton über seine Lippen.

»Benutze deine Fähigkeit«, sagte der Doktor zu ihm. »Nur sie kann dich vor den Schmerzen bewahren. Richte sie auf den Mann in der Kabine. Er ist es, der dir weh tut. Es ist *sein* Daumen auf dem Knopf.«

Davey kniff die Lippen zusammen und spielte mit dem Gedanken, Das Schaudern auf den Colonel zu richten. Doch er wußte, daß ihm dies nur noch weitere Schmerzen einbringen würde.

»Leichte Schwingungen auf der Energieskala.«

»Die Alphawellen sind kurz angestiegen. Jetzt wieder normal.«

»Körperfunktionen angestiegen.«

Chilgers suchte wieder Daveys Blick. »Bereiten Sie sich darauf vor, den Knopf zu drücken.«

»Energieskala in Bewegung.«

»Alphawellen nähern sich der roten Markierung.«

»Energiekonzentrationsverhältnis bei dreiundachtzig, vierundachtzig, fünfundachtzig . . .«

»Körperfunktionen steigen, steigen . . .«

»Drücken Sie den Knopf«, sagte Chilgers.

Diesmal gelang es Daveys Gesäßbacken, sich von dem Stuhl zu heben; sie rissen das Leder mit, das seinen Körper an den Stuhl fesselte, und sein Atem entwich, als hätte er einen schrecklichen Tritt abbekommen. Seine Leistengegend schien in einem Schraubstock zu stecken, der sich immer enger zog. Er versuchte zu atmen, spürte jedoch nur ein paar Muskeln, die nicht mehr an Ort und Stelle zu sein schienen. Es folgte ein zweiter kurzer Schlag, ein zweiter, leichterer, Schock, und Davey fühlte, wie seine Gedärme ihn im Stich zu lassen drohten, und konnte ihren Inhalt gerade noch bei sich behalten. Der kahlköpfige Doktor beugte sich hinüber und tupfte ihn mit einem Handtuch den Mund ab, wischte den Speichel und das hinabtropfende Blut auf. Er spuckte noch etwas mehr aus, und der Doktor wischte auch das fort. Allmählich konnte er wieder atmen, doch er bekam noch nicht genug Luft, um seine gequälten Lungen zufriedenzustellen, und so wurde der Raum einen kurzen Augenblick lang dunkel, und etwas flatterte in seinen Ohren.

»Drehen Sie die Skala auf die fünfte Stufe«, hörte er Chilgers in die Gegensprechanlage sagen.

»Halt!« wandte sich Davey bittend an den Doktor, den er nur verschwommen ausmachte. »Bitte helfen Sie mir . .. «

»Ich kann dir nicht helfen, Davey«, sagte Teke. »Nur du selbst kannst dir helfen. Benutze deine Fähigkeiten. Halte den Mann davon ab, dir weh zu tun.«

»Drücken Sie den Knopf auf meine Anweisung«, fuhr Chilgers fort.

»Er will dir weh tun, Davey«, sagte der kahlköpfige Doktor zu ihm. »Der schwarze Kasten verfügt über sieben weitere Stärken, und jede ist schlimmer als die vorhergehende. Wenn du nichts dagegen tust, wird er sie alle benutzen. Halte ihn auf, Davey. Halte ihn auf!«

Daveys Augen wölbten sich vor. Das Schaudern erwachte in ihm.

»Energiestärke über sieben.«

»Alphawellen alle im Rotbereich.«

»Körperfunktionen steigen gefährlich schnell an.«

»Drücken Sie den Knopf auf meine Anweisung«, wiederholte Chilgers in die Gegensprechanlage.

»Energiekonzentrationsverhältnis bei neunzig . . . einundneunzig . . . zweiundneunzig, dreiund . . .«

»Energiestärke bei sieben Komma fünf . . .«

». . . neunzig . . . fünfundneunzig . . . siebenundneunzig . . .«

Teke wandte sich an einen Mann hinter einer separaten Konsole im Vorderteil des Raums. »Was haben Sie auf den Gehirnfunktionsmessern?«

»Signifikante Aktivität, schnell zunehmend.«

Der Mann in der Kabine hatte zu zittern angefangen. Jeder Muskel, jedes Glied seines Körpers war betroffen. Seine Zunge schnellte aus dem Mund und wieder hinein. Seine Augen öffneten sich weit und starrten ins Leere.

»Energiestärke jetzt über acht . . .«

»Energiekonzentrationsverhältnis einhundert . . . einhunderteins . . . einhundertzwei . . .«

Blut tropfte aus den Mundwinkeln des Mannes, sickerte dann auch aus seinen Ohren. Seine Füße trommelten auf den Boden und traten dann ziellos um sich. Seine Hände krallten sich in der Luft zusammen wie die eines Ertrinkenden, der versucht, zur Wasseroberfläche hochzukommen. Seine Gesichtszüge wurden scharlach- und dann purpurrot; sein Blut schien zu kochen.

Davey Phelps starrte geradeaus, sah und fühlte nichts, konzentrierte sich nur auf sein Opfer. Auf seinen Augen lag ein ruhiger, aber doch eindringlicher Blick.

»Energiestärke nähert sich neun . . .«

»EKV bei 105 . . . 106 . . . 107 . . .«

Chilgers nahm den Finger von der Gegensprechanlage. »Drücken Sie den Knopf«, sagte er.

Davey Phelps Augen ruckten hoch.

Der schwarze Kasten in der Kabine zerriß, schien zu explodieren. Das Glas des Fensters bekam Sprünge, zerbrach jedoch nicht und bewahrte die Labortechniker davor, mit anzusehen, was nun kam.

Das Innere des Mannes brach auseinander, riß ihn mit einer verdrehten, verzerrten Bewegung auf die Füße. Sein Fleisch zog sich zusammen, löste sich auf. Rippen traten hervor, durchbohrten dann die Haut und die Kleidung, als sich sein gesamter Körper von innen nach außen zu wenden schien. Sein

Kopf explodierte, und eine Blutfontäne schoß aus dem Schädel hervor, schlug gegen die Überreste der Scheibe und füllte die Risse mit losgelöstem Fleisch. Was von dem Körper übriggebliebe war, blieb noch ein paar Sekunden auf den Füßen stehen und zuckte heftig, bevor es dann zu einem unförmigen Haufen zusammenbrach.

»O mein Gott«, murmelte Teke.

Chilgers trat zurück und schlug – sehr zu seiner eigenen Überraschung – die Hände vor die Augen.

Davey Phelps fühlte, wie der Schmerz kam, und versuchte, vor ihm die Augen zu schließen. Doch er rollte trotzdem über ihn hinweg. Es kam ihm vor, als würde ihm jemand Nadeln in seine Augäpfel stechen, doch das Gefühl war noch viel schlimmer, denn der Schmerz war überall, und er konnte noch nicht einmal die Hand heben, um sich Trost zu verschaffen. Seine Zehen zuckten, die Finger krampften sich zusammen.

Teke löste den Griff seines Assistenten, und das Sedativum strömte in die Adern des Jungen.

Der Schmerz war zu groß geworden. Davey fühlte, wie sein Atem aus ihm wich und sein Leben ihm folgte. Es war vorbei; er wußte es, akzeptierte es, hieß das Ende willkommen. Alles, um den Schmerz loszuwerden. Dann fühlte er sich ruhig und sicher, entspannte sich plötzlich. Sein Atem ging wieder leicht, und er trieb im Vergessen dahin.

29

»Was?« Christian Teare beugte sich über die Gegensprechanlage in seinem Quartier. »Das ist doch verrückt, Cap.«

»Das ist die Nachricht, Major. Ich habe sie persönlich dreimal überprüft.«

»Was ist mit der Bestätigung?«

»Habe sie erhalten.«

»Von der Basis?«

»Direkt vom Com-Con der NORAD.«

»Es ist immer noch verrückt.«

»Sie kommen besser hoch.«

»Bin schon unterwegs. Bis gleich.«

Teare streckte sich. Seine mächtigen Muskeln, die dringend trainiert werden mußten, verkrampften sich, und er ließ die Hände langsam wieder sinken, um die Verspannung zu lösen. Er wäre beinahe zum ersten Mal seit über einem Tag eingeschlafen, als ein schrilles Summen, das eine Nachricht von der Kommandozentrale des Bunkers 17 bedeutete, ihn von seiner Koje gerissen hatte.

Teares Schritte fielen von einem Trott in einen schnellen Lauf, und er legte die Strecke von seinem Quartier zur Zentrale in Rekordzeit zurück. Captain Heath wartete schon auf ihn, das Gesicht eine einzige Miene der Verwirrung. Er gab ihm die entschlüsselte Nachricht.

»Ich habe gerade noch einmal zurückgefragt.«

Teare las sie zehnmal. »Großer Gott . . .« Seine Augen lösten sich von dem Papier. »Okay, Cap, fassen wir einmal zusammen. Vor vierundzwanzig Stunden wurde Yellow-Flag-Alarm gegeben. Jetzt bekommen wir über den SAFE-Interzeptor die Anweisung, heute um dreizehn Uhr alle Verteidigungsmaßnahmen aufzuheben, um eine Lieferung von sechsunddreißig MX-Raketen entgegenzunehmen und sie sofort in die Silos zu bringen. Haben Sie auch das Gefühl, daß jemand in Washington uns ganz gewaltig verarschen will?«

»Der Liefertermin dieser Raketen von COBRA steht jetzt seit über einem Monat fest.«

»Aber unter einem Yellow-Flag-Alarm müßten sie immer noch in San Diego festhängen.«

»Außer, Com-Link hat Grund zu der Annahme, wir würden sie vielleicht brauchen.«

»Das kann ich nicht glauben. Aber damit wäre immer noch nicht geklärt, warum wir den Befehl bekommen haben, sie augenblicklich in die Silos umzuladen.«

»Wahrscheinlich wegen ihrer Leistungsfähigkeit«, schlug Heath vor. »Diese Track-One-Modelle kommen gerade frisch vom Reißbrett. Ihre Treffsicherheit ist einzigartig.«

»Was praktisch bedeutet, daß wir sie kurz über lang

benutzen sollen«, überlegte Teare und zerrte an seinem strubbligen Bart. »Und ich überwache jetzt schon seit einem Tag die zivilen Frequenzen, und soweit ich es sagen kann, hat sich da draußen nichts Außergewöhnliches ereignet.«

»Sie könnten es vor der Presse geheimhalten.«

»Kommen Sie, Cap«, spottete Teare, »es gibt genug Lecks in Washington, um dem alten Noah eine neue Anstellung zu verschaffen. Die ganze Sache stinkt zum Himmel.« Teare fuhr sich über den Bart und dachte kurz nach. »Es gibt wohl keine Möglichkeit, wie ich mit dem Präsidenten persönlich sprechen kann?«

»Ausgeschlossen, Major, nicht bei einem Yellow Flag.«

»Ach? Na ja, wenn man sich damals im Süden gegen den Wind aufstellte, konnte man den ganzen Tag Scheiße riechen. Und ich glaube, ich bekomme jetzt auch eine Nase voll davon ab, Cap.«

Ein Summer ertönte, und auf der linken Wand der Kommandozentrale, auf der die äußeren Verteidigungsanlagen aufgeführt waren, blitzte ein rotes Licht auf.

»Gottverdammt, was hat das schon wieder zu bedeuten?«

»Ein Konvoy schwerer Fahrzeuge nähert sich uns, Major«, meldete ein Techniker. »Er hat gerade den Checkpoint zwei passiert.«

Heath ging zu der linken Wand hinüber und legte einen Schalter um, mit dem er sechs Kameraüberwachungsmonitore aktivierte. Augenblicklich erschienen sechs Schwarzweißbilder der Erdoberfläche über dem Bunker 17. Zwei davon zeigten eindeutig einen Konvoy schwerer Raketentransporter, die sich unter schwerer Bewachung dem Stützpunkt näherten.

»Das wird unsere Lieferung von COBRA sein«, sagte Heath.

»Soll ich die Verteidigungsanlagen aktivieren, Sir?« fragte der Mann hinter der Hauptkonsole.

»Nein«, erwiderte Teare. »Wir haben unsere Befehle. Sollen sie ihre Ladung abliefern. Ich möchte, daß sie in einer Stunde wieder verschwunden sind. Rekordzeit, Cap, Rekordzeit.« Dann, an den Mann hinter der Konsole gewandt: »Unterbrechen Sie den Yellow-Flag-Alarm für den Augenblick. Alle Mann bleiben auf ihren Posten.«

»Jawohl, Sir.«

Teare wandte sich wieder an Heasth. »Cap, wir beide gehen zum Fahrstuhl. Ich will mir diese Hurensöhne mal persönlich ansehen.«

Sie gingen zur Tür.

»Und, Cap . . .«

»Ja, Major?«

»Wir werden auf diese Arschlöcher ein Auge halten wie ein Geilhuber auf das Loch einer Hure. Und ich sage Ihnen noch etwas: ich möchte, daß die Sicherheitssysteme dieser Raketen ein dutzendmal überprüft werden. Ich will mich vergewissern, daß alle Systeme funktionieren.«

»Glauben Sie wirklich, daß hier etwas nicht stimmt?«

»Scheißt ein Bär in den Wald?«

Bane ging die East Sixty Nineth Street entlang und hielt auf Harry Bannisters Wohnung zu. Nach einer praktisch schlaflosen Nacht im Hotel hatte er Washington am frühen Morgen verlassen und war nach New York zurückgekehrt, wobei er zahlreiche Umwege gemacht und sowohl Züge wie auch Flugzeuge benutzt hatte. Wegen der letzteren hatte er seine Browning ablegen müssen. Er hatte sich in den letzten Tagen so daran gewöhnt, diese Waffe zu tragen, daß er sich ohne sie – und besonders im Augenblick – verletzbar und unsicher vorkam. Hände waren schon in Ordnung, aber nicht, wenn man einem Heer von Killern gegenüberstand, für das man für untragbar, also praktisch vogelfrei erklärt worden war.

Bane hatte die Reise benutzt, um seine Gedanken zu ordnen und die nächsten Schritte so gut wie möglich zu planen. Von der Regierung würde keine Hilfe kommen; Jorgenson war dort seine letzte Hoffnung gewesen. Es lag nun an ihm, Trench und Harry, das Puzzle zusammenzusetzen, hoffentlich mit der Hilfe von Otto von Goss, neben Einstein und Metzencroy dem dritten Mann der Navy-Dreifaltigkeit. Irgendwie hatte Bane das Gefühl, das Philadelphia-Experiment, das sie verband, sei der Schlüssel zu allem, die Verbindung zu Vortex und der ultimaten Vernichtung, die dieses Projekt mit sich bringen würde. Er konnte nur hoffen, daß Trench genug Zeit gehabt hatte, um Dr. von Goss aufzuspüren.

Bane näherte sich dem Haupteingang des Gebäudes.

»Gehen Sie weiter, Wintermann, und drehen Sie sich nicht um.«

Bane erkannte augenblicklich Trenchs Stimme; der Killer war einen Meter hinter ihm.

»Sie haben Ihren Freund fortgeschafft, Wintermann, und warten oben auf Sie. Er hat beträchtlichen Widerstand geleistet, wurde zum Glück jedoch unverletzt weggebracht. An der nächsten Ecke wende ich mich nach rechts . . . Sie gehen weiter. Ich habe im Diplomat Hotel an der Park Avenue South ein Zimmer auf den Namen Summers für Sie reserviert. Wir treffen uns dort in einer halben Stunde.«

Sie erreichten die Ecke. Trench bog ab. Bane ging geradeaus weiter, immer tiefer hinein in den Irrsinn.

»Sind Sie sicher, daß Harry in Ordnung ist?« fragte Bane, als Trench die Hotelzimmertür hinter sich geschlossen hatte.

»Für den Augenblick«, sagte Trench. »Ich war auf der anderen Straßenseite, als sie ihn abführten. Er war noch so weit in Ordnung, sie gewaltig zu beschimpfen.«

»Dann waren es Regierungsangestellte.«

Trench nickte. »Von jener Art, die manchmal Ausweise an die Jackenaufschläge heftet. Es war alles sehr legitim. Ihre Regierung arbeitet auf seltsame Art und Weise, Wintermann. Ich bin überrascht, daß Sie noch leben.«

»Und ich bin überrascht, daß Sie noch hier sind, wenn man das alles in Betracht zieht.«

Trench zog eine Pistole aus der Jacke. »Die Amerikaner haben versucht, mich ausfindig zu machen. Sie wollten mir den Auftrag geben, Sie zu töten.« Bane blickte auf die Pistole. Er rührte sich nicht. »Ich bin sicher, sie würden sehr gut für den Tod des Wintermannes bezahlen, doch . . .« – Trench drehte die Pistole herum und hielt sie Bane hin – »ich habe abgelehnt.«

Bane erlaubte sich einen Seufzer der Erleichterung und nahm die Pistole.

»Eine Browning«, sagte Trench zu ihm. »Ich habe mir gedacht, Sie könnten Ihre irgendwo unterwegs verlegt haben.«

»Wie sieht also unser nächster Schritt aus?« fragte Bane und ließ Trench den Vortritt.

»Ihr Freund Harry hat mir berichtet, was er über von Goss herausgefunden hat. Der Professor verschwand vor drei Tagen aus Princeton.«

»Zur gleichen Zeit, da Metzencroy eliminiert wurde. Harry hat es mir erzählt.«

»Von der Annahme ausgehend, daß von Goss freiwillig in ein Versteck geflohen ist, habe ich ein paar Nachforschungen betrieben und herausgefunden, daß ein enger Bekannter des Professors eine Hütte in den Pocono-Bergen von Pennsylvania besitzt. Es ist bekannt, daß von Goss sie von Zeit zu Zeit benutzt hat. Weitere Nachforschungen haben ergeben, daß es sich eigentlich um ein Haus handelt, das in eine Bergflanke hineingebaut wurde und nur von einer Seite zugänglich ist: von vorn. Eine Festung, Wintermann.«

»Dann ist von Goss dort.«

»Ich habe den ganzen Tag über versucht, dort anzurufen. Einundzwanzigmal keine Antwort; einmal das Besetztzeichen.«

»Sie könnten sich verwählt haben.«

»Wahrscheinlicher ist, daß von Goss nicht ans Telefon geht, wenn man nicht das richtige Klingelzeichen benutzt; oder aber, er hat ein paar Anrufe gemacht, um festzustellen, was sich an der Heimatfront tut.«

»Wenn er solche Angst hat, spricht alles dafür, daß er weiß, woran Metzencroy gearbeitet hat.«

Trench nickte. »Meine eigenen Erfahrungen mit Wissenschaftlern haben ergeben, daß sie gern reden – aber nur miteiander. Sie lieben es geradezu, Informationen auszutauschen und sich gegenseitig um Rat zu fragen. Gehen wir einmal davon aus, Wintermann, daß Metzencroy und von Goss zwei von Einsteins größten Schülern waren, und daß sich beide nach seinem Tod entschlossen haben, die Arbeit ihres Mentors fortzusetzen, aber jeder auf seine Weise: Metzencroy bei COBRA und von Goss in Princeton. Die Annahme erscheint logisch, daß sie über all die Jahre hinweg niemals den Kontakt haben abreißen lassen. Die Verbindungen, die vor über vierzig Jahren entstanden sind, haben bestimmt so lange überdauert, vor allem, wenn so etwas wie Vortex im Spiel ist.«

»Bis auf die Tatsache, daß sich von Goss nach seinem Unfall aus der aktiven Forschung zurückgezogen hat und ausschließlich im Lehrberuf tätig ist.«

»Das hat irgend etwas mit seiner Hand zu tun«, erklärte Trench. »Es ist Ende der sechziger Jahre passiert, als er auf der Schwelle zu einem bedeutenden wissenschaftlichen Durchbruch stand.«

»Haben Sie eine Ahnung, wobei es sich bei diesem Durchbruch handeln könnte?«

»Leider nicht den geringsten Hinweis.«

»Aber Sie kennen die genaue Lage dieses Hauses in den Poconos?«

»Natürlich.«

Bane musterte Trenchs hellgraue Augen, die plötzlich nicht mehr so kalt wirkten. »Sie könnten sauber aus dieser Sache aussteigen, Trench, und niemand würde von Ihrer Mitwirkung erfahren. Sie könnten sich verstecken; niemand würde Sie finden, nicht einmal Chilgers. Ihre Rolle in dieser Sache könnte vorüber sein.«

»Und was wird aus Ihnen, Wintermann? Welche Chance haben Sie gegen ein Heer von Amateurkillern, die sich auf Ihrer Spur gegenseitig auf die Füße treten, wenn ich Sie im Stich lasse? Ich habe Chilgers' ursprünglichen Befehl, Sie zu eliminieren, nicht befolgt, weil ich es nicht ertragen konnte, daß der einzige andere echte Profi, den es noch gibt, grundlos getötet wird. Aus dem gleichen Grund kann ich jetzt nicht einfach davongehen.«

Bane lächelte zögernd. »Mir fiel gerade ein, wie Harry sagte, man wisse nicht, wer seine wahren Freunde seien. Ich glaube, die Menschen verändern sich.«

»Wohl kaum. Es sind die Zeiten, die sich verändern. Menschen wie Sie und ich, Wintermann, bleiben, wie sie sind, und klammern sich an ihre ganz besondere Welt, die vor allem Klarheit bietet.« Trench hielt nachdenklich inne. »Aber ich nehme an, Sie haben recht. Zu einer anderen Zeit, an einem anderen Ort, hätten wir Bundesgenossen sein können, sogar Freunde. Im Augenblick haben wir nur Chilgers und Vortex, die uns zusammenhalten.«

»Das reicht.« Bane sah auf die Uhr. »Wir haben noch eine lange Fahrt vor uns, Trench. Wenn wir sofort aufbrechen, müßten wir die Poconos kurz nach Anbruch der Dunkelheit erreichen.«

»Ich habe unten einen Wagen stehen.«

Nachdem man die Jalousie geöffnet hatte, benötigte Harry Bannister ein paar Sekunden, um sich an die Helligkeit zu gewöhnen. Einer der Männer, die ihn aus seiner Wohnung getragen hatten, löste seine Handfesseln und riß das Klebeband von seinem Mund.

»Ihr Arschlöcher werdet dafür bezahlen«, beschimpfte er die drei Männer, die in dem spärlich eingerichteten Einzelzimmer vor seinem Rollstuhl standen. »Mann, werdet ihr dafür bezahlen . . .«

Die drei Männer sagten nichts.

»Ich nehme an, ihr habt einen guten Grund, mich hierher zu verschleppen, ihr wißt schon, einen Haftbefehl oder so. Wie wäre es mit etwas Kleingeld, damit ich meinen Anruf machen kann?« Harry leckte sich die Überreste ds Klebebands von den Lippen.

Die drei Männer sagten immer noch nichts.

»Na ja, wenn irgendeiner von euch Arschlöchern genug Grips hätte, könnte ich euch eine Geschichte erzählen, die ein ziemlich beschissenes Ende hat, weil die Idioten, für die ihr arbeitet, die Guten nicht von den Bösen unterscheiden können.« »The Bat« musterte sie nacheinander. »He, hat einer von euch so was wie 'ne Zunge? Oder einen tauglichen Satz Ohren? Nein, ich glaube nicht.«

»Ich werde Ihnen zuhören, Mr. Bannister, wenn Sie glauben, etwas zu sagen zu haben.«

Die Stimme kam von der Tür, durch die gerade ein großer Mann eingetreten war. Mindestens so groß wie Josh, überlegte Harry.

»Und wer zum Teufel sind Sie?«

Der Mann trat weiter in den Raum. »Mein Name ist Wentworth, Philip Wentworth.« Wentworth winkte die drei anderen Männer aus dem Raum, schloß die Tür hinter ihnen und wandte sich wieder Harry zu. »Sie wollten etwas sagen, Mr. Bannister.«

»Ich nehme nicht an, daß Sie mir verraten, für welche Gruppe Sie arbeiten.«

»Mischen Sie ein paar Buchstaben des Alphabets auf, und Sie werden wohl eine richtige dabei haben.«

»Da ficke der liebe Gott doch eine Ente, eine große Klappe haben Sie.« Dann dachte Harry über etwas nach. »Ist sie auch groß genug, daß Sie damit das Ohr des Präsidenten erreichen, Wentworth?«

»Das kommt auf den Grund an.«

»Wie wäre es mit der Tatsasche, daß er versucht, den Falschen umbringen zu lassen? Nicht Joshua Bane ist verrückt geworden, sondern ein Bursche namens Chilgers draußen in San Diego, und wenn nicht schnell etwas geschieht, dann kann man gleich die ganze verdammte Welt für untragbar erklären. Haben Sie mich verstanden, Wentworth?«

Wentworths Gesichtsausdruck blieb unverändert. »Ich will Ihnen etwas sagen, Mr. Bannister. Vor etwa fünfzehn Jahren wurde ich in das gleiche Ausbildungslager gebracht, in dem auch Joshua Bane war, und wir beide waren die letzten, die übrig blieben. Er bekam den Job und hat ihn auch verdient, denn er war der Beste, den ich je gesehen habe. Ich habe mehr Respekt für ihn denn für irgendeinen anderen Menschen, der mir je begegnet ist. Als gestern abend also verkündet wurde, er sei untragbar geworden, habe ich mir gedacht, daß da eine verdammte Sauerei läuft, und wenn Sie mir sagen können, was das für eine Sauerei ist, werde ich sie verdammt noch mal vor den Präsidenten bringen, und wenn ich ein paar Tricks des Wintermannes benutzen muß, um in sein Büro einzubrechen.«

»Ziehen Sie sich einen Stuhl heran«, sagte Harry.

30

Eine schwarze, mondlose Nacht füllte den Himmel aus, als Bane den Ford in Scranton von der Autobahn 81 und auf die 330 lenkte, die sie direkt zu Otto von Goss' Bergversteck in den Poconos von Pennsylvania führen würde.

»Wir können nicht unbedingt davon ausgehen, daß er uns empfängt«, sagte er erneut zu Trench, der still, aber wachsam auf dem Beifahrersitz saß.

»Wir haben ziemlich gute Chancen. Vergessen Sie nicht, daß sich von Goss am gleichen Tag, da Metzencroys Tod gemeldet wurde, in sein Versteck zurückzog. Er ist voller Furcht in die Berge geflohen, Wintermann, weil er die gleichen Informationen besitzt wie Metzencroy auch und annimmt, daß sie nun hinter ihm her sind.«

»Seit dem Unfall vor fünfzehn Jahren, bei dem seine Hand verkrüppelt wurde, war er nicht mehr in der Forschung aktiv, Trench«, erinnerte Bane.

»Wenn er geflohen ist, weiß er auch etwas. Unsere wichtigste Aufgabe wird es sein, ihn davon zu überzeugen, daß wir auf seiner Seite sind.«

»Zuerst werden wir seine Wachen überzeugen müssen. Unter diesen Umständen wird er nicht in die Paconos geflohen sein, ohne eine ganze Armee mit sich genommen zu haben.«

»Sie werden keinen Angriff von einem einzelnen Wagen erwarten, der sich des Nachts mit aufgeblendeten Scheinwerfern nähert.«

»Aber sie werden argwöhnisch sein, Trench, und die Finger am Abzug haben.«

Schweigend fuhren sie die gewundene Straße entlang. Die Luft draußen wurde immer kälter und glitt allmählich unter den Gefrierpunkt. Bane schaltete die Heizung an und schob den Temperaturregler ganz nach rechts. Schließlich sah er Schilder, die ihn zur Nebenstrecke 423 führten, auf der sie das letzte Stück zu den Poconos zurücklegen würden.

»Kennen Sie sich in dieser Gegend aus, Wintermann?« fragte Trench ihn.

Bane schaltete das Fernlicht ein. »Einigermaßen. Der größte Teil der Poconos ist für den Fremdenverkehr erschlossen. Aber jetzt haben wir keine Saison, und von Goss' Haus liegt in den westlichen Ausläufern. Hauptsächlich Rotwildjagd und Fischfang. Bis auf ein paar Hütten ist diese Gegend kaum erschlossen.«

»Und eine Festung.«

Bane nickte.

Nach ein paar Meilen bog er auf die Nebenstrecke 423 ab. Kurz darauf tauchten die Lichter eines Fremdenverkehrsorts vor ihnen auf und blieben bald schon wieder zurück. Die Straße wurde dunkler und schmaler. Die Scheinwerferstrahlen schnitten sich in die Dunkelheit. Bane wandte sich nach rechts auf eine Bergstraße, die in zahlreichen Windungen langsam anstieg. Zwei weitere Straßen kamen und blieben hinter ihnen zurück, bevor er auf eine abbog, die aus Schotter und nicht mehr aus Teer bestand, nur vom aufgehenden Mond erhellt wurde und für einen einzigen Wagen gerade breit genug war. Bane reduzierte die Geschwindigkeit auf fünfundzwanzig Stundenkilometer, doch selbst das schien bei dem sich bedrohlich neigenden Berghang noch zuviel. Fast unmerklich hatten sie den höchsten Berg der Pocono-Kette zur Hälfte erklommen, eine Höhe, die für Touristen schon uninteressant war. Dieser Berg war nur bei einigen Unentwegten beliebt, hauptsächlich bei Ortsansässigen oder bei Menschen, deren Familien hier seit Generationen Grund besaßen. Er bot wahrscheinlich einen wunderschönen Anblick, überlegte Bane, wenngleich der kalte Nebel, der sich des Nachts erhob, alles einschließlich der Straße bedeckte, was während der Fahrt zu mehreren kritischen Situationen führte.

»Von Goss hat eine gute Wahl getroffen«, sagte Trench leise. »Wahrscheinlich kann man nur mit einem Luftangriff an ihn heran. Mit Hubschraubern vielleicht.«

»Wohl kaum. Selbst auf dieser Höhe wachsen die Bäume dafür zu hoch.«

»Ein guter Einwand.«

Bane glaubte, oben eine Bewegung und dann ein Aufblitzen

ausgemacht zu haben. Er drehte sich zu Trench um und stellte fest, daß dieser die Augen ebenfalls zusammengekniffen hatte.

»Sie haben es auch gesehen«, sagte er.

»Ein Ausguck, würde ich sagen. Wir scheinen entdeckt worden zu sein, Wintermann.«

»Gut. Solange wir nicht mit Kugeln empfangen werden, erspart uns das den Ärger einer unerwarteten Ankunft.«

»Sie werden uns wahrscheinlich für Urlauber halten, die sich verirrt haben«, vermutete Trench.

»Verzweifelte Männer wie von Goss handeln oft vorschnell.«

Als der Hang bedrohlich nahe kam, verlangsamte Bane die Geschwindigkeit des Fords zu einem Kriechen. Es hatte manchmal den Anschein, daß ein Teil ihres Wagens tatsächlich über dem schwarzen Abhang schwebte und kurz vor dem Umstürzen stand, bevor die Räder ihn wieder auf die Fahrbahn zurückzogen.

»Sie werden unsere Waffen haben wollen, Wintermann«, sagte Trench plötzlich.

»Dann geben wir sie ihnen.«

»Wir haben bislang die Möglichkeit außer acht gelassen, daß von Goss mit COBRA unter einer Decke steckt und wir direkt in eine Falle gehen, die Chilgers uns gestellt hat.«

»Dann wird sie auf jeden Fall zuschnappen. Also können wir auch nach dem Käse greifen.«

Bane zog den Wagen langsam um eine weitere Ecke und trat hart auf die Bremsen. Licht fiel in seine Augen und blendete ihn. Weißes, heißes Licht, das noch unter den Lidern seine Pupillen verengte.

»Bleiben Sie, wo Sie sind!« befahl eine Stimme, die in der nebelverhangenen Gebirgsluft ein Echo warf. »Verlassen Sie Ihren Wagen nicht! Ich wiederhole, verlassen Sie Ihren Wagen nicht!«

Das Licht blieb auf seine Augen gerichtet, und als Bane sich endlich daran gewöhnt hatte, nahmen seine Ohren schon das Knirschen von Kies wahr – den Geräuschen nach zu urteilen näherten sich zwei Beinpaare ihrem Wagen. Dann beugten sich zwei große Gestalten über die Motorhaube des Fords und verdeckten die starke Lichtquelle. Beide hielten in Hüfthöhe automatische Gewehre auf die Windschutzscheibe gerichtet. Bane schaltete den Motor aus und hörte, wie seine Tür geöffnet wurde.

»Sie befinden sich auf Privatbesitz«, sagte die gleiche befehlsgewohnte Stimme. »Sie werden sofort umkehren.«

Bane warf einen schnellen Blick auf Trench. »Wir sind gekommen, um mit Professor von Goss zu sprechen.«

Der Lauf eines anderen automatischen Gewehrs drückte sich ihm in die Rippen. »Wenn Sie mir keinen schrecklich guten Grund nennen, es nicht zu tun, werde ich den Abzug durchdrücken«, schnappte die kalte Stimme.

Bane drehte sich langsam um und antwortete genauso kalt. »Wenn Sie abdrücken, wird Professor von Goss sein Leben lang ein furchtsamer Gefangener dieses Berges bleiben. Wir sind gekommen . . . um ihm zu helfen und seine Hilfe zu suchen.«

»Ich weiß nicht, wovon Sie sprechen«, sagte der Mann.

»Der Professor – wir stehen auf der gleichen Seite. Wir sind seine einzige Hoffnung, genauso wie er unsere einzige Hoffnung ist. Sie können uns beide jetzt töten, aber sobald von Goss herausfindet, wer wir sind und woher wir kommen, wird er Ihren Kopf verlangen.«

Der Mann zögerte, und Bane wußte, daß er nun im Vorteil war.

»Nun?« drängte er.

»Wen soll ich melden?« fragte der Mann schließlich.

»Mein Name ist Joshua Bane. Sagen Sie ihm, ich sei wegen Vortex hier und wisse, was man mit Metzencroy gemacht hat. Sagen Sie ihm . . .«

»Ich werde Ihre Nachricht weiterleiten«, unterbrach der Mann ungeduldig.

Er wandte sich ab, und wieder knirschte Kies unter seinen schweren Schritten. Banes Augen hatten sich mittlerweile so weit an das Licht angepaßt, daß er zwei Jeeps ausmachen konnte, die nebeneinander auf der schmalen Straße standen, direkt vor einem kleinen Einschnitt in den Berg, der ihnen das Wenden ermöglichte. Der Ort dieser Begegnung war kaum zufällig gewählt. Er war wie geschaffen für diesen Zweck.

Bane erhaschte das Knattern eines Sprechfunkgeräts und

dann eine gedämpfte Stimme. Er sah zu Trench hinüber. Die Finger des Killers waren unter den Mantel gekrochen, bereit, von einem Augenblick zum anderen die Pistole zu ziehen. Wieder knirschte Kies; der Mann kam zu ihnen zurück. Ein gutes Zeichen.

»Ich habe Anweisung, Sie nach oben zu führen«, sagte der Mann neben dem Fenster.

»Danke.«

Der Mann musterte ihn und schnaubte kurz. »Ich hätte gern Ihre Waffen.«

Bane gab ihm die seine, und Trench folgte dem Beispiel.

»Sonst noch welche?« fragte der Mann.

»Zwei Gewehre im Kofferraum«, gab Trench zurück.

»Wir werden Sie durchsuchen, bevor Sie den Professor sprechen dürfen. Wenn Sie gelogen haben, werden Sie sterben.« Eine Pause. »Und dieser Befehl kam von von Goss persönlich.«

Ein paar hundert Meter den Paß hinauf wurde die Straße wieder flacher, und vor ihnen erstreckte sich eine große Schneise in den dichten Wald. Als sie nach links in den Bergeinschnitt abbogen, sah Bane, wie Lichter zwischen den Bäumen aufflackerten. Die Schotterstraße verwandelte sich in eine kreisrunde Kopfsteinpflaster-Auffahrt, die sich dem Ursprung der Lichter näherte und dann ein U um ein Wäldchen zwischen dem Haus und der Straße schnitt. Das Geräusch, mit dem die Reifen über die Steine fuhren, erinnerte Bane an das typische Rasseln, das eine Klapperschlange verursachte, wenn sie aufgebracht war, und er konnte nur hoffen, daß man sie nicht in die Höhle eines solchen Reptils gelockt hatte. Er warf einen Blick auf den stummen Trench und stellte fest, daß er geduldig und ausdruckslos wartete.

Vor ihnen erhob sich ein überraschend großes, holzfarbenes Haus aus dem wieder steil ansteigenden Berg. Es war direkt in seine Flanke hineingebaut und saß auf Stelzen und Holzziegeln statt auf einem Fundament. Bane machte an beiden Enden des Gebildes Sonnengalerien aus, die jeweils von einem bewaffneten Posten bewacht wurden. Das Haus war lang und schmal und wie seine Umgebung in Flutlicht getaucht. Er stellte fest, daß als Absicherung gegen Heckenschützen die meisten Jalousien zugezogen und ein paar Fenster sogar verriegelt waren. Irgendwie beeindruckten ihn von Goss' Vorsichtsmaßnahmen. Dieses Haus als Festung zu bezeichnen, war noch eine Untertreibung. Dank der Baumwipfel war es von der Luft aus völlig unzugänglich, und der Berg dahinter ermöglichte es, es mit ein paar Mann, die zweifellos vorhanden waren, vom Boden aus zu verteidigen. Wenn man die schmale gefährliche Straße in Betracht zog, die zu dem Haus führte, grenzte ein Angriff schon an Selbstmord. Man würde eine ganze Armee brauchen, um es einzunehmen. Bewaffnete Wachen patrouillierten in regelmäßigen Zeitabständen vor dem Haus. Die beiden Männer auf den Sonnengalerien schwangen tragbare Scheinwerfer über die Baumwipfel und erhellten die Nacht mit langen, schmalen Lichtstreifen.

Otto von Goss hatte sich eine sichere Zuflucht geschaffen.

Bane brachte den Ford zum Stehen, als er sah, wie die Bremslichter des Jeeps vor ihm aufleuchteten und die Bremsen des Jeeps hinter ihm hörte. Er und Trench wechselten einen Blick; sie stiegen nicht aus, sondern warteten, bis man sie abholte. Ihre Unterwerfung war vollkommen; waffenlos, wie sie waren, hatten sie keine andere Wahl.

»Hinein«, sagte der Mann von der Straße zu ihnen. Er blieb ein paar Schritte hinter ihnen und vereitelte damit von vornherein einen jeden Angriff, den sie vielleicht im Sinn haben könnten. Eindeutig ein Profi, wahrscheinlich ein Söldner, und darüber hinaus ein sehr guter mit Kampferfahrung. Von Goss scheute keine Unkosten.

Eine große Holztür öffnete sich vor ihnen, und sie stiegen ein paar zu der Tür führende hohen Stufen hinauf. Bane und Trench gingen weiter, ein halbes Dutzend Mann direkt hinter ihnen, und fanden sich in einer geräumigen Halle wieder, die von einem Herdfeuer erwärmt wurde. Sie roch alt, sauber und ländlich, wies holzgetäfelte Wände und einen Parkettboden auf. Die Halle war ein wahres Meisterwerk eines Innenarchitekten.

Der Mann mit der kalten Stimme ging an ihnen vorbei und öffnete die Tür zu einem ebenso geräumigem Wohnzimmer, das üppig mit Ledermöbeln ausgestattet war, die perfekt mit dem Holz an den Wänden harmonierten.

»Wir werden Sie hier durchsuchen«, sagte er und sah erst Bane, dann Trench in die Augen. »Wenn wir etwas finden, ist hier Endstation für Sie.«

Bane hielt dem Blick des Mannes ein wenig länger stand und musterte ihn noch, als dieser ihn abwandte. Es handelte sich in der Tat um einen Profi, der schon oft – und gut – getötet hatte.

Bane und Trench unterwarfen sich einer gründlichen, gekonnt ausgeführten Durchsuchung, die jedoch nichts ergab. Diese Prozedur beruhigte sie eher, als daß sie ihnen Sorgen bereitete, denn sie reduzierte beträchtlich die Möglichkeit, daß es sich um eine ausgeklügelte Falle handelte, die Chilgers gelegt hatte. Natürlich konnte er das Spiel bis zum bitteren Ende treiben und herauszufinden versuchen, was sie wußten und von ihrem Wissen weitergegeben hatten – und an wen. Doch Bane bezweifelte dies. Ihren letzten Erfahrungen nach zu urteilen entsprach dies nicht dem Stil des Colonels. Es war zu subtil.

Nach der Durchsuchung wurden Bane und Trench zu einer gebohnerten Treppe geleitet, die zum ersten Stockwerk hinaufführte.

»Ich überlasse das Reden Ihnen, Wintermann«, flüsterte Trench, als sie nebeneinander hinaufgingen. »Es ist für unseren Freund von Goss weniger verwirrend, wenn er sich nur mit einem von uns beschäftigen muß. Ich bleibe Ihr stiller Teilhaber.« Sie hatten den Kopf der Treppe erreicht. »Und wachsam.«

Der Söldner führte sie einen schmalen Gang entlang, in dessen Mitte sich eine Tür befand.

»Bitten Sie sie hinein«, wies eine Stimme hinter der Tür an, nachdem der Söldner geklopft hatte.

Der Mann stieß Bane und Trench hinein, folgte ihnen und wollte die Tür schon schließen, als die Stimme aus dem hinteren Teil des Raumes erneut erklang. »Lassen Sie uns allein. Wenn ich Sie brauche, werde ich Sie rufen.«

Der Söldner zuckte die Achseln, musterte Bane ein letztes Mal und ging.

»Ich habe Sie erwartet, Mr. Bane.«

Dr. Otto von Goss trat aus den Schatten. Abgesehen von einer einzelnen Sechzig-Watt-Birne wurde das Zimmer von einem lauten Kaminfeuer erhellt, an dem er gesessen hatte. Es warf ein unheimliches Licht; die Flammen knisterten und tanzten, und ihre Umrisse zeichneten sich auf den Wänden ab.

»Eigentlich«, fuhr von Goss fort, »habe ich schon viel früher mit Ihnen gerechnet.«

Der Professor machte einen Schritt in das trübe Licht, und Bane konnte ihn zum ersten Mal betrachten. Von Goss war groß und ungewöhnlich hager; über seinem schmalen, eckigen Gesicht hatte sich sein Haar zu einigen wenigen ergrauten Strähnen zurückgebildet, von denen eine auf seine Stirn fiel und die Brauen berührte. Er trug eine dicke, stahlumrandete Brille, die den kränklichen, grauen Farbton seiner Haut nur noch betonte. Otto von Goss sah wie ein Sterbender aus, oder zumindest wie ein Mann, der sich mit dem Tod abgefunden hatte, seine Ankunft vielleicht sogar freudig erwartete. Bane schaute zum ersten Mal hinab und sah den schwarzen Handschuh, der die linke Hand des Professors bedeckte. Er ließ sie schlaff hinabbaumeln, fast, als hätte er vergessen, daß sie überhaupt dort war.

Von Goss trat auf Bane zu. »Wir müssen uns über vieles unterhalten«, sagte er und reichte ihm seine gesunde Hand.

»Dann wissen Sie, warum wir gekommen sind«, erwiderte Bane, schüttelte die Hand und stellte fest, daß der Griff des Professors trocken und schwach war.

»Meine Quellen haben mich über Ihre Unternehmungen der letzten Tage informiert, über die Fragen, die Sie gestellt haben, und darüber, was Sie herauszufinden versuchen.« Von Goss bemerkte Banes abschweifenden Blick. »Sie scheinen von meinen Sicherheitsvorkehrungen beeindruckt zu sein. Ich habe seit langem damit gerechnet, daß dieser Augenblick einmal kommen würde. Ich habe mich darauf vorbereitet, konnte mich schließlich von einem Augenblick zum anderen hierher zurückziehen.«

»Und Metzencroys Tod war dieser Augenblick.«

»Ja«, sagte von Goss leise. Er warf einen kurzen Blick auf Trench, der sich in eine dunklere Ecke zurückgezogen hatte. Dann suchte sein Blick wieder Bane. »Professor Metzencroy ist von dem Augenblick an, da er seine Arbeit für COBRA aufnahm, mit mir in Kontakt geblieben. Manchmal suchte er meinen Rat mit Erlaubnis der Firma, manchmal ohne sie. Wir haben für diese Gelegenheiten ein ausgeklügeltes System von Zwischenstationen und Kodes errichtet. Wir Wissenschaftler sind seltsame Menschen. Wir können uns nur untereinander ernsthaft unterhalten, und dies verband Metzencroy und mich, ganz gleichgültig, was COBRA angeordnet hatte. Nichtsdestotrotz erreichte mich Metzencroys letzter Bericht vor drei Tagen, ohne daß er einen Kurier oder einen Kode benutzt hatte. Er hat unsere eigenen Sicherheitsmaßnahmen verletzt, weil er Angst hatte und wußte, daß es keine Rolle mehr spielte. Er wußte, daß er bei COBRA erledigt war. Er wußte, was sie mit ihm vorhatten, doch er schien nichts dagegen zu haben. Verstehen Sie, mit seinem letzten Bericht suchte er keine Bestätigung für seine Theorien, sondern nur Erleichterung für sein Gewissen. Als ich von Metzencroys Tod erfuhr, befürchtete ich das Schlimmste und kam hierher. Ich habe noch immer Angst, Mr. Bane, denn der Professor war sich seiner Ergebnisse völlig sicher, hatte keinen Zweifel daran, daß die Welt, wie wir sie kennen, zu einem Ende kommen wird.«

Banes Mund war trocken. Er hatte sich seit einiger Zeit gefragt, was schlimmer als der dritte Weltkrieg sein könnte. Nun wußte er es.

»Wie ich schon sagte, wir müssen uns über vieles unterhalten«, fuhr von Goss fort. Seine Augen blickten zum Kamin. »Dort drüben ist es wärmer. Machen wir es uns auf den Sesseln bequem. Es ist an der Zeit, daß Sie alles über Vortex erfahren.«

31

Trench blieb in der Ecke, während die beiden anderen vor dem Kamin auf Stühlen Platz nahmen. Bane beobachtete, wie die Schatten der Flammen über von Goss' bleiches Gesicht tanzten und es zu verzehren schienen.

Der Professor zog seine leblose Hand auf den Schoß und streichelte sie. »Ich fühle unter diesem Handschuh nicht mehr das geringste, Mr. Bane. Meine Hand ist tot«, murmelte er, und Bane bemerkte, daß sie gar nicht von einem Handschuh bedeckt war, sondern eher von einem Fäustling, der die Finger insgesamt statt jeden einzeln bedeckte. »Ich habe sie selbst getötet. Ich habe sie getötet, weil ich zu weit ging. Ich suchte nach Wissen, das für die Menschheit bestimmt war, und für das sie auch noch nicht reif war. Metzencroy war anderer Meinung. Er trat COBRA bei und setzte die Experimente fort, die mich zu einem Krüppel gemacht haben. Er ignorierte meine Warnungen, genau, wie ich die letzten Warnungen Einsteins ignoriert hatte.«

»Einstein?«

Von Goss beugte sich vor, bis sein gesamtes Antlitz von Licht besprenkelt wurde, und nickte. »Die Ursprünge von Vortex, Mr. Bane. Wieviel wissen Sie über Einstein?«

»Nicht sehr viel, was über $E = mc^2$ hinausgeht.«

»Hah! Sein einfachster und pedantischster Lehrsatz. Können Sie sich vorstellen, daß er jetzt schon in Grundschulen gelehrt wird? Die Theorie, für die Einstein am bekanntesten und die gleichzeitig das langweiligste all seiner bedeutendsten Werke ist. Die verblüffendste Theorie hat er niemals abgeschlossen: die Einheitliche Feldtheorie.« Im Kamin knisterten Flammen. »Die Grundlage von Vortex.«

»Ich habe nie davon gehört.«

»Nur wenige, die nichts mit Physik zu tun haben, haben je davon gehört, und genauso wollte Einstein es auch.«

»Aber es war seine Theorie.«

»Und am Ende hat er sich deshalb verdammt. Einstein hat den Krieg gehaßt, Mr. Bane. Der Erste Weltkrieg war ein schlimmer Schock für ihn, weil er die Waffe voraussah, zu der $E = mc^2$ führen würde. Er schwor sich, nie wieder an einem Projekt zu arbeiten, das zur Grundlage für eine Waffe werden könnte. Dann kamen die Nazis, und er fürchtete die Bedrohung, die sie darstellten, mehr als den Krieg selbst. Er kam zu dem Schluß, daß ein Krieg moralisch zu rechtfertigen war, wenn er nur Hitler und seine Sache vom Antlitz der Erde fegte. Also kehrte er an den Zeichentisch zurück und wandte sich wieder einer Theorie zu, die er in den zwanziger Jahren fallen gelassen hatte.«

»Der Einheitlichen Feldtheorie . . .«

»Genau. Er hatte sie in den zwanziger Jahren aufgegeben, weil er erkannt hatte, daß die Menschheit noch nicht dafür bereit war, vielleicht niemals dafür bereit sein würde. Dann kam Hitler, und 1938 hatte er es sich anders überlegt und schickte sich an, sie abzuschließen. Metzencroy und ich stießen ein paar Jahre später, als er mit der Navy zu tun hatte, zu ihm.«

»Ja, mit der Wissenschaftlichen Forschungsabteilung.«

»Eigentlich mit dem Waffenamt. Das ist jedoch nur eine Wortklauberei, mit der man keine Zeit verschwenden sollte. Wichtig ist lediglich, daß Einstein befürchtete, auch die Nazis würden an der Bombe arbeiten und hätten ihre eher einsatzbereit als wir unsere. Also suchte er nach einer anderen Waffe, die die Atombombe überflüssig machen würde, bevor sie jemals eingesetzt wurde, und seine Suche führte ihn zu der Einheitlichen Feldtheorie zurück. Wie steht es um Ihre wissenschaftlichen Kenntnisse bestellt, Mr. Bane?«

»Nicht sehr gut, fürchte ich.«

»Dann werde ich es Ihnen mit laienhaften Begriffen so gut erklären, wie ich kann. Die Einheitliche Feldtheorie basiert auf der Tatsache, daß das Universum aus vier Feldern geschaffen wurde und immer noch daraus besteht: Schwerkraft, elektromagnetische Wellen, eine starke Kraft und eine schwache Kraft. Die starke Kraft verbindet die Partikel, die als Quarks bekannt sind, zu Protonen und Elektronen. Die schwache Kraft beherrscht die subatomare Welt und verursacht radioaktiven Zerfall. Elektromagenetismus hält die Atome und Moleküle zusammen, also ganz allgemein alle Gegenstände. Und die

Schwerkraft oder Gravitation ist die schwächste aller vier Kräfte, aber auch die beharrlichste; sie übt Einfluß auf alle Formen von Materie und Energie aus. Einsteins Arbeit an der Einheitlichen Feldtheorie stellte die Möglichkeit fest, daß alle vier Felder von dem gleichen Gesetz beherrscht werden, daß dieses eine Gesetz in der Tat das *gesamte* Universum beherrscht.«

»Ich kann Ihnen nicht ganz folgen, Professor.«

»Ich komme jetzt zu dem wichtigsten Punkt. Wenn diese Felder in der Tat einheitlich sind, von der Natur unlösbar miteinander verbunden, so ist – so spekulierte Einstein – Materie in Wirklichkeit ein Produkt der Energie. Damit verblüffte er eine wissenschaftliche Gemeinde, die diese beiden Formen immer als zwei völlig unterschiedliche verstanden hatte. Einsteins Spekulation wurde in letzter Zeit als Teil der Theorie des Expandierenden Universums angesehen – eine weitere Bestätigung dessen, was Einstein von Anfang an angenommen hat. Aber ich schweife ab. Einsteins nächste Schlußfolgerung besagt, daß alle physikalische Materie, die, die wir sehen und berühren können, in Wirklichkeit nur ein örtliches Phänomen ist, das von der Gravitation beherrscht wird. Die Auswirkungen dieser Theorie sind ungeheuerlich, Mr. Bane.«

»Wieso?«

Von Goss' Blick richtete sich ins Leere. Dann schaute er kurz seinen Fäustling an. »Einfach ausgedrückt besagt die Theorie, daß die gleichen Regeln, die auf Energiewellen zutreffen, ebenfalls auf greifbare Materie zutreffen. Und da der Elektromagnetismus ein Objekt zusammenhält, würde das Objekt, wenn man es entmagnetisiert . . . auf einer physikalischen Ebene nicht mehr existieren und könnte demzufolge auf die gleiche Art wie Energie manipuliert werden.«

»Die 727, die vor Jake Del Gennios Augen verschwunden ist . . .«

Von Goss nickte langsam. »Bedenken Sie, Mr. Bane, wie leicht wir die Bewegungen von Schall, Licht und elektronischen Wellen kontrollieren können. Dann stellen Sie sich vor, daß Sie auf gleiche Art die Bewegungen von Materie und Objekten kontrollieren können, indem sie ähnliche Regeln anwenden, wie sie die Einheitliche Feldtheorie aufstellt. Für Einstein kristallisierte sich alles während des Philadelphia-Experiments heraus.«

Bane fühlte, wie sich sein Magen hob. Seine Lippen zitterten leicht.

»Ist Ihnen dieser Begriff bekannt?« fragte von Goss verwundert.

»Er erwies sich bei meinen Nachforschungen als jene Verbindung, die zwischen Ihnen, Metzencroy und Einstein bestand«, sagte Bane und spürte, daß die wichtigen Antworten nicht mehr lange auf sich warten lassen würden.

»In der Tat. Und dieses Experiment hat uns auseinandergetrieben: Einstein in die Isolation, Metzencroy zu COBRA, und mich . . .« – von Goss senkte den Blick auf seine leblose Hand – »in meine private Hölle.«

»Also wurden alle Beweise, daß das Experiment jemals stattgefunden hat, aus den Unterlagen beseitigt.«

»Mehr als das, aus all dem entstand das Gerücht, Einstein habe seine Aufzeichnungen verbrannt. Nein, dazu war er viel zu klug. Statt dessen hat er seine Aufzeichnungen und Gleichungen absichtlich verändert, um andere vom richtigen Weg abzubringen und sie in Sackgassen – und damit ins Leere zu führen. Ich sah damals den Grund dafür nicht ein, und im Lauf der ganzen Jahre blieb er ein Geheimnis für mich . . . bis ich Metzencroys letzte Papiere bekam. Anscheinend ist er über die gleichen Informationen gestolpert, die Einstein während des Philadelphia-Experiments entdeckt, aber nie bekannt gemacht hat.«

»Worum handelt es sich bei dem Philadelphia-Experiment?«

Von Goss atmete tief ein. »Um die Auflösung eines Geleitzerstörers namens *Eldridge.* Wir ließen das Schiff verschwinden.«

»Wie die 727 vor zehn Tagen . . .«

»Jetzt sind Sie auf der richtigen Spur. Aber unsere Methoden waren damals, vor über vierzig Jahren – das Experiment fand 1943 statt – viel grober. Seinen Theorien über die Verbindungen zwischen Materie und Energie folgend, fand Einstein eine

Möglichkeit, die magnetische Resonanz drastisch zu verstärken und Materie dabei in ihre Ursprungsform als Energie zurückzuversetzen, ganz im Einklang mit den Aussagen der Einheitlichen Feldtheorie. Die übrigens durch die bewiesene Existenz von Tachyonen, die anscheinend eine ursprüngliche Energie im Atom bilden und dann augenblicklich als Energie- oder Gravitationspartikel wieder verschwinden, nur noch bestärkt wird. Auf jeden Fall ermöglichte uns die drastische Erhöhung der magnetischen Resonanz im Jahre 1943 die Schöpfung pulsierender Energiefelder, die den Raum zu etwas krümmten, in das wir dann unser Objekt schickten. Einfach ausgedrückt entmagnetisierten wir die *Eldridge* und transportierten sie in eine andere Dimension.«

Bane dachte kurz nach. Er schwitzte stark, was nur teilweise an der Hitze des Feuers lag. »Anscheinend ist etwas schiefgelaufen.«

»Oh, in Wirklichkeit sogar eine ganze Menge, darunter auch die Auswirkungen, die das Experiment auf die Mannschaft des Schiffes hatte. Ein paar wurden völlig verrückt, und innerhalb eines Jahres mußten alle als geistig ungeeignet entlassen werden. Die Symptome traten oft plötzlich und sehr stark auf.«

Banes Haut prickelte. »Wie die der Passagiere der 727.«

»Und in beiden Fällen wurde die Sache vertuscht; 1943 von der Navy, und vor zehn Tagen von COBRA. Aus gutem Grund, wie ich hinzufügen darf. In beiden Fällen war die Welt noch nicht bereit für die Ergebnisse des Experiments.« Von Goss zögerte. »Einstein war am Tag des Experiments auf der Marinewerft von Philadelphia anwesend, Mr. Bane. Er überwachte alle Kontroll- und Meßgeräte und studierte alle Auswirkungen.«

»Einschließlich derer auf die Mannschaft?«

»Ja, doch nicht ihr erratisches Verhalten führte ihn dazu, seine Aufzeichnungen zu verändern. Es war etwas anderes, etwas, das er entdeckte, während er die Auflösungserscheinungen des Experiments studierte, etwas, das mir nicht klar war, bis ich Metzencroys Bericht las. Hinter all dem, Mr. Bane, steckte das Wunder der Unsichtbarkeit. Was, wenn wir unsere Schiffe sowohl dem Auge wie auch dem Radar entziehen könnten? Sie könnten direkten Kurs auf den Feind nehmen, und der Feind würde es nicht wissen. Die Aussichten waren ungeheuerlich. Doch Einstein wollte mit dem Experiment nicht fortfahren, und angesichts dessen, was mit den Männern geschehen war, die auf der *Eldridge* den Vortex-Feldern ausgesetzt gewesen waren, beharrte die Navy nicht darauf. Das Experiment wurde für immer vergraben. Einstein zog sich aus der wissenschaftlichen Forschung zurück und widmete sich seiner akademischen Tätigkeit. Er behauptete, es mangele ihm an der nötigen Mathematik, um die Einheitliche Feldtheorie zu vollenden, was der Wirklichkeit allerdings nicht einmal nahe kam.«

»Und nun hat ein anderer sie vollendet.«

Von Goss' Gesicht verzerrte sich. Seine Stimme klang plötzlich verbittert. »Metzencroy und mir reichte es nicht, dem Beispiel unseres Mentors zu folgen. Wir trennten uns von ihm und arbeiteten, gelockt von der Aussicht auf Unsichtbarkeit, mit den Ergebnissen des Philadelphia-Experiments allein weiter.« Eine längere Pause. »Nun hat Metzencroy dafür mit seinem Leben bezahlt, und ich . . .« Von Goss senkte den Blick auf die tote Hand in seinem Schoß. »Ich habe meine Lektion gelernt. Metzencroy die seine erst, als es zu spät war.«

»Er setzte Einsteins Experimente fort«, schloß Bane.

»Und weitete sie aus. Vor zweiundvierzig Jahren, im präatomaren Zeitalter, hatte Einstein keine Möglichkeit, seine komplizierten theoretischen Gleichungen auf ihre Genauigkeit zu überprüfen. Etwas fehlte dazu.«

»Computer . . .«

»Genau. Und mit den riesigen mechanischen Gehirnen, die COBRA zur Verfügung stehen, wurden alle Beschränkungen aufgehoben. Alle Barrieren, die Einstein im Weg standen, wurden niedergerissen. Trotzdem brauchte Metzencroy noch zwanzig Jahre, um jenes Wissen zu erlangen, das Einstein besaß, als er starb – ein neuerlicher Beweis für Einsteins unglaubliches Genie. Was Metzencroy jedoch an Brillanz fehlte, machte er mit der modernen Technologie mehr als nur wett. Uns stehen jetzt Maschinen zur Verfügung, Mr. Bane, mit denen man unglaubliche Konzentrationen von Energie und

Elektromagnetismus erzielen kann. Diese Maschinen ermöglichten es Metzencroy, Einstein sogar noch zu übertreffen: Er nahm die Energie-Materie-Theorie des Meisters zur Grundlage und entdeckte in der Tat eine Möglichkeit, eine Formel, mit der man die Gesetze für das eine auch auf das andere anwenden kann.«

»Mehr Unsichtbarkeit?«

»Und weit darüber hinaus. Ich bemühe mich erneut, mich so kurz und populärwissenschaftlich wie möglich auszudrücken. Alle Materie veranlaßt den Raum, sich zu krümmen, Mr. Bane, sich entsprechend ihrer Form und Masse zusammenzuziehen und so auf die Gegenwart von Gravitation zu reagieren. Erinnern wir uns nun daran, daß die Schwerkraft laut Einstein die ultimative Kraft im Universum ist. Metzencroys elektromagnetische Veränderung der Gravitation ermöglicht es ihm, den begrenzten Raum, der sich vor einem bestimmten Objekt befindet, zu verändern, den Raum in sich selbst zu falten, so daß dieser Gegenstand auf die andere Seite versetzt wird . . . in eine andere Dimension.

Er schuf einen Vortex, Mr. Bane, einen Wirbel, und konnte den Gegenstand darin verschwinden lassen. Im Prinzip hört er auf zu existieren. Er ist nicht nur für das bloße Auge unsichtbar, sondern auch für den Radar. Er ist immer noch da und legt seinen Weg auf der anderen Seite des Raums zurück. Doch wenn man danach greift, um ihn zu berühren, spürt man nichts. Er kann nach einer gewissen Zeitspanne zurückgeholt werden, oder auch, wenn er eine gewisse Abfolge von spezifischen Bedingungen durchläuft. Doch bis dahin ist er einfach nicht mehr da . . . ist er nirgends mehr.«

»Die fehlenden vierzig Minuten, murmelte Bane.

»Wie bitte?«

»Die Zeitspanne, die die 727 verschwunden war, kam den Passagieren nur wie Sekunden vor. Doch in Wirklichkeit war sie vierzig Minuten fort.«

»Sobald man sich erst einmal in dem Vortex befindet, Mr. Bane, hat die Zeit keine Bedeutung mehr. Es handelt sich um ein völlig anderes Kontinuum. Die Zeit krümmt sich. Man könnte sagen, das alles geschieht während eines Herzschlags, während eines Tickens der Uhr.«

»Das ist unglaublich«, war alles, was Bane sagen konnte.

»Und Chilgers hat dies alles natürlich als Möglichkeit gesehen, die ultimare Waffe zu entwickeln. Die Phrase ›Rüstungswettlauf‹ ist völlig unpassend, Mr. Bane, denn so etwas gibt es in Wirklichkeit gar nicht. Die Supermächte bemühen sich nicht, miteinander Schritt zu halten, sie kämpfen darum, eine Möglichkeit zu finden, das Rennen für immer zu beenden. Sie werden die Atomwaffen niemals mit äußerster Konsequenz einsetzen, denn die eine Seite weiß, daß, ganz gleich, was sie unternimmt, die andere Seite immer noch Vergeltung üben kann. Die Satelliten verraten uns – wie auch den anderen – einen jeden Atomraketenstart. Danach verbleiben noch zwanzig Minuten bis zum Aufschlag. Eine Ewigkeit. Unter diesen Bedingungen bringt einem ein Erstschlag bestenfalls einen Vorteil von zwei oder drei Minuten ein, und der ist die Anstrengung kaum wert. Man hat immer versucht, die Möglichkeit für einen Erstschlag zu finden, der den Feind völlig überraschen würde. Ohne diese kostbaren zwanzig Minuten wären die Möglichkeiten für einen Vergeltungsschlag nicht mehr gegeben. Der Vorteil gehörte eindeutig und unwiderruflich der Seite, die den Erstschlag durchführt.«

»Projekt Placebo«, sagte Bane langsam. »Metzencroy hat eine Möglichkeit gefunden, sechsunddreißig MX-Raketen durch den Vortex zu schicken. Die Russen werden niemals erfahren, was sie getroffen hat.«

Von Goss nickte. »Nun kommen wir zum wirklichen Problem. Metzencroy hat die gleiche Schwäche in der Theorie entdeckt wie auch Einstein, wenn auch auf einem ganz anderen Weg.«

»Und alles führt zu der verschwundenen 727 zurück.«

»Genau, wie Einsteins Probleme mit der *Eldridge* begannen. Die Sache mit der 727 war die Tangenten-Phase von Vortex, eigentlich völlig unnötig, doch Chilgers wollte eine detaillierte Studie über die Auswirkung von Metzencroys Version der Energiefelder im Gegensatz zu Einsteins Version, und zwar in bezug auf die Menschen darin. Während des Fluges kam es jedoch zu einem Maschinenschaden, und so wurde der Zeitplan von Vortex durcheinandergebracht. Als die Maschine verschwand, befand sie sich schon im Landeanflug auf die Rollbahn. Dies erwies sich als Katastrophe, denn es brachte Sie letztendlich ins Spiel, hatte aber nichts mit der Schwäche zu tun, die Metzencroy entdeckte. Die eigentliche Schwäche ist ein Flattern, eine Blase – eine Diskontinuität – im Raum.«

»Eine Blase?«

Von Goss nickte erneut. »Eine Blase, die den gleichen Gesetzen folgte wie jene Art von Blasen, mit denen Sie vertraut sind; nur daß diese Blase hier an der Gravitationslinie auftrat, an der der Raum sich in sich selbst faltet – eigentlich *innerhalb* der Falte selbst. Sie war von geringer Größe und noch geringerer Dauer, doch sie störte Metzencroy, und er überprüfte die Sache. Was er herausfand, bewegte ihn dazu, Chilgers zu bitten, die Projekte Placebo und Vortex abzubrechen, und als es ihm nicht gelang, nahm er mit mir Kontakt auf.« Von Goss' Stimme wurde schwächer. »Einstein sagte damals, man ließe die Einheitliche Feldtheorie besser in Ruhe, die Menschheit sei noch nicht reif für das Potential, das sie böte, und würde es wahrscheinlich niemals sein. Nach zwanzig Jahren eigener Arbeit konnte Metzencroy ihm nur zustimmen.«

»Was hat er herausgefunden?« fragte Bane; dabei fürchtete er jedoch die Antwort, die er nun seit über einer Woche suchte.

»Alles läuft auf diese Blase zurück. Eine von größerem Umfang würde, wenn sie platzt, imstande sein, ein Loch in die Falte zu reißen, einen Riß in der Struktur des Universums zu schaffen.«

»Wie ein Schwarzes Loch?«

»Noch schlimmer, weil diese Blase sich in Bewegung befindet. Sie würde eine offene Schleppe durch das Universum ziehen. Metzencroy führte einige Tests durch und stellte fest, daß die Blase entstand, als das zweite Triebwerk – das, das kurzzeitig ausgefallen war – wieder ansprang, und zwar in jenem Augenblick, als der Pilot zum Landeanflug ansetzte und ihr Freund im Tower die Maschine ausmachte.« Von Goss beugte sich so weit vor, wie er konnte, ohne vom Stuhl zu rutschen. Der Schein des Feuers tanzte nun gespenstisch auf seinem Gesicht, und sein Knistern betonte das abgehackte Stakkato seiner Worte. »Nun hören Sie mir genau zu, Mr. Bane, denn wir kommen zum Ende unseres Szenarios, und es ist keineswegs angenehm. Das plötzliche Anspringen eines Flugzeugtriebwerks ist einer kleinen Kernexplosion nicht unähnlich, obwohl dabei nur ein Milliardstel der Energie einer Atombombe freigesetzt wird. Doch bei dem Projekt Placebo haben wir es mit dreihundertundsechzig solcher Bomben zu tun, mit zehn pro Rakete. Nun fügen Sie diesen Faktor zu dem Szenario zu, genau, wie Metzencroy es getan hat.«

»Der Raum krümmt sich in sich selbst, läßt alle sechsunddreißig Raketen verschwinden und schickt sie auf die andere Seite des Raums, in eine andere Dimension.«

»Fahren Sie fort.«

»Die Russen wissen nicht, daß sie unterwegs sind, und unsere Sicherheits- und Abbruch-Systeme sind nutzlos, da sich die Raketen nirgendwo befinden, wo die Funkbefehle sie erreichen könnten. Die dreihundertundsechzig Sprengköpfe würden über ihren Zielen erscheinen, die Russen mit einem ultimaten Erstschlag völlig überraschen und . . .« Bane fühlte, wie ihn plötzlich ein Schaudern erfaßte. Das Gefühl ließ sich mit einem Schwindelanfall vergleichen. Er glaubte, er würde vom Stuhl fallen, und hielt sich an den Lehnen fest. Der Anblick vor seinem geistigen Auge machte ihn zuerst benommen und trieb ihm dann nasse Tränen des Schocks in die Augen, die abzuwischen er sich fürchtete, weil er Angst hatte, die Lehne loszulassen. »O mein Gott . . .«

Von Goss sah ihn an und nickte. »Ich glaube, Sie haben den Kern unseres Problemes erfaßt, Mr. Bane. Die dreihundertundsechzig Sprengköpfe, die alle in ihren eigenen Falten dahinrasen, werden auf die andere Seite des Raums zurückkehren müssen, bevor sie explodieren. Doch die Falten werden nicht die Zeit haben, sich vor den Detonationen völlig zu schließen. Es ist wie bei einer Tür, die einen Spalt geöffnet bleibt. Doch ein Spalt ist mehr als genug. Die Detonation von dreihundertundsechzig Wasserstoffbomben im Megatonnenbereich wird einen gewaltigen Riß in der Struktur unseres Universums erzeugen, in Wirklichkeit sogar eine Abfolge von dreihundertundsechzig einzelnen Rissen, die sich vielleicht miteinander verbinden werden. Doch nur ein Riß ist nötig, um einen Prozeß einzuleiten, der eine Eigendynamik entwickeln könnte, bis sich die Dimensionen schießlich einander nähern und nichts mehr übrigbleibt, das sie voneinander trennt. Bitte verstehen Sie mich nicht falsch – ich unterbreite Ihnen hier eine reine Theorie, die sich jedoch als eine umgekehrte Urknall-Theorie erweisen könnte . . . und die völlige Vernichtung unserer Welt zur Folge hat.«

Bane saß einfach da.

»Und schließlich«, fuhr von Goss fort, »wird die gesamte kostbare Gravitation der Erde durch den Riß in der Struktur des Universums schlüpfen. Sämtliche Luft würde ihr folgen. Das Wasser eines jeden Sees und Meeres würde zum Himmel steigen. Gebäude würden von ihren Fundamenten hochgerissen, Menschen wie Ballons in die Luft fliegen. Es würde ein Vortex – ein Wirbel, ein Sog – entstehen, in dem unsere gesamte Welt von innen nach außen gekehrt würde.« Von Goss hielt inne. »Die andere, weit weniger dramatische Möglichkeit wäre, daß Schwerkraft von der anderen Seite des Raums einfließt und die Erde zu einer winzigen Schwerkraftquelle zusammendrückt, zu einer Singularität, einem unendlich kleinen Punkt.«

Bane fühlte, wie sein Körper gegen die Rückenlehne zurücktrieb. Von Goss beschrieb gerade, was die Schwingungen Davey gezeigt hatten: die Zukunft, die Erde, die ein plötzliches und heftiges Ende fand. Aber konnte man es noch verhindern?

»Er hat es gesehen«, murmelte Bane, »er hat alles gesehen . . .«

»Wer?« fragte von Goss. »Wovon sprechen Sie?«

»Es war ein Junge an Bord des Flugzeugs. Nach der Landung war er imstande, Dinge zu sehen . . . und Dinge zu tun . . .« Bane faßte kurz zusammen, was Davey Phelps und den anderen Passagieren des Fluges 22 widerfahren war.

»Großer Gott«, sagte von Goss geistesabwesend, nachdem Bane geendet hatte, »es ist noch schlimmer, als ich dachte.«

»Was hat der Flug mit ihm angestellt . . . und mit den anderen Passagieren?«

»Im Prinzip werden, wenn man den Vortex-Feldern ausgesetzt wird, neue Teile des Gehirns aktiviert und/oder alte Teile ausgeschaltet. Bei dem Jungen sind die Auswirkungen äußerst extrem.« Von Goss lächelte ironisch. »Doch wenn man die Situation unter Kontrolle gehabt hätte, vielleicht nicht ganz so extrem, wie man glauben möchte. Verstehen Sie, mit Vortex hat Metzencroy lediglich die oberste Oberfläche dieses Gebiets der Physik angekratzt, selbst im Vergleich mit dem Infinitesimalkalkül eine überaus gehobene Mathematik. Bei dem Projekt Placebo werden Sie lediglich Zeuge ihrer infantilsten Anwendung. Begreifen Sie nicht, Mr. Bane, daß das Vortex-Prinzip in fortgeschrittenem Stadium das Problem der Raumfahrt lösen könnte? Sie packen Ihre Tasche, treten in einen gekrümmten Raum und könnten auf dem Mond herauskommen, auf dem Mars, an jedem beliebigen Punkt im Universum. Vortex reduziert eine Entfernung von Lichtjahren auf Zentimeter. Wir könnten genauso leicht andere Sonnensysteme kolonisieren, wie wir durch eine Tür treten, ganz zu schweigen von den Wundern des Geistes, die uns Vortex eröffnen könnte.« Auf von Goss' Stirn perlten Schweißtropfen. »Aber das alles darf nicht sein. Die grundlegende Borniertheit der Militärs hat verhindert, daß die Wissenschaft in geometrischen Bereichen statt in rein arithmetischen voranschreitet. Am Ende hat Metzencroy Chilgers sogar vorgeschlagen, er solle mit der Detonation der Sprengköpfe zwei bis drei Minuten nach dem Wiederauftauchen warten. Dadurch hätte sich das Problem von selbst gelöst; die Vortex-Energie-Felder hätten sich aufgelöst und so die Tür zu dem anderen Universum geschlossen. Der Colonel weigerte sich, ihm auch nur soviel zuzugestehen, aus Furcht, die hochentwickelten russischen Bodenbeobachtungssysteme würden schon nach fünfzehn Sekunden den Angriff melden.«

Von Goss erhob sich; das Licht des Feuers erreichte kaum seine zitternden Lippen. »Wir haben uns mit Kräften im Universum eingelassen, die wir wohl besser niemals entdeckt hätten.« Seine rechte Hand hatte sich zu der Linken bewegt und damit begonnen, an dem schwarzen Lederfäustling zu zerren, um die Hand freizulegen. »Erlauben Sie mir ein weiteres Beispiel, Mr. Bane. Alle Amoniosäuren sind asymetrisch, entweder links- oder rechtsdrehend. Da das ultraviolette Licht, dem wir tagtäglich ausgesetzt sind, die rechtsdrehenden Proteine zerstört, bestehen unsere Körper aus linksdrehenden. Das Universum, in das 1943 die *Eldridge* und vor zehn Tagen die 727 verschlagen wurde, ist, um das Gleichgewicht aufrechtzuerhalten, rechtsdrehend.«

Von Goss hatte den Fäustling nun ausgezogen. Er hob seine nackte linke Hand neben die rechte in den gelben Schein des Feuers. »Ja, Mr. Bane, ich kann diese tote Hand bewegen; ich kann sie nur nicht fühlen und darf sie niemals dem Licht aussetzen. Ich habe sie seit einem Tag vor fünfzehn Jahren nicht mehr gefühlt, als ich ein künstliches Vortex-Feld erzeugte und dem Drang nicht widerstehen konnte, hineinzugreifen, um die andere Seite zu fühlen. Ich griff in eine Welt hinein, Mr. Bane, in der ich nichts zu suchen hatte.«

Von Goss hob die Handflächen, bis alle zehn Finger über die Kaminverkleidung scharrten. Bane beobachtete die zitternden Fingerspitzen und erkannte voller Schrecken, was er dort sah.

Dr. Otto von Goss hatte zwei rechte Hände.

32

Bane steuerte den Ford durch die neblige Nacht. Er fuhr dabei schneller, als es bei diesen engen Kurven eigentlich angemessen gewesen wäre.

Das Ende der Welt . . .

»Haben Sie etwas gesagt, Wintermann?« fragte Trench ihn.

»Nur laut gedacht.«

Der Nebel wurde dichter, und Bane versuchte es ohne Erfolg mit den Nebelscheinwerfern. Die Kurven kamen plötzlich und ohne Vorwarnung; wäre nicht dieser verzweifelte Zeitmangel gewesen, hätte er es vorgezogen, die Nacht in der Bergfestung zu verbringen. Doch von Goss hatte ihnen mitgeteilt, Projekt Placebo würde wahrscheinlich in nicht einmal sechsunddreißig Stunden beginnen. Die Zeit, die jetzt vertan wurde, konnten sie nie wieder aufholen.

»Wohin?« fragte Trench.

»Letztendlich nach San Diego.«

»Um es allein mit COBRA aufzunehmen?«

»Ich sehe keine andere Möglichkeit.«

»Und ich bin mir sicher, daß Chilgers es genauso sieht. Er wird uns erwarten, Wintermann.«

Bane steuerte den Fort um eine Ecke und blieb dabei so nahe wie möglich an der Bergseite. Die Kurve war eng, und er spürte, wie die Stoßstange an Felsen scharrte.

»Wir haben keine Wahl, Trench. Wir sind die einzigen, die genug wissen, um Vortex aufzuhalten.«

»Es schwingt Verzweiflung in Ihrer Stimme mit, die zweifellos von von Goss' Schlußfogerungen genährt wird.«

»Die ganze Welt ist in Gefahr, Trench, doch wir sind die einzigen, die wissen, wie groß diese Gefahr ist.«

»Also versuchen wir, eine Welt zu retten, die Sie für untragbar erklärt hat.«

»Bevor ich mit von Goss gesprochen habe, hätte ich mich einfach abwenden und die Sache auf sich beruhen lassen können«, log Bane. Wegen Chilgers und Davey hatte San Diego von Anfang an eine Rolle in seinen Plänen gespielt. Die ganze Welt mochte morgen ihr Ende finden, doch Bane war um den Jungen besorgt. Der Gedanke, ihn zu befreien, trieb ihn an; nur deshalb machte Bane weiter, obwohl ihm schon lange nichts mehr an einer kalten, unpersönlichen Welt lag, die sie beide in Außenseiter verwandelt hatte. »Wir fahren zuerst nach New York«, fuhr Bane fort. »Ich habe dort einen Freund, der uns helfen kann, zur Westküste zu kommen.«

Trench lächelte schwach. »Wenn wir genug Zeit hätten, könnten wir die Sache vielleicht wirklich durchziehen.«

»Wir haben aber keine . . .«

Der Scheinwerfer blendete Bane, als er gerade um eine Ecke fuhr. Er brachte den Ford schlitternd zum Stehen und hielt ihn dabei gerade eben noch auf der Straße.

Ein sich auftürmender gelber Drache donnerte auf sie zu.

»Ein gottverdammter Bulldozer!« rief er, legte den Rückwärtsgang ein und fuhr die Bergstraße zurück.

Trench zerrte die Pistole hervor, die von Goss' Wachen ihm zurückgegeben hatten, und gab in schneller Folge fünf Schüsse ab, wobei es ihm gelang, eins der Drachenaugen auszulöschen. Die nächsten fünf Kugeln prallten harmlos von seinem gepanzerten, stählernen Fleisch ab.

»Keine Munition mehr«, sagte er.

Bane zog seine Pistole aus dem Gürtel und reichte sie ihm.

Der gelbe Drachen toste den Hügel hinauf.

Bane sah ihn nicht; sein Blick war auf den Rückspiegel gerichtet. Er bremste in den Kurven ab und versuchte, aus seiner unmöglichen Perspektive den Straßenverlauf abzuschätzen. Es war schon schwer genug gewesen, die Kurven zu nehmen, als sie vorwärts fuhren. Das Ganze im Rückwärtsgang ließ seine Haut kribbeln. Die Räder wirbelten Kies auf. Das Getriebe des Fords kreischte protestierend.

Der gelbe Drache brachte seine Schnauze in eine Linie mit der Motorhaube des Wagens.

Bane schätzte eine Kurve falsch ein, und seine hintere Stoßstange rammte hart gegen den Fels des Berges. Es kämpfte die Panik nieder und drückte das Gaspedal durch. Der Wagen machte einen Satz rückwärts und ließ einen Kotflügel hinter sich, den das tosende Ungetüm auf seinem Weg zerquetschte.

Der Abstand wurde immer geringer.

Bane drückte das Pedal wieder durch und versuchte, soviel Abstand wie möglich zwischen den Ford und den Drachen zu bringen, doch die Anstrengung erwies sich als vergeblich. Das Ungetüm nahm mühelos die Kurven und ließ auf seinem Weg Trenchs Kugeln von sich abprallen.

Bane fühlte, wie das Pedal ein wenig nachgab und dann wieder faßte.

»Der Benzintank!« rief er. »Er ist fast leer!«

Trench sagte nichts, hielt die Pistole einfach in der Hand. Der Ford spuckte und kroch nur noch die Straße hinauf.

Der Drache raste mit grollendem Motor auf sie zu.

Plötzlich begriff Bane, was sie zu tun hatten.

»Wir müssen springen!« sagte er zu Trench.

Bane trat auf die Bremse, fühlte, wie die Hinterräder des Fords halbwegs über den Abgrund schlitterten, legte den Rückwärtsgang aus und rammte den Vorwärtsgang hinein, bevor der Wagen zum Stehen kam. Die Reifen rissen Löcher in den Kies und trieben den Wagen dann mit den letzten Tropfen Benzin vorwärts. Die Reifen faßten, und sie jagten auf den Drachen zu.

»Springen Sie!« rief Bane.

Trench hatte schon seine Tür geöffnet. Bane stolperte sofort nach ihm auf seiner Seite hinaus – einen Augenblick, bevor der Ford in den Schlund des Drachens raste.

Das Ungetüm hustete, rülpste und bäumte sich auf. Die Hinterräder, die ihm als Füße dienten, gruben sich tiefer, als sich die kleineren Vorderräder vom Boden hoben. Der Drache hob sich auf seine Hinterräder und schien einen Augenblick lang in der Luft zu schweben, bevor das Gewicht seines mächtigen Schaufelarms ihn auf die Seite zwang. Metall kreischte hart auf Kies und stieß einen Todesschrei aus, als das Ungetüm mit der Schnauze zuerst umkippte. Flammen züngelten hoch.

Bane rappelte sich hoch und taumelte zu Trench hinüber. Trenchs Arm war von den Felsen aufgerissen worden, und seine Hände waren nur noch unförmige Fleischklumpen. Seine Finger zitterten, als er Bane die Pistole zurückgab.

»Sie werden sie brauchen«, sagte er, den Blick auf einen Lichterkonvoy gerichtet, der sich in engen Abständen – genau wie zuvor die Jeeps – den Berg hinaufbewegte.

Eine beträchtliche Streitmacht kam näher; ihr Ziel war offensichtlich von Goss.

Bane sah, daß Trenchs leergeschossene Pistole noch in seinem Gürtel steckte. »Ich habe noch zwei Munitionsstreifen. Für jeden von uns eine.«

Und er gab Trench einen, noch während sie einem Felsvorsprung entgegenschlitterten, der zu einem Hochplateau führte. Trench lud die Pistole durch und suchte in dem Gestein über ihnen nach Klettermöglichkeiten.

Der Zug der Jeeps hatte sie fast erreicht.

Sie kletterten schnell hinauf, zogen eine Hand über die andere und scharrten mit den Fingern über Gestein, bis ihre Fingerspitzen roh und blutig waren. Als sie das obere Ende des Hangs erreicht hatten, glitten die Scheinwerfer der Jeeps an ihnen vorbei, und sie ließen sich fallen, drückten sich in der Hoffnung auf den Boden, nicht ausgemacht worden zu sein. Doch dann schlugen Kugeln in den Vorsprung direkt unter ihnen ein.

Trench wollte nach seiner Pistole greifen, entschlossen, von hier oben aus Widerstand zu leisten.

»Nein«, sagte Bane und griff nach seinem Arm. Er sah sich um. Das Plateau, das sie erreicht hatten, stieg nur leicht an. In der Dunkelheit konnte er Schneisen in dem dichten Wald ausmachen. Wege . . . »Dort drüben«, sagte er zu Trench.

Und sie liefen den ersten Weg entlang, den sie sahen.

Bane biß gegen den stechenden Schmerz in seinen Beinen die Zähne zusammen. Seine Knie hatten den größten Teil des Aufpralls nach dem Sprung aus dem Wagen aufgefangen und drohten ihm nun den Dienst zu versagen. Trench ging es nicht viel besser. Sein linkes Bein war praktisch nutzlos, und er mußte es wie eine Kette hinter sich herziehen, ganz zu schweigen von den schrecklichen Verletzungen an seinen Händen. Doch wenn sie dem Weg folgten, konnte sie es schaffen. Sie konnten . . .

Kugeln zerschnitten hinter ihnen die Luft. Bane warf einen raschen Blick zurück, erhaschte jedoch nur den Schimmer einer Bewegung in der Dunkelheit. Es hatte keinen Sinn, einen Schuß zu verschwenden; er würde jede Kugel brauchen, die er hatte. Bane machte etwa zwanzig Meter hinter ihnen die Schritte von vier Männern aus, und etwa ein halbes Dutzend näherten sich rasch von der anderen Seite des Waldes. Ihre Gegenspieler hatten offensichtlich einen anderen Weg zum Plateau gefunden und nutzten diesen Vorteil natürlich aus.

»Wir können sie nicht abhängen«, sagte er zu Trench.

»Und auch nicht ausschalten. Außer . . .«

Ihre Blicke hatten gleichzeitig das gleiche Ziel erfaßt: eine alte, von Wind und Wetter übel mitgenommene Holzhütte. Irgendeine Jagdhütte, zweifellos seit Jahren verlassen, auf einer

Lichtung fünfzig Meter zur Rechten vor ihnen. Trench stützend, hielt Bane darauf zu.

Trench stürzte durch die Tür, doch Bane folgte ihm nicht. Als er fühlte, daß die Gestalten, die sich von hinten näherten, sichere Ziele abgaben, drehte er sich urplötzlich um. Er überraschte sie damit völlig, und als sie schlitternd zum Stehen gekommen und ihre Gewehre gehoben hatten, hatte Bane schon viermal geschossen, drei Verfolger getötet und einen schwer verletzt.

»Ich habe uns etwas Zeit verschafft«, sagte er, als Trench die schwere Tür hinter ihm schloß.

»Als ob uns das etwas bringt.«

Bane zuckte die Achseln. Er wußte, daß es jetzt hoffnungslos war, vorbei. Doch es entsprach nicht seiner Natur, einfach aufzugeben. Dies hatte ihm seine Ausbildung mehr als alles andere vermittelt, und dies war ihm mehr als alles andere in Fleisch und Blut übergegangen. Für ihn war niemals etwas hoffnungslos. Es gab immer Alternativen; das Problem bestand nur darin, sie zu finden.

Die beiden Seitenfenster der Hütte zersprangen im Kugelhagel automatischer Gewehre. Bane und Trench warfen sich zu Boden, instinktiv in die gegenüberliegenden Seiten des Hütteninneren. Kugeln donnerten über sie hinweg, und mehr Glas hagelte auf ihre Rücken. Jeder kroch auf ein Fenster zu, in den Händen die Pistolen, die sich angesichts der mächtigen Waffen ihrer Angreifer wie Spielzeuge ausmachten.

Bane gab eine Salve ab, feuerte drei Schüsse auf die Schatten in der Dunkelheit und zielte dabei nur auf Bewegungen. Zwei Gestalten prallten zurück. Trench war noch erfolgreicher. Von vieren der Angreifer, die auf ihn zustürmten, endeten drei als blutige Klumpen auf dem Boden; scharlachrotes Blut pumpte aus ihren sauber durchschossenen Herzen.

Draußen herrschte Stille; offensichtlich überdachten die Angreifer ihre Strategie. Sie mußten inzwischen mitbekommen haben, daß es gar nicht so leicht sein würde, ihre beiden Opfer zu töten, und würden auf einen sauberen Hit verzichten und etwas anderes versuchen.

Die erste Granate zerriß die kurze Ruhe der Nacht, und die

zweite folgte unmittelbar darauf. Beide schlugen direkt in das Dach ein und ließen Deckentrümmer hinabregnen; über Trench und Bane war plötzlich nur schwarze Luft. Eine dritte Granate schlug vor der Tür ein, während eine weitere durch ein Loch in der Decke fiel, nur um auf wundersame Art und Weise noch im Flug von Trench aufgefangen zu werden, der sie in der letzten halben Sekunde, die ihnen noch blieb, durch das Fenster hinauswarf. Die Detonation riß fünf weitere Männer der Gegenseite in den Tod, doch Trench hatte seine Deckung nun aufgegeben und fühlte, wie eine schnelle Kugelsalve seinen Unterleib und das Rückgrat durchbohrte. Er ging wie ein Stein zu Boden, hielt die Pistole jedoch fest, kroch dann zu seinem Posten am Fenster zurück und hielt sich am Rahmen fest, während der Tod nach ihm griff.

Bane wollte zu ihm kriechen, als die nächste Granate ein Loch in den Boden riß. Bane folgte Trenchs sterbendem Blick dorthin. Das Loch war tiefer, als es sein sollte, und Bane begriff augenblicklich den Grund dafür. Es war ein Tunnel! Das war überhaupt keine Jagdhütte, sondern ein Versteck für jemanden, der ständig einen Fluchtweg zur Verfügung haben mußte. In den Poconos gab es zahlreiche solche Hütten, die in der Vergangenheit flüchtigen Kriminellen als Versteck gedient hatten, und sie waren über eine solche gestolpert.

Bane sah zu Trench hinüber.

»Gehen Sie«, sagte er mit schmerzverzerrtem Gesicht. »Verschwinden Sie, solange Sie es noch können.«

Aus irgendeinem Grund zögerte Bane, während um ihn herum Kugeln durch die Luft pfiffen.

»Sie sind der Beste, Wintermann, Sie waren es schon immer. Gehen Sie und retten Sie Ihre Welt. Ich werde . . .« – Trench rang um Atem und spuckte Blut – »sie so lange wie möglich aufhalten.«

Bane nickte und schob Trench über den Boden seine Pistole zu. Er wollte etwas sagen, etwas für diesen Mann tun, der so lange sein Rivale gewesen war und nun als sein Freund sterben würde. Er streckte die Hand aus, als wolle er nach Trench greifen, doch die Entfernung zwischen ihnen machte die Geste bedeutungslos, und Trench lächelte leise und bedeutete ihm zu gehen.

Bane ließ sich in das Loch hinab. Der Tunnel war völlig finster, doch die Dunkelheit war ihm schon viel länger ein Freund denn ein Feind. Er stellte sich vor, wie er vor zwanzig Jahren in New York unter der Vormundschaft des Kings gestanden hatte. Es war, als würde er wieder die Augenbinde tragen. Eine Übung, sonst nichts.

Bane kroch auf Händen und Knien durch den schmalen, dunklen Gang. Die Erde war kalt, aber überall um ihn herum fest. Über ihm konnte er noch immer gedämpfte Schüsse und Detonationen hören. Trench würde nicht zulassen, daß sie ihn mit einer Kugel erwischten. Er würde sie zwingen, die ganze Hütte über ihm zum Einsturz zu bringen, und somit Banes Flucht vertuschen, bis sie ihm endgültig gelungen war.

Die Erddecke senkte sich, und Bane mußte sich auf den Bauch fallen lassen und kriechen, die Ellbogen gegen das kalte Erdreich drücken, genauso wie damals während der Feuergefechte in Vietnam. Irgendwo über ihm ertönte eine Explosion, und Erde regnete auf Banes Rücken hinab. Trench hatte die Gegenseite dazu gebracht, die Hütte in die Luft zu sprengen, und so den Tunnel und Banes Flucht vor ihnen verborgen. Der Rivale, der ihm ein Freund geworden war, hatte getan, was er tun mußte, und nun würde Bane das gleiche tun. Er schüttelte seinen Kopf von den Erdklumpen frei und kroch weiter, vergaß den Schmerz und die Hautabschürfungen an seinen Unterarmen.

Vielleicht mußte er immer noch einige Kilometer zurücklegen, doch es spielte keine Rolle. Dann stieg das Dach des Tunnels langsam wieder an und verriet ihm, daß er es bald geschafft haben würde; er roch schon wieder frische Luft. Bald würde ein Lichtstrahl die Dunkelheit durchbrechen, die er zu lieben gelernt hatte, und er würde den Tunnel verlassen können. Und dann würde ihn nichts mehr aufhalten können.

Denn er war der Wintermann, und er hatte ein Versprechen zu erfüllen.

33

»Ich hoffe, Sie verstehen unsere Position«, sagte der Präsident, zwei Stunden, nachdem er Philip Wentworths Bericht erhalten hatte, am Telefon zu Colonel Chilgers. »Wir sagen das Projekt Placebo nicht ab, wir verschieben es lediglich, bis wir das Leck gefunden haben.«

»Nein, Mr. President, ich fürchte, ich verstehe Ihre Position nicht«, schnappte Chilgers. »Monatelange Planungen liegen hinter uns. Wir werden vielleicht nie wieder eine ähnlich günstige Gelegenheit bekommen.«

»Wir werden eine schaffen.«

»Darum geht es nicht. Dieses Zögern könnte einmal unser aller Tod sein.« Chilgers' Stimme hob sich, wurde schneller. »Unsere Freinde handeln, während wir überlegen, ob wir handeln sollen. So ist es schon seit fast vierzig Jahren, und dies wird sich wohl auch nicht mehr ändern, bis es zu spät ist. Ihre und die vorherigen Regierungen zeichnen sich durch eine völlige Unentschlossenheit aus, durch die unverständliche Weigerung, die Dinge voranzutreiben. Projekt Placebo hätte deutlich und unwiderlegbar enthüllt, wie sich unsere Verteidigungssysteme in einer Krise verhalten würden. Ich glaube, dessen sind Sie sich wirklich nicht bewußt, Sir. Wenn Sie es nicht wissen, kann man Ihnen auch keinen Vorwurf machen.«

»Das war mein letztes Wort, Colonel.«

»Nur für den Augenblick, Mr. President, nur für den Augenblick.«

Chilgers krallte den Telefonhörer auf die Gabel. Dann wurde aus seinem Lächeln ein Gelächter.

»Glauben Sie, er hat es uns abgekauft, George?« fragte der Präsident den Verteidigungsminister Brandenberg.

»Es spielt keine Rolle, ob er es uns abgekauft hat oder nicht. Wir haben Placebo unterbunden, ihm seine Befugnisse entzogen. Was immer er vorhatte, es ist aus, neutralisiert.«

»Wahrscheinlich.« Der Blick des Präsidenten schweifte

umher. »Der Befehl, das Projekt einzustellen, wurde gegeben, *nachdem* die sechsunddreißig MX-Raketen mit den Sprengkopf-Attrappen an den Bunker 17 geliefert wurden, nicht wahr?«

»Ja.«

»Irgend etwas stört mich daran. Haben wir wieder eine Verbindung mit Bunker 17?«

»Sie ist niemals unterbrochen worden.«

»Dann vergewissern Sie sich bitte persönlich, daß die Raketen-Attrappen aus den Silos entfernt werden. Solange sie sich dort befinden, könnte COBRA noch etwas am Kochen haben.«

»Der Befehl, die Silos mit einwandfreien Raketen zu bestükken, erging im Augenblick, da Placebo abgebrochen wurde, vor einer Stunde also. Überdies sehe ich nicht ein, welche Schwierigkeiten Chilgers uns noch bereiten könnte. Im Bunker läuft alles wieder normal ab; der Yellow-Flag-Alarm wurde aufgehoben.«

Der Präsident runzelte die Stirn. »NORAD soll eine Direktverbindung mit dem Bunker schalten. Mir gefällt die ganze Sache nicht, und ich werde erst zufrieden sein, wenn wir Chilgers' Arsch auf einem Zeugenstuhl vor dem Senatsausschuß für die Bewaffneten Streitkräfte haben. Die Sache mit Bane ist auch noch nicht ausgestanden.«

»Dessen bin ich mir sehr wohl bewußt. Im Augenblick liegt mir allerdings mehr daran, Bane sicher hierher zu schaffen.«

Brandenberg wandte den Blick unbehaglich ab.

»George?«

Brandenberg sank auf seinen Stuhl zurück. »Ich habe den Befehl, Bane für untragbar zu erklären, aufgehoben, doch es wird eine Weile dauern, bis diese Information auf die Straßen gedrungen ist.«

»Sie versuchen mir beizubringen, daß Bane trotzdem sterben könnte, nicht wahr?«

Brandenberg nickte langsam.

»Dann lassen Sie mich einen Punkt klarstellen. Mir ist es gleichgültig, ob Sie persönlich auf die Straßen gehen müssen, um alle Ihre Leute zurückzutrommeln. Ich will, daß er lebendig zu uns gebracht wird, denn wenn die Informationen, die

Wentworth uns zukommen ließ, zutreffen sollten, ist Bane der einzige, der uns verraten kann, was Chilgers verdammt noch mal vorhat.«

»Was er auch beabsichtigt, wir haben dem mit der Einstellung von Placebo ein Ende gemacht«, beharrte Brandenberg.

»Das wollen wir hoffen.«

Den größten Teil der Rückreise nach New York legte Bane mit einem Wagen zurück, den er im ersten Ort gestohlen hatte, durch den er während seines Abstiegs durch die Poconos gekommen war. Seine Kleidung und Haut war schmutzig, doch dieser Geruch gab ihm Zuversicht, erinnerte ihn an Vietnam, wo alles so einfach und seine Unzerstörbarkeit ein Faktum gewesen war.

Er ließ den Wagen in der Nähe der Penn Station stehen und säuberte sich, so gut er konnte, in einer der öffentlichen Toiletten. Es war schon so spät, daß es ziemlich ruhig im Bahnhof war, und so hätte er es bemerkt, wenn ihm bei seiner wahllosen Benutzung verschiedener U-Bahn-Linien jemand gefolgt wäre.

Noch bevor sich Bane seinem Instinkt ausgeliefert hatte, war sein Ziel für ihn klar gewesen. Es gab nur einen sicheren Ort für ihn in New York, an dem er sich ausruhen und den nächsten Schritt seiner Strategie vorbereiten konnte. Er fuhr nach Harlem, zum King, wo der Wintermann seine wichtigsten Fähigkeiten gelernt hatte. Er lehnte den Kopf gegen das Glas der U-Bahn-Scheibe und fühlte, wie die Ermüdung nach ihm griff, fuhr jedoch jedesmal hoch, wenn sich seine Augen für einen Augenblick zu schließen wagten.

Er mußte nach San Diego. Vortex wurde dort von COBRA gestartet. Die gesamte Operation würde von Maschinen gesteuert werden, und Maschinen konnte man zerstören. Selbst ein Computer funktioniert nicht mehr, wenn man den Stecker herauszieht. Er würde Vortex persönlich vernichten.

Doch warum sollte er sich die Mühe machen?

Seine eigenen Leute hatten vor fünf Jahren versucht, ihn zu töten, und nun hatten sie ihn für untragbar erklärt, während er sein Bestes gab, die Welt zu retten. Welchen Sinn hatte es, daß er weitermachte?

Zu überleben . . . Banes erstes Ziel, die Essenz des Wintermannes. Alle Hindernisse überwinden. Unter allen Umständen überleben. Er mußte seinen Auftrag abschließen. Einfach aufzugeben war genauso unmöglich, wie den Atem anzuhalten, solange er noch lebte. Erst der Auftrag gab dem Wintermann über die Schatten hinaus Substanz.

Und da war Davey. Irgendwo tief in Bane regte sich Besorgnis um den Jungen. Er war auch in San Diego, ein Spielzeug, mit dem Chilgers nach Belieben hantierte. Bane wollte den Jungen, brauchte ihn. Irgendwie hatte Davey eine große Bedeutung für ihn gewonnen, war zu dem einen Charakteristikum geworden, das beide Seiten seiner Persönlichkeit gemeinsam hatten, zu dem Faden, der sich zusammenhielt. Ohne den Jungen wäre er zu einer Maschine geworden, wie damals, vor einigen Jahren, zu einer Maschine, die sich kaum von denen unterschied, die er zerstören mußte, sollte die Welt überleben.

Fünf Häuserblocks von der Sporthalle des Kings entfernt verließ Bane die U-Bahn. Die Straßen von Harlem waren verlassen, still bis auf ein paar gelegentliche Takte Musik, die aus dem einen oder anderen geöffneten Zimmerfenster drangen. Bane drückte sich eng gegen Gebäude und hielt sich in den Hauptstraßen fern, wodurch sein Weg länger, aber auch sicherer wurde.

Ein Nest müder Ziegelsteinhäuser erhob sich zu seiner Rechten; Lampen vor den Eingangstüren nagten an der Dunkelheit. Bane hatte das zweite Haus hinter sich gelassen, als er spürte, daß ihm jemand folgte. Wer immer es auch war, er machte einen Schritt, wenn er einen Schritt machte, blieb stehen, wenn er stehen blieb. Der Mann – wenn es ein Mann war – war gut.

Bane blieb in Bewegung, richtete die Augen geradeaus.

Hinter ihm kam sein Verfolger näher.

Bane schritt langsamer aus und griff instinktiv nach der Pistole, die er Trench gegeben hatte. Pistolen taugten des Nachts sowieso nicht viel, machten nur Lärm; da konnte man ein noch so guter Schütze sein. Dieser Gedanke tröstete ihn jedoch nur ein wenig. Sein Verfolger würde eine Pistole haben, und dies war ein Vorteil, ganz egal, wie man die Sache betrachtete.

Bane bog um eine Ecke und fühlte, wie sich die Schritte hinter ihm ein wenig beschleunigten. Langsam und geschmeidig, die Bewegungen eines echten Profis. Doch dies war sein Revier, sein Spiel. Der King hatte ihn gelehrt, mit verbundenen Augen zu kämpfen, und wenn man erst einmal die erste Angst überwunden hatte, war es gar nicht mehr so schlimm. Nur Zögern brachte einen um.

Bane zögerte nicht. Er ging weiter, sich scharf bewußt, daß sich der Abstand zwischen ihm und seinem Verfolger mit jedem Schritt über den Bürgersteig verringerte. Der Mann – soviel konnte er aufgrund der Schritte nun sagen – wartete auf den richtigen Augenblick zum Zuschlagen. Bane würde diesen Augenblick für ihn bestimmen müssen. Er bog in eine Gasse, die zwischen zwei mitgenommenen Wohnhäusern verlief und zwei Parallelstraßen miteinander verband.

»King?« rief er leise, gerade so laut, daß sein Verfolger ihn hören konnte. »King, wo zum Teufel bist du?«

Er trat noch ein paar Schritte in die Gasse, drehte dann plötzlich um und lief schnell und selbstsicher zurück.

Sein Verfolger wurde von dieser Handlungsweise völlig überrascht.

Als Bane die andere Straße erreichte, wollte sich gerade eine dunkle Gestalt in die Dunkelheit der Nacht zurückziehen, war jedoch zu langsam dazu. Bane griff zuerst nach dem Handgelenk des Mannes, denn dort befand sich die Pistole, eine Browning, wie sie Einsatz beim CIA fand, und die Waffe mußte mehr als alles andere ausgeschaltet werden. Doch er wollte gerade ausholen, als der Mann mit der Waffe zurücktrat, und als Bane es noch einmal versuchte, rammte sich eine Faust an seine Kehle und verfehlte nur knapp die Luftröhre.

Der CIA-Mann versuchte, die Pistole freizubekommen, und Bane ließ ihn los und warf sich mit aller Kraft nach vorn, bis sein Gegenspieler gegen die mitgenommene Ziegelwand des Hauses prallte.

Der Mann zuckte zusammen und rang um Luft, doch er hatte noch immer die Pistole und schlug mit dem Lauf nach Banes Kopf. Bane riß seinen gesamten Körper hoch und rammte dem Mann ein Knie zwischen die Beine. Ein Schuß löste sich, doch die Kugel pfiff ins Leere. Der CIA-Mann warf den Körper hin und her, entglitt Banes Griff; er wollte wieder den Abzug drücken und stellte fest, daß dort ein zweiter Finger steckte und ihn festhielt.

Bane fühlte, wie ihm die scharfe Hinterkante des Abzugs in die Haut schnitt und sie aufriß. Der CIA-Mann sprang zurück, und Bane verlor das Gleichgewicht lange genug, daß sein Gegenspieler ihm einen kräftigen Tritt in den Unterleib versetzen konnte. Er war sich kaum des schrecklichen Schmerzes und der Übelkeit bewußt, die in ihm emporstieg, als der CIA-Mann ihm auch schon seinen freien Ellbogen gegen den Brustkorb hieb.

Bane sackte zusammen. Sein Gegenspieler bäumte sich über ihm auf; Bane hatte sowohl seine Größe wie auch seine Kraft unterschätzt. Der Mann zerrte an der Pistole, um sie freizubekommen, riß heftig daran, anstatt Bane mit der freien Hand zu erledigen.

Ein Fehler, der ihm teuer zu stehen kam.

Bane streckte die Finger aus und schlug mit der Handfläche zu, nicht, um zu töten, denn solch einen Schlag hätte der CIA-Mann wahrscheinlich leicht abwehren können, sondern nur gegen seine Nase. Das Timing des Mannes geriet für einen Sekundenbruchteil durcheinander. Knorpel schienen bei dem Aufprall zu zertrümmern, und Blut schoß hervor.

Einen kurzen Augenblick lang war der CIA-Mann geblendet. Bane nutzte seine Chance.

Er mußte sich immer noch mit der Pistole befassen, wollte seinen neu gewonnenen Vorteil deshalb jedoch nicht aufs Spiel setzen. Mit der linken Hand zwang er sie nach unten, wobei sein Finger noch immer hinter dem Abzug steckte, und die rechte ballte er zur Faust und schlug sie dem Mann genau auf den Knochen unter seiner Nase.

Es folgte ein grausames Knirschen, und Bane spürte, daß er mit ein wenig mehr Wucht die Faust hätte durch den Kopf des

CIA-Mannes treiben können. Dessen Griff um die Pistole löste sich, und Bane schloß seine Hand darum und zog, wegen des Schmerzes in seinem Finger laut aufschreiend.

Die Pistole löste sich aus ihrer beider Griff und schlitterte die Straße entlang. Der Mann stach mit einer klauenähnlichen Hand nach Banes Augen. Doch seine Bewegung war langsam, unbeholfen, schlecht getimt. Bane ergriff die Finger mitten in der Luft und bog sie zurück, bis sie brachen.

Der Schrei des Mannes hielt nur an, bis Bane die Hand über seinen Mund legte und seinen Kopf gegen die Ziegelmauer zurücktrieb. Als er sie wieder löste, war sie blutverschmiert. Der CIA-Mann rutschte langsam die Wand hinab und hinterließ dabei eine scharlachrote Spur.

King Cong trat aus der Gasse.

»Wie viele andere?« fragte Bane ihn.

»Drei.«

»Hast du dich um sie gekümmert?«

Der King lächelte nur. »Du hattest kaum von der Penn Station aus angerufen, da wußte ich, daß es Arbeit geben würde. Es juckte mich geradezu.«

»Hast du dich gekratzt?«

»Verdammt, nein! Dieses Jucken wird man durch kein Kratzen los.«

Bane spürte zum ersten Mal, wie sehr sein Finger schmerzte. »Gut. Es liegt noch eine Menge vor uns.«

»So was hör' ich gern!«

»Warst du schon mal in San Diego?«

»Bis heute abend nicht, Josh-Boy. Meinst du, du kannst ungehindert dorthin fliegen?«

»Ich muß es versuchen«, sagte Bane, während er die Straße entlang ging.

»Na ja, wenn wir unterwegs noch ein paar von ihnen treffen, bekommen sie es mit uns beiden zu tun, und das wird ihnen nicht gut bekommen.« Der King zögerte. »Ich habe diesen Jungen verloren, Josh-Boy. Soviel bin ich dir schuldig.«

»Dann holen wir ihn uns doch wieder zurück.«

34

»Ich habe ziemlich schlechte Nachrichten, Colonel.«

Teke trat in Chilgers' Büro, einen Stapel Computerausdrucke und Notizbücher unter dem Arm. Chilgers blickte ruhig und unbewegt auf. Nachdem sowohl Trench wie auch Bane unter einem Haufen Schutt in Pennsylvania begraben waren, konnte er ein paar schlechte Nachrichten ertragen.

»Es hat zweifellos etwas mit Davey Phelps zu tun«, sagte er.

Teke nickte. »Ich habe die letzte Nacht Stunden damit verbracht, die Ergebnisse der beiden ersten Phasen unseres Experiments auszuwerten und zu analysieren.«

»Ich dachte, unser Ergebnis wäre ein glänzender Erfolg gewesen.«

»Oberflächlich betrachtet ja. Wir haben endlich das volle Ausmaß der Kräfte des Jungen bestimmen können. Doch die Maschinen, die ihn überwacht haben, haben ein paar ziemlich ernste Rückschläge aufgedeckt.«

»Als da wären . . .«

»Der Abfall bei dem Energieverbrauch und dem Energieverdichtungsverhältnis des Jungen war diesmal viel schärfer.«

»Erklären Sie mir das.«

»Der Junge war gezwungen, diesmal auf mehr Energiereserven zurückzugreifen, um eine ausreichende Kraft zu erzeugen, und zwar bis hin zu einem Ausmaß, wo ihm keine weiteren Reserven mehr zur Verfügung standen. Die Aufgabe, die wir ihm abverlangten, war diesmal viel größer als in der ersten Phase. Dadurch erklären sich auch die Meßwerte. Doch schon zu Beginn des Experiments waren seine Reserven geringer. Einfach ausgedrückt, der Junge war wesentlich schwächer, und die Energie, die er erzeugte, erreichte nicht ein annähernd so hohes Niveau. Er ist ausgebrannt.«

»Für immer?«

Teke schüttelte den Kopf. »Nein. Eine leere Autobatterie wird sich nach einiger Zeit wieder selbsttätig aufladen, wenn auch nur zu einem beträchtlich niedrigen Ausmaß. Und jedesmal, wenn sich der Prozeß wiederholt, wird sie schwächer, bis schließlich gar kein Strom mehr vorhanden ist. Das gleiche geschieht im Prinzip mit dem Jungen. Erinnern Sie sich daran, daß er sich im Verlauf des Experiments über Kopfschmerzen beklagt hat?«

Chilgers nickte und bedeutete Teke, sich endlich zu setzen.

»Die Benutzung ›Des Schauderns‹, wie er es nennt, erzeugt eine massive Blutkonzentration in jenem Teil des Gehirns, in dem seine Kraft unseres Erachtens zufolge ihren Ursprung nimmt. Die Blutgefäße sind beträchtlich schwächer geworden; wodurch es zur Bildung von Blutgerinnseln kommen kann. Einfach ausgedrückt, Colonel, erleidet der Junge jedesmal, wenn er das Schaudern benutzt, einen Schlaganfall. Oh, die Stärke reicht nicht aus, um augenblicklich irgendwelche Körperfunktionen zu beeinträchtigen. Aber es kommt zu einem gewaltigen Druck auf die lebenswichtigen Organe, die aufgrund der Beanspruchung in Mitleidenschaft gezogen zu werden scheinen; das gilt besonders für die Blutgefäße, die das Gehirn selbst versorgen. Dieser Prozeß ist irreversibel. Wir müssen jederzeit mit einem starken Blutsturz im Gehirn rechnen. Der Junge liegt im Sterben.«

»Das alles wegen unserer Experimente?«

»Sie haben den Prozeß sicherlich beschleunigt, doch er hatte seinen Anfang schon vorher genommen. Der menschliche Geist, Colonel, kennt keine Grenzen; der Körper aber doch. Davey Phelps ist kein übernatürliches Phänomen widerfahren; er zeigt lediglich eine außergewöhnliche Reaktion auf einen Stimulus von außen, in Form des Flugs 22. Die telekinetischen Kräfte, die er erzeugt, für die sein Gehirn ein Trichter ist, ein Ventil, überfordern einfach die Fähigkeiten seines Körpers, sich auf sie einzustellen. Der Junge selbst ist also nicht mehr von Nutzen für uns.« Teke legte eine bedeutungsschwere Pause ein. »Dies gilt allerdings nicht für sein Gehirn.«

Chilgers musterte ihn eingehend.

»Ich möchte es entfernen, um es eingehend zu studieren, bevor die Gewebeschäden die Nervenzentren der Macht des Jungen zerstören.«

Chilgers fuhr sich über das Kinn. »Ich nehme an, Sie haben ein bestimmtes Ziel im Sinn.«

»Natürlich«, bestätigte Teke, beugte sich vor und breitete die Computerausdrucke auf seinen Knie aus. »Unsere Experimente mit dem Jungen beschleunigten zwar den Verschlechterungsprozeß, haben uns jedoch genau den Teil des Gehirns aufgezeigt, wo seine Kraft ihren Ursprung hat – mit anderen Worten genau jenen Punkt, der durch die Vorgänge beim Flug 22 direkt beeinflußt wurde. Wir müssen nun herausfinden, wie genau er beeinflußt wurde, besonders, welche Nervenzentren und -zellen verändert und umgruppiert wurden, bis sie schließlich seine . . . Fähigkeiten bildeten. Sollten wir Erfolg haben, besteht die Möglichkeit, diese Nervenzentren und -zellen eventuell auf die gleiche Art und Weise chemisch zu beeinflussen, um Davey Phelps' Fähigkeiten bei menschlichen Versuchsobjekten unserer Wahl zu erzeugen.«

Chilgers nickte nachdenklich, und ein schwaches Lächeln legte sich auf seine Lippen. »Sie sprechen von einer ganzen Armee mit Davey Phelps' Fähigkeiten . . .«

»Es wäre möglich . . .«

»Eine Armee, die den Verstand eines Feindes gegen sich selbst richten könnte; die ohne Einsatz von Feuerwaffen oder Bomben aus dem Hinterhalt töten, terrorisieren, hinrichten, infiltrieren und vernichten könnte.« Sein Blick schärfte sich und suchte den von Teke. »Herr Doktor, Sie sprechen hier vielleicht von einer viel höher entwickelten Waffe, als Vortex es ist. Unsere Feinde von innen heraus vernichten. Sie dazu zu bringen, ihre Raketen auf sich selbst zu richten, ihre Führer zu töten, uns ihre größten Geheimnisse zu verraten. Ein einziger Davey Phelps könnte, wenn er im Kreml sitzt . . .« Chilgers hielt plötzlich inne. »Moment mal, Sie haben gerade selbst eingestanden, daß diese Kraft den Jungen tötet. Unsere Agenten würden nicht gerade über eine lange, wirksame Lebensspanne verfügen.«

»Nicht unbedingt«, sagte Teke. »Sobald wir die Ursache für die zellularen Funktionsstörungen des Jungen herausgefunden haben, könnten wir die notwendigen Gegenmaßnahmen einleiten. Vergessen Sie nicht, daß alles, was Davey Phelps zugestoßen ist, überraschend und unerwartet kam. Unsere Versuchsobjekte würden unter völliger Kontrolle stehen. Wir könnten ihre Kräfte entwickeln, kultivieren und pflegen. Vielleicht können wir die möglichen schädlichen Nebenwirkungen mit Medikamenten verringern oder neutralisieren. Sie hätten Ihre Armee dann so lange, wie Sie sie brauchen, Colonel.«

Chilgers lächelte nun. »Wenn ich bedenke, daß sogar Sie, Teke, mir von der Tangenten-Phase von Vortex, von Flug 22, abgeraten haben . . . Sie haben mir gesagt, es gäbe in diesem Stadium nichts zu gewinnen, wir würden zuviel riskieren. Es gibt immer Risiken, Doktor, doch in diesem Fall waren sie es wert. Ich werde den Zeitplan für Vortex etwas beschleunigen. Die Bomben werden in vierundzwanzig Stunden unterwegs sein.« Chilgers erhob sich und trat vor den Schreibtisch, verschränkte die Hände hinter dem Rücken. »Ja, in vierundzwanzig Stunden wird sich das Machtgleichgewicht fast vollständig in unsere Richtung verschoben haben. Doch für wie lange, Teke? Wie lange wird dieser Zustand währen? Es wird immer Feinde geben, werden Mächte entstehen, die uns herausfordern. Die Macht dieses Landes muß beherrschend bleiben und darf nicht herausgefordert werden. Ja, wir sind bei Flug 22 Risiken eingegangen, doch die Ergebnisse haben sie mehr als nur gerechtfertigt, genau, wie ich es vorausgesagt habe. Eine Armee mit den Fähigkeiten von Davey Phelps würden Bomben und übermäßig aggressive Taktiken überflüssig machen. Wir könnten ganz subtil vorgehen, und gleichzeitig unendlich viel wirksamer.«

»Es wird vielleicht beträchtliche Zeit beanspruchen, die genauen Faktoren zu isolieren und zu erproben«, warnte Teke.

»Jahre, Doktor? Vielleicht ein Jahrzehnt? Vortex befand sich bis zur Aktivierung eine ganze Generation lang im Entwicklungsstadium, doch meine Entschlossenheit hat niemals gewankt. Selbst nach Rückschlägen und Enttäuschungen weigerte ich mich aufzugeben, denn ich wußte, daß wir an der Schwelle einer phantastischen Errungenschaft standen, genau, wie ich weiß, daß wir jetzt an der Schwelle einer noch viel phantastischeren Errungenschaft stehen. Meine gesamte Karriere bei COBRA war einzig und allein dem Zweck gewidmet, ein völlig sicheres Amerika zu schaffen. Nicht nur sicher vor

Bomben und Raketen, sondern auch vor Ölknappheiten, Embargos und den damit einhergehenden Bedrohungen. In vierundzwanzig Stunden wird Rußland verwüstet und die erste Hälfte meines Plans praktisch verwirklicht sein. Die erfolgreiche Ausführung Ihres derzeitigen Vorhabens wird die zweite Hälfte verwirklichen. Vortex gibt uns die Zeit, die wir dafür brauchen. Die Stimme Amerikas wird sich als *einzige* Stimme erheben. Das Wort ›Ausland‹ wird es nicht mehr geben. Alles wird uns gehören, die ganze Welt.« Chilgers schaute zu der Wand hinüber und stellte sich die zukünftige Gestalt dessen vor, was dahinter lag.

Teke räusperte sich. »Wir greifen jetzt einen Schritt vor, Colonel. Nach Vortex wird alles vom Gehirn des Jungen abhängen. Und es zu entfernen ist keine leichte Aufgabe, ganz abgesehen davon, es losgelöst vom Körper am Leben zu erhalten. Ich habe mir die Freiheit genommen, ein Team von erfahrenen Gehirn- und Neurochirurgen anzufordern, die Besten auf ihrem Gebiet und alle von unserer Sicherheitsabteilung überprüft. Sie werden morgen zu unterschiedlichen Zeiten eintreffen. Aber es gibt trotzdem keine Garantien. Die Erfolgsquoten bei allen Arten der Gehirnchirurgie waren niemals sehr hoch, ganz zu schweigen von einer Operation, wie wir sie versuchen.«

»Sorgen Sie dafür, daß es funktioniert, Teke. Was immer es erfordert, sorgen Sie dafür, daß es funktioniert.«

»Das Schlüsselelement ist die Zeit. Jeder Augenblick, den wir noch länger warten, jeder Augenblick, in dem der Zustand des Jungen sich auch nur im geringsten verschlechtert, verringert unsere Erfolgsaussichten.«

»Es ist ausgeschlossen, die Operation sofort mit dem medizinischen Personals unseres Stützpunktes auszuführen?«

»Dieses Risiko kann ich nicht eingehen.«

»Dann werden wir wohl warten müssen. Wann können wir wohl mit der Operation anfangen?«

»In vielleicht vierundzwanzig Stunden. Sie müssen bedenken, daß wir dem Team genau erklären müssen, worum es geht, und die Vorgehensweise für die Operation entwickeln müssen.«

»Dann also in vierundzwanzig Stunden.« Und dieser Satz brachte ein weiteres Lächeln auf die Züge des Colonels. »Wenn Sie anfangen, sind die Raketen vielleicht gerade schon unterwegs, Doktor. Ein angemessener Zeitpunkt, würde ich sagen. Wenn wir übermorgen aufwachen, wird die Welt ganz anders aussehen.« Chilgers hielt inne. »Vielleicht erkennen wir sie nicht einmal wieder.«

Der letzte Tag:

DER WINTERMANN

How can you be so sure?
How do you know what the earth will endure?
How can you be so sure
That the wonders you've made in your life
Will be seen
By the millions who'll follow to visit the site
Of your dream?

The Alan Parsons Projekt

35

»Da stimmt was nicht, Cap. Alles gequirlte Scheiße, wenn Sie mich fragen.«

Maj. Christian Teare musterte Heath von der mit zwei Matratzen belegten Koje in seinem Quartier aus. Auf die Welt über sie hatte sich die Nacht gesenkt. Der Yellow-Flag-Alarm im Bunker 17 ging nun in seinen dritten Tag.

»All unsere Anfragen werden bestätigt«, entgegnete Heath.

Teare runzelte ungehalten die Stirn und fuhr sich mit den Fingern durch den Bart. »Die ganze Sache wird bald platzen, und ich habe so ein Gefühl im Bauch, daß sie dann zum Himmel stinkt. Mich stört immer noch verteufelt der Zeitpunkt, an dem diese MX-Raketen hier eingetroffen sind.«

»Wenn sie Red-Flag-Alarm geben, sollen diese Raketen wahrscheinlich als erste gestartet werden.«

»Na ja, Cap, ich wäre ja schon zufrieden, wenn mir jemand sagen würde, wer ›sie‹ sind.«

»Major?«

»Ich meine, wir sprechen immer über ›sie‹ hier und ›sie‹ da, aber wer sind ›sie‹? Wir wissen nur, daß sie einen Supercomputer haben, der mit unserem durch ein Kabel fickt, wenn bei uns Alarm ausgelöst wurde.«

»Irgendwo in Washington . . .«

»Ja, Cap, erzählen Sie mir alles darüber. Aber dann möchte ich auch von Ihnen wissen, warum wir während eines Yellow nicht mal nachfragen können, wer uns da Anweisungen gibt.«

»So funktioniert nun mal das System.«

»Dann ist das System einen Scheißdreck wert. Wir haben sechsunddreißig MX-Raketen in unseren Silos, und zwischen uns und einem Abschuß steht lediglich eine kodierte Sequenz im Kommandozentralen-Computer. Damals im Süden pflegten wir zu sagen, daß Mist am wenigsten stinkt, wenn man knietief in ihm steht.«

»Und?« Heath hielt zögernd inne.

Teare drückte sich aus dem Bett und streckte sich. »Sie sind ein Kommunikationsexperte, Cap. Ich möchte, daß Sie einige

Zeit im Computerkommunikationsraum verbringen. Ich will wissen, wo zum Teufel diese Befehle herkommen.«

»Da muß ich aber eine Menge Drähte umstecken. Das wird den Leuten in Washington nicht gerade gefallen.«

»Interessiert mich einen Scheiß.«

»Sobald ein Befehl kommt, werde ich einige Zeit brauchen, um den Absender festzustellen.« Heath zögerte. »Was passiert, wenn er nicht von Washington oder NORAD in Colorado kommt?«

»Dann können sie sich ihren Yellow-Flag-Alarm in den Arsch stecken.«

»Das ist COBRA«, sagte Bane und gab King Cong das Fernglas.

Sie hatten sich in einem kleinen Wäldchen auf einem Hügel verborgen, von dem aus sie den Komplex überblicken konnten. Es war sechzehn Uhr Ortszeit, und sie hatten volle sechzehn schlaflose Stunden benötigt, um hierher zu kommen, nachdem sie sich ein paar Ausrüstungsgegenstände besorgt hatten.

»Verdammte Scheiße«, murmelte der King. »Die haben eine ganze Armee da unten.«

An dem stählernen, zusätzlich mit Stacheldraht umzogenen Zaun, der den Komplex der miteinander verbundenen Gebäude umschloß, patrouillierten Männer mit Hunden, Waffen oder beidem. Sie trugen grüne Kampfmonturen und Kappen der Special Forces.

»Das ist die Armee, King«, sagte zu ihm. »COBRA gilt offiziell als Abteilung des Verteidigungsministeriums, und so hat die Regierung die Verantwortung für die Sicherheitsmaßnahmen.«

»Schrecklich . . .« Der King richtete sein Fernglas auf das Vordertor, wo gerade eine Limousine hielt. »Sieh dir das lieber mal an, Josh-Boy.«

Bane stellte das Fernglas neu ein.

»Kannst du irgendwas sehen?« fragte Cong.

»Zwei Männer auf dem Rücksitz. Ich kann nur ihre Silhouetten ausmachen.«

Der Wachposten am Tor sprach kurz mit dem Fahrer der

Limousine und winkte ihn dann weiter. Das Tor hatte sich nicht einmal ganz geschlossen, als eine weitere Limousine heranfuhr.

»Die müssen da einen verdammten Kongreß abhalten«, murmelte der King.

»So etwas in der Art«, stimmte Bane zu. »Diesmal nur ein Mann auf dem Rücksitz.«

Das Tor öffnete sich, und die zweite Limousine folgte der ersten. Bane schwang das Fernglas in einem weiten Bogen über die breite Rasenfläche zwischen dem Zaun und dem Haupteingang zu den COBRA-Gebäuden, vor dem beide Limousinen anhielten.

»Da müssen sie eine Menge offenes Terrain absichern«, sagte er genauso zu sich selbst wie zum King.

»Am Tage jedenfalls. Des Nachts ist es etwas anderes.«

»Nicht für die Hunde.«

Der King blinzelte. »Dann müssen wir uns einfallen lassen, wie wir an ihnen vorbeikommen. Ob der Zaun wohl elektrisch geladen ist?«

Bane schüttelte den Kopf. »Das entspräche nicht dem Image, das COBRA seinen Nachbarn präsentieren will. Vor etwa einem Kilometer sind wir an einem kleinen Sportplatz vorbeigekommen. Das Problem ist nur, daß es uns nicht reicht, in den Gebäudekomplex hineinzukommen. Ich muß auch in die unterirdischen Etagen hinein, die zum höchsten Sicherheitsbereich gehören.«

»Wir könnten diesen verdammten Chilgers einfach umbringen.«

»Das würde uns nicht dabei helfen, die Maschinen zu finden, die den Kurs der Raketen steuern.«

»Du meinst, die sie unsichtbar machen?«

Bane nickte.

»Wenn wir diese Maschinen also zerstören, werden die Raketen wieder sichtbar, nicht wahr?«

Bane zuckte die Achseln. »Nehme ich an.«

»Und dann werden die Russen erst recht wissen, daß sie kommen. Sie werden sich kaum darüber freuen, Josh-Boy. Wir könnten an der Schwelle eines weiteren Weltkrieges stehen, den selbst der Wintermann nicht gewinnen kann.«

Bane erinnerte sich an von Goss' Beschreibung der Alternative. »Wenigstens gibt es dann noch eine Welt.«

»Hast du schon mal darüber nachgedacht, ob es nicht besser wäre, wir würden zulassen, daß sie sie in die Luft jagen?«

»Aber ich habe den Gedanken schnell wieder fallen lassen.«

Der King zwang sich ein Lächeln ab. »Ich auch.« Das Lächeln verschwand, als sein Blick auf einen schwarzen Rucksack fiel, der hinter ihm gegen einen Baum gelehnt stand. »Es wird nicht reichen, einfach die Aus-Knöpfe an diesen Maschinen zu drücken, Josh-Boy.«

»Deshalb bist du ja hier.«

Der Blick des Kings suchte den Banes, als er wieder zu dem Rucksack hinübersah. »Es ist schon lange her, seit ich mich mit solchem Zeug befaßt habe. Seit Korea hat sich 'ne Menge verändert.«

»Aber nur zum Guten. Mehr Stabilität und zehnmal so viel Durchschlagskraft.«

»Ja, ja. Und gleich wirst du mir sagen, mit dem Anbringen von Sprengladungen sei es wie mit dem Vögeln: wenn man's einmal gemacht hat, verlernt man es sein Leben lang nicht mehr.«

»So ist es doch auch . . .« Bane wollte witzig sein, doch es gelang ihm nicht. »Du hast mir geholfen, bis hierher zu kommen, King. Niemand sagt, daß du . . .«

»Scheißdreck, Josh-Boy!« Die Augen des Kings blitzten. »Ich fühle mich im Augenblick so lebendig wie seit zehn Jahren nicht mehr. Die Welt hat sich verändert, selbst Harlem, und es gibt nicht mehr viel Platz für Leute wie mich. Weißt du was, Josh-Boy? Als ich in Korea war, habe ich es gehaßt, aber ich habe mich nie wieder lebendiger gefühlt. Der gestrige Abend hat mir das alles wieder zurückgebracht, und ich habe nicht vor, es mir wieder durch meine verdammten Finger gleiten zu lassen.«

»Wir müssen nicht unbedingt den gesamten Komplex in die Luft jagen, King.«

»Ach, nein, Josh-Boy? Und wie willst du ohne die Ablenkungen, die ich in meinem Rucksack verstaut habe, an diesen echten Regierungssoldaten vorbeikommen? Ich gebe keinen Scheißdreck auf die Welt und noch weniger auf COBRA. Aber wenn du glaubst, ich würde zulassen, daß du dort drinnen gebraten wirst, dann bist du einfach verrückt.«

»Wenn ich nicht verrückt wäre, würde ich es gar nicht erst versuchen.«

Der King zwang sich, ruhiger zu atmen. Die gewaltigen Unterarme, die ein menschliches Rückgrat entzweibrechen konnten, entspannten sich. »Wieviel von dem hat mit dem Kind zu tun, daß ich mir abjagen ließ?«

»Ich weiß es nicht genau«, sagte Bane nachdenklich. »Eine Menge, glaube ich. Ich habe über zehn Jahre meines Lebens damit verbracht, kleine Teile der Welt zu retten, also ist der Gedanke, die ganze Welt auf einmal zu retten, für mich gar nicht so neu. Aber da ist etwas bezüglich des Jungen, das mir nicht aus dem Kopf geht. Seit ich ihn aus diesem Hotelzimmer gezerrt habe, ist keine Stunde vergangen, in der ich nicht an ihn dachte. Ich weiß nicht, woran das liegt.«

»Ich doch«, sagte der King. »Ihr beide seid gleich. Der Junge und du, ihr beide habt Fähigkeiten, die sonst niemand hat und wegen denen ihr euch einsam fühlt. Und ihr beide seid davongelaufen. Wie du gerade gesagt hast, man hat dich deiner Fähigkeiten willen all diese Jahre mißbraucht, und nun siehst du, wie mit dem Jungen das gleiche geschieht. Der Junge wollte davonlaufen, doch sie haben ihn erwischt. Du wolltest davonlaufen, Josh-Boy, konntest dich aber nirgendwo verstecken.«

Bane zuckte die Achseln.

»Du wirst ihn dort herausholen, Josh-Boy, und ich werde dir dabei helfen.« Der King richtete seinen Blick auf den COBRA-Komplex. »Ich werde heute nacht hineingehen. Die Nacht ist meine Zeit; ist es immer gewesen. Aber was du so berichtet hast, mußt du dort hinein, bevor ich meinen Zug mache, oder dir bleibt keine Zeit mehr, sie aufzuhalten. Hast du eine Idee, wie wir diese Party schmeißen können?«

Bane beobachtete, wie eine dritte Limousine vor dem Tor hielt. »Habe ich«, sagte er.

Teke fand Chilgers, wie er mit einem Aktenkoffer in der Hand durch die rotmarkierten Korridore von COBRA ging. In drei der fünf unterirdischen Etagen wurden die Wände von diesen roten Linien gekennzeichnet; hier war der Zutritt nur mit höchster Sicherheitsbefugnis gestattet.

»Die Mitglieder des Chirurgenteams sind alle eingetroffen«, meldete der Doktor.

»Wann werden Sie anfangen können?« fragte Chilgers, ohne stehenzubleiben.

»Innerhalb von sechs Stunden, vielleicht auch fünf.«

»Weshalb dauert es so lange?«

»Wir müssen das Team über die Besonderheiten der Operation informieren. Die Anforderungen und die Vorgehensweise versprechen, ziemlich . . . außergewöhnlich zu werden.«

»Wieviel werden Sie Ihnen verraten müssen?«

»Nur genug, um die Bedeutung der Operation, die sie durchführen werden, hervorzuheben. Alle Mitglieder des Teams wurden schärfsten Sicherheitsüberprüfungen unterzogen. Sie wissen, wann sie aufhören müssen, Fragen zu stellen.«

Chilgers blieb stehen. Sie hatte die unterirdische Garage erreicht, die es ihm ermöglichte, den Hochsicherheitstrakt von COBRA unbemerkt zu betreten oder zu verlassen. Er drückte einen Knopf, und ein Teil der Wand hob sich und enthüllte seine schwarze Limousine. Sein Fahrer und Leibwächter öffnete ihm die Tür.

»Ich werde rechtzeitig zurück sein, um die Operation vom Beobachtungsraum verfolgen zu können.«

Teke betrachtete ihn schockiert. »Sie verlassen das Gelände . . .?«

»Nur die üblichen Geschäfte, Doktor. Die Fassade muß jederzeit aufrechterhalten werden. In der Stadt wird ein Abendessen gegeben, an dem teilzunehmen ich mich vor vielen Monaten verpflichtet habe, und meine Abwesenheit würde dazu führen, daß sich zu vielen Stirne runzeln, *politische* Stirne. Das können wir nicht riskieren, besonders nicht am heutigen Abend.«

Teke trat mit Chilgers zum Wagen. »Wir werden mit der Operation bis zu Ihrer Rückkehr warten.«

Der Colonel schien ihn nicht zu hören. »Ein ruhmreicher Abend, Teke, ein ruhmreicher Abend. Die Dämmerung eines neuen Zeitalters. Die größte Waffe, die der Menschheit derzeit bekannt ist, wird das Machtgleichgewicht verändern. Gleichzeitig stehen wir auf der Schwelle der Entdeckung einer noch größeren Waffe, die das neue Gleichgewicht aufrechterhalten wird. Ich werde die letzte Phase von Vortex erst einleiten, sobald Sie mit der Operation begonnen habe. Darin liegt ein Symbolismus, den ich mir erhalten möchte.«

Chilgers nahm auf dem Rücksitz der Limousine Platz, und der Chauffeur schloß die Tür. Teke trat von dem stählernen Bodensegment zurück, auf dem der Wagen ruhte, und beobachtete, wie die Plattform ihren Aufstieg zur Erdoberfläche begann.

36

Chilgers' Uhr zeigte schon nach zehn an, als seine Limousine vor dem Haupttor des COBRA-Geländes hielt. Dies würde der größte Tag seiner Berufslaufbahn sein, und doch zeigte er keinerlei Zeichen von Aufregung oder Unruhe. Ganz im Gegenteil, er hatte sich niemals ruhiger oder beherrschter gefühlt. Mit einem Seufzen, das er unterdrückte, und einem Lächeln, das er zeigte, lehnte er sich zurück und überdachte noch einmal die Elemente seiner Strategie, die Vortex überhaupt möglich gemacht hatten.

Die Regierung war zu nervös, um Projekt Placebo bis zum Ende durchzuführen; das hatte er von Anfang an gewußt. Es kam auch nur darauf an, die sechsunddreißig MX-Raketen mit den darin installierten Vortex-Generatoren an den Bunker 17 zu liefern. Während die eine Hälfte des Lieferteams die Raketen in die Silos lud, setzte die andere Hälfte eine Reihe von Gerätenk-

zusammen, die gemeinsam sämtliche Computersignale blockierten, die den Bunker aus Washington und Colorado erreichten. Die Signale, die in den SAFE-Interzeptor gingen, wurden von denen ersetzt, die von einer COBRA-Sendestation hier in der Basis kamen. Sich in den Besitz des richtigen binären Kodes zu setzen, der einen Red-Flag-Alarm auslöste, schien eine mathematische Unmöglichkeit, bis COBRA schließlich den Auftrag bekam, das SAFE-System zu installieren. Chilgers hatte das System mit einer eingebauten Hintertür entworfen, die es ihm ermöglichte, sich einzuschalten und die Kontrolle zu übernehmen. Er hatte schon immer gewußt, daß dies eines Tages vielleicht notwendig sein würde. Es war ein großer Auftrag gewesen, der erst nach fast drei Jahren abgeschlossen war. Aber Vortex hatte über zwanzig Jahre beansprucht. Der Schlüssel war Geduld.

Ziel der Unternehmung war es, Chilgers die völlige Kontrolle über den Bunker 17 zu geben. Wenn sich Washington meldete, um den Alarmzustand zu bestätigen, sprachen sie über ein Signal, das zuerst nach Montana geschickt wurde, mit COBRA-Personal, und niemand hatte Grund zu der Annahme, nicht mit einer legitimen Stelle verbunden zu sein. Die Offziere im Bunker hatten mittlerweile keinen Grund zu der Annahme, dem ungewöhnlich langen Yellow-Flag-Alarm läge etwas anderes zugrunde als eine Weltkrise oder eine ausgeklügelte Übung. So oder so würden sie ihren Befehlen gehorchen, denn darauf waren sie trainiert. Und wenn Chilgers den gelben durch einen roten Alarm ersetzen würde, würden sie auf die Knöpfe drücken, und die Raketen würden unweigerlich Kurs auf ihre Ziele in Rußland nehmen.

Das NORAD-Hauptquartier und Überwachungsstationen im ganzen Land würden den Start natürlich mitbekommen. Doch bevor sie ein Abbruch- oder Vernichtungssystem auslösen konnten, würde Vortex aktiviert werden, und es gab gar keine Raketen mehr. Ein Sicherheitssystem für hundert Milliarden Dollar würde sich als nutzlos erweisen. Verwirrung würde aufkommen. Die Verantwortlichen würden nach Antworten suchen. Ihre Suche würde jedoch nach einundzwanzig Minuten enden, wenn die 360 Sprengköpfe über sowjetischen Zielen detonierten, die Russen völlig überraschten und sowohl ihre Angriffs- wie auch ihre Vergeltungssysteme auslöschten.

Chilgers' Lächeln wurde breiter, als die Limousine die COBRA-Auffahrt entlang und auf die private Parkbucht fuhr, die sich fünf Stockwerke hinab in den Hochsicherheitstrakt der Basis senkte. Bunker 17 gehörte ihm. In den letzten vierundzwanzig Stunden hatte es vom Bunkerkommandanten ein paar Anfragen um Bestätigung gegeben, und da ein Stimmenkontakt technisch unmöglich war, hatte er keine andere Wahl, als den Computersignalen zu folgen, die er als Antwort erhielt, denn sie sahen genauso aus, wie sie aussehen sollten. Bunker 17 war machtlos. Washington war machtlos. Die NORAD-Schaltstellen zur nationalen Verteidigung in Colorado waren machtlos.

Die Macht lag einzig in seinen Händen.

Doch Vortex ist erst der Anfang, dachte Chilgers. Ein bedeutendes Axiom der Waffenforschung besagte, daß eine neue Waffe schon nach ihrem ersten Einsatz veraltet war. Doch das spielte keine Rolle mehr. Bald würde die Arbeit an Davey Phelps' Gehirn beginnen, und bald würde ihm eine neuere und noch größere Waffe zur Verfügung stehen.

Die Fahrstuhl-Plattform mit dem Wagen darauf kam auf der fünften unterirdischen Etage zum Halt. Chilgers sah erneut auf die Uhr. Die Operation würde spätestens in einer halben Stunde beginnen. Sobald er das Gebäude betreten hatte, würde er sich mit Teke in Verbindung setzen und nachfragen, ob es irgendwelche neuen Entwicklungen gab. Er würde die Operaton beobachten, zum Teil jedenfalls, und dann in sein Büro zurückkehren, wo er auf den Knopf drücken würde, der im Bunker 17 den Red-Flag-Alarm auslösen würde. Er hatte darauf bestanden, diesen Knopf in seinem Büro installieren zu lassen, um den Augenblick seines ultimaten Erfolges in völliger Einsamkeit genießen zu können. Er allein hatte die Vision gehabt; und so gebührte ihm allein auch der Erfolg.

Der Chauffeur öffnete die Tür, und Chilgers stieg wortlos aus. Als er den blauen Knopf an der Seitenwand drückte, glitt die Vordertür auf. Es ist schon seltsam mit der Technologie, dachte Chilgers bei sich. Man paßt sie oft an, verändert sie aber kaum.

Mit einem gespannten Lächeln auf den Lippen ging der Colonel den mit einer roten Linie markierten CORBA-Korridor entlang und hörte dabei, wie sich die Tür seiner privaten Parkbucht schloß.

Als Bane in seinem Versteck im Kofferraum hörte, wie sich die große Außentür schloß, wußte er, daß Chilgers den COBRA-Komplex betreten hatte. Dann verriet ihm ein weiteres Öffnen und Schließen der Fahrertür der Limousine, daß der große, muskulöse Chauffeuer beim Wagen blieb und somit das letzte Hindernis war, daß er zu überwinden habe, bevor er den unterirdischen Hochsicherheitstrakt betreten konnte.

Er machte sich am Kofferraumriegel zu schaffen.

Bane hatte ursprünglich vorgehabt, eine der eintreffenden Limousinen zu überfallen und irgendwie den Platz mit dem Mann auf dem Rücksitz zu tauschen, während der King das Steuerrad übernehmen sollte. Als dann jedoch eine andere Limousine das COBRA-Gelände verließ und Bane den Mann auf dem Hintersitz von Janies Bild als Colonel Chilgers erkannte, wußte er, daß nun eine andere Strategie nötig war.

Er war Chilgers' Wagen bis in die Innenstadt von San Diego gefolgt, zu einem Hilton-Hotel, in dem irgendein Festbankett gegeben wurde. Er spielte kurz mit dem Gedanken, den Chauffeur auszuschalten und dessen Platz hinter dem Steuerrad einzunehmen. Von dort aus konnte er Chilgers jederzeit töten, doch das war nicht die Antwort. Schließlich wußte er nicht, ob der Colonel der einzige war, der die letzte Phase von Vortex auslösen konnte. Vielleicht stand er nur an der Spitze einer ganzen Hierarchie von Mitverschwörern. Wenn dem so war, würde Bane damit erstens seine Eintrittskarte für COBRA und zweitens sein einziges *bekanntes* Wild verlieren.

Als der Chauffeur also über die Straße und in einen Laden ging, nutzte Bane diesen Augenblick, um den Kofferraum zu öffnen, hineinzusteigen, ihn wieder zu schließen und zu warten, doch das Warten war nun vorüber. Es war an der Zeit, den Komplex zu betreten.

Der Riegel sprang auf. Bane mußte nur noch den Kofferraumdeckel hochschieben, um die Limousine zu verlassen.

Bane sah auf die Uhr: zehn nach zehn. Wenn der King imstande war, sich Zutritt zu COBRA zu verschaffen – und Bane hatte nicht den geringsten Zweifel daran –, würden seine Sprengladungen um Punkt Mitternacht detonieren. Bane würde alles auf diese Zeit hin timen müssen.

Seine Gedanken kehrten zu Davey zurück. Normalerweise würde er sich erst nach Abschluß seiner Mission, wenn hier die Hölle losbrach, darum kümmern, wie er das Gebäude verlassen konnte. Die Flucht kam nach dem Erfolg, und bis er diesen Erfolg erreicht habe, würde der Gedanke daran ihn lediglich ablenken. Diesmal verhielt es sich jedoch anders. Wo er nun an Davey zu denken hatte, mußte er auch die Flucht als wichtiges Operationsziel betrachten, das er nicht von vornherein als gegeben hinnehmen konnte.

Bane schickte sich an, leise den Kofferraumdeckel zu heben, wobei er sich weniger um den Anblick als um Geräusche Sorgen machte. Wenn der Chauffeur ein Knirschen oder ein metallenes Schlagen vernahm, würde er sich umschauen und Bane in einem höchst verwundbaren Moment erblicken. Im Augenblick hörte Bane das Rascheln dünnen Papiers; offenbar las der Chauffeuer die Zeitung, die er in dem Laden gekauft hatte. Ihr Inhalt würde ihn hoffentlich ausreichend ablenken, um Banes Flucht zu gewährleisten.

Bane schob den Kofferraum weiter auf, am Ende, als die Gefahr von Schwingungen und Geräuschen am größten war, immer langsamer. Dann kam der schwierigste Teil überhaupt: mit seinen zweihundert Pfund den Kofferraum zu verlassen, ohne den Wagen ins Schwanken zu bringen. Bane legte sich auf die Seite und schob zuerst das rechte Bein hinaus, um sein Gewicht auszubalancieren. Es war arg verkrampft, und als er es ausstreckte, explodierte der Schmerz in jeder Faser. Er schluckte ihn mit einer Grimasse hinab und fand schließlich Erleichterung, als sein Fuß den Boden berührte. Er verlagerte sein Gewicht Pfund um Pfund und fühlte, wie sich der hintere

Teil des Wagens langsam hob, während er aus dem Kofferraum hinausglitt.

Der Chauffeur blätterte weiterhin die Seiten seiner Zeitung um.

Schließlich gesellte sich Banes linker Fuß zu dem rechten auf den Boden, und schon glitt er auf die Fahrerseite des Wagens und spähte um die Stoßstange. Der Fahrer saß hinter dem Steuerrad und schlug gerade den zweiten Teil seiner Zeitung auf.

Bane schlich langsam zur Fahrertür hinüber; seine Schuhe streiften dabei den Zement, verließen ihn aber nie, schienen fast zu fließen. Die .45er ohne Schalldämpfer zu benutzen, die der King ihm besorgt hatte, war undenkbar; also blieben ihm nur noch die Hände, was aber auch kein Problem war. Er mußte nur schnell genug sein. Er durfte sich auf kein langes Handgemenge einlassen, das Aufmerksamkeit erregen würde.

Bane spannte die Finger. Er sah, daß das Wagenfenster offen war. Er hatte die Tür fast erreicht. Der Mann blickte in den Moment auf, da Banes Finger auf ihn zuschossen, zu spät, um in seiner bequemen Lage noch ausweichen zu können. Banes Hände schlossen sich um seinen Kopf, drehten und zogen. Er fühlte, wie der Nacken des Mannes brach und sein Kopf schlaff und krumm hinabhing. Bane öffnete die Tür und beugte sich vor, um die Leiche des Chauffeurs hinauszuziehen.

Da sah er die Aktentasche, die auf dem Lederpolster des Rücksitzes lag und Colonel Chilgers' Initialen trug. Sofort kam ihm ein Gedanke. Sein größtes Problem war es gewesen, COBRA zu infiltrieren, ohne Aufmerksamkeit zu erregen und zu viele Menschen beseitigen zu müssen. Chilgers mußte man überlisten, nicht mit brutaler Gewalt bezwingen. Aber wie? Die Aktentasche gab ihm die Antwort.

Er und der Chauffeur hatten etwa die gleiche Größe, und aus der Ferne oder auf einen flüchtigen Blick würde man ihn vielleicht für den Chauffeur halten, vor allem, wenn er die schwarze Mütze tief in die Stirn zog. Er würde die Aktentasche deutlich sichtbar vor sich hertragen, offenbar in der Absicht, sie dem Colonel zu bringen, der sie im Wagen vergessen hatte.

Ohne weitere Zeit zu verschwenden, zog Bane dem toten

Chauffeur die Kleider vom Leib und entkleidete sich ebenfalls. Nach drei Minuten war er bis zum Knoten seiner Krawatte genauso gekleidet, wie der Tote gekleidet gewesen war. Die Kleider paßten überraschend gut, bis auf die Hose, die an den Fersen ein wenig über den Boden zogen. Nachdem Bane die Leiche des Chauffeurs im Kofferraum verstaut hatte, setzte er die schwarze Kappe auf und zog sie tief in die Stirn; dann hob er die Aktentasche vom Rücksitz. Er steckte seine .45er in den Hosenbund und schob ein paar zusätzliche Munitionsstreifen in eine Jackentasche. Dann atmete er tief ein, um sich so weit wie möglich zu beruhigen, und drückte auf den Knopf auf der Seitenwand, von dem er vermutete, daß er ihm Zutritt zu dem Komplex verschaffen würde.

Die Tür glitt ohne jedes Geräusch in die Wand zurück und enthüllte zwei lange, breite Korridore, die rechtwinklig auseinanderstrebten. Die plötzliche Helligkeit schmerzte in Banes Augen, doch er ignorierte dies und trat, die Aktentasche unter dem Arm, aus der Privatgarage hinaus und drückte den Knopf direkt neben der Türöffnung. Die Tür schloß sich wieder. Seine Augen gewöhnten sich an die Helligkeit.

Bane hatte sich Zutritt zu COBRA verschafft.

Er bemerkte die breiten roten Linien, die wie Randkennzeichen über die Wände gezogen waren, und begriff sofort, daß er sich im Hochsicherheitstrakt befand. Um so besser. Was immer er suchte, es war irgendwo hier unten. Noch immer die Aktentasche deutlich sichtbar vor der Brust haltend, ging er los, aufs Geratewohl nach links. Ein Trio in weißen Kitteln, die es dem technischen Personal zuordneten, kam ihm entgegen. Es war zu spät, um etwas anderes zu tun als einfach weiterzugehen; er durfte nicht unsicher wirken oder zögern. Er schritt ruhig aus, die Augen geradeaus gerichtet; ein einziger Gedanke erfüllte seinen Verstand:

Ich gehöre hierher . . .

Unsicherheit und Zögern würden ihn todsicher verraten, waren die schlimmsten Feinde eines Infiltrators. Bane erinnerte sich an Geschichten über einen Mann, der sich einen Spaß daraus machte, sich bei Medienereignissen unter die Prominenz zu mischen, obwohl er weder das Recht noch einen

Grund dazu hatte. Der Mann hatte einfach vorgegeben, dorthin zu gehören, selbst so fest daran geglaubt, daß niemand seine Anwesenheit in Frage gestellt hatte.

Die weißgekleideten Gestalten hatten ihn beinahe erreicht, zwei Männer mit einer Frau dazwischen. Bane behielt seinen gemäßigten Schritt bei und schwang die Aktentasche einfach ein wenig schneller vor und zurück, um ihre Blicke darauf zu lenken. Er ging problemlos an ihnen vorbei und kämpfte den tödlichen Drang nieder, sich umzudrehen, um zu sehen, ob sie ihn noch beobachteten.

Bane folgte dem nach rechts gebogenen Gang. Augenblicklich fand er sich inmitten einer weiteren Menschenmenge wieder und stellte zum ersten Mal fest, daß das gesamte Personal rote Schilder an den Jacken- oder Kittelaufschlägen stecken hatte. Er trug die Aktentasche mit Chilgers' Initialen darauf zur Schau, was für den Augenblick genauso gut war; doch für wie lange noch? Früher oder später würde ihn jemand ansprechen. Die daraus resultierende Konfrontation würde vielleicht alles verderben. Doch er hatte keine andere Wahl.

Dann kam Bane ein Mann entgegen, der einen grünen Chirurgenkittel trug und ihm flüchtig bekannt vorkam. Bane fühlte, wie Panik in ihm emporstieg, als sich ihre Blicke trafen und der Mann in einen Raum trat. Bane begriff, daß dies einer der Männer war, die an diesem Nachmittag in den Limousinen eingetroffen waren, und ging schnell in den Raum neben dem, den der Mann betreten hatte.

Der Raum roch stark nach Alkohol, woraufhin Bane sofort auffiel, daß die Gänge dieser Etage überhaupt keinen Geruch gehabt hatten, abgesehen von dem Parfüm oder Rasierwasser der Menschen, denen er begegnet war. Er sah sich um und stellte fest, daß er sich in einer Art Umkleideraum für Chirurgen befand. Es befanden sich lindgrüne Monturen hier, ganze Stapel von Mundmasken und zumindest fünf verschiedene Seifen. Auf einem Regal an der linken Wand lagen Tabletts mit sterilen Instrumenten. Bane sah, daß von einigen noch Dampf aufstieg, was bedeutete, daß sie erst kürzlich für eine noch durchzuführende Operation vorbereitet worden waren. Bane trat zur rechten Wand, die an den Raum grenzte, den der Mann aus der Limousine betreten hatte. Er nahm leise Stimmen wahr, drückte das Ohr gegen die Wand und konzentrierte sich auf die Worte.

»Dann sind wir uns also über die Vorgehensweise einig?« fragte eine nun deutlich auszumachende Stimme.

»Solange wir alle Schritte wie geplant durchführen können«, gab eine andere zurück. »Offen gesagt – ich bin skeptisch. Meine Erfahrungen mit der Gehirnchirurgie sagen mir, daß man sehr selten eine Operation beenden kann, ohne daß es dabei zu unliebsamen Zwischenfällen gekommen ist.«

»Wir können damit fertig werden«, gab die erste Stimme zurück.

»Wie alt war der Junge noch?« Eine dritte Stimme.

»Fünfzehn«, gab die erste zurück.

»Na ja, sein Schädelinnenraum und die Schläfenlappen dürften kein großes Problem darstellen. Und das Röntgenbild zeigt ein ausgesprochen leistungsfähiges Organ. Bei der Gehirnchirurgie müssen wir uns zumeist mit beträchtlichen Schwellungen befassen, und die halten einen so sehr auf.«

»Im Prinzip erwarte ich nicht die geringsten Schwierigkeiten«, meldete sich eine vierte Stimme zu Wort. »Meine Herren, wir alle haben uns darauf spezialisiert, beschädigte Gehirne in Ordnung zu bringen. Ein gesundes zu entfernen, sollte sich als Kinderspiel erweisen.«

»Aber nicht, wenn wir es am Leben erhalten müssen«, entgegnete die zweite Stimme, »denn das heißt, daß wir seine Sauerstoffversorgung nicht länger als fünfzehn Sekunden unterbrechen dürfen.«

»Mehr noch«, fügte die erste Stimme hinzu. »Wir können uns nicht die geringste Zellbeschädigung leisten.«

»Wo ist der Anästhesist?«

»Er bereitet den Jungen gerade vor«, erwiderte die erste Stimme. »Hoffentlich rasiert er ihm sein buschiges Haar ab, damit es uns nicht in den Weg kommt.« Unterdrücktes Gelächter folgte.

Bane spürte, daß er plötzlich fror. Er wurde sich bewußt, daß sich seine Hände um die Bretter des Regals krallten. Die Männer im Nebenzimmer – offensichtlich Chirurgen –

sprachen über Davey Phelps. Sie wollten zu irgendeinem schrecklichen Experiment sein Gehirn entfernen! Für kurze Zeit ließ Bane die Vernunft im Stich. Seine Hände lösten sich von dem Regal und ballten sich zu Fäusten. Das war alles, was er tun konnte, um sich davon abzuhalten, in den Nebenraum zu stürmen und die Mitglieder des Chirurgenteams zu töten. Er wäre durchaus dazu imstande; es würde ihm keinerlei Schwierigkeiten bereiten. Doch er unterdrückte diesen Drang und ließ den Wintermann wieder die Führung übernehmen. Das Chirurgenteam zu töten, würde ihm nicht weiterhelfen; er würde damit allerhöchstens die Sicherheitsabteilung von COBRA mit der Nase darauf stoßen, daß ein Eindringling anwesend war. Chilgers würde wissen, daß man sein Reich infiltriert hatte, und wenn der Colonel ihn erwartete, würde Bane Vortex niemals aufhalten können. Nein, er durfte das Überraschungsmoment nicht aus der Hand geben.

Im Nebenraum wurde die Unterhaltung mit Begriffen fortgesetzt, die Bane nicht verstand.

Er fühlte, wie er ruhiger wurde. Sein Denken wurde wieder präziser. Die Operation würde sich vielleicht als Segen erweisen: er hätte sich keine bessere Ablenkung wünschen können, um ungehindert den Hochsicherheitstrakt von COBRA durchstreifen zu können. Vielleicht konnte er Chilgers nun sogar unter seinen Bedingungen entgegentreten oder vielleicht das Kernstück von Vortex finden und vernichten, ohne dem Colonel überhaupt begegnen zu müssen. Ja . . .

Irgend etwas in seinem Verstand widersetzte sich, prallte zurück. Er konnte das Risiko nicht eingehen, Davey den gefühllosen Männern im Nebenraum zu überlassen. Es mußte einen Weg geben, den Jungen zu retten und Vortex zu vernichten. Davey war für ihn genauso wichtig wie die Welt, und das eine konnte es in seinem Kopf nicht ohne das andere geben. Bane dachte rasch nach und griff dann nach einer der grünen Chirurgenmonturen. Er zog den schwarzen Anzug des Chauffeurs aus, eine der grünen Monturen an und stopfte die abgelegte Kleidung in einen an der Wand hängenden Wäschekorb. Er zog sich eine grüne Kappe über den Kopf und befestigte die Chirurgenmaske hinter seinen Ohren. Als er sich im Spiegel über dem Waschbecken musterte, stellte er fest, daß sein Gesicht praktisch nicht mehr auszumachen war. Zuletzt befestigte er die .45er mit weißem Klebeband an seiner Wade. Die zusätzlichen Munitionsstreifen konnte er jedoch nirgendwo verstauen. Mehr als zwölf Schuß hatte er also nicht.

Sein Plan war einfach: den Jungen finden und in einen anderen Raum bringen, in einen Wandschrank, eine Wäschekammer, irgendwohin. Mit etwas Glück würde COBRA in einen atypischen Zustand der Verwirrung und Unordnung stürzen, der ihm noch mehr Bewegungsfreiheit zukommen ließ. Noch etwas Glück, und die Operation würde sich lange genug verzögern, so daß Bane mit Chilgers abrechnen und dann, wenn der Plastiksprengstoff des Kings die letzte Ablenkung erzeugen würde, mit Davey fliehen konnte.

Nachdem Bane sich über sein weiteres Vorgehen Klarheit verschafft hatte, trat er auf den Gang zurück. Nun mußte er Daveys Zimmer finden, oder alles andere wäre sinnlos. Jemanden zu fragen, würde zuviel Neugier und Verdacht erzeugen. Er würde Aufmerksamkeit auf sich lenken, und das konnte er im Augenblick am wenigsten gebrauchen. Er entschloß sich, nach ihm zu suchen, und nahm sich zuerst den Korridor vor, durch den er hierher gelangt war. Ja, er beherbergte den Biologischen Experimentalflügel dieses Komplexes, in dem empfindliche gasförmige oder flüssige Waffen entwickelt wurden. Wenn eine Operation stattfinden würde, war dieser Teil dafür bereits ausgerüstet. Bane vermutete, daß Davey ganz in der Nähe war . . . aber wo?

Daveys Augen rollten im Schlaf. Im Traum hatte er gesehen, daß Josh in der Nähe war, und versuchte, nach ihm zu greifen.

Josh, ich bin hier! Hilf mir! Ich bin hier!

Bane fühlte, wie ihn etwas zur letzten Tür auf der rechten Seite des Korridors zog. Sein Herz hämmerte, als er die Tür ohne Zögern öffnete und zwei bewaffnete COBRA-Sicherheitsleute und einen verblüfften grüngekleideten Arzt vorfand, offenbar den Anästhesisten. Die Männer musterten ihn von ihren Positionen über ein Bett hinweg. Der Anästhesist hielt eine aufgelappte Rasierklinge in der Hand.

»Ist er stabil?« fragte Bane mit hinabgezogener Maske. Als er in das Zimmer trat und die Tür hinter sich schloß, sah er bewußt nur den Arzt an.

Der Arzt hob die Rasierklinge von Daveys Kopf. Man hatte dem Jungen schon die struppigen Locken abgeschnitten. Mit der Rasierklinge würde man ihm den Kopf völlig kahlscheren.

»Die Körperfunktionen sind kräftig«, erwiderte der Arzt, Bane mißtrauisch musternd.

»Sedativa?« fragte Bane, die Offensive ergreifend.

»Ich wollte ihm die letzte Dosis geben, nachdem ich mit dem Rasieren fertig bin«, erwiderte der Arzt schon zugänglicher.

Da das Chirurgenteam offensichtlich aus Fremden zusammengefügt war, wußte Bane, daß der Anästhesist keinen Grund hatte, seine Anwesenheit in diesem Raum in Frage zu stellen.

Bane trat direkt an Daveys Bett und blickte auf seine geschlossenen Augen hinab. »Er sieht gut aus.«

»Ich habe die Sedation so niedrig wie möglich gehalten, um seine Körperfunktionen kräftig zu halten.«

»Ausgezeichnet«, lobte Bane.

Der Anästhesist wandte den Blick ab und fuhr mit der Rasierklinge wieder zu Daveys Kopf, als Bane handelte, dem Arzt den Ellbogen in den Magen rammte und dann wieder hoch gegen die Unterseite seines Kinns. Im gleichen Augenblick versetzte er der Hand mit der Rasierklinge einen Hieb. Sie fiel zu Boden. Der erste Wachposten zerrte noch an seiner Pistole, als Bane von einem Tablett neben Daveys Bett eine Injektionsspritze ergriff, sie ihm in die Luftröhre stieß und den Kolben drückte. Die Augäpfel des Mannes wölbten sich vor, als seine Hände nach der Nadel griffen, sie aber erst fanden, nachdem ihm das Bewußtsein entglitten war. Er war so gut wie tot.

Der zweite Posten verschwendete keine Zeit damit, nach seiner Pistole zu greifen. Er griff statt dessen Bane an. Bane fühlte, wie sich zwei starke Arme in einem Griff um seinen Kopf und Hals schlangen, der den sicheren, schnellen Tod bringen würde. Bane trat zur Seite und zog den Mann mit sich, verhinderte dadurch, daß der Griff Halt bekam. Der Posten geriet aus dem Gleichgewicht und flog kopfüber über Banes

Schulter, schlug hart auf dem Boden auf und griff trotzdem noch zu dem Alarmknopf neben dem Bett. Damit entblößte er jedoch seinen gesamten Hals in einem geraden Winkel. Bevor der Wächter den Knopf berühren konnte, bekam Bane seinen Kopf zu fassen. Bane legte all seine Kraft in den Schlag und trieb den Kopf des zweiten Wachpostens nach unten, so daß seine Kehle gegen die unterste Verstrebung des Bettgestells prallte. Bane fühlte, wie die Knorpel nachgaben und brachen, und dann wurde der Hals völlig schlaff und hing wie Wachs in seinen Händen. Er rollte den Mann herum und blickte in zwei Augen, die sich nie wieder schließen würden.

Bane rappelte sich hoch, wobei er sich am Bettrahmen abstützte, und sah Davey in die Augen, die sich plötzlich geöffnet hatten und ganz klar schauten. Sie wurden kurz größer und blickten hinter Banes Schulter, als etwas gegen Banes Hinterkopf prallte.

Er bekam noch zwei weitere Schläge gegen den Hinterkopf ab und glitt langsam zu Boden. Aus den Augenwinkeln sah er, wie der Anästhesist, den er außer acht gelassen hatte, nach einem Gegenstand auf dem Tablett griff. Bane erkannte noch rechtzeitig, daß es sich um die Rasierklinge handelte. Er wehrte den ersten Schlag ab und leitete den zweiten um, daß er durch die Kehle des Arzes führte und sie spaltete. Die Finger des Mannes krallten sich in der Luft zusammen, als er mit einem gurgelnden Geräusch zurückstürzte.

Bane erhob sich wieder und musterte Davey. Die Augen des Jungen kämpften darum, offen zu bleiben, wehrten sich gegen das Beruhigungsmittel, das man ihm, so überlegte Bane, wohl gespritzt hatte, um seine Fähigkeiten zu neutralisieren. Er fand Daveys Hand und drückte sie.

»Kannst du mich hören?«

Der Junge brachte etwas zustande, das einem Nicken ähnelte.

»Ich werde dich hier herausbringen. Gib nur nicht auf.«

Der Junge nickte erneut, und diesmal spielte der Anflug eines dankbaren Lächelns um seine Lippen.

Bane machte sich an die Arbeit. Zuerst mußte er irgendwo die drei Leichen verstecken, die des Anästhesisten zuerst, weil das Blut aus dem Schnitt in seiner Kehle gerade den Boden erreichte. Bane faßte ihn unter den Schultern, zerrte ihn ins Badezimmer und konnte dort auch noch die Leiche einer der beiden Wachposten verstauen; die des zweiten quetschte er in den einzigen Schrank des Zimmers. Es war unvermeidlich, daß man sie entdecken würde, sobald erst bekannt geworden war, daß der Junge verschwunden war. Chilgers würde dann ohne jeden Zweifel wissen, daß COBRA infiltriert worden war. Im Augenblick kam es jedoch darauf an, sich so viel Zeit wie möglich zu verschaffen. Es bestand nun keine Hoffnung mehr, vielleicht auf den Einsatz von Gewalt verzichten zu können; also richtete Bane seine Gedanken auf den nächsten Schritt.

Nun stellte sich das Problem, Davey aus dem Zimmer zu schaffen, in irgendein Versteck, während Bane seine andere selbstauferlegte Aufgabe ausführte. Dann würde er zurückkehren und den Jungen holen; er würde die Zeit seiner Flucht auf den Augenblick legen, da Kings Plastiksprengstoff explodierte und zusätzliche Verwirrung erzeugte. Keine weitere Zeit verschwendend, öffnete Bane das Bettgitter, ließ es hinab und zog die Rollbahre heran, die der Anästhesist mitgebracht haben mußte, um Davey daraufzulegen. Die Augen des Jungen blitzten ein wenig heller auf. Wenn er doch nur gänzlich zu sich kommen würde, wenn er doch nur seine Fähigkeiten einsetzen könnte . . .

Bane begriff, daß er den Jungen als potentielle Waffe betrachtete, genau, wie Chilgers es getan haben mußte, und nicht als das Opfer, das er in Wirklichkeit war. Er schüttelte die kleine Entgleisung ab und drückte wieder die Hand des Jungen, fester diesmal, wie, um sich für seine Gedanken zu entschuldigen.

Daveys Augen fanden die seinen und schienen zu sagen, daß er ihn verstand.

Der Blick brachte ein Kribbeln in Banes Eingeweide.

Er hat mich angesehen und wußte es, wußte alles . . .

Bane schob den Gedanken beiseite. Stück um Stück zog er den Körper des Jungen vom Bett und auf das weiße Laken der Rollbahre, deren Räder er verriegelt hatte, um sie an Ort und Stelle zu halten. Auf dem Tablett neben dem Bett lag noch eine

Chirurgenkappe, und Bane zog sie eng über Daveys Kopf, um die Reste seines Haars zu verbergen. Er würde die Bahre durch den Gang schieben und vorgeben, auf dem Weg zum Operationsraum zu sein. Bevor ihm jemand eine Frage stellen konnte, würde er Davey versteckt haben und sich an die nächste Phase seines Plans machen können: die Vernichtung von Vortex.

Er entriegelte die Räder und schwang die Rollbahre herum, als sich plötzlich die Tür öffnete.

»Was ist mit den Wachen passiert?« fragte Dr. Teke.

37

Bane unterdrückte seine Furcht einen Augenblick, bevor sie sich auf seinen Gesichtszügen zeigte. Er erkannte den kahlköpfigen Mann, der auf der Schwelle stand, eine Chirurgenmaske um die Kehle baumelnd, eindeutig von Janies Bildern.

»Sie sollen mir eine andere Bahre holen«, sagte er ohne das geringste Zögern. Er hatte begriffen, daß Teke ihn für den Anästhesisten hielt.

»Die hier muß genügen. Der Colonel will, daß wir sofort anfangen.«

»In diesem Fall . . .«

»Steht der Junge unter Betäubung?«

Bane wußte, daß er nicht zögern durfte, wenn seine aus dem Glück geborene Tarnung bestehen bleiben sollte. Er erinnerte sich daran, was der tote Anästhesist vorgehabt hatte.

»Ich habe ihm gerade die letzte Dosis verabreicht«, sagte er.

»Das Gas im OP ist einsatzbereit?«

Bane nickte nur.

Teke musterte ihn nur kurz, während er durch den Raum schritt und seine Chirurgenmaske über den Mund zog. Zwei Krankenpfleger folgten in seinem Kielwasser und schwangen die Bahre zur Tür. Daveys Blick suchte kurz den von Bane; als die Pfleger ihn aus dem Zimmer schoben, schloß er die Augen.

Bane fühlte, wie Teke zu ihm aufschloß; von seinem kahlen Kopf tröpfelten Schweißrinnsale. Nur das schwache Licht bewahrte ihn davor, erkannt zu werden, überlegte Bane. Doch was würde unter dem hellen gleißenden Licht im OP geschehen? Er mußte das Risiko eingehen, daß Teke, der gegenwärtig einzige, der ihn erkennen konnte, seine Aufmerksamkeit auf Davey gerichtet hielt. Sein großer Vorteil war, daß sich die Chirurgen, die in den Limousinen eingetroffen waren, einander alle relativ fremd waren und kaum wissen konnten, welche Gesichter hierher gehörten und welche nicht, besonders, wenn sie unter Chirurgenmasken verborgen waren. Bane zog in Betracht, nun seinen Zug zu machen, noch bevor sie den OP erreichten, gab den Gedanken jedoch wieder auf. In den Gängen hielten sich Personal und Sicherheitsleute auf. Seine einzige Hoffnung lag darin, die Scharade fortzusetzen, selbst im OP. Nur, daß diese Scharade bestenfalls Bestand haben konnte, bis einer der Chirurgen die Klappe um Daveys Kopf entfernte und feststellte, daß der Schädel noch nicht glattrasiert war. Bane wußte nicht genau, zu welchem Zeitpunkt während der Operation dies geschehen würde.

Als Bane sich dann gemeinsam mit Teke umdrehte, um der Bahre aus dem Zimmer zu folgen, bemerkte er, daß der schwarze Schuh des einen toten Wachpostens aus dem Wandschrank hervorschaute.

Tekes Blick glitt in diese Richtung.

»Ich hatte ein paar Probleme mit den Überwachungsmonitoren im OP«, sagte Bane rasch, in der Hoffnung, seine Worte würden sowohl professionell wie auch berechtigt klingen.

Tekes Blick entfernte sich von dem Wandschrank und richtete sich auf ihn. »Sie wurden doch hoffentlich behoben?«

Bane zuckte die Achseln und unterdrückte ein erleichtertes Seufzen. »Ich hoffe es«, sagte er und dachte sich für den OP schon ein paar mögliche Verzögerungen aus.

Er ging mit Teke hinaus und folgte ihm zwei Schritte hinter der Bahre. Sein Herz hämmerte. Sein ganzer Plan war ruiniert, hinfällig. Sie hatten den Jungen, und – was noch schlimmer war – sie hatten *ihn*. Er war ein Gefangener seiner eigenen Tarnung.

Doch noch, während Bane den Gang entlangschritt, bildete sich in seinem Kopf ein neuer Plan. Er würde die Geschehnisse perfekt timen und seinen vollen Vorteil aus dem Umstand ziehen müssen, daß sich die Augen der anderen im OP auf den Jungen richteten, doch das war nichts Neues für den Wintermann. Als Anästhesist war er dafür verantwortlich, den Jungen zu betäuben . . . oder ihn nicht zu betäuben. Ihm standen alle Mittel der Anästhesie zur Verfügung. Wenn er die Beruhigungsmittel lange genug zurückhalten könnte, würde der Junge wieder zu Bewußtsein kommen und seine Fähigkeiten einsetzen können. Doch blieb ihm noch soviel Zeit?

Plötzlich störte Bane der Gedanke, den Jungen als Waffe zu benutzen, überhaupt nicht mehr.

Er bewegte sich in Tekes Schatten mit der Rollbahre den Gang zum OP entlang. Die Zimmer und Menschen, an denen er vorbeikam, verschwammen vor seinem Blick. Er folgte Teke in den Umkleideraum, wo sie sich für ein letztes Händewaschen zum Rest des Teams gesellten.

»Sind wir soweit, Doktor?«

Bane wandte sich von seinem Waschbecken zu dem Mann um, der die Frage von der Schwelle aus gestellt hatte, und starrte direkt in die kalten Katzenaugen von Col. Walter Chilgers. Seine Chirurgenmaske war an Ort und Stelle, doch einen schrecklichen Augenblick lang dachte er, Chilgers würde ihn mit mehr als nur passivem Interesse mustern; erst dann begriff er, daß der Blick des Colonels auf Teke ruhte, der rechts neben Bane stand.

»Genau im Zeitplan, Colonel.«

»Ausgezeichnet. Ich erwarte keine Komplikationen.«

»Es sollten auch keine auftreten. Unser Chirurgenteam hat den Fall aus allen möglichen Blickwinkeln betrachtet. Jeder Schritt, den wir durchführen werden, wurde minutiös geplant.«

»Ich werde die Operation so lange, wie es mir möglich ist, von der Zuschauergalerie aus verfolgen.«

»Wir werden uns bemühen, Ihnen eine gute Show zu bieten.«

Teke trocknete sich die Hände ab. Bane tat es ihm gleich,

bemüht, keine Verletzung gegen die vor einer Operation üblichen Gepflogenheiten zu begehen. Einfach beobachten und den Beispielen der anderen folgen, sagte er sich, beobachten und folgen ...

Die nächste halbe Stunde der letzten Vorbereitungen unter den weißen Lampen des OPs lief wie im Traum an ihm vorbei; die einzelnen Minuten gingen ineinander über. Aus Furcht, seine Unsicherheit könnte ihn verraten, hielt er seinen Blick von denen der anderen fern. Seine Kenntnisse über diese Art von Medizin beschränkten sich auf Beobachtungen in Feldlazaretten und Erste-Hilfe-Kurse während seiner Ausbildung. Nichts davon qualifizierte ihn auch nur annähernd dazu, die Rolle eines ausgebildeten Anästhesisten bei einer komplizierten Gehirnoperation zu spielen. Er hatte nur die Wahl, so viele seiner Bewegungen wie möglich zu wiederholen. Immerhin wußte er, daß während einer Operation kein Mitglied des Chirurgenteams genau auf die Handlungen des Anästesisten achtete. Je schwieriger die Operation, desto weniger achteten sie darauf. Sie würden sich bei ihm jedoch regelmäßig nach den Körperfunktionen erkundigen, was bedeutete, daß sich Bane mit den digitalen und wellenförmigen Meßdaten der Maschinen um ihn herum vertraut machen mußte. Mit etwas Glück würde er lediglich das Wort »stabil« benutzen müssen, bis er die Funktionsweise der Maschinen erfaßt hatte.

Banes Stuhl befand sich auf Daveys rechter Seite, auf gleicher Höhe mit dem Unterarm des Jungen. Normalerweise saß der Anästhesist direkt hinter dem Patienten, doch bei der Gehirnchirurgie war dieser Platz natürlich den Chirurgen vorbehalten. Er half den Labortechnikern dabei, die Drähte anzubringen, die die Körperfunktionen des Jungen übertragen würden, und schickte sich dann an, die roten, grünen oder weißen Aufzeichnungen zu studieren, die, ständig in Bewegung befindlich, über eine Reihe von Bildschirmen hinter seiner Schulter huschten. Bane mutete dies alles wie ein bizarrer elektronischer Tanz an, und wenn er diese Eigenschaft noch besessen hätte, hätte er unter seiner Chirurgenmaske gelächelt.

Er sah sich verstohlen um und erhaschte einen Blick auf

Colonel Chilgers in der Zuschauergalerie, einem halbkreisförmigen, mit Stühlen besetzten und von einer dicken, schalldichten Glasscheibe angeschirmten Raum. Empfindliche Mikrophone an seinen beiden Ecken machten den Colonel und jeden anderen, der sich dort oben befand, zu Zeugen der Wortwechsel zwischen den Chirurgen.

Der Gedanke an Chilgers ließ Banes rechte Hand unwillkürlich zu der Wade greifen, an der er die .45er befestigt hatte. Die Möglichkeit, man könne die leichte Ausbeulung ausmachen, konnte man vernachlässigen, genau wie die, man könne die drei Leichen, die er in Daveys Raum versteckt hatte, finden. Zu diesem Zeitpunkt ging zu viel in COBRA vor, als daß jemand darauf geachtet hätte.

Von größerem Belang war für ihn hingegen, wie er die Illusion aufrechterhalten konnte, er würde Davey mit Sedativa versorgen, während er in Wirklichkeit sein äußerstes tat, ihn schnell wiederzubeleben. Bane hatte praktisch keine Vorstellung, wie die jeweiligen Körperfunktionen von den Betäubungsmitteln beeinflußt wurden. Die falschen Zeichen würden dem Chirurgenteam mit Sicherheit verraten, daß etwas nicht in Ordnung war.

Stabil . . .

Das Wort fiel ihm wieder ein. Der Zweck der Anästhesie war es, jede ungewollte Veränderung der Körperfunktionen zu verhindern. Bane mußte Daveys Werte lediglich so halten, wie sie jetzt waren, sie vielleicht noch ein wenig senken. Es durfte zu keinem Anstieg kommen, der den Chirurgen verraten würde, daß der Junge allmählich sein volles Bewußtsein zurückerlangte. Aber wie?

Banes Finger berührten Daveys Unterarm.

Bleib ruhig, dachte er so konzentriert, wie er konnte, *bleib völlig ruhig.*

Einen kurzen Augenblick lang hoben sich – was nur Bane bemerken konnte – Puls und Herzschlag auf den jeweiligen Schirmen zu ihren Höchstwerten. Davey hatte seine Gedanken gehört, verstanden. Mit fast unheimlicher Plötzlichkeit stabilisierten sich all seine Körperfunktionen. Dann gab einer der Labortechniker Bane die schwarze Gummimaske, die das

Betäubungsgas aus dem Tank in die Lungen des Jungen pumpen würde. Bane befestigte sie um Daveys Nacken.

Reagiere nicht darauf, dachte er noch konzentrierter als zuvor. *Bleibe ruhig.*

Die Nadeln, Wellen und Zahlen schwankten nicht im geringsten.

»Soll ich mit Stufe zwei bei ihm anfangen?« fragte der Labortechniker.

Bane begriff, daß die Operation gleich beginnen würde. Eine schreckliche Kombination von chirurgischen Präzisionsinstrumenten und Werkzeugen, die aus dem Werkzeugkasten eines Schreiners stammen könnten, wurden auf einem Wägelchen zu dem Chirurgen gefahren, der den ersten Schnitt vornehmen und den Schädelknochen entfernen würde, der das Gehirn des Jungen umschloß. Um den Schädel steril zu halten, schloß Bane, würde die Haut erst im letzten Augenblick vor diesem Schnitt freigelegt werden. Dieser Umstand verhinderte, daß Daveys nicht kahlrasierte Kopfhaut sie verriet, und würde Bane vielleicht die Zeit verschaffen, die er brauchte.

»Gas fließt auf Stufe zwei Ihrer Skala aus«, sagte der Labortechniker zu Bane.

Bane griff nach dem dicken Gummischlauch, der von dem Behälter unter dem Tisch verlief, und überprüfte seine Stärke. In der Hoffnung, den größten Teil des Gases zurückzuhalten, versuchte er, ihn zusammenzudrücken, mußte jedoch feststellen, daß der Schlauch zu stark war, als daß er ihn auf Dauer zusammendrücken konnte, ohne von den anderen dabei bemerkt zu werden. Er dachte daran, die Maske zu verschieben, so daß das Betäubungsgas nicht in Daveys Nase und Mund strömen würde, doch ihm fiel nicht ein, wie man solch einen offensichtlichen medizinischen Fehler begehen konnte, ohne sofortige Aufmerksamkeit zu erregen. Wie konnte er also verhindern, daß der Junge wieder das Bewußtsein verlor?

Die Antwort lag vor ihm, auf Augenhöhe auf dem Tablett des Chirurgen.

»Sie haben meine Skala«, sagte Bane zu dem Labortechniker.

Und in dem kurzen Moment, indem alle Blicke auf die Monitore über seiner Schulter gerichtet waren, auf denen die

Körperfunktionen angezeigt wurden, nahm er ein Skalpell vom Tablett und führte es sofort zu dem Schlauch, den er unter dem Operationstisch noch immer zusammendrückte.

Der Chirurg, die direkt hinter Davey saß, nahm ein ähnliches Skalpell von dem Tablett und wog es in der Hand. Bane vermutete, daß er die Kopfhaut durchtrennen würde, ohne zuvor die Schädelkappe zu entfernen.

»Sagen Sie mir, wann er soweit ist«, sagte er zu Bane, und Bane wußte sofort, daß seine Tarnung so oder so bald auffliegen würde, denn die Hände des Chirurgen griffen nach Daveys Schädelkappe.

Bane trennte den Gummischlauch glatt und sauber durch. Das Betäubungsgas strömte in die Luft des OPs, und Bane fragte sich, ob seine Auswirkungen oder sein Geruch nicht sofort bemerkt werden würden. Er atmete mehrmals tief ein, konnte aber keine Spur von Gas in der Luft ausmachen.

In der Zuschauergalerie brachte eine Bewegung, die irgendwie fehl am Platze wirkte, Colonel Chilgers auf die Füße. Er war sich nicht völlig sicher, um was für eine Bewegung es sich gehandelt hatte, kannte nur die allgemeine Richtung, aus der sie gekommen war: vom Stuhl des Anästhesisten.

Der Chirurg hinter Davey war bereit, die Haube des Jungen zu entfernen und seine Arbeit mit dem Skalpell zu beginnen; er wartete nur auf Banes Meldung, der Junge liege unter Narkose, und man könne seine Haut durchtrennen. Davey kam allmählich wieder zu sich; Bane konnte es fühlen. Trotz der Tatsache, daß er mittlerweile wissen mußte, wo er war und was mit ihm geschehen sollte, blieben die Werte seiner Körperfunktionen stabil. Doch Bane hatte zu lange gewartet. Die Geduld des Chirurgenteams war allmählich erschöpft. Bald würden die Ärzte wissen, daß etwas nicht in Ordnung war. Bane griff langsam nach seiner Pistole.

Ich werde dich nicht im Stich lassen, Davey. Ich werde dich nicht im Stich lassen . . .

Chilgers' Blick war auf den Anästhesisten gerichtet. Irgend etwas an dem Mann stimmte einfach nicht, wirkte unangebracht. Er sah, wie die Hand des Mannes verstohlen zu dessen Knöchel fuhr, und wußte, daß es sich um einen Fremden, um einen Eindringling handelte. Er stellte den Gedanken, wie der Mann hier hereingekommen war, erst einmal zurück.

»Er ist unter Narkose«, sagte Bane zu dem Chirurgen, der sich mit einem tiefen Atemzug beruhigte. Als er Daveys Kopfhaube zurückziehen wollte, fühlte er Haarknoten darunter.

»Was zum Teufel . . .?«

Die Körperfunktionen des Jungen stiegen an; auf den Monitoren tanzten wie verrückt rote Linien.

Chilgers beugte sich zu der Gegensprechanlage hinab, die ihn mit den vier Wachposten verband, die vor der Tür die OPs Stellung bezogen hatten.

»Der Anästhesist!« rief er. »Nehmen Sie ihn fest! Nehmen Sie ihn fest!« Und dann, zu einem anderen Mikrophon gewandt, über das man ihn im OP hören konnte: »Unterbrechen Sie die Operation! Unterbrechen Sie die Operation!«

Die Wachen stürmten durch die Tür.

Bane riß die .45er von seinem Bein los. Seine ersten drei Schüsse zerschmetterten den größten Lichtkörper unter der Wand, und der Raum hüllte sich in einen trüben, von Schatten beherrschten Schimmer. Die vier Wachen hatten ihre Pistolen schon gezogen, als sie in den Raum stürmten, doch die Halbdunkelheit ließ sie zögern. Alle grüngekleideten Gestalten, die um den Tisch herum saßen oder in ängstlicher Verwirrung von dem zurücktraten, sahen gleich aus. Wer war der Anästhesist?

Für Bane war die Situation viel einfacher. Er mußte nur auf vier Uniformen achten, und er schaltete jede mit einer einzigen Kugel aus. Als dann Verstärkung zur Tür stürmte, schoß er die restlichen Lampen des OPs zusammen und zerrte Davey vom Tisch, wobei sich die Röhren und Drähte von ihm lösten.

»Nicht schießen!« rief Chilgers in die Gegensprechanlage, die in mit dem verdunkelten Raum unter ihm verband. »Ich brauche den Jungen lebend! Ich brauche den Jungen lebend!« Seine Finger scharrten an den Wandfliesen nach dem Schalter, mit dem er die Notbeleuchtung einschalten konnte. Um die Operation so gut wie möglich verfolgen zu können, hatte er das

Licht in der Galerie nicht eingeschaltet, und nun verlangsamte die daraus resultierende Dunkelheit, die sich über die vertraute Umgebung gelegt hatte, Chilgers' Bemühungen.

Unten im OP herrschte das nackte Chaos. Immer mehr Wachen stürmten hinein, und die grüngekleideten Mitglieder des Chirurgenteams stürzten voller Panik zur Tür. Bane zog Davey näher an sich heran, fand sich fast schon mit seinem Scheitern ab und überlegte, daß er dem Jungen viel Schmerz ersparen konnte, wenn er ihn jetzt tötete. Der Junge war noch nicht wach genug, um seine Fähigkeiten einzusetzen, und so mußte Bane zwei Kugeln zurückbehalten: eine für Davey und eine für sich selbst.

Chilgers fand den Knopf und drückte ihn. Ein Teil der Beleuchtung des OPs flammte wieder auf, durchaus genug für die Wachen, um die beiden Gestalten auszumachen, die sich unter dem Tisch zusammenkauerten. Bane hielt die .45er in der Hand und schloß angesichts der schrecklichen Notwendigkeit, sie noch zweimal benutzen zu müssen, die Augen.

Davey machte Das Schaudern.

Bane fühlte etwas, einen kalten Luftstoß an einem heißen Sommertag. Die Haare auf seinen Armen richteten sich auf und peitschten herum, während sich Gänsehaut auf seinem Körper ausbreitete.

O mein Gott, dachte er, *es passiert* . . .

Das dicke Glas vor der Zuschauergalerie zerplatzte nach außen; große Splitter und Scherben wurden zu tödlichen Projektilen, die mit unwiderstehlicher Gewalt hinabregneten. Bane schloß die Augen vor dem Gemetzel, als die Körper der Wachen und Mitglieder des Operationsteams zu blutigen Nadelkissen wurden, die kaum noch Ähnlichkeit mit den Geschöpfen hatten, die sie noch vor wenigen Sekunden gewesen waren. Abgetrennte Glieder und Köpfe schlugen mit ekelerregender Gewalt gegen die Wände. Der Zornesausbruch verschonte niemanden. Nach höchstens zehn Sekunden hinterließ er eine scharlachrote Pfütze, die überall tropfte, zerfloß, sich ausbreitete.

Davey war noch nicht fertig.

Er griff erneut nach Dem Schaudern, und der gesamte

COBRA-Komplex stürzte in Dunkelheit, die nach drei Sekunden von den spärlich verstreuten, batteriebetriebenen Notbeleuchtung durchbrochen wurde. Im Abstand von einer Sekunde gellte ein ohrenbetäubender Alarm auf und trug das seine zu dem Chaos bei.

Im harten Licht des OPs sah Bane, wie Davey die Augen zusammenkniff und seine Schläfen pochten. Er griff nach ihm, um ihn unter dem Tisch hervorzuziehen, und stellte fest, daß sich seine Haut wie eine stromdurchflossener, freigelegter Draht anfühle. Überzeugt, er habe sie sich versengt, riß er die Finger zurück; er glaubte beinahe, den Geruch seines verbrannten, schwelenden Fleisches wahrnehmen zu können.

Bane schüttelte den Bann ab, griff wieder nach Davey und zerrte heftig. Der Junge gab nach und hielt sich mit einem Arm an ihm fest. In der rechten Wand des OPs befand sich ein Wäscheschlucker, und gemeinsam krochen sie durch das Blut darauf zu. Bald würden weitere Wachen kommen, und mittlerweile würde Chilgers sicher den Befehl gegeben haben, sie zu töten; sie durften keine Zeit verschwenden.

Bane stieß Davey in den Schacht und kletterte dann ebenfalls hinein. Sein Fall schien ewig zu dauern.

Der Druck der Detonation hatte Chilgers von den Füßen gerissen und gegen die Rückwand der Zuschauergalerie geschleudert. Einen Sekundenbruchteil, bevor das Glas zersplitterte, hatten sich bei dem plötzlichen Energiestoß seine Nackenhaare aufgerichtet, und im gleichen Augenblick hatte er gewußt, einen Fehler damit begangen zu haben, den Jungen nicht beim ersten Anzeichen von Gefahr töten zu lassen.

Chilgers wußte nun, daß Bane der Eindringling war, wußte, daß er irgendwie den Leuten entkommen war, die er ihm in die Poconos hinterhergeschickt hatte. Der Wintermann war der einzige, der seine Pläne so gründlich durchkreuzen konnte . . . wenn auch nicht vollständig. Nicht einmal der Wintermann konnte ihn davon abhalten, nun die letzte Phase von Vortex auszulösen.

Das monotone Gellen des Alarms verhinderte, daß Chilgers in eine Bewußtlosigkeit stürzte, die Vortex zum Scheitern verurteilt hätte. Er war benommen, und sein Nacken war taub vor Schmerz. Doch er fand immer noch genügend Kraft, um sich vom Boden hochzustemmen und, sich anfangs noch an der Wand abstützend, auf den Gang hinauszutaumeln.

Kein normaler Mensch hätte für die gewaltige Macht von COBRA eine Bedrohung darstellen können. Doch Bane war kein normaler Mensch, und nun hatte er den Jungen bei sich, der ebenfalls alles andere als normal war. Alles in allem fühlte Chilgers sich zum ersten Mal seit längerer Zeit, als er sich zurückerinnern wollte, bedroht. Seine gesamte Karriere war darauf aufgebaut, Augenblicke wie diesen zu vermeiden, Augenblicke, in denen der kalte Griff des Versagens versuchte, einen festzuhalten, während man zuckte und sich wand, um ihm zu entschlüpfen.

Für Chilgers' pochende Augen sahen die Gänge wie ein dunkles, verschwommenes Labyrinth aus. Er wußte, daß er die Konsole in seinem Büro erreichen mußte, um im Bunker 17 den Red-Flag-Alarm auszulösen und das Antlitz der Zivilisation zu verändern. Er hatte dort die dafür nötigen Geräte installieren und mit den Computerbänken auf der vierten unterirdischen Etage verbinden lassen, so daß sich der Augenblick seines größten Triumphes in der gleichen Einsamkeit vollziehen konnte, in der sich all die großen Augenblicke seines Lebens vollzogen hatten.

Chilgers war noch immer Soldat, körperlich nicht mehr so leistungsfähig wie in früheren Jahren, geistig jedoch so stark wie je zuvor. Er bemühte sich, seinen Kopf zu klären. Die Gänge wurden wieder scharf, und sein Orientierungssinn kehrte zu ihm zurück. Schwer atmend, beschleunigte er seine Schritte und konzentrierte seine Gedanken auf den Knopf, den er in ein paar Minuten drücken würde.

Davey hielt sich an Bane fest, als sie sich von dem Wäscheschacht entfernten. Der Junge schluchzte und stöhnte abwechselnd und schlang die Arme fest um Banes Schultern.

»Ich mußte es tun! Ich wollte ihnen nicht so weh tun, aber ich kann es nicht kontrollieren! *Ich kann es nicht kontrollieren!*«

Davey drückte den Kopf gegen Banes Brust, und der Wintermann hielt ihn fest, hielt ihn fest, als wolle er ihn nie wieder loslassen. Seine grüne Chirurgenmontur war mit trocknendem Blut verkrustet, genau wie die bauschigen weißen Hosen und das Hemd, die der Junge trug. Bane war froh, daß der Kopf des Jungen an seiner Brust ruhte, denn so konnte Davey den Schrecken nicht sehen, der noch in seinen Augen lag. Bane erinnerte sich daran, wie er beobachtet hatte, wie der Junge in dem Hotelzimmer in New York den Zwillingsbären gezwungen hatte, das Messer gegen sich selbst zu richten. Es war ein unheimliches, verängstigendes Gefühl gewesen. Doch was er vor ein paar Minuten im OP gesehen hatte, war hundertmal stärker gewesen, eine Macht, die sich über die Grenzen des menschlichen Auffassungsvermögens hinwegsetzte.

Der Notalarm gellte noch immer.

Chilgers hatte Daveys Gehirn als Waffe einsetzen wollen, vielleicht, um tausend weitere wie ihn zu schaffen. Nun verstand Bane den Grund dafür.

Der Junge drückte sich enger an ihn.

»Es tut weh!« Daveys Füße entglitten ihm allmählich. »Mein Kopf! O Gott, mein Kopf! Sie haben mich gezwungen, Das Schaudern einzusetzen, als ich es nicht wollte. Als ich mich weigerte, haben sie mir weh getan. Sie haben mir sehr weh getan, sehr weh, aber es war ihnen gleichgültig. Sie wollten mich nur zwingen, Das Schaudern einzusetzen.« Der Junge riß sich los und sah dann auf, die Augen groß vor Furcht und Unsicherheit. »Ich wollte all diese Leute nicht töten! Ich wollte es nicht!«

»Ich weiß«, sagte Bane.

»Die Schmerzen hören nicht auf! *Warum hören die Schmerzen nicht auf!*«

Bane legte einen Arm um Daveys Schultern. »Laß dich einfach gehen, Davey, laß dich einfach gehen. Es ist jetzt alles in Ordnung. Laß dich einfach gehen.«

Der Junge kippte schlaff gegen ihn. Der Alarmton verstummte. Die reguläre Deckenbeleuchtung sprang wieder an. Am Ende des Ganges sah Bane einen Fahrstuhl, eigentlich einen zweiten Fahrstuhl, denn auch direkt vor dem Wäscheschacht hatte sich einer befunden.

Seltsam, dachte Bane, aber vielleicht doch nicht so seltsam. Ja, bei einem Notfall wollte Chilgers sich mögliche Fluchtwege offenhalten, nach oben . . . und nach unten. Der zweite Fahrstuhl mußte direkt zu und von seinem Büro führen, wo sich der Auslösemechanismus von Vortex befinden mußte! Es würde eine Möglichkeit geben, von hier aus irgendwie auf eine überirdische Etage zu gelangen, eine verborgene Treppe oder etwas Ähnliches. Aber im Augenblick verschwendete Bane keinen Gedanken daran. Der Fahrstuhl war alles, was er brauchte.

»Komm weiter«, sagte er zu Davey und führte ihn schon zu dem Fahrstuhl.

Die Füße des Jungen scharrten über den Linoleumboden. Bane sah erst jetzt, daß sie nackt waren. Sie erreichten den Fahrstuhl, und Bane drückte den Knopf. Irgendwo über ihnen knirschte ein Getriebe.

Komm schon! Komm schon!

»Was ich gesehen habe«, sagte Davey plötzlich, »all der Tod, den Die Schwingungen mir zeigten. Es wird passieren. Wir können es nicht aufhalten, oder?«

Bane fand keine Antwort für ihn, fand überhaupt keine Worte, er hörte, wie der Fahrstuhl herunterkam und auf ihrem Stockwerk stehen blieb. Langsam glitten die Türen auf.

Chilgers erreichte sein Büro und schloß die Tür hinter sich. Er bezweifelte keinen Augenblick lang, daß Bane in der Nähe war und noch näher kam. Doch die Zeit arbeitete nun für den Colonel. Eine schnelle Bewegung mit dem Handgelenk war alles, was noch nötig war, um die letzte Phase von Vortex einzuleiten.

Als Chilgers zu etwas hinübereilte, das wie eine ungefüllte Hausbar in der Ecke seines Büros aussah, bemerkte er plötzlich, daß sein Privatfahrstuhl in Bewegung war. Er wußte, daß es

Bane war, gab aber nichts darum. Der Wintermann konnte ihn nun nicht mehr aufhalten.

Chilgers legte einen Schalter auf der Seite der leeren Bar um. Die Oberfläche fuhr zurück und legte eine viereckige Konsole frei, die nicht größer als eine tragbare Schreibmaschine und mit einer Reihe von Lampen und Knöpfen versehen war, die alle um einen großen roten Knopf von der Größe eines Silberdollars im Mittelpunkt der Tastatur gruppiert waren.

Chilgers drückte fünf Knöpfe unter dem roten, fünf darüber und wartete ab.

Der Motor des Fahrstuhls kam jaulend zum Halt.

Die Lampen auf der Konsole blitzten grün auf.

Die Fahrstuhltür öffnete sich.

Chilgers legte den Finger langsam auf den roten Knopf in der Mitte der Konsole.

Bane zog die .45er und zielte mit der gleichen Bewegung. Der Knall des Schusses hallte in dem kleinen Raum laut wider.

Chilgers' Finger berührte den Auslöseknopf in dem gleichen Augenblick, da die Kugel sein Handgelenk streifte und ihn herumwirbelte. Er verlor das Gleichgewicht und stürzte, doch der rote Knopf war noch da, und er griff danach, als ihm der Boden unter den Füßen weggezogen wurde und eine zweite Kugel an seinem Ohr vorbeizischte.

Der Hahn der .45er schlug auf eine leere Kammer. Bane stürmte durch den Raum und riß Chilgers um, schaute dann zur Konsole zurück und sah, daß der rote Knopf in der Mitte . . . verschwunden war.

Nein, nicht verschwunden. Nur hinuntergedrückt.

Bane sprang zu der Konsole und versuchte, den Knopf herauszuziehen, als könne dies irgendwie das Signal löschen, das bereits zu einem Raketensilo in Montana unterwegs war, wo das Ende der Welt beginnen würde.

38

Major Christian Teare hatte gerade seine Wache in der Kommandozentrale des Bunkes 17 angetreten, als das Signal für den Red-Flag-Alarm kam.

»Gott im Himmel . . .«

Der Terminal-Operator war zu sehr in die wahnwitzigen Muster der Computersignale vertieft, die über seinen Bildschirm blitzten, um ihn zu hören. Ausgelöst vom SAFE-Interzeptor strahlten automatisch alle Lampen im Bunker nun in dumpfem Rot. Ein heller Alarmton erklang fünf Sekunden lang und verstummte dann.

»Holen Sie von der Basis die Bestätigung ein«, befahl Teare dem nervösen Operator. Er wußte jedoch, daß der Befehl vergeblich war.

Der Mann gab auf seiner Tastatur eine Reihe von Instruktionen ein und wartete auf Antwort. Als sie kam, drehte er sich langsam zu Teare um.

»Bestätigung erhalten, Sir.«

»Verdammte Scheiße«, murmelte Teare und wartete darauf, daß Heath aus dem Kommunikationszentrum des Bunkers kam, wo er hoffentlich den Ursprung des Signalbefehls aufgespürt hatte.

Aus reiner Verzweiflung griff Teare über seine Schulter nach dem schwarzen Telefonhörer, über den er unter normalen Umständen direkt mit NORAD verbunden gewesen wäre. Er hob ihn langsam ans Ohr, als wolle er um einen Ton beten.

»Scheiße!« bellte er, als keiner kam.

Auf der Schalttafel, die die gesamte Rückwand der Kommandozentrale bildete, zeigten alle Monitorsysteme von Bunker 17 zuerst rotes, dann gelbes und schließlich grünes Licht. Die letzten Startchecks der Raketen wurden durchgeführt. Die Disco war nun von der Außenwelt hermetisch abgeriegelt. Seit der Auslösung des Red-Flag-Alarms waren achtundzwanzig Sekunden vergangen.

»Die Abschußvorkehrungen beginnen in einer Minute«,

dröhnte die monotone Stimme des Computers. »In fünfundfünfzig Sekunden . . .«

Sieht ganz so aus, als würden wir unseren eigenen Rekord brechen, dachte Teare ironisch.

Captain Heath stürmte durch die Gleittüren des Kommandozentrums. Schweiß stand auf seinem Gesicht, und seine Augen wölbten sich vor. Kaum hatte er den Raum betreten, faßte Teare ihn an den Schultern.

»Das Signal!« brachte Heath hervor, um Atem ringend. »Es kam aus San Diego! Der Red-Flag-Alarm wurde aus San Diego ausgelöst!«

»COBRA!« rief Teare. »Verdammte Scheiße, es war von Anfang an COBRA!« Und dann: »Es muß einen Weg geben, diesen verdammten Alarm abzubrechen! Er kam nicht von Colorado oder Washington! Er ist nicht legitim!«

»Aber die Computer wissen das nicht«, sagte Heath schnell. »Das SAFE-System ist allen manuellen Befehlen übergeordnet. Die Disco ist abgeschaltet. Wir haben nicht genug Zeit, um NORAD zu erreichen. Ein Red-Flag-Alarm bedeutet *völlige* Isolation.« Heath hielt inne. »Der dritte Weltkrieg.«

»Die Abschußvorkehrungen beginnen in fünfunddreißig Sekunden . . .«

»Das werden wir ja sehen . . .«

Mit Heath auf den Fersen eilte Teare aus der Kommandozentrale.

»Sie können nichts tun!« beharrte der Captain.

»Ich kann genug tun!« warf Teare zurück und zog einen viereckigen Schlüssel hervor, der an einer Kette um seinen Hals hing.

»Was zum . . .«

»Die Abschußvorkehrungen beginnen in dreißig Sekunden . . .«

»NORAD vertraut den Maschinen nicht hundertprozentig, Cap. Dieser Schlüssel verschafft mir Zutritt zur Disco und ermöglicht mir, alle bisherigen Abschußvorkehrungen bis zum letzten Knopf abzubrechen«, sagte Teare und eilte schon um eine weitere Ecke.

»Warum haben Sie ihn denn nicht schon vorher benutzt?« rief Heath direkt hinter ihm.

»Es muß Red-Flag-Alarm ausgelöst worden sein. Vorher funktioniert's nicht.«

»Die Abschußvorkehrungen beginnen in fünfundzwanzig Sekunden . . .«

In der Disco saß Kate T. als Queen vor der zentralen Computerkonsole. Bei der Zwanzig-Sekunden-Ansage nahm sie einen Schlüssel, der genauso aussah wie der von Christian Teare, von der Kette um ihrem Hals. Die Männer, die zu beiden Seiten neben ihr saßen, folgten ihrem Beispiel. Sie wußte, daß hinter ihr zwölf Männer und Frauen mit weit aufgerissenen Augen die verschiedenen Monitore beobachteten, auf denen die Einsatzbereitschaft der Raketen bestätigt wurden, zwei Augenpaare pro Monitor, um jeden Fehler auszuschließen. Sie konnte sich nicht zu ihnen umdrehen, weil in dieser Phase ihre Augen auf die Computerkonsole gerichtet bleiben mußten. Jahre der Ausbildung hatten ihr eingehämmert, daß nun einzig und allein ihre Computerkonsole von Belang war, das einzige, was noch zählte. Doch die Jahre der Ausbildung konnten das Flattern ihres Herzens nicht verhindern. Sie klammerten sich noch an die Hoffnung, daß dies nur eine weitere Übung war, obwohl sie tief in ihrem Inneren wußte, daß es sich nicht um eine solche handelte. Es waren sechsunddreißig MX-Raketen in den Silos, und letztendlich würde es ihr Schlüssel sein, der sie startete. Daran gab es nichts zu deuteln.

»Die Abschußvorkehrungen beginnen in fünfzehn Sekunden . . .«

»Wir haben die Bestätigung der Primärzündung«, berichtete der Mann rechts neben Kate T.

Vor ihr, auf dem Hauptüberwachungsbildschirm, der den Kurs der Raketen aufzeigte, sobald sie erst einmal gestartet waren, blitzten sechsunddreißig weiße Lämpchen wie bei einer Geburtstagstorte in einem perfekten Kreis auf.

»Alle Systeme in Ordnung, alle Lampen grün«, erklärte der Mann zu ihrer Linken.

»Alle Systeme in Ordnung, alle Lampen grün«, folgte sein Gegenpart auf der rechten Seite.

Die sechs Stimmen hinter ihr meldeten sich unmittelbar nacheinander.

»Silos eins bis sechs, alle Systeme überprüft.«

»Silos sieben bis zwölf, alle Systeme überprüft.«

»Silos dreizehn bis achtzehn, alle Systeme überprüft.«

»Silos neunzehn bis vierundzwanzig, alle Systeme überprüft.«

»Silos fünfundzwanzig bis dreißig, alle Systeme überprüft.«

»Silos einunddreißig bis sechsunddreißig, alle Systeme überprüft.«

»Die Abschußvorkehrungen beginnen in zehn Sekunden, in neun, acht, sieben . . .«

Major Christian Teare erreichte die schwere Disco-Tür, in der einen Hand den Schlüssel und in der anderen den Identifikationsausweis. Er schob die Plastikkarte in den dafür bestimmten Schlitz und wartete ungeduldig ab, bis aus einem ähnlichen Schlitz an der gegenüberliegenden Wand ein Schlüssel fiel.

»Komm schon, komm schon«, drängte er und steckte den Schlüssel schließlich mit einer zitternden Hand ins Schloß.

»Abschußvorkehrungen beginnen jetzt.«

Kate T. hielt die Augen auf die Konsole gerichtet. Als sie sprach, kam ihr der Atem in ihre Kehle heiß vor. »Computerangriffsfolge Plan D wie David, A wie Adam, D wie Daniel.«

Von der rechten Seite: »Bestätigt.«

Von der linken Seite: »Bestätigt.«

»Beginnen mit den letzten Abschußvorkehrungen.«

Die beiden Männer folgten ihrem Beispiel, indem sie auch ihre Schlüssel in die dafür vorgesehenen Schlösser auf den Konsolen steckten und dann darauf warteten, daß sich das System aktivierte, während die Disco-Queen ihren persönlichen Stundenkode eingab. Der rote Auslöseknopf in der Mitte ihrer Konsole sprang heraus. Die Lampe darüber blinkte grün.

In den Silos dröhnten und schüttelten sich sechsunddreißig MX-Raketen, denen der Start noch verweigert war, wie eifrige Rennpferde in den Startboxen. Antriebsgase strömten mit zunehmendem Druck aus den Düsen, bis das Beobachtungsglas eines jeden Silos auf Temperaturen von über eintausend Grad aufgeheizt war. Das diensttuende Personal setzte die Schutzbrillen auf, die die Augen vor der Helligkeit schützen würden, bis sich beim Start automatisch die Sichtblenden senkten.

Major Christian Teare drehte seinen Schlüssel von links nach rechts, und die aus einem Meter und zwanzig harten Stahl bestehende Disco-Tür glitt auf.

Kate Tullmans Finger zögerte einen Augenblick lang auf dem Auslöseknopf. Doch dann übernahm ihre Ausbildung wieder, verdrängte die Vernunft und bestimmte ihre Handlungsweise.

»Nein!« schrie Christian Teare, das einzige Wort, für das er Zeit hatte, bevor Kate Tullman den Knopf drückte.

Bunker 17 zitterte leicht unter den Vibrationen, als sechsunddreißig Raketen, eine jede mit zehn Sprengköpfen versehen, aus ihren Silos explodierten und in dem Himmel schossen, weiße Flecke, die zu den Wolken emporstiegen.

Christian Teare empfand in diesem Augenblick überhaupt nichts. Seine Blicke wechselten fieberhaft zwischen Kate Tullmans Konsole zu dem Hauptschirm, auf dem sechsunddreißig weiße Lampen nun den Kurs der Raketen aufzeigten.

»Lösen Sie das Notabbruch-System aus«, befahl er Kate T.

Sie sah ihn entsetzt an, als befürchtete sie, sie habe einen schrecklichen Fehler begangen, und fragte sich gleichzeitig, wie es ihre Schuld gewesen sein konnte. Dieser Befehl verstieß völlig gegen die übliche Prozedur. Der Commander gehörte nicht hierher, niemand gehörte hierher. Doch das gleiche Gefühl, das die diensthabenden bewaffneten Wachen daran gehindert hatte, auf den scheinbaren Eindringling zu schießen, bewirkt nun, daß Kate Tullman ihm gehorchte.

»Die Raketen sind schon außer Reichweite für einen Notabbruch, Commander.«

»Aktivieren Sie das Sicherheitssystem.«

Kate T. drückte einen aufblitzenden Knopf. Die weißen Lichter auf dem Hauptbildschirm stiegen weiterhin empor.

»Negativ, Commander. Das Sicherheitssystem erzeugt keine Reaktion.« Dann sah sie zu ihm auf. »Das Signal wurde unterdrückt.«

Major Teare lehnte sich über Kates rechte Schulter. »Dann müssen wir diese verdammten Scheißer vom Himmel holen.« Er wandte sich kurz an Heath. »In welcher Höhe können wir die Selbstvernichtung auslösen, Cap?«

»Auf sechstausend Fuß, Major.«

Teare rammte seinen viereckigen Schlüssel in einen verborgenen Schlitz unter dem Computerkonsolentisch und drehte ihn, bis ein schwarzer Knopf neben dem roten hervorsprang, den die Disco-Queen gedrückt hatte, um die Raketen zu starten.

»Zum Teufel mit dir, COBRA«, flüsterte er, »NORAD hat dir nicht alle seine Geheimnisse verraten.« Er warf den Kopf zurück. »Geben Sie mir die Entfernungsdaten dieser Raketen, mein Sohn. Aber lückenlos.«

»Dreitausendfünfhundert Fuß«, erklang eine Stimme hinter ihm. »Kurs gleichbleibend. Viertausend Fuß . . .«

Teare schob seinen großen Zeigefinger auf den schwarzen Selbstvernichtungs-Knopf, die Augen auf den Bildschirm gerichtet, der den Kurs der Raketen anzeigte. »Ich glaube, ich werde diesen Aschlöchern in San Diego persönlich einen Besuch abstatten . . .«

»Viertausendfünfhundert . . . fünftausend.«

Teare schickte sich an, den Knopf zu drücken.

»Fünftausendfünfhundert Fuß . . .«

Teare bewegte den Finger; seine Augen waren immer noch auf den Bildschirm gerichtet.

»Sechstau . . .«

»Was zum Teufel . . .?«

Alle sechsunddreißig weißen Lichter auf dem Hauptmonitor erloschen, bevor Teare den Selbstvernichtungs-Knopf drücken konnte. Der Major fuhr herum, blinzelte zweimal, sah sich in der Disco um, um sich zu vergewissern, daß er nicht den Verstand verlor, und stellte fest, daß die anderen Gesichter, die schweigend das Unglaubliche verfolgt hatten, genauso verwirrt waren wie das seine.

Sechsunddreißig MX-Raketen waren einfach verschwunden.

Die Auslösung des Notalarms hatte den NORAD-Kommandanten mit nur halb zugeknöpfter Uniformjacke in der Hauptzentrale im Cheyenne-Gebirge in Colorado erscheinen lassen.

»Wir haben einen Start festgestellt, Sir«, rief ihm der Schichtführer zu, als er die Treppe hinabgestürmt kam, die

Augen bereits auf die acht Bildschirme auf der großen, schwarzen Wand vor ihm gerichtet.

»Die Russen? O Gott, welcher Monitor?«

Der Schichtführer zögerte. »Nicht die Russen, Sir . . . wir waren es. Unser Start, heißt das.«

»Was?«

»Unsere MX-Installation in Montana.«

»Bunker 17? Das ist unmöglich. Die Übung wurde abgesagt. Ich bin sicher, daß . . .« Die Blicke des NORAD-Kommandanten fanden schließlich den Bildschirm, der den Flug der sechsunddreißig Raketen zeigte. »Mein Gott . . . haben wir eine Bestätigung erhalten?«

»Negativ. Die gesamte Kommunikation mit dem Bunker ist unterbrochen. Aber die Wahrscheinlichkeit für einen Start ist sehr hoch, ja sogar . . .«

Die Worte des Schichtführers verloren sich in einem kollektiven Ausatmen, das durch die gesamte Kommandozentrale ging. Auf dem mittleren Monitor waren die von dem Computer erzeugten Linien, die den Kurs der Raketen aufzeigten, erloschen, was bedeutete, daß die Raketen auch nicht mehr unterwegs waren.

Doch die Augen des Kommandanten blieben unabänderlich auf den Bildschirm gerichtet. »Holen Sie mir den Präsidenten ans Telefon«, sagte er zu dem Schichtführer.

Der Telefonhörer in der Hand des Verteidigungsministers Brandenberg fühlte sich äußerst schwer an. Der Anruf des Präsidenten über das rote Telefon hatte ihn aus einem tiefen Schlaf gerissen. Er konnte nur hoffen, daß er noch träumte.

»Verschwunden?« fragte er.

»Das behauptet jedenfalls NORAD«, erwiderte der Präsident.

»Vielleicht ein Computerfehler.«

»Der einzige Fehler besteht darin, daß wir nicht gemerkt haben, daß Chilgers bei seinem Projekt Placebo noch ein As im Ärmel hat. Diese Raketen sind gestartet.«

»Was sagt Bunker 17?«

»Nichts. Wir können den Stützpunkt nicht erreichen. Ein totales Kommunikations-Blackout.«

»Aber ich habe heute nachmittag noch mit ihnen gesprochen . . . Großer Gott, sie müssen infiltriert worden sein!«

»Nicht infiltriert, George. Von Chilgers hereingelegt, genau wie wir.« Der Präsident hielt inne, sammelte seine Gedanken. »Wentworths Bericht besagt, daß diese ganze Sache mit einer verschwundenen 727 angefangen hat.«

»Die später wieder auftauchte.«

»Genau wie diese Raketen wieder auftauchen werden, nachdem sie ihre Ziele erreicht haben . . . über Rußland.«

»Haben Sie die Sowjets Kontakt mit uns aufgenommen?«

»Ja«, bestätigte der Präsident. »Sie wollten die Natur des vermuteten Starts überprüfen, den ihre Satelliten festgestellt und dann wieder verloren haben. Wir haben ihnen gesagt, wir hätten eine Explosion in einem unserer Silos gehabt. Ich glaube, sie haben es uns abgekauft. Sie werden in zwanzig Minuten sowieso die Wahrheit erfahren. Wie wir alle.«

»Der dritte Weltkrieg«, murmelte Brandenberg.

»Oder etwas noch Schlimmeres.«

Als plötzlich wieder die normale Beleuchtung aufflammte, kniff King Cong die Augen zusammen. Er hatte gerade die zehnte Sprengladung scharf gemacht und schickte sich an, die restlichen fünf anzubringen.

Seit fünfzehn Minuten bewegte er sich durch die über- und unterirdische Etagen COBRAS, als gehöre er hierher, und bei all der Verwirrung war er unbehelligt geblieben. Seltsamerweise war es nicht sein größtes Problem gewesen, die Wachen auszuschalten, nachdem er sich den Weg durch den Zaun auf das Gelände geschnitten hatte, sondern eine Uniform zu finden, die groß genug war. Und so war die Uniform der Wache, die er sich schließlich übergezogen hatte, an den Beinen noch zehn Zentimeter zu kurz. Die Hunde waren auch kein Problem gewesen; sie hatten nur eine Menge Lärm gemacht, den er schnell abgestellt hatte.

Er brachte die kleinen, aber äußerst starken Sprengladungen

an den schwächsten Punkten der Gebäudestruktur an. Der King hatte Jahre zuvor hinter den nordkoreanischen Linien eine Menge Sprengungen durchgeführt, und obwohl er in den technischen Einzelheiten nicht gerade gut bewandert war, hatte er ein instinktives Bewußtsein für die besten Stellen entwickelt, an denen man ansetzen mußte, wenn man ein Gebäude in Schutt und Asche legen wollte. Er machte sich natürlich keine Illusion, daß man den COBRA-Komplex mit fünfzehn Sprengladungen niederreißen konnte. Wenn man sie jedoch richtig anbrachte, konnten sie den Gebäudekomplex schwer in Mitleidenschaft ziehen. Beträchtliche Zerstörungen verursachen und die nötige Ablenkung für Joshs Flucht hervorrufen.

Das Aufflammen der Lampen würde eine Rückkehr zur relativen Normalität bewirken. Man mußte den Mistkerlen nur die Hundert-Watt-Birnen wegnehmen, und sie waren praktisch hilflos. Der King liebte die Dunkelheit, und es war ihm ein Vergnügen gewesen, wieder in ihr zu arbeiten. Nun würde er schneller agieren und ständig in Bewegung bleiben müssen. Noch fünf Sprengladungen, und dann würde er sich auf den Rückweg machen und das Feuerwerk von dem nahe gelegenen Hügel aus beobachten. Und zum Teufel, wenn Josh nicht herauskam, würde er noch einmal hineingehen und suchen.

Der King schritt die Gänge entlang, als wären sie die Straßen Harlems. Dann und wann kamen Leute aus beiden Richtungen an ihnen vorbei, und er tat einfach so, als würde er gerade tun, was er zu tun hatte. Wenn einer von ihnen ihm zu nahe kommen sollte, war er natürlich auch darauf vorbereitet. Er erhoffte es sich sogar – aber nicht, bevor er die letzte Sprengladung angebracht hatte.

Er fühlte sich lebendiger, als er sich seit Jahren vorgekommen war. Tod und Vernichtung lagen in seinem Blut. Man habe sie ihm für einen zu langen Zeitraum weggenommen, und eine Art Anämie war die Folge gewesen. Der King wußte, daß seine Adern jetzt wieder prall gefüllt waren.

Er brachte die zwölfte Sprengladung an und stellte den Zeitzünder ein; die Ladung würde fünf Sekunden nach der letzten hochgehen. Sämtliche Sprengladungen waren mit

Zeitzündern versehen, und die erste würde genau um Mitternacht detonieren, also in zwanzig Minuten.

Ist noch lang bis dahin, dachte der King.

39

»Ich sollte Sie jetzt augenblicklich töten.«

Chilgers sah hinter seinem Schreibtisch zu Bane auf, noch immer sein taubes Handgelenk umklammernd.

»Nur zu, Mr. Bane«, sagte er. »Meine Arbeit ist erledigt. In zwanzig Minuten wird die Welt einen neuen und besseren Weg einschlagen.«

»In zwanzig Minuten wird die Welt um uns herum zusammenbrechen.«

Chilgers wandte den Blick von ihm ab und sah wieder zum Fahrstuhl, wo Davey leicht zitternd stand. »Sie haben die nächste Phase meiner Operation zunichte gemacht. Wirklich schade. Die reine Verschwendung.«

Bane sprang über den Schreibtisch und packte Chilgers am Jackenkragen. »Holen Sie diese Bomben zurück, Sie Mistkerl! Begreifen Sie nicht, was geschehen wird, was Sie ausgelöst haben?«

Der Colonel blieb völlig ruhig. »Ich verstehe es voll und ganz, Mr. Bane.«

Bane warf ihn in seinen Sessel zurück.

»Es gibt keine Möglichkeit mehr, die Raketen noch zurückzuholen«, fuhr Chilgers fort. »Praktisch existieren sie gar nicht mehr. Sie haben mit von Goss gesprochen, und ich bin sicher, daß Sie sich die Löcher, die er vielleicht offengelassen hat, zusammenreimen konnten.«

»Und was wird das Loch füllen, die entsteht, wenn sich die Erde in kosmischen Staub auflöst?«

»Es wird kein solches Loch geben, Mr. Bane. Statt dessen wird es dreihundertundsechzig beträchtlich kleinere Löcher geben, die sich über die gesamte Sowjetunion verteilen. Ich wage zu behaupten, daß ihnen dann keine Möglichkeiten für einen Gegenschlag mehr zur Verfügung stehen. Ohne die Hoffnung, einen Vorteil erlangen zu können, erwarte ich die bedingungslose Kapitulation von ihnen.«

»Wenn es noch jemanden gibt, dem sie die Kapitulation anbieten können . . .«

Chilgers runzelte die Stirn. »Noch mehr von diesem Gewäsch? Ich muß sagen, Sie enttäuschen mich, Mr. Bane. Sie müssen mich für einen kompletten Narren halten, eine Operation einzuleiten, die – wie haben Sie sich ausgedrückt? – die Erde in kosmischen Staub auflösen würde. Ich habe Metzencroys Bericht weder ignoriert noch mißachtet. Andere Wissenschaftler meines Stabes haben seine Theorie entschieden zurückgewiesen.«

»Sie haben nicht mit von Goss gesprochen.«

»Ach, der alte Einsiedler, der zum letzten Mal vor fünfzehn Jahren in einem Forschungslabor war. Ihn mußte ich natürlich auch beseitigen. Er war zu einem Ärgernis geworden.«

»Ein Ärgernis, das die Natur der Kräfte verstand, die Sie entfesselt haben.«

»Ich habe Metzencroys – und anscheinend auch von Goss' – Meinung gegen die eines halben Dutzend anderer Experten abgewogen, die allesamt darauf bestanden, diese Theorie sei völlig unzutreffend.«

Bane beugte sich über den Schreibtisch vor. »Aber keinen von denen hat vor vierzig Jahren persönlich mit Einstein zusammengearbeitet. Keiner von ihnen besaß jene intuitive Einsicht, die man nur erlangt, wenn man solch ein Experiment persönlich durchgeführt hat.«

Chilgers sah auf die Uhr. »Noch achtzehn Minuten, Mr. Bane, achtzehn Minuten, bis auf der Welt ein neues Machtgleichgewicht errichtet worden ist. Und selbst, wenn ich die Raketen zurückrufen könnte. Mr. Bane, wäre diese intuitive Einsicht, von der Sie sprechen, für mich kaum ein Grund dazu. Sie sind kein Wissenschaftler, Mr. Bane, und selbst, wenn man Ihre neu gewonnenen Kenntnisse berücksichtigt, können Sie mir nicht mit absoluter Gewißheit bestätigen, daß Vortex die Vernichtung unserer Welt nach sich ziehen wird.«

Bane sagte nichts.

»Natürlich können Sie das nicht, denn Sie wissen es nicht. Niemand weiß es. Sicherlich besteht die Möglichkeit dazu, doch in dem Bereich, in den wir eingedrungen sind, ist *alles* möglich. Verstehen Sie, Wissenschaftler wissen absolut nichts. Sie machen lediglich Beobachtungen und ziehen Schlüsse daraus, geben uns anderen, wenn Sie so wollen, die Daten, auf denen wiederum unsere Schlußfolgerungen basieren. Wenn man ihnen die Verantwortung überließe, würden sie auf ewig über die richtige Methode und die *möglichen* Folgen streiten. Die Wissenschaft ist zu wichtig, als daß man sie den Wissenschaftlern überlassen dürfte, Mr. Bane. Die Entscheidungen müssen den Militärs überlassen bleiben, Männern, die ihr Leben lang Entscheidungen getroffen haben. Die Wissenschaft ist ein Werkzeug für uns, mehr nicht.«

»Sprechen Sie jetzt für das Pentagon, Chilgers?«

»Ihre Gedanken, nicht ihre Worte.«

»Sie sind wirklich dazu bereit, das Risiko einzugehen, die Welt zu vernichten, nicht wahr?«

»Wenn das Risiko akzeptabel gering bleibt, durchaus. Und in diesem Fall ist es das. Verstehen Sie, Mr. Bane, wir wissen überhaupt nicht, ob Metzencroys Theorien richtig sind, doch wir wissen, daß die Partikelstrahlenwaffe der Russen noch in diesem Monat einsatzbereit sein wird.« Chilgers nahm Banes Überraschung wahr und fuhr dann fort. »Sechzehn Minuten, Wintermann. Ich habe keinen Grund, in diesem Zusammenhang zu lügen. Ja, die Waffe, von der unsere . . . Wissenschaftler behauptet haben, man könne sie niemals bauen, wird gerade von unserem größten Feind einsatzbereit gemacht. Bedenken Sie, sie wird fest auf dem Erdboden installiert, doch der Strahl ist trotzdem imstande, jede Rakete zu erfassen und völlig zu vernichten, die wir starten, bevor sie auch nur in die Nähe ihres Ziels gekommen ist. Wissen Sie, was das bedeutet, Mr. Bane, können Sie sich eine Vorstellung davon machen? Die Russen werden den Sieg davontragen. Sie werden in dem Bewußtsein, daß sie eine jede unserer Vergeltungsmaßnahmen mühelos zur Seite wischen können, einen Erstschlag durchführen können. Also habe ich die Dinge selbst in die Hand genommen, um dieses Land vor einer katastrophalen Zukunft zu bewahren. Seit Jahren haben die Russen all ihre wissenschaftliche Energie in die Entwicklung ihrer Strahlenwaffe gesteckt. Sie sind der Meinung, damit die ultimate Kraft des Universums zu beherrschen. Doch es steht ihnen eine gewaltige Überraschung bevor. Selbst, wenn der Strahl schon heute einsatzbereit wäre – und das könnte durchaus der Fall sein –, kann er nichts gegen die sechsunddreißig Raketen ausrichten, die jetzt unwiederbringlich unterwegs sind. Man kann nicht abschießen, was man nicht sieht, Mr. Bane, und wenn die Sprengköpfe wieder sichtbar werden, befinden sie sich schon über ihren Zielen.«

Nun war es Chilgers, der sich vorlehnte. »Verstehen Sie, wir sprechen hier über Risiken, über *tragbare* Risiken. Für mich ist das sehr reale Risiko einer einsatzbereiten russischen Strahlenwaffe weit untragbarer als das Risiko, das ein einziger verrückter Wissenschaftler heraufbeschwört.«

»Für Sie ist das alles wirklich so einfach, nicht wahr?« entgegnete Bane. »Sie sehen nur Schlachtpläne und Verlustlisten, die irgendein monströser Computer auf grünem Endlospapier ausdruckt, und betrachten die Menschen genauso. Schauen Sie ein wenig näher hin, Colonel. Einstein hat eine so fürchterliche Kraft entdeckt, daß er sich in den letzten Jahren seines Lebens von jedem Laboratorium fernhielt. Nur zwei Männer hatten jemals eine Vorstellung davon, worum es sich bei dieser Kraft handeln könnte. Der eine endete wegen ihr mit zwei rechten Händen, während der andere sie neu entdeckte, nur um zu erkennen, was auch Einstein vor vierzig Jahren erkannt hat: daß diese Kraft Armageddon darstellt, Colonel, den umgekehrten Urknall. Denken Sie darüber nach, Colonel. Denken Sie einmal darüber nach!«

»Dreizehn Minuten, Mr. Bane. Und ich könnte mir vorstellen, daß vorher noch Wachen hier erscheinen werden, um nach mir zu sehen.« Chilgers hielt inne und beäugte Davey, der noch immer im hinteren Teil des Büros stand. »Natürlich gibt es eine Alternative zur Hinrichtung für Sie. Sie können sich zu uns gesellen, und das in einer hochrangigen Position. Ich verlange lediglich dafür, daß Sie . . . uns bei dem Jungen helfen. Die

Russen haben kein Vortex, und sie haben auch keinen Davey Phelps. Seine Macht muß entwickelt, beherrscht werden. Helfen Sie uns dabei.«

Bane klinkte aus. Sämtliche Vernunft in ihm gab den Gefühlen nach. Er war im Nu über dem Schreibtisch und drückte dem Colonel die Spitze eines Brieföffners gegen die Gurgel.

»Es muß eine Möglichkeit geben, diese Raketen aufzuhalten, Colonel. Verraten Sie sie mir, oder Sie werden in den nächsten dreizehn Minuten beobachten können, wie Ihr Blut auf den Schreibtisch tropft.«

»Zwölf Minuten, Mr. Bane«, korrigierte Chilgers, ohne auch nur zusammenzuzucken. »Meine Idee, dem Jungen das Gehirn zu entfernen, war falsch, überstürzt«, brachte er mühsam durch den eingedrückten Kehlkopf heraus. »Wenn Sie mir helfen, ihn zu kontrollieren und zu beruhigen, wird solch eine grobe Vorgehensweise überflüssig sein. Sie haben mein Wort darauf.«

Der letzte Satz hätte Banes Hand beinahe zustoßen lassen, doch dann kam ihm etwas anderes in den Sinn. Chilgers hatte ihn an etwas erinnert. Er besaß das Mittel, das er brauchte, um die Informationen zu bekommen, die er benötigte. Wie nachlässig er doch gewesen war! Er konnte nur hoffen, daß es noch nicht zu spät war.

»Komm hierher, Davey«, war alles, was er sagte.

Der Junge trat an den Schreibtisch und sah Bane vertrauensvoll an.

Bane nahm den Brieföffner von der Kehle des Colonels. »Setze Das Schaudern bei ihm ein, Davey. Zwinge ihn dazu, uns zu gehorchen. Zwinge ihn, das zu tun, was ich sage.«

Davey nickte und wandte sich Chilgers zu. Der Colonel sah Bane an, dann Davey, und wandte den Blick schließlich ab. Sein Gesichtausdruck blieb einen Augenblick lang starr, doch dann blitzte Furcht darauf auf.

Davey sah in seinen Verstand und durch ihn hindurch. Er erinnerte sich an die Drähte, die an seinen Hoden befestigt waren, an den Gestank seines eigenen Urins und an die schrecklichen Schmerzen, die er empfunden hatte, als der

Colonel den Knopf gedrückt hatte, um den Haß zu nähren, der tief in ihm emporstieg, um Das Schaudern zu erwecken. Er fühlte, wie es stark und sicher kam, fühlte es zuerst als dumpfes Pochen in seinen Schläfen und dann als Schmerzen in seinem ganzen Kopf.

Bane fühlte es auch, als hätte sich die Luft im Raum in eine Milliarde einzelne Fasern zerteilt, die gespannt wurden, sich erhitzten, unter Strom standen. Irgend etwas zwang ihn, von Chilgers zurückzutreten.

Die Finger des Colonels fingen an zu zittern, und bald auch seine Arme. Seine Zähne schlugen aufeinander, lösten sich, mahlten wieder aufeinander. Schließlich öffnete sich sein Mund, und seine Augen wölbten sich vor, ohne zu blinzeln. Das Zittern in seinen Fingern wurde schlimmer, und nun sah Bane, daß die Adern auf seinen Schläfen heftig pochten.

»Gibt es eine Möglichkeit, die Raketen aufzuhalten?« fragte Bane. Er wußte, daß ihm dafür nur noch zehn Minuten Zeit blieb.

Bane konnte sehen, wie Chilgers sich zu widersetzen versuchte. Davey legte noch etwas zu. Er beherrschte Das Schaudern diesmal, fand es überraschend einfach, seine Stärke bei einem so engen Brennpunkt auszurichten. Das Gefühl gefiel ihm.

Chilgers gab nach. »Ja.«

»Wie?« fragte Bane. »Wie können wir die Raketen aufhalten?«

Chilgers leistete erneut Widerstand. Bane warf einen Blick auf Davey, sah, daß sich die Augen des Jungen zu schmalen Schlitzen zusammengezogen hatte, aus denen er sein Opfer anfunkelte. Er war der festen Überzeugung, daß Daveys Blick ihm Löcher ins Fleisch brennen würde, wenn er die Hände vor seine Augen hielte.

Chilgers knirschte mit den Zähnen. Die Poren seiner Gesichtshaut vibrierten so sehr, daß sie seine Züge fast unkenntlich machten. Ein Blutfaden tropfte aus einem Nasenloch. Sein Mund öffnete sich mit jedem Herzschlag weiter.

»Der ganze Plan«, murmelte er, an niemanden im besonderen gewandt, unfähig, die Worte noch länger zurückhalten zu können. Sie kamen zögernd, als habe seine eigene Stimme sich gegen ihn gewandt. »Der ganze Plan besteht darin, Raketen und später Sprengköpfe in ihren jeweils eigenen Raumfalten bis zu ihren Zielpunkten zu bringen. Dann entfaltet sich der Raum wieder, und sie bekommen wieder Zugang auf unsere Seite, wo sie sichtbar« – Chilgers versuchte erneut, Widerstand zu leisten; nun tropfte auch Blut aus seinem anderen Nasenloch – »und materiell werden. Eine Explosion der Sprengköpfe auf der anderen Seite des Raums wäre sinnlos, würde . . .«

»Aber wie kann man sie aufhalten?« warf Bane ein. Die Neun-Minuten-Marke näherte sich schnell.

Diesmal kein Widerstand. »Jeder Sprengkopf ist mit seinem eigenen Gravitations-Entmagnetisierer ausgerüstet, doch sie alle werden vom Hauptcomputer gesteuert. Man kann den Computer umprogrammieren und . . . umprogrammieren und . . . *Ahhhhhhhhhhhhhh* . . .!«

Chilgers sackte zusammen. Davey legte noch etwas zu. Der Colonel krümmte sich vor und gab nach.

»Man kann den Computer umprogrammieren, die Öffnung der Falte auf einen unendlich kleinen Spalt reduzieren, so daß die Sprengköpfe nicht mehr durch ihn zurückkehren können. Sie wären praktisch auf alle Ewigkeit auf der anderen Seite gefangen.«

Chilgers brach zusammen. Bane riß ihn an den Haaren wieder hoch.

»Sie würden auf der anderen Seite der Raumfalte in einer Möbiusschleife fliegen. Die Sprengköpfe würden in unserer Dimension praktisch zu existieren aufhören.«

»Das ist es!« rief Bane. »Wo ist dieser Computer?«

»Oben. Die Kontrollkonsole befindet sich in einem Nebenzimmer im Hauptcomputerraum.«

»Wie kommen wir dorthin?«

»Der Hauptcomputerraum ist über meinen Privatfahrstuhl zugänglich.«

»Führen Sie uns hin«, sagte Bane, und Chilgers zappelte einen Augenblick nervös auf seinem Sessel, bevor er sich benommen erhob.

Daveys Blick blieb mit voller Konzentration auf ihn gerichtet. Bane warf ihm einen Blick zu und sah den Haß, fühlte ihn, hatte Angst, näher an den Jungen heranzutreten. Plötzlich kam ihm etwas in den Sinn.

»Haben Sie irgendwelche Waffen in Ihrem Büro, Colonel?«

Chilgers' Gesicht zuckte schrecklich. Bevor sie den Hauptcomputerraum betraten, würde Bane ihm das Blut abwischen müssen, das aus seiner Nase tropfte.

»Ein Fach im Schrank«, sagte der Colonel.

Bane öffnete es und wählte aus einer großen Auswahl automatischer Waffen eine Uzi. Nun kam es einzig und allein auf den Zeitfaktor an; es blieben nur noch acht Minuten, bevor die 36 MX-Raketen durch die Raumfalte zurückkehren und über ihren Zielen detonieren würden. Bedacht, nicht zwischen Chilgers und Davey zu treten, führte er ihn zum Fahrstuhl. Der Hauptcomputerraum befand sich auf der Etage direkt über ihnen. Bane drückte den Knopf für das vierte Stockwerk und schob den Bolzen der Uzi zurück, während die Kabine quälend hinauffuhr. Davey stellte sich hinter Chilgers und konzentrierte sich auf den Hals des Colonels. Dessen dünne Haut begann zu pulsieren. Bane konnte nicht glauben, was er sah, was er fühlte. Der Junge hatte tatsächlich den Verstand des Mannes übernommen. Doch wie lange würde er ihn beherrschen können? Bane sah, wie groß die Anstrengung für ihn sein mußte; sein Atem ging stoßweise, und in seinen Augen stand der Schmerz geschrieben.

Nur noch sieben Minuten, Davey. Halte noch sieben Minuten durch . . .

Davey wußte nicht, ob Bane die Worte sprach oder nur dachte. So oder so, er nahm sie klar und deutlich wahr, und er wollte ihm sagen, daß er Das Schaudern noch lange kontrollieren konnte. Er hatte Das Schaudern noch nie so lange aufrechterhalten können, ohne daß der Schmerz ihm den Schädel zerriß, doch er hatte sich auch noch nie auf ein *einziges* Ziel konzentrieren müssen, auf einen Mann, den er wirklich haßte. Seine Flucht in New York, die Experimente, die Zerstörung des OPs – das alles hatte einen unendlich größeren Energieaufwand seinerseits erfordert. Oh, der Schmerz war vorhanden, doch er beschränkte sich auf ein dumpfes Pochen, das er durchaus ertragen konnte.

Die Fahrstuhltüren glitten auf.

»Sie zuerst, Colonel«, sagte Bane. »Gehen Sie direkt zu dem Raum mit der Konsole, die Vortex kontrolliert.« Bane trat näher an ihn heran und verbarg die Uzi zwischen ihm und dem Colonel. Davey stand noch immer direkt hinter dem Colonel.

Die Türen waren vollends zurückgeglitten. Chilgers trat als erster hinaus.

Die Vortex-Konsole befand sich in der rechten Ecke eines gewaltigen Raumes, der mit Computerbänken, -konsolen und -terminals ausgestattet war. Sie wurde von einem erst kürzlich errichteten Gebilde umschlossen, das wie ein Banktresor aussah. Die Blicke des diensttuenden COBRA-Personals folgten ihnen, als sie sich dem Vortex-Computer näherten. Da Chilgers sie anscheinend führte, griff jedoch niemand ein. Ein Dutzend Männer hielten vor dem Haupteingang des Computerzentrums Wache, um, wie befohlen, niemandem den Zutritt zu gestatten. Die einzige andere Zugangsmöglichkeit stellte Chilgers' Privatfahrstuhl dar, und von dort aus drohte kein Sicherheitsrisiko. Die Männer behielten ihre Posten bei.

»Öffnen Sie die Tür, Colonel«, befahl Bane, als sie die Vortex-Gruft erreicht hatten. »Sofort.«

Erneut leistete Chilgers Widerstand. Erneut verstärkte Davey seine Bemühungen. Chilgers grub seine Schuhe in den gefliesten Boden. Blut tropfte ihm wieder aus der Nase. Sein Gesicht verfärbte sich scheußlich purpurrot, als hielte er den Atem an. Schließlich drehte er sich abrupt zur Gewölbetür um und griff mit den Fingern danach, als würden unsichtbare Hände seine Bewegungen führen.

Ein paar Männer vom diensttuenden Personal, die sie beobachtet hatten, kamen näher; sie spürten, daß etwas nicht in Ordnung war. Ein paar hatten das Blut auf Banes und Daveys Kleidung bemerkt und musterten sie mißtrauisch.

Chilgers schob mit einer zitternden Hand, der die Bewegung widerstrebte, einen Schlüssel in einen Schlitz. Schließlich faßt der Schlüssel, Chilgers drehte ihn, und eine Metallplatte fuhr hoch und enthüllte eine Zahlentastatur, auf der jeweils drei Ziffern nebeneinander lagen.

Zwei Computerfachleute von COBRA erhaschten einen Blick auf die Uzi an Chilgers' Seite und liefen zur Tür, um die Wachen zu alarmieren.

Chilgers gab den richtigen neunstelligen Zahlenkode ein, wobei sein Zeigefinger über der letzten Ziffer kurz zitterte.

Ein paar Wachen stürmten durch den Haupteingang. Bane schickte ihnen eine Kugelsalve entgegen, die sie von den Beinen riß.

Die Gewölbetür schwang elektronisch auf.

Bane feuerte eine weitere Salve ab, packte Davey, schob ihn durch die Öffnung und zerrte Chilgers mit sich. Kugeln prallten von dem Stahl ab. Eine schlug dort auf, wo Banes Hand sich bemühte, die Tür wieder zu schließen. Er verlor das Gefühl in seiner rechten Handfläche und dem Daumen, doch es gelang ihm, die Tür zuzuschieben. Das Schloß rastete ein. Bane wirbelte herum.

Chilgers stand in der Mitte des kleinen Raums, das Gesicht noch immer rot, die Augen vorgewölbt und erzürnt. Er machte keine Anstalten, das Blut von seiner Nase zu wischen und verwandte seine gesamte innere Kraft darauf, die Beherrschung über seinen Körper zurückzuerlangen.

Das Computerterminal befand sich in der Mitte des Gewölbes. Abgesehen von einer Uhr, auf der der Countdown in hellroten Ziffern abblitzte, wirkte es völlig harmlos.

2:59 . . .

In nicht einmal drei Minuten würden die Sprengköpfe der MX-Raketen über ihren Zielpunkten in das Raum-Zeit-Kontinuum zurückkehren. Vortex näherte sich seiner Vollendung.

»Programmieren Sie den Computer um, Colonel«, befahl Bane klar und deutlich. »Reduzieren Sie die Raumfalten auf unendlich kleine Schlitze.«

Chilgers ging auf die Konsole zu und prallte dann zurück, eine Puppe, die in zwei Richtungen gezogen wurde. Schließlich stand er über dem Terminal und schaltete es ein. Seine Zähne bissen auf seine Zunge. Blut floß nun auch aus seinen Ohren.

Davey trat ein wenig näher und richtete den Blick starr auf

Chilgers. In seinem Kopf pochte es nun wieder; der vertraute Schmerz kehrte zurück. Doch er würde ihm nicht nachgeben. Er würde Das Schaudern so lange aufrechterhalten, wie Josh es wollte. Er biß die Zähne zusammen und konzentrierte sich noch mehr.

2:45 . . .

Chilgers' Finger bebten über der Tastatur und senkten sich dann darauf. Er gab eine Reihe von Zahlen und Buchstaben ein, und ein geometrisches Muster erschien auf dem Bildschirm, das die Raumkoordinaten angab, an denen die Sprengkörper ihren Wiedereintritt vollziehen würde, also die Vortexe selbst. Obwohl es nun 360 voneinander unabhängige Vortexe gab, stand dieses Modell für alle davon. Es war kegelförmig und erstreckte sich mit der Illusion von Bewegung und Dreidimensionalität über den Bildschirm. Sein Inneres war mit länglichen Waben ausgefüllt. Bane vermutete, daß es sich um 360 dieser Waben handelte, jeweils eine für einen Sprengkopf.

2:15 . . .

Bane hörte, wie sich draußen jemand an der Gewölbetür zu schaffen machte.

Chilgers hatte damit aufgehört, Daten einzutippen. Sein Blick suchte den Daveys. Der Junge zuckte nicht einmal zusammen. Der Colonel wandte sich wieder dem Terminal zu und tippte wieder Anweisungen ein. Zahlen und Buchstaben, die für Bane keine Bedeutung hatten, erschienen unter und über dem Vortex-Kegel. Chilgers' Finger flogen nun über die Tastatur, und der Computer reagierte augenblicklich. Die Waben verschwanden nacheinander aus dem Inneren des Kegels. Bane wußte, daß die Raumfalten unendlich klein sein würden, sobald sich alle Waben aufgelöst hatten. Solange jedoch auch nur eine einzige Wabe bestehen blieb, würden ein oder mehrere Sprengkörper hindurchschlüpfen können. Das Tor, das von Goss beschrieben hatte, wäre noch weit genug geöffnet, um der Welt ein Ende zu bereiten, wie Die Schwingungen es Davey auch gezeigt hatten.

1:30 . . .

Nur noch zwei der Waben waren übrig; Chilgers mußte nur

noch eine Eingabe machen. Die Finger des Colonels erhoben sich über die Mitte der Tastatur, schickten sich an, eine Zahlenkolonne einzugeben. Chilgers erbebte förmlich. Mit letzter Kraft zwang er sich, die Hand von der Tastatur zu nehmen. Die Arbeit einer Generation drohte, für immer verloren zu sein, vernichtet zu werden; und Davey konnte den Teil seines Verstandes, der sich daran erinnerte, nicht auslöschen. Der Junge kniff die Augen zusammen und mobilisierte seine letzten Reserven. Chilgers' Mund öffnete sich zu einem Schrei, der jedoch nicht kam. Dann bewegten sich seine Finger wieder.

Er hatte die Zahlenkolonne fast vollendet, als eine plötzliche Explosion die Gewölbetür weit genug aufriß, daß man den Lauf eines Maschinengewehrs hindurchschieben konnte. Eine ungezielte Kugelsalve zerstob in dem Gewölbe. Davey prallte zurück; hinter seiner zerrissenen Schulter zog Blut ein unregelmäßiges Muster über die Wand. Er sackte zusammen, und sein Blick trübte sich.

Chilgers brach ebenfalls zusammen, benommen, aber frei.

Als sich die Öffnung verbreiterte, sprang Bane zur Tür. Er stieß die Uzi durch den Spalt und feuerte eine Salve ab. Die Wachen dahinter sprangen zurück. Bane ließ die Uzi fallen und warf sich gegen die Tür des Gewölbes, faßte die aufgesprengte Klinke mit beiden Händen und versuchte, sie wieder an Ort und Stelle zurückzuschieben. Seine Finger fuhren über eine scharfe, fünfzehn Zentimeter lange Metallscherbe, die sein Fleisch aufschnitt. Bane schrie auf, und die Scherbe flog durch den Raum in die Seite der Computerkonsole.

:59 . . .

Den Schmerz ignorierend, schob Bane die Überreste der Klinke wieder an Ort und Stelle. Als er herumwirbelte, rammte Chilgers ihm eine Schulter in den Magen und stieß ihn gegen die Gewölbetür zurück. Dann umklammerte der Colonel seinen Hals mit einem schraubstockähnlichen Griff, der aus Zorn und Schmerz geboren war. Bane gelang es, den Griff zu lösen, doch Chilgers versetzte ihm eine Reihe Stöße und Schläge in den Magen, deren Heftigkeit ausreichte, Bane ins Schwanken und schließlich zu Boden zu bringen. Dann legte Chilgers die Finger beider Hände zusammen und schlug sie gegen den Nacken des Wintermannes.

:45 . . .

Körperlich war er Bane kaum gewachsen, und er würde den Kampf nicht lange durchstehen können. Doch das mußte der auch nicht. Die Sekunden vertickten auf der roten Uhr, der letzte Augenblick von Vortex kam immer näher, und vielleicht würden seine Männer von außen vorher noch die Tür öffnen können . . .

:35 . . .

Er ließ von Bane ab und griff nach der Uzi, doch der Wintermann kam ihm zuvor und trat das Gewehr beiseite. Chilgers kämpfte sich wieder auf die Füße und richtete sich gerade auf, als Bane ihm ein Knie unter das Kinn rammte und ihn gegen die Wand zurückwarf. Er schlug schwer mit dem Kopf an und glitt langsam zu Boden.

Bane stürmte zu der Konsole. Chilgers hatte seine Finger über der Mitte der oberen Zahlenreihe der Tastatur gehabt, vielleicht über der 6, oder der 5 oder der 7. Auch die 4 oder 8 könnten in Frage kommen.

Er hörte, wie Metall über die Bodenfliesen scharrte, und wirbelte herum, als Chilgers gerade die Uzi hob. Die Instinkte des Profis übernahmen in Bane, und er griff nach dem Stahlsplitter aus der aufgesprengten Tür, der auf dem Konsolentisch lag.

Der Colonel legte den Finger auf den Abzug.

Bane war schon in der Luft, sprang auf Chilgers zu, die scharfe Waffe in der Hand. Seine Füße berührten den Boden, als Chilgers' Finger den Abzug durchzog. Er schlug die Uzi beiseite und trieb dem Colonel den Stahlsplitter in den Leib.

Die Uzi feuerte eine harmlose Salve in die Wand ab.

Chilgers stöhnte auf; sein Mund öffnete sich zu einem Schrei, der sich in der Atemluft verlor, die seine Kehle hinaufströmte. Seine Augen wölbten sich vor, trübten sich dann und starrten ins Nichts. Er gab sein Leben viel leichter auf als zuvor die Kontrolle über Vortex.

Bane stieß den Leichnam zurück und stürmte zu der

Konsole. Er war sich bewußt, daß man die Gewölbetür jetzt jeden Augenblick aufsprengen würde.

:15 . . .

Sein Tod – und der des Jungen – war nun unausweichlich. Es führte kein Weg darum herum. Es würde jedoch ein gnädig schneller Tod sein, und zumindest hatte er noch die Chance, seine Mission erfolgreich zu beenden, bevor der Augenblick kam.

:10 . . .

Bane beschränkte seine Wahl auf die Zahlen 5, 6 oder 7. Wenn er die richtige wählte, war Vortex erledigt, würden sich die letzten Raumfalten auf ewig schließen. Wenn er die falsche auswählte, würde der Computer eine Unregelmäßigkeit feststellen, einen Eingabefehler, den Bane nicht mehr rechtzeitig korrigieren könnte. Er hatte nur eine Wahl, nur eine Wahl.

:07 . . .

Er schob den Finger vor, vertraute auf die Instinkte, die sein Leben so oft in der Vergangenheit gerettet hatten und nun noch einmal helfen mußten, die gesamte Welt zu retten . . . Die Chance stand eins zu drei . . . Er hatte es schon mit viel schlechteren Aussichten zu tun gehabt und immer gewonnen.

Der Finger des Wintermannes senkte sich, und er merkte gar nicht, daß er die 6 eingegeben hatte, bis sein Blick der Bewegung folgte.

Die letzte Wabe verschwand. Der Umriß des Kegels löste sich auf dem Bildschirm auf.

Die Raumfalten hatten sich geschlossen. Vortex war vernichtet. Die roten Zahlen hielten bei :03 inne.

Doch Bane ging kein Risiko ein. Er feuerte den Rest des Munitonsstreifens der Uzi in die Konsole, bis sie rauchte, Flammen schlug und implodierte. Ein Blick glitt zu der Tür des Gewölbes. Er wußte, daß sie jetzt jeden Moment aufgesprengt werden würde, und gab seltsamerweise mehr darum, als er sich gedacht hatte.

Bane kniete neben Davey nieder und nahm den Kopf des Jungen in den Arm. Durch Daveys grünes Krankenhausnachthemd sickerte Blut, und Bane mußte seine Tränen niederkämpfen.

»Ich bin hier, Davey, ich bin hier.«

Er wußte nicht, wie ernst die Verletzung des Jungen war, und machte sich auch nicht die Mühe, es zu überprüfen. Er war sich nicht einmal sicher, daß Davey ihn hören konnte. Es war vorbei; nichts konnte das jetzt noch ändern. Der Wintermann konnte auch keine Wunder bewirken. Er schloß den Jungen fester in die Arme.

»Wir haben es geschafft, Josh«, murmelte Davey, »nicht wahr?«

Bevor Bane antworten konnte, erklang auf der anderen Seite eine Detonation, und die Tür des Gewölbes schwang weit auf. Bane saß einfach da und wartete auf die Kugeln, die jetzt aus den Gewehren der vorstürmenden Wachen kommen würden.

Sie hatten die Tür erreicht, zielten auf ihn. Bane erhob sich unwillkürlich; er war nicht imstande, sich gegen den Überlebenswillen zu stemmen, der ihn so lange beherrscht hatte. Diesmal jedoch war die Bewegung ein reiner Reflex, mehr nicht.

Und dann setzten die Explosionen ein.

Der erste war von solcher Gewalt, daß die Tür wieder zuschlug und die beiden Wachen, die auf der Schwelle standen, mit Tausenden Pfund Gewicht zerquetschten. Die nächste Explosion erklang, und Bane hatte den Eindruck, das gesamte Gebäude würde zusammenstürzen. In der Tat regneten Teile der Decke auf die Wachen vor dem Gewölbe hinab. Die gesamten unterirdischen Etagen von COBRA schwankten und vibrierten.

Der King! Der wunderbare, ruhmreiche King! Die Explosionen waren von seinen Sprengladungen gekommen!

Wo noch einen Augenblick zuvor keine Hoffnung mehr gewesen war, sah Bane sie nun aufflackern und griff danach. Die Gewölbetür schwang wieder auf, und die beiden zerquetschten Wachen stürzten zu Boden. Bane sah Betäubungsgranaten an ihren Gürteln. Er griff zwei und ein ebenfalls zu Boden gefallenes Gewehr. Dann ergriff er den halb bewußtlosen Davey mit seinen freien Arm und stürmte in den Hauptcomputerraum, wo er von einer weiteren Erschütterung empfangen wurde, die direkt von oben zu kommen schien.

Bane warf eine Betäubungsgranate nach links und die andere nach rechts. Die Detonationen wahren ohrenbetäubend. Die restlichen Wachen schwankten, und ihre Schüsse, die ansonsten todsicher ihr Ziel getroffen hätten, verfehlten ihn weit und verschafften Bane die Gelegenheit, die er brauchte.

Mit Davey unter dem Arm stürmte er gebückt mit einer fließenden Bewegung zur Tür. Dicker grauer elektrischer Rauch von einer Reihe zertrümmerter Computerterminals und durchtrennter Kabel erfüllte den Raum und verwandelte alle Gestalten in Schatten, was seine Flucht zusätzlich abschirmte. Dann erlosch das Hauptlicht wieder, wodurch sich seine Chancen zusätzlich hoben.

Er rannte in dem Augenblick auf den Gang, da eine vierte dröhnende Explosion die Wände erzittern ließ. Um sein Gleichgewicht kämpfend, warf er sich die M-16 über die Schulter und ergriff Davey mit beiden Armen, um ihn besser tragen zu können. Sein Orientierungssinn kehrte zurück, und er lief den Gang entlang. Er befand sich ein Stockwerk über der Garage, in der Chilgers' Limousine wartete – im Augenblick seine einzige sichere Fluchtmöglichkeit.

Er stellte fest, daß die Kugel Daveys rechte Schulter durchschlagen hatte; es war ein glatter Durchschuß. Der Junge verlor viel Blut, und wenn Bane nicht schnell Hilfe fand, könnte sich die Verletzung in seinem sowieso schon geschwächten Zustand als tödlich erweisen.

Die Limousine . . . sie war seine einzige Hoffnung.

Bane fand eine Treppe und lief sie hinab; er bemerkte zum ersten Mal, daß der Notalarm wieder gellte, wenngleich er auch in regelmäßigen Abständen durch die Explosionen des King unterbrochen wurde. COBRA war außer Kontrolle, die Befehlskette war durchbrochen worden, niemand wußte genau, was vor sich ging. Überall schwärmten Menschen aus, um Antworten zu finden, Ausrüstungsgegenstände zu retten oder einfach zu fliehen. Rauch von beschädigten Kabeln quoll durch die Treppenhäuser und Gänge. Feuerlöschanlagen sprangen aufs Geratewohl an und taten das ihre zu dem Durcheinander.

Du hast dich diesmal selbst übertroffen, King.

Bane verschmolz völlig mit dem Chaos. Er polterte mit Davey

auf den Armen die Gänge der fünften unterirdischen Etage entlang, ohne von COBRA-Personal aufgehalten zu werden. Er schwang sich um die letzte Ecke und machte in der Halbdunkelheit den verschwommenen Umriß des verborgenen Knopfes aus, mit dem er die Garage öffnen konnte. Er lief weiter, drückte den Knopf zweimal, ohne daß sich etwas tat, und begriff, daß der Strom ausgefallen war. Schritte näherten sich ihm, polterten über den Boden. Befehle wurden gerufen. Bane mußte ein Risiko eingehen.

Da es keine Möglichkeit gab, die Tür elektronisch zu bedienen, mußte er sie manuell öffnen. Das Türpaneel bestand jedoch lediglich aus einem Schlitz in der Wand – wo seine Finger nirgendwo ansetzen konnten – und er bezweifelte sowieso, daß er es allein zurückschieben konnte.

Drei Männer in weißen Kitteln stürmten heran, schienen seine Anwesenheit gar nicht wahrzunehmen.

»Schnell! Helfen Sie mir!«

Sie warfen einen Blick auf seine blutverschmierte grüne Chirurgenkleidung und dann auf die leblose, bleiche Gestalt auf dem Boden. Sie liefen wortlos zu Bane hinüber und bemerkten sein Gewehr erst, als er es von der Schulter nahm und mit einer einzigen Salve eine Reihe Einschläge im verborgenen Türpaneel schuf, die den Fingern der Männer einen Angriffspunkt bieten würden.

»Helfen Sie mir, die Tür aufzubekommen!« schrie er den Technikern zu, und seine Augen flammten mit solch einem Zorn, daß die drei Männer gehorchten.

Zuerst widerstand die Tür ihren Bemühungen, gab dann jedoch nach. Die Männer hatten mittlerweile begriffen, daß hier etwas nicht in Ordnung war. Das war schließlich der Wagen des Colonels, des Colonels persönlich!

Bane richtete die M-16 auf sie. »Und jetzt verschwindet gefälligst!«

Die drei Männer eilten davon. Bane durfte keine Zeit mehr verschwenden. Wenn man ihm nicht sowieso schon auf der Spur war, würden sie ihm bestimmt die Wachen auf den Hals jagen. Und noch schlimmer war, daß man nun genau wußte, wo er sich befand und was er beabsichtigte. Und von King

Cong durfte er auch keine weiteren Wunder mehr erwarten, die ihm die Flucht erleichtern würden. Er hob Davey schnell, aber vorsichtig hoch, eilte zu der schwarzen Limousine und legte den halb bewußtlosen Jungen auf den Rücksitz.

»Josh«, murmelte er, »Josh . . .«

Bane hörte, wie jemand »Dort drüben! Dort drüben!« rief. Er warf sich hinter das Steuerrad, schlug die vordere Tür hinter sich zu und stellte fest, daß der Zündschlüssel noch steckten. Er hatte nicht einmal die durchaus reelle Möglichkeit in Betracht gezogen, daß er sich noch in den Taschen der Uniform befand, die er dem toten Chauffeuer abgenommen hatte.

Bane ließ den Motor an und drückte dann einen Knopf auf dem Armaturenbrett, von dem er hoffte, er würde das hydraulische Hebewerk unter der Parkbucht aktivieren.

Nichts geschah. Er betätigte den Schalter noch einmal. Wieder nichts.

In Banes Magen schien sich eine Faust zusammenzuballen. War er so weit gekommen, nur um nun feststellen zu müssen, daß auch hier die Stromversorgung ausgefallen war? Nein, das konnte nicht sein. Chilgers würde alle Möglichkeiten berücksichtigt haben, um sich bei einem Notfall einen Fluchtweg offenzuhalten. Die Hebebühne mußte an einen eigenen Stromkreis und einen eigenen Generator angeschlossen sein. Das Problem war nur, den Knopf zu finden; wo war er?

Banes Finger tasteten das Armaturenbrett ab und fanden den richtigen Schalter an einem separaten Paneel unter dem Handschuhfach. Die Hebebühne hob sich, und ihr Knirschen war das schönste Geräusch, das er jemals gehört hatte. Als sich die Parkbucht auf halber Höhe zur vierten Etage befand, erreichten einige grünuniformierte Sicherheitsleute von COBRA die Garage. Bane duckte sich unter das Steuerrad, und ein schneller Feuerstoß zerriß auf der Beifahrerseite das Fenster. Kugeln schlugen gegen die Motorhaube des Wagens, und Bane konnte nur hoffen, daß sie nicht tief genug eingedrungen waren, um einen ernsthaften Schaden anzurichten.

Der Motor stotterte kurz, ging aber nicht aus. Bane gab im Leerlauf Gas, sah über die rechte Schulter zurück und bereitete sich darauf vor, rückwärts hinauszupreschen, sobald sich die Parkbucht auf ebener Erde öffnete.

Der Lift kam knirschend zum Halt. Bane drückte den Knopf, der sich beim ersten Versuch als nutzlos erwiesen hatte, und unglaublicherweise glitt eine verborgene Tür auf.

Bevor sich die Tür vollständig geöffnet hatte, kam ein Jeep – nein, zwei – kreischend vor der Garage zum Halt, um ihm jeden möglichen Fluchtweg abzuschneiden und ihn in der Parkbucht festzuhalten. Bane zögerte nicht. Als die Scheinwerfer der Jeeps das Innere der Limousine erhellten, legte er den Rückwärtsgang ein und drückte das Gaspedal durch. Die Reifen drehten durch, faßten dann. Der große Wagen machte einen Satz zurück, Bane riß das Steuerrad herum, und die hintere Stoßstange prallte gegen die beiden Jeeps. Der Zusammenstoß erschütterte Bane; seine Zähne schlugen zusammen, und sein Kopf schnellte zurück. Er hielt den Atem an und fragte sich, was der Aufprall bei Davey angerichtet haben mochte.

Das scheppernde Geräusch des Zusammenstoßes klingelte noch frisch in seinen Ohren, als er den Wagen schon wieder zurücksetzte, das Steuerrad rasch herumriß, den Vorwärtsgang einlegte und losfuhr. Die Wachen in den beschädigten Jeeps versuchten, mit ihren Waffen auf ihn zu zielen, doch ihre Schüsse schlugen harmlos in den Bäumen ein, während die große Limousine dem Vordertor zustrebte.

Bane hielt den Fuß auf dem Gaspedal. Er fuhr fast achtzig, als das schwere Stahltor in Sicht kam; er konnte nur hoffen, daß die Geschwindigkeit ausreichen würde, um ihn hindurchzubringen. Während er die letzten Meter vorwärtsraste, erfaßten ihn zwei Scheinwerferstrahlen von einem Wachturm. Bane wußte, was jetzt kommen würde. Einen Augenblick, bevor ein Kugelhagel die Überreste der Windschutzscheibe zerfetzte, nahm er unter dem Armaturenbrett Deckung. Glassplitter regneten auf ihn hinab. Ein Querschläger brannte sich in seine Seite, nur ein Kratzer, aber genug, um ihn zu einer Reflexbewegung zu veranlassen. Er fuhr hoch, und eine zweite Kugel durchschlug seine Schulter und riß ihn vor. Er fühlte, wie seine Lippen zitterten, hielt mit der unverletzten Hand das Steuerrad umklammert und bemühte sich, nicht die Beherrschung über den Wagen zu verlieren.

Ein weiterer Feuerstoß zersplitterte die Heckschutzscheibe, und anhand des Winkels, aus dem die Schüsse gekommen waren, wußte Bane, daß er das Tor beinahe erreicht haben mußte. Es war zu gefährlich, den Kopf zu heben, doch Bane war zuversichtlich, die Spur gehalten zu haben. Er fühlte, wie warmes Blut durch seine Chirurgenkleidung sickerte, und kämpfte den Drang nieder, mit der gesunden Hand seine Verletzung zu belasten, er mußte sie am Steuerrad halten.

Bane sah die Spitze des Zaunes erst, als die Limousine fast mühelos durchbrach. Der Aufprall hatte den großen Wagen jedoch ins Schleudern gebracht, und nun verlor Bane doch die Kontrolle über ihn; kreischend, mit qualmenden Reifen und Staub aufwirbelnd, schlitterte der Wagen weiter. Erst jetzt hob Bane den Kopf ein Stück über das Armaturenbrett, immer auf einen Feuerstoß von dem Wachtturm gefaßt. Der Wagen war auf der Straße abgekommen und hielt direkt auf einen Baum zu. Er riß das Steuerrad herum, aber zu scharf, und die Reifen sanken in dem weichen Rasen ein. Er gab gerade soviel Gas, um zu verhindern, daß der Wagen steckenblieb, und befand sich dann wieder auf der offenen Straße, die ihm die Freiheit der Lichter von San Diego verhieß. Einige Kilometer entfernt konnte er die Scheinwerfer eines Militärkonvoys ausmachen, der auf den COBRA-Komplex zuhielt, eine späte, aber willkommene Bestätigung, daß Washington ihm seine Story endlich abgekauft hatte, wenngleich er auch nicht wußte, was zu ihrem Meinungswechsel geführt hatte.

Bane fühlte sich benommen, ihm war schwindelig vor Schmerz. Ein Krankenhaus wäre auch für ihn keine schlechte Idee. Seine Lider flatterten. Der Wagen flirtete mit dem Mittelstreifen, überquerte ihn. Wie würde er es nur bis zu einem Krankenhaus schaffen?

Feuerwehrwagen rasten an ihm vorbei, dem Chaos entgegen, das er hinterlassen hatte, und zwangen ihn wieder zur Aufmerksamkeit. Bane gestattete sich ein Lächeln und stellte sich einen Augenblick lang vor, er könne im Rückspiegel sehen, wie das gesamte COBRA-Gelände in Flammen aufging.

Als er seine Augen wieder auf das richtete, was einmal die Windschutzscheibe gewesen war, hatte er allerdings nicht damit gerechnet, einen Mann in der Uniform der Sicherheitsabteilung von COBRA vor ihm auf der Straßenmitte stehen zu sehen. Er war zweifellos bewaffnet, und es war zu spät – Bane war zu benommen, um noch ein Ausweichmanöver zu versuchen.

Er zielte mit der Limousine direkt auf den Mann und hoffte verzeifelt, ihn mit seinem Fernlicht blenden zu können. Die Scheinwerferstrahlen erfaßten statt eines Gewehrlaufs ein großes, grinsende Gesicht, und Bane kam ein paar Zentimeter vor der mächtigen Gestalt, zu der das Gesicht gehörte, zum Stehen.

»Können Sie mich mitnehmen?« fragte der King.

Epilog

Bane traf den Präsidenten zwei Tage später an einem kühlen Nachmittag im April. Es war so kalt, daß die Wettervorhersage selbst für Washington Schneefälle angekündigt hatte, was Banes Verletzungen um so mehr pochen ließ.

»Die Ärzte haben mir mitgeteilt, daß Sie mit einer vollständigen Genesung rechnen können, Mr. Bane«, sagte der Präsident in seinem Sessel hinter dem Schreibtisch im Oval Office.

Bane hob den rechten Arm, der in einer Schlinge lag. Seine linke Seite, die stärker in Mitleidenschaft gezogen worden war als ursprünglich angenommen, war straff bandagiert, um seine Bewegungsfreiheit einzuschränken. Als er die Beine übereinander schlug, schnitt er eine Grimasse.

»Und der Junge? Was hat man Ihnen über ihn berichtet?«

Der Präsident zögerte. »Eine Fleischwunde. Nichts, was Zeit und Geduld nicht heilen können.«

»Und der Rest?«

Der Präsident öffnete den Mund, sagte jedoch nichts.

»Kommen Sie, Sir, Sie glauben doch nicht wirklich, daß die Ärzte es vor mir verheimlichen konnten? Wenn ich will, kann ich sehr überzeugend sein.« Bane verzog erneut das Gesicht. »Er stirbt, Mr. President. Ein Teil seines Gehirns wurde in Mitleidenschaft gezogen. Oh, er kann eine Woche, einen Monat, höchstens ein Jahr lang ein ziemlich normales Leben führen. Doch dann werden eines Tages ein paar Blutgefäße platzen, und der Junge wird einfach zusammenbrechen. Sie sehen also, Davey Phelps hat nicht mehr viel Zeit, und ich habe nicht mehr viel Geduld.«

»Wenn Sie es zulassen, Mr. Bane, würde ich gern wieder gutmachen, was geschehen ist.«

Bane streckte seine Beine langsam.

Der Blick des Präsidenten fiel auf den leeren Stuhl neben dem Banes. »Der dort gehörte Arthur Jorgenson. Wenn Sie wollen, ist es Ihrer.«

»Sie bieten mir die Leitung der DCO an?«

Der Präsident erhob sich und erwiderte Banes Blick, während

er zum Fenster trat. »Mr. Bane, ich muß Ihnen nicht sagen, in welch schwierigen Zeiten wir leben. COBRA ist erledigt. Wir werden die Abteilung wieder aufbauen und neu besetzen, doch ohne Chilgers wird ihre Leistungsfähigkeit nicht mehr mit der von früher vergleichbar sein. Trotz all seiner Fehler war es in erster Linie der Verdienst des Colonels, daß wir unseren technologischen Vorsprung gegenüber den Russen bewahren konnten. Ich fürchte, wir haben diesen Vorsprung nun verloren, Mr. Bane, und ich will nicht noch mehr ins Hintertreffen geraten.« Der Präsident deutete auf den leeren Stuhl. »Ich biete Ihnen diesen Stuhl an, oder jeden anderen, den Sie wollen, weil Sie ein sehr wichtiger Mann für uns sind und ich Sie nicht verlieren will. Sie sind der Beste, Mr. Bane.«

»Auf solch einem Stuhl wäre ich nicht sehr hilfreich.«

»Sie können mit dem Job anfangen, was immer Sie für richtig halten.«

Bane schüttelte den Kopf. »Ich glaube, ich werde darauf verzichten, Mr. President.«

»Nennen Sie Ihre Bedingungen. Wir werden sie akzeptieren.« Eine Pause. »Wir brauchen Sie, Mr. Bane.«

Bane überdachte das Angebot. »Ich will einen Namen.«

»Einen Namen?«

»Ich will wissen, wer vor fünf Jahren befohlen hat, mich zu töten.«

»Befohlen, Sie zu töten? Ich weiß nicht, wovon Sie sprechen. Ich war damals noch nicht einmal im Amt.«

»Aber diese Information ist Ihnen zugänglich, Sir, wahrscheinlich einfacher, als Sie glauben.«

»Was meinen Sie?«

»Es war nicht Ihre Entscheidung, mich für untragbar zu erklären. Ein oder vielleicht mehrere andere haben Sie dazu überredet. Ich habe über die ganze Sache nachgedacht. Jemand wußte, daß ich ihm zu nahe kam, und mußte seinen Arsch retten. Jemand hat es vor fünf Jahren verpatzt, hat es verpatzt, weil ich nicht gestorben bin. Es ist jemand aus Ihrer unmittelbaren Nähe, Mr. President. Es kann nicht anders sein.«

Brandenberg, dachte der Präsident. Brandenberg war vor fünf Jahren der oberste Geheimdienstchef im Pentagon.

»Ein Name, Mr. President.«

»Ich habe keinen für Sie.«

»Aber Sie werden ihn mir beschaffen.«

»Ich . . . werde es versuchen. Habe ich Sie richtig verstanden, Mr. Bane? Wenn ich Ihnen diesen Namen geben kann, werden Sie wieder für uns arbeiten?«

Bane erwiderte seinen Blick kalt. »Sie haben richtig verstanden, Mr. President, daß ich mich vielleicht an Sie halten werde, wenn Sie mir diesen Namen nicht geben.«

»Sie bedrohen mich, Mr. Bane.«

»Nur eine Warnung, Sir. Ich habe vor, in den nächsten paar Monaten sehr viel nachzudenken. Ich werde sehr viel Zeit dafür haben, denn ich beabsichtige, Davey Phelps die Welt zu zeigen, soviel wie möglich davon. Wenigstens das hat er verdient.«

Der Präsident nahm wieder Platz. »Vielleicht habe ich einen Namen für Sie, wenn Sie zurückkommen, Mr. Bane.«

»Ich bin mir sicher, daß Sie einen Namen für mich haben werden, Sir, aber nicht, ob ich zurückkommen werde, denn jedes Mal, wenn ich Davey sehe, wird mir deutlich, wie sehr unsere Welt außer Kontrolle geraten ist. Vor zwei Tagen haben wir uns beinahe selbst vernichtet, und über kurz oder lang werden wir dies sicher noch einmal versuchen. Ich bin mir nicht sicher, ob ich noch einmal eine Rolle in solch einem Szenario spielen möchte.«

»Wenn wir Sie auf unserer Seite haben, können wir es vielleicht verhindern.«

Bane schüttelte den Kopf. »Diese Worte klingen gut, aber es sind nur Worte. Man kann mit solchen Worten weder die Technik noch die Sowjets kontrollieren. Davey Phelps ist ein Beispiel dafür, wie weit wir gehen können, ohne etwas Bedeutsames zu erreichen. Vortex ist erledigt, und Chilgers ist tot, doch es wird andere geben, gibt sie wahrscheinlich schon. Vielleicht wäre es am besten, uns nach irgendeiner einsamen Insel umzusehen.«

Bane kämpfte sich aus seinem Stuhl hoch. Der Präsident erhob sich ebenfalls.

»Ich werde mich nach Ihrer Rückkehr bei Ihnen melden, Mr. Bane.«

Bane nickte und ging.

»Der Wagen ist dort drüben, Josh«, sagte Harry Bannister, als Bane in die schneidend kalte Luft des Parkplatzes des Weißen Hauses hinaustrat. »The Bat« hatte darauf bestanden, ihn auf seiner Reise nach Washington zu begleiten, und wenn auch nur, um ihn fahren zu können. Er hatte sogar eine Agentur ausfindig gemacht, die Spezialfahrzeuge für Behinderte vermietete. Nun rollte er neben Bane zu dem Kombi, für den er sich entschieden hatte. »Wir fahren nach New York zurück?«

»Ja.«

»Machst du dir Sorgen um den Jungen?«

»Nicht im geringsten. Der King ist in sein Hotelzimmer gezogen. Er wird ihn nicht zweimal verlieren.«

»Das glaube ich gern.« Bannister nickte zum Weißen Haus hinüber. »Wie ist es dort drinnen gelaufen?«

»Na ja, ich glaube nicht, daß sie mich noch einmal kündigen lassen werden.«

»Kann ich ihnen auch nicht verdenken. Hat dir der Präsident ein Angebot gemacht?«

Bane nickte. »Was ich prompt ausgeschlagen habe. Ich habe ihm gesagt, ich wolle nicht mehr.«

Sie hatten den Wagen erreicht. Harry ließ sich auf den eigens für Behinderte entworfenen Fahrersitz nieder, während Bane den Rollstuhl im Hinterraum verstaute und dann vorsichtig auf den Beifahrersitz glitt.

»Und willst du wirklich nicht mehr?« fragte Bannister.

Bane sah ihn nur an.

Und plötzlich wußte Harry Bescheid. »Du hast hoch geblufft, du Mistkerl. Darum ging es dir bei diesem Gespräch . . . du willst die Regeln festlegen, damit du später deine Bedingungen stellen kannst. Und was ist, wenn du von deinem Urlaub mit diesem Jungen zurückgekehrt bist, Wintermann? Was dann? Kehrst du wieder ins Spiel zurück?«

»Na ja, Harry«, sagte Bane mit einem Augenzwinkern, »du müßtest mich doch besser kennen.«

»Ach ja? Na ja, wenn du wieder einsteigst, vergiß nur nicht, ›The Bat‹ mitzunehmen, du Hurensohn.«

Als Harry den Motor anspringen ließ, fielen dicke, weiße Schneeflocken vom Himmel.

»Scheiße, sieh dir das nur an«, stöhnte er, als die Scheibenwischer über das Glas scharrten und den Schnee entfernten. »The Bat« schaltete die Heizung ein und blies sich in die Hände.

Der Winter war zurückgekehrt.

ENDE

Nachbemerkung des Verfassers

Der SAFE-Interzeptor, Projekt Placebo und Bunker 17 sind Produkte meiner Phantasie. Das Philadelphia-Experiment wurde jedoch durch die hervorragenden Recherchen von William Moore und Charles Berlitz nachgewiesen* und hat den Anstoß für diesen Roman geliefert.

Einsteins Einheitliche Feldtheorie stellt auch heute noch ein verwirrendes und kontroverses Konzept dar. Mein besonderer Dank gilt dem Wissenschaftler Emery Pineo, der mir diese Theorie verständlich gemacht und Spekulationen erstellt hat, wie sie sich benutzen ließe, um eine ultimate Waffe zu schaffen. Mein Dank gilt auch Scott Siegel, dem Wissenschaftler John Signore und Dr. Morty Kohn, der nicht nur ein brillanter Kardiologe, sondern auch ein ausgezeichneter Kritiker meiner ersten Entwürfe ist.

Das Prinzip und die Auswirkungen des Vortex-Feldes liegen nicht nur im Bereich der Glaubwürdigkeit, sondern auch in dem unserer heutigen Technologie. Manchmal versucht die Literatur, die Wirklichkeit nachzuahmen. Manchmal sind sich Literatur und Wirklichkeit sehr ähnlich.

---

* Charles Berlitz und William I. Moore, *Das Philadelphia-Experiment*, Wien/Hamburg 1979.

Copyrightvermerke